〔美〕海明威　著
张　迪　译

上册

海明威书信集

Ernest Hemingway Selected Letters

海明威全集

四川大学出版社

项目策划：段悟吾
责任编辑：唐　飞
责任校对：罗永平
封面设计：天恒仁文化传播
责任印制：王　炜

图书在版编目（CIP）数据

海明威书信集 ：全 2 册 /（美）海明威著 ；张迪译
. — 成都 ：四川大学出版社，2018.9
（海明威全集）
ISBN 978-7-5690-2424-1

Ⅰ．①海… Ⅱ．①海… ②张… Ⅲ．①书信集—美国
—现代 Ⅳ．①I712.65

中国版本图书馆 CIP 数据核字（2018）第 225930 号

书名　海明威书信集
HAIMINGWEI SHUXINJI

著　　者	海明威
译　　者	张　迪
出　　版	四川大学出版社
地　　址	成都市一环路南一段 24 号（610065）
发　　行	四川大学出版社
书　　号	ISBN 978-7-5690-2424-1
印前制作	天恒仁文化传播
印　　刷	成都市兴雅致印务有限责任公司
成品尺寸	145mm×210mm
印　　张	24.25
字　　数	449 千字
版　　次	2020 年 6 月第 1 版
印　　次	2020 年 6 月第 1 次印刷
定　　价	85.00 元（全 2 册）

◆ 读者邮购本书，请与本社发行科联系。
电话：(028)85408408/(028)85401670/
(028)86408023　邮政编码：610065
◆ 本社图书如有印装质量问题，请寄回出版社调换。
◆ 网址：http://press.scu.edu.cn

扫码加入读者圈

四川大学出版社
微信公众号

海明威书信集

1907—1933

致克劳伦斯·海明威

密歇根州

据推测写于1907年7月初

亲爱的爸爸：

我看见一只母鸭子带着它的七只鸭宝宝。

我们采摘的草莓已经够做三个小蛋糕了。

我想知道我的玉米现在长多高了？

爱您的儿子

欧内斯特·海明威

致克劳伦斯·海明威

橡树园，伊利诺伊州

1908年9月28日和10月4日

亲爱的爸爸：

非常感谢您寄来的明信片。

我放了一些新鲜的草莓在盒子里。

昨晚我这里下雨了，降雨量大概有一英寸深。

悲伤的是，我养的所有雏鸟都死了。

今天我去曾祖父家吃晚饭了。[1]

爱您的儿子

欧内斯特·海明威

致克劳伦斯·海明威

橡树园，伊利诺伊州

1908年10月19日

亲爱的爸爸：

我们学校的水池上周就已经结冰了，我在那儿还找到了之前从德斯普兰斯河[2]里捞上来的蛤蜊。它们附着在一条扇尾金鱼的尾巴上。

记得当时抓蛤蜊时，妈妈就坐在河边，我穿过浅滩，抓到了这6只蛤蜊。

现在有些玉米都已经长到6尺高了。

爱您的儿子

欧内斯特·海明威

---

[1] 欧内斯特·海明威的曾祖父家，离橡树园只有几个街区。

[2] 离海明威的橡树园家向西2英里左右。

致格蕾丝·霍尔·海明威

橡树园，伊利诺伊州

1908年12月18日

亲爱的妈妈：

感谢您的来信，我收到了。

今天，劳拉姑姑在我这儿吃的晚饭。

我给了她一张小松鼠的皮，请她帮忙送给哈罗德，以此作为圣诞礼物。[1]

爱您的儿子

欧内斯特·海明威

致马赛琳娜·海明威

橡树园，伊利诺伊州

1909年6月9日

亲爱的马赛琳娜：

在这次户外聚会中，咱们家赢了孔茨家。

在活动中，赫沙姆撞掉了善德勒的两颗牙，所以

[1] 克劳伦斯在1908年12月18日给格蕾丝写了一封信，告诉她欧内斯特·海明威收到她的信非常高兴，还有劳拉·伯特·戈尔姑姑来家里吃晚餐了。

您可爱又温和的邻居小姐被史密斯先生抓住了，然后他用一条皮带抽了她。[1]

爱你的弟弟

欧内斯特·海明威

附注：格蕾丝和马赛琳娜花了整整一个月，拜访了她们在楠塔基特岛上的朋友和亲戚。

致格蕾丝·霍尔·海明威和马赛琳娜·海明威

犹他州

1909年6月9日

亲爱的妈妈和马赛琳娜：

我帮爸爸把家里的壁橱清理了，发现了你们邮寄来报平安的信。很感谢你们送给我的邮票。我还找到了很多漂亮的图片，可以用来装饰我的图画。

今天马赛琳娜的《母亲时代》和《青年伙伴》期

[1] 马赛琳娜回忆说自己很喜欢玛丽·胡德，她是奥利弗·温德尔·福尔摩斯小学的校长，但是“很明显欧内不喜欢”。弗罗拉·孔茨和沃伦·拉比·史密斯都是这所小学的老师。

刊到了。[1]

另外我想说，这周家里一直都是我在洗盘子。

爱你们的

欧内斯特·海明威

致格蕾丝·霍尔·海明威

橡树园，伊利诺伊州

1909年6月10日

亲爱的妈妈：

露丝刚刚从《家里的仆人》[2]的排练现场回来，

---

[1] 《母亲时代》（1905—1920）每月发表一次，由大卫、库克、埃尔金和伊利诺斯主编。《青年伙伴》（1827—1929）由纳撒尼尔·帕克·威利斯（1806—1867）在波士顿创立，在1857年由丹尼尔·夏普·福特（1822—1899）发展成一个关注孩子未来发展的宗教印刷物。福特把《青年伙伴》发展成了美国最流行的杂志，到19世纪90年代的时候，其周发行量就超过了5万册左右。在1909年6月3日的那一期上，有一页这样描述《青年伙伴》："用良心做好杂志"，目的"不在于娱乐，而在于使整个家庭、整个社会获益"。

[2] 《家里的仆人》是查尔斯·莱恩·肯尼迪（1871—1950）创作的一部情感剧，1908年在纽约萨瓦大剧院上映，并于1909年5月31日到6月19日期间在布什·坦普尔大剧院上映。露丝·阿诺德是和格蕾丝同住的一名声乐学生，会帮助格蕾丝打理家务，1909年6月8日，露丝给格蕾丝写信说6月10日那天，她应该去看看这部剧。

厄休拉和桑尼去了韦福克斯乐队[1]。

富兰克林和简[2]都在我们这儿，爸爸给了富兰克林一把枪，和他送我的那把差不多，甚至比我的还要好。我们去了纽约的夏日家园[3]。

比尔[4]那时候还不会写字，但是她把她最珍贵的吻送给了我们，并说明天晚些时候，她会给我们写信。

爱您的儿子

欧内斯特·海明威

---

[1] 韦福克斯乐队是由女人内部联合会成立的，在世界范围内为教会事业筹集资金（1901年4月，欧内斯特·海明威的名字就出现在韦福克斯乐队在橡树园第一公理会教堂的花名册中）。

[2] 富兰克林·怀特·海明威（1904—1984）和简·泰勒·海明威（1907—1965）是欧内斯特·海明威的两个堂兄，他们是克劳伦斯·海明威的哥哥阿尔弗雷德·泰勒·海明威和妻子范妮·艾若贝尔·海明威（原姓怀特，1876—1963）的孩子。

[3] 艾若贝尔的父母艾若贝尔·怀特和约翰·巴克·怀特是堪萨斯城著名人物，他们是肖托夸镇本地人。纽约夏日家园是肖托夸政府于1874年成立的假日学习场所。

[4] 比尔可能是露丝·阿诺德的昵称，还可能是指布菲、鲍勃或者是波比。在1909年8月12日露丝写给在瓦隆湖的格蕾丝的一封信中，她承诺当海明威一家在9月回来的时候，家里一切都会和原来一样。

致格蕾丝·霍尔·海明威和马赛琳娜·海明威

埃德蒙兹，华盛顿州
据推测写于1909年6月17日

亲爱的妈妈和马赛琳娜：

我已经升入六年级了，我想马赛琳娜也应该和我一样吧。

爸爸和我摘到了一些野玫瑰和野草莓，厄休拉也通过了考试。这个周日，也就是明天，学校要举行野餐活动。

你们寄来的期刊，我已经收到了，但是上面并没有关于马赛琳娜那只鸟的报道。

艾米丽送了一个铜碗作为妈妈的生日礼物。[1]

我们去了森林公园，还游览了大峡谷[2]，特别刺激，桑尼和厄休拉都非常害怕。

爱你们的
欧内斯特·海明威

---

[1] 格蕾丝在6月15日迎接了她的第37个生日。

[2] 著名的森林公园（1907—1922），大概在距离橡树园一英里的位置。

致克劳伦斯·海明威

密歇根州

1909年7月23日

亲爱的爸爸:

今天妈妈带我们一起去散步了。我们去了学校,马赛琳娜跑在最前面。

我们在克劳斯家门前,等了好一会儿她才回来,她说在学校的小木屋里有一只豪猪,于是我们就过去向小木屋里边张望,看到那只豪猪正在睡觉。我决定进去挑逗它一下,就在小木屋里边小心翼翼地靠近它。之后,瓦内尔叫来了克劳斯,用枪射死了那只豪猪。

我这里有一张我和马赛琳娜小时候在湖边小船旁戏水的照片,下次寄给您看一下。

爱您的儿子

欧内斯特·海明威

致厄休拉·海明威和露丝·阿诺德

底特律，密歇根州

1910年8月30日

亲爱的特德[1]：

我现在在已经驶离车站的火车上给你写信，这次我带着我的大衣箱。

今天早上我换了一家吃早餐的地方，因为经常去的那家搬走了。

你真挚的

欧内斯特·海明威

亲爱的露丝：

除了我自己，这儿只有三个人在我的旁边睡觉，我现在刚刚到达铂尔曼。我将在餐车上用餐。当我到达奥尔巴尼时，我会再给你写信的。[2]

你真挚的

欧内斯特·海明威

[1] 厄休拉·海明威的昵称。

[2] 在欧内斯特·海明威的剪贴簿里，格蕾丝这样写道：8月29日，欧内斯特和妈妈离开温德米尔，取道芝加哥前往楠塔基特岛。1910年整个9月，我们都在岛上和安妮划船。

致克劳伦斯·海明威

楠塔基特岛

1910年9月10日

亲爱的爸爸：

我昨天上午去码头钓鱼了，并且抓到了13条鱼。期间我不小心放跑了一条鳗鱼，渔夫说那条鱼可能有4英磅重。这些鳗鱼非常厉害，就像是黑鲈鱼一样。有4条鱼已经被我们吃掉了，我们都觉得好吃极了。

目前我正在努力地赚钱，因为我想买威特里斯[1]家的冰激凌吃。我和妈妈去了哈钦森家，妈妈和哈钦森夫人在一起练习声乐，我和卡瑟琳、露丝在一起玩游戏。

爱您的儿子

欧内斯特·海明威

[1] 可能是指瓦尔特·威特里斯，橡树园的杂货商。

致克劳伦斯·海明威

楠塔基特岛

1910年9月11日

亲爱的爸爸：

昨天晚上，妈妈在哈钦森夫人的伴奏下，为桑尼[1]家很隆重地演唱了《我的鼬鼠怎么样了？》这首歌。

还有，我在这边打工[2]可以赚到2美元，您觉得值吗？

爱您的儿子

欧内斯特·海明威

---

[1] 可能是指安妮小姐，安妮·艾尔斯、格蕾丝和欧内斯特借宿的人家。格蕾丝在欧内斯特的原件上的鼬鼠后面加上了问号。

[2] 克劳伦斯·海明威成立的橡树园阿加西俱乐部，一个专门教育那些叫作路易斯·阿加西的孩子们的学习机构（1807—1873）。在他1910年9月13日的回信中，克劳伦斯警告他的儿子在买样本之前先问清楚。他还说了一个阿加西俱乐部的新决定，就是他被选为校长了，并且欧内斯特·海明威被选为助理总监。

致马赛琳娜·海明威

楠塔基特岛

1910年9月13日

亲爱的马赛琳娜：

我去大峡谷[1]那边游船了，它的宽度可能有14英尺呢。那里的水流很急，所以我们游船的经历真的是很惊险，但是很有意思，不一会儿，我们就到了外海。在那里，我从一位叫犹大[2]的老水手那里给阿加西买了一条很大的剑鱼。

妈妈和我都去参加了选举会议，但在会上我一直在睡觉，所以晚上回到家中，直到10点我还没有睡着。[3]

今天是露丝的生日，但我们整整一天都要参加活动[4]。

爱你的弟弟

欧内斯特·海明威

---

[1] 在楠塔基特岛的最北端。

[2] 可能是犹大·尼克松，一位退休的渔民，经常靠在码头讲故事打发日子。

[3] 马赛琳娜也和妈妈参加了这次会议，回忆说她们被安置在了安妮·艾尔斯的客厅里。

[4] 欧内斯特·海明威和格蕾丝想去参观一个鲸鱼展，在楠塔基特岛历史博物馆。

致克劳伦斯·海明威

橡树园，伊利诺伊州

据推测写于1912年5月的第2个星期

亲爱的爸爸：

当我完成了所有的工作之后，我感觉好极了，就连意识都一下子清醒了。

我查了一下棒球锦标赛的赛程表，发现5月11日的时候，纽约巨人队将对战芝加哥小熊队。[1]

下周六上午我们会进行合唱团的排练[2]，比赛会在下午3点开始，那就让我们拭目以待吧。但如果我们不能去，它可能就成为这个季度最后一个花花公子的游戏了。

爱您的儿子

欧内斯特·海明威

---

[1] 芝加哥小熊队以3:10的比分在西侧公园的比赛中失利了。欧内斯特·海明威所指的锦标赛不是很明确，这是本赛季开始的第二场比赛，纽约巨人队和芝加哥小熊队的三联赛（时间分别为5月的10日、11日和13日），这是1912年全国棒球联盟锦标赛第3个结束比赛的团队。

[2] 欧内斯特·海明威在橡树园第三公理教会合唱队，格蕾丝·海明威是那里的指挥。

致莱斯特和内华达·巴特勒·霍尔

橡树园，伊利诺伊州

1912年10月22日

亲爱的舅舅莱斯特，舅妈内华达[1]：

爸爸妈妈说，你们给我们准备了一个惊喜，我们猜了好久也没能猜到是什么，我猜可能是吃的东西。然后，妈妈给我们读了你们的来信，我兴奋得在椅子上倒立起来，我要好好感谢你们为我们准备的可爱礼物。

桑尼说她要用自己的钱去买一辆自行车，我还没有考虑好用我的钱干什么。我很担心，当我醒来的时候，发现这一切都只是一个梦。

另外，妈妈让我告诉你们我正在上大提琴课，等到圣诞节的时候，我就可以在教堂的管弦乐队里表演了。

爱你们的外甥

欧内斯特·海明威

---

[1] 格蕾丝的弟弟和他的妻子居住在加利福尼亚，在那里从事法律工作。据马赛琳娜回忆，舅舅莱斯特在单身很长时间以后和舅妈内华达结婚，当时家里人都很高兴并很急切地想要见到她。1918年，莱斯特参加了第一次世界大战，内华达第一次去见了她的新家人，并让所有人都特别喜欢她。在她拜访橡树园后不久，莱斯特还没有从战争中归来前，她不幸死于流感。

致克劳伦斯·海明威

橡树园，伊利诺伊州

1913年5月11日

亲爱的爸爸：

昨天我在剧场中表现得不好，今天上午在教堂祷告中表现得也不好，但是我明天一定会表现好的。

爱您的儿子

欧内斯特·海明威

致安森·海明威

瓦隆湖

据推测写于1913年8月30日

亲爱的爷爷：

谢谢您送给我跳绳作为生日礼物。截至昨天，我总共抓到了147条鳟鱼，光昨天就抓到了11条呢。

我们这里现在正在下雨呢，还伴随着微风。

另外，刚刚我还抓到了3只鸭子。

爱您的孙子

欧内斯特·海明威

致克劳伦斯·海明威和格蕾丝·霍尔·海明威

密歇根州

1913年8月

亲爱的爸爸妈妈：

我们到达的时候这里的天气很好，但是到了晚上天气就变得很糟糕了。到达这里时，是桑普森夫妇[1]在码头迎接我们的。

感恩在午餐的时候，还会有你们的来信。

我们现在要去房子那边了，爷爷说你要把跳绳带回家来。这个镇上的天气和波恩城一样热。

爱你们的儿子

欧内斯特·海明威

[1] 1913年，橡树园的朋友和邻居哈罗德·桑普森整个8月都和欧内斯特·海明威一起在密歇根州。

致克劳伦斯·海明威

橡树园，伊利诺伊州

据推测写于1913年8月末或者9月1日

亲爱的爸爸：

我今天上午去学校拿到了新学期的计划书和书单。[1]

我们的桃树现在长得很好，我今天下午就要过去摘桃子，要把它们放在我们的地窖里。

阿贝莉姑姑[2]说明天要来看望奶奶。

卡车到来的时间刚刚好，我的睡袍和其他衣服都在那辆卡车上。

爱您的儿子

欧内斯特·海明威

---

[1] 据1913年8月23日《橡树叶》报道，橡树园河森高中政教办公室将会在8月28日至30日或者9月1日上午正式办公，即学校开课的前一天。

[2] 阿贝莉·海明威住在堪萨斯城。

致格蕾丝·霍尔·海明威

密歇根州

1914年9月2日

亲爱的妈妈：

现在我们这边的天气很恶劣。

昨天我抓到了9条鳟鱼，山姆在霍顿溪[1]抓到了两条。抓鱼是我们购买波士顿演出门票的一个途径。就像波士顿人那样“一条换作现金，两条为了展览会，三条留作不时之需，四条留作路费”[2]。但是，山姆明天晚上要回去了。

我给您寄了一张明信片，但是还没有收到任何回复，您是否收到了？

我们挖了一些土豆，还有现在黑麦和三叶草都已经萌芽了。

---

[1] 哈罗德·桑普森为了避开在龙菲尔德农场的暑假，去密歇根州拜访欧内斯特·海明威了。从温德米尔湖到瓦隆湖的40英亩的土地都是海明威家在1905年买下来的，被承租给农民沃什伯恩，海明威少年时候的暑假曾经在那里工作，经常一个人或者和朋友一起在那里露营。霍顿溪就流经霍顿湾，大概离农场2英里。

[2] 欧内斯特夸大其词调侃古老的波士顿人“一条换作现金，两条为了展览会，三条留作不时之需，四条留作路费”。

您的书信已经收到了，因为最近的那次罢工事件后，爱尔兰将无法参加欧洲战争了。[1]

爱您的儿子
欧内斯特·海明威

致格蕾丝·霍尔·海明威

纽约

1914年9月8日

亲爱的妈妈：

我收到了您的信件。火车晚点了，所以我今天赶不上上课了。

午饭之前的计划都改变了，还有很多其他的改变。不知道谁传言说我已经被淹死了，甚至有人认为我现在是一个鬼魂。

妈妈，我可以拥有一条长点儿的裤子吗？我们班

[1] 尽管他的意图不是很清晰，欧内斯特·海明威也许是暗指最近的新闻事件，包括1914年8月上旬欧洲战争的爆发，还有1914年春天的芝加哥大罢工，也被称之为“每天百万元”大罢工，直接导致建筑工程停滞了三个多月。爱尔兰领袖把他们和英国的冲突暂放一边，于1914年9月呼吁暂停地方自治，在战争中支持英国对抗德国。

的男孩都有，路易斯·卡拉汉[1]、伊格纳兹、史密斯和其他的小孩也都有。我的裤子现在有点小了，以至于每次我扭动的时候都担心它会撕裂。另外，我的手腕大约有八到十英寸露在袖口的外面。

请告诉我：我可以拥有一件袖子长一点儿的衣服和长一点儿的裤子吗？当我深呼吸的时候，我T恤的扣子全都不翼而飞了。

请尽快回复！

您穷困潦倒的儿子
欧内斯特·海明威

附注：这封信被保存在美国，剪贴簿四，在一个写有克劳伦斯·海明威名字的信封里面，回复地址为橡树园。在信封上欧内斯特·海明威写道“紧急”，格蕾丝写道“1914年9月在楠塔基特岛艾尔斯小姐那里收到”，她还在剪贴簿上写道“欧内斯特这个夏天在一个月内长了1英寸，已经足够强壮，可以在农场工作了……他所有的衣服都已经穿不下了。他9月8日回到橡树园家里开始大学二年级生活，在足球队踢球，并在管弦乐队演奏大提琴”。

[1] 路易斯·卡拉汉（1897—1994），是欧内斯特·海明威的一个朋友，于1911年搬到橡树园，1915年从橡树园河森高中毕业。

致棒球杂志社

橡树园，伊利诺伊州

1915年或者1916年4月10日

先生们：

这信封里面有25美元，请从5月开始给我发一年的棒球杂志。还有以下几个人的宣传海报：马迪、沃尔什、特克斯·拉塞尔、舒尔茨、阿彻、马尔夸特。祝杂志社一切顺利！

欧内斯特·海明威

附注：在1915年和1916年，棒球杂志（1908—1965）登载了欧内斯特·海明威信中所请求的6张海报。在这里，他最早的一封打印版的信件，用了他爸爸的名字填信头，但是信是由他自己亲手写的。

致马赛琳娜·海明威

橡树园，伊利诺伊州

1915年5月5日

亲爱的马赛琳娜：

你可怜的聪明头脑如何在故事俱乐部中使所有事

物的名字做到公正与不公正，如果我不能写出一篇比你的故事更好的，我干脆就下地狱。

祝好运。

爱你的弟弟
欧内斯特·海明威

致亲爱的[1]

密歇根州
1915年7月17日

亲爱的：

我已经收到了你的手册，非常感谢。实话实说，我之所以研究一只小船[2]，是因为我觉得这可以让我的思路变得更加开阔，也许我还可以发明出更多更好的东西来。

那位给我提供午餐的老婆婆从我们吃的冰激凌另

[1] 这位收信人可能是海明威的一个同学雷·奥森，1915年陪他和路易斯·卡拉汉在密苏里州远至法兰克福、密歇根直到旅途的终点瓦隆湖上泛舟的那位同学。剩下的100多英里路程是欧内斯特和卡拉汉步行走过的，取道特拉弗斯城抵达察勒沃尔克斯。

[2] 可能是欧内斯特的橡树皮独木舟，他曾说过“像教堂一样牢固，为了保持它的平衡，你必须坐在船的正中央”。

一边刮掉了好多奶油，这被我的爸爸发现了。

我有一个好消息要告诉你。我像往常一样正在读马赛琳娜的信件，我正在尝试着找出这个丫头是怎么想我的。我把其中一封信读完了，她是你的好朋友桃乐茜·霍兰斯[1]写的，我把它抄下来了，我会把它和这封信一起寄给你的。

哎呀，怎么都模糊了啊！我告诉你要小心点儿。所有的女人都一样。你为什么不给女生写信呢？你每次说的话都是一样的，很有意思："我现在过得很快乐，记得写信告诉我，亲爱的橡树园所发生的趣事。"你给我写了这样一句话，并寄来了一封16页纸的回信，里面有一张我猎杀的豪猪的照片。告诉你，我现在给它涂上了颜色呢！我花了半天时间，皮肤上的颜色有四分之一英寸厚。

我还看见了那些亲爱的雄鹿和雌鹿，嗬！它们跑得真快，竖起尾巴边跑边跳，你的叔叔说这个夏日的某一天将会有鹿肉吃的。我写信给我的爸爸了，他说等他回来就可以射杀那只雄鹿了，所以它现在还是安然无恙的。我已经猎到了3只小松鼠和一只啄木鸟，唉！当时就只有一只啄木鸟在那里。但是爸爸和路易

[1] 欧内斯特·海明威和马赛琳娜的同学。

斯走了，没人能帮我证明了。

那条船很热闹，每次我在湖边总会有人过来问我“怎么了？”你真应该在这里啊。赶快给我写一封长点的信，和我这封一样长的。

非常感谢你的手册。

欧内斯特·海明威

附注：信封里另附有一张打印的照片，是欧内斯特·海明威和马赛琳娜刚刚开始学走路时，在一艘停泊的船旁边照的。

致克劳伦斯·海明威和格蕾丝·霍尔·海明威

橡树园，伊利诺伊州

1915年9月16日

亲爱的爸爸妈妈：

感谢你们的来信！我现在正在努力增肥。话说回来，我吃了好多垃圾食品，可还是没有什么效果。

我在学校一切都好。在最近的古代史考试中，我考了100分，我想我就算是把手固定在身后，也能写出很漂亮的字来。

你们千万要记得，把我在壁炉旁边装在一个写着我地址的信封里的照片收起来，请一定记得！

很高兴土豆丰收。

爱你们的儿子
欧内斯特·海明威

致苏珊·罗威

橡树园，伊利诺伊州
据推测写于1916年

亲爱的苏珊：

我觉得现在我的生活一切顺利。我想知道除了海蒂正在尝试的以外，她还在谋划什么？请允许我在这个本子上给你写信，这就算是在拯救我的生命了。

欧内斯特·海明威

罗威的回信：

你为什么会这么想呢？你也知道她根本就是无意杀害她孩子的，但是她羞于回到宝泽夫妇的身边，并且她认为可能他们永远也不会发现这个秘密：她把孩子丢弃在树林里，可能孩子最终会因为寒冷而死去。难道你认为这就得叫作谋杀吗？好吧，如果你坚持这么认为，那这就是她被捕的原因了。她很自私，不过，惩罚她难道就必须得把她绞死吗？但是亚瑟最后知道是冤枉了她，所以他后悔了，并且还宽恕了她。

关于这一切的真相，现在你都知道了吗？

1916年1月

致艾米丽·高特兹曼耶鲁

橡树园，伊利诺伊州
据推测写于1916年3月

亲爱的艾米丽：

我一直犹豫不决，不知道应当用怎么样的词汇形容你。经过我这一个月对你的观察，我觉得你真的很不错，或者说是令人尊敬的。

你的朋友梅斯菲尔德[1]很不错。我一收到你的信就去读了他的作品，很积极向上，请谅解我蹩脚的措辞，因为我工作时会有断断续续并且很吵闹的乡村音乐传进来。不过严格来说，梅斯菲尔德是一个好人。我读了你提到的所有内容，梅斯菲尔德或者是其他类似的名字。如果你读了《斯托基公司》[2]，我相信你

[1] 约翰·梅斯菲尔德（1878—1967），英国诗人、小说家、创作家。

[2] 《斯托基公司》为短篇小说集，由英国小说家和诗人鲁德亚德·吉卜林（1865—1936）创作，讲述了3个小男孩在寄宿学校的冒险经历。

也会喜欢它的。

告诉你一个不幸的消息，学校又有一种新型传染病，叫作猩红热，可能马上要封校了！护校的美术老师被传染了，所有接触过的学生都被隔离了，为什么拥有善良品格的人不能做我们的老师呢？我真为这个老师感到惋惜。我曾经接触过一个隔离的女孩，她的生活过得相当可怜，也没有人同她说话。请不要为我可能被传染或者死去而担心，生老病死是人之常情嘛。

另外告诉你一个好消息，除了我那个温暖的床铺以外，我又拥有了一张小床。

还有一条消息是关于我不太漂亮的鼻子，我的鼻子是效仿忠诚的老戈泽，或者粗俗点儿说，我的鼻子可能有一点歪。值得庆幸的是，最后一次面容修正以后，它也渐渐恢复正常了。曾经人们看到我丑陋的鼻子，哄笑着把我赶到大街上，一旦我的鼻子恢复正常，我注定要去还击，羞辱那些曾经嘲笑我的人们。

我想学习拳击，这样可以变得强大。爸爸了解到只要戴着手套就不会造成任何身体伤害，所以他允许我们使用乐室，作为练习的场地。我尊敬的对手汤森先生是河森高中拳击比赛的冠军，他好像在斜靠着休息，裁判员不停地数着4、5、6、7。[1]爸爸推开门进来时，被眼前血淋淋的拳击现场镇住了。谈起电视中的著名拳击手，爸爸马上就变成了演讲家。德摩斯梯尼、西塞罗、丹尼尔·韦伯斯特等，他都知道得很清楚。但是不管怎么说，爸爸现在最不喜欢的就数拳击了，他只要一听到拳击就皱眉，就像是吃一堑长一智。

听说你开始学习戏剧了，并且开始学习表演《玛莎》，我很高兴，这真是一首美妙的音乐，也是《仲夏夜之梦》之后又一部很容易演奏的作品。学校还有54天的上课时间，祝你的戏剧学业进展顺利。

你的朋友

欧内斯特·海明威

---

[1] 格蕾丝注意到在一本剪贴簿上，日期写着1915年12月到1916年2月，在足球秋季赛结束以后，欧内斯特对拳击很感兴趣，把乐室改成了拳击场。但当拳击真的演变成打斗时，房间又恢复到了最初的样子。参加者有菲利普·怀特、弗瑞德、哈罗德·桑普森、路易斯·卡拉汉和约翰·汤森。这些忠诚的拳击爱好者在黄石国家公园训练。

致欧内斯特·海明威的朋友[1]

橡树园，伊利诺伊州

据推测写于1916年或者1917年春天

欧内斯特·海明威：今晚可能是我们可以在一起的晚上之一，一定要玩得开心。现在河水水位很高，我们什么时候能开始我们的旅行呢？

欧内斯特·海明威的朋友：我们马上要开始我们的海上旅行了，这星期你要抽时间弄好船上的板报装饰。我们下星期二或者星期三就把它推入水里，你觉得怎么样呢？

附注：海明威在高中是用另一种字体把日期写在页面的底部。格蕾丝注意到欧内斯特的剪贴簿上写着——乘着独木舟走向时尚。1916年4月至5月，欧内斯特把诗和故事写在板报上。1917年2月。橡树园河森中学文学杂志刊登了他的作品，他的幽默风格在橡树园河森中学文学杂志崭露头角。

---

[1] 这两张纸条是欧内斯特和他的一个朋友写的，由其他人帮忙传递。日期可能是1916年或者1917年。

致欧内斯特·海明威的朋友

橡树园，伊利诺伊州

据推测写于1916年春

欧内斯特：我将要去霍顿湾度假。你打算去哪里啊？如果还有人能加入我们，我们就可以乘两艘船了。

欧内斯特的朋友：我想我能去，你想怎么走？

欧内斯特：沿苏慕斯河一直向下，直到哈得逊湾[1]，大约有400英里，将要花费我们一个月时间，所以学校一放假我们就马上出发，我和查理·卡拉汉都去，你有时间吗？

欧内斯特的朋友：我也不确定，假期我可能去德国。

欧内斯特：如果你或者保罗·哈斯能和我们去，我们就乘坐一艘船，否则就只有查理和我。我们穿过长长的丛林一直到宽阔的水域，每小时平均速度为40英里，所以我们必须划动一整天的船只。当到达穆苏工厂[2]后，我们将在那里宿营几天，然后就回来。

---

[1] 指的是苏湖，为了密歇根湖和安大略湖等各大湖之间的连接，于19世纪建造成功。但苏湖到詹姆斯湾（哈得逊湾的最南端）的时候就将近干涸了。欧内斯特在加拿大州划船露营的计划并没有成功。

[2] 哈得逊湾的堡垒的名字。

欧内斯特的朋友：也许我可以在7月底的时候和你们一起去。

欧内斯特：那就已经晚了。

致欧内斯特·海明威的朋友

橡树园，伊利诺伊州

据推测写于1916年春

欧内斯特：如果我们能在哈斯家开个会，星期四晚上在我家也开一次，我们将会得到一些苹果酱之类的。你的散文现在是什么状况了？化学测试通过了吗？

欧内斯特的朋友：散文没什么进展，但是化学测试我通过了。

欧内斯特：太好了，这周我们想划船去欣赏月色，我知道一个很不错的地方。

附注：这两张纸条保存在美国的剪贴簿上面。他们相互传纸条的日期是他们演奏的日期，即1916年4月28日，还有三年级到四年级的演奏日期，即1916年5月19日。

致马赛琳娜·海明威

密歇根州

1916年6月20日

亲爱的姐姐：

毕业典礼就要召开了，我相信你现在已经度过了那个“我不知道”的迷茫期。我整夜在水速为50英里每小时的河里钓鱼。低语的松树铁杉，黑色的水池，环绕河流的浪花，激情的沉默，多么像美丽的诗句啊。[1]

当铃声响起的时候，我站起来伸伸懒腰，然后用流利的英语熟练地进行我的毕业演说。当我说到我和马克的童年友谊的时候，路易斯钓上来一条大鱼送到我面前，说：“住嘴，这是你的毕业证。”

我接受了我的“毕业证”，和我的颁奖人握手，并且让鳟鱼亲吻了我的篮子。

然后我们举办了校友晚会，大约12点30分的时候，

[1] 学校一放假，欧内斯特和路易斯·卡拉汉就在6月10日离开了橡树园，从密歇根划船到法兰克福。就像以前的假期一样。在那里，他们向南方徒步，在马尼斯蒂河边、波德曼河边钓鱼，然后乘坐去东北的火车去卡拉斯卡，徒步走到陡峻河。卡拉汉从卡拉斯卡乘火车回家以后，欧内斯特乘火车从曼萨罗纳去托斯吉再徒步到霍顿湾。在那里，他住在蒂尔沃茨家。

我打开了从200英里以外带来的罐头。我经常带一些东西作为备用的。我们吃光了杏子，我又做了另一场演讲，不过被一个从身边滚过的原木打断了。

你看到弗朗斯了吗？我的照片还好吗？我打赌你在艾米丽那里一定过得很愉快。年长的寇斯有没有过去给你做什么必要的嘱托啊？我和你赌两便士[1]，当萨米[2]用他的右手拿着他的毕业证书径直穿过讲台的时候，他看起来一定很蠢。

我抓到了很多鳟鱼，现在正在清洗。因为太多了，我们打算扔掉小于9英寸的鱼，并把几条大的送人。现在已经快晚上10点了。我们哪里都没有去，但是人们总是让我们回去拜访他们。唉，因为我们每次都给他们大鱼。我们给了一对老夫妻两条最大的鱼，他们几十年来第一次看见这么大的鱼，感动得差点趴在我的脖子上。我很高兴他们没有这么做，因为那个老婆婆的烟嘴是用陶土做的，真怕它在我脖子上爆开。我们去了很多舞会，品尝了一些当地特产。我的衣服被打湿了，正在这雨天里努力地烘干。我的一只手挥舞着，所以我用另一只手发誓。波德曼河的这份宁静来

[1] 两便士，一个英国青铜值两便士。

[2] 萨米，指哈罗德·桑普森。

之不易，它将会感动一英里以内的任何人。

我猜你见过路易斯了，他可能会忘记告诉你我们之间的趣事。帮我告诉艾米丽，当她毕业以后，如果其他人都联系不上，又赶上下雨天她实在没有什么其他事情可做的时候，请让她写信给我。你可以告诉她，我有一张照片要给她。在没有我指引她、保护她的情况下，希望她不会遇到任何困难。

就这么多。

你真挚的

欧内斯特·海明威

致艾米丽·高特兹曼耶鲁

密歇根州

1916年7月13日

亲爱的艾米丽：

马赛琳娜说我上次给你写的信可能你没有收到，所以这次我又写一封信确认一下。这支钢笔的笔尖短粗，但是学校里的那一支比这支还要不好用，希望你能辨认出这模糊不清的字迹。

现在我换另一支笔写了，我们非常努力地在农场工作，现在已经得到了大约8吨的苜蓿和三叶草。我不知道你是否了解这么多干草是什么概念，其实就像我们的垃圾堆似的。

马赛琳娜曾经来过离我们这边很近的霍顿湾度假，她在伊利诺伊州见到一个大一新生叫哈瑞斯。这个可爱的小伙子最喜欢的就是数学，并且他一直认为钓鱼是一件浪费时间的愚蠢事情。

你能想象这样的人吗？他戴着琥珀色的龟壳一样的眼镜。是的，就这样我那个思维还算正常的姐姐竟认为他是个不错的年轻人，并和他在一起一段时间。真是疯狂的女性思维方式啊！你在大农场那边怎么样啊？我打赌你在那里肯定过得很快乐。

我的木工老师比利·吉尔伯特要在这个星期日过来看我。比利在三年前结婚了。我最后一次见到他的时候，他是森林工作人员之一，成了原始森林印第安人。[1]现在他住在小木屋里，种植蔬菜，砍伐原木。“我的女人，”比利说，“她不喜欢树林”。你还记得吉

---

[1] 吉尔伯特家族居住在温德米尔村附近的印第安木屋集中营区，欧内斯特的短篇小说《印第安部落》的本体。欧内斯特和吉尔伯特家的孩子一起玩耍，也从他们的父亲那里了解到一些成年人的事情，他们的父亲经常会给团体的其他人提供一些免费的药物。比利·吉尔伯特和他的妻子曾经在欧内斯特一部未发表的作品集《十字路口》中被提到过，比利是《春潮》中一个在战争中受伤却依然坚强的典范。

卜林那些经历吗？好像和比利的有些类似。

“当你在漆黑的夜里要说谎时，想想我们的母亲正在看着我们、听着我们，我们所爱的，都是根据这些判断。当黎明你醒来的时候并不是因为劳累，而是因为丛林的悲泣。”

休息并不重要，这就是和比利很相似的地方，你还记得这一首吧？当牟格勒要离开森林去结婚的时候，这是动物们告诉他的话[1]。

如果在伊利诺伊州，哈瑞斯指责我的话是正确的，我的家人将会很高兴，他们肯定会教育我对数学要有兴趣，并且与钓鱼保持距离。[2]

你真诚的朋友

欧内斯特·海明威

---

[1] 欧内斯特在这里精确地引用了那句由鲁德亚德·吉卜林说的话。

[2] 马赛琳娜回忆说，欧内斯特曾经说要申请纽约伊萨卡岛的康奈尔大学，还有伊利诺伊大学。

致法尔·西森[1]

橡树园，伊利诺伊州
1917年1月30日

亲爱的西森先生：

您25日的来信已经收到，我们非常感谢您对我们那些细节的建议。如果在3月10日的时候让我们什么都准备好，可能有点儿早，但是如果那一天是截止日期的话，我们也能接受。我们在2月24日见个面行吗？如果您那一天有安排了请告知我们。

再次感谢您的细节建议，希望能尽快得到回复。

您真挚的

欧内斯特·海明威

---

[1] 法尔·西森，军事学院教练。军事学院是大学预备寄宿学校，在印第安纳州，由商人亨利·哈里森·卡尔弗（1840—1897）创立于1894年，成立目的是“为大学、科技学校以及美国商业培养出最有准备的年轻人”。

致阿兰·沃克

橡树园，伊利诺伊州
据推测写于1917年春天

亲爱的阿兰[1]：

我正在经历无休止的厄运，并且有一封来自橡树园的信我到现在还没有收到。

现在已经快到春末了，我们下个暑假肯定会去游玩，春溪听起来是个不错的地方。我正在学习射击，棒球队也要开始训练了。

我们这里现在成立了一个拳击俱乐部。我已经增肥成功了，现在我正在165英磅的班级上课。上两个月的总结是这样的：

被击倒：1次；

击倒他人：4次；

认输：2次；

对手认输：6次。

我们有6轮比赛。星期四的晚上，我已经和一个叫作内尔·詹金斯的对手比试过，他大约6英尺高，

[1] 可能是乔治·阿兰·沃克，1898年出生，欧内斯特在密歇根的好朋友，一起钓鱼的伙伴。

皮肤粗糙得像是铁轨。我够不到他的下巴，所以尝试着去击打他的肋骨。比赛结果并不理想。星期六晚上，也就是爱好者聚会的晚上，我们一群人去了吉尔摩[1]的健身房。我上去对抗一位叫托尼·米立肯的人，你可能听说过他。我们对击了一分钟，然后我感觉有人用冰水泼我，我下巴肿起了大约鸡蛋大小的一个包。自那以后，我一直待在没有200英磅的学生的班里面。

我怀疑莫利斯·布莱恩是以吹牛著称的。

你什么时候来呢？你现在正在从事什么？如果你负责了多特汽车[2]的设计，那你应该去喝硫酸了。换句话说如果你是给大众造成不便的人，那我想我们的友谊应该终止了。靠近一点，我可能弄脏时尚的你或者用我们的方言戏弄你。我希望能在3个月之内见到你，或者是3个半月？我打赌鳟鱼一定很害怕我们的到来，我会记得买钓钩、鱼线，今年我打算买根新的鱼竿。我们还要去徒步旅行，乘火车去马凯特，并从

[1] 哈利·吉尔摩，出生在加拿大，不戴手套的拳击冠军（1854年出生），1888年移居芝加哥，在芝加哥亚当斯东大街经营了一家拳击学院，无论是在专业领域还是在业余爱好者中都很受欢迎。

[2] 弗林特多特汽车公司，由约书亚·达拉斯·多特创立，1915年至1924年生产汽车。

那里徒步去圣城伊格纳茨[1]，希望你能同行。

请尽快回复我一封长信。

你的朋友

欧内斯特·海明威

致克劳伦斯·海明威

乔利埃特，伊利诺伊州

1917年4月3日

亲爱的爸爸：

我将在4月10日的时候将这封信从乔利埃特寄给您。今天在拉蒙特的旅行很辛苦，我们游荡了一晚上，

[1] 大急流城和印第安纳州铁路，连接了城镇马凯特（苏必略湖河岸）和圣伊尼亚斯（麦吉诺海峡）。这将是一个长达150英里的徒步旅行，堪比1915年和1916年欧内斯特从法兰克福到瓦隆湖的那次旅行。

洛克波特是我这趟旅行的目的地[1]。

深爱您的

欧内斯特

致安森·海明威

瓦隆湖

1917年8月6日

亲爱的爷爷：

我一直想给您写信感谢您送给我的生日礼物，但是我每天都得花费12个小时在农场干活。乔治叔叔和他的家人，还有格蕾丝姑姑和泰勒叔叔明天要过来。[2]

---

[1] 从4月2日至6日，春假期间，欧内斯特和欧哈森乘着小船在斯塔乌德州立岩石公园一起游玩，就在伊利诺伊州的拉萨尔，距离橡树园大约95英里远。他们沿着伊利诺伊—密歇根运河，一条为联通五大湖和密西西比河水域而于1848年修建的运河，一系列的岩石保证了小船可以在密歇根湖和伊利诺伊河海拔140米的落差中安全行驶。这条运河经过雷蒙特、洛克波特、乔利埃特、沙纳罕，还有一些其他的地方，直到终点拉萨尔。第一次世界大战时，这是美国的入口（这个民族在4月6日宣布对战德国），伊利诺伊国家军队当时正在守卫运河。欧哈森写信给他的爸爸说第2天是最艰苦的一天，他和欧内斯特被军队发现了，而不得不终止旅行。

[2] 欧内斯特·海明威的叔叔和姑姑：乔治·罗伊，阿尔弗雷德·泰勒·海明威和格蕾丝·阿德莱德。

我们所有人都在这里，现在做什么事都很容易。爸爸的福特汽车现在状况良好，液压缸很干净，他暂时不考虑卖掉它。[1]

晚上在霍顿湾钓鱼，我钓到了几条有彩色鳞片的大鱼，我称它为彩鳟鱼，还有两条1磅的鳟鱼。那是我以前在那里从来没有钓到过的大鱼。

我真的很感谢您送我的报纸，因为在我们这里除了每次都晚两天的日报，真的没有什么可以读的。

这个秋天不去伊利诺伊州，我可能整个10月都在这里为迪尔沃思工作。当我回家以后，我要尝试在芝加哥论坛找一份工作。[2]明年的这个时候我应该可以回学校学习了。

非常爱您和奶奶。

欧内斯特

---

[1] 1917年6月，克劳伦斯·海明威和格蕾丝、欧内斯特·海明威还有两岁大的莱斯特一起开车从芝加哥去瓦隆湖，进行一个长达五天480英里路程的荒地行程。女孩们还是和以往一样乘轮船旅行。

[2] 在1917年三年级的校报上，欧内斯特·海明威暗示他可能去伊利诺伊大学，他是《芝加哥论坛报》的忠实读者。

致克劳伦斯·海明威

印第安纳州

据推测写于1917年9月3日

亲爱的爸爸：

上个星期，为了报答韦斯利和比尔·史密斯帮助我从龙菲尔德农场逃出来的恩情，我帮助他俩各收了两天的大豆。这两三天我还要工作，我将会在星期四的早上走高速或者是乘火车回家。我邮寄的袋子和桶都到了吗？

现在正在收获的季节，所以即使冒着暴风雨，我们也得工作。虽然收大豆是一项很辛苦的工作，但是我收的大豆都可以有韦斯利的两倍那么多。

下雨那天我们去了夏洛瓦区，抓到了很多来自密歇根湖的鲈鱼。比尔·史密斯和我总共抓了75条，我们把其中25条卖了，赚了50美元，然后把剩下的分给了家里人。现在有暴风雨，也许接下来的两周都有暴风雨，我们根本什么事都不能干。

我在这里祝您生意兴隆。

爱你们所有人

欧内斯特

致克劳伦斯·海明威

夏洛瓦区

1917年9月25日

亲爱的爸爸：

我刚刚带来了土豆和苹果。我在单子上写的是土豆62篓，但是差不多都有90篓了，我们省下了28篓的钱呢。

苹果有夏、秋、冬季节的，各一箱，其中德雷顿拿走了一半。这些苹果比我们想象的要轻。还有密苏里船只将会在星期六上午到达，下星期三晚上离开。

土豆真的是非常好。

爱您的

欧内斯特

致海明威一家

堪萨斯城，密苏里州

1917年10月17日

亲爱的家人：

我想你们已经收到了我的第一封信。我度过了一个很愉快的假日，我到这里的第一天晚上就见了卡尔，我很开心他也在这里[1]，卡尔很喜欢孩子们。阿贝莉姑姑想让我在这里一直住到这周末[2]。今天我想到了一个故事[3]，应该是一个不错的题材。

我每天从上午8点一直工作到下午5点，每次离开的时候身上都湿淋淋的。还有忘了告诉你们，卡尔和我住在一起。

祝福所有亲爱的人。

我的新地址是：密苏里州，堪萨斯城，沃里克大道3733号。

爱你们的

欧内斯特

---

[1] 1917年10月17日，海明威乘火车从芝加哥去密苏里的堪萨斯城，开始在他的叔叔泰勒给他找的《堪萨斯城星报》做记者。他叔叔和亨利·哈斯卡尔是奥柏林大学的同学。星报总编辑查尔斯·埃德加是欧内斯特在霍顿湾的好朋友，海明威给他起的昵称叫欧德加。亨利·哈斯卡尔在堪萨斯城的一家燃油公司工作，他很支持海明威移居，并建议和海明威一起租一间公寓。

[2] 在他到达堪萨斯城之前，海明威在沃里克大道他叔叔泰勒家还有他姑姑阿贝莉·海明威家里停留了几天。

[3] 海明威在星报的大多数作品都是短篇故事，大多数都是分配下来的任务。星报在十八大街和格兰大道的交叉口，占据了街道的大半空间，印刷厂的占地面积都比不过它。

致马赛琳娜·海明威

堪萨斯城，密苏里州
1917年10月26日

亲爱的艾沃瑞：

你在奥伯林大学过得怎么样呀？我一直在很努力地生活着。昨天上午我写了6个故事，把它们发表在报道的首页上。这些故事都关系到一个记者——老布鲁特。

德加和我经常闲逛，恰好上个星期天我们在圣约瑟夫[1]，阿达里昂、海伦和奥瑞拉斯向你问好，事实上这就是我们生活的地方。

所有的上级都像兄弟般呵护我，我是“公众思想”专栏（类似于“教皇之声”[2]专栏）的一名编辑人员。因为现在我升职了，工作很忙，所以不能像原来那样频繁地给你回信了。我给你写的这封信使用的是复印纸，我用打字机把它打出来，这样我就能够掩盖住我

[1] 圣约瑟夫，位于密西西比河上堪萨斯城北部，距离那里大约55米处，因作为小马快递东部终点站而出名。

[2] “公众思想”属于《堪萨斯城星报》，它是一个关于读者的来信专栏。“教皇之音”来自大众之声，又名“大众之声”，属于《芝加哥论坛报》，它也是一个关于读者的来信专栏。

潦草的字迹了。在圣约瑟夫，我有幸在《圣约瑟夫公报》[1]工作，但是这里的薪水并不高。

之前，我为什么没有收到你的来信呢？我表面上说自己很孤独，而实际上确实是太忙了，没有空闲时间，之前在办事处工作的时候，我却经常有片刻闲暇时间。希望你写信告诉我有关星艾德公寓的消息吧，我发誓我一定会回信。顺便问一下，你们学校的男孩子都长大了吧？给我讲讲他们的故事吧，我的时间比较紧，只有在春天来临时，才有闲暇时间想起他们。[2]

你的弟弟

欧内斯特

致马赛琳娜·海明威

堪萨斯城，密苏里州

1917年10月30日，11月6日

亲爱的艾沃瑞：

对于你的健忘我很无奈，不想再说什么。我确实在“公众思想”专栏工作，是忠于戈弗雷的。在得知

---

[1] 《圣约瑟夫公报》建立于1845年，是美国运行时间最长的报纸之一。

[2] 海明威在这里引用了《约翰福音》中的话：“白天时我必须从事上帝分配给我的工作，然而当夜晚来临之时，却没有人能够替我完成这份特殊的工作。”

你在克利夫兰[1]过得很愉快时，我也替你高兴，那里肯定生产葡萄酒吧？今晚卡尔和我一起观看了情景剧《向右转》[2]，不知道你在那里有没有看这个情景剧？不知道瑞德·米利肯出演了吗？今天发薪水，我只领到了前两个星期的，少得可怜。

今天我从沃克那里得到了两张照片的底片，照片上的那个人是我，是沃克帮我拍的。我打算再冲洗一张照片。布莱特、乔克、麦克这周都给我写信了。[3]乔克在密歇根工作，平时几乎没有时间给我写信。布莱特还留在艾伦镇生活和工作，麦克在西部电气公司上班。

我在这里过得很愉快，对生活充满了希望。你在母校过得还好吧？弟弟也可以给你带来欢声笑语。如果想完全遵守学校所有的校规并且不违反规定的话，那么你做事情的时候一定要小心谨慎了。卡尔是一个

[1] 城或镇，克利夫兰位于俄亥俄州的奥柏林北部的35米处。马赛琳娜在这里的奥柏林大学读书。

[2] 情景剧《向右转》（1916），作者是史密斯·温切尔（1872—1933）和约翰·哈扎德（1813—1935），于10月28日与狮子王百老汇音乐剧一起在堪萨斯城的舒伯特剧院上演。舒伯特剧院，在巴尔的摩大道西第十街，1906年开放，能容纳近1700人。

[3] 海明威指的是他的朋友弗瑞德·威尔克森“布莱特”，潘特·卡斯特“乔克”，麦克尚未查明。

守规矩的好男孩，而且从来不喝酒，虽然卡尔才27岁，但我相信他的人生一定会很美好的。只有你的弟弟不碰烟草，他大概是办事处里唯一不抽烟的人吧。他的助理偶尔买一份杂志看看，时不时地参观一下日渐衰落的剧院，而且他也喜欢吃苹果。

我打算不久之后到加拿大军队中去服役，只不过可能要等到春天。说实话我一刻也不想再留在这里工作了，那里的加拿大长官都是我的朋友，所以我打算加入那个军队。梅杰比格斯、莱略特、西米他们都是掌权的军官。如果你去加拿大的军队中服役，那么你临行前就有充足的时间去做自己想做的事情，然后你就可以去多伦多或者哈利法克斯游玩，接着可以去伦敦，那么两三个月之后你就可以去巴黎游玩。他们的士兵是世界上最优秀的战斗者，我们的军队战斗力比较差，实在是无法和他们相提并论。我去加拿大参军，可能要等到夏天结束。但是请相信我一定会去的，不是因为我对荣誉的追求或对其他事情的热爱，而是因为我不能对这些残酷的战争和死亡无动于衷。

或许你见不到我，但是请你一定要振作起来，因为无论如何我都知道要好好照顾自己。我说的事情千万不要告诉家里人，你是了解我的。

你的弟弟

欧内斯特

一周之后

嗨，艾沃瑞，我愿圣母与你永远同在，并且代我向你的室友表达我的亲切问候。我加入了国民保卫队，这支队伍只为国家服务。我有一件价值40美元的制服和50美元的大衣，保卫队都是一些年轻人。

欧内斯特

致海明威一家

堪萨斯城，密苏里州

1917年11月24日

亲爱的家人：

妈妈寄来的饼干真好吃，我把其中一些饼干送给了艾若贝尔婶婶和泰勒叔叔、孩子们，还给了卡尔一些，他们都称赞妈妈的确是一名很好的厨师，非常感谢！今天是个特殊的日子，军队中的大部队的演练和海军的足球赛要在这里举办，镇上约有5000名英勇的士兵。伍德将军和卡坡长官都聚集在办事处这里。卡坡长官走过来向我还有同时在场的两个伙伴作了自我介绍，并且告诉我们，大量军队一会儿在这里要进行军队游行，而且在星报的阶梯处建有阅兵台。但是不幸的是发生了一点意外，所以军队不能按时到达进行游行检阅了。[1]毫无疑问，我们一整天都在为这个事情忙个不停。我昨天又在报纸的主版上发表了6篇文章，其中两篇文章被放在了报纸的首页上。如果我有多余的一些邮费，我一定会寄给你们一些文章的。发薪日是下周六，发了薪水后我将会买许多邮票，并且寄给你们一些报纸。今天意外地收到了乌拉斯的信，非常感谢，我一定会很快回信的。今天卡尔前往哥伦

[1] 11月24日，堪萨斯城在近8000人面前举行了士兵游行，来自法斯顿军队的一支足球队挑战一支海军队，而且这只海军来自五大湖海军兵站。已经安排好的游行不得不因为军队火车的撞击耽搁了士兵的到达日期而取消，星报在当天报纸首页报道了此事。主将伦纳中德·伍德所担任的是法斯顿军队的总指挥；亚瑟·卡坡在1914—1918年担任堪萨斯城长官，1919—1949年担任美国参议员。

比亚探望比尔·史密斯和查尔斯太太[1]，他们将在那里度过周末。我今天从7点半到12点半又要值班，分配给我的任务是整理作息日的工作表。今天这里下雪了，而且带有伦敦雾（我不得不换打字机）。

现在我最好赶紧工作，工作完就去吃点东西。

我找到一个写信的好地方，当我不在的时候……[2]

这里有一个米勒巴池宾馆，跟黑石镇一样奢侈、豪华。而且有一间单独的只向所有新闻人开放的印刷室，印刷室内有桌子、印刷机、电话和许多纸张，所以同伴们都爱来这里闲逛。你要出100万美元才能拥有像米勒巴池宾馆这样的一个私人房间。然而在巴尔的摩也有一间这样的私人房间。[3]

---

[1] 比尔和凯特都在哥伦比亚密苏里大学读书。凯特在1917年毕业时获得了英语和新闻学学士学位，比尔在1918年毕业，毕业时获得农学理学学士学位。查尔斯太太，他们的姨妈，自从他们的妈妈1899年去世后就一直担任他们的监护人，她于1902年嫁给了约瑟夫·威廉姆·查尔斯，她的丈夫是圣路易斯的一名内科医生。他们在荷顿港重修了农房，并在那里度过了整个夏天。

[2] 海明威用完了这页纸，然而留下的句子没有写完。

[3] 十二层的米勒巴池宾馆位于堪萨斯城中心巴尔的摩大道第十二街，在1915年开放，是中西部最好的旅馆之一。黑石镇，位于南密歇根大道上的一家奢华的芝加哥宾馆，这是由伊利诺伊中部铁路董事长提摩太黑石在1910年建造的。巴尔的摩是在1899年竣工的一个大型宾馆，位于堪萨斯城巴尔的摩大道第十一街。

最近我接种疫苗的那个地方有些痒，所以我想它应该开始起作用了。

爱你们的
欧内斯特

致克劳伦斯·海明威和格蕾丝·霍尔·海明威

堪萨斯城，密苏里州
1917年12月17日

亲爱的爸爸妈妈：

非常抱歉上周我没有给你们寄信，因为我忙得焦头烂额，抽不出一分钟空闲的时间了。而且这里很冷，近两个星期温度都在零度以下。再想想一周后就是圣诞节了，我估计还要工作一整天，但是不会很辛苦。昨晚我看到一些黑人被判处终身监禁，送他们的有3辆专车，而且上边有3名武装警卫分别站在每辆车的一端。昨晚我在前往休斯敦的路上，看到他们抵达联合车站。其实并没有什么稀罕的，大多是平日的琐事。我现在在米勒巴池宾馆的一间印刷室里给你们写信，它和黑石镇一样，是一流的宾馆，盥洗室里有舒服的椅子，并且有为报社人员提供的打字机。当我得知马塞琳娜不久就要回家过圣诞节了，我感到很高兴。虽然我也想回去，可是一直没有找到一个合适的机会。这个打字机反应有些慢，而且屋子里的灯光也不好，所以我要加速写了。因为实在太忙，我欠了很多人的信，都没有时间给他们回信，今天下午我打算把这些事情都完成。虽然我一直穿着我肥大的红色毛衣和短大衣，但我没感觉到有多么热。我希望可以尽快涨工资，那样的话所有的伙伴都会觉得我这个工作是当之无愧的，很值得的，但愿如此。同时期待着我的圣诞包裹能在一周后到达，发薪日也是那个时候。昨天晚上我凌晨两点才睡觉，所以今早10点半才起床，现在我要稍微休息会儿，所以不得不停笔了，过一会儿我会再开始写的。

爱你们的

海明威

致格蕾丝·霍尔·海明威

堪萨斯城，密苏里州

1918年1月16日

亲爱的妈妈：

一直到今天，我才收到了您的来信，我一直在想很久没有收到家里人来信的原因，我想大概是火车给耽误了吧！虽然这里气温也是零下20摄氏度，奇怪的是却没有多少积雪，然而在堪萨斯城基本都是两三英尺的积雪，所以根本就没有从西边或是东边来的火车，因此我们要隔一段时间才能收到来信。在这寒冷的冬天煤炭依然短缺，但我们应该能熬过去，因为春天快来了。妈妈您也不要担心，您没事的时候可以找一些开心的事做做。

妈妈，您更不要担心我会成为一个不合格的基督徒。我和以前一样，每天晚上都会祈祷，和以前一样相信上帝，所以您一定要替我高兴呀。正因为我是一名虔诚的基督徒，所以我才觉得更不应该经常打扰您。

我周日之所以不去教堂是因为工作需要，我要在星报工作到晚上一点，甚至有时候要到三四点，所以我周日一般到中午12点30分才睡醒，因此，您应该明白并不是我不想去教堂，您知道，我虽然不是一名狂热的基督徒，但也会尽最大的可能做到虔诚信仰。

周日是我一周中唯一能睡懒觉的日子。安特阿拉贝拉教堂装饰得很有时代风格，但是牧师不怎么可爱，我也觉得自己不属于这里。

妈妈，读到您对比尔和卡尔的评价，我感到极其生气，所以我想立刻写信告诉您我的想法，但我要等到自己冷静下来的时候。我觉得是因为您从没见过卡尔，也不认识比尔，所以才单从表面上判断，这样可能有失公平。

卡尔是个“王子”，他也是一名虔诚的基督徒，他对我的影响很大，甚至超过所有我认识的人。他对宗教的热爱虽然不如皮斯里[1]家的人那样疯狂，但他对宗教有着真挚而深厚的感情，同时我认为他也是一个绅士。

还有，我从没有问过比尔要去哪个教堂，因为我认为这是无关紧要的。我们都信仰上帝耶稣并希望有来生，教义其实并不算什么。

请您不要再不公平地批评我最好的朋友了。希望您现在过得开心点啊！也不要担心我，因为我并不是您想象的那样独自漂泊、孤独的一个人。

希望您不要跟任何人读这封信，请赶快恢复您愉快的心情吧！

爱您

欧内

---

[1] 赫伯特·皮斯里家族有5个孩子，他们都和海明威在同一个教堂里。沃尔特·皮斯里是海明威毕业时的同学，海明威1917年发表了幽默小说《班级语言》，在小说中将他塑造成新宗教杰兹主义的门徒。

致海明威一家

堪萨斯城，密苏里州
1918年1月30日

亲爱的家人：

非常感谢妈妈寄来的食物，这东西真是太好吃了，昨天晚上我和卡尔大吃了一顿。开始我没有想到面包保存那么长的时间还依然很美味。我昨天晚上在办事处把包裹打开了，分给伙伴们一些饼干，他们说海明威的妈妈一定是一名很棒的厨师，并且托我在信中向您问好。我们现在还是和以前一样忙，因为人手不够。当得知艾沃瑞的阑尾炎痊愈了，我感到很高兴，虽然房子小，但也不用再受疑虑的困扰了。现在家里的煤炭很充足，然而在这里这是很少谈及的话题，现在天气寒冷，当地人却无法获得天然气，我们唯一有的就是比尔卖的燃料油。

现在天下很太平，没有什么要告诉你们的。但当城市开始进行春季竞选阶段的时候就热闹了。这个小镇的政治环境和芝加哥的政治环境一样肮脏，他们像抨击公报那样和大比尔·汤普森进行激烈的战斗。[1]现在医院和健康委员会之间发生了一些冲突，我的态度就是保持中立[2]。

我刚来这个镇的时候，觉得它比较靠南，暖和一些，但没想到一连十天居然都是零下10摄氏度。来自亚大巴斯卡湖凛冽的寒风长驱直入，一直到密苏里河谷，刺骨的寒风使我不得不感到战栗。再过两天就是发薪日，您的盒子将会按时到达，奶奶寄来的东西也很好，我很喜欢。我一会儿就给奶奶写一封信来表达我对她的感谢。

老板的电话使我从梦中惊醒，他告诉我说第十八街和霍尔莫斯街着了一场大火，让我在去办事处的路上看看那里的情况，并且写一篇相关的报道。于是，我马上赶过去进行采访，还在电话中通知了摄影师，需要他赶到现场进行拍摄。我的鞋都浸在冰水里，我只好跑到办事处，取出昨天晚上放在柜子里的暖和的

---

[1] 威廉姆霍尔·大比尔·汤普森（1869—1944）在1915—1923年和1923—1931年任芝加哥市长。在美国参加第一次世界大战后，他公然反对把美国军队派遣到欧洲战场，他的反对被大众谴责为不忠不德。《芝加哥每日公报》频繁地发表文章批评他的管理。

[2] 从1918年1月2日到2月4日，星报上居然出现了20封没有明确出处的文章，这些文章都是在报道医院冲突和政治腐败的一些事情，其中的一些文章就有可能是海明威的作品。

羊毛短袜。我穿着鞋走到更衣室换下，脱掉湿透了的冻住了的棉袜，穿上暖和的羊毛袜，而且我打算一直穿着。

爱你们的

欧内

致马赛琳娜·海明威

堪萨斯城，密苏里州

1918年2月12日

亲爱的艾沃瑞：

你最近过得还好吗？我最喜欢的沃克如期而至了吗？我真是好期待呀！我给你写信是想告诉你我在这里的一位好朋友威尔逊[1]，他很快要去五大湖了，他在那里担任报务员。他只要一离开军营，就会去拜访我们家，你一定要好好地款待他哦，明白了吗？如果你见到了他，你一定会喜欢他的，因为他是一个好小伙，他会把一些关于我的消息告诉你们。你和凯巴格莱要同他好好相处，你可以带着他参观一下我们美丽

[1] 戴尔·威尔逊，一个23岁的密苏里州人，在星报担任校对员，后来被选入海军。海明威模仿美国总统伍德罗·威尔逊给他起了个绰号叫“伍罗德”。

的小镇。可能一开始你不怎么欣赏他，他就是这样的人。唯一让你受不了的是他还有另一个名字叫戴尔，很震惊吧。他是一个活生生的例子，即使有这样一个绰号，他仍然是一个很正经、很善良、很优秀的小伙子。我会给他写一封介绍信。我介绍的还有另外一个星报的同事哈罗德·哈奇森[1]，你一定要杀鸡宰羊招待他们呀！我把这些事情都拜托给你了，我的好姐姐。告诉你吧，一直到现在我才刚能分辨大蒜和洋葱，它们的区别我是从别人那里听来的，我自己还没有仔细找。

告诉你一件事，我爱上了梅马素[2]，我一见到这位漂亮的姑娘就深深爱上了。艾沃瑞，当你听说我结婚的时候可不要惊讶啊！你如果在荧屏上看到她，你就一定会支持我的选择的。生活中的她要比电影中的她好得多。电影编辑威尔逊·希克斯[3]也爱慕她，但

---

[1] 哈罗德·哈奇森，在星报的堪萨斯城办事处工作，他的名字和海明威一起出现在了一块铜匾上，记录了当时的一些参加第一次世界大战的编辑人员。

[2] 梅马素（1895—1968），无声电影女演员，以出演《一个民族的诞生》（1915）、《忍无可忍》（1916）而出名。海明威可能是在堪萨斯城上演的一场歌舞剧中与她相遇。数年之后当有人问及她是否见过海明威时，她回答说：“没有，但我很想。”

[3] 星报工作人员和电影编辑，后来成为生活杂志的主编，1952年接手杂志《体系》。

她更爱我，要不然她就是在撒谎骗人。现在我恋爱了，过得很舒服，我现在的状态就是除了工作就是恋爱。哦！艾沃瑞，告诉你我太喜欢她了！你肯定想不到梅马素小姐真名是玛丽，她20岁，未婚，虽然表面上看着不像。我是在米勒巴池遇见她的，说实在的她长得真漂亮，弗朗斯·柯特和安妮特·德芙等人和她相比，简直是相形见绌。她和弗朗斯一样善良，但在长相和教养等方面远远胜过安妮特。关于这事，我希望你先不要告诉家里人，我还想保持单身是因为想参战。这可能是我人生中最重要的事情了，但是梅马素小姐说她愿意等我。是谁说过她讨厌新闻记者呢？但机会真的来临的时候，又是谁肯真正这么做呢？

我现在自己乐呵开心好几个小时，对你来说她可能不算什么，但她对海明威就不一样了，我一周至少收到她的两封来信。艾沃瑞，你如果能看到她寄给我的照片以及照片上面的字就好了，这些照片都是施特劳斯和佩顿[1]的最好的一些新作品，每一张都能价值75美元呢。你一定要清醒地认识到，梅马素她根本就

---

[1] 摄影师本杰明·施特劳斯（1871—1952）和荷马·佩顿（可能逝世于1930年）成为商业伙伴，于1908年在堪萨斯城建立了一个画像工作室。他们的画像室以创作剧院名流的画像而闻名，其中就包括旅游时经过堪萨斯的地区级和国家级演员的画像。

不是你想象中的坏女孩，而且和她相处久了你会觉得她非常招人喜欢。她现在在伍兹霍尔附近的海岸拍电影，当她返回海岸的路上经过这里时会过来看我的，你觉得怎么样？艾沃瑞，我之前还没有遇见一个能懂自己的人，真的希望她能不断地了解我，并喜欢我。

替我保密呀，艾沃瑞。

爱你的

欧内

致格蕾丝·霍尔·海明威

堪萨斯城，密苏里州

1918年2月23日

亲爱的妈妈：

今天丁娜·乌若米兹居然批评我不识货，我认为您做的糕点简直是无与伦比，饼干、抹茶蛋糕还有坚果都实在是太好吃了。每次收到您寄来的小包裹时，我和卡尔都欣喜若狂，但您千万不要因为这个就不给我们寄了啊，我知道您是了解我的、爱我们的。

当得知小金鱼卡尔[1]的身体恢复了不少时，我感

[1] 是海明威妹妹的昵称。

到很高兴，她现在的状况应该是面色红润、活蹦乱跳，身体很健康吧。前一段时间这里非常冷，不过现在天气又渐渐暖和了起来。你知道吗？今天加德纳市长[1]检阅了我们第二军的部队，我们举办了一场大型的阅兵和游行活动，因此我上午没有工作。我现在才到办事处来上班，我想下午应该不用出去了，因为我感到有些疲倦。沃克和他的朋友要休几天假，如果他们要出门可以让他们顺便拜访一下你们，真是太好了。艾尔是我的一个好朋友，去年秋天我独自一人来到这儿的时候，我和艾尔相处得很愉快，当我不争气生病的时候，是他一直在照顾我，其实我们之间还有很多这样的事情。医院和健康委员会之间发生了一系列激烈的冲突，我就此问题写了一些东西表示支持，还做了一些相关的具体调查。事情真是糟糕得让我简直难以置信。在医院中居然能有2000例天花感染患者，一位脑膜炎传染者，而医院却不能提供抗菌剂，也没有拍摄X光片的化学药剂，在过去四个星期里的骨折病人和中弹病人，他们的治疗中没有使用X光，再加上自从1月18日就没有酒精了。而让我们更无法想象的是委员会的一些理事

[1] 弗雷德里克·加德纳（1869—1933），1917—1921年任密苏里州的市长。

居然在一年之间贪污了27000美元。前天晚上我和兰驰先生[1]给星报的主编们开了个会，于是他决定支持正义，反对委员们的行为，艾伯特·金、史密斯·比姆[2]和我同样也参与了。我负责采访和调查医院，搞清楚那里的贪污行为。金在下午搞清楚市政厅的事情，史密斯负责健康委员会办事处的事情。在上周，我每天至少编辑半个专栏，我想他们已经被我们弄得焦头烂额，非常急躁了。

我一直在忙这个事情。我获取并证实这些危险的事实而又希望免于被起诉诽谤，这就需要我们做大量的调查工作，这是为了公平。

现在我不得不说再见了，我最后向爸爸和孩子们问好，您要向他们每一个人带到我的问候呀！

爱您的

欧内

[1] 大卫·奥斯汀·兰驰（逝世于1948年），1902年担任《堪萨斯城星报》的戏剧编辑人员，同时在1911—1922年负责担任《堪萨斯城星报》的早报编辑任务。他出任报社记者（1922—1928）并从1928年开始担任星报副主编直到去世。

[2] 艾伯特·金和史密斯·比姆都是星报的记者。

致马赛琳娜·海明威

堪萨斯城，密苏里州

1918年3月2日

亲爱的斯维斯特[1]：

海明威向你们所有人问好。你们最近过得怎么样呢？还有山姆[2]，他还好吧？我可要提醒你千万不能嫁给山姆，因为我认为世界上还有许多比他更好的男人，你一定要考虑清楚，比如说海明威，我觉得他就不错，我未来的姐夫应该是像我这样的人或者是更好的人，或者是个高级别的大人物，或者是个真正的好人。我听到了你的咆哮，但你的弟弟，虽然只是一个年幼的孩子，却自己离开家来到这个地方，并且见过各色人等，所以他的意见是值得考虑的。事实上他经历过很多。我在这并没有和你开玩笑啊，所以我一再告诉你，对于山姆你要三思。我已经了解了他的出身，当然了，如果他喜欢并爱上了你，那么他从中肯定能得到很多好处，这是我预料到的。但是你好好看看，有许许多多比他更好的人呀，我还是希望你能够接受

[1] 可能是意大利语中的“姐姐”。

[2] 山姆·安德森，马赛琳娜的朋友，在1918年写给海明威的信中她多次提到这个人。

我的意见。其实我在所有的信上都是这么写名字的，因为把海明威这个名字完整地写下来真的是太费时间了。你知道吗？他最近可忙了。伟大的海明威谈恋爱了！他爱上的不是别人，正是梅马素。我知道你和山姆都见过她。如果她真的能成为海明威太太的话，我将会快乐无比，我觉得这就是谈恋爱的感觉，我一直在想，或许某一天她也一定会爱我爱得无法自拔。你和山姆觉得我这个亲爱的小叛徒怎么样呀？我从来没有见过她以前的男朋友，所以我也不知道自己是否达到她心目中的标准，但即使我不怎么样也没关系，因为这对我来说区别不大。你告诉山姆我和梅马素在恋爱了吗？你知道山姆都说了一些什么呀？你把这个好消息告诉大家了吗？你如果说了，他们都什么反应呀？如果你推测我和梅马素的关系会像迪克和格雷姆[1]那样如胶似漆、永不分离，那我一定会在心里感激你的。总之我相信你一定会找到志趣相投的另一半。我已经说了这么一堆废话了。我告诉你，我将去意大利的一个美国救护服务队里服役，然后在那里担任救护车司机，你要相信这是真的。

---

[1] 乔治·格雷姆是马赛琳娜的同学，和马赛琳娜的好朋友露西尔·迪克很亲近。马赛琳娜在1918年5月11日告诉海明威，迪克和格雷姆一直如胶似漆，可是到了8月25日格雷姆就被迪克从住所里赶了出来。

替我向家里人带去我的爱和问候吧，但不要告诉他们啊！不然他们可能会担心我，而且我可能过一段时间才去那里。我觉得吧，不管怎么样，只要有个地方可以服役就是一种很大的解脱。我希望尽快地进行急救服务，却被他们拒绝了。其实你看是这样的，急救服务中只有5个工作的地方，可是我的电报却莫名地排在了第6位。所以我和布鲁姆·巴克还要等消息，而他在埃纳河开过长达6个月的救护车。圣路易斯警察局告诉我，我们的服役要求被他们接受了，得知后我很高兴，但意外的是他们回复给我们的是一封空白的电报，他们觉得我们什么时候能派上用场才会通知我们去服役。我知道一等中尉可以有很多佣金和一套意大利军官军服，再加上可能每月给50美元的零花钱，怎么样，待遇不错吧？现在你要以你的名誉发誓，不会把这件事情告诉任何一个人。我现在正在努力学习法语和意大利语，同时我已经学会了开救护车，很厉害吧？再次回到原来的话题上吧，难道你觉得梅马素不是个奇迹吗？呼呼……哦天哪！布鲁姆·斯坦因，大兔比[1]和魁梧的黑克斯他们都在嫉妒我，怎么这难道不公平吗？戴尔·威尔逊还没有从五大湖出发呢，

[1] 对诺曼·威廉姆的昵称，他是海明威在星报工作室的同事和朋友。

我希望你能好好招待他，可以吗？但是因为他们现在都很忙，所以把这次行程给耽误了。我真心地希望明年夏天能去一趟北方，当然了，可能会去也可能不去。

你一定要快点给我写信啊！最后祝你好运，阿门！

这是伟大的海明威专有的名字哦！

老布鲁特

附注：这封信写在信纸的背面，信纸的信头是“米勒巴池宾馆，巴尔的摩大道和第十二街，堪萨斯城，密苏里州”，这封信是寄给“马赛琳娜·海明威，315阿世兰德大道，芝加哥，伊利诺伊州”，这个地址是教会训练学校，马赛琳娜在那里上学。

致克劳伦斯·海明威

堪萨斯城，密苏里州

1918年4月6日

亲爱的爸爸：

您还好吗？非常感谢你寄来《橡树叶》《飞人报》和《塔布拉》，但是我只有18岁什么的那些说法是怎么回事呢？这让我很恼火，我希望您没有这么做。[1]这就是当今的局势。我来这儿已经7个月了，可是近期发现我赚的钱已经不够花了。看，活人的开销多大啊。我只是个不到19岁的孩子，也有过那种十分奢靡的生活。在一个每个员工都有比我多三到十年工作经验的公司里，我不得不特别努力地工作，而且我做这个工作已经有3年了。凭着一点好运和那么一点点天赋，我现在可以玩转这个工作了。其实，我分到的工作比那些大我三到八岁的人所分到的工作还好。从他们对我稿子的审核来看，我做得很好。现在我每月赚75美元，纳尔逊[2]老板规定，星报员工每年涨一次工资，如果我在这儿继续待到明年4月1日，我的工资会再涨15到20美元，最多每月可挣100美元，我还有机会去达拉斯，每周30美元；去托皮卡，每周30美元；去圣路易斯，每周30美元；也可以给美国新闻报做编外记者，每周25美元。公司里的每个人都说我待在这

[1] 1918年4月6日《橡树叶》报道，海明威被要求在大罢工的前一周在密苏里国家警卫队第七步兵团服役，他似乎认为是他父亲提出了这个有异议的说法。那就是虽然他只有18岁，却是《堪萨斯城星报》的一名优秀记者。《堪萨斯城星报》是美国新闻业内人士一致认为的最好的新闻日报。

[2] 威廉·罗克希尔·纳尔逊（1841—1915），创建星报并一直担任编辑和发行人，直到去世。

儿是一个愚蠢的决定。因为我有宝贵的经验，有优异的工作记录，也揭露过那些被强烈谴责的事情的真相。老爸，现在我很累，以至于晚上失眠，头晕眼花。

我的体重持续下降，每天都感到特别累，我感到身体和心理上的双重疲惫。老爸，没有人能比我更了解这种感觉了，就像我在大学里，在7个月中连续经历一系列繁重的考试，就是这种感觉。责任、精确，数千美元取决于你报道的精确性和真实性。中间一个字母的错误也许就会引发诽谤诉讼，我一直在这种巨大的压力下工作。[1]

有时候真的会感到精神上的疲惫。半个专栏的故事，每一个名字，每一个地址，甚至每一个大写字母都要核实，文体要好，可以说要完美，所有的事件都要按正确的顺序排列，使故事可以经得住推敲，15分钟之内完成，你得一次写五句话，才能赶上这期印刷。在电话中听到一个故事，你得牢牢记住每个细节，就像它在你眼前发生一样，然后迅速冲到打字机旁，一口气写满一篇。其他十几台打字机也在运作，老板训斥着某个人，你一写完，就有人从你手中抽走稿子。

[1] 在这句话的末尾，海明威画了一个圆，并在信纸的右边写着“插入”。接下来的一段是他在另一张纸上打印的，标题为“插入”。这段话按照海明威所写的顺序出现在这儿。

不知道一个人能持续这种生活多久还不发疯。或者是从周六上午8点一直工作到周日凌晨1点，然后累得睡不着。老爸，我来这儿7个月了，以前在这一行中，从没有做过比五或十小时编一个故事更紧张的工作。

我需要度假，不然我就要崩溃了。所以5月1日，我要沿着艾奇逊—托皮卡—圣菲铁路去芝加哥。如果你们同意，我很想在橡树园待几天，看看你们还有我的老朋友们。但我最多只能待两天，之后继续向北，写作、休息、钓鱼，让我高度疲惫紧张的“双六大脑”休息休息[1]，休息好后我就会回去。我随时可以回星报，也许能赚更多钱。也许他们会因为旧的潜在的束缚政策而不给我加薪，但是还有很多可以给我合适报酬的报社。现在是最缺新闻记者的时候，任何一个有工作经历的人都可以去国内任何一家报纸，直接上岗工作。下一次征兵之后，会更加缺人手。我不是在告诉您我自己的观点，而是在陈述一个事实。

我和您说我有能力在其他报社工作，我想举一个人的例子，《泰晤士报》的编辑霍普金斯，《圣路易环球民主报》的社长曾说我什么时候想找工作都可以

[1] 海明威把他的大脑比作一个派克双六汽车。派克双六汽车于1915年被引进美国，以其具有变革性的大功率12汽缸发动机而得名。

去找他。我给《飞人报》写文章，听起来有点无奈，但是为了生活，我必须这样，因为我已经到了该自己养活自己的年龄了。就是这样，我之所以没有告诉您这些，是因为我觉得我现在有点小名气，但是您也看到了现在的这种情况。

老爸，我希望在5月2日见到您。祝您好运，谢谢您的报纸。给我回信吧。

我会很快给妈妈写信。

欧内

致克劳伦斯·海明威

西部联盟

1918年5月19日

亲爱的爸爸：

我为自己没有订婚、结婚或者离婚而欢呼！这是真的，开个玩笑到周三。[1]

欧内

---

[1] 克劳伦斯回复5月19日的来信："半个小时前接到你解释这个玩笑的电报，可以使你的父母安睡五个晚上——很高兴收到它，希望你已经给你母亲写信了，她的心差点碎了。"

致海明威一家

海上

1918年5月31日和6月2日

亲爱的家人：

好吧，我们在接近登陆港口且正在进入广为人知的潜艇区[1]，所以我把这封信寄出去，这样你们无论如何都会收到一封信。这是世界上最破旧的通道，它可能向你们揭示一个军事秘密，但这是事实。现在想想世界上最差劲的船是什么，你们就会知道我在什么玩意儿上了。我们遇上了两天的好天气！温暖平静，有非常舒适的清风！令人愉快的海洋天气。后来我们遇到扫荡了整个餐厅的暴风雨，我本来要报道这里一切很好，直到我看到邻居喊叫着，突然跑向门口，然后海风那细微的力量变得那么大，我想跑出去。我们经历了两天暴风雨以至于我们的船颠簸摇晃着，大幅度地转圈摇摆，我晕了四次。创纪录了吧！现在暴风雨已经停了，天也已经晴了。你们大家包括大块头艾沃瑞和远近闻名的黛西[2]好吗？特德，我和豪厄尔·詹

---

[1] “芝加哥号”船开往波尔多港口。来自德国潜艇的袭击危险随着运输船接近欧洲而增加。

[2] 欧内斯特·海明威的弟弟莱斯特·海明威的昵称。

金斯待在一起过得很愉快。

和我们在一起的还有两个波兰中尉，分别是安东·加林斯吉和考特·霍茨纳[1]，他们都是花花公子，我和他们在一起的这段时间，我发现我们和波兰人还是不一样的。他们邀请我们到巴黎探访，我们将会举办一场盛大的宴会。从现在算起来，4天后我们就要登陆。我会在我们的港口寄出这封信，它将是我从那里寄出的唯一一封信，所以请不要担心，我们在又小又旧的戈森村[2]度过了一段快乐时光，并获得批准去百老汇大街。红十字会把我们照顾得很好，我们在那儿时不愁吃穿住行。基督教青年会恰好在这里，也有几个黑人在基督教青年会和哥伦布骑士会[3]。有几个代表在船上，他们好像有很多人似的。布鲁姆·巴克、潘金斯和我前天进行了第二次接种，我的胳膊现在几乎过度劳损，我现在只剩一次接种了。每一次接种都让我觉得自己病得很严重。刚刚

---

[1] 两个波兰军官，安东·加林斯吉和考特·霍茨纳，是欧内斯特·海明威小说《同你一起》开篇里的人物，原稿日期为1925年6月15日。该作品于1972年以《登陆前夜》为名首次发行。

[2] 位于纽约市。

[3] 和红十字会、基督教青年会一样，哥伦布骑士会是1882年建立的一个罗马天主教会兄弟会机构，也在战争期间向士兵提供物质和精神服务。

看到一艘美国大型巡洋舰驶往国内，我们给它拍照，还发出了许多信号旗。这是我们进入大西洋以来见过的第一艘船。晚上，当波光粼粼的海浪以弧形堆叠时，抬头看天空，会觉得非常美好。一个早起的家伙宣称瞥见了一条鲨鱼，但是我们都持怀疑态度。

船上的伙食很好，但是我们一天只吃两顿饭，早上10点一顿，傍晚5点一顿。你如果愿意的话，可以用咖啡和压缩饼干当早餐，但是这种早餐并不值得我们早起。据最新消息，我们离开巴黎后会先向总部前进，然后奔赴前线，替换那些该换下来的小组，我们到时候可能正好在冬天时战斗。给我寄的信请转到美国驻意大利米兰领事处，意大利救护服务部，或者美国红十字会。

爱你们的

欧内

6月2日

我们明天到达港口，途中没什么新鲜的事。我将在巴黎给你们写信，给我写信就请寄给我在米兰的那个地址。

爱你们所有人

欧内

致海明威一家

巴黎

据推测写于1918年6月3日

……德国人对法国进行了炮击，人们理所当然地接受了这些炮弹，几乎对德国人的到来没有任何反应，我们在早饭后听到了第一声炮响。除了沉闷的隆隆声之外什么也没有（就像在萨米特的爆炸一样），我们没有办法知道它攻击了哪里，但它离得一定很远，白天又相继有几声炮响，但是炮声一直没有引起恐慌，甚至没有引起人们的注意。4点的时候，从远处传来一声巨响，我们想去看看它落在了哪里，一名英国炮兵军官告诉我们，它至少落在了1英里之外。

今天下午，特德和詹克斯（爸爸您曾经在车上见过他们）走遍了荣军院旅馆、拿破仑博物馆。在那儿，他们参观了一个展出缴获的敌军大炮和飞机的展览。这个展区有几英亩大。我们坐在两辆老旧的、被当作出租车的圆柱形巴士里，走遍了这座城市。我们走遍了所有的景点，有香榭丽舍大街、爱丽舍宫、卢浮宫、荣军院、凯旋门等。我们的宾馆正好在协和广场，玛丽·安托瓦内特和西德尼·卡特就是在这里被砍头的。巴黎是一座伟大的城市，但是没有波尔多那么富有奇趣。一旦战争结束，我就打算去流浪，走遍整个法国。我已经学会了很多法语词汇，说得也相当不错了。在船上所有乡下的男孩和女孩都只说法语，这是一个很好的学习机会。特德、詹克斯和我一起度过了一段愉快的时光。今晚，我去了巴黎的富丽伯格。我戴着看起来有点傲慢的帽子和武装带，活脱脱就像个美国富翁。我们明天晚上去米兰，去看看贵族的生活。

回信时请寄到米兰。

爱你们的

欧内

附注：信的第一页遗失了，是从标写数字为“乙”的那一页开始的。

致露丝·莫里森[1]

米兰

1918年6月下旬至7月上旬

亲爱的露丝：

村子里一切还好吧？我现在在很远的地方，想起去年的这个时候，我们刚毕业的那段日子。当时，就有人告诉我，我将会坐在距皮亚韦河20米远的前线的战壕里，听着这些小东西在空中到处嗡嗡叫和一些大东西的隆隆声，并且时不时会有扣动机关枪扳机的声音，我回答："小憩一下吧。"这么说有点复杂，但是我想说的是，我是一个多么糟糕的预言家啊！

你看，我现在在意大利军队担任索托陆军中尉或者陆军上尉了。而且，我又回到了克罗齐罗莎的美国救护队服务，暂时在这里做点事情[2]。别告诉家里人，他们会想象我开着一辆福特汽车穿过索文峡谷

---

[1] 这是海明威的四个名为露丝的同学之一，最有可能出现在本文中的露丝·莫里森应该是海明威在《阶级预言》（于1917年6月发表在《高级版》，之后由布鲁克林杂志《学徒》重印）中提到的曾经参加了女子步枪俱乐部的两个露丝之一。

[2] 在山中战斗了几日之后，海明威志愿在皮亚韦河前线附近为战士们服务。

的画面。

我暂住在距离奥地利前线1.5英里的一幢房子里。有4间房，分两层，每一层各两间。有一天，一个炮弹滑过了屋顶，现在还有3间房了，上层一间，下层两间，我住在上层的另一间。意大利的枪炮声回响在我们身后，整个夜晚隆隆声消散不去，我现在想做的是跑向一个隐蔽的地方。我把巧克力和香烟分给了伤员们和在前线战斗的士兵。每天早晚，我背着干粮，戴上防毒面具，在战壕里吃点东西。我过得很愉快，只是这里没有美国同胞，我很想念他们，我几乎都快忘了英语怎么讲了。如果加农或者老洛夫伯格能听见我整日说意大利语，他们估计得从坟墓里爬出来。我看到一个率真而又纯洁的美国女孩走过，这幅画面让我感到些许孤独。我愿意用我缴获的奥地利自动式步枪、德国式头盔，用所有这些得到的废物和我被卷入战争的际遇，来换得和她的一支舞。

如果你想写点东西给我，请按照信封上的地址寄过来，信就会被转交到我手上。露丝，如果你知道我在橡树园认识的人有谁想要写信给我，或者通过其他渠道了解到有人想要给我写信，代我告诉他们，我一定会尽快给他们答复。自从我6月4日来到这里以来，还没有收到过一封来自美国的信。

下午，我爬到山顶，俯拍了一些皮亚韦河和奥地利战壕的照片。如果效果不错的话，我会寄给你一些。现在到吃饭的时间了，我也觉得有点饿了。

你知道我说再见的时候总是习惯小题大做，所以，我还是赶紧开溜吧，就让我的这封信陪着你吧。

欧内

致克劳伦斯·海明威和格蕾丝·霍尔·海明威

米兰

1918年7月14日

布伦巴克写道：

亲爱的海明威医生：

我刚从美国红十字会医院看望欧内斯特回来。他康复得很快，医生说再有几个星期，他就能痊愈了。尽管有200多个弹片嵌在他身体里，但是都位于腿部。只有几片比较大的弹片嵌得比较深，其中最严重的是位于膝关节的两片和右脚上的两片。所幸医生说这些伤对他痊愈没有什么影响，欧内斯特的两条腿都能完全保住。

既然我已经告诉了你们他的情况，我想你们一定想知道这件事情的原委。如果我说了这件事，你们一定会为你们儿子的行动感到自豪。他将会获得银色英雄勋章，这枚勋章的确分量很重，相当于军事勋章或者法国军队的荣誉奖章。

欧内斯特受伤的时候，他没有像往常一样待在救护队，而是在红十字会里负责往前线提供伙食。欧内斯特和其他几名我们区的救护车司机所在的山区工作并不多，他是志愿到皮亚韦河去负责伙食工作的。此时，意大利人正全力投入抵御奥地利人进攻的战斗中，因此，他能看到所有想看到的行动。

欧内斯特并不满意在后方提供伙食的日常工作。他认为自己可以做得更多，比如他可以去战壕里服务。当他告诉意大利司令他的愿望时，他们给了他一辆自行车，他每天都会骑着自行车到战壕里，给战壕里的意大利人送去巧克力、雪茄烟和明信片。那里的意大利人已经熟悉了他微笑的脸庞，总是找这位“年轻的美国小伙”。

6天过去了，一切都很好。但是在第7天半夜，一枚大型的炮弹差点击中了正在战壕里分发巧克力的欧内斯特。这次爆炸的巨大冲击让他当场失去了意识，激起的尘土几乎将他掩埋。在炮弹和欧内斯特之间有一名意大利人当场死亡，几英尺外的另一名意大利人也被击中了双腿，还有一名意大利人受了重伤。欧内斯特恢复意识后，挣扎着直起身对这名受了重伤的意大利人实施急救。他说他不记得自己是如何做到的，还是在第二天一名意大利军官把这一切告诉了他，并告诉他，他们投票决定为欧内斯特这次行动给予英雄勋章。

作为一名美国人，欧内斯特当然会接受最好的药物治疗。他只要在前线医院再住上一两天就会被送至米兰的红十字会医院。在那里，会有美国来的护士照顾他，他会是这家医院第一批患者之一。我从来没有见过比这家医院更干净、更整洁、更优雅的医院了。你们可以放心，他正在欧洲接受最好的医疗照顾。你们也不用担心他的未来，欧内斯特告诉我，他想要继续坚持他在救护队的日常工作，用他的话来说，就是“和在家里一样安全”。

写完了刚才的那几句话，我又见到了欧内斯特。他告诉我医生刚刚见了他，要求为他再做一次仔细的检查。检查结果表明他的关节没有受伤，骨头也没有断，只是所有的碎片都嵌在了肉里。

这封信寄到的时候，欧内斯特应该已经回到原来的区了。他自己没有写信，是因为他的手指里也嵌入了几个碎片。目前我们已经收集了从欧内斯特腿里取出的弹片，打算把它们做成戒指。

他说他很快就会写信的。他要我向你们转达他对老艾沃瑞、小布鲁特和孩子们的爱。

请把我的爱也包括在内，虽然我没有欧内斯特的那种快乐。请帮我转达海明威夫人，在芝加哥的时候没有去见她，我感到很抱歉。

真诚的

希欧多尔·B.布伦巴克

欧内斯特·海明威写道：

亲爱的家人：

我现在一切都好，我爱你们！爸爸妈妈，我并不像其他人说得那么了不起，请别惦念我。

嘘！真的不用担心我，爸爸。

爱你们的

欧内

致詹姆斯·甘布尔

米兰

1918年7月31日

敬爱的上尉：

您好，目前前线没有最新的消息可以报道。但是在后方，一切都已经和解，我身上的绷带也已被拆除。我们仍被允许向左右两翼报告有力的改善方法。卡斯提尔，一名来自马吉奥莱的外科医生今天过来了。据他说，我必须再等上两个星期才能进行右膝关节和右脚的手术。这个消息有点令人沮丧，意味着我还得卧床一个半月。他用意大利语告诉我，膝关节开刀是非常危险的，必须要等到没有任何感染后才能进行。所以我最好还是再等上两个星期。

通过纽约《时代》杂志第9期的报道，很明显可以看见雷格队长正在登上大城市的版面。顺便问一句，他还在做他的三项运动吗？现在的米兰和你的家乡萨巴斯一样安静。西莉和我已经认真地阅读了1916年和1917年的《描写者》。我们吃饭的时候经常会讨论一些片段，并各自持不同的意见。在意大利北部，我已经成为公认的丝绸面料的权威。西莉马上就会发表关于女性内衣的学术专著，我觉得命名为《我所见到的女性内衣》比较不错。说正经的，上尉，我十分感激您为我所做的一切以及在我受伤时对我无微不至的照顾，对于您的感激难以言表。

请向战士们表达我衷心的爱。

欧内斯特·海明威

致格蕾丝·霍尔·海明威

米兰

1918年8月29日

亲爱的妈妈：

有些日子没给您写信了，因为我这儿没找到纸。我这副老骨头还不错，我的左腿已经完全愈合，都能打弯了。现在的我已经可以在屋里的地板上拄着拐走来走去了，但是一次只能走一小段路，因为身体还是比较虚弱。右腿的石膏板几天前就拆掉了，但我还是感觉右腿像木板一样僵硬，有点酸痛，可能是右膝关节和右脚开刀的缘故。米兰最好的医生——萨姆里医生听说纽约的贝克[1]医生去世了，他说一切都会好起

[1] 卡尔·贝克（1856—1911），纽约著名的德国籍外科医生，是呼吁将X射线应用于医学的先驱。

来的。我的身体已渐渐好转，我想我很快就能走动了。

我附了一张我在病床上的照片，看起来我的左腿就像一个假肢一样，因为它没有弯，所以才看起来像那个样子。

这里的人都对我很好，所有的美国人都特别关心我。尤其是已经在这里生活了几年的斯图克夫人，对我的好真是难以用语言来表达。她借给我书，还请我吃蛋糕和糖，她的女儿一周来探望我三次。她很善良，现在她正在给你写信告知我的情况。还有一位西格尔夫人，她是个和蔼的犹太老人，也来看了我很多次。52岁的恩格尔菲尔德先生是一名海军上将的弟弟，他在意大利度过了青年时期，他收留了我。他是个很有趣的人，似乎非常喜欢我，从古龙水到纽约报纸，几乎什么东西都会给我带。一位来自印度的好心的天主教传教士，也经常来看我。我们会和老侦察员马克·威廉一起闲聊很久。时不时还有不计其数的好心的意大利军官朋友来看望我。布伦迪中尉是位出色的艺术家，他还给我画了一幅肖像，这真是个不错的纪念品！

妈妈，您一定不会相信，我现在意大利语说得就像一个土生土长的米兰人。我以前在战壕里跟大家交谈经常用意大利语，所以我学了不少意大利语。我现在已经能用意大利语和军官们交流上好一阵子了，虽然我的语法学得不好，但是词汇量已经不少了。

我已经为医院做了许多次翻译了，一些人不理解护士们的意思，就跑来我的床前问我，然后我直接就帮他们翻译出来了，这里所有的护士都是美国人。这场战争让我们不再那么愚蠢了，例如，波兰和意大利的军官是我见过的最善良的人，现在对我来说已经没有了那些“外国人”的概念。如果你的朋友们说的是另一种语言，那么为了不让彼此之间有隔阂，你最应该做的就是学习语言。目前我的意大利语已经说得相当不错了，我还学到点波兰语，我的法语水平也提高了很多，这比上十年大学都好。就算我在大学里学习八年，可能也比不上现在知道的法语和意大利语多。战争过了之后，会有许多朋友来芝加哥看我，我得好好准备接待他们，这才是最好的事，我在这儿交了许多朋友。当你每天都目睹着死亡的时候，你便会明白朋友的价值。

我不知道什么时候能回来，或许是圣诞节的时候吧，也或许不是。如果我回家的话就不能参加陆军或海军了，他们是不会让我入编的。这里只有一盏破灯和两条坏腿，所以我还是在这儿再待上些日子吧。

妈妈，我再一次陷入了爱情。所以现在您不用再害怕和担心我不会结婚了。因为我不会不结婚的，就像我之前告诉您的那样。我举起右手向您保证！所以您不用再给我发电报和写信，我现在还不想订婚！欢呼吧！所以，别再说“上帝会保佑我的孩子的”那样的话了，至少十年内都不用。

我还是您亲爱的儿子，您还是我最喜欢的姑娘！亲吻我吧。好了，再见了！上帝会保佑您的，您要经常写信给我。一周前，我收到了您在7月21日写给我的信，您还常给泰勒寄去我的信。爸爸寄了两捆报纸给我，我非常感激他。我还收到了泰勒叔叔寄来的钱，我打算用这些钱去买点东西。

您永远的儿子

欧内斯特·海明威

致亨利·威拉德[1]

米兰

1918年8月

亲爱的亨利：

我刚想去你的房间，就被至少6个护士给抓到了，

[1] 这封信的接收人很有可能是亨利·S.威拉德（1900—1996），曾经就职于红十字会医疗队1区，由于患黄疸和疟疾在1918年8月1日进入红十字会医院，住在海明威隔壁的房间。

他们提醒我现在被隔离，不准我离开房间。亨利，你现在感觉如何？贝克和我的那些行李怎么样了？我给了贝克100份阅读材料，让他和爸爸、科纳普一起看。[1]虽然克罗塞并不美，但是这里永远都有欢乐，我很高兴所有的伙伴都被拉来了，想想你自己的脸颊被各亲一下的快乐吧。在和医生交谈了很长时间之后，昨天，检查结果出来了，我患有“战壕嘴”[2]。如果是败血症的话，我想或许会更容易被诊断出来。还有，你的奖章落空了吗？

看见这张纸后，记得在“亨利情况表”上给我几句回复。

希望你快点好起来。

欧内斯特

[1] 可能是指在1区和4区服务的麻姆斯·贝克，也可能指的是在4区服务的艾德温·H.贝克。“爸爸”可能是4区的G.W.哈里斯，由于他是一名较年长的志愿者，所以大家称他为“老哈里斯”，哈里·K.科纳普在1区服务。

[2] 一种因细菌感染引起的牙龈和嗓子炎症，是第一次世界大战期间的流行病。

致厄休拉·海明威

米兰

1918年9月16日

亲爱的厄休拉：

你快该去学校了，是吗？我呢，现在在床上，还有20天左右就能出院了。我很高兴能收到你的信。

你现在还是老伤那些二年级学生的心吗？替我转达对金妮和玛格丽的爱，告诉她们我很快就会给她们写信的。因为她们都给我写了信。替我问候西蒙[1]和丘比。

你哥哥现在已经是一级中尉了，所有的二级中尉见到他都得向他行礼。所以，你再给他写信的时候，请称呼他为中尉。这个想法不错吧，嗯？

他的袖口有两条金杠束着棕色皮带，马上就要有自己的职位了。

希望你一切都好，早点给我回信。

我爱你们，娜伯斯、娜伯恩和黛西。

欧内

[1] 可能是伊莎贝拉·西蒙，橡树园高中三年级学生，海明威在橡树园的邻居。

致海明威一家

米兰

1918年10月18日

亲爱的家人：

今天我收到了9月24日的来信和照片[1]，我真的很开心能收到你们的来信。照片简直太棒了，我猜意大利的每个人都知道我有非常好的家人。如果你们想知道我有多欣赏这些照片，你们可以给爸爸送去，包括你们自己、孩子、我们家，还有海湾。它们都是非常棒的素材，我想每个人都希望见到照片里的其他人。

战争结束之前，我是不会回家的，这就是我们所在的地方。所有我们这些红十字会的人都会一致选择不去登记，因为回家是一个愚蠢的选择。红十字会是一个必不可少的组织，他们只会从大陆派更多人来维持这个机构的运行。你知道的，在我们被取消军队服务资格之前，我们从来没有来过这里。我现在回家的话是有罪的，我的眼睛不好，在我离开大陆之前我就被取消了在军队服务的资格。现在我的腿和脚也受了

---

[1] 在克劳伦斯9月24日写给海明威的信中，他附了一张卡罗尔和莱斯特在龙菲尔德农场的照片，还有一张莱斯特坐在发动机上的照片。

伤，这个世界上再也没有一支军队会接受我了，所幸我还能够在这里服务，只要我还能跛行着向前，战争还在举步维艰地进行，我就会在这里一直待下去。救护队里没有逃兵，哪怕已经有一个人牺牲，还有一个人受了伤。当你在前线负责运送食品的工作，你就知道自己和战壕里的其他人有同样的命运，所以良心不允许我在留下来这件事上犹豫。

我当然想回家去见见你们每个人，但是在战争结束之前我不能这么做。时间不会很长的，也没有什么好担心的，我最终不会跛着脚回去的。伤口不是问题，如果再次受伤也没有关系，我已经知道了受伤的含义。你会知道，原来自己能承受如此之多。受伤会给你一种相当满足的感觉，这不是一个被打败的好理由。这场战争中没有英雄，虽然我们把我们的身躯贡献出去了，但只有很少的一部分人会被选择。其实这些被选择的人不应该得到特殊的赞颂，他们只是幸运罢了。我非常开心和骄傲，因为我被选择了。但是我不应该被给予特别的奖赏。我们应该感谢成千上万奉献自己的人，所有的英雄都死去了，真正的英雄是那些父母亲！死亡是一件非常简单的事，我已经见识了死亡，也真正了解了死亡。死亡对我来说是一件非常容易的事，是我所做的事情中最容易的，但是国内的人不会明白这些。其实，战士们承受的比普通人多一千倍。当一位母亲将一个小男孩带到世界上时，她一定知道她的儿子会在某天死去。为自己国家牺牲孩子的母亲应该是这个世界上付出最多的女人，也是最幸福的女人！在快乐和灿烂的年纪死去，熄灭熊熊燃烧的火焰总比风烛残年之日走向幻灭要好得多。

所以，亲爱的家人们，不要为我担心！受伤并不是什么坏事，因为我已经体验过了，所以我知道。如果我可以战死，那说明我是幸运的。

这些在一年前听起来或许有点疯狂吧？这个世界已经老了，我们一直愉快地生活在这世界上，我们喜欢的事物都会回到它们的老地方。我已经告诉你们我对世界的感受。现在，我打算在一周之内写一封愉快的信给你们，这样你们就不会因这封信而消沉了。

爱你们的

欧内

致海明威一家

米兰

1918年11月11日

亲爱的家人：

战争结束了[1]！我猜每个人都很开心，我很想看看美国人民是怎么庆祝的。意大利军队在最后的保卫战中展示了他们的威力，他们是一支伟大的军队，我爱他们！

我的腿还要接受一个半月的治疗，那些医疗器械是专门为我们伤残人士准备的，效果真的不错，美国还没有这样的东西。我的腿已经恢复得相当好了，但是医生告知我，还要继续完成我的治疗。当然我再也不能跑步了，然而做一名工人，这条腿足够了。完成治疗之后，我要去一名意大利军官[2]家里做客。我们准备花两周去射猎，去阿布鲁兹钓鳟鱼。他想和我一

[1] 在第11个月的第11天的第11个小时，在法国贡比涅附近，德国军队和同盟军进行了一场战役，这次战役的结束标志着第一次世界大战的结束。在11月7日，联合通讯社错误地报道了战争的结束，中断了全美国过早的庆祝仪式。（参见《时代》杂志，1918年11月8日）

[2] 可能是尼克·尼罗尼，一名意大利队长，被授予战争英雄称号，1920—1921年在芝加哥做意大利顾问，成为海明威的好友之一。海明威后来用尼罗尼的名字和他的经历创作了他的战后小说。

起在意大利的家里过圣诞节和新年，他向我保证会有美味的鹌鹑，我们一起去打野鸡、射野兔。

阿布鲁兹位于意大利南部，是一个多山的省。那里12月的景色非常美丽，有几条小河，尼克说在那里钓鱼挺不错的，所以我会去那儿。之后，我会返回米兰，去看看已经不再需要我的战场，然后就回家。时间或许是明年2月或3月，也可能要到5月了。

我不喜欢意大利的冬天！现在，我正戴着我的两枚勋章。我的长官正准备从前线过来祝贺我得到了银质英雄勋章，我估计他要三天后才能到。他给我发来电报，提到了我获得银质英雄勋章的事。勋章的荣誉已经扬名营区之外了，过些日子我的长官会给我戴蓝白相间的绶带。

我会把这个勋章挂在左胸口的口袋上。我打算乘火车来一次很棒的旅行。让人感到尴尬的是，我比那些战斗了三四年的军官得到的还要多。但是说正经的，在最后一次保卫战中我确实接触了一次巨大的冒险，在那场战争即将结束的时候，我感觉到了每个人的存在。这是一次极大的胜利！我打算整个夏天都去钓鱼，然后秋天的时候去旅行。听说一级中尉的津贴是每月800里拉或者160美元，然而我在医院的时候没有得到过。但是四周之后，每周我都会有20美元的保险金，这些津贴已经拖欠四个月了，到现在我还没有得到一个子儿。据说第一笔500里拉的账今天就会转交到我手上，然后还会有1500里拉要发。所以当这些钱都到手之后，我就会去游历世界的名山大川。

我今天收到的这些钱帮我还了欠款，我还留下了一小部分，连同那些还没有发下来的钱。我不会给你们买圣诞节礼物了，如果我从外面得到了什么东西，或者有人给我买了什么东西，那就是礼物了。其实我可以在这里买点礼物，但是我现在给你们从这里寄礼物盒子是没有用的，而且是不允许的。我附上了我在康复时的几张照片，我经常会收到家里人的来信，我也试着经常给你们回信。现在，我的黄疸已经好了，但是，我每年都会犯的扁桃体炎又在折磨我了。

如果爸爸想要在我的扁桃体上做实验的话，等我回去就可以做，我会替他保存好的。有一天晚上我感觉我的大腿里有一颗子弹，但其实那里已经好得差不多了，而且也不会有不良的反应，准确地说那个位置是在我的大腿后面。我会保存着它，等爸爸来把它取出。请继续按照同样的地址给我寄信，希望你们一切都好，替我在感恩节多吃点儿东西。

我发誓明年春天，我一定会见到你们的。我想多了解一下意大利和奥地利，所以有几年时间不会一直待在家里。明年秋天，我又会开始一场真正的战争。这场战争会让世界因欧内斯特·海明威而和平，我会绕着世界走上一圈，变成一个忙碌的人。到那时，我想我的保险金已经积累了几千里拉了，我会把我的孩子们领过来看看这个战场的。

再见了，家人们！

爱你们的

欧内

致马赛琳娜·海明威

米兰

1918年11月23日

亲爱的艾沃瑞：

姐姐，我今天收到了你的来信，还见到了你的朋友比尔·哈钦森[1]。比尔真是个好孩子，不过他见到我的时候有点小题大做。我看出来他有点冷，就把他带到了医院，给了他一件毛衣，一条裤子，还有一双厚袜子。他是一个善良的人，可惜运气不好，他非常

[1] 马赛琳娜在1918年10月24日写给海明威的信中提到她希望海明威去见见她的朋友比尔·哈钦森。

想念你。他蓄起了胡子，整个人看起来有点颓废，但我对他很满意。或许他会在给你的信中提到我，这样你还能看看别人眼中的我。

从你的信中我能够肯定你正在工作[1]，记得代我向你的意大利语老师[2]问好，并且用意大利语告诉他，你的弟弟曾经受伤三次，两次荣获嘉奖，因在战争中功绩卓著而被升为中尉，看看他会说什么。

我很惊讶你对山姆·安德森[3]的感觉是如此强烈，恕我愚见，他看起来是一个简单的人。但是沃克是一个善良的人，你们在一起的时间也不短。我不知道我告诉了你关于我的女孩的哪些情况，但是，姐姐，我真的很爱她，她也爱我。事实上，我爱她胜过这世界上的任何事、任何人，甚至这个世界。还有，姐姐，我对这个世界和世界上的事物已经比在国内时有了更清楚的认识。真的，姐姐，你不了解我。我的意思是

[1]在马赛琳娜10月24日写给海明威的信中，她描述了她忙碌的工作日程、教学和学校的活动。她几乎没有时间去和那些“吸引人的水手们”跳舞。

[2] 马赛琳娜在她的信中特别提到了“我的意大利语老师是一位完美的人”。

[3] 马赛琳娜说道“山姆”马上就要从海军航空军官学校毕业了，她希望山姆能来看看她。她也提到了沃克在法国，并且希望海明威能写信给他。

怎样看待和怎样交谈。你知道我那些留在国内的照片吗？改日让艾格尼斯看看，估计她会认不出我的。

真的，姐姐，我现在苍老了很多，当我说我爱上了艾格尼斯的时候，并不意味着我跟她有什么绯闻，我非常爱她，所以相信我，我和你所希望的不一样。我很惊讶你见到她会有什么感受，我想你也会爱上她的。还有，她爱我，这真是一个奇迹！不要告诉家里人，因为我只向你吐露了这些秘密。我们的事千万不要告诉他们，因为我还不打算在两年之内结婚。

姐姐，我爱这个女孩。现在不要说我说的这些不是机密，因为我写信告诉你的这些事是不会告诉其他任何人的。

姐姐，究竟是谁把我的信拿出去发表的啊？我给家里写信的时候，我没有给《芝加哥哈罗德和审查员》或者其他任何人写过信，只给家里人写信。某人把我的苦恼都告诉了他们，这看起来就好像是我宣扬自己的英雄事迹似的。当我听到《橡树叶》在用我文章的时候[1]，我觉得很心酸。

我未来的妻子正在前线侵略区的救护队里分发药品，她一定很孤独。他们打算马上关闭这里的美国医院，我想我可能无法治愈了，因为我的腿还要继续接受治疗才能慢慢恢复，大概还需要两个月吧。然而过几个星期，我就会飞回美国，或许是二三月份，也或许更早。请你替我转达对家里人和其他人的爱。

我永远爱你，艾沃瑞！

欧内

致威廉·B.史密斯

米兰

1918年12月13日

亲爱的史密斯：

你可以继续做飞行工作，因为这是一个波音人会

[1] 马赛琳娜在10月24日的信中写道，“你在来信中描述了受伤的细节，结尾的那句‘让我们在家里生一团燃烧的火焰’被《芝加哥哈罗德》发表了”，她学校的工作人员将出版物贴在了布告栏上，她是“许多祝贺词的目标”。《芝加哥哈罗德》和《芝加哥审查员》合并为《芝加哥哈罗德和审查员》，于1918年5月开始出版。欧内斯特·海明威在8月18日写给家里人的信被发表在《橡树叶》中。

做的工作，我十分赞成你的决定[1]。但是不要做傻事！千万要小心，不要成为真正的战俘。

1月4日，樵夫已经乘坐“朱塞佩·沃尔地号”去美国了，也许在下个月末的某一天会到达芝加哥，那你又会去哪里呢？是在驱逐舰还是战斗机，或者是其他什么地方呢？会成为陆军还是水兵？重聚应该被提上日程了。

但是，我不能拖到夏天，我必须重新为面包而战了，这是一场为馅饼和鸡蛋而进行的战斗，也可以说是为了蛋糕。一个月没有210里拉，只有光荣地被解雇和每年从国王那里得到的250里拉[2]，乐观点儿说，

---

[1] 1918年6月，史密斯从密苏里大学毕业之后，加入了航海航空分队，在马萨诸塞州科技学院。但是停战之后，他在1918年被免职。欧内斯特·海明威这句话是在答复史密斯10月27日从波士顿寄来的信，史密斯在信中伤心地说，还有六周多“我就要腾云驾雾而去”，“在我服役之前也许战争就会结束了”。

[2] 海明威是否真的因为他在意大利战场服役而获得了财政奖励还不清楚，可能是在他正式被授予银质英雄勋章之前。意大利国王于1920年1月4日将奖章授予海明威，但是直到1921年11月，阿曼多·维托里奥·迪亚兹参观芝加哥时才正式赠予他。马赛琳娜回忆说，“欧内的银质奖章和50里拉生活津贴被正式移交给他。这使海明威成为将军所说的‘国王的荣誉表弟’”。虽然1921年11月20日的《芝加哥每日论坛》报道了迪亚兹将要在当天晚上的一场宴会中授予海明威荣誉（“芝加哥今日自费招待意大利英雄”），但是《橡树叶》在11月26日上刊载了一篇小文章，写到了海明威的授予仪式因为将军授予仪式太拥挤而取消了。

250里拉也就是40美元。

我最近交往了一个女孩，晚点儿我会向她求婚，现在的我一天能喝18杯马蒂尼。4天前我离开了医院，在200英里外的前线去拜访一些朋友。奥斯夫在帕多瓦外的皇家炮兵队，我与他们一起度过了一段愉快的时光，因为我们之前都是司机，我开着车到上校负责的地方转了转，现在我的腿伤已经好了。

但是比尔仍旧是那样，我去了特雷维索，艾格尼斯在那里的战地医院工作。她听说了我喝酒的事，但是她并没有怪我。她说："亲爱的，我们就要成为伴侣了。如果你喝酒的话，我也会喝酒的，而且跟你喝的一样多。"她确实喝了点威士忌，并且灌倒了一些工人，但是她之前除了葡萄酒，从来没有喝过一杯其他的酒，我知道她对酒的看法。我能看出来她很爱我，所以我打算回美国开始工作，艾格尼斯说我们在一起会很愉快，虽然我们的生活会清苦几年，但是也能找到一些快乐。

所以现在我要做的就是为我们两人多赚点生活费，再躺六个星期，我也许就要去北方，然后按照你们的意愿做一个好人。我只有50多年的日子了，我不想浪费每一分钟。

海明威

致威廉·霍恩

橡树园，伊利诺伊州
1919年2月3日

亲爱的比尔：

天啊，这真是地狱！上帝保佑，赶紧把詹克斯的地址给我吧，来减轻我的痛苦。巴内特在美国威斯康星州，杰罗姆又找不到，我找不到詹克斯。也许只有他可以挽救我，又或者是你吧，你会来吗？试着来恢复大部分单身妇女和老人的健康，还有那数不清的肥胖男人们，哭着喊着想方设法逃避第二次操练，从而免于再回到前线战斗。他们想找受怕的替代人，于是抓山里人的羊。哦，天啊，这个国家太让我失望了。

艾格尼斯从多伦多写信来说她和凯文[1]整个冬天都会在那儿，我代你问候了她。但我怕她感到孤独，不知道该怎么办，凯文是典型的芝加哥女人，就像83度的勃艮第葡萄酒。

我一有邮票就将她的照片寄给你。这个家庭在我

[1] 美国红十字会的护士洛雷塔·凯渥的小名是“凯文小姐”，在一封写于1918年12月21日的信中，艾格尼斯告诉海明威，凯文想要去一个破败的地方，在那里她建立了一个小的医院兼医务室。1月10日艾格尼斯来到了医院，因为凯文将要到罗马，所以她必须管理那个医院。

到来之后，增加了太多的忧愁。在这两年半的时间里，我看到他们发生了很大的变化，现在爸爸在我讲“科涅克白兰地[1]和白葡萄酒”的故事时，总是咯咯地笑，确实发生了很大的变化，我怀念那些过去的战斗，但是爸爸的面庞早已没有了战斗的影子，难道是战神被迫害了？埃德加·赖斯·伯勒[2]曾试图劝诱我写一本书。如果我写的话，我不会寄给你，你必须自己去买，因为我要增加书的销量。

不久之后，我会写更多的书，比尔，我非常感谢你为我所做的一切。

海明威

---

[1] 科涅克白兰地，一种上等的白兰地，以盛产它的法国西部的小镇命名。

[2] 伯勒，美国科幻与探险小说家（1875—1950），于1914年5月—1919年1月居住在橡树园，那时候，海明威全家搬到了洛杉矶一个靠近电影制造业的地方。他的书《人猿泰山》于1914年出版。1918年，根据这部小说改编的无声电影在美国播出，备受推崇，很快就成为票房超过100万美元的电影之一。

致詹姆斯·甘布尔

橡树园，伊利诺伊州

1919年3月3日

亲爱的老队长[1]：

我曾经给你写过信，不信的话你翻阅一下我近一个月的日记，就会发现“给詹姆斯·甘布尔”这样一封潦草的手稿。每时每刻，我都严厉自责，因为我不能跟你待在一起。每当想到我跟你做伴的时光，我就很怀念意大利。队长，说实话我真的无法表达我的心情，每当想到我们愉快地在一些老地方和海边的小路上漫无目的地散步，当黑雾消失，月光比城市里星星点点的灯光还要明亮。哦，想到这儿，我更渴望去那儿了。我仔细检查了我屋子里用迷彩材料制成的书箱，发现了一份硬邦邦的手稿，我把它放到打字机旁边，然后盯着它看了一会儿，想到你跟我坐在炉火前，吃过晚饭后一起喝酒的情景，我多么希望再敬你一杯啊！

如果你能控制自己，千万不要来这个国家。这句

[1] 在1918年7月，甘布尔是美国红十字会“滚石服务餐厅”的队长，海明威是皮亚韦河前线的志愿者。

话虽然我不知道是谁说的，但我很爱国，并且愿意为这个荣耀的国家牺牲自己，但我也不喜欢像个倒霉蛋似的住在这儿。

我的腿跟残废了一样，但是我的家人对我都很好，很高兴能再见到他们。当我挤下火车的时候，他们几乎都没认出我来。回家的旅途虽然辛苦，却很愉快。在直布罗陀停了三天，我向一位英国军官借了套便服，然后去了西班牙，去纽约忙碌了几天。我看到了威廉·霍恩，他很想念你。但你我都明白，真正的英雄全都去世了。如果我是一个真正的勇士，我也会战死沙场的。我知道不管哪种死法，头颅的大小是不会改变的。这个村庄的男青年大部分都在海军预备役部队的学生训练营工作，除了温斯洛[1]、我和那些在海军战斗牺牲的人。

我一直都认为自己很光荣，直到温斯洛打败了几个德国人回来，在德国的机场失去了一只胳膊。所以

[1] 阿兰·温斯洛（1896—1933），出生于伊利诺伊州，是第一次世界大战中第一个打落德国飞机的飞行员。那个夏天，他的飞机被敌机轰炸后，他失去了一只胳膊，随后被德国人送进了监狱，一度被人认为是失踪了或者是死了。在1919年3月8日的《橡树叶》杂志上，他穿着制服的图片占满了封面。在3月中旬，温斯洛和海明威都要在学生面前讲述自己的战争经历。

他一回来，我就宣布要退出公众的视线。

队长，我已经说了好多啦。我开始写文章对抗《费城日报》。上周一我给他们寄过去了第一本小说，当然没收到任何回复，明天我还会写另一封。以后我会写好多好多很好的文章，哦，但是我并没那么好的头脑，他们只是为了自卫才买我的文章。队长，我真的很思念意大利，在这封信中，你已感觉出来了吧？这是一封充满情感的信，而不是一些潦草的笔记。有一个小女孩刚端着一盘牡蛎沙拉三明治，我猜想是补脑用的。你品尝过斯吉奥火车站附近的小店里的啤酒吗？真希望我俩现在就在那儿。

艾格尼斯依旧在那个叫皮埃尔的地方，她正在经营一个护士医院，还有一家幼儿园，有时还会充当市长的角色。我不能在她身边照顾她，感到很失落。当“沃尔地号”换乘的时候，我将会去找她。你那边一切都进展顺利吧？如果你有机会到威尼斯，希望你能去看看她。我前天收到了亨利·克奈普的便条，他说正在找一些事儿做，现在经济形势很动荡，他的身体还不错，我这儿很冷，膝关节都肿胀起来了。

我满怀决心地回到家，希望立刻开始挣钱，但所有工作的工资都很低。爸爸说：“事情并不糟糕，你可以回家，用钱的话找我要。”这句话像我的救命稻草一样。

我把一件事搞错了，我亲爱的叔叔，本来以为他死了，最近却发现他还活着，原来只是失踪了。他在英国生活得很好，下周就会回来，保佑他一路顺风！

爸爸说今天把我送到南方海湾地区，让我在那儿度过一段时间。他们打算明天让我去新奥尔良，但我在这儿忙着写作，并不想走，可能3月中下旬的时候我会去吧！

艾格尼斯也不确定她什么时候能回来，我难以想象，她在那儿竟然是为了挣钱，因为她的银行账户里已经有了很多钱。但她为什么还要离开好多朋友，跑到海外去呢？[1]可能她不喜欢我现在残疾的样子，可我也没多残疾呀！

如果你还在陶尔米纳的话，请代我问候巴特莱特夫人和马乔里，以及勃朗蒂爵士，他是西西里岛除了你之外的正直的人。伍德森和凯森可能是工作上的能手，但跟他们在一块儿很无聊。有什么需要我寄给你的吗？我希望你在那儿过得愉快。

你知道我希望和你在一起。

海明威

---

[1] 海明威、艾格尼斯和他们的朋友，参加过在米兰附近的赛瑟罗赛马场上的赛马比赛，他们相处得很愉快。艾格尼斯也曾在她的日记中记载过这件事。

致威廉·霍恩

橡树园，伊利诺伊州

1919年3月30日

亲爱的朋友：

比尔，我真的是很难在这个时候写出来，尤其是在你这么快乐的时候，所以我选择了推迟说那件事。

当时，皮斯[1]在城里，或者说是获胜者在城里。詹克斯碰到了他，他变得比以前强壮了，但依旧在做治安防卫的工作，稍后我再提那件事，现在我实在没有勇气说。

对了，这儿有一封雅克·海瑞斯从福特沃斯寄来的信，他正在福特沃斯处理跟夫人离婚的事，你能想象得出来吗？他也经常会因为这个城市变得越来越干燥而感到悲痛，他表示自己已结婚24年了。我亲爱的朋友，这到底是怎么啦？

说这些无关的话反而使我更痛苦，还是和你说那

[1] 沃顿·H.皮斯，是美国红十字会救济中心4区的成员，后来获得美国“海军上将”的头衔。

件事吧，今天艾格尼斯的信使我痛苦极了。[1]

比尔，她并不喜欢我，她把她的誓言都背弃了，这一切真是个错误啊。如果我不离开意大利的话，这件事就不会发生了。真的是不能在结婚之前离开你的女人，我知道你不能从我这儿了解女人，就像我不能从其他人那里了解一样。如果你和一个女人恋爱了，但最终选择离开了她，那么她需要有人追她，如果正好有人在这时候出现的话，那么这就是你的不幸了。事实就是这样，你跟我一样，都感到难以置信吧！

但是比尔，我是真的喜欢艾格尼斯，她是我理想中心爱的人的化身。因为有艾格尼斯去崇拜，我会忘掉其他一切事，甚至是来自信仰、理想崩溃的打击，这些对于任何人来说都不会是高兴的事。但是她现在不爱我了，她要嫁给另一个人，这个人是谁我也不知道。她会很快就嫁给他，她希望我尽快忘掉她，开始自己成功的事业。

但是比尔，我不需要其他的什么，我需要的只是

---

[1] 在1919年3月7日的信中，艾格尼斯告诉海明威，她对他的母爱之情多于爱情，她打算嫁给别人，她写道“我实在不能接受你还是个孩子”。海明威可能将这种情况虚构在作品中，如《在我们的时代里》这部短篇小说集的第十章，在1924年和1925年的版本中，护士叫艾格尼斯，在1930年的版本中，海明威将名字改成了鲁兹。

艾格尼斯和快乐。现在我的整个世界都垮了，我的喉咙哽塞，嘴唇发干。比尔，我希望你能来这儿，听我诉说。我想她要嫁的那个人真幸运啊，我希望他是世界上最好的人。比尔，我不能再写了，因为我实在是太爱她了。

最糟糕的是，阻碍我们在意大利结婚的最大障碍——钱，现在却在源源不断地涌现出来。[1] 如果我全天工作的话，平均每月可挣到70美元，我已经有300美元的积蓄了，可是现在我不需要钱了。我不得不停笔了，因为我太痛苦了。啊，我太爱艾格尼斯了！

希望你可以尽快回信安慰我。

欧内斯特

致豪威尔·詹金斯

橡树园，伊利诺伊州

1919年4月9日

豪威尔先生：

不论从哪个角度来看，准许贸易进口的前景足以

[1] 从意大利回来后，海明威和一家芝加哥机构签订合同，这个机构主要负责会谈事务，他每讲述一次战争经历，就可获得5~15美元的报酬。

让一个作家喜悦，也足以和在邮箱里收到一封广告明信片的喜悦相提并论。我已经两周没有喝过酒了，上面的文字显得有点笨拙，但这仅仅是试验，请不要过分惊讶。

今天的东西有一些是必须要购买的，它包括一根新的布里斯托尔制造的钢制鱼竿，一把新的野营用的斧头和一盏巴德文野营灯，还有曾在一次乘舟旅行中使用过的很重的结构绳，另外就是我有没有跟你提到过网呢[1]？如果能把它们从不起作用的地方移开，例如苹果汁磨坊[2]下，将会是一个很好的办法。

海明威

[1] 有一个圈网，适用于小溪流，由直径更小的圈及固定它们的棉网构成，当它停在水下时，鱼可以随水流进入圈中，从而不能再逃。

[2] 很可能指的是霍尔顿小溪上的磨坊，1910年由霍尔顿湾的常住居民阿朗佐·J.斯图亚特建造。多年来，人们利用这个磨坊将果园中的苹果榨成果汁。海明威回想起榨苹果汁的磨坊以及大坝下的水池，当他还是个小孩时，就在密歇根的大坝下捉过鳟鱼。

致凯瑟琳·朗费罗

橡树园，伊利诺伊州

1919年4月22日

凯瑟琳·朗费罗：

除了非写不可的日期和必要的寄信人签名外，其他涉及一点个人信息的内容都没写，不必要的句子已经被删除，如果想要再加上一点其他什么东西的话，邮戳就会被毁掉。

邮资是需要预付的，邮戳也必须有寄信人的地址。否则信件无法准确送到收件人手中。

我很好，现在已经被允许住进医院了，但好希望能赶紧出院。

我已经好久都没有收到你的来信了。

海明威

致劳伦斯·巴内特

橡树园，伊利诺伊州

1919年4月30日

亲爱的劳伦斯：

近日，你过得好吗？一切进展得还顺利吗？村子里一切都像往常那样平静，没有发生什么打架事件。前天威廉·霍恩给我写了一封信，我平时经常能看见詹克斯。那个苏格兰士兵——米勒[1]，就是你记得的那个不要命的酒鬼，前天给我寄过来一封信。皮兹现在就住在城里，穿戴也感觉比以前好多了。我这几天去拜访了你的乡亲们，当我傍晚回家后，他们迫不及待地告诉我你现在在学校。这样的不巧真的让我又伤心又难受，不知道你是否还记得给一个虽然长得很漂亮、但内心极其自私的舞者迈耶说过我们海明威家族不能向外人诉说的内幕消息。不管是不是说过，这个就住在我家附近这条马路那头的凯特进入那片郁郁葱葱的橡树园，说了一些关于我的生活隐私和作风等事情，使我在那些橡树园附近居住的女孩心中产生了很

[1] 海明威指的是约翰·米勒，来自明尼苏达州，美国红十字会救济中心2区和3区的救护车司机。在米兰时，海明威是住在红十字会医院里的伤员。

不好的影响，她们都不再理会我，我其实根本就没有离过什么婚，并且根本就没和好多不正经的女人乱搞过。你是知道的，我已经离开橡树园有两年的时间了，她们对于听到的任何风言风语都会相信，所以你对此必须给我一个说法，与此同时我更希望你能给点好的建议。首先我想告诉你，我无论跟任何女人，不管是泼辣蛮横的还是温顺可爱的，我从来就没有瞎玩过。我是一个追求自由自在的人，这里面的人就包括艾格尼斯。你认为我不会选择去结婚，而且稳定下来，你是这样想的，对吧？如果要不是有个不能推掉的手术[1]要马上去做，我会立刻从医院里飞奔出来的，绝不多待一秒，我将会坐慢火车去密歇根上游待上两三周的时间，然后，到河边去钓两三个月的鱼，让自己静下来。

刚才我所说的只是一些关于自己私人的事，我的家人想让我去读大学，他们总是这样强加他们的意愿给我，忽略我的感受。他们一直希望我能在一个环境比较好的地方安定下来，过正常安稳的日子，当我说我想走出去的时候，他们很赞同我去威斯康星。可事实上，我其实对这事一无所知，连一丁点的透露都没

[1] 指海明威最近的扁桃腺切除手术。

有，他们居然什么都不让我知道，除了鲍勃·麦克和让客·琼斯，我知道有好多高贵的女性要去那儿，下半年去的会比以往更多，希望你能跟我透漏点关于活动的各方面消息。比如，那里都有些什么样的团体，或者你可能想到的关于那里的任何事，帮我提前补习一下。坦白地说，我对我即将要去的地方其实是一无所知的，我只是希望自己能够离开，如果是这样，你应该会写信给我的吧！我早就和威廉·霍恩在纽约港口分别了，然而在马上离别的时候，他却特别地提到了你。

雅克·海瑞斯现在在得克萨斯州的福特沃斯，他说他正在处理与妻子离婚的事情。

欧内斯特

致克劳伦斯·海明威

橡树园，伊利诺伊州

1919年5月24日

亲爱的爸爸：

昨天一早我就去了托莱多，专门去拜访了大师卡尔顿·肖，他是我在意大利当兵时的生死战友。明天我就要动身去北方，领略一番不一样的光景。我想，在您收到这个卡片的时候，我应该早已经在那儿了，吃着北方的美食，品着北方的烈酒。

最令我怀念的是在拜访幽默的杰克时，我和他一起度过了一段快乐悠闲的时光，密歇根大学是一所相当不错的学校。[1]我抽空让杰克陪我去看了一场密歇根州与艾奥瓦州的排球比赛，场面相当激烈，看得我非常兴奋。

回信请寄到北方的密歇根吧，我就在那里一直等您的消息！

永远爱您的

欧内斯特

致克劳伦斯·海明威

密歇根州

1919年5月31日

亲爱的爸爸：

我昨天上午到达这里，这周天气会很暖和。我下午出去郊游，从那条清澈见底的小溪里抓了几条好吃的鳟鱼，最令人激动的是，还有一条超大的虹鳟鱼，一整天玩下来，我的腿不大酸痛，感觉还好，除了稍稍感到有点疲劳。农场里散发着浓浓的新鲜气息，一

[1] 杰克当时在密歇根大学学习。

切都进展得相当好。我会尽快去看看龙菲尔德农场，并及时写信给您。

迪尔沃思、比尔、克莱尔斯夫人嘱托我向您送上他们最大的祝福。

一直爱您的
欧内斯特

致克劳伦斯·海明威

密歇根州
1919年6月7日

亲爱的爸爸：

今天这儿突然下起小雨了。这是两周来第一次下雨。明天一大早我们就返回去龙菲尔德农场了，稍后我会给您描述一下那儿的环境和风俗。[1]希望明天天气很好，这样的话就又可以去钓鱼啦！闲暇时间我做做园艺，您的来信是今天傍晚时分才到的。

您打算什么时候来这里和我一起玩呢？现在我没有什么压力，生活过得相当滋润，都长胖了，腿也快好了，恢复得很好，迪尔沃思及他的家人热心地问候

[1] 在1919年5月的信中，克劳伦斯要海明威跟他说明一下龙菲尔德农场草场和果园的情况。

您，还急切地代我向马斯献上祝贺，也请您转告厄休拉，我不会忘记给她写信的。

爱您的

海明威

致克劳伦斯·海明威

密歇根州

1919年6月中旬

马赛琳娜写道：

亲爱的爸爸：

我希望妈妈不要因为我们都去她那里吃晚饭而感到介意和不开心，我们会拿刚刚采摘好的石竹过去，这样好让她高兴起来，一买完东西我就会给她打电话的，告知她我们不久就会到。

在整个去往密歇根的旅途中，我们都觉得霍普实在是太棒了，他一定是完美得无可挑剔的兄弟。想再多说一句，可现在就该挥手说再见了，我内心充满了不舍，不过很高兴向你汇过去你在美国加入挑战性课程技术协会时缴纳的费用。

依旧很爱你。

马赛琳娜

厄休拉·海明威写道：

最敬爱的爸爸：

我没有充裕的时间写很多东西给您，我知道马斯应该早已经告诉您我们近期的消息了，我们没有忘记您，依旧还是很爱您的。

厄休拉

欧内斯特·海明威写道：

亲爱的爸爸：

我们刚才在巷口偶遇霍普他们，他们看起来精神都相当不错，身体也很硬朗。

所以，您一定要保持积极乐观的心情，我们打算带他们去温德米尔散散心，然后霍普会前往那个向往已久的海湾。

祝您一切都顺利。

欧内斯特

致威廉·霍恩

密歇根州

1919年7月2日

亲爱的比尔：

比尔，我知道早就应该给你回信了，但是由于各种原因和情况导致我没法及时写给你，不过还好，现在一切都已经恢复正常了，但现在要看你怎么理解什么是恢复正常了。就在刚才，我居然又被烧伤了，有两三个我并没有怎么在意的女孩子横冲直撞疯狂地跑了出来，那瓶无辜的白兰地酒就放在烧得红红的热烙铁旁边，那可怕的经历一点也不令人感到有丝毫的愉快。要不是我在一个半月之前早就去过了北部，现如今艾格尼斯也不能勾起我任何美好的回忆了，因为那段往事早已在烧伤的疼痛中消失殆尽，所有的一切都因一场突如其来的意外，结束了。

你那里进展得怎么样啦？我去过了美丽的托莱多，那是一个史诗般的聚会天堂。你知道詹金斯吗？他8月初将要来这里，说是想跟我们一起待上两个星期。在我接受了他们的建议之后，布鲁米打算在堪萨斯州开一家属于自己的小杂货店，这样可以方便周围的人，也富有商机，因为那里离白云石山脉很远，人们也懒得大老远来回跑。兄弟，我在意大利早就感到很寂寞空虚，整天都无所事事，每天愣愣神，发发呆，虚度时光。你那边情况怎么样啊？是不是比我还要糟糕呢？剩下的这些人还有什么乐趣可言呢，更不要说想找一个陪伴的人。

昨天早上欧内斯特·米勒·海明威[1]到达了这里，整个人疲惫不堪，他睡到上午还是倦怠的样子。美国现在已经正式对意大利宣战，打算放弃用和平手段解决纠纷。最开始我在治疗自己的那些伤员之前，欧内斯特·米勒·海明威居然也曾经像我一样同情过意大利的那些伤员。他的爱心和胸怀甚是广大。记得在那次最严重的炸弹突击爆炸事件中，他和我说，出于人道主义精神，并且在不影响战争的情况下我们应该去向他们提供救助。

令人开心的是，我们在这里钓到了一些极其珍贵的鱼，免费品尝了这世上的美味。比尔，我内心是多么希望你也能在这里啊，和我们一起共度这美好时光，

[1] 欧内斯特·米勒·海明威，美国红十字会的官员，负责给作战的意大利军队送去不同形式的慰问和鼓励以支持他们。他被敌人炸弹弹片袭击成重伤，出于令人尊敬的友爱精神，他没有先去接受医疗救护，而是无私地帮助那些在这次爆炸中伤势更重的意大利士兵。直到其他人被转移了，他才允许被人转移。

你什么时候来到这里啊？请你快快给我回信。

祝你永远健康快乐。

海明威

致豪威尔·詹金斯

密歇根州

1919年7月26日

亲爱的詹金斯：

巴尼如果能来这里，那就真的是太好不过了。你的信今天傍晚才到的，我兴冲冲地把它拿给比尔看了。今天下午把手头的工作忙完，我要到老远的夏洛瓦去发一封紧急的电报。我想我们将会在这里度过一段无与伦比的好时光，我真诚地邀请你加入我们。

比尔和我在刚来的时候就已经准备了咱们四个人的野营装备，我们打算下一站去干沙砾土松树林，到那以后，正是傍晚时分，所以我们打算在黑河那里露宿。那里虽然有一点点荒凉，但你可以钓到你能想到的最好、最大、最肥美的鳟鱼。河水清澈得能见到河底，有成群游戏的大鳟鱼，宽敞的帐篷，柔软的毯子，齐全的厨房用具，稀稀拉拉的野营格栅，等等。还记得上次我们钓的大鳟鱼是比尔的两倍多，并且我们是一下子钓到了两条十斤的鱼。在这里，我们可以只用一副鱼竿就钓到我们想要的美味的鱼。然后我们打算在野营地四处逛一逛，幸运的话，没准我们可以捕获一只鹿或一只熊呢。你知道的，上次一只熊在我们的野营地点突然出现时，把我们大家可真是吓坏了，好在它是温顺的。

在一个星期之前，我们还是可以向外人提供四件到湖边钓鱼的完备的、堪称高大上的钓鱼服，但是，现在我们只有三件了。

巴尼今天一早就去镇上的体育用品公司，给自己买了一根鱼竿，超赞的绕线轮和鱼线，因为那些都是他钓大鱼所需要的。

我现在手上有一支口径为22的自动手枪和来复枪，以及一支32大口径的自动手枪。几天前，我又买了一支口径为20的猎枪，我建议你最好买一些口径为22的子弹，这样我可以考虑借你一支枪。

我列了一些你可能需要的物品，首先是口径为22的莱斯莫克和长的来复枪，枪要是冒烟的最好，可惜的是莱斯莫克是一种半冒烟的枪。你如果想多打一点猎物，最好是买大约1000发子弹，不要觉得会花好多钱，因为它们相当便宜。这样，我们这几天就可以去岛上进行很多次很爽的打猎了。对了，你还需要买一盒100个4号的卡莱尔弹簧钢钩，这个有点贵，它们大概需要花114美元，你最好买上两盒吧。

如果你家里有旧点的毯子或是废旧的帐篷的话，那麻烦你统统拿过来吧，虽然我们已经有很多了，但是如果有更多的话就完美了。还有，你把你家里的旧衣服也带过来吧，反正也是堆放在家里。

明天，我们会前往距离美丽的夏洛瓦仅仅12英里的霍顿湾，要知道那里远离派恩湖。听说前不久迪尔沃思太太有几间村舍要出租，你、我还有巴尼将在那里露宿，离比尔的农场也就差不多一英里远。那里虽然不错，但是，我们只计划待两三天的时间。时间短暂，我们自然不会错过到那个海湾去钓上几天的虹鳟鱼，然后，如期前往早就想去见见的干沙砾土松树林。比尔蛮细心和周到，早早就已经安排好了食宿，很高兴是你跟我住在同一间敞亮的屋子，这样一来，你不必再担心有什么大的花销了。巴尼就住在咱们旁边的单人间，我们一起努力去河边钓虹鳟鱼吧。不必担心，我想你从我邮给你的照片里早就知道它们长的是什么样子了吧。

有时间和精力的话，你可以选择带上几瓶珍藏多年的上等格罗格酒。这里很安全的，依我的经验，最好走的要算是穿过密歇根市的那条路。那真是不错的地方，下个目标去那儿就好了。你能不费力气地在任何一家附近的商店买到你想喝的酒，只是味道稍稍有所不同。你得先穿过密歇根市，再沿着崎岖的海滨途经繁华的马斯基根市、路丁顿、马尼斯蒂和特拉弗斯城，最后才能到达夏洛瓦。如果你选择开车的话，用不了三天就能到达那里了。算你幸运，可能也就这两天的时间，那里的路很好走，如果你能经过派恩巴瑞恩那里就更好不过了。因为据我这段日子了解，那里交通很方便，你可以伴着清风一路行驶下去。

如果巴尼加入我们，那这次旅行会过得相当愉快的，上个月去过的乡下是我去过的再好不过的散心、钓鱼的地方了。你知道的，再次强调一遍哟，你真的将会和巴尼还有我在野外度过一段值得一生回忆的美好时光。你还知道吗？在黑河岸边不用走太远就有很多不错的适合多人的露营地点。对了，我刚刚想到，我们最好是带一些子弹来防身，而且，我向你郑重保证，如果你选择和巴尼一起，我想你会钓到想要的鳟鱼数量，我会做好这些肥美的鳟鱼的。不出意外，比尔肯定会喜欢上可爱的巴尼，并且，我很确信的是，当比尔见到巴尼时，会相当高兴。我这么自信，是因为大家包括你，知道比尔是个什么样的人。千万不要忘记，带上你的傻瓜相机，还有你喜欢的疯狂的垃圾食品，我建议咱们拍一些有搞笑动作的相片吧。

现在我将写信给巴尼，告诉他我们十分想念他，再说一遍，我保证你将会和他度过一段愉快的旅行。如果接下来的几天，我想起你还需要带的东西时，会再给你写信的。希望你离开时，一定记得要给我发份电报。当你驾车到了夏洛瓦时，赶紧给我打个电话过来吧，我现在就住在霍顿湾迪尔沃思夫人的家里，等着你们的到来。你到了记得打电话，这样我会派人过去接你的，好客的夏洛瓦的人会十分高兴地告诉你怎么最快到达霍顿湾的。

上帝啊，就成全我的愿望吧，詹金斯，你和巴尼如果能来这儿该是多么好的事情啊！

比尔说他将于下星期休班就赶过来，令人高兴的是，他将会带过来我心心念想的格罗格酒。想象一下，我就开心得不行。我们可以在朋友那里住上几晚，如果觉得不太方便，我们也可以把咱们的帐篷沿河而搭，再点燃一大堆篝火庆祝。夜风徐徐，在野外满月的美景下，我们可以尽情地去享受一顿期待已久的丰富晚餐，然后，大家可以在睡前吸吸烟，喝点小酒，再聊聊天，还会有你甜美的歌声相伴啊！

最后，在这里我衷心地祝你和巴尼好运，在这儿过得愉快。我们会为你们准备好一切的，赶紧给我回信。

海明威

致克劳伦斯·海明威

密歇根州

1919年8月16日

亲爱的爸爸：

詹金斯、比尔、巴尼和我在短短的四天里足足捉到了180多条又大又肥的鳟鱼，其中有12条已经超过了11英寸呢，这真算得上是一次无价的旅行啊！詹金斯让我转告您，他会给您打电话的，然后详细地告诉您发生的一切。再告诉您一个消息，下个礼拜我们打算去上半岛来一场沙滩之旅。

您那里一切进展还好吧？祝您一切顺利，身体健康。

欧内斯特·海明威

致克劳伦斯·海明威

密歇根州

1919年8月27日

亲爱的爸爸：

告诉您一个好消息，我们在离密执安县城[1]10英里远的地方，逮到了一些重达175磅的鳟鱼。昨天我破纪录地抓了27条长达9英寸的大鳟鱼，是不是觉得已经够大了？可是它们是我捉的所有鱼中最小的鳟鱼。最令我高兴的是，这里有很多野鹿和其他猎物。短暂地停留一天后，我们就启程回家去找好友霍恩。9月底我们就回去了，希望那时能见到您一面。我们停留的时间不会太长，因为我们还会外出一个星期。

欧内

[1] 密歇根上半岛的一个县城，1871年建立，以亨利·密执安（1793—1864）的名字命名。亨利是这个地区的主要探索者，也是早期美国当地部落的领导。

致克劳伦斯·海明威

博因河附近

1919年9月3日

亲爱的爸爸：

希望你们已幸福地重新相聚在一起，劳尔说他已经给您打过问候的电话了，他就是我邮给您的照片中，跟我一起在河边骑摩托车的小伙伴。麻烦您在来的时候记得把我心爱的银色吊坠带来，还有那些对我来说很重要的文件，我想看看，月末就要考核其中的内容了。

记得代我向妈妈和未来的姐夫问个好。

爱您的

欧内斯特

致克劳伦斯·海明威

密歇根州

1919年10月28日

亲爱的爸爸：

我们沿密苏里河旅行，这儿可真是风雨交加，我在库什门旅店度过了一晚，然后第二天早上起来，遇到了巴普一家。我们一起去了普莱斯比特，我和巴普夫人一起去了教堂。在602大街有间房子，就是我之前让您在信件包裹上写的那个地址。尽管它很小却很暖和，算是给我提供了一个工作的地方。我从查尔斯那要了打字机，现在还不在我手里，我那些重要的东西会在周四到托斯吉，很可能和我来时的路线一样。今天下午我研究出了巴尔莫曾希望我研究的《方法》的前一部分，我一旦在托斯吉定居下来，就会让它成型运作。今天下午，我读完了新的部分。今晚下着小雪，福音剧成了我唯一的消遣，但是已经演过一次了。我还在犹豫要不要参加。

离开欧克公园以后，我阅读了莫泊桑的一些小说，还有巴尔扎克的作品，休利特的《优柔寡断的理查德》。[1]显而易见，我在大学期间做的事非常有意义，我并不是无所事事。

非常感谢您曾帮我那么多，请代我向妈妈和家里的孩子们表达爱意！

---

[1] 莫泊桑（1850—1893），法国小说家和短篇小说作家。巴尔扎克（1799—1850），法国小说家，因一系列超过90部相互联系的小说和故事组成的《人间喜剧》而著名。休利特（1861—1923），英国作家，其作品《优柔寡断的理查德》是那个时期意大利小说的历史性代表作。

如果曼菲帝[1]打电话，告诉他我只在家待一天，我确实只能这样。告诉他我会再回来，也会再给他写信的。

您亲爱的

欧内

致格蕾丝·霍尔·海明威

密歇根州

1919年11月

亲爱的妈妈：

我很高兴收到您的来信，对没有及时回复您表示抱歉。最近我扁桃体发炎了，嗓子很痛，几乎无法吞咽。我坚持吃维生素，今天晚上就觉得好多了。今天是休战日，我为那些没能看到这一天到来的同胞祈祷，这好像是件很合理的事情。可怜的人们，当他们听到议员们谈论下一场战争的时候，一定会非常痛苦，因为他们觉得战争的结束是他们用生命换来的。

天气很好，明亮又清新，至今还没有下雪。可是

[1] 皮尔特·曼菲帝，《论坛》的编辑，在芝加哥发行了意大利报纸，是1919年2月在欧克公园举办意大利节的组织者。

空气一直都是阴冷潮湿的，就像中邪了似的。

我写了好多东西，也做了好多，因为东方杂志的报刊工人都闹罢工呢，给他们发送什么东西都毫无意义，所以我在等待什么时候还能再出现。我给报刊发送的文章到现在还没有刊登，很可能他们不会采用我的文章，不过我很确定有人会的！最近一些日子我什么都没有做，嗓子越发严重了，就像是烂掉了，跟我那些该要发表却未能发表的文章一样。

希望我能幸运地好起来，把我的爱带给家人们，告诉他们写信给我。巴普一家对我很好，巴普太太就像我的祖母一样。

爱您的

欧内斯特

致豪威·智肯

密歇根州

1919年12月20日

亲爱的豪威：

我觉得你可以咒骂那个怪人和我，因为这么好的两个样本我都没有记上。在每封信中，他都向我要你的地址，但直到几天前我才想起把你的地址给他，所以我猜想，你可能已经收到他的来信了。最近你过得怎么样啊？我收到普克的信了，他一直在极力赞美布莱克和那个狡猾的人，而且话语中满是溢美之词，我无法从信中得到很多消息。为了避免我的赞美成为我的家人谈论的话题，我最好还是静下心来做我自己的事。

我将在1月2日或3日回家，在家约待5天，之后我要去多伦多。等我到多伦多的时候，再说详情。在那里我会喝点儿酒，至少也得待5天，到时候我们要聚一下。我们想要在威尼斯喝法国的白兰地，并且还要参加一个展览。如果你没有什么安排，我希望你能加入我们队伍，你觉得呢？去买票好吗？那样的话，在2日或是8日的某个晚上我们就能见面了。首先，我们会聚在我们喜欢的地方，每人喝几杯白兰地，怎么样啊？你去买票吧，等我到了的时候我来安顿你。多伦多有一种东西，看起来很像秘鲁原始的炸面圈。如果你想和普克取得联系，就给他打电话。普克的号码就在电话本上。

老兄，圣诞快乐！

海明威

致格蕾丝·昆兰

密歇根州

1919年12月26日

亲爱的昆兰小姐：

据瑞德的妈妈说，她让瑞德打了个盹儿，好让瑞德今晚能有精神。尽管我们都尽了最大努力，但法官还是表示无能为力。你最好是休息一会儿，我们正准备过去，希望能够说服法官。

很遗憾你不在这里，谢谢你的留言条，这本书我会保存的，我们还没开始看它呢。话说回来，恐怕法官无论如何也会毁了它。

今晚见。

海明威

致格蕾丝·昆兰

密歇根州

1920年1月1日

亲爱的鲁克妹妹[1]：

我昨天早上到达这里，但是我现在好像在这里度日如年。我在你的村庄待了一天，却像是白驹过隙，鲁克，我很想念你。我在想你是否会参加埃克斯俱乐部[2]今晚的舞会。我最近心情很好，我不想让你离开托斯吉。

你是一个出色的侦探，你是多么可爱的女孩，游泳、跳舞、骑马，你样样比常人要强，你相貌又这么出众，我已经把你的过人之处告诉给我所有的亲人了。今天下午，我和伊丽莎白喝茶的时候，我极力赞赏你。在中西部的每一个人都知道，我海明威在北部有一个数一数二的妹子，叫鲁克，她很棒、很美。

---

[1] 这是海明威回复来自昆兰的一封感情真挚的“火车信”，让他在从裴度斯基经由格瑞德和印第安纳铁路去往奥克公园的旅途中来读。在信中，她提到要为海明威做奶油软糖，并让他记住，他是她“唯一的哥哥”，而且她在信尾署的名是“爱你的妹妹鲁克”。

[2] 埃克斯俱乐部，是一个慈善性质的社会组织。在1868年由当地教士人员在美国各地建立。

昨天晚上，我和威廉小聚了一会儿。瑞德和狄威给我打电话，我们约好周六在威尼斯咖啡店吃午饭。

在周六晚上，我还得参加一个有15个来自全国各地朋友参加的晚宴，特尼科已经安排好了。他会给我发电报，告诉我具体时间。这是一个朋友相聚的好机会，这可是15个老朋友呢。爸爸把绿头鸭交给我，让我来准备朋友们的晚餐和周日晚餐。周一我将去看望瑞福，周二我不得不去看望高德斯、韦德·弗莱和费沃，所以这么看来，我似乎没有很多时间来学习学校周日的课程了。

如果这封信太长了，你就略过那些你不想知道的内容。但我实在太想念你了，想要把我的情况都告诉你，所以请你原谅在这冗长的信中，又有这么多的赞美。我们在春天的时候见一面，你不觉得是件美事吗？但有几个女孩有点生我气，因为我告诉她们，她们的舞蹈都没有你跳得好。还有，可能我既不会去多伦多，也不会去肯塔基了。史密斯受《火石》邀请去参加了一个公众活动，这个活动叫作“船和卡车”比赛，史密斯让我也去参加，但可能来不及了。这个工作一周的薪水是50美元，并且各种花费都是由自己承担的，如果这个活动后面仍然开放的话，我会参加的。

我必须住嘴了吧。我亲爱的妹妹，晚安。替我向你父母致以最好的祝福。

爱你的哥哥

海明威

致威廉·霍恩

多伦多

1920年3月25日

亲爱的老朋友：

我不关心你在研究解剖学的什么部分，但是你无论怎么样也不能不给我回信。问题是当你冷落了我六七个月之后，虽然我知道你没什么事，但我自己却开始疑惑，我到底做错了什么。

我多么想见到你，你这个老家伙为什么自从走后，就几乎没有给我发过电报？我好不容易从北部回来，无论如何，一切都还好，希望下次不要把你和我如此完全地隔离。

目前，我在多伦多，但是在春天时我会去旅行的，你最好也一起。这样，我们就能在一起钓鱼、游泳、爬山、闲逛，直到你嫌我麻烦为止。

我无法用语言来形容在布拉克河和大斯德根河钓鱼的情景，感觉布拉克河是美国最好的钓鱼的地方。

我们在贫瘠的布拉克河河口处宿营，在那儿你看不到一间房，一棵棵不结籽的松树像岛一样绵绵延延，在这里钓鱼绝对有趣。

如果在这等鱼，等多长时间都可以，如果你决定尽情作乐，那你现在就过来，今年秋天我在这儿陪你喝酒。如果你不想的话，你就等假期再来，到时候我们这些伙伴们一起去旅行。

我来到这儿就快两个月了，我很努力地工作，来赚取这个夏天的自由。就算你在这个城市住着，你也不会喜欢这个城市的。它像其他那些该死的城市一样，是一个充满压榨，糟糕的、赚钱困难的地方。现在，我就是受压榨的工人之一，尽管我和那些有钱人住在一个地方。我希望你对布鲁秘好一些，问候一下他和贞克，关心一下他们房子的事。布鲁秘曾去过巴黎、美国南部和新爱尔兰岛。整个途中，他都在工作，并且度过了一段愉快的时光。在今年秋天，我开始跟着他去四处看看。这对我很有帮助，而且成为我今后写作的营养品。这种经历是无价的。

布鲁秘现在已经入行了。他从来不知道当他离开意大利的时候，我是多么恼怒，这是个误解，而且没有什么特别的原因，他本该查看一下我的材料。但是话说回来，我确实不知道我想要什么。

布鲁秘是个很受人欢迎的人，我希望你能邀请他和贞克一起来家里吃饭。贞克家在新卡特大道6702号，罗格公园。你能在电话簿里找到他的电话。

前一段时间，这里天气特别好，但是现在变冷了，还下雪了，很可能你那里也一样。当天气好的时候，我就打网球，玩得很高兴。我没有从卡纳博那里得到任何钱，尽管我向他要了。现在我是靠在《多伦多星报周刊》挣的钱为生。我的医生诈骗了我很多钱，所以现在我没多少钱了。否则我会按我说的寄给爸爸一些钱，我欠他大约30美元。但是请告诉他，当我来北方的时候我会挣很多钱，那时候我将把钱还给他。我现在每天中午不得不只花一美元来解决午饭。我现在也缺衣服和钱。现在报社每个月仅发一次工资，这样是挺不方便的。

在5月份的第一天，我的情况就会有所改善。在6月1日前后，我会穿过芝加哥去北方，去见你，到时候我们就能开车兜风了。

把我无限的爱带给你的家人。

海明威

致克劳伦斯·海明威和格蕾丝·霍尔·海明威

多伦多

1920年4月27日

亲爱的爸爸妈妈：

我已经给你们写了好几封信了，但我都忘了给你们寄过去。这封信写完我就把它们都寄出去，我很高兴黛西和布鲁秘周日不在家。

最近我很努力地在工作，在信中我附了两份简报让你们看看。一个是我昨天写的，今天被《垒球》采用的社论，这家报纸的大老板——阿特森[1]因这篇文章赞赏了我一番。

我打算5月17日或18日去芝加哥，然后20日或21日去北部，我和比尔一起开车去。我将去北方做一些户外采访，我现在在人们眼里已经是钓鳟鱼和露营的老手了。我和比尔、瑞斯一起谈奇闻逸事，老板都不知道他们是谁。我也特别想去钓鱼。

爱你们。

海明威

[1] 周森·阿特森（1865—1948）在1899年成为《多伦多星报周刊》的经理和编辑，并在1913年成为主要控股人，他的社论政策反映了他的信念，那就是报纸应该促进社会和政治改革。

致格蕾丝·霍尔·海明威

霍顿湾

1920年6月24日

亲爱的妈妈：

我和乔克在海滩上玩，后来他和比尔去了南部，抵达伯明翰，并且在那休整停留了一个星期。在下周二，他们会到达海湾的家。我希望能尽快回去，在清理码头[1]的工作上帮助您。

我下周一要去本德医生那里看喉咙，请给我回信到：波恩城2号。

爱您的

海明威

[1] 虽然海明威经常住在霍顿湾的迪尔沃思家中，睡在一个连接到后方的厨房的棚子里，但格蕾丝希望他在温德米尔的家务琐事上能帮着干点活儿，包括在夏季开始时清理码头。

致格蕾丝·昆兰

密歇根州

1920年8月1日

最亲爱的格蕾丝：

亲爱的，虽然已经发生了这么多的事情，但是我非常抱歉之前一直没有给你写信。

希望你在营地有段愉快的时光，你和大家在一起时不会想家的。

我现在无家可归。字面上的意思你懂的，永久地被踢出去，甚至都没有个像样的理由，我就被从家里赶了出去。[1]

如果想让一个家伙感觉非常糟糕，那就让他知道他没有家，即使他并不是多么在意它，所以我现在有点忧郁。

我妹妹要去拜访瑞德，请告诉她你听说过的所有

[1] 在1920年8月8日的海明威给昆兰的信里，他解释了更多的细节，海明威的母亲因他在7月27日偷偷地和朋友举办午夜野餐的事，而和他发生冲突之后，把他从温德米尔赶了出去。格蕾丝让海明威对这个事件负责，那天晚些时候，格蕾丝递给他一封信，信中表述了她对夏天里那件事的不满，认为他很叛逆，在无理取闹。海明威于是搬到波恩市的一个公寓里。

关于他的事情。

我觉得卢克今晚情绪不高，上周我和山姆[1]一起去钓鱼了。

明天早上，我们要离开了。如果你给我写信到这里，我会在周四让比尔到营地时送过来。

格蕾丝，我想再写一些，并且告诉你每一件事，但我又累又困，昨晚捕鱼的所有事情都无法写得有趣些。虽然我是个男人，但也会感觉情绪低落和孤独寂寞。

在天使城（洛城），我们打网球赢了比尔和查尔斯博士。

这儿除了令人厌倦的平常地方，什么也没有，还有许多有趣的事情想告诉你，但是我实在是写不下去了。我怕让你感到厌烦。

把我的爱给你，我认为你欠我一个大大的问候。

欧内斯特

[1] 山姆可能是内克家庭的成员，这个家庭在马塞琳娜的回忆录里被提到了。内克一家有几次出现在温德米尔拍摄的海明威家庭照里。

致豪威尔·詹金斯

密歇根州

1920年9月16日

亲爱的豪威尔先生：

真抱歉之前一直没有给你写信，但是接着我会给你娓娓道来。

我们现在已经抓了很多鱼，每天都能钓一些。我们可以操控这些高档的航海工具，后来也已经能扬帆航行了。昨天我们乘着帆船去了天使城，虽然我们用了双帆，但是遇到这样一个地狱般的暴风雨，也不得不在艾思顿进港避雨，下雨、闪电、打雷、风浪、台风，只有上帝知道还会遇到什么。

我希望在这儿一直待到10月中旬。我将和马达姆、博德、斯徒一起开着车游览风景。我的住所已经被封了，在芝加哥我无处可去。我将在芝加哥待几天，随后转身去多伦多或堪萨斯城，有封来自堪萨斯城的信，让我定义我的风格！在多伦多，我一个月能挣到200美元，我猜他们会来，到时候我把这事儿告诉他们。在这种情况下，到下一个夏天的时候，我将富裕起来的，他们每月给鲍恩175美元，一般他们给我的报酬比鲍恩的还多，我希望能多挣点，这就是为什么我认为堪萨斯城最吸引人，因为在这儿我可以得到一个不错的薪水，而且几乎各方面都比在多伦多好。

你觉得怎么样呢？

麦斯克虽然已经病了，但还是赢得了比赛，这确实是他的一个好处。他是很好的朋友，杰克这么说的。你不得不给麦斯克一个一等头衔，当然，希望麦斯克做任何对抗杰克的事情的想法，也是很荒谬的。

现在，杰克打算去对付另一匹“老战马”了，一个他曾经对峙过的人——高博特·史密斯。高博特是一个极好却有些粗暴的战士，虽然有一个该死的野性脾气，但是现在他的实力绝对是过得去的。可是前两天晚上，在大急流城竟有个二流选手击昏了他。杰克会严厉地教导他，然后将打昏比尔·布伦南，他一直是最可怜的拳击手之一。

但你要知道最令人兴奋的是，乔治也会很迅速地取得如此成绩。

乔治和珍妮对抗了20个回合，他打败了比利和弗兰克·克劳斯，又被韦尔氏击倒了两次，他可以比邓普西[1]更快地击倒敌方，他是一个很厉害的小伙子，并不是昙花一现。

激情四射的邓普西从未进行过一场真正的战斗。相反乔治却经历过很多，邓普西也许会和他们说的一样好，但是他从未证明自己是不是一个令人嫉妒的闪电般的拳击手。面对着这个和他一样以“快”著称的拳击手，一个要把他打倒，并拿出全身本事来作为回敬的人，邓普西会怎样做呢？我们现在还无从得知。

我思索着这件事，邓普西也许会彻底击败他，但是从另一方面来说，除非有一个绝佳的机会，不然他是无法做到的。这是杰克·邓普西第一场没有绝对胜算的比赛。我们只能在赛事上见分晓了。

你现在在做什么？波克在做什么？他将回到学校吗？你见过迪克吗？这些醉鬼的问题是不是很滑稽？我是个不苟言笑的人，你们是不是对我这没来由的兴奋很奇怪？

---

[1] 1921年6月2日，在一场沉重的世纪之战的比赛中，美国人杰克·邓普西（1895—1983），这个1919年之后五次卫冕的世界重量级拳击冠军，将与法国拳击手乔治·卡朋特（1894—1975）进行一场维护自己称号的比赛。海明威预测卡朋特会胜利，并于1920年10月30日在《多伦多星报》发表了一篇文章。事实上，邓普西将会以一拳重击赢得战斗，直到1926年都保持着他的称号。

我们最近摘了很多苹果，砍了树，开垦一些荒地来播种。哦，对了，我在船上时备受肠痛折磨，出现了内出血的状况。昨天医生割开了我的肚脐，清理出了许多脓。今天感觉好多了，他们认为我只不过是疯狂了一下。

我们弄到了拳击手套，打了几次。我还没开始认真地猛打，就已经赢了欧内·威尔，威尔是一个出手相当快的拳击手，他的速度很快，不过他对比赛的了解并不充分。他的脚跛了，但他仍保持进攻状态，因此我在他右边晃动并用左勾拳打了他的头，赢得了比赛。我们打了三局网球，他把我打得灰头土脸。

好吧，就这些了。在此写下冗长的书信，并且向你的亲人和迪克致以最美好的祝愿。

海明威

致格蕾丝·昆兰

密歇根州
1920年9月30日

亲爱的妹妹：

早上你的妈妈告诉我今天是你的生日，我立马去镇上给你买礼物，但是当时我的口袋里只有59美分，真的很困窘。

我考虑到了好几种送礼物的方式：买59张1美分的邮票作为礼物，或者订阅一个月的《晚间新闻》，或者是在李恩赫斯店[1]买特价橡胶套鞋，但是这些念头都被我打消了，因为你可以借邮票用，你能以任何方式看到报纸，而且或许根本不穿橡胶鞋。

于是，我和凯特，还有凯特的叔叔约瑟夫医生去了马丁糖果屋，每人喝了一杯所谓的饮料，我让他们向我认识的一位令人尊敬的女士祝酒，因为今天是她的生日。我们喝着酒，凯特想知道那位女士的年龄，我告诉了她，回答得虽慢，但是很确定，之后，受此鼓励，我们又喝了起来，所以用于你生日的钱就没了。

但是下一次，老兄我将努力在为你庆祝完生日之后，再破产。

今天早上我们正在你家厨房讨论，这时迪戈进来了，迪戈告诉我上个秋季我打赌白袜队时输了是罪有应得，想到职业球赛的真正内幕，他并没有责备白袜队把自己坑了。他非常生气，不过没有我想象中的那么生气，我当时有一种要把他狠狠打一顿的冲动。但是这种想法被我压制了，因为我认为假设我真的打了一个亲密的朋友，那么我心里的包袱就会变轻或其他

[1] 李恩赫斯父子店，位于佩托斯基米歇尔街的干货店。

诸如此类的吗？

然后凯特和我去了天主教堂，点了一根蜡烛，我祈祷了所有求而不得的东西。出来时我们心情好极了。不久之后，作为报酬，公爵打发我体验了一场有点浪漫格调的冒险。

这是一场小型的冒险，却出乎意料，并且有那么一些瞬间令人毛骨悚然，我很高兴地点燃了蜡烛。具体的细节等你见了利兹就知道了，当我们在雨中驱车返程的时候，我一直在想，你马上要15岁了，这是多么美好的一件事啊！雨下得非常大，凯特睡着了。我为她作了首诗。到家之后，我意识到，你比我要懂事得多。雨停了，凯特也醒了，我觉得你会认为那首诗很愚蠢，所以就没有寄。我非常抱歉在这个夏天我是如此差劲的伙伴，而且脾气那么大。我也非常遗憾你不像以前那么喜欢我了，因为除了当我听到你在我背后说坏话觉得伤心时，我确实比别人都喜欢你。

你过生日不该说这些，希望你生日快乐，我希望它是一个非常棒的生日。我为你点燃了一根蜡烛，如果你认为有效果的话我会很开心。告诉它你想要的一切。如果你不忙的时候就给我回封信吧。

晚安！

海明威

致威廉·B.史密斯

多伦多

1920年10月25日

亲爱的威廉：

这看起来让人难以置信，是汽车里泄露了什么东西了吗？在渥太华住旅馆，他们要价多少？你在那儿待了多长时间？你觉得住在那儿怎么样？那边的情况使我感到震惊。迫使你在那里买一处住宅看上去很难[1]，但是又是迫不得已，难道必须那样做吗？

兹斯特离开了没有？他离开以后又去了哪里？

我没有监管工作，我一直在袖手旁观，将希望寄托在发展中的广告业。同时，我每天在为《多伦多星报》写故事，一共写了4篇了，每个故事1000到12000字，比我整个夏天写的还要多，还有4篇要写，等我写完这封信之后再继续写吧。

如果没有什么东西骤然出现，那我就坦然地面对城市里的广告。彦说过他有把握能吸引来一些机构，

[1] 在威廉1920年10月21日写给海明威的信里，威廉向伊利诺伊州渥太华市的女士表达了他浓浓的仰慕之情，然而他和他的姑姑在从密歇根州前往圣路易斯的路上停车了。威廉写到因为租金贵，他打算在那儿买套房子。

但是这样需要一点小小的努力。同时我在多伦多挣的钱比我做记者挣得还要多，但是这份工作我干了不到一个月就不想干了。每天讲一个故事，每个故事1000到12000字，你可以想象一下这得花多长时间才能讲完。

前几天晚上，比尔·霍恩举办了一场聚会，在场的是一群年轻人，我们在维克多小屋吃的饭，我们喝了好多酒，然后我们去科利吉站跳舞。我们的精神状态都很好。这是一件很快活的事。在维克多的私人房间里，好多年轻人都在唱歌。

我的地址是北街1230号，希望你能给我回信。

欧内斯特

致《芝加哥论坛报》

芝加哥

1920年11月29日

C122论坛：

我不想去为了博你一笑，而在信里加入一些诡计，让你把我放到星期天论坛会的广告上哗众取宠。

也许你宁愿用这些事实，或者是从我带给你的那些公共签署了的文章里的简单字符来妄断我的写作水平。

我已经24岁，除了是《堪萨斯城星报》的记者，还是《多伦多星报》和《多伦多周日世界报》的专栏作者。

我孤身一人，没有伴侣。

战争纪录片几乎可以算得上是市场上的滞销品，当然，它也在一定程度上暗指了我没工作。在1918年，我没能通过美国的体育考试，因此我选择了加入意大利军队。7月8日，在皮亚韦河，我因负伤两次而被授予勋章，并被授予军官军衔。当然这只是些无关痛痒的小事。

目前我在做专栏记者，他们每周都需要5个关于周日话题的专栏。

我热切希望可以摆脱报纸行业，终结我的广告业生涯，进入杂志领域。如果你需要的话，我可以带给你一些我在《多伦多星报》和《多伦多周日世界报》的作品，你可以参照这些作品来估量我的写作水平。我也可以提供你所希望的任何商业和特征上的参考。

希望我已经克服了你的销售阻力。

非常真挚的

海明威

致《芝加哥论坛报》

芝加哥

1920年12月2日

F. G. 391论坛：

今天你在论坛上登的广告看起来像是上天给予我的，我苦苦寻觅的、能使我摆脱报纸行业进入杂志领域的不可多得的机遇。

自1916年1月以来，我被紧紧束缚在新闻记者的领域，我在《堪萨斯城星报》做记者，在《多伦多星报》和《多伦多周日世界报》做特约作家，忙得不可开交。

如今，我已离开了多伦多，正在为星报的周日版做特写工作。这些故事有部分加拿大的视角在里面，几乎牵扯到了美国的一切。它的报酬还算可观，可是总是不假思索、千篇一律的陈述加拿大囚犯题材的故事，相信要不了多久，这些故事就会失去吸引力。[1]

海明威

---

[1] 海明威在1920年12月2日的论坛报中对这则广告给出了自己的回应："新闻记者：有做过日报记者经历，写过社评和故事特写的年轻人，使得芝加哥杂志月销量达到20万，这是个非比寻常的伟大的开端，我们需要一位不寻常的年轻人，来给我们写一封阐明学历、经验、年龄和开始时想得到的工资的信作为参照。F.G.391论坛演讲。"

致哈德莉·理查森

芝加哥

1920年12月29日

亲爱的哈德莉：

从圣诞节到现在，我几乎失去了你的消息，也再也没有看到过你的信，我希望是圣诞节耽误了邮政服务[1]的原因。但无论是什么原因，我都无法做到坦然接受。

一切都悬而未决。周二我可能离开这里去罗马，一个最有可能书写我的宏图壮志的地方。我可能会在罗马遇见我未曾遇见过的职业上的黑暗势力。

如果我去那里，途经华盛顿，在华盛顿转机去纽约，也就是说我将从这儿出发，先去圣路易斯，然后到华盛顿。

我不禁要感慨，这是我不可多得的机会，这也是可以让我在理想条件下写5个月小说的唯一可能。这是一个安排，通过合作共同体，他们宣布我要到国外去参加合作共同体运动，然后向他们提交社论，合理

---

[1] 1920年12月24日，哈德莉通过特殊的邮递方式给海明威寄了一封信，使得他可以在圣诞节收到这封信。

的汇率宜人居住，大约1美元可以换30里拉。值得一提的是，罗马的冬天并未有想象中的那么凛冽，气候就像10月的初秋一样，渲染得那个小镇十分温润。

6月似乎比前5个月都要显得可爱，如果我恰好找到了一份更好的工作，我一定会归来。在罗马待5个月回来之后，请让我们酣畅淋漓地展开一场关于贝伦森[1]的辩论。

我的爸爸急切希望我去罗马，还说如果我不去的话，就是在毁掉自己。如果是你，你怎么想呢？[2]

海明威

[1] 可能是指伯纳德·贝伦森（1865—1959），立陶宛人，哈佛大学毕业的艺术史家，也是鉴赏家，评论家。在意大利文艺复兴时期，因其对画的细致研究而闻名，他大部分的研究成果在1894—1909年被出版。在1949年，海明威和贝伦森都成为驻外记者。

[2] 1920年12月31日的信中，哈德莉写道，祝海明威新年快乐，还说“希望你在罗马或者是在布宜诺斯艾利斯”。她还在信中恳请道，“我希望你告诉我你不去罗马的原因”。海明威最终并未和甘布尔去旅行。

致威廉·霍恩

芝加哥

1921年1月26日

亲爱的比尔：

我生病在家，这台打字机也像跟我作对似的，不大好使用，所以这封信不会很冗长。

如果你这次可以遇到杜戴尔，并且她告诉你很多审美方法，但你要始终记得，第一个往往才是出类拔萃的。

我不知道该怎么说，但事实如此，摩西夫人迫切希望得到你的指点，她好几次都问我是否收到你的来信。我只能一直跟她说没有，然后和她一起苦苦守望。

你把信寄给我，我会带给摩西夫人。

我的嗓子溃烂好久了，现在的我正在焦虑地等待着再次拥有一个健康的体魄。

你一切都好吧？我多希望可以马上见到你。这里的一切都让人觉得很轻松。卡尔·桑德伯格和舍伍德·安德森[1]都过来了，我们喝了很多葡萄酒，我们是何其幸运，每次晚餐都可以尝到葡萄酒。你最好快回家吧，你回了家才会明白黛拉的厨艺有多好。

我的伙伴们一次又一次问及你的消息。我妈妈也在另一封信里表达了对你的挂念。

我有说不尽的话想让你知道，但是我觉得嗓子太痛了，无法坚持到写完所有的事情。我会尽快给你写第二封信的。

欧内斯特

致约翰·伯恩

芝加哥

1921年3月2日

亲爱的伯恩先生：

我万分荣幸可以收到您为《每日星报》提出专门策略的信。更耐人寻味的是，您的策略与我长期以来

---

[1] 卡尔·桑德伯格，美国作家和诗人（1878—1976），他所创作的《亚伯拉罕·林肯传记》和关于芝加哥的诗颇具盛名。舍伍德·安德森，在出版了《小城畸人》之后，事业腾飞，他在东街附近有一个属于自己的公寓，还因此在与契夫尔德广告公司的互相联系中，结识了史密斯。

对该报的看法不谋而合。正如您所说，日报上出版的特写文章与周刊上发表的文章大相径庭，您还认为专栏作家可以在主编的领导下发光发热，燃烧自己。我认为这两点可以稍后再议。我其实非常向往你所提供给我的前途一片光明的职位。

而现在，我的工作虽然安稳但是枯燥异常、平淡如水。就目前来讲，我的周薪是75美元。我非常乐意接受一份周薪为85美元的工作。我可以在4月1日前去报到。

您忠实的朋友

欧内斯特·海明威

致艾琳·哥德斯坦

芝加哥

1921年3月16日

亲爱的艾琳：

我很高兴你可以到这里来。在7月份，佩里-乌克兰斯基学校的条件比较差。你现在一定很好吧？我还从来没看过你轻盈的舞步是如何描绘出激动人心的鼓点的呢。[1]

我敢打赌，有罗森塔尔夫人陪你，你的旅行一定会非常美妙。而这封信也非常耐人寻味，我在办公室一边写这封信，一边想象着你被格兰德艾兰市市民迷住的情形。我想现在你在那儿已经很出名了吧。[2]我在想怎么没收到你的消息呢？我一回家就给你寄信，我想这样你就可以很快收到我对你的问候了。

我上周结束了圣路易斯的旅行，昨天踏上归程。我度过了一段令人心旷神怡的时光。那里天气暖洋洋的，几乎不用穿外套。在乡村俱乐部周围聚集着很多独木舟和独木舟爱好者。

这里风景宜人，你什么时候到啊？我们正在定期举行桥牌狂欢。我刚刚抓了一手完美无缺的牌。

我一直在努力工作，听说你工作也很辛苦。你晚上感到疲倦吗？我每天晚上真的感觉很疲惫。我们直

---

[1] 哥德斯坦在1921年3月9日给海明威写信说，她将在7月份到达芝加哥，到佩里-乌克兰斯基芭蕾舞学校学习舞蹈。同为俄罗斯帝国芭蕾舞团和芝加哥大剧院资深主要芭蕾舞演员的安德列斯·佩里（1892—1931）和萨奇·乌克兰斯基（1886—1972）为了芭蕾舞剧训练芭蕾舞演员，在1916年创建了佩里-乌克兰斯基芭蕾舞学校。

[2] 哥德斯坦当时在内布拉斯加州的格兰德艾兰市的一所公立学校教授体育课程。她在信中写道罗森塔尔夫人正在旅行。她还写道海明威的信在格兰德艾兰的邮局里耽搁了将近两周的时间。

到25日才住进这座公寓。然后我夏天会去奥尔蒂斯夫人那里生活一段时间。那是个相当不错的住处，面积比现在这个大得多，就是我要和我的沙发床说再见了。唉，多好的床啊。[1]现在的食物依然难以果腹。上周我想接受他们的好意，搬到多伦多去。但是如果你7月份来，那么我就会留在这里等你的消息。

我迫切希望可以见到你，快点给我回信。

欧内斯特

致威廉·B.史密斯

芝加哥

1921年4月28日

亲爱的史密斯：

我知道你现在身体状况也不太好，希望你赶快好起来，我可不想收到你所有书信都是在一味地倒苦水。

[1] 史密斯返回后，海明威、威廉·霍恩和他将一起搬往以前位于东芝加哥100号的属于奥尔蒂斯夫人的公寓。奥尔蒂斯夫人很富有，为当地艺术家提供资助。这座公寓位于东区63号。哥德斯坦在圣诞假期之间来此对海明威进行了看望。多年后海明威意犹未尽地回忆道，当时他们坐在沙发床上，当史密斯要离开时，他一下子扑到了史密斯的身上，史密斯把外套留在了那张沙发床上。这也就解释了为什么海明威在信中要提及那张沙发床。

今年夏天你在泽尼克公司做兼职，应该结交了很多志同道合的朋友吧？你可以给他们好好聊聊密歇根的情况。

我很担心你现在所处的境地，我想也许我们应该频繁通信的。纵然当我在村子里的时候你就看上去不太舒服，可是我也没想到你现在的状况竟然已经到了这么恶劣的地步了。一直没有等到你的来信，我感到非常焦虑。唉，我心想如果一个人不想和自己联系了，那么又何必一厢情愿呢。我们将在周六搬到东芝加哥100号。杜戴尔会在5月28号回来。迪克莱尔自从上次生病卧床之后就一直浑浑噩噩的。

伊迪丝和她的父母共同挤在弗吉尼亚旅馆。据我所知，斯塔特和伊迪丝已经有一周或是十天没见过面了。上周六暮色降临之时，我、伊迪丝和一个叫克莱伯的小伙子在一个属于德国家族疗养胜地的地方组织了一场精彩绝伦的派对。依我所见，至今没有任何地方可以和它相媲美，包括德国。一大杯摩泽尔葡萄酒和普通的啤酒都卖40生丁，一个人花50美分就可以美餐一顿。这里一句英文都不用，如果你能来我会让他们说英语。周日斯塔特、霍恩和鲁斯去了橡树公园，而父母亲则留在密歇根。斯维尔·格拉姆在我提到过的地方，以及维尔兹啤酒馆[1]、考米克啤酒馆和其他几个不错的地方表演杂耍。

伊迪丝在这儿，但是没和斯塔特住在一起，也并未与他约会。这是不是暗示他们关系断了呢？

我现在的身体已大不如前。前两周我头痛欲裂，痛不欲生，昨天在办公室，我的眼睛又十分酸涩，不得不回家休息。由于头痛，我显得比以往神经紧绷。我拼命工作，同时得给洛佩尔写定期的稿件。唉，我近两个星期写过的字甚至可以比得上过去18个月的成果，生理的病痛并不能消磨我的意志。但是，我现在还是接近崩溃了。如果能游个泳的话，我想也许会有所好转。现在我从办公室回家，吃个饭，和哥们儿打几局弹球，然后上床睡觉。可是过一会儿就醒了，辗转反侧，无法入眠，连安眠药也失去了作用。

我希望和你们一起去北方。有的时候繁星闪烁的黑夜，我会想到静静流淌的河流。得失并重，有得就有失。但这并不能阻止我喜爱我已经拥有的一切。事实如此，每个人一生中都会喜欢一两条河流甚于世界上的任何事物。哎，爱上一个女孩，又喜欢这些河流，几乎填满了我身体的所有缝隙。这个春天令人神往，

[1] 维尔兹啤酒馆，是位于芝加哥北大街的一家著名啤酒馆。

我很想看看外面的世界。日思夜想，让我辗转难眠。但碍于繁忙的工作，我还是没能走出去。

还记得去年夏天，我们在河湾中发现的那不计其数的鱼群吗？那天我和山姆·尼基在你我第一次宰杀鱼的水域满载而归。而那天，霍普金斯和奥德加在上游也收获颇丰。还记得吗？有一天你钓到了一条鱼，它在挣扎时几乎弄断我的鱼竿，我们费了九牛二虎之力才把它制服。上帝啊，直到现在我都在想那儿肯定有鳟鱼。

卡珀有一份严格的委任状，这使他赚取了前所未有的很多的钱，而且还在持续增长，他因此获得了去北方的机会。今天中午我和迪克在一起吃饭，他看起来容光焕发。西奥多有什么消息吗？我收到他的一封信，但是我还没给他寄过信。

我认为过于劳累和过少的运动都是使人觉得不舒服的原因。这种亚健康状态可能会把一个人摧毁。可是好多人直到身体垮了，也没有意识到这一点。

不久我会给你寄封信，告诉你一些好消息。

你永远的朋友

海明威

致马赛琳娜·海明威

芝加哥

1921年5月25日

亲爱的艾沃瑞：

附件是史密斯在克里尔图书馆[1]写的一封有关生物学研究的书信。我一时想不到有什么可说的。妈妈昨晚来过。我和她在皇家咖啡馆吃了不辣的中国炒面。史密斯被剃须刀划破了手指，而我则临时充当了外科医生，帮他包扎了伤口，现在已无大碍。

我竭尽全力在工作，但是这里热得让人浮躁，幸好从湖面吹来的冷风，吹走了这噩梦般的炎热。

你是不是已经恢复健康了？就目前而言，我可能不能去参加玛格丽特表妹的婚礼了[2]。

这封信比较简短，请你原谅，但是你明白的，我始终都是爱你的弟弟，以及你的崇拜者。

你的好弟弟

欧内斯特·海明威

---

[1] 约翰·克里尔图书馆，是一座建于1897年的免费公共图书馆，藏书涵盖科学、医学和文学等内容。该图书馆最初位于芝加哥卢普区的马歇尔百货公司大楼，1921年5月迁往位于密歇根大道和兰多夫大街的一座永久性建筑。史密斯所附的信件已经无处可寻。

[2] 1921年6月11日的《橡树叶》宣布了海明威的表妹玛格丽特·E.霍尔与她的同学小弗瑞德·S.威尔克森的婚礼。

致哈德莉·理查森

芝加哥

1921年7月7日

哈德莉·理查森小姐：

听到你要来这儿的消息，我激动得夜不能寐。

打住，我们说点高兴的。

打住，比尔因为乔治·卡朋特心碎到了极致。[1]

打住，我可没有说些什么讽刺的话。

打住，我希望可以早点见到你。

打住，你能留下来与我为伴吗？

打住，我献上我所有虔诚的爱。

欧内斯特·海明威

[1] 1921年7月2日，在一场备受期待的有超过八万观众观战的被称为“世纪之战”的世界拳王争霸赛中，卫冕重量级拳击手邓普西在第四回合击倒了乔治·卡朋特。

致格蕾丝·昆兰和乔治亚娜·巴普

芝加哥

1921年7月21日

最亲爱的格蕾丝和最亲爱的巴普：

我不知道你们现在身在何处，也不清楚你们在哪个营地，所以我把信寄往昆兰的地址，不知道你们将经过多少时日才能看到这封信。

我今天收到了爸爸从瓦隆湖寄来的信，他在7月上旬给我写过一封信了，并附带了一封来自皮托斯基的信，我给他写过两次信。

今天早上，我总算是收到了一封有个像样地址的回信，因为才收到它，所以还未能给你们及时回复，我感到十分抱歉。但是，我现在正在以最快的速度给你们回信。

这一封信是寄给你们俩的，我未曾有过这样的经历，所以几乎无从下笔，因此我落款写的是“爱你们俩的”，随后我会分别再给你们俩寄信的。附件是寄给你们俩的，但是我希望你们可以把它再寄还给我，因为仅此一份。

我真的没给瑞德写信，她在一封信中说因为我的目中无人，她不想再多看我一眼，自然我给她写信也会很难受。无论我怎么样解释，都无法使她对我改观，但是我并不生她的气，毕竟她认为我自大得令人讨厌，而不是令人发疯，这已经不错了。

爱你们俩的

欧内斯特

致威廉·B.史密斯

芝加哥

1921年8月3日至5日

史密斯：

我非常感谢你倾尽全力为我办了一场完美的婚礼，这场婚礼让我觉得非常满意。但是因为我做错了事，导致我的妻子一直在生我的气，你知道吗？我这一生遭遇的最糟糕的事情就是妻子生气。我想你可能听说了白袜队球员无罪的消息了，这件事情发生在库克县，要不然能在哪儿呢？或者在纽约？想想亚伯·阿泰尔的事迹吧——在彭斯和马哈格的证据和供词[1]面

[1] 白袜队案件的审判结果成为8月3日的头条新闻。这件丑闻在1920年9月被揭发。前拳击手比尔·马哈格向费城的一家报纸透露，他和一名前棒球联盟投手比尔·彭斯在芝加哥在球员和赌球者之间充当了中间人，包括前拳击冠军亚伯·阿泰尔在内的赌球者想操纵比赛。

前，他竟然被无罪释放！

我工作一向很拼命，你肯定不想知道我到底是怎么工作的。我从斯托布里奇[1]那里学到很多东西，这些新鲜的东西对我非常有好处。大概你已经收到那些哥们的消息了吧，他们下周一出发。他们还想叫斯塔特一起去，但是我认为他会去的可能性并不大。

布莱恩·唐尼赢得了拳王头衔，虽然我不知道他是怎么赢得的。话说起来，这个比赛赢得并不光明，我都难以启齿。我曾见过唐尼，他是个很好的拳击选手，虽然他的腰部力量有些虚弱，但这并不影响他的实力。在赛场上，他给了胖得像猪一样的威尔逊一记重拳，正中他的下巴，但是威尔逊有裁判护着。其实如果威尔逊在平时认真训练，并且在赛场上状态良好，那么他是完全可以击败唐尼的。话说回来，要不是威尔逊已经被打垮了，我才不会在重赛中把钱压在唐尼

[1] 弗兰克·帕克·斯托布里奇，联合公司的编辑、出版商。

身上。[1]那裁判如此卑劣地判决了那场比赛，甚于你看过的任何一场不公平的比赛。在那场比赛中我见到了令人难以置信的事情——那裁判有时数7秒，有时数8秒。有个叫菲尔·科林斯的裁判，他在当地的比赛中执行裁判任务时，选手们倒地时都怕他读秒，因为所有倒地的选手在他完成读秒前都没能站起来，结果自然是被判输，加德纳对这种做法肯定是心知肚明。回忆一下当时拳台上的场景，威尔逊被连续击倒3次，在裁判读了13秒或18秒后都没有站起来，像死鱼一样躺在上面。按理说他早就该被判输了，可是加德纳竟然会以犯规为由取消了唐尼的比赛资格。唉，上帝啊，这真是太荒唐了！

事情的发展很糟糕，我写不下去了。我很想和你去河边走走，或者其他什么地方，这话你可别跟别人说。我不知道莱特现在体重是多少，我不敢说他体重

---

[1] 1921年7月27日，在世界中级拳王争霸赛中，卫冕拳王约翰尼·威尔逊（原名吉奥瓦尼·弗朗西斯科·帕尼卡）在第7回合被布莱恩·唐尼（原名威廉·布莱恩·唐尼）击倒3次。然而裁判吉米·加德纳判定威尔逊获胜，并声称唐尼因击打倒在地上的威尔逊而被取消了比赛资格。赛前威尔逊坚持让加德纳担任裁判。克利夫兰与俄亥俄州的拳击委员会否决了裁判的判决，判定唐尼以击倒的方式获胜。9月15日，两名拳手进行了重赛，以平局结束。在俄亥俄州，唐尼被认为是胜者，而在其他地区威尔逊则被认为是胜者。

正在下降或者其他类似的话，这样会招来蒂尔斯的反对。她对他的结论总是“比以前都好”。她接纳了他，就像特洛伊人接纳了木马一样。可是她这是拿婚姻冒险啊！上帝啊，你一定会认为我当时太糊涂了，竟然站在了她那边。我不应该这么说，毕竟我现在还住在他们那边呢。但是我在那里根本没有床，也很少会对食物挑三拣四，因此我还是可以说说的。算了，我不想说他们的坏话，请忘记我刚才对伙食和住宿的抱怨吧。哪怕我睡在屋顶上，只要早晨能洗个澡，洗掉身上的烟灰就行，对我而言这也没什么问题。因为我实在没有别的地方可去，当外面下雨的时候，我只能把一条毯子顶在头上，好让我自己不受那么大的风雨。秋天我就不用和他们住在一起了。在信中我只能以文字的形式把这件事告诉你，但这并不足以表达我的心情。

莱特！我真想杀了他！虽然这对我并没有什么好处。但我要是痛扁他，人们就会认为我心胸狭隘。等着瞧，我早晚有一天要把莱特淹死在马桶里。说实话，我宁愿和我的妻子住在密歇根塞尼妓院，也不愿意住在莱特经常出入的房间。有的时候，莱特竟会在蒂尔斯的房间和他淫荡的情妇哈维亲热。由于我对莱特从来都是直言不讳，所以现在莱特在蒂尔斯的眼中简直就是一个受难的烈士。只要我住在这儿，他就绝对不会进来，这是他给我的最后警告。莱特一天叫蒂尔斯好几次，因为他不肯进来找她，蒂尔斯只好出去和他见面。

哈德莉现在很好，我们过得也挺不错。我并不是在抱怨你没有嘱咐我不要和他们住在一起，我知道你说过的。我只是跟你念叨一下而已。因为当时我去那儿的时候，蒂尔斯在纽约，所以我们才得以过得不错。蒂尔斯不允许我们在屋里播放流行音乐，而她现在播放的音乐比以往都要糟得多。但是如果有人播放她明令禁止的音乐，她就会变得很生气。也正是因此，我吃了很多苦头。

没有事先给你打招呼，就突兀地要求你在婚礼上担任最佳男歌手。一方面是因为这方面的疏忽，另一方面是我认为以你的实力来说，你自然会成为婚礼上的最佳男歌手。我在努力探索一个丈夫应该承担的责任，或许我最初只能算得上是一个不合格的丈夫。

我不知道有没有告诉你，我现在已经没有教霍恩学拳击了。唉，真是倒霉，就是因为拳击，我挂了点彩，是一位医生帮我用绷带包扎的。不过现在已经好了，不再肿胀了，你倒不必为此担心我。事情是这样的：当时我下身没有穿戴护具，因为正好是在教一个年轻人连续击打上体，可谁知这个年轻力壮的小伙子却给了我一记重拳，正好打在了我的腰带下，之后就肿了起来。后来我让医生看了看，医生说没有什么大碍，所以就没有做手术。在之后的几个月里，除了在周日打会儿网球，我都没做什么别的运动。现在已经没什么事了，虽然我当初也没把它当回事，但我还是觉得以后可不能冒险了。唉，上帝在后来的几个月又跟我开了个玩笑。斯托布里奇打算把我派到巴塞尔去报道8月份的国际合作大会，说是要成立个新的联盟什么的[1]。这么一来，婚礼后的休假又泡汤了。

唉，在上个月里，我只能借酒消愁，酒可是个好东西。别乱想，我这说的可是红酒，19区的哥们送给我很多科涅克葡萄酒。这让我想到了那个古老的国家，我不是很想把它们卖了，只能自己解决掉了。

我并不是听上去的那么糟。但是一个人整天都装作很高兴，就不得不靠给朋友写信来寻求慰藉，这是很痛苦的。我想你也是了解的，快给我写信啊！

你永远的朋友

欧内斯特

---

[1] 国际合作联盟，1921年8月22日至26日在瑞士巴塞尔召开。20个国家4万多个合作协会的代表们参加了大会。会议的主要议题是建立一个大规模的国际采购组织。

致威廉·B.史密斯

芝加哥

1921年8月下旬

史密斯：

我的爸爸真的很注重形式，我的天哪，上帝啊！这到底是什么样的父亲啊。或许他最多只能处理好自己吧，再加一个男人恐怕他就照顾不及了吧。我真希望他那该死的福特汽车被烧光了，他是我认识的所有人中最不靠谱的！[1]

我没有时间和你进行冗长的交谈了。一小时后，我要去橡树园取我的行李箱。

叶恩已经好久没和我交谈了！在丹麦，哈姆雷特腐朽的故乡，莱特的事在当地被认为是可怕的。叶恩的气势已然完全被莱特和蒂尔斯手中挥舞着的手术刀削弱了。他最近的特技是疯狂为萨特工作而躲避参加婚礼。他的每个方面都由莱特领导，我根本没有机会插手，萨特会给你一些涂料，我会给你剩下的那部分，

[1] 海明威因为史密斯在最近一封信中说的一件事对他的爸爸很生气：今天你的爸爸召集所有的男士一起出去钓鱼，结果他到了之后说他的福特汽车只能载得下他和艾尔，这让大家觉得被这个男人抛弃了。你的爸爸说他会把鱼带回来的，但我们其实是希望能跟你爸爸一起出去的。

希望你做好心理准备，因为它比你能想象到的最差的图片还要差。

我打算周六晚上离开这儿，周日早上5点50分应该就可以到达博因河瀑布了。你会帮我处理一些事情吗？你千万不要为此而压力过大，你只需要注意以下几个重要方面就行。

无论你用什么样的方式，一定要邀请鲍勃和温德纳来[1]。如果需要给哈德利写信的话，用这个地址就好：威斯康星州维拉斯县，哈德利·理查森。收到信后，她就会寄给他们一些广告传单用纸。

如果你知道我还应该去问候哪些人，就像上帝所说的，帮我以我的名义去问候他们。

有一个圣公会的教士应该能处理复杂的问题。他们的全程服务怎么样呢？不用急着回答我这个问题，等我到的时候告诉我就好。

要知道我一直都在拼命工作，把4个星期的工作都提前做了，但是真的很抱歉，太过努力地工作使得我未考虑到应该问问莫罗，无论如何，要问问他和温德纳。银行确实以很糟糕的方式对待萨特，不过，我

[1] 在给海明威的信中，史密斯写到了他和鲍勃及温德纳一起赌博，然后又去温德纳那儿喝酒，史密斯问他们能不能有幸被邀请去参加婚礼。

相信她正在想办法努力抛开那摊事。

我有没有告诉你我为哈德莉在1239号找了一个很大的房子，包括客厅、晒太阳的房间、卧室、厨房等，我已经给房东交了定金，有四个人想要那个房子呢。

在26日，我不得不回去工作——哈德莉可以待到下个月5日再搬去这个地方，但是无论怎样，那周我只做肖德一个人的工作，对我来说其实还算一件好事。

你捕捞跑丢了线的技艺真是奇特[1]，做得真的很好。很高兴你这家伙赢了75美元[2]，你是怎么样做到的？

我得到了“维西之翼”，它比我们去年的那条船要好。

我收到了一些还不错的挺干净的衣服，原谅我之前对我的爸爸的诅咒吧！

现在只能这样先发给你了，因为我要去告诉迪尔斯坦，记得收着我的信件。如果有什么想处理的，记得给我写信，写什么都可以的。

永远的

欧内斯特

---

[1] 史密斯报告说，当他和杰克·潘特库斯及豪威尔·詹金斯钓鱼的时候，一条鱼趁他没有注意咬住了一个鱼竿，把最好的竿子带到了水的深处，史密斯用钩子顺着线路在海底捕捞，才最终找回了它。

[2] 史密斯报告说在他们最近的赌博中，圣母保佑他赢了75美元。

致威廉·B.史密斯

芝加哥

1921年10月1日

亲爱的史密斯：

我在跟妈妈通电话时得知，她给你发了今天晚上在橡树公园的邀请函[1]。

当然，我知道你和杜戴尔是不会去的，但是为了预防你误解，我特地来告诉你。

现在的我不想见到你，杜戴尔在他的巨作中经常大声宣读你是个“英俊的年轻人”，但我觉得，用你妻子举世瞩目的一句话形容就是“一切都如此微小”。

我会来帕罗斯公园三角山屋收拾一下我的衣服，还有给我的一些回信，正好不打扰你和你的好妻子外出。[2]

---

[1] 1921年在10月1日的时候，克劳伦斯·海明威和格蕾丝·霍尔·海明威举办了一个招待会，以此来纪念他们结婚25周年。

[2] 史密斯之后简短地回复欧内斯特·海明威，他会帮他收拾他在地下室的东西，并补充说：“你应该很清楚你写的东西让你在任何情况下都不可能有机会进我的家了。”（1921年12月2日）这样互通书信之后，他们两个人的友谊彻底终结。就此，海明威和威廉·B.史密斯的友谊遭到了严重的打击，后来，他们在1924年重新和好。

不过如此，不过如此。找一棵圣诞树吊死自己吧。

永远的

海明威

致海明威一家

纽约

1921年12月8日

亲爱的家人：

我在即将离开的旅馆里给你们写信[1]，我一切都很好。旅行很愉快，时间也刚刚好，妈妈给我的苹果很好吃。

我和哈德莉一起吃了晚饭，吃完饭见了几个朋友，有我的，也有哈德莉的朋友，我已经托运行李了，也看到船了。我们很快就要出发了，一切都很顺利。提前祝你们圣诞快乐。

给你们一条建议，不要再去卖煤场直到罢工解决

---

[1] 在期待着回意大利很长时间后，欧内斯特·海明威被舍伍德·安德森劝服巴黎才是激发年轻作家灵感的好地方。这对新婚夫妇在1921年12月8日乘船离开纽约向着法国前行，于12月22日抵达法国的勒哈弗尔。

了[1]，让孩子们也远离那里，他们必须找一个新的玩的地方。

带给你们所有人真挚的爱。

欧内斯特

致豪威尔·詹金斯

巴黎

1921年12月26日

亲爱的豪威尔：

圣诞快乐！十分感谢你送我的围巾。哈德莉和我现在住在河左岸的一家旅馆，就在美术学校[2]后面，而且我们两个人的身体状况都很好。

我们的房间看起来就像一家卖酒的商店，我新研制了一种朗姆鸡尾酒，你一定会爱上它的。

这儿的住宿费很便宜。旅馆一间房只要12法郎，尽管书面上写的价格是12.61法郎。一顿两个人的饭

[1] 芝加哥负责肉类包装的工人在煤场开展罢工，2000名警察接到指示，必要时向他们开枪，一名罢工者被射死，有几名受伤。

[2] 美术学校，法国公立的初级美术学校，其前身为1648年建立的皇家绘画与雕刻学校。自19世纪早期起，该学校就迁到了波拿巴大街上的建筑群中，隔着塞纳河，与卢浮宫相对，离海明威夫妇下榻的旅馆很近。

大概要花12至14法郎。我花14法郎就能买一瓶朗姆酒。

法兰西万岁。

没什么可写的了。巴黎又冷又潮湿，但是很繁华、热闹、美丽。所有的咖啡馆前面都摆着木炭火盆，每个人都感觉很温暖。

我打算去买辆带侧斗的摩托车，明年夏天就可以带着哈德莉出去兜风。

就写到这里吧。代我向格易和迪克问好！

永远爱你的

欧内斯特

致豪威尔·詹金斯

巴黎

1922年1月8日

亲爱的豪威尔：

哈德莉和我将要搬到莱摩恩主教大街74号的公寓去[1]。

你可以写信问我们关于主教的情况。我想你现

[1] 格兰奇帮助海明威夫妇在莱摩恩主教大街74号找到了一间位于四楼的无电梯公寓。周围的邻里都是工人阶级，该公寓临近巴黎第五区的巩特斯卡普广场。

在已经收到我的上一封信了。我们最近很忙，我一直拼命工作，写了几篇文章，完成了我的小说的一大部分。

那天我们去佛罗里达旅馆周围走了走，我们经常在马德莱娜教堂附近的一家餐厅吃饭。我让哈德莉看一尊被打掉了头的雕像，那是战争期间被德国炮兵打坏的。他们没有修复它。

只有在少有的开心的时候，我才会喝圣詹姆斯朗姆酒，窖藏了六年的朗姆酒喝起来就像小猫的下巴一样柔顺。

这家公寓是个高级的地方，我们明天就会搬进去。但是在我们从瑞士的蒙特勒北面的尚碧回来之前，我们不会占着这间房。我们将要去尚碧待上几周，打打冬猎。它在日内瓦北部的山里，那儿的人很好，和这些人相处就像置身乐园。啊，你能想象我们畅饮着上好的烈酒，在那儿滑雪、坐雪橇、滑冰的情景吗？我希望格易、布瓦德和迪克都能过来玩。

我必须停笔了，啰唆了不少了。围巾成了我们日常必戴之物，我定做了一套衣服，是用爱尔兰织布手工做的，花了700法郎。我付钱时看到衣服的成品很不错。库克是伦敦著名的裁缝店[1]，你肯定知道它。

要给我回信啊，我非常想念你，没有你们的陪伴我很孤独，在这里都是我一个人生活。

哈德莉也向你问候。回信请寄到：莱摩恩主教大街74号。它就在先贤祠和巴黎综合理工学院的后面，处于拉丁区最好的地段。

替我向迪克问好，并告诉他我会给他写信的。同时向邮递公司致谢。

爱你的

欧内斯特

致克劳伦斯·海明威

巴黎

1922年2月3日

亲爱的爸爸：

我和哈德莉在瑞士待了三个星期，现在已经返回巴黎了，我们现在相处得很好。今天早上我收到了您

---

[1] 在塔尔萨大学麦克法林图书馆留存的海明威文稿中有一张收据，这张标注日期为1919年1月8日的收据来自直布罗陀的库克分店，清楚地标明了海明威在战后从意大利归来时所购买的绑腿、衬衫和衣领。根据1924年的巴黎旅游指南，很多伦敦裁缝店都在巴黎开设了分店。

1月19日寄来的信，知道您们一切都好，我感到很高兴。

现在我已经把我的材料都寄出去了，但我并不知道您怎样才能收到这些材料，我也不知道它们具体哪天能到达您那里。如果您订购了《多伦多星报周刊》，您可能会看到很多关于我的事情。我觉得让您知道我近况的最好方式就是给《多伦多星报周刊》公司写信，订购3个月的报纸，然后读关于我的故事。我的故事很多都是发表在《每日之星》上，但是因为是邮寄过去后发表的，所以发表的时间并不是很规律。至于我的文章到底是发表在周报上还是日报上，都是由那个公司决定，但我确定周报上有很多我的文章，您去看一下吧，这样您读到的概率会更大一些。

我还从瑞士寄出了10多个好故事，它们发表的时间应该会是在我寄出后的3个星期后。

下午

我和一些好朋友在巴黎住的是公寓，公寓里的环境很好，我们都觉得非常舒适。今天下雨，只下了一会儿，不过空气仍然很潮湿。我觉得在瑞士我度过了最快乐的时光。我们走了很长的路才爬上了让曼峰。我们在隆河谷旅行时遇到了暴雪，暴雪把路挡住了，我们过不去，所以我们的旅行也被迫终止了。我们约定好春天的时候，会再次一起上路，去圣伯纳德山口，因为它很宽、很美。

12月19日的最新一期《多伦多星报周刊》上有一篇我的文章《关于结婚礼物》[1]，还附有卡通插图。

我今天一直在抽时间写这封信，该说的都说清了，就先这样吧。哈德莉去海边了，我刚从海关办公室回来，我们都很开心。

爱您和妈妈。

海明威

致舍伍德·安德森

巴黎

1922年3月9日

亲爱的舍伍德：

你给我写信的语调感觉就像一个虔诚的基督徒。你知道吗？这儿发生了许多的事情。我和格特鲁德·斯坦因现在就像兄弟一样，我读过很多她写的书。我很喜欢你为她的新书写的序言，那个序言还给了格特鲁

[1] 这篇文章实际发表于1921年12月17日。

德·斯坦因很大的震撼。哈德莉让我转告你，她和路易斯的关系越来越好了。我的私家侦探一直在密切地关注着她们，情况确实如她所说。

乔伊斯有一本最具半人半神思想的书，它可能会被寄到你那儿去。还有一篇报道说乔伊斯和他的家人快要被饿死了。但是每天晚上，我都可以在米肖餐厅[1]看到所有凯尔特工作人员在那儿吃饭，其中当然也有他。米肖餐厅的食物都是很贵的，我和宾妮每周只吃得起一次。

乔伊斯唤起了格特鲁德·斯坦因对一个旧金山老女人的回忆。那个女人的儿子暴富后，她就到处说："哦，我可怜的乔伊！我可怜的乔伊！他有了那么多钱！"该死的爱尔兰人总是抱怨，但是从没听说哪个爱尔兰人被饿死了。

庞德选了六首我的诗，寄给了史高菲尔德·塞耶，你或许听说过他这个人。庞德认为我是一名优秀的

[1] 米肖餐厅是乔伊斯最喜欢的餐厅，位于雅各布街和圣父街的拐角处。

诗人，他还把我写的一个故事给《小评论》带去了。[1]

我一直在教庞德拳击，但他学的并不是很好。他的姿态就像小龙虾一样优雅，总是习惯性地打对手的下巴。他虽然很喜欢练习，却总是喘不过气来。今天下午又练了一会，但是我发现没什么意思。因为我不得不经常停下来擦擦汗，而庞德就不用。对庞德来说，拳击是一项非常好的运动，因为这在一定程度上挑战了他的尊严和名望。庞德这个人确实是不错的，他的文章言辞犀利而精准，他还为4月的《日晷》写了一篇很棒的评论。

虽然我不知道他和塞耶的关系如何，但我希望塞

[1] 埃兹拉·庞德，欧洲人，在《日晷》杂志社工作，负责为该杂志寻找有才华的人。史高菲尔德·塞耶（1889—1982）收购了《日晷》，并从1920年1月发表第一期开始担任编辑，直到1925年6月卸任。安德森肯定听说过塞耶，就像海明威知道的那样，安德森是1921年“日晷奖”的获得者。2月20日，哈德莉在给格蕾丝·霍尔·海明威的信中写道：“埃兹拉·庞德把海明威写的许多诗歌寄给了《日晷》杂志的塞耶，给《小评论》带去了一些他的小散文，还让他为《日晷》杂志写一系列关于美国杂志的文章。”不论那些所谓的“小散文”是什么，海明威为《小评论》做的第一个贡献是1923年春天写的一篇评论《在我们的时代里》和一首诗《他们创造了和平——什么是和平？》。

耶会采用我的诗[1]。

我们已经见过维和耶了，我很喜欢他，他在这儿为一个法国杂志写《鸡蛋的胜利》的评论[2]。如果他写好了，我会向他要一份寄给你。

你的书写得很好，它是不是为你去奥尔良的旅行付账了？[3]我也希望可以像你那样工作。

哦，这封信写得太长了。你会再写信给我们吧？我们收到你的信会很高兴的。

对了，格里芬·巴里[4]还在维也纳，他跟埃德娜·圣·文森特[5]等人在一起。

---

[1] 塞耶没有采用这些诗（后来以《流浪者》为标题发表在1923年1月的《诗歌》上），海明威因此怨恨《日晷》和它的编辑很长时间。塞耶后来出版了《春潮》和《流动的飨宴》。

[2] 指安德森的《鸡蛋的胜利》，这本书的评论发表在1922年3月30日的期刊上，是由法国评论家夏尔·维和耶写的，他写道："安德森的作品，反对压抑美国信件的顺从主义和实用主义，就像一声有力的呐喊，欲把人唤醒。"

[3] 在《鸡蛋的胜利》获得成功并得到物质性的奖励后，安德森去了奥尔良，致力于《许多婚姻》这部作品的创作。这本小说在《日晷》上连载了一年，在第二年2月以书的形式出版。

[4] 格里芬·巴里（1884—1957），美国记者。

[5] 埃德娜·圣·文森特（1892—1950），美国诗人，也是一位剧作家，在1923年成为第一个凭借诗歌获得普利策奖的女作家。她在1921年1月至1923年1月期间游览了欧洲。巴里和文森特成为一对情人，并于1922年年初在维也纳同居。

好了，再见，祝福你和田纳西州。

海明威

致豪威尔·詹金斯

巴黎

1922年4月20日

亲爱的詹金斯：

外面飘扬着所有来参加会议的国家的旗帜，我像鬼一样已经在这儿工作了两个星期了。

海明威

致马赛琳娜·海明威

巴黎

据推测写于1922年4月下旬

亲爱的艾沃瑞：

我们将在明天离开这儿。我对待工作是很努力的，我很高兴会再见到哈德莉。

如果你只是坐在火车上游览一下，而不住在这儿，那么，这个地方其实还不错。

海明威

致克劳伦斯·海明威

巴黎

据推测写于1922年4月下旬

亲爱的爸爸：

如果您读过了《每日星报》[1]，您就应该知道了这儿所有的情况。我很开心要离开这儿了，现在天气也变暖和了。我现在住在山顶上一个古老的城堡里，从这儿可以俯视整个城市。

爱您的

海明威

致玛德琳·海明威

巴黎

据推测写于1922年4月下旬

亲爱的玛德琳：

我很高兴离开了那个工作时会感觉到特别累的地方。如果你还留在那儿工作，那我觉得你一定会疯掉的。

[1] 在1922年4月10日到5月13日期间，《每日星报》上发表了海明威关于热那亚会议的22篇文章。这些文章中的7篇未署名。

帮我向所有亲人转达我对他们的问候。记得，我永远是你的哥哥。

诚挚的
海明威

致格蕾丝·霍尔·海明威

巴黎
1922年5月2日

亲爱的妈妈：

非常感谢您给我寄来的照片，我和哈德莉非常喜欢，我们都很感激您。

信封里还有一沓我在热那亚的时候写的明信片，因为我最近太忙了，所以没有寄，一直把它们装在我的口袋里[1]。

由于过度工作，我已经筋疲力尽了，而且我感觉我的状态很不好。我们还是继续进行这趟有趣的徒步旅行，我们到了桑利斯镇，住在了桑利斯镇的一家宾馆里，这是1914年冯·克鲁克曾住过的地方。纳粹士

[1] 显然，海明威想分别邮寄在热那亚写的这些明信片，而不是放在一起寄出。这些明信片贴的是法国的邮票，而且邮戳显示它们是和这封信一起从巴黎的同一个邮局寄回家的。

兵放火烧这个城市的时候，恰巧冯·克鲁克住在这个宾馆里，所以这家宾馆就没有被烧毁。[1] 桑利斯是一个可爱的、古老的市镇，有着漂亮的教堂、修道院和古老的城堡。接着，我们穿过树林、草木丛生的小丘，到了瓦兹河上的马克桑斯桥，然后去了贡比涅。我们本打算继续前进，去苏瓦松、兰斯[2]。但是，下雨了，我生病了，咽喉痛，所以我们回到了巴黎。我已经在床上躺了3天了。尽管如此，它还是一次很有意思的长途旅行。这时候的树林是一年中最美的，桑利斯镇周围的郊区有野猪、雄鹿，很适合打猎。

等我的病好了，我们会继续上路。克雷布斯·弗兰德和威拉德·基切尔已经在这儿待了6周了，他们去南部打猎了。几乎来这儿的每个人都要去打野猪。

我在热那亚过得很高兴。我创作并发表了一些好文章，我希望你能在《多伦多星报》上看到一些我的

---

[1] 亚历山大·冯·克鲁克将军（1846—1934），是在1914年8月占领比利时和法国时指挥德国第一部队的人。他的部队在1914年9月第一次马恩河战役中被阻止，此时，他们距巴黎不足15英里。从尚蒂伊镇——巴黎东北部大约30英里处，海明威和哈德莉徒步走了大约40英里，他们穿过了桑利斯镇和马克桑斯桥，到达贡比涅。

[2] 苏瓦松是1918年美国与德国激战的遗址。兰斯（苏瓦松以东大约36英里，巴黎东北部大约90英里），以13世纪的天主教堂而闻名。这座城市在第一次世界大战中被德国的炮弹严重损毁了。

文章，我的第一篇关于热那亚的文章在4月10日刊登，邮过去的文章大约在4月22日或23日开始刊登。

《多伦多星报》最近可能会派我去俄国。我正在等着他们的指令[1]。

我最近写的信都很随意，为此我感到很抱歉。

祝愿所有人身体健康，也祝愿爸爸能在5月份钓到鳟鱼，他现在可能已经在那儿钓鱼了。塞耶叔叔死后，马斯和阿拉韦尔婶婶一起度过了很愉快的时光，这似乎很有意思。[2]但是他们怎么能不顾悲伤地办一个派对呢？

几天前，我看见路易斯[3]女士了，我去参观了她的旅馆，她刚结束了一次完美的旅行，她的状态一直很好。

请代我向爸爸和孩子们转达我的爱。我一直在给爸爸写一些简短的信。

永远爱您的

海明威

---

[1] 海明威去俄国的旅行没有实现。

[2] 海明威的叔叔阿尔弗烈德·塞耶·海明威于2月24日在堪萨斯市去世，死于肺炎。

[3] 格特鲁德·路易斯（大约生于1863年），橡树园内科医生威廉姆·路易斯（大约生于1849年）的遗孀，是19世纪俱乐部成员，格蕾丝·霍尔·海明威也是俱乐部成员之一。

致克劳伦斯·海明威

巴黎

1922年5月24日

亲爱的爸爸：

希望您现在已经收到我从巴黎寄给您的信了。您最近在《多伦多星报》上没有看到我的消息，是因为您只有周报，而我最近写的16篇文章，从4月24日到5月8日的文章，全部被发表在了日报上。

从我们回来之后，直到又回到这儿的这段时间，我一直躺在床上，什么文章都没有写。我的老朋友多尔曼·史密斯和我们一起度过了一段时间，那段时间我们一起去钓鳟鱼，还一起去爬山。下周我们又会一起去圣伯纳德山口，然后再一起去意大利，最后一起坐火车回巴黎。我发现自己前几天瘦下去的肉又长回来了，不过我感觉这样挺好的。我咽喉的问题仍在困扰着我，但是似乎所有的医生都拿它没办法，我想它可能会影响我一辈子吧。

今天我们爬了修道士海角[1]。它很陡，还很危险，下来的时候，我们只好坐下去，顺着雪往下滑，我感

[1] 在蒙特勒东北部。

觉这样非常有意思。这里的山谷里长满了水仙花，它们都生长在雪线以下。有一天我们爬修道士海角的时候还看见了两只大貂，它们长得像北美臭鼬一样大，但是它们的身体比北美臭鼬更长更细。我在罗纳山谷上的罗纳运河的一条小溪里钓到了几条鳟鱼，人们钓鳟鱼的历史已超过两千多年了，它们不是很容易上钩。山谷里全是融化了的雪水，溪水看起来很清澈，因此比较容易钓到鱼。这里还有一条溪流叫斯陶克，它流过罗纳运河12英里后流入热那亚湖。我喜欢在热那亚湖钓鱼，那也有鳟鱼，但是那里的湖水太浑浊了。

《多伦多星报》派我去俄罗斯的信，我今天收到了，跟着信一起邮过来的还有一张支票，支票上有465美元，这些钱包括我的生活开销和我3个月的工资，其实我已经期待这封信的到来很久了。

夏日野营听起来十分令人兴奋，这里夏日野营都是谁去啊？我希望您已经到了，而且已经钓到了好多鱼。

哈德莉很健康，她的皮肤像印第安人一样是棕红色的。她看起来状态好极了。我住的地方在冬天的时候很美，而且这儿的人我也都很熟悉。我们爬了这附近所有的高峰，并且已经准备好去爬更高的山。

祝您身体健康，诸事如意。请向妈妈转达我和哈德莉的问候。

爱您的

海明威

致豪威尔·詹金斯

意大利

1922年6月14日

亲爱的豪威尔：

我们的新旅馆在白云山矿区那里，瓦利西格诺里看起来和原来一样。也许是卡特里纳圣诞老人把这里重建了吧。

祝你好运。

海明威

致哈里特·梦露

意大利

1922年7月16日

亲爱的梦露小姐：

我的诗被刊登在了《诗章》上，这让我感到很兴奋。

我也对我以前没有给你写过信而表示歉意[1]。

信封里面有我给你附的东西，我觉得这些东西你可能会用得到，所以我寄给你了。

如果你能看到亨利·富勒[2]的话，请向他转达舍伍德·安德森对他的敬意。

我看到了一个小男孩，他叫作欧内斯特·沃尔什[3]，他说他是你的朋友。他之前病得很严重，但是他现在已经好些了。

欧内斯特·海明威

[1] 《诗章》是一个诗歌杂志，上面刊登过海明威的6首诗。

[2] 亨利·布莱克·富勒（1857—1929），是芝加哥小说家和反帝运动成员，他的作品有《在楼梯上》（1918），《伯特伦·科普的一年》（1919）。富勒作为梦露的好朋友，曾经帮助她编辑过《诗章》。

[3] 欧内斯特·沃尔什在1895—1926年和梦露有书信联系，他在美国军事演习的时候，飞机坠毁，因此造成了他的肺部受伤并且住了院。后来他的伤加重为肺结核，肺结核这种病他以前就得过，可是从此之后就没好过。梦露在《诗章》1922年1月的期刊上发表了沃尔什的4首诗。在沃尔什被宣布无法治愈出院后，梦露帮助他获得了伤残战士抚恤金，还把他介绍给庞德和一些在巴黎的其他作家认识。欧内斯特·沃尔什和埃塞尔·穆尔黑德（1869—1955）合办了一个小的杂志，杂志的名字是《一刻钟》。这个杂志在第1期上就刊登了海明威的文章，名字是《大双心河》。海明威后来写了一篇关于沃尔什的短文，叫作《被宣布死亡的人》。

致格特鲁德·斯坦因

巴黎

1922年8月28日

亲爱的斯坦因小姐：

假如你们现在都已经返回了巴黎，当然也许你们还没有返回巴黎[1]。而我现在已经没钱离开这个国家了，所以我每花1法郎都会心疼。1法郎就是150马克，可以用来买10瓶啤酒，或者可以买5张捕捞许可证，或者可以买1瓶瓦德堡莎当妮白葡萄酒。

我们现在一天能捕到10条鳟鱼了。

祝你好运！

欧内斯特·海明威

---

[1] 1922年8月，斯坦因和道格拉斯，以及雕刻师珍妮特和她的朋友卡米尔一道前往普罗旺斯度假。当他们的朋友在普罗旺斯买房安家后，斯坦因和道格拉斯住进了圣雪米的一家旅馆里，直到1923年3月才回到了巴黎。

致格特鲁德·斯坦因

巴黎

1922年9月20日

亲爱的斯坦因小姐：

我必须去拜访克里孟梭[1]，你们都曾经回到过巴黎吗？你们也许很快就会回来，也许好久都不会回来。

现在这儿已经是冬天了，希望你们早日回来。

欧内斯特·海明威

[1] 法国政治家乔治·克里孟梭（1841—1929），曾两度担任法国总理，分别是在1906—1909年和1917—1920年这两段时期担任的。第一次是加入大战后，他要求严格执行和平条约，坚持要求德国裁军执行条约并且还要支付战争赔款。海明威在一次旅行中加入了比尔·伯德的队伍，当时克里孟梭的军队撤退到莱萨布勒多洛讷附近，这是一个大西洋沿岸的法国旅游城镇。在1922年9月25日约翰·伯恩给海明威的回信中，他提到已收到了海明威附在9月14日的来信中的克里孟梭访问通知。但是，伯恩就克里孟梭对加拿大在战争期间的角色的嘲讽评价提出了异议。星报并没有公布这次访问。

致约翰·麦克卢尔

巴黎

据推测写于1922年9月

亲爱的麦克卢尔先生：

路易斯·格兰切先生曾在几个月前建议我，在我给你写信时替他转告你，你是贱人的儿子。当初我当作玩笑话一样就给你说了。

我现在送一句相同的话给你，这次不是格兰切先生的意思，而是我的意思，这一次是我发自内心的。我重申一遍，你是贱人的儿子，麦克卢尔先生。

曾经一度，《两个经销商》这个题目让我感觉迷惑，但现在它不再是一个谜了。《两个经销商》的意思是作为经销商的你所做出的行动就是诈骗，欺诈订购者和投稿人。

既然你有钱买《新共和》的封面，那么你为什么不支付稿费呢？

海明威

致豪威尔·詹金斯

巴黎

1922年9月26日

亲爱的豪威尔：

我要从这儿经过，然后乘坐辛普伦快车，前往君士坦丁堡到达星报。

海明威

致格特鲁德·斯坦因

巴黎

1922年9月27日

亲爱的斯坦因小姐：

我将经由此地前往君士坦丁堡等地。今天天气很热，火车晚点了6个小时，很快天就会更黑了。你应该在福特汽车里度过这段等待的时间。

海明威

致米利亚姆·哈普古德

巴黎

1922年11月26日

亲爱的米利亚姆：

我随这封信给你附上了一些照片，你的样子看起来很高兴，盖伊[1]很快就会寄来你的爸爸、盖伊和斯蒂芬斯三人的合照。你觉得我看起来怎么样？像不像一个严肃的国际记者呢？但是我很难一直保持这种姿态啦。

在学校的生活还好吗？送你去学校的那天晚上，我觉得这个学校看起来很阴暗。你的爸爸和我们一起回到出版社，但是他和盖伊闲得没事干，只能坐着聊天。我就坐在吧台的后面喝喝啤酒，写写新闻报道，生活过得很惬意。我正构思着写一篇震撼人心的报道，但我知道今晚是不可能写出来的，所以我就开始想你。想象你穿过像城堡一样巨大的校园，走在长长的车行道上，周围的树篱阴阴森森，月亮也被笼罩在一片黑暗中，校园内的大门被沉重地打开，又被沉重地关上。

---

[1] 盖伊·希科克（1888—1951）是一名经验丰富的报社记者，从1918年起担任《布鲁克林鹰报》巴黎局局长。海明威刚到巴黎时就和他频繁来往，建立了深厚的友谊。

而且你谁也不认识，尽管如此，我还是知道你一定是这一群人中最勇敢的孩子。

希望你不会感到郁闷、孤独或者想家，如果你真的心情低落或者想家，只要想想离你只有几个街区远的地方有3个人在想着你，你的心情就会好起来的。在洛桑并不是只有你一个人，我们都在你身边陪着你。期待老天能够给你带来好运。当然啦，如果你很享受独自一人、几英里内没熟人的感觉，那样的话也很好。不管怎样，希望你一切都进行得顺利，度过一段美好的校园时光。希望我们能很快再见面。下周二之前，我们会尽量找时间去看你的。哈德莉可能在周二之前就会到达这儿，我们会去你的学校接你，然后一块儿吃饭。

祝你好运，希望你心情愉快。

我觉得这些照片很有趣，你觉得呢？[1]

你的朋友

海明威

---

[1] 海明威在寄此信时，附上了他在1922年12月10日写给米利亚姆·哈普古德的信，他是通过林肯·斯蒂芬斯认识她的，斯蒂芬斯是米利亚姆父母的好朋友。

致伊萨贝尔·西门

瑞士

1922年12月1日

亲爱的伊萨贝尔：

我现在唯一能做的就是每天都盼望着哈德莉她们过来，可是她还没有来。如果还是来不了，我就发电报给国际新闻服务社，让他们一定要派别的工作人员来接替我。我一定要回巴黎，我那可怜的妻子，她现在一定难受得厉害，像现在这样的天气在巴黎生病可不是什么好玩的事。

我觉得从伦敦到蒙特勒有两趟火车还不错。这两趟火车都是在11点从伦敦出发。其中有一趟你只用买一张票就能直接到蒙特勒，这一趟是辛普伦东方快车，但是只提供卧铺，而且相当贵，也不知道你会不会介意。另一趟有一级、二级、三级车厢，只有从巴黎到蒙特勒这一段路程提供卧铺。如果你想坐卧铺的话，就必须提前预订。晚上7:26就可以到达巴黎的里昂车站，用24小时制计算就是19:26。20:35再次出发，前往瑞士。如果你带了大箱子，只需在上车之前登记一下，就可以直接把它寄到蒙特勒。那里的售票员很混蛋，他们不给外地人员卖车票，他们会在蒙特勒火车站检查。但我们认识那儿的人，我们在车站接你，他们会给我们面子放行的。辛普伦东方快车早上6:57到达蒙特勒，而另一趟火车是8:57到达，它们就相差两小时。辛普伦东方快车最大的优点是在瑞士边境瓦洛布时，你可以不用带着护照和行李下车，因为他们会提前在火车上进行检查。但你不用怕，他们的这种检查都是马马虎虎、敷衍了事。他们会问你有没有带黄金、巧克力、烟草等物品，然后你说“没有”，他们会说“谢谢，女士”，这样就检查完了，很简单的。

我知道这是你第一次出境旅行，虽然是在早上进行检查，但我还是建议你乘辛普伦东方快车可能会更简单点。我不知道你需要多付多少钱，应该不会多得离谱。如果你买不到卧铺，那就只能站着啦，不过我们经常站着，感觉并不是很糟糕。不管怎样，祝你好运。

到了里昂车站，你可以去楼上的饭馆美餐一顿。真希望能和你一块儿旅行。你不知道三四个人一起旅行真的很爽的，大家在火车上闲坐着聊天，到了里昂车站时我们从车厢中走出来，吃些三明治，看看外面美丽的月光，像法国人那样快速地打开窗户呼吸一下新鲜空气。如果有人试图进入我们这节车厢时，有的人就会故意躺下来睡觉，然后边上的人就会说“嘘，生病了”，而且神情看起来很严肃，那个人就会离开了。

不管怎样，旅行都会很惬意的。去年我大概像这样旅行了12次。

我猜想哈德莉给你写的信中一定提到过衣服的问题。通常情况下，滑雪时，我看到的女孩儿都会穿马裤和毛衣，头上戴一顶圆帽，如果你还没有滑雪鞋的话也没关系，那就在蒙特勒买吧，那儿的鞋子很好也很便宜，是用帆布做的，中间有一根带子的滑雪手套也很便宜。我的滑雪衣服和鞋子都是在蒙特勒买的。你知道有一种衣服吧？就是哈德莉参加舞会的那种礼服。但是后来在小木屋吃晚饭时，我们所有人都不会盛装打扮，因为大家觉得穿粗布衣服吃饭比穿盛装更有乐趣。哈德莉最喜欢穿裹腿的马裤，或者是高尔夫长袜，这次穿的是后者。她上身穿一件白色的法兰绒衬衣，衬衣外面再配一件毛衣。不过我知道，按她的习惯，她也有可能在上衣的外面穿一件骑马用的马甲，再束上一条腰带。总之就是跟场合很不搭。在这里穿衣服没有什么正式不正式之说，但男人们只穿男士短裤，从来不穿灯笼裤，因为大家都觉得穿灯笼裤显得太肥了。

我相信我们会玩得很愉快的。当我知道你要来欧洲，还是要来瑞士，而且你还要过来找我们，这真的是我这段时间听到的最好的消息啦，你要相信我，这里真的很有趣，你来了一定会爱上这里的。7月1日是沃州的雪橇大赛，这次的比赛在桑普轨道山口进行，你来了以后会成为我们其中一员的。如果进行得顺利的话，桑普轨道会是我们出来玩的其中一段很好的旅程。

我敢说这里是世界上最美丽的地方，我们能欣赏到一大堆东西，你肯定会爱上康比和阿旺。琴科在16日过来，我觉得你会喜欢他的，并且如果你有美国的读物，一定要记着带过来，他能自己一个人从容地待一整天看书。我最近也试着读了俄罗斯人写的一本小说，它真的是太长了，我就只好放弃了。

会议开得很无聊，还搞得很机密，不管是什么时候，人们到处走动时，会发现后面总有人跟着。土耳其人现在就像土拨鼠，你想找到他们时，他们就躲进洞里绝对不会让你找到，你不想找他们了，他们就破土而出。

说了这么多了，快点来我这儿玩啦！

你永远的朋友

欧内斯特·海明威

致埃兹拉·庞德

蒙特勒

1923年1月23日

亲爱的埃兹拉：

我们想去投奔你，你觉得怎么样？你可以发给我们多少工资呢？我们住的旅店是哪家？我们是否也能像莱茵河畔的诺斯克里夫一样，居住在您的法西斯朋友周围，然后隐姓埋名地生活呢？你知道，墨索里尼在洛桑特意告诉我，我们不能再继续住在意大利了。我们得尽快搬走。你对这个问题到底是什么意见呢？是顾虑你妻子吗？还是有什么别的原因？你要多久才给我答复？你对以上每个问题的答复对我而言都至关重要。

你是否听说我的少年读物丢失了？上周我回了巴黎，看看还留下了什么。发现哈德莉已经替我完成了这项工作，她将所有能找的地方都找了一遍，就只找到了一些副本、复印本等无关紧要的东西。我全部作品中唯一留存完整的是三页铅笔写过的关于一首流浪诗的草稿，本来那是后来要被我扔的，但是它还是保存下来了。以及一些我与约翰·莫科鲁尔之间的通信，还有一些新闻手稿，但我的少年读物是真的找不回来了。

你肯定会说“那已经不错了”之类的话，但你千万不要对我说出来这些话，我还尚未达到那种境界。你不知道，在这该死的资料上，我可花费了整整3年。这让我想起来与1922年在巴黎的那次境遇差不多。

我现在正在收集新的材料，我们有六到八个月的时间提前为挣钱做准备。我已经解雇了一直跟随我的理发师，因为以后我不再从事报社这份工作了，但这与理发师的好坏无关，是因为我真的没有多余的钱来聘请他了。我觉得我现在跟你差不多，长久的脑力劳动使我变成了社会的局外人。

现在里拉好像要贬值了，很明显，在我看来道格拉斯比墨索里尼伟大多了。你知道戴夫刚用18法郎买了两只左脚的靴子（工厂的失误），售货员发现后告诉了他，但他并没有听，就是几个礼拜后，他自己还是分辨不出靴子的不同。戴夫真的是让人哭笑不得，当然了，这双靴子也令人哭笑不得。

我和哈德莉都很想念你，请给我回信。

海明威

致格特鲁德·斯坦因

意大利

1923年2月18日

亲爱的斯坦因小姐：

附上的是我对《芝加哥论坛报》的评论，如果你不喜欢的话，可以删掉其中任何一条或者是都删掉，我可以再重新写一篇，那是目前我知道的你对我的评论达成的最好的提议。

在我们抵达这儿时，庞德已经离开这个地方三天了，一连七天的闷热天气终于过去了，今天的天气还算不错。哈德莉状态良好，所以我们这个月末要去滑雪。这儿有个好人叫迈克·施特拉特尔，我本来已经计划好与他打网球，但是他的脚踝扭伤了，我们只好先放弃了。我们来了这儿的海边，海水浑浊不清，怎么看都好像没有太多的盐。潮汐涨落大约一英尺高，当海浪击打船舶时，看起来像有人把一桶灰倒在船边上，海水真的是太浑浊了，我觉得就是因为这个原因，到这种地方来的人不是太多。

我很努力地工作，并且已经做好了答应过你的两件事，你说的工作的事，我考虑了很长一段时间，并且我也一开始就按你说的那样做了。如果你还想起了其他任何事情，我希望你能尽快给我回信。这段时间我一直都是尽量使我的脑子处于思考状态，而且精神状态看起来也非常好。

巴黎现在怎么样？我们大约在4月份回去。前一段时间，迈克为哈德莉画了一幅很好看的肖像画，可把她高兴坏了。因为一直都是与书为伴，我度过了一段很惬意的时光。

你会把我的这篇评论给约翰逊博士看吗？

送去我俩对你们的爱。

欧内斯特·海明威

致埃兹拉·庞德

米兰

1923年3月10日

亲爱的埃兹拉：

我已经拿到你的神秘卡片并且放好了，以待将来回忆起来再看。来到米兰之后，我得了咽喉炎，现在已经卧病在床。在这之前，我们在奥尔比泰洛待了一段时间，并且对这个小镇疯狂着迷，在这里可以让我们感受到在外面永远感受不到的乐趣。我突然想到那天晚上，试图阻止我们的那个人其实是个考古学家，叫作黛拉·罗莎，她是个百万富翁。麦克阿蒙过来住了很长一段时间，我在这期间几乎读了他所有的作品。一本小说大约16到18个故事，在拉帕洛时，他仅仅写了7到9个新故事。如果我现在在情报贩子的交易中，我一定会悄悄地对我的朋友说："当你仍可以得到一个很好的高价时，就去麦克阿蒙身上小赌一把吧！"

我们遇到了一个很好的网球教练，等迈克的脚好了以后，我相信我一定能打败迈克。哈德莉的身体康复得很快，并且又练习了一下网球技术，她现在网球打得很好，不仅可以打败附近的一些男人，而且对于我以某种方式来回穿过网球场的行为，她还发明了一些令人烦恼的法则。也许你不相信，但事实就是如此。我们把你们的球拍不小心落在了豪华宾馆，到时候可以让蜜妮安给你们取来。这就是我认为的网球比赛，如果有错误请予以纠正。

如今，你一定变得非常喜欢罗马或者可以说你的内心无比向往着罗马。麦克阿蒙已经指出了我们每个人身上存在的缺点，这是最令人快乐的。6月份的时候，我也许会在拉布拉多这个地方继续淘金。

我把我写的《女诗人》的其中一些片段装进了信封，这首诗后面带有脚注。我已经收到了蜜妮安给的《小评论》，不过收到的时候书皮已经非常破了。我随便翻了一下，里面并没有什么可读的。你知道，你写的这本书的内容太单薄了。我是转给你还是先替你保留着？除了胖胖的摄影师斯特拉先生的作品以外，说实话这本书并没有什么内容。

一定要好好为我保留这篇《女诗人》，我们在这儿真的非常希望能收到你的来信。

永远的

海明威

致克劳伦斯·海明威

巴黎

1923年3月26日

亲爱的爸爸：

我之所以在这停留，是应《每日星报》的电报请求，给德国人写一系列（12篇）有关法国人与德国人的文章。我今天刚刚邮寄了第一篇，两周后应该会在《每日星报》上刊发。

当我完成了我的德国旅行后，我要带着我的鳟鱼钓具，再次加入提洛尔和哈德莉的队伍中，她们在迈特山和科尔蒂纳·丹佩佐一起比赛钓鱼。

希望您今年春天渔业大丰收。对于您的来信我感到非常欣慰，非常抱歉我写得不多。您知道当一个人如果以写作为生的话，那么对他而言写信就非常容易了。我到现在已经坐了38个小时的火车了，您能体会到我现在的感受吗？非常累。去年我就开始乘火车去旅行了，到现在已经走了将近10000英里。我已经去过意大利三次，从瑞士到巴黎就已经往返了六次。君士坦丁堡—德国—勃艮第—旺代，我觉得我的旅程安排得都很好。

原谅我写这么点。希望爷爷身体健康，我深深地爱着您，我的妈妈，还有孩子们。

您最爱的儿子

海明威

致爱德华·欧·布莱恩

巴黎

1923年5月21日

亲爱的欧·布莱恩先生：

你很早之前已经告诉万斯先生我邮寄给他的小说的事了吧。但就在刚才，寄给万斯先生办公室的信件被找到了，听起来好像有点我对他的事情不认真负责的意思。为此你也写信给他，但并没有多大用。我早就料想这是墨索里尼邮政服务的问题。

我确信已经听到有人对我的咒骂，首先是我弄丢了这些材料，其次是使你有关这篇小说的信经历了一波三折。到现在为止这两个月来，我并没有从画刊那里听到什么有利于我的信息，我想他们一定是已经买下了它。

关于万斯先生的信这件事使我在他面前抬不起头，于是我只好郁闷地去喝了点酒，但是喝完酒以后心情更糟了。

镇上的勒森现在正在我这儿，他向我问起你。他现在看起来非常兴奋，因为他一回到美国就准备结婚。亨利画的画越来越好了，我收藏了很多他的画。有一天我让斯坦因看了亨利的这些画，这些画让她想起许多有关亨利的事情。当亨利夫人念出你的名字的一刹那，她的声音还是那么浑厚。有关我们的一切都没有变。

我记得四五年前给《红书》杂志邮寄了一篇关于意大利持枪男人的小说，在这不久以后就收到来自他们很长的一封回信，这封信是克尼克特或者和他名字很像的人回复的，信上说我写的那篇小说缺少中心趣味。如果我让这个持枪男人在中途得到了他家里唯一老母亲的支持，在小说结尾时他改过自新，结局来一个大反转，那么这篇小说将会成为一个很好的逸闻趣事。因此我想，给他们杂志社邮寄我还没有改过的小说不是太好，所以我自那次后又另外给他们邮寄了我的第一篇小说。

当然了，这样还是有点可笑。但它还是使我非常担心，信要是还是像第一次那样，小说就会被完整地退回，我就一定会感到整个人被世界抛弃了一样，再也不会写作了，因为我实在是没有什么信心了。看起来杂志社要给出任何不出版的理由很容易，但是我仍然坚信，一本杂志的读者比编辑的感觉与品位要好得多。即使这样，我也仍然非常想让这本书出版。你有什么建议可以给我吗？什么建议都行，只要可以帮我解决这样的烦恼。

我与我的夫人致以你最好的祝愿！希望你的工作一切顺利，祝愿你会越来越好。我们会经常想你。

欧内斯特·海明威

致格特鲁特·斯坦因

巴黎

1923年6月20日

亲爱的斯坦因小姐：

我与哈德莉明天参加完晚宴就回家去了。如果你比较忙的话，我们就直接走了，不去你那里打扰你了。我们的表兄与姑妈上周已经返航，他们回去后应该有时间，我们先去他们那里看看。我们或许7月6日去潘普洛纳，不出意外的话，估计要在那儿待上四天。在这期间我认为不会对哈德莉造成任何伤害和影响，哈德莉已有五个月的身孕。我多想与你谈谈斗牛与斗牛士啊！我想先在加拿大买个小牛犊来练习一下红披风招式，这样可以为我们以后的交谈做些准备。当然这有点晚了，不过我们或许可以提前为孩子们做些这样的准备。

海明威

致威廉·霍恩

巴黎

1923年7月17日至18日

亲爱的老比尔：

你给我写一封那么完美的信，却还没有收到我的回信，是不是有点失望？因为我去年一直没空，但我把你的来信保存得很好。我给你写关于我们这次的旅行大概有七页吧！记得那时候，我们在加尔达山脚下的小站见到了塞尔维亚—斯洛伐克人。那是6月份的一个大热天，当来到这个地方时，我们不知道那场地像什么，除了有一个游泳的地方。约翰逊博士与其他伙伴见了我们。贝茨由这条路穿过了工厂外的流水上的小桥，还有棒球场。

好了，因为一切都过去了，意大利所有的一切也过去了。我撕碎了信，因为它让人感到太悲伤，它既然已经发生在我身上，就没有理由再发生在你身上。

我们永远不能从旧事物中找回曾经获得的欢乐，也找不到曾经记忆中的东西。当想起它们时，我们会拥有它们，它们是美妙的，但我们也在不断地拥有新的事物。因为除了我们的脑子里，旧事物无处可在。

不管怎么说，在契克·多尔曼·史密斯的带领下，我和哈德莉离开科隆神圣的第五步兵团，徒步穿过圣伯纳德山。休战后，我的朋友待在米兰。第一天我们从瑞士出发，走了38公里，第二天走了44公里，从米兰来到了奥斯塔，晚上住在海拔2000多米的寺庙里。然后哈德莉和我从奥斯塔去了威尼斯，车翻过山就到了山上的斯吉奥。过去的白云石邮局现在是一家由一个意大利人开的旅游饭店。在这个小镇上，奥地利人如果不攻击塞比人，意大利人也不会攻击他们。然后我们到了特伦托，我们一直待在车里，沿着加尔达湖，发现了一个美丽的地方，就是我们所看到的捷克。到维罗纳之后，我们先乘火车来到了梅斯特雷，后来又通过皮亚韦河，在莫纳斯迪尔家看到饲养桑蚕的房子，在那儿我看见伟大的赫尼德·阿锑克穿着睡衣躺在担架床上听着蚕咀嚼桑叶的声音。我发现了我曾经受伤的地方，那是一个沿着河岸的光滑绿坡，看到它我回忆起了在哥德斯堡战斗的场面。那时，皮亚韦河畔是干净的蓝色。现在那儿没有水，他们用马拖着大水泥驳船朝这儿的栏杆撞来。

噢，不管怎样我们最终回到了巴黎，我在米兰看到墨索里尼，和他进行了长时间的交谈，并以此写了3篇关于法西斯主义者独裁政府的文章。然后我们飞到斯特拉斯堡，所有人徒步穿越黑色的森林，钓到好多鳟鱼，晚上睡在小旅馆，可以互相照顾。之后我们又沿着莱茵河从法兰克福到科隆，拜访契克。回到巴黎，我接到一封从星报去君士坦丁堡的电报，得知希腊军队正在大撤退。我们在那儿度过了三个美好的星期，就像你驱车去博斯普鲁斯海峡看日出一样，你能看到使你清醒的光亮，但不知道那里是否会发生一场战争。然后，我们经过色雷斯，紧接着穿过保加利亚和塞尔维亚，到达的里雅斯特，吃了一顿美餐，非常高兴地再次谈起意大利人，我和哈德莉一块儿坐上直达巴黎的火车。她比以往更美丽，我们深深相爱，走到哪都在一块儿。在奥特伊，比赛的人们围绕在大木炭火盆周围。11月明亮的蓝色天空，硬的草坪和好的赛场，我们观看了每场比赛。然而我不得不去洛桑参加会议，待在那里直到圣诞节。在瑞士，我们爬到有旧棕色木屋的山上并且滑雪，我们有鲍勃雪橇。白天比较寒冷，那儿有很多雪，晚上就喝鸡尾酒，然后我们和庞德、迈克·施特拉特尔去打网球，他们是普林斯顿人，之后和克缔娜·D.阿坡兹上山滑雪。一直到4月，我来到了德国，之后我和哈德莉一起来到了巴黎。

现在是向你尽可能地讲述事情的时候，我想尽量给你更多的关于我的信息。

第二天

亲爱的霍恩：

你又恋爱了吧？无论如何，如果爱情产生，当你处在恋爱中时，你会明白那是值得的。

顺便问一下，我已经在各地给你写了明信片，并且都寄到了东区45号，你都收到了吗？

皮纳德·鲍姆来到我们这儿的公寓，情绪激动得像一只猫头鹰，这是典型的旧贵族行为举止。你知道，他当时眼睛通红，就那样半睁半闭着，试图寻找该用一种什么样的方式站着。我把他按到椅子上，让他待到午饭时。他说他非常愿意，并想喝上一杯。哈德莉外出买菜去了。突然，皮纳德放下杯子，非常严肃地撮了撮我的手，然后向楼梯走去。“但是，皮纳德，”我说，“吃过午饭再走吧。”他突然睁开那通红的双眼，看着我，快走下楼梯时，严肃地对我说：“不了，欧内，这对你妻子不太公平。”

正在这时，哈德莉拎着菜篮子在楼下，皮纳德握住她的双手，说：“我必须走了，海明威夫人。如果我再待在这儿对你是不公平的。”

我们尽力挽留他，他却径直走了出去，我们跟着他到了大街上。他这次离去时看起来很高兴，并且一直说："这对海明威夫人太不公平了，欧内，我不能那样做，那样我会很抱歉。"因此，在我们互相礼让一两个街区之后，我把他送进汽车让他去他母亲或者姐姐那里。我们款待了费德公爵，他吃饭时比他那年轻的受过良好教育的犹太妻子表现得更活泼。之后我出去与他们跳起了舞蹈。我看见公爵走过皇家街道，那时我正和一些报社的伙计们坐在一些年轻的男子前面。

有大热天的西班牙太好了，大约两个月前，我去那儿研究斗牛，依靠马德盟的克欧·杰瑞尼莫的斗牛抚恤金维持生活，然后跟随一群斗牛士徒步旅行了好多国家。我们又去了纳瓦拉省的首府潘普洛纳。最近刚回来，那一周是我最近一段时间里最美妙的时光。潘普洛纳迎来了盛大的节日——整整五天五夜的斗牛舞会，这里有完美的音乐——鼓乐、簧管乐、笛乐，有戴着委拉斯圭斯面具的酒者，还有戴着戈雅与格列柯的面具的人。所有的男人穿着蓝衬衫，舞动着许多红手帕，这盛大舞会里仅仅我们几个是外国人。每天早晨，要参加比赛的斗牛从镇上很远的地方被放开，从镇上的主干道一路奔走来到斗牛场，路上有潘普洛纳的年轻男子跑在前面引导着，大约有1.5英里的路程。整个街道的另一边用木制门隔开，这帮家伙尝试着控制疯了似的斗牛。

按照上帝的旨意，在那个镇上有斗牛。那个镇上还有8个斗牛士，都是西班牙最好的斗牛士，不过其中5个被斗牛撞伤了！公牛猎杀只是一天。

霍恩，关于一场真正的好的斗牛比赛，提起这个你肯定会疯狂。这不是他们经常告诉我的残忍，这是巨大的悲剧艺术，那是我曾经见过的最美的事情，需要极大的勇气和技巧，比其他任何事情都需要勇气。只需要一个拳击场的座位，你就能身处战争中，而事实上对你来说什么事也没发生，你只是旁观者。我已经看过20多场了，哈德莉在潘普洛纳看过6场，她认为这很野蛮。

嗯！让我看看，这封信确实太长了。

在8月17日，我们航行到达安达尼亚，大约27日到达蒙特利尔，然后去多伦多。那儿的老人一周有六天在上班。在多伦多，官方数据显示85%的居民在礼拜天去新教堂，我不知道其他的15%做什么，或许去天主教堂。

10月份的某个时候，我们将会拥有一个宝宝。我们希望最好是个男孩，而你将成为他的教父。我们滑雪时，他度过了生命中的第一个月，他已经经历过西吉战役一次，斗牛比赛五次，如果这对胎儿健康不利的话，那么现在已经产生作用了。哈德莉已经不再为一分钟或者更长时间的呕吐而懊恼了，她就从来没有感觉好过，尽管她看上去气色还不错。霍恩，医生说一切都很完美，绝对值得高兴。

哎呀，我们已经有了兴趣，霍恩。看来我们是不可能全部留在那里了。但是，只剩我们两个人的时候，使我们如何分开并没有什么不同，因为我一直有星报的任务在身，但这能给我带来不菲的收入。有时候，我寄去我的业务费用单，要等一个月之后他们才会寄回支票。每天我们的支出是10个法郎，五六百法郎要是一块来的话，那该是多么富有啊！我盘算过，在孩子的第一年，因为花销大，我得有一个稳定的工作。

这个月我将有本书出版。我正在读校样，另一本我会在秋天时送给你。出版《尤利西斯》的那伙人首次出版我这本书，三山出版社再版。我会拼命去收集一些逸闻趣事，我想，你会喜欢的。

哈德莉与我一样很爱你们。哎呀，我希望你过得比信上说得开心。我敢打赌，你会的。银行业无疑糟糕透了，当然其他行业也不例外。[1]只要还有像你和鲍比·罗斯这样的人存在，就算一个男人不得不去做什么，这个世界也值得我们好好活着。

亲爱的，继续给我写信吧。当船到达蒙特利尔时，我将站在甲板上。我从来不会因为你的一封信而感到束缚，不过我能意识到当我抵达加拿大时，我很失落。

爱你。

欧内斯特

致埃兹拉·庞德

巴黎

1923年8月5日

亲爱的埃兹拉：

我要做刽子手的工作了。我已经重新写了书中关于马尔拉死亡的结局，其他角色也固定了下来。新的死亡结局很好，还不知道库巴怎么样。

每部分故事应该加上标题“第一章”“第二章”……这样当连在一起读的时候才能衔接得上。虽然这看起

[1] 在原来折叠的信件中，这部分是模糊的，只有部分能辨认，细心地看是：“你看，亲爱的，我停止了浪漫的生活，而不是生意。唯一的麻烦是不能再过浪漫的生活。”

来可笑，但是必须这样做。公牛们开始出现了，然后又一次出现了，最后消失了。战争的发生就像它本身一样清晰而又高尚，男人们扭打在一起，难以辨别谁是谁，最后，取得胜利的人回到家中并且受到赞美。多亏了被枪杀的希腊牧师牺牲自己，难民们得以离开了色雷斯。整个故事以我和希腊国王、王后在花园里的谈话而结束（刚刚写出），这一部分着重描写国王，它的最后一句是："他跟所有的希腊人一样，想要到美国去。"我的矮子朋友沃纳，和我一起待在色雷斯的那个电影放映员，恰好带来了国王的消息。我认为这个结局很有教育意义。[1]

在年轻的匈牙利人的故事里，激进主义者开始显得很神圣，后来就变得很糟糕。在警察对着抢劫雪茄店的家伙们射击的场景中，美国人出现了。这部分内容一直有固定的框架。在故事接近尾声时，国王的体形逐渐变得发胖。哦，国王啊！

我开始做校对工作了，明天上午我打算去拜访你。

海明威

[1] 在这里，海明威试图要证明第18篇故事是巴黎的缩影。《在我们的时代里》的描写形式显得粗糙。很明显，他已经被书的内容和顺序折磨坏了。

致埃兹拉·庞德

多伦多

1923年9月6日

亲爱的埃兹拉：

事情糟糕透顶，你甚至无法想象，我本来都不打算说出来。但是看在上帝的面子上，如果有人提到任何有关美国、汤姆·米克斯、家庭、追求美国人的冒险经历的事情，那我只好说出来了。

哈德莉的状态不错。我们已经到了一个非常适合生孩子的地方，这个地方真的很独特。此外，他们没有做任何其他的事情。猎鹿是吉米·弗里兹[1]的乐趣，每到猎鹿的季节他都去。然而在过去三年里，他有了孩子，就不曾去了。

我们乘船十天后登陆，这期间一直刮着大风，但是河流很美。如果我一冲动，就会动身去魁北克，在那里过着简单的生活，就是把我们的钱全部花完，状况也不会好到哪儿去。我周一会去工作，王子将在周二到达这里。王子是这个帝国的代表，他那一头漂亮的头发令他十分迷人。

[1] 弗里兹是多伦多文艺界著名的漫画家，海明威和他相识于1920年。

如果我是施特拉特尔，我会哭的，事实就是这样：仅仅因为一些讨厌的事情就足以令我无法入睡。我已经五天滴酒未沾了，我准备沿着路跑步，这是一个人唯一能做的事情了。值得庆幸的是，我们还有桃乐西的照片。我整夜没合眼读了《尤利西斯》这本书，以使自己振作起来。这是一本不错的书，你一定要抽时间看看。

刚才我正和赫·拉尼交谈，他是一个律师。他对欧洲的状况感到失望。他说法国人在饿着肚子，德国人在为他们的胜利幸灾乐祸，残忍的西班牙人在屠杀无辜可怜的公牛，意大利人在屠杀科孚岛上的亚美尼亚人。我相信这些事情，可怜的人啊。

格奢格·克拉克讲了一个很棒的故事。他那可怜的朋友阿尔吉所在的军团被派到了印度，真是可怜的家伙。是的，可怜的阿尔吉。是的，你知道可怜的阿尔吉的弱点。是的，可怜的家伙，可怜的阿尔吉，他们将要出发了。是的，在下周坐船离开，可怜的阿尔吉。当然，那里没有女人，可怜的阿尔吉。也许这次会像上次一样。可怜的阿尔吉想到没有女人，开始抽打自己，是的，不停地抽打自己，直到失去记忆。

当他失去记忆的时候，他就忘了抽打自己。现在他一直很安静。

好吧，要给我写信啊！也许你这样就等于拯救了一个可怜的人。你有关于库玛在地震之后的音信吗？他还活着吗？可怜的家伙。希望冰厂一直开着，好可怜的库玛。

信就写到这了，我的朋友，记得回信给我。

海明威

致西尔维娅·比奇

多伦多

1923年11月6日

亲爱的西尔维娅：

我已经开始给你写第五封信了，但经常因为工作、事故或者一些讨厌的事情而无法按时写完。刚才还把给莱瑞·吉姆斯[1]写信的开头撕毁了，这个信写了一年多，就像没有给他写过一样。

现在哈德莉和孩子的身体很好。小家伙身体健康，看起来像他的妈妈，也许他将成为多维尔镇的明星。我们打算马上把他带回法国，好让人相信他是在那里出生的。我们把他带回法国就会使他得到军队的服务，

[1] 莱瑞·吉姆斯，一位来自多伦多的黑人拳击手。

这样我和哈德莉在这段经济困窘且消费昂贵的时期内，就不用花钱养育他了。如果庞加莱能一直享受军队的服务，那将是四到五年的时间，也许我们根本不用花一分钱。

我们可能会在1月见到你。

我不想住在这里了。和在巴黎一样，房屋一年的租金是18 000法郎。但在这里什么也没做，我不可能写点自己的东西了。虽然报社整天要我写得更长一些，但我不会再写任何东西了，而且这儿的人也很讨厌。

你能为我们提供一套公寓吗？感谢上帝，我们要回到巴黎了。

艾德丽安好吗？请带去我们的问候。我们有首新歌要唱给她听。

在所有大的公共场合，加拿大人都是女人，她们喜欢夸夸其谈。这里的老女人都没钱，所以都没有情人，但是她们会养情人的。这个国家真的有些糟糕。

布莱恩认为我写得最好的小说是《我的老头儿》，他已经答应把精力都献给我写的书，但是说不定他会改变主意的。他想知道我是否可以写出足够多的故事。当然了，我也要看你的做法了。我认为，如果你足够好，能站出来，把莎士比亚的作品交给三山出版社出版将是很好的做法。

我和哈德莉还是像以前那样彼此爱着对方，孩子是我们的杰作。我们是加拿大最幸福的一对，而且是唯一一对。

感谢上帝让我们回去时你在巴黎。跟艾德丽安·韦尔说声我们会去参观她的图书馆，在那里我们能读到更多的内容。

再给我们写信啊，请把我们的爱带给艾德丽安。

你永远的

海明威

刚刚在办公室发现，这封信和其他信一样都快被忘了。因为我没有时间寄信。你知道吗？我没有时间给任何评论家寄出《三个故事和十首诗》的副本。我们都思念巴黎，也思念亲人。我相信书最终会出版的。

威廉·伯德现在的状况糟糕透了。看看他要印出来的那些东西，他现在肯定心灰意冷。

这是我写的最长的信了。请带去我对麦克阿蒙的问候，我准备给他写信，哈德莉也会送去她的祝福。

海明威

致爱德华·欧·布莱恩

多伦多

1923年11月20日

亲爱的欧·布莱恩：

如果你只是告知我已经得到100万美元、维多利亚勋章，那么你的信不可能有很大的效果。勋章也不过是每年可换的通行证，这种通行证可以让自己和家人被允许出入毛里塔尼亚皇室。这不过是给我的一种承诺罢了，这种承诺也仅仅使我多了一条路。不过是我被选为大学教师，从而代替安特勒·弗朗西斯的新闻而已。是的，你或许可以把这本书给我。我向你表明，我是多么欣赏它。我将向你与上帝严肃地起誓，写我余生的故事时，我只考虑你和上帝这两个读者。有时甚至只考虑你俩其中的一方。

我们住在加拿大，并且有了一个孩子。这是一个衰败的国度，美好的事物都去了地狱。我已经到过阿比提比，并且四处转了转。在那有许多银行倒闭了，商业败坏，报纸业也深陷困境。我们也破产了，但是还有一些钱。到年初，我们计划回巴黎去。

我没有任何书了，除非从巴黎给你邮一本，或许我会在菲诺港[1]给你写一本。[2]《在我们的时代里》这本书将由三山出版社出版，到时候我给你邮寄一本，我想你肯定喜欢。

听说你生病了，我非常难过，可能是劳累过度所致。但你已经结了婚，我很高兴。你还能向别人说什么呢？你已经结婚了，这对你而言就意味着一切。我知道，即使一对夫妇很幸福，但是他们分开一段距离后，男人也是相当高兴，他们是很愿意做单身汉的。你也快到这种情况了吧？我们都祝贺你，并祝你好运。

在这儿我情绪十分低落，感到很灰心。由于工作太忙以至于在晚上想起床就特别累，更别提写作了。每天早晨一醒，有关街道上汽车的故事就开始了，便开始在脑中酝酿，并且不断推敲。因为它是那样完美，那样清晰。你知道，如果你让它溜走的话，就永远也不能写出来了。由于整天思考这些要写的材料，我患了便秘。在病情恶化之前，我尽力写完。为了坚持到明年年初，我每天工作14到18个小时。主啊！我们盼着回到巴黎，那样我们就会过得很愉快。

---

[1] 意大利的一个村庄，在拉帕洛南部。

[2] 欧·布莱恩曾经请求海明威把1923年的《短篇小说》献给他。从1923年11月6日致西尔维娅·比奇、11月25日致埃德蒙·威尔逊和12月12日致詹姆斯·伽姆搏的信中，他都有此暗示。

好了，再见吧！祝你好运。你总能使我感到骄傲和愉悦，因为很少有人让我感觉这样，所以非常感谢你，听起来很有趣吧！不过，你明白我的心思。

你永远的

海明威

致约翰·R.伯尼

多伦多

1923年12月26日

伯尼先生：

在我成为星报员工之前，我所有与星报的交往都是与您联系的，而自从我成为星报员工之后，这些事情都一直与哈里·欣德马什先生[1]联系。

昨天，在我与欣德马什先生交谈的过程中，我发现他不正直，也不聪明，而且还不诚实。我已经想方设法与欣德马什先生融洽相处，虽然我的工作一直很忙。

但是，如果完成的工作，既没有目的也没有结果，那么，唯一的标准是任何健康情绪的恩惠或者因为想

[1] 哈里·欣德马什，《多伦多星报》城市版编辑。伯尼是杂志版编辑。

象受到了蔑视而表现出病态的、愤怒的尊严。如果这是欣德马什或者我自己的问题，不管是谁的问题，我都会去处理。我恐惧的是，当处理一个大的故事时，就因为一个男人自己犯了一个错误，需要的速度与所有事情的准确性，就会成为一个男人展示那受伤的、自负的牺牲品。而这个男人却处在星报有才能的助理管理编辑的位置上。

有关他的某些事情是不正常的。为了某些理由，欣德马什先生说："我认为我了解更多的任务。"因此，他给我的任务比他自己的多。我已经跟他说，不要那样想，因为我不能忍受那种想法的指责，他复杂的自卑导致他有那种想法。

几天前，当欣德马什先生开始第一次试着与我争吵时，我给你写了一封很长的备忘录。但是，这种事情以那种方式发生，我还是感到惊讶。我把备忘录放在脑后，想到欣德马什先生一定有着工作上的压力。不管怎样，我不会渴望越过他的领导。

当然，我掌握了整件事的全部真相，等待着你的处理。对我而言，如果继续在欣德马什先生的领导下在星报工作，是没有什么价值的。[1]

[1] 这封信没有签名，或者没有邮寄。

致约翰·R.伯尼

多伦多

1923年12月27日

伯尼先生：

十分遗憾，我将正式向您辞去员工职位，如果您方便的话，辞呈将在1924年1月1日生效。

请相信，这个备忘录虽然很简单，但是并不表明不礼貌！

海明威

致格特鲁德·斯坦因

巴黎

1924年2月17日

亲爱的斯坦因女士：

福德宣称他自己对这些资料很满意，并打算去拜访您。我告诉他，如果要写这些的话，将要花费四年半的时间，他说计划在4月发表其中一部分。

他想知道，您是否接受每页30法郎的价格。我说我认为能使您接受（对我来说，有点自大，但也不是太自大）。我想这很清楚了，仅通过我的天赋就能使他的杂志获得非凡的独家新闻。当您同意出版时，您将会得到丰厚的回报。因为他面临着这样的压力，所以我就不给他压力了，但是也不能使他灰心丧气。毕竟，这是奎恩[1]的钱，这些资料值35000法郎。

期待长远的眼光和宽广的胸怀。我说过，只要愿意，你们就可以出版6卷多。如果这样发展下去，事情会变得越来越好。

您知道，对他们而言，这真的是一个独家新闻。

你的朋友

海明威

致埃兹拉·庞德

巴黎

1924年3月17日

亲爱的埃兹拉：

不用说，你会同意我以前没有给你写信，我真是很惭愧。我们现在已经经历了与孩子在一起的日子。哈德莉卧病在床已有时日，我也生了病，而且孩子还

[1] 约翰·奎恩（1870—1924），律师，艺术收集者，艺术赞助人。

哭闹着。

我试着去写，但是没有实现。我已经在咖啡馆和其他一个又一个地方写了些小说。你的建议是对的，得有一个托儿所。需要一个地方，它要比我们曾经能提供的地方更大。我已经给你描绘过了，当有了配偶后，我们能居住在画室里。但是我有点担心，一旦小海明威到了调皮的年龄，居住在这儿就困难了。你真是太好了，让我们拥有我一直追寻的这些。我感觉把孩子送走的话，对我而言就是一种犯罪。但是我知道，一旦明年或者比明年更早的时候，他学会了走路以后，他终究还是要按自己的方式生活。

哈德莉已经熟悉了这个地方，一切都很好。我不能再糟糕地写作了。福德在4月份的《大西洋评论》中有一篇小说，但是其他的几篇他不能出版。

他们说班汀[1]在热那亚监狱。你说吧，如果有任何好的帮助，意大利什么人能帮上忙，我都给他写信。

这一周来，天气不错。昨天晚上，乔治·欧·内尔回来了。亨利·施特拉特尔走了，去了美国。爸爸原谅了他们，他们不知道自己都干了些什么。

多尔曼·史密斯在这儿也有一周了。在孩子的受

[1] 巴斯欧·班汀，诗人，曾在《大西洋评论》工作。

洗日，我们为他进行了洗礼，我也不会担心关于孩子的其他事情。受洗礼是在3月10日圣鲁克教堂的主教祈祷室进行的。多尔曼·史密斯作为教父，斯坦因作为教母。

麦克阿蒙在土伦，他已经写了8到10部小说。他还感谢我呢，因为我把你的消息告诉他了。哈德莉没有睡，或者说她不想睡，效果其实是一样的。

福德好像仍在黑暗中盯着公寓里的玻璃杯，年轻的乔治关了整个公寓的灯光，让詹姆斯·乔伊斯寻找。与乔治一样，詹姆斯也喜欢旅馆生活。他正在圣鲁克教堂的主教祈祷室里唱歌。

我将着手处理一些房租和其他的费用，还有让你们住的那个工作室，由于阿斯奎斯的政策，J.P.摩根压低了价格，变成20.15美元。

报道说，乔治·安塞，芭芭拉与乔治·欧·内尔准备一道去突尼斯，因为这些报道每天都有，你不必特别留意它。

乔伊斯的作品出现在4月份的《大西洋评论》上。他的手稿开始时是七页，但是他的校样最后达到了九页。

比尔·伯德正在出版我的书——《在我们的时代里》，三周前他答应的。从那时起，我规划了不同的日期。但在等待被装订工规划的各种不同的日期后，我已经失去了那种激情，这种激情是本杰明·富兰克林当年走进费城时，每个胳膊下都夹着一卷书所享受的。

我正写着一个特别好的故事，要是你在这儿就好了，因为那样我将确信，对于主人公他们究竟发生了什么事。你是唯一一个精通如何把故事写到最好的家伙。福德能解释材料，也就是说，重新定义它或者修订材料。但是，在私生活方面，他牵扯到英国绅士，都是他自找的，可以说他在这方面一无是处。文学方面，他无法再达到巅峰了，或者说无法再创造奇迹。他曾经是一个战士，就与那些绅士们一起堕落吧。文学上，他们是自己的地狱。

德莫帕萨特、巴扎科等，他们都制造了战争，不是吗？他们只是在任何事情上学习罢了。在社会奇特的魔力之下，他们进展得并不顺利。

我多么希望多尔斯在这儿，哈德莉与我一样爱她。

海明威

致埃兹拉·庞德

巴黎

1924年5月2日

亲爱的埃兹拉：

你的东西收到了吧？感谢得到你的举荐！

很高兴你对当今这个时代的灾难有着巨大的兴趣。阿布·林肯·斯蒂芬义无反顾地去了意大利。22岁的布鲁姆斯伯里·杰文不同意他去，他对他如考金对万·克欧一样。

乔治·华盛顿·塞尔登上演了一出讽刺戏剧。这个人相当有趣，在去亚普的途中结了婚，让我们祝愿他们婚姻美满。

福德最近在英格兰。福德夫人，也就是斯蒂拉，在同一天晚上向哈德莉吐露心扉两次。“你知道，我有意识地培养福德太晚了。”我不知道这是不是意味着想驯服他，或者是有其他含义。在外出就餐时，可能是受到一些鼓励吧，她开始讲她生孩子的事，用了近50个小时产下朱莉。我为了打断她，开始讲一些故事：“当时我在堪萨斯城，那时还住在E.D.梅耶家，管道已经九天不通了，我不得不请来管道工，经过5个小时的努力才弄通。”

在普罗旺斯，我很失望，对一个作家而言，这儿没有落脚的地方。我多么希望用柏树画基督耶稣，在这儿，他们一直用柏树，有时候意大利也是这样。对于阿尔勒的青楼与其他圣地，我们进行了一次朝圣之旅。六天的旅程花费掉250法郎，其中包括铁路费与在尼姆斗牛场的一个座位。

每隔几天，福德夫人以她优雅的澳大利亚方式，但是大声地抱怨她所有的困难。她边打喷嚏，边咳嗽，惊扰了我们的孩子。不过还好，孩子从这些意外攻击中很快地恢复过来。我们的老女仆马瑞·罗洛贝奇正学着如何照顾他，就是为了在我们去西班牙的时候，她能悉心照料孩子。我们计划6月26日过去，7月16日回来。

写作方面进行得比我想象中的要好。我已经写了10个故事了。

哈德莉与我过得十分愉快。欧·内尔在镇上夸下海口给每个人命名一个犹太人的名字，比如约书亚的儿子大卫，亚伯拉罕的儿子以撒。

马伽特·安德逊与乔治特·布兰科都住在镇上。

好了，我已经把现状照实说了。其他的我都不记得了。我从尼姆给你写信，你能收到吗？

我怀疑，福德为了赞扬他自己，在《大西洋评论》

中，他用了各种笔名。听到这样的事希望你能心平气和！

福德本应该受到基督耶稣的鼓励，看来好像有些家伙为了挣很多的钱，在这个时刻，找出吉姆·杰弗里斯作为一个可能的重量级竞争者。对福德那样做，无疑是在杀了他。自然，那样做的话，对福德夫人而言也是一种折磨。

我用一个小时的时间给他写了一封十分有趣的信。可是，这到底是怎么回事？他修改、删节，让我的这封信变得没有意义！

我得到的唯一一个消息是：杂志不出版。我知道该出口气了，而福德不会这样。什么也别给福德了，因为那就意味着与我争吵，没啥可做的了。现在我们有着最好的友情基础，我准备直接为他做些我能做的。我不想有任何争吵。

把我的爱给桃乐西，你们什么时候回来啊？

海明威

致格特鲁德·斯坦因

巴黎

1924年5月15日

敬爱的斯坦因女士：

你可能已经知道坏消息了。对任何事情抱有太大的希望是十分尴尬的，非常抱歉，利夫莱特发电报说他退回了这本书，有关这点我感触颇深。虽然仍有其他的出版商，你也不要抱太大的希望，但是我将继续联系，早晚会有回音的。

这种困境下，用信件或者电报去做点事情，美国人不会在这种方式上花钱。他们永远不会浪费时间在徒劳的事情上。

我对此感到难过，你也感到很糟糕吧！因为你已经写出了它。但是，这对我们来说是一种鼓励。爱丽丝、特克拉斯、我、哈德莉与其他好男人，都盼着这本书能出版，请相信我们。

爱你的

海明威

致埃兹拉·庞德

西班牙

1924年7月19日

亲爱的埃兹拉：

在这个海拔900米的地方，对于审视我经济上的困窘与作家这个职业，是一个不错的地方。

呸！在5个不同的早晨，我都出现在斗牛场，被牛掷起3次，以很好的方式取得了4次胜利，其中一次是很自然地用斗牛红布。我看到比尔醉过两次，被挂在斗牛上6分钟之后，最后他的鼻子埋在沙土里。我看到东·施特拉维尔被牛掷起两次，看到最后一天时，一个人被杀死了。看到契克·多尔曼·史密斯、麦克阿蒙、年轻的乔治·欧·内尔与多斯·帕索斯开始穿过比利牛斯山脉的西班牙去安道尔。400公里的行程，除了一张地图什么也没有，即使地图上也没有太多的路。没有罗盘，有少量的钱（大部分是我的）。我现在都没有钱付旅馆账单了，也不知道我们如何从这儿离开。现在你可能已经见到比尔，在最后一场斗牛赛也是最好的一场前，他离开了，因为萨莉不喜欢斗牛。但是我认为他们过得很愉快！

我从潘普洛纳给福德写了两封信，他还没回信。

我想他很恼我，尽管我试着用他喜欢的方式经营着他的报纸，我尝试过很多次，还是不能顺利进行，只完成了三分之二的事情。当他说我必须要经营杂志的时候，事情就进展得顺利了。经济上已经被搞砸了，但我的朋友们以另一种方式使我获得非智力上的乐趣。他们获得的奖品是椭圆形的花环，醉酒者在大街上被人认出，等等。而文学上，他们必须得等到90岁，才能得到这些。

广场是唯一一个这样的地方，在这儿为的是将勇气和艺术结合起来。在其他艺术方面，那些家伙微不足道，乔伊斯和梅拉没有比较的必要，他们之间仅一步之遥。那我们看这些家伙，有人饲养着斗牛，却杀其他的，或者有人养着公牛。那么当一个小伙子有着些许像你一样正派的人类直觉时，他能做些什么？我很希望我现在是16岁，拥有勇气。

波特尼拉斯克问过，你认为《在我们的时代里》到底受谁的影响？是拉德尔与舍伍德·安德森！

哦！好了，音乐会进行得怎么样了？我为你向圣·费尔曼祈祷！既然你需要他，我自己在人群中又无所事事，所以我为我的孩子祈祷，为我的妻子、我自己，还有你的音乐会祈祷！

我不准备写作了，因为没有钱了。《大西洋评论》

封杀了我[1]。今年秋天，我有机会出版一本书，而明年春天，一群疯子将盗走我的一切，或许他们会把我当成另外一个模仿者。现在我不再得到钱了，我也将不再写了，以后都不会出版。我感到地狱般的快乐，真是浑蛋！

这个月27日见吧！

爱你的

海明威

致格特鲁德·斯坦因和爱丽丝·B.托克拉斯

巴黎

1924年8月15日

亲爱的朋友们：

几天前，我在这间房子里给你们写信。今天很安静，我想这可能是锯机没有工作的原因[2]。

《大西洋评论》今天选举了科尔伯斯作为董事长，每天早上，他都在福德家吃早餐，所有事情进行得很

---

[1] 在离开去西班牙之前，海明威已经编辑了7月与8月的《大西洋评论》，而福德那时在美国。

[2] 这是皮埃尔·查塔德的锯机和木材堆积场。海明威的房东居住在德斯·查姆斯的圣母院街113号。海明威的公寓套房在楼上。

顺利。我是如此高兴，我的书快出版了，经常中断这样一本很长的书的出版是一件非常糟糕的事。

收到你的来信真好。格德[1]很好，他上面的牙长出来了，我想下面的牙也快了吧。他意志坚强得如一大块碳化硅，沉醉在自己的世界中，外面的世界似乎和他没关系，也没有什么吸引力。他准备成为一个硬汉，很快他就进入这个世界。机会越多，世界给他的也就越多。我最大的期望是他将来不要因为50美分杀了他的父母。

麦克阿蒙已经去了英格兰，和他岳父岳母住在一起（约翰先生与艾利曼女士），我知道他已经教他媳妇布莱赫喝酒了，这不是希腊的传统，对不？

我这儿有一个很好的堂兄，我很愿意把他推荐给你。比尔·伯德送你一本他写的关于美酒的书，你收到了吗？这本书很畅销。

在去西班牙之前，我已经完成了两篇比较长的短篇小说，其中一篇不太好，是《大双心河》[2]。像塞

[1] 邦比（海明威的儿子）已经于1924年在巴黎接受了洗礼，格特鲁德·斯坦因作为他的教母。她开始称呼教子为格德。

[2] 《大双心河》发表在《季度》上。另外一篇小说缺少激情。一个斗牛的故事给海明威带来了些许麻烦，他想把它包含在《没有女人的男人》（1927）里，但是最终决定不这样做。

尚那样，我尝试着写这个国度，因为有过不愉快的事，有时就写一点点，大约100页，什么事也没发生，这个国家是一流的，我虚构了它，因此，我看到全部或者部分的事都以它该发生的方式进行。鱼也很棒，但是，写作不是一项艰难的工作吗？见你之前很容易，现在当然很糟糕，天哪，如今我也是非常糟糕。但是这并不是一样的糟糕。

你知道，噶斯顿·杜梅格是一名斗牛爱好者，他准备把斗牛引入巴黎。这是一个非常时期，但是有来自爱丽舍宫坚定的支持，并且他们准备试着与老噶斯顿在9月的第一个礼拜举办仪式，在总统包房，多么美好的梦啊！我真的不能想象他们能得到斗牛。你听说过10个黄金勺丢失在爱丽舍宫吗？价值8600法郎，是在招待美国人爱德曼之后丢失的。这是真的，我看过公告，扶轮社的社员们会将他们清除出去。

把我们的爱送给你们，别待太长的时间。

欧内斯特·海明威

致爱德华·欧·布莱恩

巴黎

1924年9月12日

亲爱的布莱恩：

我这边一切都很好，你们全家现在怎么样？我们仍然在这儿努力地工作。邦比快一岁了，体型像路易斯·菲尔波。今年冬天我们将会去拉帕洛。

我已经写了14本短篇小说了，有一本准备出版了，书名叫《在我们的时代里》。我邮件给你的《在我们的时代里》的某些章节中的内容可以利用在每一小节，那也是我起初把它们作为章节标题的原因。前5篇故事发生在密歇根州，开篇是《在密歇根北部》，这你知道，在这两个故事之间，每一个都会产生巨响！这本《在我们的时代里》，我想真是太好了！我想试着去完善它，因此你就能很快接近它们，绝对很坚实，并且与现实很接近，通过阅读每个故事，它们都能产生《在我们的时代里》章节里的节奏。

其中有一些小说，我认为你肯定会喜欢，我很希望你能看一看。这本书的最后一篇叫《大双心河》，它大约1.2万字，是写滑雪故事与《我的老头儿》之后的追溯，也是这本书开始的密歇根场景的终结。这是我写过的最好的一篇小说。我一直尝试要做的是写乡村，因此你读完之后，你只会记得有个村落，其他的你不会记得特别多。这太难了，因为那样你不得不时时刻刻看到一个完整的乡村，而不能对它产生浪漫的情感，太有趣了！

我为福德编辑了7月和8月份的《大西洋评论》，他在美国。在那之前为他续写手稿并让他出版了格特鲁德·斯坦因的《美国的形成》，你读过吗？我认为这是非常完美的作品，但是真的得到它了，你必须全神贯注地阅读，因为它很难读懂。我在指导三个年轻的孩子，南森·阿斯琪、肯农·杰威特和艾文·彼得，他们是很有天赋的孩子，阿斯琪最好，杰威特最差。让他们以自己的方式去帮别人做一些事是令人担忧的，只能让他们效仿。

阿斯琪和彼得都没有什么，只是杰威特太小、太敏捷了。

你致力于某种作品的写作，忍受着极大的痛苦，伴随着心酸流着汗，然后有人读了你的作品，因为作品不能通过其他方式得到，所有笨拙地方的人们就会像骗子一样抄袭。麦克阿蒙一直都写得不错。他已经写出了一篇很好的长诗，还有一些真正有希望的散文。一件有关被称为村庄的事情。

我忙于写作，在4月份的《大西洋评论》中有一个故事，将在下个月出版，我将给你寄去样书。

多斯·帕索斯、斯图尔特和我继续向西班牙南部前行。在潘普洛纳的一场业余斗牛赛中我被刮伤了。在斗牛场，我度过了五个非同寻常的日子，关于这个你已经了解了很多，这是一个男人所需要的。斯图尔特非常厉害，这个人继续走，步行穿过比利牛斯山脉，抵达安道尔，共计14天，路程达469公里。

庞德与他的妻子11月份去了拉帕洛。

哈德莉非常好，送给你最好的祝愿！

你看过那篇发表在1923年9月3日的纽约《民族》杂志上的评论吗？他们对《我的老头儿》说什么了吗？因为那是我看到的第一篇评论，这使我非常高兴。

请给我写信，尽管我知道你很忙。

最好的祝愿！

你的朋友

欧内斯特·海明威

致格特鲁德·斯坦因和爱丽丝·B.托克拉斯

巴黎

1924年10月10日

亲爱的朋友们：

我们非常高兴能够得到你们的回复。是的，我们期望能够很快同古蒂见面，谈论他是如何像创始人一样热爱报纸事业，那样不更好吗？我想，我对我作品的抗议者不会说什么，除非以他们不能接受的笼统、醉酒、谴责的方式。

下一批美国人的作品已经到达，我正在校订中。如果不能保持原有风格，它将会被送到办公室。

顺便说一句，诚恳地讲，你是否收到来自福德标着私人、保密记号的信？其中，他说我最初告诉他《美国的形成》只是一部短篇小说，当6个月之后我再次提起时，他已出版的不是短篇而是长篇小说，究竟几部长篇小说呢？这封信中还有其他的谎言，他希望我不要看到，大意是希望你在第一本小说连载支付率较低时，给他比6个月连载更加优惠的价格，等等。

我不知他是否寄出信件。如果寄出，你可以告诉他，我回来后将和他商谈。

自从柯尔伯斯夫人产生放弃有偿支付以降低杂志

费用的明智想法后，我一直在不断地努力，确保它顺利出版。因为她完全是一个拜金女，一旦见到，你就可以搞定她。柯尔伯斯最近的想法是让所有的年轻作家无偿贡献自己的原作，并在工作期间寻找广告赞助以展示他们对杂志的忠诚。福德搞砸了所有的事情，他把杂志卖给了柯尔伯斯，而不是按照从他们那里获取资金、不参与经营的计划。现在，两个合作伙伴感觉柯尔伯斯必须拿出从经济上放弃杂志及其业务、财务运行能力的证明来，所有柯尔伯斯夫人的朋友的参与和训练必须停止，只有这样才能停止冒险，我相信从1月份第1期开始，那份杂志便开始走向消亡[1]，在这种情况下，我希望你能够公平地取得预期的报酬，经常发表对人生道理的评论。

当你认为评论已经死亡的时候，它不会再变成另外一个数字，而柯尔伯斯在它存在最后一年的8月份开始续订杂志（这些福德已经忘记，柯尔伯斯永远不会知道）。当你回来以后，我们会有很多不同角度可以谈论的话题。福德是一个绝对的骗子，总是用虚伪的英伦式优雅伪装自己。

---

[1] 和海明威预测的一样，《大西洋评论》后来停刊了。

明天是邦比的生日[1]，我给他买了一只玩具熊。麦克阿蒙住在乡下，希尔达·多利特和麦克的妻子在这儿并且非常想见你。埃兹拉周日要去意大利，在高度的紧张中，他遇到了小小的神经错乱，在美国人的医院中待了两天。一些聪明的作家搬去了乡下，多斯·帕索斯已经回到了美国。现在斯图尔特在纽约已经或应该拿到了我的《在我们的时代里》这本书。自5月份以来，我们经常陷入没有任何收入的财务担忧之中。作为一个资本主义者，我祈求基于诚实、自由、彻底的民主选举。

这封糟糕的信要搁笔了。现在这里的天气很好，我已在努力工作。哈德莉和邦比也向你问好。

永远的

海明威

[1] 海明威信中登记时间为1924年10月10日，是孩子真正的第一个生日。所以，这封信的准确时间应是1924年10月9日。

致罗伯特·麦克阿蒙

巴黎

1924年11月15日

亲爱的麦克：

附上200法郎，这周我将会寄给你另外100法郎，我现在很好，非常感谢你！

现在是早上，因为邦比晚上不睡觉，我和哈德莉整夜都陪着他。我不介意整夜不睡觉，只要有斯蒂文森的作品相伴。最近邦比可能正在长新牙。

我觉得长期的捕鱼心得故事纯粹是胡说八道，所以删去了最后9页。我在状态最好的时候被打断了思路，现在一直回不到那个状态，因此还没有完成它。当我意识到它是如此坏的时候，我感到很震惊。我曾经离开河流去创作，其实我不应该那样做，仅仅是钓钓鱼而已。能在《大双心河》[1]里钓鱼，完成一个长达45页的故事，我很开心，我想你会喜欢这个故事。

我本来今天要再寄300美元，但银行关门了。当昨天意识到还有债务需要还的时候，我发现自己没有

[1] 海明威完成了《大双心河》，包括1924年8月中旬的9页内容，见海明威给格特鲁德的信，1924年8月15日。

取出足够的钱。

罗伯特受到了惊吓，倒是宣布他违背了社会公德。如果测试表明他真的患有梅毒，他可能会去抢银行，然后得到足够的钱。我希望如果他真的是违背社会公德了，他最好把我的书还给我，结果表明他仅仅是因为吃了螃蟹而已。

拉尔夫奇弗·邓宁在《大西洋评论》上的诗看起来不是很扎实。这里有一句“把百合花放到我手里和飘向海里”，相当接近我读过的一首诗。他们简直可以要人的命。

我没有收到唐·斯图尔特对我的书的任何评价[1]。我寄给他的《大双心河》，现在内容有所变化。如果是因为我删减了内容而使一些出版商决定出版它，是不是有点搞笑？

欧内斯特·沃尔什就在这里，并说自己身体已经不行了。我试图告诉你他现在的状态，但沃尔什好像知道自己现在什么状态，似乎不愿意进一步讨论它。濒临死亡的沃尔什现在已经变得越来越好，我不知道是否对我们其他的事情将有相同的效果。不知怎的，

[1] 《在我们的时代里》的故事于1924年9月28日已经发给斯图尔特所在考虑的乔治多伦公司，他们倾向于出版。

我不这么认为。

比尔·斯伯塔怎么样？你那里有没有好天气？我们从来没有从皮卡比亚夫人那里听到任何消息。如果一切顺利的话，我们计划1月上旬回到瑞士。

哈德莉向你问好，期盼着你的到来。你有约翰·赫尔曼[1]的地址吗？

始终爱你的

海明威

致罗伯特·麦克阿蒙

巴黎

1924年11月20日

亲爱的麦克：

这里没有一个人知道约翰·赫尔曼的地址，很抱歉，因为他走的时候没有留下任何地址，说是会给艾文·希普曼留一个的。但是，目前还没有收到他的来信，我也一直期望能够知道他的地址。

你说的英美文学作者选集的想法听起来挺好的，

[1] 约翰·赫尔曼（1901—1959），主要作品有《发生了什么》（1927年）、《大的短程旅行》和《夏季是尽头》（1932年）。

但目前我的手上只有两个故事：一个是不能出版的，因为我担心它太长了；另外一个的确还不错，大概有一万字，我觉得是我目前为止写得最好的小说。现在我正在努力工作，如果能够写出更好的短篇小说的话，我就把它给你，你可以要那个长的，但是你说字数有限制，需要在5000字以内，所以可能不太合适。你最好让我知道事情是怎样运行的，时间期限是多久。我当然希望能够尽快给你，这样可以使进度提前。如果新的小说看起来不是十分满意，你可以从美国出版的书中找一个1200字左右的作品来发表。

暂时还没有《在我们的时代里》的消息，也没有什么新的消息。现在这里已经很冷了，所有的泉眼都结冰了。我给你寄了100法郎，我们每年都在普瑞斯俱乐部聚餐。哈德莉送上她的祝福，很高兴你在变得越来越好。在《没有被斗败的人》这个故事结束之后，我想要过一段什么都不做的日子。

代我向贝尔·斯特布一家问好。

你的

海明威

致罗伯特·麦克阿蒙

巴黎

1924年12月10日

亲爱的麦克：

你好，我一直希望能够写出一篇优秀的短篇小说，可惜我写出的那两篇小说都不太满意，一篇1万字，另一篇12万字。而这一篇是我写得最好的小说，所以就投稿了。不管怎样篇幅足够短了！

你最近怎么样啊？我们打算19日去一个名叫施伦斯的地方，乘坐苏黎世—因斯布鲁克的电轨车，半个小时以后在布卢登茨区下车。我们不想住在巴黎和瑞士，因为消费太高了。我打算住在贫民窟里，这样我们三人一周只需要付18美元。一流的滑雪场刚好建在克洛斯特斯至达沃斯的山脉。

不再多说自己的事情了。我前天晚上梦到你去世了，希望听到你健康平安的消息。我不是故意在早饭前讲梦的，我梦到在整篇报道中读到这个消息，还附有你、布莱赫和苏格兰厄尔曼城堡的照片。不知道有没有这么一个城堡啊？你一定要小心行事，注意安全。赫尔曼的地址我现在还没有弄到。

不再对大西洋彼岸的事情进行评论了。福德打算写一则名为《这顶远离法国的帽子》的新评论。你读康拉德夫人写给《泰晤士报》那封让人叫好的信了吗？就是关于福德那本令人作呕的《关于我的丈夫》一书。

虽然我一直卧病在床，但是目前身体状况很好，现在我很渴望离开这个是非之地。

我把我借你的文摘附在信后，非常感谢你！我把信折叠起来以免误送，最后送上最真诚的祝福！

海明威

致哈罗德·罗比

澳大利亚

1924年12月29日

亲爱的哈罗德：

我给你寄了一张贺卡，可能你还没有收到。在10月干燥又晴朗的天气之后，山里开始下雪了，当你到达的时候应该正是下雪的季节。

这里的食物挺好的，有上好的红酒与白酒，还有其他三十多种啤酒。在酒店还有一个保龄球馆，我们和哈特曼[1]经常去玩儿。你也可以和我们一起，这是

[1] 伯特仑·哈特曼，一个美国画家，他是第一个邀请海明威去施伦斯的。

一个很好的地方，漂亮的小镇，人们信仰上帝，但都是喝酒的好手。

我的状态特别好，你可能不知道现在的我就像铁矿一样结实，或者至少两倍。

这将是你见过最漂亮的国家，走到任何地方你都会发现有十字架，它表示人们受到惩罚的多少。小而精致的酒吧里坐满了岩羚羊猎人，并且摆置着高级白酒与红酒。

如果你不来，你就是个傻瓜。只要通过一条管道即可被送上火车，你只要在布克斯买张火车票，穿过铁轨，换一点零钱，然后就可以买一张去布卢登茨的票了。

把我的书带来好吗？在歌剧院大街附近的卡夫乡村迪昂丹19号，你可以用很低的价钱买到上好的威士忌。如果你把它们放在一个帆布背包或野战背包里，是不会被打开检查的。他们只打开袋子或者旅行箱，并且二等车厢与一等车厢是一样的，因为车厢都是奥地利战争之前的，每侧各有三个位置，靠在椅背上很是惬意。

凯特最近好吗？希望她感觉好多了，哈德莉与我都很想念她。告诉凯特她是纯洁的，因为在整个村庄只有一个漂亮的女孩，而且把大蒜当早餐。凯特的帽子比哈德莉的漂亮多了。

邦比的状态很好，而且我们给他请了一名护士。

好了，那就写到这。不要忘记手稿与威士忌，请复印一些你的作品给我寄来吧！

欧内斯特

致哈罗德·罗比

施伦斯

1925年1月5日

亲爱的哈罗德：

真是太糟糕了，今天早上你没有来，让我们感到万分沮丧，在你还未到来的时候，我们度过了一段非常美好的时光，非常期待你的到来。

不过，一月的状况很不好，当你在春天与秋天病倒的时候，一切就都是那么令人失望。我曾在一月的时候很落寞，当然你现在仍然可以看得出来。纽约是一个漂亮的城市，也许你可以去西班牙。我想你现在也许在心里暗自责骂，其实它不应该被责骂，因为我们在那里学到了生命中的很多东西。哈德莉宣称我们将在下辈子得到我们这辈子该被责骂的事情，如果是那样，那简直糟糕透顶。

唐·斯图尔特给我写了一封圣诞节的信件，同时给我寄了一张面额较大的支票，我看到它的时候以为是多兰寄来的，因为正好有一封附带多兰的信，其实这封信是给唐的。圣诞礼物唤起了我们的斗志，多兰真的是个好男孩，他在给唐的信中将会提及海明威。但是，多兰感觉他们不能跟着我一直关注写关于性的小说，多兰也不喜欢集中注意力在一系列令人震惊的事情上或者其他一些垃圾事情上。尽管他们可以在一本小说中一直与我在一起，他们可以给我提建议，给出版业留下一些短篇故事作为杂志第二栏中的内容，并且他们一直认同我的作品的影响力，认为那是一本特别好的书。

唐说一切都是空谈，他们不愿意发表，不管那是好的还是坏的短篇小说，他把书给了门肯，然后又被转给了阿尔弗雷德·诺夫，因为门肯不喜欢我的作品。

唐一切都好，没有什么好让人担心的。我从来没有担心过他，他是那么好的人，我特别希望可以见到他，祝他好运，他将在3月回来。他的地址是：万达比欧特街耶鲁俱乐部，你去看看他吧，他是一个好人，我将让他跟你联系。如果你愿意，我会给你一张他的名片，但是实在抱歉，名片有点脏了。

伍德克谱夫写了我的斗牛的故事，他在一篇关于西班牙人的文章中涉及它，我觉得是那么不可思议，我也知道那是由有着傲慢特点的美国人讲出的故事。如果你不知道，你可以告诉我，我可以给你指出是这种文学。这将是在市场上看到的最好、最吸引人的作品了，他说我的所有作品都将上市。

哈德莉爱你！哈特曼一家也会因为你不来感到非常难过，我们计划去跟你一起待一段时间。

如果你想为我做点什么的话，你可以订阅立奥特吗？在当今好的书与坏的书的版本中都可以找到立奥特的演讲。

在你出去之前记得给我写信，除非你真的不喜欢写信。从开始那几个故事之后，我就没有做其他的工作，但是我也写不下去了，我需要去一个大的城镇写作，来这里之后还没有穿过外套呢。这里像以前一样，是9月里的天气。

替我问候凯特，我希望她恢复得很好。

欧内斯特

致格特鲁德·斯坦因和爱丽丝·B.托克拉斯

施伦斯

1925年1月20日

亲爱的朋友们：

你们最近怎么样？格德昨天长了几颗智齿，可能智齿有点夸大了，就叫它们大门牙吧！

我们一切还好，格德会走路了，可以边走边转圈，也可以自己大小便，不再尿裤子。我们请了一个叫玛提尔德的护士，她出门坐雪橇，喜欢喝酒，吃白菜，越来越像中欧人了。

欧内斯特·沃尔什悄悄写信告诉我，他与莫海德小姐已经决定创办一个季刊。我要他写信给你。沃尔什对艺术家的辅助作用体现了你不能只考虑静态的事物。

巴黎最近有什么新的消息吗？唐·斯图尔特给我寄了唐纳的信，信里说他们已经有了《在我们的时代里》这本书，办公室的每个人都看了四遍了。唐纳先生不愿意在公共场合讲短篇故事中令人震惊的故事，尽管他乐此不疲地写在小说里。如果我可以写一本小说的话，他们会把这本书当作第二本出版，所有的一切说明出版业还是可以的，但是短篇小说好像不是特别受欢迎。

我们在阿尔伯格的山里滑了三天雪，昨天才回来。在我们不在家的时候，格德又长了几颗牙齿。玛提尔德是一个非常勤快的人，喜欢早上五点起床，格德与她有很多共同的地方。

像往常在乡下一样，我没有很多时间写作。如果你遇到了什么好的读物，非常期待你给我寄来。我没有从《福拉尔贝格日报》看到什么快乐的事情。

贝尔蒙特再次在秘鲁斗牛。卡罗据说因为欠债被关在委内瑞拉加拉加斯的监狱里，这是直接来自西班牙的消息。

我留了乔·戴维森那样的胡子，和之前不一样。格德穿上他的毛料西服，看起来像是施伦斯之王。我们过得很好，并且正在省钱。

哈德莉、格德与我都非常爱你们。

海明威

致乔治·贺拉斯

施伦斯

1925年1月21日

贺拉斯先生：

我从来没有看过一个有关斗牛的故事是由一个

真正的了解斗牛的人写的，所以我试着写了这个故事[1]。这个故事会真实地再现斗牛现场，就像查理斯·伊凡·路恩[2]经常写的战斗故事一样。

我在马德里居住在一个斗牛场的附近，跟随夸德里的公牛战士到过西班牙的每个角落，明年夏天我将回来。

这个故事看起来技术性很强，但是所有的技术细节，即使不作明确的解释，也是非常容易理解的。希望你喜欢它。

欧内斯特·海明威

致豪威尔·詹金斯

施伦斯

1925年2月2日

亲爱的豪威尔：

很抱歉之前没有给你写信，但我在世界各地旅行时，一直带着你的信。你知道的，一旦男人打算开始写些什么，他会变成什么样。多恩·思科是一个很好

[1] 这个故事指的是《没有被斗败的人》。

[2] 查理斯·伊凡·路恩，短篇科幻小说家。

的同伴。我在纽约巨人队与芝加哥艘克斯队的比赛[1]上看到他时，他提起了你。在这里，他是个后起之秀，会写一些关于运动的幽默段子。

收到你的信后不久，我收到了威廉·B. 史密斯的一封信，问我能否接受他的道歉，他说我是对的，而且跟我说了说近几年的无聊。我回信说我当然会接受他的道歉，然后他写信告诉我一些他遭受的困境。他度过了一段困难时期，他受到的惩罚比托尼·基布恩给凯德·诺福克的还要多。我能想象得到他是如何摆脱他上次选举时用的方法的，因为他想的不是别的，就像我们对他的了解一样，而是车夫和农民。他已经经历了最痛苦的家庭破裂，健康受损，和我所听过的人们所有的一切事的破裂，我对他没有任何反对，并且想看到他度过这一切。毕竟他是个好人。

当我们得到一些钱时，我们就会在政治上变得保守，因为我们想保护我们的利益。如果我们不这样做，就得当牛做马。

豪威尔，我们很想见到你。我的爸爸写信说在医院看到过你，很高兴你已经出院了。爸爸说他把你给

---

[1] 1924年10月和12月，纽约巨人队和芝加哥艘克斯队在英国和法国举行了棒球表演赛。

的一张邦比的漂亮大照片寄给了我们，现在还没收到，我们都迫不及待地想看到。我的爸爸把这张照片挂了一段时间，然后寄出前给自己复印了一张。现在我们已经送了一张邦比的大照片给爸爸做圣诞礼物，可能他快收到了。

今天我滑雪滑得很好，感觉累了，想喝一些香醇的陈年威士忌。真希望你在这儿，那样我们就能开一瓶啦。你必须从巴黎带威士忌过来，中欧没有好的烈性酒，但是有大量冰醇的啤酒，从这儿到布达佩斯又变成只有劣质酒，直到你抵达君士坦丁堡。德国兵在那里待了很久，他们甚至盖起了真正的德国啤酒厂，真正的巴伐利亚品牌。从这儿我们不需要签证就能滑雪去巴伐利亚走个来回，我要去慕尼黑做一些工作。

给老索里德·理查德送上我最好的祝福，迪克怎么样？哈德莉也献上她最好的祝福。最近我非常努力地工作，体重减轻了大概10英磅，但体型很好。这是欧洲最温暖的冬天，虽然你们会把它看成暴风雪。

再给我写一封美妙的长信吧，收到你的信就太好啦。邦比现在有13颗牙，经常和这里的孩子玩捉迷藏呢，他有一个漂亮的奥地利护士，并且开始学习德语方言，我们计划7月1号左右动身去西班牙。

马斯卡特现在是法国最好的轻量级选手，那天他在两轮比赛中都打败了丹尼·夫吕什。如果他来美国，把赌注压在他身上吧，不多。对付凯德·卡曾兰和迈克·邓迪这样的男孩更不在话下，但是金发混血儿布兰德·帕斯塔就像个砖质屠宰场。他能承受任意重量的击打，而且他现在也学会拳击啦，他很容易打败任何人。

有个人值得一看。他从来未被任何人打败，他已经赢了734场比赛！我的神啊，如此一个拳击手，还没有人打倒过他。他和托尼·格奔的年龄差不多，但他拥有一切。首先他打伤对手的一只眼，接着打伤另一只，非常有技巧，然后打扁对手的鼻子，接下来就很有技巧地绕着对手打，直到比赛结束。他像以前的派克·迈克·法兰德，对手唯一能打到的地方就是他的肘部。他打倒了布鲁特内尔和弗里奇，用了大约9000招。如果他们想揍他，他就站在原地还击，但是他们从没有打倒过他，除了他的肘部和手套。这个人就是帕奥里欧，只是个会打的大火腿，只是一名樵夫。

好了，我就此停笔了。再见，豪威尔，哈德莉送上她的爱，我也是。

海明威

致欧内斯特·沃尔什

施伦斯

1925年3月9日

亲爱的欧内斯特：

在3月5日的这天早上，因为收到你和穆尔黑德小姐的电脑，使得这一天变得如此美好。

如果你觉得应该支付伯特仑·哈特曼50至60法郎，我觉得50法郎已经足够，60法郎也许太多。

只要我收到这封信的回信，我就会写一些关于斯拉的东西。我希望我在巴黎，那样我就可以引述他的东西，除了是对他的人格魅力的欣赏，其他什么也不是。

海德发来电报说希望在秋季出版我的书，我收到了这份电报，这本书是《在我们的时代里》。其中包括120篇短篇小说，我想你也许会喜欢它。《大双心河》是这本书的最后一个故事，如果你愿意，就叫它短篇小说吧。

如果你写了一个糟糕的句子，那比你喝二手饮料还要糟糕。但是我知道你不会那样。因此，请给我二手饮料。

希望能够得到关于埃兹拉的这份工作，我该停笔了。祝你和你的家人好运！

海明威

致霍勒斯·利夫莱特

巴黎

1925年3月31日

亲爱的利夫莱特：

我现在附上我们签订的合同和一个全新的故事，用来取代你淘汰的那个故事。据了解，由于原来那份合同中只提到删减，当然，如果没有改变的话，我也是不会批准的，但是你放心我会尽可能多地保护你，尽管我的故事写得如此紧张，如此艰难，如此辛苦，你要相信一个字的改变足够成为整个故事的关键。我相信你和史密斯先生在编辑时也能够明白这一点。

要知道任何一本书都有一个明确的组织结构，只是任何时候我如果都是在重复自己，那么我这样做就很有理由了。

至于书卖或不卖，我不会允许你们用任何方式，把它当成一项失败的事业。我认为，只要你沉着冷静地看它、等它，它便有被卖出的机会。列举一个卖不出的典型例子，是伊·卡明的《巨大空间》，但卡明的书的风格，一个很好的谁都没有读过的关于“现代”写作的协议，尽管如此也没有人能读。所以在我看来带着这样的销售目的是倒霉的，是不可取的。我的书会为那些文化修养高的人所称赞，可以提供给这些人阅读。据我所知，如今没有人写的哪一部作品，可以只给高中文化程度的人阅读。

如果必须削减淫秽的思想（必要消除的东西除外），那就会破坏它的完整性，没有人愿意去赞美它，没有人想从心里去阅读它。我在这里提到这一点的原因是：曾经有一份报告显示，在这里某些东西注定是要被淘汰，因为它们似乎从来并未有什么故事。也许，你认为这是毫无根据的。我所经历的新的故事使得这本书的内容更好，我认为这是我写过的最好的一本书。

你只删除了第二个故事《在密歇根北部》。接下来的三个故事也只是移动了地方，只是其中有一个全新的故事《拳击家》占据了《三天大风》现在的位置。

我不需要告诉你其他的事情，但我很感谢你们能够帮我出版，我希望我会成为一个富有的人，同时这是我们两个人的荣誉和共有财产。

我想尽快地证明给你们看，送上我的美好祝福。

真诚的

欧内斯特·海明威

致麦克斯韦尔·潘金斯[1]

巴黎

1925年4月15日

亲爱的潘金斯：

我一从奥地利回来，就收到了你2月26日寄出的一封信。告诉你一个消息，大约在你的信到来的十天前，有个来自利夫莱特的先生用电报的形式向我告知一个好消息，说在秋天的时候会出版一本我的短故事，他们让我用电报的形式回复，我同意并回复了。

我非常高兴收到你的来信，但是竟然不知道可以做些什么，直到我看见和利夫莱特先生签订的合同。根据那本合同的内容，他们即将对我的3本书有个甄选，而且同意支付给我酬金，如果我在60天之内选择出版我的第二本书的话。当然我反悔的话他们的选择也会退步。并且，如果我没有让他们出版第二本书，他们也会放弃对第三本书的出版。

而这也正是问题的所在，我根本无法形容此刻收

[1] 这是欧内斯特·海明威给麦克斯韦尔·潘金斯（1884—1947）的第一封信。麦克斯韦尔·潘金斯在1926年成为他编写《查尔斯·斯克里布纳的儿子们》时的编辑。

到你的信我是多么高兴，你无法想象我是如此的兴奋，本来我将会发给你《查尔斯·斯克里布纳的儿子们》，这本书是即将在今年秋天出版的。

我真的特别想让你知道我是多么喜欢读你的来信，如果我曾有这样一个能够寄给你一些足以考虑的东西的地位，我当然会选择这样做。我希望有一天能够拥有一种强悍的像阿拉伯半岛荒原般感觉的斗牛场，拥有一本带有一些精彩的优美图片的厚书[1]。但是据我所知，有人竟然为了夏天有更长的时间在西班牙闲逛并且创作，不得不节省压缩所有的冬天。我早有耳闻，并且花费了一些时间在这上面研究。不知道怎么回事，现在的我不再喜欢写长篇小说，相比于长篇，我更喜欢写短故事和斗牛的书，所以大概在我看来，无论怎样，我对出版社始终持有悲观的态度。不知道怎么回事，长篇小说现在对我来说好像是一个极其虚假的东西，并且以一种假得令我极其讨厌的形式体现。

《在我们的时代里》这本书现在已经绝版了，我一直尝试着到处寻找，为自己买一本，我听说这本书很有价值，所以相信这足够解释你在得到它的过程中

[1] 一个早的版本成为《午后之死》的想法。

遇到的困难。我非常高兴你能够喜欢它。

你真诚的

欧内斯特·海明威

致霍勒斯·利夫莱特

巴黎

1925年5月11日

亲爱的利夫莱特：

你是否还记得在3月31日，我寄给了你一封其中附带有你上次邮寄给我的并且签订的经过协议注册过的信和里面的一个新故事，我打算用它来代替那些你想从我的《在我们的时代里》这本书中删除的故事。我在收到你寄给我的收据时，你说你同意在版税上提前预支我一张20000美元的支票。

我在看这封信时，我到处找也没有找到相关的收据，更别提那张支票了，尽管我知道你在4月14日以前一定收到信件了。现在我收到了5月2日由你寄出的来自纽约的邮件。

在这份新的协议里，你没有向我说明如果翻译成外国语言所应得的权利。我现在想要你的一份签订函来确定一下，确保把我的书翻译成外国语言的权利都必须保留在我的财产里，协议要明确说明我应该保留和你们协商的权利，并且要在我看来合适的情况下，让你的助理安排一下协商事宜。我相信这样做的话你不会有反对的意见，如果你把这内容编写之后以副本的形式发给我，我将看作是一份被签订的协议，同时我会以文件夹的形式发给你。

献上美好的祝福！

非常真诚的

欧内斯特·海明威

致舍伍德·安德森

巴黎

1925年5月23日

亲爱的舍伍德：

很抱歉这么长时间没有给你写信，我很感激你能够把我的书推荐给利夫莱特，并给他讲清楚。多斯·帕索斯告诉我，在你收到格特鲁德·斯坦因的信之前，你就这样做了。

当然，我也许可能误解了《多次婚姻》[1]，等到将来我有时间的时候，我会把它再好好地研读一遍。如果把它当作丛书去读这会是非常吃力的一件事。不管是什么书，所有人的评价都是没有用的，自己写的书除了你自己了解，没有人详细知道关于它的任何事情。要知道上帝知晓被付报酬的人对待事物的态度，那些所谓的职业批评使我感到恶心，野营者只是单纯地喜欢文学，他们不愿也不会做姘头。他们都有道德、思想，也会像有些人不枯燥，他们觉得活着这件事是多么有意义。他们有思想，但是他们是野营爱好者。

自从上次见到你之后到现在，我一直致力于写作，而且度过了一个极好的时期。然后我一直在等你，直到你和伊丽莎白[2]来这里，我们可以结伴去西班牙看斗牛。我从斗牛和斗牛士身上学到了很多东西，感觉受益匪浅，但是我竟然不知道是什么，至少我把我得到的全部或一大部分都用在我的下本书里。我想有足够的钱，这样的话我可以饲养牛。但我并不能总是有钱，为了能和他们在夏季里游玩，我需要好好工作。

对于你去利夫莱特那里告诉他我的书，我是非常

[1]舍伍德·安德森1923年出版的小说。

[2] 伊丽莎白·普劳尔，是安德森的第三任妻子，在1924年与他结婚。

高兴的。我不能写信，所以我也没法告诉你，你把我的书出版了我是多么感激你。这意味着你克服了很多困难，你把它出版了，然后你又把你的书带回来了，这也意味着中间经历了许多其他的方式。

告诉你一个好消息，哈德莉现在很好，我们现在彼此仍然都非常爱对方，而且相处得很融洽。我们现在有一个可爱的宝贝，他开始会说话了，而且还可以走着和我一起去咖啡厅。

格特鲁德·斯坦因的《美国人的形成》是非常棒的一本书。你看《大西洋评论》了吗？麦克阿蒙正在出版它呢。

祝你好运，我们都很想念伊丽莎白。

欧内斯特·海明威

致麦克斯韦尔·潘金斯

巴黎

1925年6月9日

亲爱的潘金斯：

我无法向你形容我是多么感谢你送我《在我们的时代里》这本书。这只是非常愉快的事情当中的一个，好的事情有时总会发生在一个人的身上，无论什么时候，这一天都会有好的感觉，真的是多谢你了。

现在，我终于得到另一份好运，我邮寄给你这封信的时候，司各特·菲茨杰拉德正暂居在我这里，所以我们经常看见他。我们开着他的车从莱昂到科特迪瓦，玩得很愉快。我已经阅读了他的作品《了不起的盖茨比》（1925），而且认为这是一本特别好的书，我希望它会卖得更好，更受欢迎。

再次感谢你送给我的书，送上我最诚挚的祝愿。

你的真诚的

欧内斯特·海明威

致欧内斯特·沃尔什

巴黎

1925年6月25日

亲爱的欧内斯特：

乔伊斯昨晚出去发现了《季度》这本杂志，并且发现在那里他可以出版自己的手稿。杂志社表示出版的话将会在10天之内完成，你愿意写信告诉他，你同意出版并且很希望看到它吗？

你可以给他写信，和他谈论“莎士比亚与伙伴”的故事，你如果没有他的地址，我可以帮你把它寄到香榭丽舍大道338号。

现在是凌晨时分，我们正在收拾行李，家里有只猫，那只可怜的猫对我们恋恋不舍，因为我们要离开了。

欧内斯特

致格特鲁德·斯坦因和爱丽丝·B.托克拉斯

马德里

1925年7月15日

亲爱的朋友们：

我们度过了一段舒适的美好时光，天气不太炎热，我们终于见到了被牛掷起的贝尔蒙特。他现在生活过得还可以，并且送了一头公牛给我们，他送给哈德莉两只牛耳朵，她接受了。哈德莉用唐·斯图尔特的手绢包了起来，跟你说那手绢不是她自己的，是斯图尔特的。我告诉哈德莉，她应该把那个手绢剪成碎片，然后放在信封里，寄给她在圣路易斯的朋友，但是她不想那样做，想想看这个事情真是太有趣了。

马德里是一个好地方，每天都有人给我们提供很好的客房，并且会给予我们一些生活上的补助。告诉你一个消息：他们已经重装了普拉多，可能是司仪鲍勃·迈克·阿尔蒙投诉的结果，重新做过之后还是蛮精细的。哈德莉现在在那边，等写完这部小说的时候，我也会过去陪她的。昨晚我们一起去听了夜曲，今天下午去看这里最盛大的斗牛比赛。后两场比赛将是新的项目，尼诺与贝尔蒙特在一起使得贝尔蒙特的价值下降了许多。尼诺做了贝尔蒙特做的所有事情，并且使之更加完美，开玩笑了，包括所有的饰物以及一些可怜的姿态和其他的一切。

尼诺的表演全部由他本人独自完成，对牛没有任何讨好的技巧。他拿着自己的帽子，中规中矩，平静而缓慢。他的表演以一连串的劈杀动作开始，然后在各种动作表演完后，完美地把牛杀死。

他来隆达了，每一个西班牙人都对他特别疯狂，当然也有一部分人对他一点也忍受不了，但是人们会在他在马德里的第一次亮相前一天晚上排队等候他。我们已经见过他4次了，并且我们在瓦伦西亚见他不止4次，他用帽子保护哈德莉的一系列行为让她不用担心芭比，他一直都保持着良好的体型。

玛丽经常写作，或者经常陪孩子玩耍，她喜欢每天说好多话。

我们发现去年那条生长着很多鳟鱼的河流，现在已经被圆木所破坏，里面的圆木顺流而下，圆木经过后，所有的池塘被冲刷干净，同时河里的鳟鱼也被迫害了。我们将于21日赶往瓦伦西亚，在那里一直待到8月2日。我发现一件非常有趣的事情：三流的舱位并不昂贵。从潘普洛纳回来的时候，有一个孩子的父亲在买酒，他用大的木桶装酒，然后去马德里卖，当时每个人都在敬彼此酒，他由此受到启发，也打开了一桶又一桶的酒。三个小客房里住了两个神父与三个居民，一会儿几个人的关系就变得非常亲密，当然包括不开心的我。可能是因为丢了火车车票或者是把它给别人了，当我快要到达马德里的时候，我非常着急。但令我惊讶的是，我们在没有车票的情况下平安度过，我觉得那可能是我经历过的最有趣的事情。

祝福你们。

你的

海明威

致克劳伦斯·海明威

巴黎

1925年8月20日

亲爱的爸爸：

感谢您为我的《在我们的时代里》所写的书评。

我昨天刚从西班牙回来，我觉得这是一次非常愉快的旅行。告诉您我在那里几乎天天游泳，并且夜以继日地工作。现在我已经看了《太阳照常升起》这本书的大概60000字，大约还有15000多字，给你写信之后我将继续看这本书。利夫莱特已经将书的封面给我了，看起来他们将它设计得很好。

最遗憾的是，今年夏天我们没有一起去钓鱼。我们去年夏天钓鱼找到的那些河流已经被圆木污染，鱼死了，池塘被冲毁了，水坝也被摧毁了，这一切使我非常难过。另外，我们在斗牛场看了很多次24头公牛的斗牛比赛。

一想到要跨越海峡，我就知道这次旅行肯定很有趣，汽车飞快地驶离了陆地。我们希望明年夏天还可以过来旅游，哈德莉和我将要去往苏必利尔湖北岸，在那个有着美味小鳟鱼的河边露营。我们可以带着我们的设备，从温德米尔出发，最后再返回来，因为我还惦记着去看钢铁之河呢！

现在我感觉我的两条腿好像出了点小问题，我想等我40岁左右的时候它们将会越来越严重了吧，就算是处于最好的状态的话，也还是会有不少的麻烦。

如果妈妈真的喜欢画画，我确实很高兴，我没有看过她的任何作品，莱斯特作为一个初学者开始学习画画，也是一件很美好的事情，我不懂得还有什么其他可以给人带来更多愉悦的事情。我会一直非常想念今年夏天的钓鱼生活。

很惭愧我没有坚持写作，但是我努力地做好了两份工作，并且游览了西班牙周边美景。我之前给您和妈妈都写了一封信，遗憾的是一直没有写完。我们还去了瓦伦西亚和马德里。

好了，祝您好运，我很喜欢您的故事，但愿您一切如意。替我问候厄休拉，并告诉她我会给她写信。我们将要离开这里，但是您放心，一有机会我就会告知我的新地址。

欧内斯特

致爱赛欧·莫哈德和欧内斯特·沃尔什

巴黎

1925年11月30日

亲爱的莫哈德与沃尔什：

我已经按照您吩咐的回复了您的邮件，发现有4处单词错误，61处印刷错误，并且我都一一帮你改正了。例如：在“had”中少写了“h”，“much”中少了“h”，“you”中少了“u”，以及各种单词被漏掉的情况，所以不要以为我只是像乔伊斯那样对待样张，等待着每次样张回来之后重新写整个故事。有很多地方的人在阅读这个故事，我也很想为他们做出一些改变。但是除了一些数字之外，其他的资料一点都没有，连手稿上的数字都是错误的。

我收到了沃尔什的一封信，没有及时回信的原因是哈德莉卧床生病了一周，那时的我也在拼命工作。接下来我要写封长信，我们将在12月15日去澳洲。

爱你们的

欧内斯特

致格蕾丝·霍尔·海明威

施伦斯

1926年12月14日

亲爱的妈妈：

祝贺您的绘画取得成功！

我们往家里寄了一个超大的盒子，里面装着我送给你们的圣诞礼物，盒子是哈德莉去邮寄的。12月10日的一等舱里有一个包裹寄往橡树园，另一个寄往底特律，希望包裹在圣诞之前可以顺利到达。现在这个地址将会用到3月，3月底的时候我们会去里维埃拉拜访两位朋友（格拉德和莎拉·墨菲），到时候我们会和他们来一场热闹的帆船比赛，然后从那里直接去西班牙，待到9月的时候回美国。

我买了一个新的相机，感觉像素还不错，过几天给你发邦比的照片。现在他与他的护士一起滑雪去了，我真的有点担心他，因为我们12月到达这里的时候，雪就已经非常厚了，气温零下14度。现在我在很努力地工作。

我的另一本书名叫《春潮》，已经发给出版商了。因为我一直忙于工作而没有时间锻炼，导致身体总是很虚弱，还时常咳嗽，体重也下降了。我心里想着也许登山会改善一下状况，因为这样可以使我的身体得到一些锻炼。

这真是一个美丽的国家啊！不仅有碧绿的柏树，还有绿白相间的村舍。我们认识小镇上的每一个人，我们每周都会玩扑克游戏，我还是滑雪俱乐部的一员。我们是这个小镇上唯一的外国人，这里很清净，是一个可以学习语言并且不被打扰的好地方。

保琳·菲佛[1]将要来过圣诞节了。多斯·帕索斯

---

[1] 保琳·菲佛，海明威的未婚妻，准备在1927年和他结婚，那时候她在巴黎《时尚》杂志做编辑。1951年，她在加利福尼亚突发疾病去世。

去了摩洛哥，他们得等到过了11月才能回来。我们打算到慕尼黑走一遭，之后飞越阿尔卑斯山，降落在高原中最高的山峰上，然后滑雪下去。我们几个人打算一起去，与一名德国著名的战斗机飞行员一起。

昨天我和哈德莉去滑雪了，我的身体仍然很虚弱，不过今天感觉好多了。

我们爱您和爸爸。

欧内斯特

致阿奇博尔德·迈克·利什

施伦斯

1925年12月20日

亲爱的阿奇博尔德：

最近一直没有去拜访你，我心里感到愧疚。哈德莉因为找到了丢失的耳环感到非常高兴，并且对玛瑙产生了浓厚的兴趣。那个重一点的耳饰特别适合哈德莉，因为它可以纠正哈德莉不自觉的偏头习惯。

现在这里的雪轻如木屑，还是十分适合滑雪的。我们和镇上的很多人都合过影，作为镇上唯一的外国人，我们自然要遵守当地的习俗，哈德莉以当地形式赢了凯莉湟旅馆主人4场，成为滑雪俱乐部的领导和五金商店的业主。而我作为滑雪俱乐部的领导，也成为一家五金商店的主人，我以前通常都是给她设立200个打桩点，她打下来需要花费很长时间，大概要打400次，但是现在她甚至都可以把我打败了，当然她也开始成为当地池塘游戏的组织者。

我的妈妈把你对选自《大西洋评论》中《黑色幽默》的评论发给了我，上面显示每月周刊是对的，当然那是一个非常好的评价。我的妈妈经常会给我邮寄一些能够代表舍伍德的东西，并且还把他离婚的消息告诉了我，因为妈妈觉得我在一些方面虽然没有他优秀，但是其他方面和他还是有点相似的，所以她希望我能了解到那些大师级的人物是怎样处理这些问题的。你的评论写得很好，没有被任何惊叹的句子所限制，没有因为句子的不平衡性、动词的删减或其他一些针对劳伦斯作品的事情而失去自己的判断，斯大林因为在战争中失去了一条腿而成为一个著名的评论家。多斯的理论是你在战争中失去的越多，就越是一个失败的评论家，这个听起来是有些可笑，或者我的理解有点错误。

今天是周日，所以我没有收到任何信件，顺便说一句，如果你是发自内心给我们写信的话，我自然会很高兴的。我想说的是我们过得很愉快，但是在施伦斯收到信会更让我兴奋。因为嗓子原因，我在床上躺了两三天，幸运的是今天好多了。

这是一封比较无趣的信，你看过《春潮》了吗？你感觉它怎么样呢？

我一直在这里看书，我感觉屠格涅夫是这里有史以来最优秀的作家了，尽管他没有写出特别优秀的作品，但是我仍然感觉他是一个伟大的作家。当然这只是我的个人看法。你看过他的《车轮的响声》吗？它载在运动员之图的第二栏里。《战争与和平》是我看过的内容最好的一本书，但是否可以这样想一下，如果这本书是屠格涅夫写的，那么会是什么样呢？虽然契诃夫只写了6个故事，但是仍然阻挡不了他成为一名成熟的作家。莫泊桑是一个专业的作家，巴尔扎克也是一个专业的作家，而屠格涅夫是一个艺术家。我认为只是停留在空想方面是一件糟糕的事，因为你需要写一本书来赚钱养活自己，或者靠其他工作来养活自己，但是当你成为一个职业作家的时候，就有些身不由己了。每年的春天或者秋天或者其他的任何时候，你手里都要时刻有本书准备出版，这样看起来也许很好。只是不知道其中的区别，但确实有很多不同，那就是为什么你也许忙碌了六年，但是还是感到很平庸，因为读者可能一直比较喜欢第一本书。

这使我想起巴黎人的对话，想象一下那些对话与卢森堡公园结合到一起，你或许真的可以一直阅读到吃过午饭之后，而在芝加哥却只有两份早报可以阅读，如果你是为了赛马才去的，那就很平淡了，那里白天将没有那么多的时间可以阅读，晚上也没有时间看巴黎体育，突然之间感到很搞笑，什么都好像错过了，但是过去我确实很迷恋读书的。

刚刚看完托马斯曼写的《布登勃洛克一家》，那确实是一本好书。但我还是感觉威尔基·柯林斯的《月亮宝石》更好。还有一本值得看的是《恶毒女人的笑》，那也是一本很好的书。

我们刚结束度假，哈德莉与邦比都挺好的，哈德莉一直很挂念艾达。你要记得给我回信。

欧内斯特·海明威

致迈克·施特拉特尔

瓦伦西亚

1926年7月24日

亲爱的迈克：

感谢你给我发来的照片。听到你母亲去世的消息，我和哈德莉感到很伤心。她很爱你们，我们真的很同情你。但是死亡是每个人都不能避免的。我也还没有真正理解到死亡的真正意义，如果我们能活得更久一些的话，我想我会明白的。

你在纽约的时候曾经向我抱怨过，不要以为我不记得了。每件事都是那么糟糕，然而同时，明天这里将有八场斗牛比赛。哈德莉和我在一起，我们在这里闲逛，都感觉潘普洛纳很宏伟。

当我知道你也喜欢《春潮》这本书时，我非常开心，但是我不知道这个秋天，当书出版以后，你会因为这个而被斯克里布纳出版社解雇。

你一定要记得给我写信，并且要注意在巴黎的担保。我还是很希望你能够帮你父亲做一些事的。我很理解你失去生命中最爱的和陪伴你最多的人，失去你爱的和陪伴你生活的人是一件令人十分绝望的事情，这对我们所有人来说都是一件大事。

祝好。

海明威

致麦克斯韦尔·潘金斯

巴黎

1926年8月26日

亲爱的潘金斯先生：

在我发送校样给你之前，你给我的引言或致谢，我都忘记是什么了。我想要使用格特鲁德·斯泰因的语录做引言，比如“你们都是迷失的一代”，还有更多——就像在手稿上，以及来自传道书的语录。

到目前为止，我还没有将校样邮寄给你，我对它做了一些修改，还删减了一些地方，但是现在你可以看到了。我相信这本书是真正意义上的一本美好的书，我为小说中的中心人物感到高兴。并且我在想，是不是你也有这种感觉。

今天司各特来信，说他紧闭门窗，在努力工作。他计划将于12月10日由热那亚起航去纽约。

如果讽刺和怜悯的基调让人感觉很压抑的话，你可以尝试一下做这两件事情——减少使用破折号和省略后面的句号，或者直接将两个句子连在一起，没有破折号和句号。做一些你喜欢和你想做的事，做什么都行。只要词语不做什么变化，也不增加其他的色彩，那我就不会特别在意。

现在我要停笔了，那将意味着接下来不会有任何进展。你预计《太阳照常升起》什么时候会出来？《春潮》会怎么样？如果你愿意，可以寄给我200美元的支票。《太阳照常升起》要是也能马上出版那就太好了，那样的话我就能立刻去做其他事了。这样一来，我就没有了写书的任务，也不用毁坏别的成果了。我宁愿忘掉它一段时间。现在想一下把现实生活里的人物写进去确实是一个严重的错误，我保证不会再有第二次了。

真诚的

欧内斯特·海明威

致舍伍德·安德森

巴黎

1926年9月7日

亲爱的舍伍德：

感谢你的来信，我很想念家乡。

看一看《新群众》刊物——乔拉斯拿给我看，他的诗也在里面。我给斯克里布纳邮寄了我的小说《太阳照常升起》的手稿。我真希望你会喜欢它。这小说一点都不精彩，但是它是我想写的，我希望能学会怎么写。

你可以将重物放在马的身上，使它不会有获胜的机会，在美国，我们都携带着足够的重物，可以压死一匹马，更别说让它驮着跑。我已经疯狂地失眠了8个月了。有些东西你可以带着它去任何国家，我很高兴我是强势的一方，并且一切都会解决的。

我对在教堂给你写信还是感到不爽。但我想年轻人一直以来都很艰苦，除非你25岁的时候就知道了每一件事，否则当你35岁的时候你没有机会知道任何事。我们总要了解一些事，也许吧。

这是一封糟糕的信，但我想告诉你，无论如何，我们会在11月份你来的时候还在这里，看到你将非常高兴。

真诚的

欧内斯特

致麦克斯韦尔·潘金斯

巴黎

1926年11月19日

亲爱的潘金斯：

我不知道杂志里的内容是一些幽默的事，是不是好事，但是现在这里就有一份，如果你不想要的话，你可以把它发给华生·威尔斯，他负责《新共和》的编辑和出版。他给我写信说一页1200字，大约有50美元的稿酬，他给司各特写信说他想要更多我所写的东西，那么问题来了，谁会为我的这些稿子买单呢？

感谢副本的评论，他们对我很尊重，但是有些人见到我对格特鲁德的事情很上心，就感觉很新鲜。我故意表现出一种浮夸的姿态，没有人了解跟随他们的那一代，当然也没有权力来说什么。我所想的就是摒弃那落俗的虚荣心。

这本书对我来说最重要的地方是地球照样在不停地转动——对地球有那么多的渴望和敬仰，对我们这一代来说并不多，也不关心虚荣。我只是犹豫着在想是否要打断一个想要成为更好的作家的人的写作，但是看起来是有必要的。我没有说过这是一篇非常讽刺的文章，但是为什么要把地球永远转动看作英雄。

我也发现了他们不用词语思考，就像在每个人的写作中关于《太阳照常升起》这本书，评论员漏掉了他们的内心独白。我删掉了4万字，想着他们要高兴了，的确是高兴了的，但是这仿佛还是一个错误。

《太阳照常升起》应该是一本更好的书。首先当我最初写这本书的时候，斯特沃特在治疗肝病；其次，我指出最好写下你能写的，试着写出来而不是兜圈子，你说过在那个年龄的小说家还是能够写出好的小说的。

好了，我最好停下，在我变成糟糕的批评家之前。我希望你喜欢这个笑话。

真诚的
海明威

致海明威一家

巴黎
1926年12月1日

亲爱的家人：

感谢你们的信。听到妈妈的绘画艺术的成功，我很高兴，但遗憾的是这个秋天没有回家，没能和爸爸一起打猎，原因是那个时候有些事没能解决。别担心邦比，他不是住在画室，而是住在一个非常舒适、明亮、暖和的公寓，里面装修很好，设施也不错。他的咳嗽已经好了。他看起来惊人的强壮。他还会用法语、德语和英语讲话，说得都很好，经常讲一些有趣的事情。我在“马铃薯”工作室工作，因为没有人知道地址，也不会打搅到我。

很多有关我的小说的评论都很精彩，在11月19日的广告上，我看到了《纽约的世界》的第二次印刷。

波士顿版本分为两卷，《纽约时报》《世界》上的评论都不错，不久后将在英国出版。《在我们的时代里》已经出版，得到了很好的反响。我保留了一些斯克里布纳发给我的评论，如果你想看的话，我可以转发给你。我相信在12月刊和1月刊的斯克里布纳杂志上都将会有我的小说，接着下个月还会有一篇。我已经读了那两篇文章的校订稿，但我还不确定它们会出现在哪一期上。

圣诞节那天，我会拿到一张新的邦比的照片，如果你们想要看的话，我就寄过来，那是曼瑞拍的，他曾经给我拍过一张你们都很喜欢的照片。邦比说他下半年想和爸爸去西班牙游玩，去体验下和公牛一起睡觉。他喝了一些不带酒精的液体之后就开始装醉。当哈德莉告诉他如果喝了那些液体就会被毒死时，邦比说在法国那是真的会死人的，就算是小耶稣喝了也会死掉的。我教给他怎么说祷告文的英文版了，但是他不是很在乎。有一个周日我把他带到教堂去，他说真好，因为教堂里都是狮子。他每天早上一个人下楼取报纸。

爱你们，莱斯特，桑尼，马赛琳娜和厄休拉以及她们的丈夫，还有她们所爱的子女。

欧内斯特·海明威

致查德·鲍尔斯·史密斯[1]

格斯塔德

1927年1月21日

亲爱的史密斯：

我几周之前就收到你的信了，但是一直没有回复你。你把自己与《在我们的时代里》中的人物角色对应起来，这非常有趣，我在想你会不会多买几本书，这样当我下一次去巴黎时，我会很高兴为你和你的朋友签名的。

你的书信虽然在结构上不是特别完美，却是你给一个你确定不在城镇中生活的人写信的极为有趣的典型。我注意到（不能完全依赖这个前提），你在最后引入的“期望更美好的事物”的说法。另外，我还发现你把危险从第一部分移除的设计非常好。我想我可以提前祝贺你在散文风格上取得的进步了。

你把“可鄙的蠕虫”这个词用到我的身上，真的出乎我的意料了。我感觉在判断一些可鄙的事物的方面，你一定是一个权威专家，大家或许不会试着对你

[1] 查德·鲍尔斯·史密斯（1894—1977）是海明威《艾略特夫妇》一文的受害者。

的分类进行任何争辩。我记得我见到你时，对你产生的蔑视感，并对这个卑劣的、在文学创作中不合适的情感感到极度懊恼。我感觉我们是有共同想法的人。然而，令我非常遗憾的是，这种蔑视的感觉竟然持续了下来，并且在当我听说了你以及你在美国的一些事之后，我的这种感觉反而更强烈了。我确信对你来说我是一个可鄙的蠕虫，因为你曾经对我说过这样的话，而且在你身边我感到很卑微。对我来说，我亲爱的史密斯，你是一个令人极度可鄙的人。

我很希望在巴黎再次见到你，甚至还有点想去找你，并且打你，一次也行，这主要取决于你站起来的能力有多强。但是，在经过冷静的思考之后，我想我肯定会后悔并感到抱歉。然而，当我3月份返回时，我对你是否还待在巴黎感到怀疑。如果你在的话，我毫不怀疑你将会随身带几把手枪，几条刀剑一样的藤条，或者其他与你的性格相称的东西。

噢，我亲爱的史密斯先生，不管你是否相信，这封信必须是以对你，你的过去、当下和未来，真诚的发自内心的蔑视而结束的，而不是以其他内容结束，以免你被早先的那段文字所欺骗，也就是那个对你书信的散文文风进行赞美的段落。

你仰慕的朋友

欧内斯特·海明威

致司各特·菲茨杰拉德

巴黎

1927年3月31日

亲爱的司各特：

你那忠实的性格打动了我，你做的总是比别人多，工作也比别人努力，我为你那充满激情的态度而感动。唉，很想见你。我从罗斯福酒店那里收到这两封信，关于《名利场》的电报是这周收到的。我已经决定了，不再写从故事到连载的小说文章了，因为那样不是特别方便。既然我不能摆脱写作，那只好抛开它，让写作的思想慢慢耗尽，最后消失。但是有时候有了灵感，还是很想写出来的，有时候自己的心思自己都捉摸不透。我昨天给他们写了一点东西，今天早上赖在床上，明天准备看一遍定稿，然后投出去。我看的都是一些关于斗牛赛的废话，不过读者可能会喜欢看吧。

你究竟去了哪里？最近你的书到底进行得怎么样了？你做何感想？

哈德莉和邦比将要在4月16日坐船到纽约。我和邦比曾在瑞士一块待过，那时我们都很高兴，邦比的假期不是很自由，而我什么时候想见他则取决于哈德莉。哈德莉是一个有爱心的人，这些事我从没给别人说过。我告诉斯克里布纳出版社把《太阳照常升起》所有的版税都直接交给哈德莉。最近这一个月，《太阳照常升起》将在英国出版，我重新看了一遍稿子，省得他们再进行修改，也不会再像《在我们的时代里》那样断章取义了。我还有一些故事，总共有4个，你可以在4月份的时候去斯克里布纳杂志上看一看。麦克斯韦尔·潘金斯将会告诉你，《大西洋月刊》拿走了《五万元》。我不知道他们会不会用那种易燃的纸张来印刷，如果是这样的话，可以把这篇文章撕下来，卷起来扔进火中，就不会玷污《大西洋月刊》的整本杂志。[1]

门肯现在怎么样了？好吧，先不说这个。最近的信是关于辛克莱·刘易斯的，这就是他那种性格的人说话的方式。不介意你在这本书上随意写字，或者不用记得哪个角色是谁，这样和别人进行竞争也没有关系。唐·斯图尔特已经开始习惯于无意识写作了，他的妻子给他鼓励，让他尽力去尝试。布鲁姆菲尔德的下一本书讲的是一个传教士，与萨默塞特·默姆或辛克莱·刘易斯不同，布鲁姆菲尔德将很可能把他塑造

[1] 海明威在书信这一页的最下面还凌乱地写道：他们太具有绅士风度了，一点也不提钱的事。我还没有听到任何关于钱的消息，《大西洋月刊》到底付钱了没有？

成一个腐朽的、年长的、新英格兰传教士，很自然，传教士当然只会跟上帝讲话，与上帝互动。我可以预见，成为腐朽的法国贵族阶级都会被写进书中，只是时间早晚的事，他们都会被命名为侯爵香奈儿，会成为刘易斯、布鲁姆菲尔德这样杰出的人，腐朽的法国贵族阶级小说家中更年轻一代中绝对的行家利兹和先勒斯首先开始研习的对象。可以肯定的是，这对他的朋友来说是一笔不小的花费。

记得我曾在布鲁姆菲尔德那里用过晚餐，那里有很多葡萄酒，还有几只小猫蹦来蹦去，并不断吃着桌子上的小鱼，还在地板上拉便便。布鲁姆菲尔德想让我感觉到家一般的轻松，除了把脚放到桌子上这种事，其他的都可以做。我当时在想，能够表现出像在家里那样轻松，最好的办法是在餐桌上小便了。我们交谈了各自的心得，并且进行了很好的介绍。

我已经休息了好几个月了，很高兴，现在是复活节前的四旬斋期间。我可以积攒一些善行和功劳，这样便可以使你们摆脱炼狱，没有紧张感，也不会有讨厌的感冒。帕特·格思里离开了达夫·特怀斯登，并开始与一个叫洛娜·林赛或者林思利的人住在一起。一个名叫哈罗德·罗波的家伙，和我住在一个镇上，他想要杀我。我没有害怕，我放出了话，我会在周六下午两点到四点，不带任何东西坐在利普啤酒餐馆里，谁想来杀我都可以，以此来进行赌命，让我听从上帝的安排吧，以后就不要再讨论杀我这件事了。但是那天，我并没有听到枪响的声音。当地有这样一种说法，说我来瑞士是为了躲避书籍之外、现实世界中那些精神病人的枪杀。

保琳现在是不需要担心的，她已经从美国回来了。我们相恋已经有一段时间了，对彼此也有了一定的了解。

我没有去拉丁街区，也没有见任何人。莫费和迈克·利什正在去中欧的途中。我有一封从柏林寄来的卡片，是菲茨杰拉德寄的，他向我告辞了，因为有人想要租用他的工作室，他就只好搬走了。我曾在那个工作室一直生活到5月1日，真心觉得那个工作室很好，比在桥下好很多。他们人很好，迈克·利什一家也很好。

如果你不介意的话，你是我拥有的最好的朋友，而不仅仅是……哦，见鬼，我不能这样写，不过我强烈支持写这个主题。

请顺便代我向塞尔达问好，让司各特记住这个海明威先生。

你的

欧内斯特

致巴克列·迈克·基·亨利[1]

西班牙

1927年8月15日

亲爱的朋友：

我正在拉科鲁尼亚等我的书稿校样，这听起来我像是一个谋杀或私通犯罪嫌疑人，但我真的只是在等斯克里布纳寄的校对样本。校对样本，我真希望它现在已经到这里了。我需要读一些我写过的血腥的东西，这样是为了让我确信，为了能最终写出其他的一些东西，我曾写过任何题材的东西。或许你会明白这种感觉。

谢谢你的信，我今天收到了。我想欧文·维斯特

[1] 亨利（1920—1966）曾在哈佛大学和牛津大学受过教育，他于1924年在巴黎与海明威见过面，1927年他是《大西洋月刊》财务主管的助手。1927年7月25日，亨利把欧文·维斯特写给他的信中的一段摘录寄给了海明威。在这段摘录中，维斯特承认说他不喜欢《在我们的时代里》，但是他对《太阳照常升起》及《五万元》的评价很高。维斯特说："如果我是30岁的话，我也希望能写出这种风格的作品。"海明威和维斯特第一次见面是在1928年美国怀俄明州。《永别了，武器》出版后，亨利指出，这本书中男女主人公的名字都可以在亨利的全名中找到。1929年12月，海明威在从巴黎写给亨利的信中说道："是啊，我确实是用你的名字给那些人物取名字的，还有，迈克·基是你的名字中唯一剩下的部分，下次我将会用它来给那些人物取名。"

一定特别喜欢文体活动，他看起来就像是荷马一样的文豪，但是他从来没有读过荷马先生的文章。他能喜欢这些东西真的是太好了。

我非常理解欧文·维斯特为什么不喜欢《在我们的时代里》，因为这本书更多的是站在你和我这一代人的角度来看待问题的，我们不能希望比我们年长的人能非常理解它。不管怎么说，我很高兴看到他给你写的信，也很想见见他。

你真是一个好人，能写信给我，还告诉我这些令人开怀的事。从去年冬天开始，当那些血腥的片段引起大家强烈反感时，我便删掉了这些片段。现在没有任何消息，我意识到我还是喜欢听到事情是怎么发展的，人们什么时候开始喜欢它们的，虽然听到这些消息很好。不过关于简报的事每次都是灾难。

这是个美丽的城市，像在欧洲一样，向远处望去是古老的大西洋。街道既宽敞又漂亮，没有人行道，也没有排水沟，我整个夏天都在吃这里的美食。这个国家特别像纽芬兰，它在雨中变得非常清晰明亮，这里的雨水很天然，感觉似乎不会被淋湿一样。下周我打算去钓鱼，地点在圣地亚哥中间的某个山脚下的小河边。我还考虑在这个秋季去美国，不要把我的这些计划告诉别人，但是我希望你能和我一起去。你知道哪里有这样一个地方吗？可以钓鱼（哪种形式都行），可以猎到一些鹧鸪和鸭子，没有蚊子，但有美食，距离纽约大概12到15小时的路程？我对东部地区一无所知，但是很想在丛林中待上一个月左右。然后再到城市中游荡一阵子，一方面为了防止我的耳朵生锈听不到声音，另一方面还可以看一些新的争斗，最后回到巴黎继续工作。你知道哪里有这样一个地方吗？大概要花多少钱？我的意思是露营所需要的伙食费。我有些想家，想回家，但又不想见到那么多所谓的文学雅人。

邦比写信给我说，他可以像爸爸一样说英语了，还准备冬天和我一起滑雪。我想9月份我会在纽约见到他。

你一定要给我写信，收到你的来信是一件很美好的事。

你的

欧内斯特

致阿奇博尔德·迈克·利什

巴黎

1927年10月8日

亲爱的阿奇博尔德：

如果我再次称赞你的诗歌的话，你会认为我是个男同性恋或者是个评论家，但是我还是要说，你在《美国商队》上发表的诗歌真的很棒（顺便说一下，这个杂志听起来就像是一个被迫躲在房间里胡说八道的商队）。这是一首非常完美的诗歌，如果你想让你父亲感到高兴的话，你就像这样写诗歌就行了，然后把它拿给我看。[1]迈克，我可以说，如果你把生命看作是一切的话，即使你没有经历过生死，也可以写关于生死的作品了。如果你的出版物对万物都有所指的话，那你当然做得非常好，但我还是希望你能不被这些所影响。因为在我所熟知并且存在于世的以及已经过世的诗人当中，你真是一无是处。让我们现在先放下这个话题，因为我担心你会觉得我是因为你是一个好诗人而喜欢你。迈克·利什，带着你的诗一起见鬼去吧！

---

[1] 迈克·利什的诗《一个传记的碎片》，发表在《美国商队》。这首诗是献给欧内斯特·海明威的。

现在，我的小说书稿已经完成了九成，我只是数了数，然而并没有好好读一遍。一切都进展得很顺利，我就要在长期失业中获得成功了。[1]

前天保琳和我骑自行车去凡尔赛，回来时竟然没从车上掉下来过。骑车对保琳来说是一件困难的事，但我教她骑自行车是为了给你惊喜。你要保证在你回来之前不去骑自行车，然后我也会不再骑自行车。我们将来一起骑自行车出去，到时我会说："阿奇，让我们骑车去皮卡第的一些地区。"你则说："不，海明威，那是困难的。"我会继续说："那不难。我们这个夏天骑车去了皮卡第的一些地区，有4000米那么远，已经骑到克里斯特诺斯这么远了，都没有从车上掉下来过。"第一次骑行真的太难了，我总共摔了五次，都快摔死了。好吧，现在你知道我在哪里学自行车，可能让你吃惊了。自吹自擂会毁掉一切，毁掉一切就是自吹自擂会干的事。当然了，到时候我们一起骑车的时候，你要像杠杆一样支撑着我，就像从前那样。没有什么所谓的公正！

我们还想去滑雪。我们很想去斯维泽，不管你怎

[1] 为了支持《永别了，武器》，这个关于吉米·布尔的小说六个月以后就被海明威放弃了。

么拼写它都行，它在萨尼莫的另一边（萨尼莫在瑞士的西南及中部地区）。用雪橇滑下山后，你会发现一个特别美丽的小城镇，它距离滑雪场很近，那里的物价也很便宜，就如同一个小村庄。这里是铁路食品的最后供应点，保琳和我都品尝过这里的美食。这里距离格斯塔德有不到一个小时的路程，所以我们很快就回去了。我现在必须要开始工作了，保琳去了市中心，她回来后我们准备骑车去凡尔赛吃饭，这才是你应该加入的活动。迈克，你不是喜欢有竞争性的活动吗？好吧，我们会做一个详细的规划。

请带去我、保琳和金妮对阿达米米及肯尼的问候。

欧内斯特

致沃尔德·皮尔斯

瑞士

1927年12月13日

亲爱的皮尔斯：

那是一封来自西班牙的信。因为朱迪入狱，在独裁体制之下，公开拍独裁者的马屁是唯一丑陋的事，当在意大利和意大利半岛上旅行时一定要记住这点。在乔伊斯触地之后，艾肯踢进了球，真是太好了。我们希望康拉德也能踢进球。对了，你现在究竟在哪里？

我已经卧病在床十多天了。除了瑞士外，整个欧洲都下雪了。邦比的手指戳到了我那只比较好的眼睛，他的指甲划破了我的瞳孔，当时我在蒙特勒，夜里本想把他抱起来放在便壶上。我度过了一段悲惨的时光。哈利·格里布在早些时间用拇指戳到我的另一只眼睛里。现在我的瞳孔布满了眼胶，中间有一段时间我抵抗住了痔疮和流行感冒。保琳很好，在大声读着亨利·詹姆斯的《尴尬年代》，我不知道詹姆斯，看来快要变成一个废物了。她似乎需要弄一个画室，如果她感到无聊了，就会想想其他人这段时间在做什么。除了一些残忍的“局外人”外，其他人都像神仙一样讲话、思考。你确实已经读过很多比这更好的作品了，不过他貌似做了很多手脚。是什么呢？他是个骗子吗？很显然，他为自己创造了一套简单的写作方法，我想知道你在这个问题上的意见。

你为什么一直不来这个小地方呢？如果你能不让邦比的手指伤了你的眼睛，那真是一种健康的生活。现在外面还在下雪，雪大得让人吃惊。我们想离开这里，去斯维泽，因为那里血腥少，啤酒好。我现在住的这个地方有最便宜的酒吧和最好的食物。但是对一个像我这样有家庭的人来说，这还是比较贵的。所以，想着斯维泽可能会更便宜些，而且那里还有美味的慕尼黑啤酒和很棒的滑雪运动。

圣诞卡片很漂亮，一张卡片是给内心朴素而外表猥琐的科尔巴拉姆的，一张是给我们自己的，它们都很好看。你想让我给你写一些话吗？在生意上你就像浑蛋一样为你的朋友工作，这真他妈浑蛋，他们能为你做些什么？

你想不想要《欧内斯特·利伯勒尔的哀号》：

我知道僧人们晚上在进行手淫
宠物猫缩成一团
一些女孩在吵架
但是
哦，上帝，我该怎么做才是对的？

这首诗是为了献给奥斯瓦尔德·加里森·维拉德及《新共和》主编的。如果保琳在这里的话，她一定会在这封信上写点什么，因为她想写给你。如果你能来这里，她和金妮以及我一定会非常高兴的，邦比也是。邦比和镇上的每个小孩都打过架，自从来到这里后，他就开始学习德语。当我问他长大后想做什么，他说他想帮爸爸酿造威士忌。

现在还在下雪，这是真实的。来这吧，我的胡须已经三周半没有刮了，如果你能来，那么这个镇上就会有两个留胡须的人了。邦比也想有胡须，却没有办法实现。我不知道其他任何消息，有什么新闻吗？

把最好的祝愿献给你。

你的

欧内斯特

致詹姆斯·乔伊斯

格斯塔德

1928年1月30日

亲爱的乔伊斯：

很感谢你替我给伊凡·戈尔写信，告诉他关于莱茵出版社的一些事情。戈尔很快就给我回信了，但是我不得不待在德国等着把所有事情都安排好。一个代理人及一个柏林出版商一起和我签了约，要求最少写一本书。我已经写信给戈尔，告诉他我下个月将在巴黎和他见面，我希望到那时候所有的事情都能完美解决。

希望你和你的家人一切都好。迈克·利什的父亲去世了，迈克离开这里去了美国，在一月末会回来。

皮尔斯夫人现在在这里。我们一家人打算去巴黎了。我先去阿德尔博登滑雪，回来以后再和家人一起去巴黎。除了有两个星期的时间外，这里的天气一直都不像冬天那样寒冷，也不干燥，我们有不到10天的滑雪时间。在蒙特勒时，当我夜里抱起我的儿子想把他放到便壶上时，他的手指戳到了我的眼睛，指甲划破了我的瞳孔。在这10天里，我对发生在你身上的事有了些许体会。[1]即使医生开了药让我进行冲洗，以此减轻疼痛，但我的眼睛依然疼痛难忍，不过现在已经痊愈了。

希望你一切顺利。

欧内斯特·海明威

致麦克斯韦尔·潘金斯

基韦斯特
1928年4月21日

亲爱的潘金斯先生：

听到司各特的消息，我感到非常抱歉，你能告诉我他所坐的船的名字吗？我想给他发个电报。船的名字是什么，现在又在哪里？发个电报可能会好点，因

[1] 乔伊斯患有严重的虹膜炎已经有好多年了。

为我现在的这个地方距离纽约很远，寄邮件的话会比较慢。我希望他能尽早完成写作，或者把原来的那个小说放弃再写一个新的。我想他在写作上遇到了困境，对写作失去了信心，他已经琢磨那本小说很长时间了，但是不想放弃。所以，他改写一些故事，用各种理由来安抚自己完成小说。但是我认为，有时候每个人都应该学会放弃，尝试写一些新的小说。我想和他聊聊。司各特认为这个小说非常重要，因为当他的《了不起的盖茨比》一书出版后，人们都非常称赞他，之后他出了一本非常不好的故事集，因此他感到自己有必要再出一本完美的作品，这样才能不辜负那些评论家。对司各特来说，写小说就是他的工作，好的或者不好的作品都会出现，但是最后整体来说都会很不错。然而诸如吉尔伯特·塞尔迪斯之类的评论家对他造成了消极的影响。司各特现在很害怕，用写故事赚钱等方式来给自己找屏障做防御，所有这些都是为了不再发生这样的事件。他应该在这段时间内写三部小说，如果其中两部很糟，只有一部是像《了不起的盖茨比》那样优秀的，那会怎样呢？那他应该把其他的扔掉。他是一个多产的作家，但是那些评论家误解了他，让他以为自己很不能写，所以他就像鸵鸟产卵那样少之又少。

各式各样书籍的情况都是怎样的呢？我已经很长时间没见到《没有女人的男人》这本书的宣传广告了。

很高兴你见到了沃尔德·皮尔斯，还给我发电报说他会来这里。只是不知道他什么时候来，不过我希望很快。多斯·帕索斯也正在来这里的路上。

我现在都很好，每天都在工作。新书《永别了，武器》进展还算可以，这本书不会太长，我希望在秋天就能完成，因为秋天可能是出书的最好季节。但是，如果假设在修改之前就把它放到一边的话，可能就会很难完成。我忘记什么时候把《太阳照常升起》一书的手稿给你了，但我想了想，应该是在刚到春天的时候，请告诉我是不是记错了。如果可能的话，我想在这里完成新书，然后放置一段时间后再修改。这本新书如果写完，修改时间不会超过6周或两个月，但是再修改只是让它冷却冷却，不过对我来说是非常有必要的。我很希望一直都在这里，直到书稿完成。因为在这里，一切都是那么顺利，这是一种健康的生活方式，当我下午不工作的时候，我可以去钓鱼，来让自己不再想其他担忧的事，但是为了将要出生的孩子着想，我们大约会6月份去别的地方转一转，或许会在5月份就离开。如果我能一直保持良好的写作状态的话，到时仍旧会有很大进展。

在完成这部小说后（这个秋季完成是不是太迟了些？），我还打算写很多东西，这样工作就能一直持续下去，直到明年秋天。到那时，小说就可能出版了，随着这本书的出版，到那时我们还有足够的故事来出书。

我们在这里捉大海鲢、长梭鱼、长耳大野兔及甲鱼等。自从到了这里后，我们还捉到过这个季节最大的大海鲢，足足有63磅重。这个大家伙是刚刚捉到的。我们还用假绳钓鱼竿捉到一条长梭鱼，还看到了巨大的鲨鱼，长鞭鳐及其他鱼类。我们把多出的鱼拿到市场去卖，换回来的钱足够买汽油和诱饵。我们也吃了很多鱼。今天晚上很重要，不过不是特别令人振奋，因为另一个雪茄厂停产了。这里是一个很棒的地方，车站厕所里有一句用铅笔写的贬损这座城市的话，有人便在这句话下面写道“如果你不喜欢这个城市的话就滚开，到外面去”，又有人在这句话下面写道“任何人都是”。

如果你能让他们尽快给我寄3本《太阳照常升起》和3本《没有女人的男人》，我会非常感激，他们向我要钱都可以。在这里，当我说我是一个作家时，没人相信我说的话。特别是当有了这个伤疤之后，他们都认为我是北部地区的走私犯或者毒贩的代表。[1]他们甚至都没有听说过司各特。我认识的一些男士才开始读基普林的作品。一位男士说，如果想要赚钱的话，罗伯特·瑟维斯的著作一定会赚很多钱，不过事情不是这样的。希望当他们打开我的信时，我不会受到牵连。

你的

欧内斯特·海明威

致唐·卡洛斯·古费

堪萨斯市，密苏里州

1928年6月15日

亲爱的古费医生：

这本书是由比尔·伯德印刷和出版的，他曾经买了一个二手出版社，在巴黎。这本书出版的时间比预期时间晚了一年。

我把比尔介绍给了埃兹拉·庞德，埃兹拉建议他出一套系列书，并说："这套系列书中将会出现我、

---

[1] 在巴黎的天窗事件发生后，这个伤疤就在海明威的额头上，这件事在1928年3月17日海明威给潘金斯的信中提到过。伤疤恶化成了脂肪瘤，形成了很硬的突起物，因此，海明威在今后就一直带着这个瘤。

老福特、比尔·威廉姆斯、艾略特、刘易斯，以及其他一些人曾经写过的作品。”他还说：“我们将会把这次出版系列书的行为当作对英语散文国度的一次审讯。”到最后，艾略特和刘易斯并没有包含在出书人里面，埃兹拉最后确定了5个题目，比尔问他：“海明威要不要加入？”埃兹拉说：“海明威的作品将会成为第六个。”尽管比尔最后拿出手稿的时间要比麦克阿蒙等人的其他作品还要早一些，但是当这几个故事都印刷出来，这本书最终出版的时间会比《三个故事和十首诗》出版得还要晚一些。

欧内斯特

致沃尔德·皮尔斯

谢里登，怀俄明州

1928年8月23日

沃尔德：

好久没有你的消息了，你现在怎么样？保琳过来了，而我最终完成了书稿的初稿。我们一起钓鱼，每人每天可以钓到30条，这些鱼都没有超过15英寸，却是很不错的鳟鱼。这里是一个令人称赞的地方，像西班牙一样，当地人都很好。每次我出去转，看到这里的景色，我都希望你能在这里，并把它画下来。

我见到老维斯特了，这个可爱的老家伙写出来的东西也很不错。我们还有过一次旅游，是在车里射击草原上的狗，最后打中了8只。打狗就像在战场上打飞机一样，因为每条狗都可以证实，它们被子弹打中的那部分失去了很多东西，唯一与战场不同的是，你可以在晚上回家。

下周我们要去克洛印第安自然保护区射野鸡，接着在10月去东部，然后去基韦斯特度过整个冬天。在基韦斯特过冬比用精美的美洲棱纹绸取暖要好。我们刚刚决定要下山，你最好也过来，然后我们一起去射野鸡，在冬天游泳。记得把信寄到我在皮戈特的家里。

保琳向你问好。她现在身体非常健壮，就像一只山羊一样。帕特里克的体重有18磅了，现在和他外祖父母在一起。

快给我写信。

你的

海明威

致司各特·菲茨杰拉德和塞尔达·菲茨杰拉德

火车上

1928年11月18日

亲爱的司各特和塞尔达：

火车一直在无规律地颠簸。

我们度过了一段很好的时光[1]，你们两个都很出色，我很抱歉我做了一些非常讨厌的事，就是赶火车太准时了，我们到火车站的时间太早了。当你在警察手里时，我从站台上给他们打电话，说你是一个很伟大的作家时，那个警察人很好，他说你认为我也是个伟大的作家，可是他从来没有说过我们两个。我便急着告诉他，你写的一些比较有名的故事情节，他却一字一顿地说："他看起来像是一个花花公子。"那个警察就是这么说的，完全不像莫利·卡拉汉著作中警察的说话方式。

不管怎么样，我们度过了一段很愉快的日子，爱丽舍大厦是我见过的最美丽的地方，保琳在向你问好。

当我确定了我们在这里的通信地址后，我会写信告诉你的。不过，如果你把信寄到"皮戈特，阿肯色州"

[1] 11月17日在帕默体育馆看过足球比赛后，海明威和保琳一整晚都与菲茨杰拉德一家待在一起。

这个地址，我们肯定也能收到。

欧内斯特

致麦克斯韦尔·潘金斯

密西西比州

1928年12月16日

亲爱的潘金斯先生：

我希望能在周二早上回到基韦斯特，重新开始我的写作。我的父亲自杀了，不知道这个消息是否已经出现在纽约的报纸上，但我还没有看到报纸上有这样的消息。我非常爱他，对此感到非常伤心。我回到橡树园花了很多时间去处理一些事情。葬礼是在周六下午，除了钱不多的问题，其他事情都办好了，我把所有地方都查看了一遍。我知道我现在应该做的不是担心，而是开始工作，圆满地完成我的书，这样我就可以以这种进展起到帮助他们的作用。可是，令我伤心的是，父亲是我关心的人，现在却不在了。

你不用给我写吊唁的信过来，谢谢你给我发电报，现在我也不急着用钱，等拿到连载小说的钱后，我会努力把所有事情都解决的。

这是给你的消息（不是给司各特的）：家里现在

有我的母亲和两个小孩，男孩12岁，女孩16岁，他们的保险加在一起有25000美元，房子有15000美元的抵押金，家里在密歇根、佛罗里达等地还有一些土地，但还要缴税。没有什么多余的资金了，所有的都没有了。我父亲本来有一个交了二三十年的保险，但是在佛罗里达弄丢了。他患有心绞痛和糖尿病，这让他不能得到其他任何保险。他的所有积蓄以及我爷爷在佛罗里达的房产等都没有了。他之前因为疼痛而不能入睡，需要暂时敲打头部使其昏迷后，才能休息一下。

现在我生病了，想用生病作为写封信的借口，希望不是流行性感冒，我想你会担心我，所以写信给你，告诉你一些消息。

你的

海明威

致麦克斯韦尔·潘金斯

基韦斯特

1929年1月10日

亲爱的潘金斯先生：

在你来到这里以后，你就可以重温一些过去的生活。和那些15岁的大男孩或者60岁的胖男人玩手球的时候，你可能会玩得一团糟，但是严肃地说，能玩好手球也是一种本领，或许那个胖男人就是这方面的专家，就像那些小孩一样。

不管怎么说，你现在任何时间都可以来我这里，我们会一起度过一段很好的时光。

我的妹妹桑尼和保琳两人今天帮我在打字机上打这本书，今晚第29章就会被打印出来，手稿的413页已经打上去了。我已经准备让你把手稿拿去，在你能来的前提下。如果你不来的话，你是怎么也拿不到它的。

就我个人而言，埃莉诺·怀利就像一只好色的猫，我很希望她能约束一下自己，这样就给比尔·贝尔一个机会。尽管这对贝尔来说很难。我之前并不知道怀利已经死了，直到上周我才从报纸上看到这些消息。她是因什么而死的？

钱的事谢谢你，在书完成之前，我并不需要什么钱。

请告诉我什么时候去找你，你可以在这里做很多关于网球的运动。这里的庭院很好，尽管我姐姐并不是很好，不过她会玩一种很强劲的运动，但至少你可以放下工作和她一起玩。我给沃尔德写过信，建议他也过来，不过让他离开班戈市来这里，时间会有些长。

有15架海军飞机来到这里，把所有的狙击手都吓跑了，但是这些飞机总是要离开的，我们可能会碰到一些新的狙击手，不过这些新人没有接受过好的训练。昨天晚上我请14个狙击手吃晚饭，邀请这些人很难。

和我们一起钓鱼的那个人认为，射杀狙击手有点浪费军火，他说他能带我们去白鹭的群居地，在那里我们可以把白鹭直接杀死在巢穴中，这正是那个地方的生活观念。

你的

欧内斯特·海明威

致格蕾丝·霍尔·海明威

基韦斯特

1929年3月11日

亲爱的妈妈：

信封内有678.93美元的支票，其中578.93美元是特别捐税，100美元是4月份的生活费。有特别捐税的确很不好，但在我能力范围之内我还是乐意支付的。保琳的叔叔认识一个变卖财产的销售员，他对圣彼得堡的房地产很感兴趣，如果您能告诉我们所有资产的地点的话，我们可以让这个销售员对这些资产做一个考察报告，然后我们就能着手进行出售了。

只要我有钱，我很乐意帮助那些需要帮助的人，我知道您会努力渡过难关。虽然我不知道我什么时候会破产，但是我能保证今年每月都给您100美元，明年也是如此，先不说这个，我们都希望事情能往好的方面发展。您不要担心，我会把事情处理好的，如果没有钱的话，我总能借到钱，因此您不要担心，只要有向前走下去的信心，让一切事情向好的方面发展就好了。我很高兴您有了4个房客，也为您要去温德米尔感到开心。请记住，虽然您只靠您自己，但是您有一个强大的支持者，那就是我！

我期望马斯和斯特林·桑福德能为我们做一些事情。我知道马斯会有一个孩子，但是我们今年也有了一个孩子。马斯他们很有钱，一直是我们的好朋友，而我却靠一支笔生活，怎么看也像是个被社会抛弃的人。

不过，现在最重要的事不是担心钱的问题，而是向前走的勇气和信心。不要让乔治叔叔看到您把房子卖了一大笔钱，不然如果要他自己付钱的话，他一定不会用房子来做抵押。在父亲自杀这件事上，乔治叔叔的责任比较大，他应该做些事情进行补偿。我从没有写过以海明威家庭为原型的小说，因为我从来不想伤害任何人的感情，但是我深爱的父亲的去世却对大家造成了很大伤害，而我不得不承受这种伤害。

今天是周六，我们会在下周二离开这里。保琳患了脓毒性咽喉肿痛，桑尼和帕特里克很好，但是邦比的嗓子不舒服，希望下周二他们都能好起来。

您在每件事上都做得很好，记得不要担心什么，也不要向我隐瞒什么，不要用一些陈腐的故事烦扰我。我已经支付了桑尼的路费，这样她的经费应该够用了。

向孩子们问好。

您的

欧内斯特

致欧文·维斯特

西班牙

1929年7月25日

亲爱的欧文·维斯特：

非常高兴收到你的来信。你提出的意见总是那么好，如果可能的话，我会全部接受你的建议。通过这个过程你可以看到，之所以使用这么多平庸的言辞是因为没有别的办法让它更能表现出来。对我来说写作相当困难，真的，你的资质比我要高。我会努力让它对我产生影响，你会在你的著作中提到我说的这段话吗？其他一些比较平淡的词句要放在它们应该放置的位置上，修复古老语言的唯一方式就是让它向好的一方面发展下去，如果它仅仅是口头语言，那就应该把它书写下来，不然这种语言就会消失。假如你成为一个亡命徒会怎样？我觉得我们怎么做都不可能成为那样，我们可能会这样，或许不会。但是，你写的真的只是你所隐藏的一些法律尺度，在试图实现它的过程中却屡屡碰壁，只有你感觉你必须要这么做。如果有人能够让你感到高兴的话，那是一种额外获得的愉悦感。

我知道你也发现了，和哈里·汉森有所不同，我总是竭尽所能用比较委婉的方法来处理这些事，而不是采用直接或者间接的态度来阐述。但是，现在或许我们必须要采用这种直接的方法来处理这些事了。过去的日子是非常美好的，而我们现在的生活非常像过去。鉴赏力是唯一可以引导你的东西。除此之外，你告诉了我很多东西，我对此感到非常感谢。

我们经过了很多地方才来到这里，塔拉戈纳是个很好的城市。昨天的那场斗牛比赛很棒，今天这场却不如昨天那场。现在他们正往马的腹部系垫子呢。直到8月底，我们会一直住在这里的酒店，希望我这次能够见到你。我写信给你寄去《春潮》，它读起来可能会很搞笑，也许它可以被发表。我一直想写一些或者最少一个故事，但是没有任何实质性的进展。

保琳向你问好。我永远是你的好朋友，谢谢你告诉我这些真实的消息。

欧内斯特·海明威

致麦克斯韦尔·潘金斯

阿肯色州

1930年12月28日

亲爱的麦克斯韦尔：

即使现在仍然感觉身体不是很好，但我还是在圣诞前夕到达了这里，因为我希望我们能在1月3日离开这里前往基韦斯特。非常感谢你的那些信件、电报和精美书籍。这仅仅是一封告诉你有关阿奇博尔德·迈克·利什的短笺。在我的多次建议下，他打算来斯克里布纳出版社。他现在正准备离开他为之心甘情愿付出的霍顿·米夫林出版社，并且在这之前他已经收到了哈珀斯出版社等的邀请。现在他正在写一篇名为《征服者》的长诗，是关于科尔特斯的，虽然这首诗不会在短时间内完成。但是，你可以在它即将完成时，给阿奇博尔德·迈克·利什写信商量或者安排出版的事。他很关心美国的《财富》杂志，我会为他安排一个机会去见你。我相信你会认识一个更好的作家，甚至更好的伙计。他的未来在他前方而不是背后。他将会羞于谈论你准备付给他的酬金，甚至会反对任何关于金钱的安排。希望你能尽可能多地给他预付款，因为那些金钱会使他迅猛地振作起来，甚至成为他追求完美作品的动力，不管你给他什么，到最后你都会获得加倍的报酬。有些他已经完成的诗歌，保留到几百年之后都仍然是非常好的作品。

你知道我常常通过写信的方式给你推荐人才。如果仅仅是出于善心或者友谊的推荐，为了不伤害别人的感情，我通常会说得非常有礼貌，并且会尽可能愉快地拒绝他。但是，这次不一样，这封关于阿奇博尔德的信不同于其他。如果你对整个工作有明确的选择，并且不听埃德蒙·威尔逊的非议的话，我敢打赌他是你现在能拥有的最好的诗人了。在上帝面前，我向你保证，就算其他人原地不动或者后退，但他都在稳步前进。假如他去了其他任何一家出版社，那都将是你的一大损失。

请不要认为我这样做，是为上帝、为斯克里布纳或者是出于爱国动机。你本人对我一直都很好，不管你的团队能否卖出大量的书，阿奇博尔德都将是我为你提供的最大帮助。

实际上这封信不再是一封短笺，它看起来已经很长了。你是否曾经和威尔逊谈论过有关那个序言的事？我希望你可以及时收到我的电报，这样你就不会和他谈论了。我一定会全身心地亲自记录下来，供后人参考，除了我重度发烧或者被其他事情困扰之外。

哦，有一个名叫乔治的家伙，是比灵斯的一位报纸人，他曾给你寄过一篇小说，小说的内容我不清楚。他也是一位很不错的家伙，对我非常友善。我希望你能认真阅读那篇小说，并根据小说的内容给他写封回信，你们可以交流一下感受。我非常期待明年3月份在基韦斯特见到你。如果乔纳森·凯普问你有关我下部书的情况的话，除了那本你知道的在我受伤时尽力要完成的书之外，不要告诉他其他的任何事。当你来到基韦斯特时，我一定会让你读读这本书。如果你想来这儿，并在此期间做一个好人的话，请不要射击联邦鸟类避难所的任何一只鸟。

我现在大部分时间仍卧病在床，希望到了基韦斯特一切都可以好起来，永远祝福你！

欧内斯特

致阿奇博尔德·迈克·利什

基韦斯特

1931年3月14日

亲爱的阿奇博尔德：

我们刚从托尔图加岛返回，仅仅13天，我们就捕到了大概60条大鱼。这13天里，只有3天阳光明媚，其余10天都刮大风。我手臂的伤正日渐好转，但是提笔写信还是有些困难，不过也能应付，捕捉一些小鱼更不在话下。

没有直接写信到蒙大拿州，是因为我坚信信件到达时你可能还未返回。我想，假如你到达法明顿后，发现并不是在那儿收到信，而是在蒙大拿，你肯定会感觉糟糕透了。

我们给你准备了房间，但要是你不愿意在那儿留宿的话，这儿还有另外的房间，抑或我们也可以在察博住的那家旅店为你准备房间。我建议你去查尔斯家或者去察博的那家旅馆，查尔斯家是完全免费的，而察博住的那家旅馆虽然每星期要5美元，但是饭菜很可口。昨天阳光明媚，温度适宜，真是一个好天气。目前捕鱼活动也渐渐增多了，因为许多鱼仍然停留在暖水域中。我左手持枪，以右肩为支点，右胳膊放在一侧，每一次都得举起枪才能把子弹发射到泥质飞靶，这真是有点艰难，不过最后，30颗子弹中发射出去了27个。同时，我的左手还拿着6孔式手枪。

冒昧地问一下：不知你何时前来，计划停留多久呢？我很乐意让克瑞希·克罗斯比读一读造成1500人死亡的自然历史书，也希望你来时能阅读一下。你来信说墨菲斯他们状况很好，我也已经收到他们平安的电报。你来了以后可以和我说说有关他们的详细事宜。我现在强健得像一头牛。经历了生活，懂得了人必须首先学会坚强的道理……大概说的就是这些吧。请原谅我不能写一手漂亮的法语，只能让你忍受着糟糕的感觉读完这封信件，毕竟写作比不上阅读那么容易。

很高兴得知辛克莱·刘易斯一切都好。我们都会死去，化为枯槁之人，都将被蛆虫所蚀，但我希望你能了解你的波德莱尔，死者，可怜的死者的痛苦有多巨大。我致力于成为一名好的作家，但仍然困难重重，单手举枪射击足以使我气喘吁吁，但上帝知道，我是有可能成为一个极优秀的射击者的，虽然这与成为作家相去甚远。我曾与埃德加·斯坦顿对局过一场单手射击打准距离20英尺外目标的比赛，结果两胜，两负，一平局，到最后整个肩膀都酸痛了。

希望你代我送去对他的问候，我们将在5月前往西班牙。

祝好。

海明威

致司各特·菲茨杰拉德

基韦斯特

1931年4月12日

亲爱的司各特：

听说塞尔达身体不适，我们深表遗憾。本该很久之前就过问她的情况的，请原谅这迟到的问候。愿上帝保佑她赶快康复，也希望你能从阴霾中走出来。在此，我们送上最真挚的慰问。

我的胳膊出现状况之前，一切都进展得很顺利，包括写作。但是从11月1日起，我只字未写，直到这个星期我才重新拾起笔。目前，我感觉身体恢复得相当好，手臂的神经已不断恢复功能，麻痹无力感也随之消失。

在整个西班牙度假期间，我将忙于完成我的一部小说——《午后之死》，同时特别希望能够去探望你。假如你还在瑞士的话，我将在秋天去见你，在那时我们可以进行一次登山旅行。我好久没有米歇尔·阿兰德及其他伙伴们的消息了，也没有什么联系方式。你可以简单给我说一下他们的近况吗？据纽约的办事人员称，你已经成为一名认真、勇敢并且严肃庄重的市民了。不过，这在我看来简直是一派胡言，因此我立刻降低了这个办事人员的工资水平。若是我亲自给约翰主教写信的话，即使写到筋疲力尽，胳膊酸疼，也不过400字左右，接着再将那仅装有400字的信放到国内最大的信封内寄给他。所以，假如你见到他抑或写信给他时，请顺便转达一下我的问候。不过，仅仅是问候是不够的，无论如何，在之后我都会再写封信给他，因为那样胳膊恢复得也会很快。

嗨，菲茨杰拉德，我们是志同道合的伙伴，同时，我们也是天真无邪的孩子。

从最新的护照照片可以看出：我的脸部有了些许变化，这主要归咎于去年夏季骑术不济导致的摔伤。

愿好运一直伴随塞尔达。无论何时都要叮嘱她一直保持跳舞时的感觉。虽然与其他人相比，她开始得有些晚，而你在6岁时的斗牛比赛中就已初露锋芒，并且一直表现很好。塞尔达梦想成为芭蕾舞中的西德尼·富兰克林，起步晚也并非她所愿，不是吗？

上帝啊，我现在唯一的愿望就是拥有钢笔和墨水，就算是铅笔也可以，只要我能在纸上清楚地写字。但是麻烦还在继续。

到此搁笔吧，司各特，将最好的祝福送给你和你的妻子。

听说你将前往美利坚，我深表担忧。希望尽快看到你此行的全面报道，而不是仅有一些信件。牢记，我们这些作家只有一个父亲和一个母亲，有关父母的极好的材料不能轻易丢弃。

海明威

致沃尔德·皮尔斯

海边

1931年5月4日

亲爱的沃尔德：

我已经收到了来自芝加哥的电报，万分感激。急切希望你此刻已在该线路上，这样我们就可以一同前往西班牙了。至今为止只有神父们前往，这看起来是场单调无聊的航行，但是相信你和阿尔奇拉及孩子们的情绪很快就会高涨起来。

我们已经买下了那套带铁栏杆的老房子，阳台朝向基韦斯特的灯塔。阿尔奇拉知道我所指的那所房子。

我会在马德里给你写信，然后由帕里斯担保信贷负责邮寄。虽然我现在极其讨厌写作，但它是我的生活中不可或缺的一部分。我的手臂到现在没有麻痹感，仅3周的时间，就康复了。

好运常在。

欧内斯特

致沃尔德·皮尔斯

堪萨斯城，密苏里州

1931年11月

亲爱的沃尔德：

最近好吗，伙计？没能见到你，真是太糟糕了。听说你的妻子阿尔奇拉刚刚生了一对双胞胎兄弟，真是替你们高兴。上帝知道，你既已拥有了这对宝贝，那么就暂且搁下家中繁杂事务，今年冬季来基韦斯特玩一玩，完成我们的托尔图加岛之旅吧。等保琳和孩子们准备好，我们立刻从这里出发。如果孩子们能在11月15日准时到达，那么我们就可以在圣诞节到来之前出发，否则就只能等到5月份了。在我看来，3月份开始此次旅行再好不过了。自那次发现那些大鱼后，你就再也没有去过那里了吧，没机会在纽约碰面真是莫大的遗憾啊。

我手臂的伤还没有完全恢复，所以根本无法承受重活儿，我在抬东西时就如同一头笨猪在困难地顶起一瓶啤酒。若加上衣服的重量，我的体重就达到了211磅。真是难以想象啊，脱了衣服竟然还200磅，我一定要让自己恢复原来的身材。我现在像个疯子似的忙着《午后之死》的创作，然而我必须让自己停下来，回到原来的生活中，放慢生活的节奏，所以这部书至今还没有完成。

请替我们转达对阿尔奇拉及你的家人的问候。若你在3月份安排好一切事宜，但还迟迟不肯前来与我们重温往日的话，那你就太不近人情了。

与此同时，请代我向那两个废弃的打字机问好，它们就像两个说话断断续续但嗓门大、爱虚张声势的黑鬼。

革命中的西班牙是更具魅力的，整个春季和夏季，我都在愉快和惬意中度过。我简直有点不想离开这里了，我真的不想回来。

我给布拉寄过去一些钱，让他帮忙把旧船的船底翻新，他们也都很高兴并期待你的到来。假如那天，突然跳进船里的大海鲢没有撞到我的背部中间，就会撞击到阿尔奇拉的腿部，那么这对双胞胎也就不会降临人世了。幸亏有惊无险啊！

好吧，就写到这里吧，如果我没有及时回信的话，请原谅，那可能是因为我在忙完了一整天沉重的写作后，实在是筋疲力尽，没有心思回复了。

欧内斯特

致麦克斯韦尔·潘金斯

基韦斯特

1931年12月26日

亲爱的麦克斯韦尔：

我们在这栋新房子里已经待了一个星期了。无论是水管工、木匠还是护士，都无精打采的，只有一个刻板的人，那就是我，还待在屋内，整天忙着完成这份手稿。我本打算写完书后，在圣诞之际寄给你。但事实上，最快完成它也是明年年初的事了。我极其不情愿结束它，就算它写得够好了，我也希望可以不费力气地再写一年，再或者我可以继续写上一年应付应付。

因为喉咙和背部的不适，我只好卧床给你写信。这里真是个不错的地方。草坪修剪良好，无花果丰硕肥大，椰子遍布树梢，树下撒满石灰肥料。假如能再多撒些肥料，应该会结出更多的椰果吧。真希望再种上一棵杜松子树，虽然这里的植物已经够多了。昨天帕特里克可真顽皮，他本应该午休的，却将装有杀蚊剂、牙膏、滑石粉混合物的喷雾器对准了他的弟弟，弄得弟弟全身都是湿淋淋的，还好弟弟被惊扰了，大哭着醒了，在被喷雾杀死之前引来了别人的注意。但他越是哭得厉害，帕特里克就越像个坏人似的使劲喷。

我现在喉咙里堵满了脓汁，几近溃烂，疼痛感直冲大脑，实在是影响工作，因而只好就此搁笔，希望你一切都好。

还有件事需要麻烦你，能否让零售部门的人员将经典少女图书系列中的随便一本书邮递给卡尔·菲佛？地址是：奥兰治，新泽西州，海沃德大街249号。另外请再给我寄送一本。

查尔斯和汤普森一切都好，身体都很健壮。好望角旅行时期的天气比较温暖。这个季节几乎没有强烈的北风，只有和煦的微风日夜不停地刮着。

布拉给他的船换了新底，另外还用我提供的钱进行了一番加固，他也十分健康。阿奇博尔德一直没有饮酒，但来这儿之后的平安夜却喝了不少，一直不停地重复絮叨，说我是他在这个世界最好的朋友。要不是约翰普朗克的错，他们那次就能去托尔图加岛旅行了，而约翰则讲述的是另一个版本，说是他们两个都不怎么看好那次旅行。

司各特最近怎么样？

你对马克斯·伊士曼的书持有怎样的看法？探讨这些知名大作家的作品，千万不能过于认真，钻牛角尖。你的书《世界天才》何时再出版？是推迟了出版时间，还是过于担心评论不好而迟迟没有出版呢？但愿书能好评如潮。

好吧，就写到这儿吧，麦克斯韦尔，祝你好运。别忘了，我们已有充足的家具来装饰我们在科隆群岛的住所，还有罗伯特提供的一些画作和其他装饰品尚未到达。

莫里·卡拉汉需要帮助吗？具体是哪些呢？希望他好运。

欧内斯特

致保罗·菲佛夫人

基韦斯特

1932年1月5日

亲爱的妈妈：

一直以来我对写信的事都很懈怠，但现在决不会了。因为我一直非常思念您，还有我们在皮戈特的那段美好时光。那次旅行给我的记忆深刻，每一分钟都值得怀念。您对我的好使我终生难忘，恐怕再也不会有如此美好的时光了。可是一返回堪萨斯城，事情就变得纷乱复杂了，那些天保琳不能外出活动，所以事情多得处理不完。之后我们旅行到此，住进了新房子。多亏了金妮，把房子里的家具安置得很妥当，才使我们居住得很舒适。

谢谢您寄来的圣诞礼物，简直棒极了！保琳的父亲到来时，我会为他及随行的小家伙准备一份特殊的礼物。能在3月份与您会面，真是荣幸之至。我相信到时候一切都会进展得很顺利。现在的状况正好给那些真正有管理才干的人提供了展示自己的绝佳机会。他可以在从事技术性活动，如通过电梯人工搬运、监督水管工作、翻修漏水屋顶、安装屋内电线及排水系统、木工工作等的同时，进行创造性写作。我按照医生的嘱咐，不让保琳在楼上或楼层间来回走动。

那个叫加布里埃尔的护工，刚刚瞥了房间一眼，又躺回自己的床上。她也没想到，来到佛罗里达之后一切竟变成了这般模样。除了每天来回起床、卧床，她很少干别的工作。一开始她也宣称不知因何得病，因为她从不得病，她声称“一定是在这个房子里中了邪了”。医生给她做了全面检查，发现她做过几次手术后，与饮食、睡眠相关的器官都被切除了。之后她又告诉医生，在接受这份工作前不久她还生过病。医生说她的病有可能会复发，目前的问题极有可能是由于她饮食过度或者是饮食习惯改变而造成的。

面对这种情况，我们给予她最好的照顾。她不必做家务，每天可以有两个半小时的午休时间，我们尽量在外就餐以免打扰到她。她告诉医生她感觉糟糕极了，甚至都无法站立，更别提做很多工作了。只因我们待她很好，她心有不忍，所以还是愿意搬往纽约附近的医生那里。

曾经一度我们无法解决如何扶她上床的问题，不过还好床梯比较矮，她在藏书室休息，呻吟一番后，她就可以安全地躺回自己的床上。刚开始的两天她确实病得很重，不仅不停地呕吐还伴有严重的消化不良，但自这次突发状况后，呕吐症状竟然消失，也没有出现不同程度的发热症状。沃伦和盖雷医生都诊断她的这些症状为阑尾炎，虽然没有单个的症状表现，但是也极有可能是由于过度肥胖导致的并发症。不过我觉得她主要的病因应是思乡。希望这个情况不会延续太久。

除了写作之外其他一切还算顺利。房子布置得也越来越好。两个黑人都还不错，包括管理花园的人和后院的工人，他们的表现都很好，还有那个接替加布里埃尔工作的黑人女孩，也很优秀。

最近，我与妹妹卡罗尔一起钓鱼时发现，一些海湾暖水鱼相继出现，请把这个发现转告金妮吧。今天刮起了一阵北风，促使这些迁徙的鱼群出现在附近水域。渔民们打了不少鱼，前天是西班牙鲭鱼，昨天竟然首次打到了石首鱼。

保琳由于操劳过度已卧床休息几天了，现在我尽量避免她操劳，搬举重物这些事情，都禁止她参与。经过这个星期的休养，她好多了。她现在不能受到来自任何未知情况的惊扰，否则会加重她的病情，她也必须学着自己照顾自己，这是极其重要的。很高兴收到您圣诞时的来信，您在信中也提到这点，这确实产生了良好的效果。

事实上整个过程是：如果保琳匆匆忙忙地爬楼梯的话，她会自我感觉整个人都像置身于高空，而所有阻止她这么做的人都被认为是典型的老顽固。实际上，想要完全彻底地毁掉一个女人，没有比不好好照顾产后八个星期更有效的方式了。因此在胎盘伤口复合之前，我们都必须好好地照顾她。我觉得这些应当被写进教科书里。当她们到了这个年龄并且以此种方式毁掉了自己的身体，这种亲身经历被写出来时，也许能带来更强烈的震撼力。

那么好吧，如果您对关注女性心理有任何建设性想法的话，海明威先生将向您请教，可以请您让我们在之后的日子中知道，不过现在没有对策也无所谓。

对于《午后之死》，假如旁边有读者说：从格里高利手臂上的伤疤就知道他是个怎样的“大”人物，再看看我们修建的精良的供水系统。每周日都去教堂做礼拜，我觉得我已经做到很好了，一定会是孩子眼中的好父亲。若是这样的评论，这不仅对作者不利，对读者更无任何好处。但现在，我恰巧就处于这样一种无人举证的困境——亦好亦坏，进退两难。虽然读者可以找到一千个理由来拒绝这本书，也可以不找任何借口坚持说它不好，但无论如何，作家必须尽力把书写好，如果一个作家只在乎来自外部的阻力有多少，那他就是一个愚蠢的人。从家庭成功中寻找庇护，与一文不名的朋友相依为命，则是另一种方式的放弃。好吧，好吧，承认吧。海明威先生，承认自己是个傻瓜吧，不然你还能为此做些什么呢？大概什么也没有。

布拉和汤普森夫妇身体安好，不要挂念，在此送上所有人的祝福。格里高利已经13.5磅重了，他今年8岁。我祖母的弟弟，也就是叔叔本杰明·泰勒·汉考克，他送给格雷一本从家庭圣经中摘取的家谱。这本家谱甚至可以追溯到1600年，这个结论是与格斯叔叔一同研究家谱后得出的。

非常感谢您能寄来孩子们的账单，最近这里事情进展缓慢。最好的祝福给您，新年快乐！

欧内斯特

致约翰·多斯·帕索斯

基韦斯特

1932年3月26日

亲爱的多斯：

这本名为《一九一九年》的书，可比那本叫《四十二度》的书的写作水平高出四倍，这书给我的感受实在太棒了，从头到尾我都读得津津有味。写得这么棒，我担心你会出事，所以请你谨慎行事，吃水果时可得个个洗干净，不只削皮。

现在你得注意一件事情，你写第三部时，不要写什么完美无缺的人物性格。假如你要写一位高尚的人，你要记住这家伙说不定善妒得跟猫似的，说不定还有更多其他的缺点。一定要把他们写成普通人，而非写成象征性人物。记住，人类的历史比任何一种经济制度要古老得多。基督教青年会曾是一场显赫一时的运动，卫理公会教、路德教派、法国大革命、巴黎公社、基督教也是如此，它们的落幕都是因为管理不善，但也是人为原因造成的。

请记住我们的上帝被钉死在十字架上，他们把他杀了，并非因为他伟大。埃德蒙·威尔逊已经忘了基督教最初是强烈反对资本主义而产生的。从表面上看，坏的是管理统治，事实上一切都是人为原因。就连村庄那么小的地方都不能秉公办事，请记住你要的是公平和公正。

多斯，虽然这些你全知道，甚至你比我更清楚，但是你的处境不好对付，压力太大，这对你做一个作家不利。我是站在一个作家的立场上，而不是作为一个人认为你非常有勇气，谁也影响不了你，但请记住写作是最难对付的事情，这就是为什么他们都要依靠什么东西或什么人来承担责任。现在写作的这群人中，只有你写得最好，也只有你最有资格，总而言之，我一直认为你比其他人写得好。多斯，请你别美化，一定要坚持写出实际情况。如果你能实事求是地去写，你就是做了好事。假如你想美化，你不但做不了好事，也会写不出实际情形来，甚至还会做出什么坏事来。还有，你写的时候要做到字斟句酌，严谨下笔，不要敷衍了事。

我说了这么多废话，也许毫无意义，但请见谅。

你曾对《午后之死》提过很好的意见，在此我也要评价一下《一九一九年》，那真是一本有意义的好书。我会尽力改好校样，把你指出来的类似废话的内容删掉，你真的很不错，感谢你花这么长时间读我的作品。

能够见到你和斯图尔特非常不容易。我和保琳去托尔图加岛了，在那里待了18天，连续刮了3天西北风，不过尽管如此，我们还是非常开心。

你的200美元支票寄回来了，我已经签收了。银行可能想用刀杀死你，不要再寄了。

这里每个人都很好。我寄了很多邮件，包括空邮支票，我将把邮件寄到美国，并写了回信地址。。我发电报告诉勃兰特我给他寄支票了，他发电报问了，说是正在派件。

你喜欢这本书，我非常高兴。埃丝特说杰克·劳森离开好莱坞去东部了，这会不会影响到你的计划？如果你来这里的话，我们请你吃饭，还可以一起去捉大海鲢。

在我看来，在詹伯斯家一切都不顺利。你可能会奇怪，这是为什么呢？虽然这里每个人都很好，但是我还是觉得不够满意。最近我逮到了一条15英尺的锯鲛，大概重491磅。我希望我可以在托尔图加岛生活。

记得在你的书中描述天气，天气非常重要，它会影响一个人的心情和生活。

请代我向凯特问好，送上我们最美好的祝愿。多斯，我想和你一起打篮球。

再见！你已经写了一本好书了，也该轻松一下了。

欧内斯特·海明威

致约翰·多斯·帕索斯

哈瓦那

1932年5月30日

亲爱的多斯：

你没有来旅行简直太遗憾了。我特别想让你也来。我们一直在河边喂鱼饵，最终抓了19条马林鱼和箭鱼，还有3条旗鱼。其中有一条足有八英尺九英寸长，即使在这个时节，也可以卖到十美分一磅的高价。回来以后，我们把这些鱼切碎，又在这片水域喂食，鱼最后被扔得一干二净。多斯，你真应该来看看它们是如何挣扎求生的：游得像光一样快，跳得比大海鲢还高，有一条鱼甚至跳跃了23次。查尔斯战斗了两小时才把钓鱼的鱼钩拔下来，它游了500码那么远，足有鱼线的三倍长。我们不得不用鱼钩钩住它们，然后驾着船去追，它们一直在水里跳来跳去，激起水花拖着船像摩托艇一样在海里行驶。我们一天追了17次，最大的一条鱼，我们追了老远，足足抓了两天。

乔嘟囔着说私酒商的船只在马里埃尔海岸随处可见。只需要5加仑的燃料就可以航行整整一天。查尔斯、布拉和洛林整个周末都待在这里，而保琳已经来来回回两次了，一次待了一个星期，一次待了十天。她抓了两条海豚，其中一条足有75磅重，跳跃了17次。海豚游得飞快，从船的一侧游到另一侧。有时候鱼线松了，你以为它们挣脱了，谁知道它们又鬼使神差地跳到了船的另一侧。它们游回船边，跳起来离水面30英尺高，就像甲板那样高。

这里的渔船已经捕了九百多磅鱼，比如黑马林鱼、白马林鱼、背纹马林鱼，我们安装了两台捕鱼机（船的两侧各一台），捕获了一条2.5英尺的海豚，捕鱼机一会儿追捕海豚，一会儿又在你快要抓到它们时放了它们。

阿博斯·孟达斯旅馆可以提供舒适干净的房间，可以沐浴洗漱，还可以远眺整个海港和大教堂。两个人花2.5美元就可以欣赏整个海峡和海疆的美景。我现在把这个旅馆名字记录下来了，但可能早就关门倒闭了吧！

这本书我已经审校了7次，删减了你反对的内容（可是对我而言似乎是最好的部分，如果的确如此，你真该遭天谴），缩减了4.5个排版长度的哲学内容，并且删除了最后一章的全部内容。关于西班牙的部分除外，它阐述了这本书的不足，并且这也是这本书本来应该阐述的内容，保留下来合情合理。

在书中保留了《老妇人》和最开始撰写的关于沃尔多·弗兰克的《圣洁的西班牙》一书的俏皮话，删除了所有其他关于弗兰克的参考。

祝你好运不断。不要动摇完成《过目不忘的人》的信心，那书真是太棒了。记住《一九一九年》，那时闷闷不乐的你是多么焦躁，并且受到了多么残忍的惩罚，好在并没有带来什么严重的后果。巴尼的书《激动的美国人》（斯克里布纳杂志社，1932年）十分精彩，希望他还在继续报道并且还未能拯救他的灵魂。威尔逊写他愿意派我们去和其他作家写一些关于血腥工厂，比如地狱之类的爱国主义故事（他知道什么对人民有利），但是目前还没有派我去任何地方。

代我问候凯特，谢谢她送来的礼物。

欧内斯特·海明威

致麦克斯韦尔·潘金斯

诺德奎斯特牧场，怀俄明州

1932年7月27日

亲爱的麦克斯韦尔：

我准备给你寄昨天收到的校样，和这封信件一起寄给你。

请你帮我擦掉排版工人仍旧出版《海明威之死》的两句诅咒。因为我已经打包，所以没办法再进行删除，它就在最后一版。上帝保佑，希望在我写信和发电报之后再没有出版过《海明威之死》。但是，请你一定删除那两句诅咒，咒骂排版工人一点好处都没有，但是他们真的太不负责任了。

希望你能尽快收到这些校样和这封信。只有64英里远，应该今天就可以收到。

我什么时候能收到校样呢？你打算怎样处理那些话？为什么我还没有见到标题页或书皮，难道你还没有想好在标题页配什么标题吗？

请你转告惠特尼·达罗，我很高兴收到他的来信，我会给他回复。他真的非常体贴。我现在感觉还不错，但有时似乎还是有点精力不足。

你提到的信件是写给欧内斯特·沃尔什和埃塞

尔·穆尔墨德的，这两个浑蛋。欧内斯特·沃尔什由于肺结核快要去世的时候，我曾帮助他出版过杂志《季度》，他最后还是去世了。而埃塞尔·穆尔墨德就卖掉了所有信函。转告那位妄想倒卖信函的伙计，让他走着瞧！

可怜的老司各特，他已经变成了塞尔达第二，在塞尔达被诊断为精神错乱的前五六年，是他最疯狂的时候，但他仍旧是最畅销的作家，他是我们这个充满血腥的年代中最悲剧的天才。

好了，火车来了，我得走了！

再叙，麦克斯韦尔！

一路顺风！

欧内斯特

致罗伯特·科兹

诺德奎斯特牧场，俄亥明州

1932年10月5日

亲爱的科兹：

我没有诋毁福克纳，你读完这封信就会明白了。你的理解、观点和判断自然与我无关，我也不会对它们发表任何看法。这是事实。我只是友善地提到了他们。我诋毁了科克托（他是公众人物，非常自夸），反驳了弗兰克、艾略特和赫胥黎。

弗兰克是个卑鄙的人，无论政治上多么让人羡慕。艾略特的事情反反复复很长时间了。而赫胥黎是个非常精明的家伙。

我认为你不是一个批评家，不是轻蔑你，我的意思是我认为你是一名作家，或者我不会做任何解释。当然，书的好坏应该由读者评判，而不是由作家解释。

但是如果我写了任何文章嘲笑福克纳和你，以此宣传我所写的东西，那我就太可恶了。

你喜欢针对弗兰克或你自己或其他人的嘲笑，我对他们没有特别的尊重，但是我特别尊重福克纳并希望他好运。那并不表示我不会跟他开玩笑。如果玩笑足够有趣，我会拿任何人开玩笑。比如，我喜欢飞鸟射击，如果我母亲在鸟群中，而且飞得很好，那我也会射击我的母亲。如果你感觉没意思，那么可能是我或者你倒霉。

你永远的朋友

欧内斯特·海明威

致麦克斯韦尔·潘金斯

基韦斯特

1932年11月15日

亲爱的麦克斯韦尔：

给你打电话大约花了750美分。你可以用一月的故事稿费支付或提前支付，不管哪种都可以。谢谢你告诉我关于这本书的销量等信息。

保琳必须去皮戈特，因为格里高利和帕特里克都病倒了，他们咳嗽得很厉害。我一直待在这里以便收拾好房子，她还有好多工作需要做，还要照顾邦比。我的工作也很忙，有四个故事准备用打字机录入，我将发给你两个。你没有义务接收它们，但它们确实是非常好的故事。我现在已有十个故事，准备出一本书，明年秋天可能会是一个好时机。我每天都在努力工作，直到我的眼前一片混乱。我又回到老状态：当我醒来时我在床上，一直工作到中午。

我曾计划去纽约。我急切地需要一些城镇生活，事情进展一直很好，因此我不想停止。现在的问题是如何安置在纽约的邦比。他不仅是一个好孩子，也是一个好伴侣，但我不希望他看太多的有声电影。

感谢你寄送这些书。他们能送我萨默塞特·毛姆的新作《偏僻的角落》吗？我发现塞尔达的作品绝对读不懂。我尝试阅读《留住我的华尔兹》，但从未读懂。司各特认可这本书，所以我想其他书也有人认可。感谢你寄送的塞尔达的书。我会很乐意将其转发给任何你认为可能读懂它的人。

你必须在一年内阅读大量的文学评论，出版商会读它。我始终相信只有作家和评论家才阅读评论，直到路易莎·M.伍科特写了关于麦考尔作品中可怜老爸爸的评论，也许因为麦考尔的作品在这里是被广泛阅读的。

如果我得到一些不好的评论，你也许会放弃我或对我失去所有的信任，所以我必须敦促你盼望我的作品得到一些不错的评论。

奇怪的是，我的脑袋比过去任何时候都更好使，我确定现在的工作比过去做得更好。我不会重复做某件事情，所以新的作品很少变得流行，人们想要的故事总是与上一个类似。现在我的精力很旺盛，当我视力严重下降时，我才尽量停止写作。

你有一本关于海盗的书吗？当我是个孩子时，我记得它是在圣尼古拉斯出版的系列书，我认为应该是由霍华德·派尔写作并绘制插图的。我已经答应把它送给邦比。

再见，麦克斯韦尔。

欧内斯特

致阿诺德·金里奇[1]

阿肯色州

1932年12月4日

亲爱的金里奇先生：

当我们在基韦斯特时，如果你把书寄给我们，我们会很高兴为它写标题。我一直认为我编造了《永别了，武器》这个书名，直到我在上尉科恩的巨著中读到它，我相信《永别了，武器》将是一个很好的书名，“永别”是英语中我认为最好的词，“武器”发出的铿锵声不是一本书所能拥有的，具有这个书名的书会在其中涉及许多有名的战争。

关于《服装艺术》[2]——为这本书写标题，你什么也不欠我，我也不希望欠你什么。但我很高兴拥有它们，特别是它们如你所说。

我很高兴你很喜欢《午后之死》的最后一章——

[1] 金里奇（1903—1972），《时尚先生》的编辑。他邀请欧内斯特·海明威为《时尚先生》提供稿子。

[2] 《服装艺术》是《时尚先生》的前身。

这就是书的主旨，但似乎没有人注意到这一点。他们认为这仅仅是一个被省略的目录，他们又怎么想将它放在书中呢？

我能摆脱上一本不受欢迎的书的阴影，希望下次还能写出不错的作品。如果你的小说降价，不要害怕。我仍然感觉它是一部优秀的作品。

感谢你的来信，永远爱你！

欧内斯特·海明威

致埃弗雷特·R.佩里

基韦斯特

1933年2月7日

亲爱的佩里先生：

非常感谢您的来信[1]。我使用某些字眼，而没有使用平时的书面语，根本原因是这些才是我书中所写人物的常用词汇，我在写作中不可避免地要用到这些字眼，这样才能给读者以整体感。如果我写得跟斗牛场上的语言一样，那就不适合出版了。我曾经试着用

[1] 佩里，城市图书管理员，洛杉矶人，巧妙地询问海明威在《午后之死》中，他认为用某些平实的字眼可以表达什么效果。

两三个字眼，不是直接使用，而是间接的，就像我在《死亡的自然史》中那样表明一种看法，想必您也注意到了。

我一直在尝试让我的作品能够给读者一种丰满而完整的感觉，让人读起来有一种身临其境的感觉。这样我就必须使用许多方法，如果失败了，也无须害怕。因为这很难，我必定会失败几次。但是我可能在一位读者那儿失败了，而在另一位读者那儿成功了。

我的用词方法虽然在书面语中已经被淘汰了，但是仍用于讲话，和小男孩在篱笆上用粉笔写新发现的词语没有什么关系。我使用它们，原因有两点：其一，作为上述大纲；其二，没有其他词语，也就是没有确切的替代词在口语中可以表达出相同的效果。

使用它们的时候我总是很谨慎，从不无理由地让人震惊，虽然有时是特意的，但对我来说需要必要的震惊。

诚挚的

欧内斯特·海明威

致阿诺德·金里奇

基韦斯特

1933年3月13日

亲爱的金里奇先生：

感谢你的3封来信。随信附上的是从圣莫里茨返回来的信。信上我说已经写了一本小说的3个故事，55页左右。天气很好，我的身体状况也很好，没有病痛，也没有事故（只撞到树上），忧心事也比平常少，但是一直没空写信。由于昨天写完了一个长故事，所以今天我停下来，写信告诉你这些。

我不认为沃尔特·温切尔的模仿有多好，因为太过气愤、太过嫉妒。你应该比你模仿的人写得更好，而不只是建立在道德优越感上。佩格勒是一位好作家，但是不及新闻记者温切尔的百分之一。温切尔是前所未有的最伟大的新闻记者。佩格勒在体育版面的用语很有趣，但是那种栏目很容易做，我觉得我也能做一期。但不幸的是温切尔一周要工作六天，如果在他的休息日，很明显的休息日，他想大部分时间和家人一起其乐融融地度过，我觉得这很好。佩格勒所做的事情比温切尔把时间交给妻子和孩子的品位低好多。

关于庞德，我相信我几乎已经读了他写的每句话，我还是认为精华部分在他的诗章里，见仁见智吧。虽然在诗章中也有一些乏味的玩笑和一大堆废话，但是有一些相当出色的诗歌是无人能及的。

现在说说你的季度计划。在卖素材资料上我有两点体会。第一，如果是非商业性出版，出版只是出于对文字的热爱，我可以赠送素材资料或者只收取象征性的费用，他能承担多少付多少或是把钱拿回去都可以。然后寄出后不久，我写信说因为那是我的唯一手稿，要求他返还时，通常我就发现那个家伙已经把手稿卖掉，他不得不把小册子撕开当作手稿。不管怎样，那颗纯粹的热爱文字的心已经把手稿卖到了他所付价钱的十倍甚至百倍。第二，就是让所有的商业性杂志期刊付出前所未有的高价，这样他们才会喜欢，珍惜你的素材资料，意识到你是一位好作家。

最近一年里这种情况已经有过几次了，我急切地需要250美元现金。但是不能总是如你建议的那样写一篇文章挣点钱。那些我不能发表的故事拿给你，会给你的杂志造成不好的影响，或是其他灾难。我不希望发表的故事，比如你谈到的那篇，文章本身并不合适。

因为除了责任保险，我没有任何保险，所以我也总是尝试着保留一些打算在我死后出版的作品，以承担我的丧葬费等。

4月12日，我将乘一艘小船穿过古巴去海岸边捕两个月的鱼，说不定要去西班牙拍照，如果不去，4个月后会去西班牙。如果我突然停止工作，身无分文，需要250美元，如果可以，我会发电报给你，但是不要指望任何事。我应该会发电报向你提供信息，除了交付这个以外，我从未接受过任何方面的预付款。我会从西班牙到坦噶尼喀然后到埃塞俄比亚去打猎，在明年1月或2月回来。

短篇故事已经完成了14个，我会再写一个。

谨致问候，请原谅我的回信不及时。

欧内斯特·海明威

致约翰·多斯·帕索斯

哈瓦那

1933年5月15日

亲爱的多斯：

很高兴你能来。你现在还好吗？[1]

[1] 多斯·帕索斯因风湿病引起的高烧在巴尔的摩的一家医院进行治疗。

装上这1000美元。听着，“优秀”是没有记录的。格斯叔叔给了我一些股票用于非洲的旅行，我把它们兑换成了现金。这些足够用于去非洲，甚至可以从非洲再返回来。我不能去科尼岛旅行，而让你独自去非洲，你不知道葡萄牙人有多糟糕的疾病，使手肿胀，使大脑衰竭，所以我把这些兑换成现金，在我把它换成便士之前，将你作为忧郁症患者公开，这将不会阻止你训斥出版商和另外任何事物，仅仅是使其简单化而进行周转。你可以支付给少数债权人并重新建立他们的借款能力。希望我没有打扰基督，但是受到了你的惊吓，并不意味着穿着斯图尔特先生的貂皮衣就将他作为一个朋友。

真希望能飞奔到你身边。在6月时，你可以去潘普洛纳，有从这儿到比戈的船，在比戈买里程票。你也可以买一辆便宜的汽车从比戈开车到圣地亚哥，在美元没贬值之前使用它们，必须在飞机上把它们使用完。

天黑以后，我会再写一些内容。

寄予我深深的爱。

欧内斯特

致麦克斯韦尔·潘金斯

基韦斯特

1933年7月26日

亲爱的麦克斯韦尔：

我刚刚回到这里，并且已经整理完毕准备离开，我在等你的消息。我现在已经处理好了一切，今天将要开始续写《我祖父的坟墓》[1]。

我们将赶往桑坦德。我们在那里的地址是马德里维多利亚街二号，比亚里茨酒店。

8月下旬和整个9月我们都将在西班牙。可能10月离开去非洲度过11月。再次雇用前，这将给我更多的时间工作，更多的时间去完成两个校验工作。

可怜的老斯坦因！你读了8月的《大西洋月刊》[2]吗？她最终找到了一位她爱的但是并不嫉妒的作家——布鲁姆菲尔德，一位真正的美国作家。故事的结局非常好。她的更年期使她失去了所有的品位，突然不能区分好画与糟糕的画，好的作家与坏的作家，一切都失去了意义。

---

[1] 定名为《两代父子》，这是《胜者无所得》中最后的故事。

[2] 《爱丽丝·B.托克拉斯自传》在每月《大西洋月刊》中连载。

可怜的老海明威，一个虚弱的老人。墨西哥湾流太阳下的99天，54条箭鱼。一天7条，65分钟内一条468磅的鱼，独自一人，没人可以帮我，除了抱住我的腰并且将几桶水倒到我的头上，又是2小时20分钟的地狱生活。一条343磅的鱼被钩钩住了，跳跃了44次，1小时45分钟内我杀了它。可怜虚弱的老海明威，再次摆出一个渔人的姿势，体重已经从211磅下降到187磅了。

你或多或少对一些言辞会有担忧吧，请告诉我你能做的和不能做的，然后我们将其解决。我不是在墙上涂鸦想要出众的小男孩。

无论如何，很期待你的来信。

哦，对了！你可以将《午后之死》的12份复本给我发到马德里维多利亚街二号，比亚里茨酒店。将它们每三本一个包装，用四个包裹发给我，我必须要将它们分发出去，这将省得我去那边购买了。如果需要付费，由我付，你可以从我的专利税中扣除。

你永远的

欧内斯特

致保罗·菲佛夫人

马德里

1933年10月16日

亲爱的妈妈：

信开头的日期是很丢人的时间，保琳爸爸送的生日礼物在7月21日已经收到了。

我没有写信的原因是发生了很多事情。我计划划船回来后写信感谢您。然后划船之后很晚了，给您写信非常惭愧。

昨天我意识到如果我不写信，那么将很快到复活节了，因此我现在开始写。

非常感谢您和保琳爸爸的礼物。我非常感激，我将去非洲。

几周前，金妮刚刚离开这儿去了巴黎，为的是衣服的事。看起来您不能在一个月中拿到合适的衣服，她打算去纽约待一个月。您可能会听到她在这轮船上的演讲。金妮离开时，她的身体和精神都很健康，但是她担心她的胃病。现在大约10天犯一次，比以前更频繁了，是更短的一个间隔。她将要去找巴黎那位治好我的肾病和肝病的医生。如果那个医生不行，那么她将她所有的症状和病史写给我，我再寄给堪萨斯城的洛根·克兰德宁医生，并让他推荐一个纽约或者芝加哥（她可以在回家的路上去看）的好医生。

保琳精神很好，并且很健康，看起来容光焕发。我希望很快去巴黎找她。金妮说帕特里克又长了三磅，很扎实、黝黑，看起来很壮。我将到波尔多去接他并带他去巴黎。艾达护士来信说格里高利非常好，并且他们很快乐、很幸福，邦比又去上学了。

我想保琳和金妮已经写信告诉您她们的计划了。

自从我们到这里，一直在做着大量的删减工作，然后编辑、剪切并重写。斯克里布纳已经在忙着出版一本422页的西班牙语小说。没有比这本毫无价值的书更难的工作了，我对这本书的态度是：这是我写过的一本糟糕的书。现在重读它，看看您是否觉得它是一本好书？同时不要对它的风格做任何的改变。我完成的那天是如此恶心，以至于决定写一个故事以漱漱我的口，并开始去写一个100多页的手稿。保琳认为那是一个很好的故事，金妮也认为它是真实的。我们去巴黎时必须重读它。它是普通小说长度的三倍，可能是个很好的故事。它几乎是个情节剧，发生在古巴和海上，里面有很多情节。它的确是当前这本书所需的故事。比如《胜者无所得》，但是它与另一本书的故事一样好或更好。您不会很了解，将一个您知道的故事放入一本叫作《胜者无所得》的书中，将会卖得很火。

我不期待所有人都喜欢当前这本书，也不认为自己应对此必须努力或更谦逊。我正试着在我离世之前，完成一幅世界图画，或者它如我所见的一样，务必将其归结而不是使其变得没有力度。这些故事几乎都是有关事物的，人类不关注人类，或者说很不喜欢。没关系，随着时间车轮的转动，我将让他们喜欢。

您可以告诉弗吉尼亚的父亲，我已经为弗吉尼亚兑现了她的支票，因为她在这边的任何银行都没有账户。这是他们给我开出支票的原因。我试着劝她不要一次性把所有的美元都兑换成法郎，但是她担心美元贬值并相信那将是她的损失，但现在她不再担心，美元又升值了一点。

我明白有钱的人们对通货膨胀是多么狂热。任何负债的人和存储真实的钱的人是没有这么狂热的。一旦开始要做的事情就是要拥有你所能拥有的，在过去的十年里，我靠它在三个国家生活，并且我非常了解它是如何起作用的，各种步骤是什么以及会带来什么。目前为止我有很多钱，同时任何采纳我意见的人将会有很多钱。但是我因为原则上的欺诈和在最后它并没有做什么好事的事实而讨厌它，而不是因为保琳有很小的固定收入。

我讨厌希特勒，因为他为一件事工作：战争。他说一套做一套，在他的概念中，每一个人都必须参战或接受战争的威胁。

西班牙处于可称为“混乱”的状态。所有掌权的完美主义者现在都将他们的手指伸向了可分割的财富，虽然他们获得的意外财富相当少。当他们用完那些财富时，又将是另一个循环。

请您不要担心在非洲的保琳，我会照顾好她。帕特里克将要和金妮一起回来，会在纽约见到艾达护士和格里高利，并和他们一起去科威特。我妹妹厄休拉，我最好的妹妹，在我们去的同时将和她的小女儿到那儿生活。

告诉卡尔，我非常怀念今年秋天第一次和他在庄园里见美女成群的时光。最好的祝愿送给他和玛蒂尔达。我和卡尔在哈瓦那一定会度过美好的时光。

查尔斯·汤普森发电报给我们说，暴风雨后我们的家还好，没有毁坏。但是可怜的老布拉失去了他的船。那是非常无情的一件事，因为船就是他的谋生手段。

西德尼·富兰克林，那位斗牛士，在很严重的牛角伤手术后在这儿最终出院了。医生必须切除他三英寸的下部肠道。我陪着他做手术，有一段时间他很不好，但是现在他的状态似乎非常好了。

简·梅森夫人从去年5月的那次事故中恢复得怎么样？西德尼今年去过好几次医院了。我们容忍朋友的麻烦比容忍我们自己的麻烦容易得多，这很神奇。我想这也是一个人可以统治一个国家，并且在晚上仍然可以睡得着觉的原因。

我知道有许多我该写的东西，但是我现在要停笔，我以后会经常写。

我们一收到非洲的地址，就马上将信寄给您。如果用航空邮寄，那么您可以在离开那儿之后的八天之内收到来自伦敦的信。

您会告诉卡尔和玛蒂尔达今年圣诞礼物不会很多吗？比如叫他们不用给我们寄任何东西，我们还不知道我们圣诞节将会在哪里。

我很遗憾，这不是一封更好的信。保琳走了，今天下午天气阴沉，我将在这周末去看她。我期待着我的校验工作，终稿已经寄到我这里了，我可以发电报给斯克里布纳确认了。

最爱你们，祝你们度过一个美好的感恩节。

欧内斯特

致帕特里克·海明威

海边

1933年12月2日

亲爱的帕特里克：

这里几乎是在红海的北端了。明天我们将要进入印度洋。天气就像冬季里晴天的基韦斯特岛。昨天我们看到了一个大海豚的海豚族和许多小海豚的海豚族。

天气很冷，并且下着雨，一直到埃及，然后天气又变得很热，很晴朗。现在我们在苏伊士运河，马上要穿过沙漠。在有水的地方，我们看到许多棕榈树和木麻黄（像是在我们的院子里），但是剩下的都是高山、山丘以及整片的沙地。我们看到许多骆驼和骑在骆驼上的士兵，赶着它沿着航线快跑，几乎与船的速度一样快。在运河里，有时必须停下来把骆驼和船系在一侧，让其他船只通过。你可能会看到其他船通过，并看到沙漠。我们看到的唯一的鸟就是几只沙锥鸟和很少的几只鹰，还有几只鸬鹚以及一只老蓝鹤。

我很想念你，儿子，将再次见到你我很高兴。我们回来时有很多的故事要讲给你听。

你去基韦斯特岛时，代我向布拉船长和沙利文先生问好，将我最美好的祝福带给皮戈特的每一个人。

记得少喝啤酒，并且把烈性酒放起来等到我回来喝。不要忘了擦鼻涕，在你睡觉前翻三次身。

你亲爱的

爸爸

〔美〕海明威 著
张 迪 译

下册

海明威书信集

Ernest Hemingway Selected Letters

海明威全集

四川大学出版社

海明威书信集

1934—1961

致阿诺德·金里奇

内罗毕

1934年1月18日

亲爱的阿诺德：

很抱歉这封信要比平时晚很多。最近我病得很严重，每天要输血。我想我一定是得了痔疮，因为我的屁股很痛，直到了解状况之后，我才发现原来事情已经那么糟糕了。我最近实在没有精力去写信，我每天都尝试着寻找灵感，但是一无所获。现在已经四天了，我想我可能就快好了。

格特鲁德的一个朋友，告知了她爸爸骨折的事情，还有与生病有关的其他事。

你的信和第二期样刊，我都已经收到。我一有时间就会在营地给你回信，我想我很快就能恢复到比较好的状态。

如果你愿意，你可以每年写12篇文章。从基韦斯特回来时，你就已经写了三四篇了，因此你可以提前做好准备，不用太担心。试着去写吧，我会尽全力帮你解决困难。

第二期样刊看起来非常好，请继续保持。

我把年轻的阿尔佛雷德·范德比尔特推荐给你。

如果他的签名和作品出现在你的报纸上，那对你的文章将会有很大的帮助。他是一个有雄心的人，对自己要做的事情有些自负，不过他的确是一名优秀的年轻人。我很喜欢他，他的作品文风严谨。有很多人曾经尝试买他的作品，只可惜他并不向外出售。

我们打算去塔纳河河口的拉姆岛钓箭鱼和大旗鱼，另外我还有很多好东西准备给你，等到2月20日吧。

很抱歉，我没能给你更好的帮助。在这儿，我竟得了这个该死的痄疾。不过我相信我会很快恢复过来。我现在已经开始试着写些东西了，可是头痛得厉害。否则，我肯定已经给你写过信了。不过我现在已经开始了，而且完成一半了。

我用斯普林菲尔德步枪杀了两头水牛，所有的狮子也是用这枪打的。我获得了一些兽皮和兽头标本，你想要吗？

如果你认为我做事很不合常理，或者认为我有双重性格，那么我只能说我很抱歉，是那封电报让我困惑的。

除了刘易斯·噶兰提尔，没有人比欧内特·博伊德翻译的法语更糟糕了，让马尔科姆·考利翻译你的法语吧！

何不给伊万·希普曼写信要一篇文章？他的地址

是比克曼广场19号。

你的吉格舞漫画家大师非常好，绝对是第一名。

你永远的

欧内斯特·海明威

致阿诺德·金里奇

基韦斯特

1934年5月25日

亲爱的金里奇先生：

听到你在百慕大度过了一个很愉快的假期，我很高兴。现在我的爸爸生病了，所以不能来帮我们。

我在上个星期天完成了初稿，打算明天把它修改一下，然后邮寄给你。我对现在这个故事有着极大的兴趣。它大约有59页吧，也许还要更多一些。

这只船简直棒极了。由莱康明引擎发动。低阀杆钓鱼，300加仑的油箱和100加仑的水箱，用它来钓鱼简直棒极了。它有6个可供睡觉的船舱，2个驾驶舱，打开尾部的发动机的话，1个小时燃烧不到3加仑的油，用大点发动机的话，以巡航的速度1小时耗去4加仑的油，而2个发动引擎都打开的话，将耗去16加仑的油。其中一只较小的船能载5个人。

前天，在忙完了满满一上午的工作后，我在下午两点半的时候从这里出发去抓鱼。我们抓住了一条旗鱼，这条旗鱼有119磅重，9英尺长，在此之前我从来没见过也没有听说过大西洋有超过100磅重的旗鱼。不过糟糕的是，这条鱼是被一个基督徒抓到的，他并不打算留下自己的姓名，而且他认为我们应该去做一些抓鱼之外的事情。

当时，他一直努力奋战，然而还是失去了一条被鲨鱼追赶着挣扎了14下的旗鱼。他试图放出钩子钩住一条，但是他左臂有关节炎，使不上劲，所以在第一条鱼跳跃一次之后就将捕鱼的任务交给了我。我帮他坚持了44分钟，我想任何旗鱼都不会被钩子钩住，这肯定难以成功。这条鱼有着完美的黄金比例，但是我们估量不出它的体重。因为我钩不住它，于是我就试图让别人来帮我。它无论如何都会成为我们在大西洋所捕的一条鱼。经过了4个小时的挣扎后，它终于被我们抓住了。

晚上最容易抓到大鱼。在前天，大概是过了6点钟，在太阳快要下山之前，我们就抓到了一条61磅重的大鱼。一般情况下，船队开到墨西哥湾流的时候，大旗鱼就会开始咬钩。我想让你知道这是一整条鱼，而非一小块。

只要你和梅杰先生一起来到这里，我们就会给你们组建一支舰队。早上，我和吉米打赌的时候，我赢了，现在我把赢得的10美元赔给你。

我现在正在努力工作，想着和多斯·帕索斯一起去古巴过劳动节，抓两天鱼。但是这个计划到目前为止还没有实施。我想我很可能直到7月份才会出发，因为这里要做的工作太多了，希望我能在整个7月和8月待在那儿。

你不能让与年轻人有关的任何故事就这样地结束，要知道，作品中除了这个年轻小伙子，任何其他东西都是没有生命力的。这些内容要么是拼凑的，要么换个法子拼凑，并且泛滥的速度非常快。

如果你见到漫画家坎贝尔，请告诉他爸爸，坎贝尔真的非常好，但只有像你这么聪明的家伙才会知道他到底有多好。

你亲爱的

欧内斯特·海明威

致阿诺德·金里奇

基韦斯特

1934年7月15日

亲爱的金里奇先生：

感谢你的建议，我知道你是一个很好的人，你一定不会在战争中为了钱而被害，你没有毒瘾，也不是酒鬼。除了埃兹拉和乔伊斯，大家现在都很好。你是想让我告知关于埃兹拉的事，同时还要我立刻写信给你，对吗？当我重新阅读这些信的时候，前面的两页内容并没有让我发笑，所以我又重新写了这一部分，不过其他内容几乎没变。我写这封信给你，是要告诉你，让你的秘书不要再给我写信了。当你不在的时候，让你的秘书签上你的名字，或者让她签下自己的名字也行，然后就此打住。

在我的稿费付清之前我还有多少工作量啊？我唯一感到自豪的事情是我已经稳步，写得很好，甚至膨胀，无论情况多么糟糕或者容易，我都一定会准时或提前交稿，我可没有吹牛。但是我想现在是把稿件放到一个安全的地方以换取足够的报酬的时候了。

我的一生一直在努力地写好故事，我没有悠闲地去感受美国的风光，我想住在耶稣感兴趣的地方。我

有两个爱好，在海里抓鱼和拿一把来复枪在目标范围射击。为什么我没有这样做，而是在这里玩着鸡屎？当我抓住旗鱼的时候我觉得很遗憾，因为它咬住了我的手，我真怕只一年的时间，我的来复枪生涯就这样结束了。

你怎么不带孩子出去？让他们也玩得开心，这可比让他们在这个地方长大强多了。如果无法给他们一个对美国完美的印象的话，那我会忍不住带他们出去的。

好，晚安了，金里奇先生。如果你喜欢美国，我准了。伙计，但它不能感动我，我已经好长一段时间没有被感动过了，但是我仍然可以被感动。比如试着去想象莎拉·伯恩哈特的好，她真的很优秀。我说地狱与她同在，我一直在最好的地方（西班牙）和最好的人待在一起。

你亲爱的

欧内斯特

致阿诺德·金里奇

基韦斯特

1934年11月16日

亲爱的金里奇先生：

听说你生病了，那真是太糟糕了。我在医学词典

里查询过它，但我并不知道到底说的是什么。扁桃体切除会对你产生什么影响吗？在这里，我一直想着你有太多的能量，你所有的时间都很懒散，这点我很抱歉。你要做什么呢，在你痊愈时，要开始做另一个杂志吗？同时写两本小说吗？也许我们应该派一个委员去好好研究一下你。

感谢你的来信，我们刚刚收到了《斗牛士》。我今天上午已经完成了《非洲的青山》的手稿。明天开始我将会写新的故事。

北风轻拂，这是常规赛初的天气。我将给你复本，绝对是第21次了，不知道结果如何。不知怎么的，我不喜欢写有关斯坦因的东西，即使确定会是一段精彩的内容。曾经有天晚上，我通过收音机听说她非常神秘，以至于我感觉她就像个幽灵。我知道你从来不相信这些，因为没有任何证据可以证明。但是，在更年期之前，她绝对算得上是一个非常讨人喜欢的女人。这与我先前的看法可不一样。我曾经认为，不管这个人多么懒惰，我们最后都可以成为朋友。

至于吉尔伯特，我让他担心这封信很长一段时间了，我要让他继续担心下去。不要说我提到这件事了。我把它收起来和我的文件一起放在巴黎，无论如何他批评生涯的结束意味着他流浪汉生活的结束。我已经

写完了全部的内容，虽然你的标题是很好的，但是他们将作为批评者对我进行评论。

我最好的一个朋友，刘易斯·昆塔尼拉，原本打算在皮埃尔·马蒂斯画廊里举办雕刻画画展。画展从11月20日开始，为期两个礼拜。这些雕刻画真是太美妙了，从来没有见过在世的人中有这么好的作品。昆塔尼拉在马德里监狱被指控为十月革命委员会中的革命者，他们想判他16年。我已经写了画展的介绍，多斯也写了一份。我已经自费把这些版画弄过去了，还要为布展花些钱，整个过程只有我与多斯两个人协助。你认不认识一些人呢？让他们都去那儿看画展吧，并让他们买些画作。这件事情既不是慈善事业也不是为了帮朋友，而是这些画确实太美妙了。如果你有20美元可以支出的话，你应该买一幅。展画收入的百分之二十会给皮埃尔·马蒂斯主办方，其他的则归昆塔尼拉所有。皮埃尔之前一直一心一意地为画展工作，他认为这些画十分精美。我心里十分清楚这不是由于我是他的朋友，但我也不知道我的这种想法是否存在偏见。

就这些了，我希望你感觉好多了，你可以把检查结果送到马德里。

欧内斯特·海明威

致杰拉德和莎拉·墨菲

基韦斯特

1935年3月19日

亲爱的杰拉德和莎拉：

你知道我们之间没什么可说的和可写的。星期天我和多斯从海湾来到这里，给你发了一封电报。昨天我试着给你写信，但是我发现我不能。

在一个人死之前他肯定很想活，可惜他[1]这么年轻就死了，但值得庆幸的是他度过了一段非常美好的时光。就算他拼命了一千次，他的身体也没有好转起来。在一个人死前，如果感觉到疲惫，这或许是件好事，因为上帝想让你免受痛苦，这是对你仁慈的表现。

这有点残酷却很真实，我知道，一个早夭的人如果能度过一个幸福的童年，那对他来说是幸运的。我相信没有人能比你们更能给孩子带来一个幸福的童年。我们都曾想着死于失败，我们的身体消失了，我们的世界毁灭了。但是同样是死亡，对他来说，他的世界是完整的，他只是偶然死亡罢了。

你要明白，我们已经到了这个年纪，我们开始失去我们这个时代的人。很少有人真正活过，或者说人

[1]指鲍思，莎拉·墨菲的长子（1919—1935），死于肺结核病。

人得以永生。但是，不管他们是否离你而去，你深爱的人会永远活在你心中。

我们在世上生存，每一天都要非常小心，不能互相伤害。虽然现在我们看起来好像都在同一条船上，还是在一条好船上，我们不会分开，但是我们知道我们永远也无法到达港口。因为会有各种各样好的或者坏的天气，不过更重要的是，在我们还不知道登陆时间时，我们必须保持良好的状态，互相信任，彼此依赖。值得庆幸的是，有很多优秀的人在我们的船上。

把我们所有的爱传递给你们，以及公爵的儿子帕特里克·墨菲、女儿伊福斯和老鲍思。

你亲爱的

欧内斯特·海明威

致阿诺德·金里奇

基韦斯特

1935年4月11日

亲爱的阿诺德：

这是一则信息。如果你不能说通奸，你能说交配吗？或者那也不能的话，你能说是合作者吗？请用你自己的品位和判断来做这件事。

明天早晨，我们就要离开了。截至目前，我的伤口已经被彻底清洁，好好休养几天后，我应该就能愈合了。[1]这是非常小的痛苦。

我会再给你写信的，最美好的祝福给你。

你亲爱的

欧内斯特·海明威

致阿诺德·金里奇

基韦斯特

1935年6月4日

亲爱的阿诺德：

现在给你寄来一本在古巴出版的书，以及我的第一版关于年轻的安东尼奥（古巴画家）的著作。你还记得那张安东尼奥放大的图画吧，是两姐妹，都非常滑稽，非常好看，有着蓝色的羚羊头。安东尼奥在哈瓦那的竞赛中打败了一个强大的竞争对手，获得了最后的奖金。我们没赢，自然也没有任何报酬。

顺便说一下，我真感谢那封虚伪的信。这是多么

[1] 海明威在1935年4月7日去比米尼群岛的路上，无意中开枪射向自己的腿。

的不正常啊，我想让你再问问乔治娅小姐，要是她见到这个家伙（写那封虚伪信的人），她是否能写信给我，告诉我这个家伙究竟说了什么？我想这个要求并不算太过分吧！我相信有一些人肯定会认为我是一个骗子，但那个家伙的业务可是遍布美国，他签署的书，他大声朗诵的新故事，在探险俱乐部待的两个月，带年轻人去吃的早餐，等等。只要是和他有关，不管是乔治娅小姐告诉我，还是其他在芝加哥撞见他的人告诉我，我都会对此感激不尽。

保琳和孩子们在家里忙碌，清理斯克里布纳杂志的碎片，并试图整理一下我的邮件。我们抓住的两条大金枪鱼，虽没有鲨鱼感人，但我们还是保持了暂时的世界纪录。请你给我发个电报吧，就在最近，你要尽快整理完数据，然后你可以应付副本及图片的问题，你会惊讶于人们如何做这样的事情。如果你想找个大人物和运动员来满足你的需求，他们能得到五分镍币，给他们，或送他们。我认为这是一个好主意，把这三四篇文章组合在一起形成一个系列。

很抱歉，我不得不在凌晨三点写信给你。明年冬天，或者这个秋天我还有一些文献要给你。

在我拿到最后的稿费之前，我到底还要写多少东西啊？我不是乞讨，只是想告诉你我能搭飞机交给你。

加里诺片段对于收藏家来说，应该能算得上是一个不错的目标。如果收藏者还在世的话，希望如此。

你是不是有兴趣知道，在我痛打一个家伙后，我又把约瑟夫·卡纳普[1]打昏过去了。当时天黑了，我赤手空拳站在码头。围观者有六十多人，我想卡纳普从斯坦因那儿了解到我是个骗子，因此挑起了这场争斗。我告诉他的时候，他还不知道自己已经被卷了进来，因为他在谈话中不断重复他在纽约对我说的话。但是不管怎么说，我还是用左勾拳击中了他三次，不过我实在弄不懂的是，为什么他还不肯屈服。接着，他又向前倒去，努力想抓住些什么。我用棍棒从他右侧狠狠地打了他两下，他向后退去，屁股和头部几乎同时砸向木板。我原本认为，等他再回到码头来参加对抗时，他肯定坚信，在我正疲惫不堪的时候，会有人来抓我，但他的船员们却在原地一动不动。他次日凌晨四点离开，乘着他的“暴风雨之王”号快艇前往

[1] 约瑟夫·费雅嘉·卡纳普（1892—1952）与他父亲一道联合出版杂志。他的父亲约瑟夫·帕纳普·卡纳普（1864—1951），原科里尔出版公司董事会主席。在1935年7月31日海明威给金里奇的信中写道：“自从卡纳普事件以来，这儿是人人自危，他们让我去挑战他们。当地有个娱乐节目叫‘试他’，我最后两周参加了四次，两次赤手空拳，两次戴着手套。这四次都获得了胜利。”

迈阿密去看医生。在迈阿密，他告诉费根，他对于他所说的“还要回来”感到很抱歉，并且已经得到了应有的报应。就另一方面而言，双方冲突的原因还是源于限制对方的市场份额。我们以前一次也没有接触过，是他先开始的，他体重200磅，穿着鞋，我光着脚磨坏了两个脚指甲。如果你想了解关于这件事的任何信息，并且对此还抱有好奇心的话，那么我说的这些其实很容易就能被证实。在那个时候，黑人乐队正在码头唱歌，他们看到了所有的过程。要是你能过来的话就更好了，在这里你可以听到他们最美妙的歌声。我多么希望你能到这里来啊！

从6月7日到6月25日的这段时间里，我一直独自一人在钓鱼。我的妻子去接邦比了。我是真的希望你能到这来，老实说这可真是一个好地方啊！要是在这样的地方钓鱼，两个人肯定要比一个人有趣多了。

不管怎样，请记得写信给我：佛罗里达州，迈阿密，西南第五大街1437号。每个星期二，克雷德船长来回跑着他的领航艇，顺便把信捎过来。我明天回去。你可以不用费太多的时间从纽约或芝加哥坐飞机，泛美航空公司的飞机在每星期一和星期五，都有从迈阿密到拿骚上午八点的航班，从迪纳基港口带你到卡特卡只需要28分钟。你坐上去卡特卡的飞机后，给我发

封简单的电报，我们将在那儿迎接你。还有，卡罗斯·古铁雷斯已经康复了！

我见过一条马林鱼，比迈克弄死的那条鱼大至少三分之一。经过残酷的战斗，眼看快到船上了，还是被它脱了钩。它跳出水面22次，就如在倒霉的诺曼底那次一样，几乎半英里的纠缠，还是让它逃掉了。在船上，我与它僵持了28分钟，它像迈克的鱼那样，拼死地往上跳，终究还是脱了钩。要是我能抓住这条鱼，它的重量肯定能打破世界纪录。真是太遗憾了！我就这样眼睁睁地看着机会从我的眼前溜走了。

不过，等你收到这封信的时候，我们的心情应该已经好起来了。这里有大量的马林鱼，虽然个头不算大，不过我们一直用八到十磅的金枪鱼做鱼饵。抓第一条鱼的时候我大概用了一小时十分钟，但到第二条的时候就变成了48分钟。这里有不少船，我想他们抓鱼至少也有四年了吧，不过他们却没有逮住一条像这样的鱼。我们和一些富家子弟打赌，竟然成功赢了350美元。这儿有很多富家子弟，但是现在没有人再敢和我们一起打赌了。

再见，阿诺德！我将尽力给你写一篇好作品，如果你有任何意见请提出来。

亲爱的

欧内斯特·海明威

致麦克斯韦尔·潘金斯

基韦斯特

1935年9月7日

亲爱的麦克斯韦尔：

收到你的来信，我非常高兴。只要收到信的那晚没有遇到飓风，我就会尽快给你回信。我在晚上十点躺下之后，迷迷糊糊睡了几个小时，周围的一切如同船舱一般安全。气压计和手电筒现在就放在床边，等到光线变暗的时候就可以直接拿来使用。午夜狂风大作，树枝摇曳。汽车渐渐地向着小船驶来，然后停在那里，大概直到凌晨五点转西风后，我们才慢慢意识到暴风雨已经穿越北部，渐渐远去了。第二天，风依旧很猛烈，导致我们失去了和佛罗里达礁岛群的通信。在这样的大风天气里，无法通过电话、电缆及电报进行联络。第二天，我们去了下岛村，那里已经变成了一片废墟。当你在报纸上读到的时候，你肯定无法想象出这一毁灭性的场景。风暴已经造成700至1000人的死亡。到目前为止，很多人仍没有被安葬。40英里以内枝叶完全剥落，如同被烈火焚烧般光秃，大地也仿若被弃置的河床。目之所及，无一建筑矗立。30英里以内的所有铁路都被冲刷吹走。我们是第一批赶

到这里的人。此刻五营的老兵们正在抢修公路。自从1918年6月皮亚韦河战役以来，我已经目睹了无数的死亡。

那些军营中的老兵实际上是被谋杀的。佛罗里达州西海岸有一列火车准备搭载这些人远离礁岛群，负责人员称已与华盛顿政府取得联系，正在等待命令。华盛顿当局给迈阿密气象局发电报询问，得到的答复是没有什么危险，转移这些人没有太大的必要。所以直到暴风雨到来，这列火车还未开动。负责照料这些老兵的工作人员与气象局之间互相推诿。

我所知道的以及能够断言的，只有这些。暴风雨抵达岛村上空时，大多数岛民因气象局发出的飓风警报（礁岛群的飓风强度从基拉戈岛逐渐向基韦斯特减弱）而丧生，而他们并未用他们最基本的良好判断力来计算这一进程。

礁岛捕鱼营已经被彻底摧毁了，在上岛村和下岛村的定居点也没幸免于难。大概有超过30英里的铁路完全被毁坏，现在所有通往基韦斯特的火车都被强制停运。高速公路虽然没有铁路损坏严重，但要被完全修复至少也得花6个月的时间。铁路方面只不过是虚张声势，他们会进行重修为的是向政府出售通往高速公路的使用权。无论如何，基韦斯特将与外界失去联

系至少6个月，除非迈阿密方面派遣服务艇和直升机。

海上部队直升机正在运送某一类邮件，只不过是两组长达130页的单页校样。你要让我在其他校样运来之前将它们发回去吗？

回到你的来信。首先，我希望自己已经疲惫不堪，出版商已经向公众公布了我在迈阿密所遭遇的一切。因为我正在创作的书中需要一场飓风，好像如果少了这场飓风的话，他们会很失望。

亲爱的麦克斯韦尔，你一定无法想象，两名赤身裸体的妇女在暴风雨中随树摇摆的场景，她们的身体已肿胀并发出了刺鼻的气味，水流在她们的双腿间不断穿行。通过判断，有人认出了他们分别是经营三明治店和汽车加油站的那两个漂亮女生。目前我们已经安置了69具尸体。在印第安人居住的基韦斯特，一个几乎没人到达的地方，现在已经完全被一扫而净、寸草不生，高地中央散落着各式各样的海螺，有活的也有死的，除此之外还有不少淡水大龙虾，整个海底在它的下面。我真想让那些搞文学的浑蛋们来亲身体验下飓风的威力。哈利·霍普金斯和罗斯福把少得可怜的津贴发放给那里的游行群众，想借此摆脱和他们有关的一切。如今，他们宣称会把这些尸体安葬到阿林顿国家公墓，并不会直接对尸体进行火化或现场安葬。

不过当被抬起来的时候，这些因飓风而撕裂的尸体已经开始腐烂了，周围到处都是腐臭的气味。到目前为止，救援人员完全无法对尸体进行防腐处理，要是真将这些尸体抬到六七英里外的小船上，再将它们放入箱内，那么在到阿林顿国家公墓的途中，船上的十到二十几人肯定会忍不住呕吐起来。抗议者们大多反对由迈阿密方面承办火化或安葬工作，因为每具尸体要收取100美元的费用，而松木制成的棺材每副就要50美元。工作人员不仅要在发现尸体的地方撒石灰，还得通过付费硬盘和文件来确认死者身份，稍后才能竖起十字架。然后，他们会挖出亲人们的尸骨并将他们运走。

我的短篇小说《过海记》中的醉汉在轮渡时溺水而亡，而他的原型就是乔洛。

我刚刚完成了一部佳作，另一个故事从星期六晚上就开始创作了。他们原本可以让这些老兵在星期天或者星期一到户外走走的，可他们却从未这样做。在照料老兵上，他们哪怕只采取一半的预防措施，也不至于有那么多人遇难。

现在写这些，可能会让你感觉很不舒服。外面仍在下雨，我没有喝酒，躺在船的甲板上，我们应当记住整个事件，但我的确不知怎么会出现在我的小说中。

我们分五次向不同地区的幸存者运送补给品，但一切只不过是徒劳。

希望佩格一切顺利。不过不管怎样，你都不用担心，因为她现在已经回来了。

有关斯坦因的部分，我尝试完全坦白。我并不想提及她的名字，证实她就是格特鲁德。你想让我将她与“婊子”对号入座？用什么形容词来修饰？我不知道什么词能够取代“婊子”，当然不是“妓女”。如果一个人曾经是“婊子”，那么这个人就成了“她”，看我是否能改变她。除非你认为这为批评家提供了话题。麦克斯韦尔，你难道不明白他们抨击我，只是为了让我信仰他们。你不可能一直受欢迎，除非从事像约翰·高尔斯华绥等小说家那样的职业。我将在不受欢迎中生存下去，留下一部较好的小说集，一部能够使他们回到原点的小说。我不在乎自己是否受欢迎，你知道我并不追求这些。唯一困扰我的是，我对一直长期从事的工作（而非试图成为像罗斯福那样的名人）失去信心，我需要一些钱。

算了吧，还是让我们继续回到“婊子”这个词上吧。你想讨论那个胖女人吗？完全有这个可能。让我们把话题转到胖女人或者单单只是女人身上吧。请你不要用“婊子”来称呼女士，这似乎会让别人误会我并不

在意她对我说谎，但对所有人来说，诚实都是非常重要的。我对她是什么感觉，其实不值一提。现在好了，你不用担心这些。

邮件发出后，仿佛摆脱了这件没人知道的事情。希望你的花粉病现在已经好了。灾难随着暴风雨的北移而结束，给人一种虚假的印象，似乎是早秋终结了它。我很感激你所写的有关写作方面的内容。随函附上有关斯坦因的部分，你现在可以把单页校样进行重置，我已经修改好了，把重点放在相对应的位置。我认为这一章的结尾应避免把“婊子”一词运用到女作家身上。

等你收到信后，能不能在我的账户上存500美元？我认为这肯定能让预付款上涨到4800美元。

我将继续进行剩余书稿的校对，并及时把改好的部分发给你。现在先把这些发给你。

祝你好运，麦克斯韦尔！

你永远的

欧内斯特·海明威

致司各特·菲茨杰拉德

基韦斯特

1935年12月21日

亲爱的司各特：

好吧，我想乔·刘易斯肯定能预见到你的无奈，因为拳击比赛要推迟到2月2日。如果可以离开塞尔达的话，你还是到这里来吧。很遗憾保琳的身体如此糟糕，现在她又生病了，肝脏也不好，肺和心脏也出了毛病。你最近还好吗？其实我的肝脏也不是太好。六七年前的时候，我的肝脏就已经受损了。你的心脏现在有什么问题吗？肺怎么样了？医生是怎么说的？我觉得失眠真的很糟糕。现在我的药物剂量变大了。我经常在半夜醒来，听钟敲响一点或两点，然后就那么清醒地躺着，直到听见钟敲响三点、四点和五点。但我过去并不在意任何事情，所以没有太多的不安，我只是很平静地躺在那里，就仿佛也得到了很好的休息。我想这些对你没有影响，对我却有很大的作用。

如果需要锻炼我就乘船出海，整晚熟睡，或者如果我在船上醒来，很快便能入睡，抑或我清醒地躺在船上，一切都好。但问题是如果你在醒着的时候开始想其他的事情，从头到尾你会感到精疲力竭，早上要

写作的时候也会感到疲惫不堪。你可以尝试静躺着，放轻松些，只是作为旁观者考虑自己的生活和事情，并不在乎是否会有所帮助。只要你有空，你随时可以到我这里来。我会带你到船上，你可以从中抽取任意一部好的小说。如果你确定自己特别心烦，我倒想看看你会不会去自杀？你所要做的只不过是决定要不要举起手来，这样你的家人很快就会被赡养，你就不用再写作了，我还会为你写一篇精美而别致的讣告，马尔科姆·考利会把其中最优秀的一部分刊登在《新共和》杂志上，我们还可以取出你的肝脏，把它交给普林斯顿大学美术馆，然后再把你的心脏交给广场饭店，你的一个肺交给麦克斯韦尔·潘金斯，另一个肺交给乔治·霍内斯·洛里默。我们会让迈克·利什写一首神秘诗，到你曾去过的遥远的哈瓦那参加比赛，那个神圣的天主鬼们认为他们到不了的地方，他们要通过绑架、银行抢劫等方式得到大量货币，然后再资助下一场革命。很奇怪，暴力中蕴含着暴力，现在很多孩子已经成为“暴力少年”。现在的古巴是一个有趣的地方，这种情况大概能持续五年。也许你说过，要教这儿的学生朗读。要不要我现在写一首神秘诗，让你好好看看？你可以在海边朗读这首诗：

忧郁从哪里来
投掷的高度令他焦虑不安
丢下去他自己
是
某位侍者？
不
轻轻地推动复苏的萌芽
并未使我们的鼻孔发痒
在那忧郁而无尽蔓延的海底
向艾略特表达我们的感激之情
扔掉一个两个，最后一个不剩
呈现球状、胶态、间质性
消失在视线中
惊恐地
自然
不造作
沉没中没有泛起涟漪

噢，你一定要让迈克·利什写一首神秘诗，我只是分享个人在巴黎时期的一些回忆。亲爱的伙计，你要不买个保险吧？

再见，司各特，给我来信。祝你圣诞快乐！保琳

向你问好。

真诚的

欧内斯特·海明威

致保罗·菲佛夫人

基韦斯特

1936年1月26日

亲爱的妈妈:

自圣诞节以来，每天我都打算给您写信，感谢您和保琳的父亲给予我们的支票及股票。你们对我们总是这样的慷慨，给予我们这样美好的礼物，我无法形容我是多么喜欢它们。圣诞节过后，我又忙于工作，直到今天才意识到圣诞节已经过去一个月了，我却从未写信告诉您我是多么喜欢这些礼物。

今天我一收到您的来信，就立马给您回信了。不过我想这并不是一封简单的信。最近这三天里，我们接待了不少遇到麻烦的游客，但是目前我们还有一些空闲时间。由于暴风雨的原因，现在出行困难，所以这个冬天我们有别的打算。不过仍有一位上了年纪的游客到时会到这儿来，由于无法离开，他反倒想要留下来。汽车渡船每天大概只能运送10辆汽车，而直升

机依据不同的尺寸可运送4至40名乘客。政府现在打算将这座伟大的旅游城市打造成纯粹的观光城市，不过在阻碍所有行业发展的情况下，让大量旅客出游来支持一个大型的热狗摊，这是不可能的。犹太地区行政官制定的最后一个法案，在他晋升到更为重要的职位前，特格韦尔机构将其（雷克斯福德·盖伊）免职，调离司法部门，他被地方法院指控作为董事购买了两艘船尾有桨轮的渡船，从开罗到肯塔基州，报价为6万美元。虽然最终抵达，但大部分路程是被拖着走的，船已完全破损。毫无疑问，船被修好后仍将用于夏初的渡运，然后到达基韦斯特这座荒芜的旅游中心。

现在我们都很好，保琳也感觉很不错。对于房子、花园和花草树木，我们非常满意，目前为止，这个地方看起来棒极了。帕特里克是很好的伙伴，每个周六和下午放学后，我们会一起外出打猎。在收到您和他外祖父寄来的贺卡之后，他非常高兴。昨天我们一起到墨西哥湾流出海了，海上波涛汹涌，在途中，他突然肚子疼起来。我在掌舵的时候，看到他在船上一直呕吐，我一听到他喊“爸爸，爸爸”，就立马跑过去看发生了什么事。他告诉我：“有一条旗鱼跳出水面，我一看到它就吐了！”他慢慢缓过来，我给他唱了一首歌：“把杂烩放下，肚子转啊转，它露出来啦。”

他听到后变得很开心。虽然天气不怎么样，他依然钓到了一条小旗鱼。海上波涛汹涌。他和格里高利都喜欢钓鱼，我发现外出到墨西哥湾流时，一次只带一个孩子更方便。我并不是一个很爱孩子的人，但是这些孩子真的是很好的伙伴，他们很有趣、很聪明，尽管怀有偏见。

格里高利继承了他外祖父在数学方面的天赋，喜欢在头脑中把任意两个数字加到一起，计算五的倍数和十的倍数——他才四岁。你问他："240加240是多少？"他会把头转到一边，说："我想大约是480。"他非常机灵，动作也很敏捷。几天前，我们一起外出钓鱼，他带上了和帕特里克上学时的一些朋友。我们用鱼叉叉鼠海豚，还把鱼叉缠在钓竿和卷轴上。鼠海豚很聪明，它总想要戏弄捕到自己的人。格里高利站在船头上，当我们向他大喊应该如何做时，他就会重复这些话，并补充自己的一些想法。和他的外祖父一样，他总能在危急情况下表现出发号施令的能力。如果有人处于危险中，他就会说，把行李打包好，放到汽车的后备厢里去。他的确是一个好孩子，非常讨人喜欢，又非常有趣。他们看上去似乎总是玩得很尽兴。和他们一起外出，回答他们的问题，让他们陪在我身边，这让我感到很快乐。收到您的贺卡后，

他会直接走进来对我说，他要回复您的贺卡，很少会有孩子这样。他现在和以前一样自信，虽然我不知道这究竟要归因到哪个方面。

自从收到弗吉尼亚在船上写的一封信之后，我就再未收到过她的来信，此时，她正准备出海。在信中，她告诉我沃德的朋友杰伊和赫德纳特找到了一份工作，沃德想要成为一名作家。

我肯定沃德不具备成为作家的那种天赋。我想要拉小提琴，却没有时间去学它，如果未来每天要练习15个小时的话。为什么沃德不能尝试学些其他东西，而不是在过去的嗜好里徘徊。要成为一名作家对于沃德而言实在是浪费时间。就像他想成为大联盟球员出现在赛场上，如果他不能设法拦住一个腾空球，或是把球击出内场，就可以看出他是不会赛球的。金妮在写作方面的天赋不比我差，只是她缺乏信心，没有在这方面继续努力。不过她的确有这方面的天赋，而且饱经世故，我希望她可以，我们非常想念她。

保琳和以前一样，始终精力充沛。她每天都会设法安排好白天的生活，等到了晚上，她就会突然感到很疲惫。她每天九点就入睡了，而且一整夜都如孩子般睡得香甜。她之前看了《汤普森夫人的房间》和《坎比和埃丝特》的大部分。她能很好地利用书里的知识

在谈论中反击你，最近她一直在读詹姆斯·乔伊斯的《尤里西斯》，她十分赞赏詹姆斯先生，甚至能用《尤里西斯》来进行反击。

我一直在努力工作，大约三个星期都没有睡好。情绪很糟糕的时候，我就歇一会儿，这就是我为什么不先写作的原因。我早上大约两点左右起床，到小屋去写作直到天亮。当你写一本书的时候，夜里不能让大脑停止运转，在头脑中写下一切，早上就会消失，你感到筋疲力尽。我觉得是锻炼不够，或者其他什么，所以我要出去走走，不管天气如何，我都会独自驾船一段时间，现在挺好的。与其加速运转让大脑变得不正常，倒不如写到一半，进行充分锻炼。以前我从未患过忧郁症这种顽症，很高兴体验一次，所以我知道人们都经历了些什么。对于发生在我父亲身上的事，我也变得愈加宽容。但是我明白，进行体育锻炼的人是为了身体运行正常，你的一生、你的身心都需要它，就像马达需要机油和润滑油一样。在纽约的时候，我没有进行锻炼，终日无所事事，只有脑力劳动，回来后又一直工作，没有涂润滑油的部位与其他部位进行润滑。无论如何，现在我感觉很好。

在您经过凤凰城（亚利桑那州）时，为什么没有到我这儿来呢？我知道您一向喜欢孩子，他们在家中都很乖。这个地方现在经营得很顺畅，食物也很不错，

我们都很渴望见到您。除了保琳和金妮，我比世界上任何人都要想念您。我多么希望您能来看我们。现在我们过着规律、正常的生活，就如同在纽约生活一样。直到去年，我才真正明白，每个人对其子女的态度，以及子女对他们的意义是什么。虽然您不能到这儿来，但是我知道您是多么想念帕特里克和格里高利，不过我想您肯定会更喜欢这里的他们。我以前总是认为，世界上最重要的东西就是自己的事业，就好像是一位在战场上的将军一样，为了工作我愿意牺牲一切。但是现在我不会让自己失去喜欢的一切。现在我越来越深刻地感觉到，当我活着的时候，我并未获得成功。我并不认为人活着的时候能够赚钱就是唯一的成功，所以还是等到我死后再想着为取得成功而努力工作吧，现在就让我好好关心下部队的情况，有没有伤亡这一类的，我还是力所能及地从中得到我要的快乐。

好吧，您要照顾好自己，希望您能到这儿来。虽然这里没有好莱坞餐厅，但是我们可以好好聊一聊，吃着美味的食物，在上午11点半一起喝一杯。

这里的天气一直很好，如同沐浴在春日的暖阳里。但最近几天，北方已经迎来大风天气，强冷空气已抵达这里了，不过我们还是可以睡个好觉。现在是星期天下午，我刚刚错过了邮寄，所以不得不等到明天再

寄这封信。请告诉保琳的父亲，很高兴你们在凤凰城的时候能碰到这样的好天气，不过我还是很想见到这里的沙漠地区，我们打算明年秋天开车去那里。

孩子们让我代他们向你们问好。

欧内斯特

致阿诺德·金里奇

基韦斯特

1936年4月5日

亲爱的阿诺德：

我给你寄了一则故事《公牛的角》[1]，现在特意写信告知你。这则故事是保琳帮我录的。近来她吃得太多了，我让她帮我打字，我想这可以缓解她乏味的生活。我的这一则故事很有趣，而且我在两个月前就已经把它完成了，我想你肯定会喜欢的。这则故事我打算收录到我的文集中，为此我还要再写一篇文章。如果这则故事不能发表，还请如实相告，我会再重新撰写一则故事。

希望那些女士们能对这则故事爱不释手，不过也

[1] 发表于《时尚先生》杂志第5期（1936年6月）第五专栏，在编入海明威《首辑四十九篇》（1938年）时被重命名为《世界之都》。

许它会遭到无政府主义者的反对，如果那样的话，还请撤下它，但我个人认为这则故事中并没有不适宜发表的东西。你可以全篇刊登，也可以部分选登。我已经留了原稿，以备出书之用。

《世界妇女》杂志的编辑哈里·伯顿来我这儿了，昨天才离开。他想让我为他写故事，并出价要购买小说。我给了他几篇好文章，因为我需要钱。但是今后我不会在除你们杂志以外的其他杂志上刊登文章了。

我构思了一些新作品，题目为《环外》《季节伊始》《国会大厦的幻影》《名叫帕科的男孩》《两个空站》《判断距离》《副新手级》，对于这些题目你有何建议？如果有好的建议，我会采纳的。

你能不能尽快告诉我下个月交稿的截止时间，我现在正在写一部长篇小说。我打算下个月24号去古巴，我需要在那儿收集一些素材。一年之计在于春，在这个适宜工作的春天里，我要争取多写一些文章。

如果我的名字在本月的杂志上出现了，你是否能在里面的注释中说明一下，我近来忙于撰写长篇小说，所以这篇文章是从书中节选下来的，然后劳烦将录用的稿件邮寄给我，以便我统计其字数。

对于小说《游行》中被抄袭的部分我深表遗憾，如何能要回属于我的50美元的侵权费呢？

最后祝你事事顺心如意，另外收到我的故事后，请立即给我回信。

欧内斯特

致麦克斯韦尔·潘金斯

巴哈马群岛

1936年7月11日

亲爱的潘金斯：

金里奇来我这儿了，我给他看了我在基韦斯特写的一部小说，其中《过海记》和《买卖人的归来》是这部小说的一部分。我从此书中选出几则故事，他似乎觉得这些故事有些疯狂。去西部时，我决定继续写此书，再增加两则故事，这样就能给你提供更多的故事了。这本书中的故事发生在具有鲜明对比的两个地方，显现了其中的相互作用，也包含了工业革命和人们参加到工业革命中的事情。其中有两个主题，一个是衰退，主人公哈里第一次在《过海记》中出现过，然后随着基韦斯特的衰败再次出现；另一个是关于一艘被炸毁的船的故事，以及其被炸毁的前因后果。有很多这样的故事，可我不想把这些故事加上去。我现在给你看的这些都是不错的故事。金里奇很喜欢这些

故事，他让我写完所有的故事后再出版，但是我需要为我最近一次的出游，还有飓风的到来和看病，准备点钱。

我想提前预支稿费中的1100美元，用来还我之前向你借的钱。这本书里有很多好故事，不过我只从里面选了《过海记》和《买卖人的归来》。我也可以直接还你1100美元，或者通过下本书的稿费扣除我的欠款，或者等再下本新书的费用，你更乐意用哪种方式？金里奇要我每年写6篇文章给《时尚先生》杂志，而不是像我现在这样随心所欲地写，我现在写6篇的稿酬跟以前写12篇的稿酬一样，但是我不想让他知道我已经提前写出了那么多故事，我还需要钱来还债，不想一下子出版太多故事。你读了我的小说《乞力马扎罗山下》和《弗朗西斯·麦康伯短促的幸福生活》了吗？我想在修改前让你先看一下。我觉得无论我写得多么好，纽约的批评家都会言辞苛刻地予以批评的。如果你不想帮我出版的话，明年春天我打算给他们两本书和小说集，让他们慢慢批评。当然我不会出版有辱我名声的作品。我只想去西部，住在一个小木屋里写作。我们抓了一条旗鱼。现在我把水里的枪鱼惹恼了，抓枪鱼这件事，我干得十分开心。我们要在西部待到10月份左右，然后在冬季客人拜访前回到基韦斯特去工作。

我希望你能喜欢这本故事集。

能否告知下有关基韦斯特的状况。要是天气不错的话，我想周四离开这里。这儿已经刮了三天大风了，连飞机都无法正常起飞。我有不少书稿，像《在密歇根北部》《过海记》《国会的号角》《买卖人的归来》《弗朗西斯·麦康伯短促的幸福生活》《乞力马扎罗山下》以及一些尚未命名的新作，我不想让这些沉重的书稿压得飞机无法起飞。但我还是希望能多写出几则故事，最好能组成两本故事集。我打算在几个月之内就完成这个计划，为此我倾注了不少心血。

祝你一切顺利！

欧内斯特·海明威

致阿奇博尔德·迈克·利什

诺德奎斯特牧场，怀俄明州

1936年9月26日

亲爱的阿奇博尔德：

孩子，很遗憾你不能过来。很遗憾听到你在艰难的写作中，可以让身边的人看看你在写些什么。我知道没人喜欢我写的东西，但是至少能帮助他们提高写作水平，这样他们便能写出更多的文章来。

我在努力地写一本书，书即将付梓。我现在要做的就像你常在结尾处做的一样，要给人留下悬念。有时我也觉得写作很困难，但是除此以外还能做什么呢？

我最近一直忙着和年轻的汤姆·谢富林一起打猎，虽然他有着成年人的手脚、健壮的身体，内心却敏感、脆弱，这让他原本该无忧无虑的快乐生活蒙上了一层阴影。他很喜欢乡下的生活，不过他的射击技术不怎么样，就像那些富家子弟一样，运气好的话才能侥幸打到一些猎物。他以前没有学过射击，但是我亲爱的好孩子，你应该学一下。这次我们收获颇丰，打到了三只灰熊和几只母鹿。我在森林里追赶那三只灰熊的时候，成功猎杀了其中的两只。能在这样漂亮的森林里打到这么多熊，真让我喜出望外。其实我本来是去抓母鹿的，因为我听到了母鹿的声音。只不过一抬头，我发现竟有一只大灰熊站在我的面前。两天后，汤姆抓到了一只咬到诱饵的熊。在森林的边界处有一只大熊，我打算用10天的时间试着去跟踪，然后抓住它，接下来10天的跟踪和抓捕工作会很辛苦。我们昨天在大风中赶回了庄园，在疾驰了4英里后，我第一个到达，然后是谢富林。不知道是哪个浑蛋在路上设了路障还用土盖着，使他在路上摔了一跤，弄了一脸泥。当我

们从马上下来的时候，他看上去像泥塑一样。我很喜欢这儿的生活，能自由自在地打猎真好。或许很快我们又会去打猎了，希望这不要影响到孩子们。我手头上的书快写完了，又要开始新的工作了。灰熊皮像银狐皮一样漂亮，但是它比银狐的皮更厚、更长。看到它在风中摇曳着的时候，我可以肯定，它是我见过的最好的熊皮。我们一回到牧场，我就立马跟那儿的负责人说，一定要好好保管这张熊皮，最好不要让毛脱落，恐怕世上不会有比这更好的熊皮了。要是这熊皮落毛的话，那就实在太可惜了。

好了，就写到这儿吧，阿奇博尔德，我要去工作了，我们把邦比送回学校了。保琳和帕特里克都挺好的，向你的朋友问好。

欧内斯特

致麦克斯韦尔·潘金斯

基韦斯特

1936年12月15日

亲爱的麦克斯韦尔先生：

非常感谢你的汇款，正好满足了我在古巴的需要。现在我回到这里，会一直待到把这本书写好。

如果你愿意我阅读一些你已经完成的作品，我将非常乐意宣传这些书。我可以做任何事情，除了写序言。非常抱歉我耽搁了写序言的事情，我会尽快写好寄给你。

真的很抱歉，由于乌尔夫而被起诉诽谤罪[1]。对于这部书，我们要是口风再紧一点就好了，这样就不会有人能猜对书中的人物了。汤姆到底是怎么被抓的？我最近必须要去一趟西班牙，不过还好，时间还不算特别紧迫。那里将会长时间的作战，马德里目前处于冷战的状态。我已经托了两个人为我兑换现金以及帮我找运输工具。佛朗哥是一个很好的将军，可他同时是个可恶的大浑蛋，他原本能够使马德里平安无事的，但他一直畏首畏尾，错失了不少良机。对了，现在你知道昆塔尼亚将军吗？我打赌他绝对更有意思。在古巴有很多有趣的事情，恐怕一封信都写不完。

我刚刚意识到再也见不到梅布尔·道奇了，也不会再见任何女性文学家了，有时候也不想认识任何男性文学家。这究竟是怎么了？

欧内斯特·海明威

[1] 1935—1936年期间几部文学作品中都有乌尔夫。此处是指在布鲁克林被起诉诽谤罪。

致哈利·西尔维斯特[1]

基韦斯特

1937年2月5日

亲爱的哈利：

西班牙战争真是一场可怕的战争，哈利，没有一个人在做正确的事。我最关心的是人类，我一直在想着该如何减轻他们的痛苦，同样，这也是我支持救护车和医院的原因所在。叛乱者手中有许多性能优良的意大利救护车，但是他们想的并不是救人，他们用手榴弹炸死托莱多医院的伤员，轰炸马德里的工人区，以及残杀无辜的穷人。最可恶的是他们这样做并不是出于任何军事目的，这大大违背了天主教或者基督教的精神。这些可怜的穷人只不过是一些绝望的挣扎者罢了。他们哪有什么政治态度能威胁到这些掌权者呢？据我所知，他们甚至会杀害教士和主教，但是为什么在政治上教会竟然会站在压迫者的这一边呢？为什么他们不为人民做事？或者教会为什么不干脆脱离政治呢？当然我知道这不关我的事，我也不想去管，但是我始终同情那些被压迫的普通劳动人民。

[1]哈利·西尔维斯特，小说家，出生于纽约布鲁克林。

多斯·帕索斯不熟悉或者不了解你，对你的信仰也不像我那么尊重，那是他的无知。激进派的势利是最严重的势利，多斯一旦犯上这种毛病，他就反常起来，弄得毫无意义。但他是个好人，同你一样。可你不能要求你所有的朋友都互相喜欢。譬如，我可以喜欢你，喜欢多斯，喜欢吉姆·法雷尔，但我不能要求你们三个人之间相互喜欢。当然，我也不能要求你们永远喜欢我。

听到你和孩子以及丽塔一切都很好，我感到非常高兴。现在这里一直刮风，总刮东风和东南风。冰太厚，还不能抓鱼，路泥泞不堪，今天第一次北上，这个月底我打算离开，去西班牙。

我快不能打拳了，因为现在我眼睛的情况恶化得太厉害了。目前为止，我最喜欢的就是喝酒和当街头霸王，不过我始终觉得要是我能改掉这些缺点，那么我的身体状况肯定会好一点，我想我现在最需要做的事情就是彻底减掉那些脂肪。人要是一旦知道自己需要做什么，会立马感觉很棒、很开心。

祝你好运，哈利，希望不久之后我们能再次见到你。另外一定要记得照顾好自己，再见。

欧内斯特·海明威

致沃尔德·皮尔斯

卡特岛

1937年7月27日

亲爱的沃尔德：

我从海滩回来看到你的来信，又刚从麦克斯韦尔办公室拿到封皮。你太好了，竟然给这本书[1]做了皮书套，我非常感激。要是我们能当面聊聊这部小说，那就太好了！因为写信聊这些，总感觉无法畅所欲言。最近我一直忙着重新写书、整理图片，我想你应该会喜欢西班牙，这些图片很好地展示了西班牙大地。我虽然坐飞机去纽约进行了交流，但一直在忙于图片的整理工作。然后等我飞回来的时候，又募集到了一些钱买救护车。除此之外，我还买了两车起重器，第一车下周会海运过来，在两周之内它们就会被转到马德里。

请原谅我这封信写得有些潦草。我现在在卡特岛，不是在巴克利旅店，外面正狂风乱作。

关于皮书套，第一个非常帅气，但是是布拉坐在

[1] 指《有钱人和没钱人》，于1937年2月出版。

他那艘破船的船柄上。[1]

欧内斯特

致保罗·菲佛夫人

卡特岛

1937年8月2日

亲爱的妈妈：

非常感谢您和爸爸给我们寄来支票，洪水刚过去，汇50美元肯定特别难吧？你们仅能通过兑换支票的方式知道我们身处何方，希望这对你们有意义。礼物非常可爱，非常感谢你们。

我们自从5月底一直待在这儿，中间去过三四次纽约，然后又回来了，路过华盛顿。今天下午艾达、帕特里克和格里高利飞往迈阿密，明天午夜保琳、邦比和我也将乘船去迈阿密，到时我们会将船停在迈阿密河流以躲避飓风。关于工作上的事，我们最近买了20辆救护车，增加了50到100个胶卷，这样就很好地解决了问题，然后我去了基韦斯特，不过不到两周我又再次回到了西班牙。

[1] 信件剩余部分丢失。

保琳和孩子们都很好。保琳看起来非常可爱，比以前更加可爱了。正如你知道的，大人们在炎热的天气里待着很难受，但对孩子们来说，他们挺高兴的。离开基韦斯特后，格里高利将和艾达一起去锡拉库扎，而保琳将带着另外两个孩子去牧场。那是一家养牛的牧场，在那里，西德尼·富兰克林会照顾他们，他在西班牙的时候把我照料得很好，现在他在自然保护区，他们将在牧场度过一个美好的假期。

弗吉尼亚在这儿待了一阵，然后和梅森太太一起去了哈瓦那，之后他们又一起去了墨西哥的阿卡普尔科。他们似乎度过了一段美好的时光。

我非常喜欢皮戈特的房子，觉得它比白宫好多了。罗斯福太太非常高大，而且十分迷人，可惜的是她双耳失聪了。事实上，她几乎听不见任何声音，但她仍一如既往的迷人，所以大多数人会忽略她的缺陷。罗斯福总统毕业于哈佛大学，同样非常有魅力，不过我觉得他有点中性化，甚至可以说有点女性化。他从腰部往下全部都瘫痪了，不过他能熟练地将自己挪到轮椅上，并自如地出入房间。

我们在白宫的时候，天气非常热，除了罗斯福总统的书房，别处都没有空调。那儿的食物是我吃过最糟糕的（这是咱们之间的悄悄话，作为一个客人不应

该这样评论）。我们吃过劲道的乳鸽后，厨师端上了一份稀汤，之后是不太新鲜的色拉和蛋糕。这时候进来了一些爱慕者，这些爱慕者很狂热，但技巧不够娴熟。我真希望卡尔·菲佛能够在那儿吃这顿饭。他们被西班牙大地图片深深感动，认为我们应该对它多进行宣传。

我非常高兴能够见到他们，并参观那里，就像我非常高兴见到好莱坞一样，我不在乎是否住在那儿。哈利·霍普金斯也参加了白宫晚宴。我对他印象非常深刻，而且非常喜欢他。

我很感谢总统能邀请我们去他那儿观赏图片，我很喜欢这次的安排。不过我写信和您说这些并不是为了强调人家不好客，我只是告诉您那里给我留下的印象，请不要到处散播我和您说的这些话。玛莎·爱丽斯·盖尔霍恩[1]是为了尤里斯·伊文思才和我一起去的那里。在飞往华盛顿之前，在纽瓦克机场，她吃了3个三明治。开始的时候我们都认为她疯了，但她说白宫的食物通常令人难以下咽，所以大部分的人去那儿参加晚宴之前都会先吃点东西，以防挨饿。她倒是

[1] 玛莎·爱丽斯·盖尔霍恩是一位小说家兼记者，她的第一部小说于1934年发表。她和海明威于1936年12月在基韦斯特相遇。

时常在那儿逗留，不过我再也不想待在那里了。

亲爱的妈妈，非常抱歉我得回西班牙，您写信说要待在我们这儿照顾孩子们，这听起来非常不错。但那时候我答应他们我会回来的，我无法遵守我的承诺了，我不知道我为什么没有遵守。我无法像过去那样辅导他们。或许我再也无法辅导他们了，但他们以各自不同的方式有了一个很好的开头。我们也不知道自己的目标是什么，还有没有目标。

我知道您一直以来都过得挺好，不管是与尘世还是和下一代都相处得那么和谐。而我们这代人无论是自己做的决定还是曾经犯过的错误，看起来都是那么可笑。现在我已经对一切都失去了信心，好像突然之间什么都不再重要了。除此之外，上次的战争也完全消除了我对死亡或其他所有事情的恐惧，仿佛整个世界都变得糟糕起来，不过我还是觉得现在人最需要做的，并且必须要做的一些事情就是思考。在马德里待的前两个礼拜，我总感觉到，我没有妻子，没有孩子，连房子和船也没有，我什么都没有，仅仅只是活着。但是现在待在家里直到失去一切，再次评估一切，回想起来，我不得不再次把他们全部抛弃。所以不要说他们是如此艰难，因为还留有一点点想象。此次糟糕的谈话到此为止吧。

再见！祝您好运！我非常担心这次的洪水。孩子们经常讨论善良的大自然母亲。如果有自然灾害这样的事情，我估计他们应该会像迈克·施特拉特尔太太那样发疯，暴跳如雷。我非常高兴您提到天气的事情，对待天气诚实、现实和理性。您可能偶尔会大发雷霆那么一会儿，但是平时总是那么温和。

由于没有纸张了，我不得不在这里停下。现在飞机已经起飞，所以我只能乘船回去。

请代我向住在皮戈特的所有亲人问好。同时再次感谢您给的礼物和支票。

欧内斯特·海明威

致哈德莉·理查森[1]

基韦斯特

1938年1月31日

亲爱的哈德莉：

我把给邦比作为上学费用的两张支票一起附上，格斯·菲佛叔叔已经给了每个孩子不少于40股的股票

[1] 哈德莉是海明威的第一任妻子，于1927年与海明威离婚。她在1933年与保罗·司各特结婚。

（每股价值100美元，利率为4%）。我今天刚刚收到通知和执行文件，并附上信托契约。

我前天刚刚到这儿，做了九个月的通信记者，非常忙。另外，我十分挂念西班牙这边的事情。请转告保罗，改天我会给他讲一讲有关特鲁埃尔的事情。我接手负责赫伯特·马修斯和塞夫顿·戴尔默的事情，之前他们的签证审查被拒。马修斯已经回来了，不过在他回来的10个小时前，我给纽约发了关于这次战争的第一个故事，步兵团发动了整个袭击，紧接着一个炸药团和三个步兵团又再次进入了小镇。不过很快我又申请退回了，北美报业联盟发电报时原本打算发表一些家家户户被轰炸的故事，不过后来他们又放弃了，我猜可能是他们嫌费用太高。《泰晤士报》的“天主教之夜”版块放弃了我写的所有文章，他们拒绝采用我写的文章，所以北美报业联盟很有可能发电报辞退我。唉！你肯定对这个非常了解，而我刚刚体会到这种感受。马修斯是一个非常好的人，我很高兴自己对他还有用。报纸上发了两个专栏，给马克思·伊士曼说和做的事情开辟了一个专栏。事实上，根本都没有人过问我这些，而知情人看到他们为这本书聚集起来，以为是我更改了名字重新开始，所以让亚历山大·伍科特把我的文章收集起来重印，

不再单独出版了。

请转告保罗，我在马德里见到了理查德，他一切都好。请转达我对邦比的思念，盼望他能给我来信。同时，我附上了支票，让邦比用来购买圣诞节的礼物。

这次旅程的天气非常恶劣，大风持续刮着。逆着风，我们从迈阿密出发，后来买了一条小船。我最近确实感觉太累了，恐怕也写不了太多，还希望你能谅解。我在马德里写了本名叫《第五专栏》的戏剧，我相信你一定会喜欢的。不过我不知道这个剧本是不是能被制作出来，不管是为了给我惊喜还是安慰我，他们都不可能会吓唬我，不过你也不要把这些当回事，我能屈能伸，压根不怕这些，我这封信里有不少阴暗忧郁的负面情绪，还望你能体谅。我依然爱你，愿一切美好的祝福都能降临在保罗以及我最深爱的你们身上。

希望你、保罗和邦比身体健康，并祝你们一切顺利。

欧内斯特·海明威

致尤金·乔拉斯

巴黎

1938年3月下旬

亲爱的尤金：

回答你第一个问题[1]。第一，我经常梦到我此刻在做什么，我在报纸上读了什么。例如，一只灰熊拿着步枪，触发器有时候坏了，等等。一开枪，就射到了庞大的动物或者一些我没见过的动物，或者马德里具体的战役，街头巷战，等等。甚至经历我和S小姐在床上（这不太好），也梦到过黛德丽小姐，嘉伯小姐和其他人，她们都非常迷人。

第二，第二个问题我没有弄清楚是什么意思。

第三，我从没感受过这些，希望能用相同工具日日夜夜地控制着它。我相信会做得很好。我尊重那些在写作上有问题的人并真诚地祝福他们。

欧内斯特·海明威

[1] 乔拉斯，用“夜之魂和语”询问了几个作家三个问题：第一，你最近比较有特点的梦（或白日梦、半睡半醒的幻觉、错觉）是什么？第二，在你集体潜意识中是否观察到任何有关祖先的传说或象征？第三，是否曾感觉需要一种新的语言来表达自己夜晚的感受？

致麦克斯韦尔·潘金斯

马赛

1938年5月5日

亲爱的麦克斯韦尔：

感谢你4月7日的来信，同时，我也刚好收到了关于戏剧的电报。昨天我到了巴塞罗那，然后我从那里又搭飞机去了卡斯特利翁和马德里，去拿我之前收集好的信。这次旅行过后，要是一切顺利，我将去基韦斯特，不过也是像这次一样，只是短暂停留。我们本来决定要好好讨论下戏剧创作的事，但不幸的是，出版商在一场翻船事故中意外去世了，这让原来很顺利的事变得曲折起来。

不过无论如何，目前我还有个新想法。我计划把原来未出版的那三个故事和这个戏剧合成一册，然后一起出版，你觉得怎样？我想这应该可行。

现在我怀疑我们是否有时间或者拿什么去制作它。这确实是个好主意，和其他三个故事合在一起肯定是本好书。可以以这个戏剧开头然后紧跟这三个故事，然后我们出版这本综合性的书，我将会写出一本

新书或者我可能会先拿一本新的。我会作序[1]，这真是个好主意。

虽然伊万的评分不高，但是我感觉他还是很不错的。只是他并不适合消防队，我看到他已经被直接送回家了。不过他一直在想方设法再回到消防队，但他确实不适合待在那里，他的确应该回家去。希望你能早点见到他，我前天才见过他，他让我代他向你问好。

现在是这六个星期以来最糟糕的时候，我们有力地打击了意大利军队，给了他们从来没遇到过的打击，使得他们只能撤退。而我们坚强如钢，没有被摧毁。我记录下了这精彩的一幕，如果你有兴趣，你可以从北美报业联盟看到。这篇文章我已经在3月18日寄出去了，你应该能想象到，文章还得审查一下。

我今天四点半就得走了。这是我离开美国的第一天。我打算在床上躺着休息一个礼拜，然后再吃点东西，补补觉，或者看一看报纸，再喝点威士忌和苏打水之类的。由于一直在重复地看电视节目，这让我觉得自己就像是一直在旋转着的祈祷轮。你要是觉得我写的内容很让你郁闷，那我只能说十分抱歉。我向来

[1] 海明威最终还是为《第五纵队和首辑四十九篇》作序，该书在1938年10月14日出版。

不会感觉郁闷，当所有的一切都迫在眉睫的时候，你反而能看清楚并能理解。可如果置身事外的话，你反而会觉得比近在眼前还要沮丧得多。

祝你一切顺利，也祝各位一切都好，希望能够尽快见到你们。

在蒙斯的撤退算不了什么，当这一切结束后我将有很多东西要写。我会记住这一切。战争结束后我打算定居下来，然后开始写作，就像安德烈·马尔罗受到伤痛和欺骗之后一样。他在1937年2月退出，用简单的方式和毫无做作的文笔写出了巨作。

麦克斯韦尔，我希望你喜欢我的戏剧和故事中表现出的思想。

欧内斯特·海明威

致麦克斯韦尔·潘金斯

基韦斯特

1938年7月12日

亲爱的潘金斯：

因为两个原因，我才延期回复你的信件。第一个是关于这个剧本，编剧没在7月提供出25000美元，并且要求我延长他筹钱的时间。这是我和他的秘密，

其实我并不想谈论这些，因为他一直在努力筹集这些必要的资金，而我不想在这个过程中让他感到尴尬。虽然其他的生产者也一直在催这部戏，但毕竟所有的事情都已经晚了。不管它是否能被排出来，我们都必须得确保它能在秋天出版。不过我现在还未能拿出确切的证据，目前看起来这似乎还不算太紧急。如果情况紧急，请务必让我知道。如果你想要前言的话，我会写，但是它会根据这部戏剧是否会被排练出来而发生变化。我可以随时在一天之内写出来，最多两天。

现在谈论一下关于戏剧的故事方面。《在密歇根北部》似乎看上去和它以往的情况是一样的。没有这个词，这个故事是毫无意义的，那些正在寻找某些跳板的人们会很希望这个词出现在那里。这本书被认为是到现在为止所有故事的一个绝对集合。如果没有《在密歇根北部》，这将不是它本身的样子。如果这个故事被删减的话，那么这本书将会失去所有的重要性。

这是一个非常重要的故事，而且它影响了很多人，比如卡拉汉等，虽然这个故事非常悲伤，但它并不肮脏。不过我觉得我现在写得还不够完美，尤其是对话部分。这个故事的对话虽然很死板，但是在码头的时候，它又突然变得恰到好处，而且整个故事的重点就在这，同时它还是我得到的一切自然灵感开始的地方

（重新再读一遍这个故事），我从记起这个故事之前就已经开始写作了。

麦克斯韦尔，我不知道关于这个故事我该说些什么。如果你删减了这个故事，那么出版这本书就变得没有意义了。当然，如果你不想出版的话，那我无话可说。但是如果这本书被出版的话，那就要按照它原来的样子。

现在我有另一个想法。为什么不按照第一个故事的样子来出版这部戏剧呢？然后是接下来的四十八个其他的故事。把它叫作《第五纵队和海明威的首辑四十八篇短篇小说》吧！[1]

在所有有政策的地方都必须要强硬起来，尤其是在政策正确的地方，态度更应该强硬起来。要是你被打败了，那也一定是因为你唾弃自己的强硬所致。

在这两本书中，我们之间有严重的分歧。故事没有结局，并且从前48个故事中展现了我们从电视中所学到的东西。也许每个人都会暗暗诅咒这个戏剧。把这些放到一起，不管他们如何谴责，不管发生什么，我都不会觉得不好，因为我知道这是我完成的著作。在这部戏剧里你可以看到我学到了什么，并且所有重

[1] 第四十九个故事是《桥边的老人》。

要的对话和行动都会在这部戏剧中体现出来，这些都是在这部戏剧完成之后可以看到的。

如你所知，这部戏剧并不算优秀。

你可以直接忽略《在密歇根北部》。我宁愿忽略它，而不是删减它。可要是不出版的话，那么它看上去更像一个耻辱。在这本书里，麦克斯韦尔，我愿意给他们钱以便让所有的故事都保留。

可以写一个简短的介绍，来解释《第五纵队》是最后写的东西。之后便是另外的新故事和其他按时间顺序的新故事。它将会是一本很有影响力的书吗？我很想要有一个大的改变。

对此，你有什么别的看法吗？

艾文都不能弄到钱买那匹马，这简直是一件很耻辱的事情。那匹马，那个领导，获胜是必然的。第二章讲的是：在上周六，艾文得到了100美元用来下赌注在那个狐狸身上。最后他输掉了赌注，但是如果艾文听从了我的建议，为那个地点和演出下注，那么我们仅仅会输掉25美元。目前为止，我还没有收到他的来信，也许一两天之内会有回音。赛马的淡季已经来到，所以请不要给任何人钱让其在赛马上下赌注，除非你收到我的确认电报。最后还是要谢谢你给艾文那100美元。

在这本书上，我想再加一篇故事——《桥边的老人》。你觉得怎么样呢？

希望你一切顺利。我现在就寄信出去。

欧内斯特

致阿诺德·金里奇

巴黎

1938年10月22日

亲爱的阿诺德：

故事随信附。[1]

另外，故事的最后一段，“如果我没那么了解他，如果我不曾见过，等等”。我想这还算不上是语法，这里并没有涉及语法，关于语法我曾向保琳提过建议（她现在并不在这儿）。这听上去很正确，也许应该出版，但是如果你反对的话，就留下它们吧。以某种形式来说，它们的节律读起来很富有情感。

我觉得我现在再也写不出一篇文章了，所以这篇文章你就自行负责吧。我给你写第3篇文章时，我打

[1]海明威最后一次为该杂志写文章——《决战前夜》，见《时尚先生》杂志（1939年2月）。

算就直接用这篇文章代替。我不想再把这个长篇故事缩短了，虽然好的文章通常看起来都很短。这是一篇很不错的长篇故事，你觉得呢？它还是很适合你一月份的文章需求的。我觉得这是我写得最好的一篇，我很愿意和你一起出版。不过不管怎么说，在上次我给你的文章中[1]，《乞力马扎罗山下》是最好的三篇之一。

上帝啊，能再次写作并且不用一段段地写真是太好了。每次我想写作时总是被打扰，现在我又有一篇好文章，就差结尾了（可能是我文章中最好的之一吧）。我已经写好两章了[2]。

我没有看《第五纵队和首辑四十九篇》的评论，也没有听说任何事情。麦克斯韦尔寄来了封皮，我想自己来做这本书，但我怕自己有偏见。

我已经和北美报业联盟签订了合同，一旦那里发生战争，事情会在周三全部安排好，等安全官一下令，我们就与法国人一起走，我会立马搬到西班牙去。不过究竟会发生什么，现在谁也说不准。这里的事腐败到让你一想起来就能发疯，所以我只能写作。你必须要爬到那个古老的高塔上做自己的工作，即便是洪水

[1] 其他两篇是《检举》和《蝴蝶和坦克》，见《时尚先生》杂志第10期（1938年10月、11月）。

[2] 应该是指《丧钟为谁而鸣》的开头。

到来，将你的裤子浸湿。只要你是一个作家，你就必须得写下去，因为只有这样做，你才会感觉好过一些。

好了，就写到这里吧，代我向大卫问好，我也不知道自己什么时候能回来，不过我想应该不会太久的。希望我不要被卷入欧洲的战争中去，那里的情况比你能读到的所有新闻都要糟糕。

我最诚挚的祝福送给海伦·玛丽，她非常了不起。她与本·加拉赫一周之内已经两次射中疾驰的野鸡，其实野鸡非常难缠，加上树叶非常茂密，所以很难击中它们。

欧内斯特·海明威

致保罗·菲佛夫人

基韦斯特

1939年2月6日

亲爱的妈妈：

自从圣诞节过后，我已经超出回信期限一个月零六天了，现在我必须得回信了。关于我没能立即回信这件事，希望您能谅解。同时再次感谢您和保琳父亲的支票，还有您寄过来的可爱长袍。金妮已经把它从纽约带回来了。您可真是太好了，在我最需要长袍的

时候，您就及时地把它寄过来了。

前往纽约的行程真是一个梦魇。我重写并最终完成了两个绝对新颖的剧本。犹太人用第三幕的精彩部分进行了演出，这样使第一幕非常令人振奋，但是，之后就无路可走了，所以我必须写出两个绝对新颖的剧本。

这真是一件非常可怕的事情，我知道您在剧院的成功，但整个情形就是你压根不知道自己在做什么。一个成功的剧本至少应该像上一个剧本一样好，或者跟其他几个很完整的剧本一样也行。由于整个演出花费很高，所以投资方一直强调必须要确保演出万无一失，因而这里并不需要什么创新，也不应该出现一切不挣钱的东西。不过，成功的话剧并没有什么模式可言，大多数的演出都非常失败。

今早我从梦中醒来，梦到他们从贝尔摩德公司获得了新的支持，现在剧名叫《沁扎诺快递》。第一幕的四个场景不变，但是我们需要重写下一幕以引入合适的贝尔摩德角度。这真是一个梦。他们的新角度就是该剧的最后一部分发生在一个岛上，会在舞台上弄一个真的岛，种上所谓的奇异植物。

昨天，几乎没有任何人回答出主教提出的问题，不过帕特里克除外，因此主教给他施了坚信礼，他甚

至成了整个教区的骄傲。他几乎精通所有教理问答，从他现在的表现来看，日后他必将成为圣轮法院的一名优秀律师。

格斯叔叔和刘易斯阿姨来过，都很好。格斯叔叔在海湾捕了两天的鱼，但是天气不好，两天都有很大的北风，所以他没有捕到旗鱼，只捕到了很多岩礁鱼。我在暴风雪中飞过去，晚点六个小时。格斯叔叔很累，我希望他能待得时间长一点，以便得到充足的休息。

所有的外国志愿者都被西班牙政府送回来了，张伯伦和达拉第甚至关闭了引进大炮和军需品的法国边界。可就在这个时候，意大利却集结了新的军队、大炮和飞机，准备继续发动战争。唉，现在说这些还有什么用呢？谁忍心看到城镇一个接一个被炸为平地呢？无辜的居民被残忍地杀害，路上的难民队伍惨遭炮轰，还有机枪一次次无情地扫射。现在说这些没什么用了，可谎言会扼杀你内在的东西。他们极力证明佛朗哥将军没有轰炸格尔尼卡，一切都是激进分子所为。哈利·西尔维斯特从未踏足西班牙，可他却写信向我证实了这一点。而我不在格尔尼卡，但是佛朗哥将军在格尔尼卡做着他所否认的事情，一个人参加战争的时候只有一件事可做，那就是要赢。当你被各种不同的方式背叛或者出卖并且失败的时候，你不应该

再对谎言不以为然。英国是真凶，从一开始就是。

加泰罗尼亚人不会反抗，在整个战争中他们都没有反抗。也许他们只是人太好了，但是我们有个西班牙押韵诗，译成英语大概是这样的：

My face is black. My nose is flat. But still I am a man.（我是黑皮肤，塌鼻子，但我仍然是个人。）

Thank God. I am a negro. And not a Catalan.（感谢上帝，我是黑人，不是加泰罗尼亚人。）

妈妈，我不能再说这个话题了。我一直都不想谈这个话题，只是想到保琳的父亲可能想知道我对时局的想法，但是我太尖锐了。

情况就是这样。从去年5月开始，他们就对要进来的物资关闭了法国边界。直到1月份他们才打开边界，可也只允许少部分物资进来。不过已经晚了，西班牙中部必须得有水源供应，意大利很可能会被封锁，区域性封锁已经造成大量物资减少，他们每晚都对瓦伦西亚和阿利坎特的港口进行轰炸。这当然是合法的。

佛朗哥将军要用六至八周的时间，在马德里或瓦伦西亚组织一次大规模反击。如果他占领了瓦伦西亚，那么西班牙中部的末日就到了。瓦伦西亚是西班牙最

富有的地方，为马德里提供生活用品。

意大利可能想反击马德里，以为他们在瓜达拉哈拉获胜扫平道路，他们可能会在两个前线同时组织进攻。

他们现在必定会利用他们支配的军队和大炮优势切断马德里至瓦伦西亚的道路，然后他们就可以饿死城中人。整个西班牙中部粮食短缺有两年了。

我在西班牙有个非常要好的朋友，他现在就住在那里，这可真让人沮丧。在整个西班牙战争期间，我每晚都睡得特别香，只是常会感觉饥肠辘辘，我真的一直在挨饿。从去年冬天开始，至少有5个月的时间，我每隔一天就会感觉到饿，不过总的来说，我感觉还不错。我常想，人真是奇怪，他的意识竟然不是由安全感、死亡的危险，或是一个人的胃所能控制的。

在纽约，我经过好莱坞餐厅时，希望您在那儿，这样我们就可以在那儿再吃一顿晚餐了。我计划去皮戈特看望你们所有人，我准备了车，会一路开过来。

因为战争和去年所有的一切，现在我必须付大约3万收入的所得税了，我全天都在想着这件事。幸运的是，我不必付在国外挣得钱的税，因为离开超过6个月了，所以不用全付。J.B.沙利文说："上帝作证，欧内斯特，他们可以说任何他们想说的话。但是上帝

作证，你是一个不错的供给者。”所以现在我要努力工作了，不管怎样，要对得起这个名声。

保琳不错，看起来比以前好多了。孩子们也很好。我在纽约请邦比一起吃晚餐并共度了一晚，他在学校表现很好。他是全班第一，全校第二。格里高利和帕特里克都很强壮，从北部旅行回来后，他们的状态都很好。

我的妈妈从后天开始会来这儿住两天。我在纽约见到了金妮，和她度过了一段快乐的时光。在摄影工作上，她确实非常努力。我边喝酒边和她开玩笑，我给了她一个警告，让她干掉所有酒瓶，并让每个人将自己的瓶子倒空。我觉得这个玩笑很有趣，但是税务局的人却从来不开任何玩笑。

请转达我对所有人的爱，再次感谢您的礼物。

欧内斯特·海明威

致查尔斯·斯克里布纳[1]

哈瓦那

1939年5月23日

亲爱的查尔斯：

能收到你的来信我非常高兴，但很遗憾，你生病了。今天刮北风的时候我一点都没意识到，这个方向的风让一切都变得糟糕。鱼不上钩，天气闷热多雨，人很难投入到工作中。这种情况通常持续一天左右，然后就会开始刮风了。

我现在工作很顺利，写了199页《丧钟为谁而鸣》的草稿，应该已经进行了一半多。有个愚蠢的金枪鱼比赛于明天开始，我本应该为了一个很大的附加赌和汤姆、雨果·卢瑟福一起参加猫礁队的，但我从3月1日开始写这本书，所以4月初我给汤姆写信告诉他，我写书是不可以中断的，写作期间不能见别人，亚昂担心他们会生我的气。但是我只想待在一个地方，直到我写完这本书，哪怕破产，哪怕失去所有朋友。不

[1] 查尔斯·斯克里布纳（1890—1952），出生于纽约，普林斯顿大学1913级毕业生。他于1932—1952年任斯克里布纳出版公司总裁。1915年，他与薇拉·戈登·布拉得古德结为夫妻，生有一个女儿和一个儿子，分别是托马斯·J.宾汉姆夫人和小查尔斯·斯克里布纳。

过要是书写得足够优秀，我相信还会结交到新朋友。

目前看来，战争似乎近在咫尺，不过我觉得在今年夏天它不会开始了。无论如何，我都不想开战。我还想今年秋天再到国外狩猎呢。

《大都会》希望可以连载这些文章，但我写作时并没有考虑这件事，待完成之后再看是不是可以连载，如果可以，我们再定发表时间。如果我们不想连载，那时也可以说清楚，不用为连载的事情担心。到目前为止，我认为这本书还是值得连载的，但我还不想考虑这个，只想尽力把小说写好。

查尔斯，你要照顾好自己，谢谢你的来信。我已开始讽刺“小个子黑人”了，但转而想到这样可能会带来坏运气。

祝好！

欧内斯特·海明威

致麦克斯韦尔·潘金斯

哈瓦那

1939年7月10日

亲爱的潘金斯：

非常感谢你给我寄书。我还没收到，希望这些

书明天就可以通过海关。我非常盼望收到它们。

我现在已经写了56000字的书稿了，总共是14章，大概完成了三分之二，要是你有空的话，可以读一读。

保琳和保罗·威利茨他们几个人现在正在航行，他们要去欧洲的诺曼底。我猜她去女时装店时，海明威联邦工作储备已经变成了过去时。因此我现在必须得写书了，等有消息的时候，我会再告诉你。

现在很热，尽管炫耀了一下热浪没怎么影响我，但我很清楚这天气有多热。上个星期我有点不舒服，后来就病倒了，在海边待了三天。如果太热，我就去诺德奎斯特牧场和孩子们待在一起。不过我已经打算在这儿奋斗了，而不像格兰特会在这儿待整个夏天，我想，到目前为止，这肯定会让你很高兴。

请代我问候查尔斯，你要照顾好自己，托马斯·沃尔夫的书《蛛网与岩石》（1939年）写得很棒。

你永远的

欧内斯特·海明威

致帕特里克·海明威和格里高利·海明威

基韦斯特

1939年8月23日

最亲爱的毛斯和吉基：

我已顺利回到基韦斯特，没有家人在身边，我深感寂寞。我在重大的打击下不得不祈求保佑，整个晚上，我的腿只要一翻身就痛，难以坐下和侧身，只能平躺着。

这地方不错。六只家禽还活着，孔雀被杀了几只。所有的雌孔雀都有了小宝宝，雄孔雀没有尾巴，吉米没有了烟草。你们的妈妈写信说她过得很愉快，她已经开车去了德国和奥地利，以及法国。

我必须要停下来去收拾东西了，暂时先写到这里吧。我把这里每个人的祝福都送给你们。也许是奥托·布鲁斯，也许是我会开车去接你们，不过是布鲁斯的可能性更大。我不愿意面对纽约的所有业务，我也不想到托克俱乐部去询问何时能去牧场。

书稿已经写了74000字。我起着痱子坐在这里描写暴风雪的场景，现在越来越难写了，我想，“平凡的人们，让我们去西部看暴风雪吧”。

我和布鲁斯在火车上过得非常愉快，事情不算太

麻烦。我们每个人都不得不尽量好起来。

爸爸非常爱你们，希望尽早见到你们。

爸爸

致保罗·菲佛夫人[1]

爱达荷州

1939年12月12日

亲爱的妈妈：

去年秋天，一直非常期待和孩子们去看望您。我非常想见您二老，并且有些事情需要征求你们的意见。

保琳从欧洲出发了，在比灵斯机场降落时，她患了流行性感冒。在诺德奎斯特牧场时，她的身体一直非常虚弱。我尝试着照顾她，为她做饭，可情况并没好转，她的感冒非但没有起色反而更加严重了。剩下的事，您要比我清楚。我所有的计划都被她的到来和她的计划改变了，因此我没去成皮戈特。

要是我们能一起聊天的话，我相信您会发现，保琳和弗吉尼亚要远远比我变化得更大。在弗吉尼亚的

[1] 菲佛夫人在未标日期的信中回复此信说："这是我有生以来最难过的一次圣诞节，家庭破碎是一件不幸的事，尤其是在有孩子的情况下。"

版本中，我的生活和行为都十分了不起，这是她宣传得很充分，就是在那时我的家庭破裂了，我想尽力做到最好。我并不是说在任何事情上我都是对的，但是真实的我和您听说的应该是有很大不同的。

不管怎样，我希望您理解不能带孩子们去皮戈特，我有多么地深感遗憾，那时没有见到您，现在也没有，请不要担心，我会照看保琳的，就像照看我自己一样。我也会悉心照料孩子们，孩子们和我相处得很融洽。

这种信写起来没意思，读起来可能更无趣。那就到这儿吧。我很想念您。写完一本书是一次非常孤单的经历，希望它非常棒。不管怎样，它很长，但直到现在我还没有发现错误，非常不错。

像平常一样，我读完信后，发现自己又写了一封几乎完全空洞的信。

不论怎样，我非常爱您，祝您圣诞节快乐。如果这次不快乐，那快乐迟早会来的。请转告卡尔·菲佛，今年秋天没有和他一起去打猎，我深感抱歉。

您永远的

欧内斯特·海明威

致查尔斯·斯克里布纳

瞭望山庄，哈瓦那

1940年2月24日

亲爱的查尔斯：

如果能看到你讨厌的棕榈滩，那真是太好了。

不要恼我，我从1921年开始就已经厌倦了现在的生活。在下班后开始喝威士忌和苏打水的时候，我就一直在数日子。我现在养成了写快件的习惯了，每个快件发出时一个字值2.25美元，为了物超所值，我必须得把快件写得十分有趣，否则就会被炒鱿鱼。我一直在坚持，直到开始改写一些小故事后，我才停下来。我知道的单词还没有托马斯·沃尔夫的多，所以一天写超过500字的文章对我来说简直太难。周末结束的时候我总是把所有的字加起来，想着即使自己是个蠢蛋，这周也写了3500字呢。当个作家真不错，你应该试试。

我一直知道麦克斯会玩弄女人，但是应该有人来告诉他别始乱终弃。他一开始会说，他一定会带她去哈瓦那。然后在最后时刻又说，亲爱的，我有事不能带你去哈瓦那了。不，我不能解释。我要处理的事情很复杂，亲爱的，像以前一样相信我吧！我要赶八点

四十五的飞机。

我多么希望麦克斯能到我这儿来啊，我再也看不到他了。为什么他不能像关注托马斯·沃尔夫那样，过来看看我呢？要是他喜欢，他可以删减我写的文章，还可以管理我的财产，我甚至会让我不起眼的小妹妹送书给他。除了去哈珀斯，任何托马斯·沃尔夫能做的事，我都可以为他做。

也许他再也不来看我了，是因为我从不把书奉献给他。告诉他，我不奉献书，不是因为我不爱他，不崇拜他，不尊敬他，不珍惜他，而是因为每当一位作者把书奉献给他的时候，这位作者通常会表现失常，而不再优秀。我不能承担这样的后果，因为有很多人、很多房子和很多家庭需要我来养活。我能做的所有事就是像一个天才那样不剪头发，但最后我还是得剪头发。

查尔斯，任何事都没有绝对的未来，这也是我喜欢战争时期的原因之一，希望你能同意我的观点，因为我可能随时会死掉，这样我就不用再继续写作了。但无论能不能拿到稿酬，我都会坚持写下去，因为写作让我很快乐。也许这是一种可怕的天生疾病，但是我喜欢它，哪怕这种疾病已经慢慢演变成一种恶习了——我想比任何人都写得好，我现在几乎可以说是完全痴迷于此了。痴迷是一件既可怕又糟糕的事，希

望你没有这个毛病。我现在所拥有的东西大概也只剩下写作了。算了，还是不要再谈它了，也许我现在应该试着写点什么。

希望不久能见到你。

对了，我差点忘了，我有个愿望，但不是痴迷，用20美分的长钉从那个混账马克思·伊士曼的底部（你知道那是什么）穿过去，把他钉在栅栏柱的顶部，然后慢慢地向后推他。之后我再来对付他，不，我想，我宁愿把他钉在麦克斯的桌子上，就让他待在那儿，也许每隔几个小时我就会进来稍微摇摇他。

欧内斯特·海明威

致麦克斯韦尔·潘金斯

瞭望山庄，哈瓦那
1940年5月1日

亲爱的麦克斯韦尔：

温斯顿·丘吉尔已经参与了三次登陆，分别在安特卫普、加里波利和挪威。他无疑能写一本关于最后一次登陆的鸿篇巨制了。

想起来一个新的表达方式“Coitus Britannicus”，是指他的同盟国，翻译出来是指“从后面撤退”。

英国人真是太堕落了。从最后一场战争起，他们的政策就是在自杀。在西班牙，我们替他们打败了希特勒和墨索里尼，但除了满腹牢骚，我们什么也没得到。要是他们能给予我们任何形式的援助，那么我们肯定能够帮他们巩固在那里的地位，就在半岛战争中打败拿破仑的时候。

英国志愿兵绝对是国际纵队里的垃圾，哈拉玛战役后，他们差点被整个团队抛弃。他们懦弱、撒谎、虚伪，甚至装病，在部队搞同性恋。坦克和他们的长官把他们吓得屁滚尿流。

当然也有很多例外和一些不错的家伙。但总的来说，英国志愿兵是国际纵队里的垃圾。爱德华·赫里欧用船运到西班牙来代替他们的里昂流浪汉（被社会遗弃的人）也比英国的士兵好二十倍。

好了，不说这些了。

有关题目我给你发了一封电报。真希望只是《纽约时报》的错误，而不是全部都错了。“The Sun Also Rises”（太阳照常升起）和“Also The Sun Rises”是不一样的，“A Farewell To Arms”（永别了，武器）和“Goodbye to the Weapons”也不一样。即使当时显不出来，但“For Whom The Bell Tolls”（丧钟为谁而鸣）和“For Whom Tolls The Bell”的差

别太大了！

现在我得干活了，下次再说。

欧内斯特·海明威

致麦克斯韦尔·潘金斯

瞭望山庄，哈瓦那
1940年7月13日

亲爱的麦克斯韦尔：

希望下周末我能带着手稿去纽约，除了最后一章没完成，他们复印了手稿的全部内容，现在，我正忙着写最后一章，也是全书最刺激的一部分。你到时候可以读一读。我现在变得越来越虚弱和疲惫。无论如何，这都是一本特别优秀的书。我肯定自己能把最后一章写得非常好。昨天及今天写的内容让我很不愉快（女孩没有被杀），我讨厌让该死的乔丹在和那个婊子生活了17个月之后得到了想要的。

当你收到这封信的时候能寄一张890美元的支票（这本书的预支稿费）到基韦斯特的米尔贝格汽车公司吗？我需要换辆车，这辆车严重地坏过四次了，再开就有点危险了，车架弯得也很厉害。

现在周围满是恐惧、歇斯底里和不幸，我不想写

任何有关爱国主义的文章。我将会战斗，但不写集体爱国主义，别把我的这个想法告诉他们，只告诉他们我正在做，并且我将来再也不会做了。

你把7月1日的钱转到保琳的银行账户上了吗？[1]

希望能很快见到你，替我向查尔斯问好。

欧内斯特·海明威

致查尔斯·斯克里布纳

爱达荷州

1940年10月21日[2]

亲爱的查尔斯：

我已经听玛莎说了，很为你姐夫感到难过，他真倒霉。告诉薇拉[3]我特别难过。这是我唯一知道的事情。告诉她我会给她写信的，虽然写信也没什么用，但我真的理解并同情他们。

真开心这本书得到了大家的一致好评，现在看起来似乎一切都没问题了。等图片问题解决后，我会写信告诉你，我们打算如何处理这笔钱。也许这本书能

[1] 预离婚“赡养费”，每月500美元。

[2] 海明威把这封信的日期错写成9月21日了。

[3] 薇拉，查尔斯·斯克里布纳夫人。

挣不少钱，要是这样的话，那就用别的钱支撑到第二年吧。另外要是有需要，我会先把读书俱乐部的钱取出来应急。

在玛莎与古柏夫妇相处的这段时光里，她一直想让我多买些衣服，好让我看起来更帅气一些，就像加利那样。不过除非我得了肺结核，否则我不可能拥有古柏那样的好身材，可就算如此，我的脸也不会有任何改变。

昨天我们背着包去旅行了，我们去爬山，一直爬到了萨蒙河村的中间支流那里。虽然路很难走，但我们感觉很好。曲折的道路蜿蜒而上，然后是一个又一个陡峭的悬崖，十分吓人。

你的建议和书评对我帮助很大，对此我很感激。我不是那种把书都奉献给出版商的家伙，所以不要介意那个小小的疏忽。我经常发现，那些奉献者要么是在经济上欠出版商的钱，准备离开他们，要么就是很有前途的作家。

我的好运到这就消失了。玛莎患上了流行性感冒，一直躺在床上。幸运的是孩子们都没事。要是书能卖掉，我会买一匹马给你，我还会带它乘电梯，把它带到你的住处，让你好好看看。我看上了一匹雌雄同体的帕洛米诺马，它非常罕见，而且奔跑的速度无可匹敌。据说它是本年度最好的一匹马，任何人都无法抵

挡它的魅力。

我和他们谈过价钱了，但是我觉得太高了。他们说能以10万的价格卖掉这匹马，要是加上我所有卖出的副本的版税，那就差不多够了。

所有问题都会慢慢解决的，我和玛莎在11月就能结婚了。婚后她想去滇缅公路玩。写这本书和娶她都是我最大的愿望，事情一旦开始后我就会越来越喜欢，所以我想我也会喜欢滇缅公路的，而且很有可能会在那里过夜。接着玛莎会去基奥卡克县，我也会喜欢那里的，那里的风景很漂亮。

你有没有想送书的人？我可以在书里写上他们的名字，然后给他们寄过去，或者是你自己来做。我不愿意这样，但有些人会。

再见查尔斯，希望你每天都开心。

欧内斯特·海明威

致哈德莉·理查森

瞭望山庄，哈瓦那

1940年12月26日

亲爱的哈德莉：

邦比最近怎么样？他学习不努力，老是关注其他

事情。我带他去过几次纽约，让他开始跟著名的乔治·布朗学习拳击。我还给他买了一些衣服和休闲包。

如果他在纽约有什么需要的话，请告诉我。我会在1月20日左右去那里。

玛莎在1月15日乘坐客机去马尼拉和中国香港。我将在2月7日乘客机出发，和她在香港会合，我们很高兴，在一块儿已经四年了，能结婚真是太好了。我有梦游的习惯——我会在黎明的时候醒来，然后出门。这很难改。

我已经下定决心，要照顾好邦比和其他孩子们，维护他们的利益，而且还要为你处理这些到期的大额版权税。在需要的时候我们可以用这笔钱，但尽量不用。我怕他们总是习惯受到爸爸的照顾，以后他们就会对自己的事情粗心。

谢谢你的圣诞卡片，还有之前你的来信。

我们真诚地希望你和保罗能有美好的生活，而且你已经得到它了。如果你同意，咱们可以谈谈，来年为邦比制订一个计划。如果他辍学一年，将花一半的时间用来钓鱼，和我打猎并学习真正的拳击，在下半年工作，我想这样他会更加喜欢上大学的。那个年龄的孩子就会打架，我觉得不能让他把美好的生活浪费掉。而且这样他在大学里将会变得更加成熟，并意识到上大学是一件很严肃的事情。

在圣路易斯、芝加哥、奥尔巴尼和基韦斯特，《纽约每日新闻》的记者随处可见。他们试图在这里发掘一些小道消息。这真是太让人讨厌了，而且这些消息都是谎言、半真半假的话和诽谤，希望你不要相信它们。

虽然我对帕特里克说过，等我们的书卖到10万本时，我会原谅一个婊子。等销出100万本时，我会原谅马克思·伊士曼。不过他和我说："不，爸爸，我希望你不要再去管这件事了，就让我们的祖先和他的祖先去战斗吧。"

替我向邦比问好。我会在我的税单上将邦比作为被赡养人。今年的税真是恐怖，我得把挣得钱的62%给政府。[1]

欧内斯特·海明威

致麦克斯韦尔·潘金斯

香港

1941年4月29日

亲爱的潘金斯：

收到你4月4日和11日的来信，我非常高兴。昨晚，我从仰光乘飞机抵达这里。从昆明到这最后一站的路

[1] 但在1940年12月28日，海明威花了12500美元买下了瞭望山庄。

上，一切都糟糕透了。飞机抵达香港上空时，无线电干扰非常强烈，无线电通信完全联系不上地面的指挥站，飞机在离地200英尺的高空盘旋了快一个半小时。从和你分开后，我差不多飞行了1800多英里，而且我还要再飞行12000多英里才能见到你。要是我能按飞行里程收取我的稿费就好了。

我收到了查尔斯回复我的两封电报。因为我之前在电报里向他咨询了书籍的销售情况。而在他回复完之后，我又发了另一封电报给他。在第二封电报里，我向他表达了我对书籍销量的不满，而且责备了你们都不主动和我联系。然后他又回了一封电报给我。

也许人们会觉得任何一个对于50万销量都无动于衷的人一定是疯了。但是从另一方面讲，我离开时，你们就宣布了要印刷50万册。我曾经想象过书的热卖以及加印的情形，可遗憾的是，情况并不是这样。

我现在累死了，也不想冤枉你们，但是有时我就在想，你、查尔斯以及公司，是不是真的如同我努力创作这本书一样地在努力营销这本书？书的销量将如何或者说销量本应该如何？我不是说你们没有努力，我知道你们已经非常努力了。但我更知道当希望渺茫时，我是如何努力做事情的。

我希望现在继续督促这件事还为时不晚。很不幸，

我在这个时候离开并且得不到任何相关消息，在香港这个航空邮件只需八天即可从纽约寄达的地方，我却得不到一点消息。最终，我得到的消息都是我已经知道了的事情，并且即使是这样的消息，也要我主动发电报才能得到。

从1月底到4月4日这段时间，我没有收到出版方的任何信息，我想换成任何人都不会高兴吧。就算你们认为我4月份才能回来，那为什么整个2月和3月也杳无音讯呢？况且发一封航空邮件不过仅仅需要一周左右的时间。想想当你每天都热切盼望着收到一封来信，并为了能够顺利收到它做了种种精心安排时，却发现每次满载而来的邮递员手中始终没有任何属于你的来信。这是多么沮丧的心情啊！

请你设想一下，你让一匹马拼命跑了一整天，却不给它吃，不给它喝，你想它会是什么感受？我不知道用马举例是否恰当，但是我想通过它来让你明白我的意思。

希望埃德蒙·威尔逊不要在他即将要写的文章里对司各特进行打击报复。[1]他们一起上了普林斯顿大

[1]《最后的大亨》是菲茨杰拉德未写完的一部小说，与《了不起的盖茨比》一起，于作者死后由斯克里布纳出版社在1941年出版，埃德蒙·威尔逊为该小说集作序。

学，所以我想埃德蒙不会这么做的。不管大家怎么想，司各特肯定不能发表任何未完成的作品，但是我相信热爱读书的人并不会介意读到这样的作品。作家们一定会逐渐地逝去。舍伍德的死实在是令人扼腕叹息[1]，他一向非常热爱生命。我估计最后除了西特韦尔家族的作家，其他作家都活不久。

我大概会在5月底之前回去。我在前线与中国军队度过了一段很好的时光。虽然艰苦，但是这段时光还是很有意思的。我很高兴，现在终于可以回去了，回去后我打算再写点东西。

我会先乘飞机从太平洋沿岸飞到纽约，然后再到华盛顿，最后一站是古巴。玛莎大概还需要两周时间才能完成最后的工作。希望我们可以一起出发，如果实在不行，等完事之后，她也会马上回去。

玛莎说她不想再当记者了，想回家。你先不要告诉任何人她这个决定。

请于6月1日给保琳送一张500美元的支票。

祝好。

欧内斯特·海明威

---

[1] 舍伍德·安德森死于1941年3月8日。

致保琳·海明威

瞭望山庄，哈瓦那

1941年7月19日

亲爱的保琳：

昨天收到你7月16日的来信（至少信封上的日期是那天的）。这对于从大洋彼岸寄来的信件算是很快的了。

你问我贝尔蒙特什么时候死的，我还真是不知道（我甚至不知道他已经死了）。他死的时候，我肯定在中国，因为我根本没听到过这个消息。

也许你还想知道何塞利托或是其他斗牛士是什么时候死的。何塞利托死于1920年或1921年5月16日。你是不是还想知道吉坦尼罗·德·崔俄纳什么时候死的？我可以帮你查查。

阿特曼寄来的账单应该是给你或是金妮的。账单上的费用好像是买衣服的花销，并且是3月发生的费用，那时玛莎和我都不在国内，并且她和我都没在阿特曼开过账户。

我目前还没有听到我和邦比要上电影的消息。

提到孩子们时，你在信中写道：“真遗憾你不能亲自和他们在一起。你是否可以安排一下？”要是你

看到我的来信，你就会知道我确实只能和孩子们待到9月初，因为我必须保证自己每年在古巴的非居留期不得超过6个月。

我只剩一点钱可以支配了。实际上，我挣得钱都被没收了，因为按照新政要求，所有已婚人士必须将夫妻共同的收入申报缴税。玛莎在那次艰难的旅行中挣到的钱，与我卖书所得加在一起，一共要交出四分之三的金额作为税款。除非她作为非居民在这里待上6个月以上的时间。现在新政要求这6个月的时间是连续的，零碎的居留时间不算，必须严格按照日历月份计算，比如从2月20日到3月20日持续算一个月时间，以此类推。

我们在东半球的旅行占了整整3个月，我还有另外3个月时间可以不在古巴，但是得在9月中旬之前回到那里。

要是有人问孩子们，他们的父亲在罗斯福先生领导的战争中做了什么，请回答："为战争买单。"实际上，我为这本书付出的所有努力都白费了，我的付出几乎全贡献给税款了。原本应该支付给我的近10万美元的稿费差不多全进了当地税务局的账户。

祝你生日快乐。随信附上我不久前给你写的一封信，因为那时在等你的信，所以一直没寄出去。我想

我最后大概会让奥托·布鲁斯去接孩子们。要是不行的话，我再想其他办法。

真高兴我寄去的碗和盒子，你都收到了，并且还挺喜欢。因为它们是木制的，并且非常精美，所以我一想到它们有可能会在运输途中丢失，就非常难过。

我花60美金买了一艘小帆船，送给岸边的一个老人。我们都叫他“龙虾”，自从他丢了自己的小帆船，他和他的那条狗都快饿死了。

欧内斯特·海明威

致查尔斯·斯克里布纳

爱达荷州

1941年11月20日

亲爱的查尔斯：

关于对于你的出版社涉嫌抄袭一案提出诉讼一事，我从未收到过你的来信，并且你也没告诉过我要用我的版税来支付此案的费用。

如果我有任何抄袭的表现，或者我的作品里有抄袭的迹象，那就完全是另一回事了。但这明显是一个神经错乱的诉讼案。就因为有人状告斯克里布纳出版社、21世纪福克斯电影公司和派瑞蒙特出品公司的《丧

钟为谁而鸣》《思科小子》和《西北部骑警》抄袭尚未出版或发行的剧本脚本，你就理所当然地从我的版税里扣除了相应的法律费用，仿佛我确实犯了抄袭罪一样。可事实上，我在加利福尼亚既没有见过这个诉讼者，我也不是本案的被告人，所以说这完全是另一回事。[1]

另外，既然你我都从我们的合作中获得了很多收益，并且将来还会继续从中受益，那么，你为什么会让我为子虚乌有的诽谤承担费用呢？特别是你也和我一样，从我的这部小说中赚到了不少钱。我想你之所以没有来信说明此事，唯一的原因就是你认为这个诉讼会开庭审理，而你觉得更明智的做法是在开庭之前不与我统一口径。

无论如何，我等了你3个月的时间，却依然没有收到你的任何来信，事实就是如此。

我们计划一路向南，从犹他州前往亚利桑那州，接着再从得克萨斯州去墨西哥湾。因此，从12月1日起，来信请寄到：亚利桑那州，图森市，鲁比斯塔路，

[1] 1941年6月2日，斯克里布纳出版社涉嫌抄袭，原告声称《丧钟为谁而鸣》剽窃了他的电影脚本《万岁马德罗》。本案于1942年2月以海明威以及其他共同被告获胜而告终。海明威分别于1937年和1941年在加利福尼亚州短期停留过。

马修·贝尔德夫人。今年秋天我不想去纽约了，明年年初过后可能得回去处理一些与税务相关的事情。因此，如果可以，我希望今年年底之前你先别给我付钱，可否留到明年再付？我1月份开始要写一本新书，没时间工作，所以明年就挣不到钱了。

我把亚利桑那州之后的通信地址已经发电报告知了麦克斯。

在这整个秋天，我们可以好好享受打猎的乐趣，现在的温度在零度左右，正是捕鸭猎鹅的好时机。我现在正打算去一条山间小路，这条路的两边有两座小山，它们是整个锡尔弗克里克（爱达荷州）一带山脉中最矮的两座。山顶上空总是有很多飞机经过这儿，当它们呼啸而过时，仿佛要将我撞翻。同时，北方的野鸭和针尾鸭在这儿也是随处可见。

孩子们都挺好的，玛莎也很好，她现在既幸福又美丽。她很渴望回古巴。

祝好。

欧内斯特·海明威

致查尔斯·斯克里布纳

圣安东尼奥，得克萨斯州

1941年12月12日

亲爱的查尔斯：

感谢你寄往图森市外贝尔德农场的来信。

当得知你从我应收的版税中扣除了你应承担的法律费用后，我发了很大脾气。对此，我十分抱歉。第二天我就立刻发电报向你表达了我的歉意，并表示收回我之前的气话。或许潘金斯还没来得及将我的信拿给你看。我真的不愿意与你吵架或有什么误会……大概从1926年，要么就是1927年起，我就知道了潘金斯、你、韦伯，还有迈耶是多么耿直和真诚的人（我说的是实话，不是讽刺）。更不用提我在俱乐部的同仁惠特尼·达罗了，他真是个很好的人。如果说韦伯和迈耶最单纯，潘金斯最细心，那么你就是最专业、最含蓄的（不知这个词是否恰当，我的词是褒义的，并不是说你不诚实或狡猾）。

因为战乱，我们彼此可能很长时间不能经常见面，所以我们必须得保持友好的合作关系。由于我们（美国人）的怠惰、不负责任、冷漠和盲目的自大，从一开始我们就被卷入了这场战争。想要赢得这场战争，

我们必须要付出沉重的代价。唉，为什么我要在清早五点四十五分的时候跟你讨论这么让人沮丧的事呢？

对于没有得到辛克莱·刘易斯演讲手稿的事情，我已经在写给潘金斯的信里充分表达了我的感受，这里就不再赘述了。这件事已成定局，而我对此很气愤。我像个傻子一样从爱达荷州一路奔向亚利桑那州，盼望着能早日读到这份手稿，而到了亚利桑那州却发现，我永远也得不到我原本应该能得到的东西。那是迄今为止我在写作上最渴望得到的认可。如果你以为把它记录下来再印刷成册，也许会使我拿到诺贝尔奖，那你就错了。不会再有什么诺贝尔奖了，因此我更想得到那份演讲稿。我知道自己过于重视它了，但是每个人想要的东西是不一样的，而我想要的恰巧是能够读到和拥有那份演讲稿，也是为了留给我的孩子们。结果怎么样呢？结果是你没能找人把它记录下来。我真的希望你留着那块奖牌，我压根就不想看见它。

我们打算从亚利桑那州去新奥尔良，接着再到迈阿密和古巴。也许在我们完成必须要做的事情之前，我可以先去纽约和你见上一面。不管你见过多少个被践踏过的国家，你也永远无法心平气和地接受你目前所看到的一切。你完整地目睹了它们被毁掉的过程，而这恰恰是你曾经最熟悉的地方。该死，今天早上写

了这么多令人沮丧的内容。你和潘金斯都对司各特最后的作品印象深刻，我觉得塔尔贝格那部分写得很好，但在20世纪他不应该写出这样的作品。虽然他的大脑仍能正常工作，但也掩盖不了他不知所云的事实，可能他的确已经力不从心了。去年夏天，我重读了《夜色温柔》，虽然里边的内容有点混乱，但是我仍然觉得这部小说是他最好的一部作品，每部分的情节都很精彩。

我们在印度的旅行非常愉快。在那里，玛莎比任何时候都显得更加美丽和幸福。幸运的是，我们在周末前，在这些海军将领使国家陷于危难之前享受了这个秋天和这次旅行，因为这次战争把我们未来十年的生活都打乱了。

再见查尔斯。祝你好运，多保重。

欧内斯特·海明威

致麦克斯韦尔·潘金斯

瞭望山庄，哈瓦那

1942年7月8日

亲爱的潘金斯：

感谢你7月1日的来信。

是的，我收到了伊万·希普曼的来信。他洋洋洒

洒写了一些关于工作、困惑等平常的事情，信很长，不过写得很好。他还告诉我，你给了他50美元，但是他在离开之前没来得及告诉我。他好像为此很高兴，体重也增加了12磅。我真希望他能继续保持这种状态，因为他的健康问题现在很严重，而这与寒冷的天气有很大关系，冷空气常使他感觉胸部不适。如果他能待在一个温暖的地方，他的身体肯定能很快好起来。我明天就写信给他，并在信中代你祝福他。他要是收不到信，就会感到孤独。我会在信的结尾把他的地址写给你。请你给他寄本《等不到的晨曦》吧，作者是阿尔格伦。我认为这本书非常好，书中关于芝加哥的情节描写得特别到位，也不像詹姆斯·托·法雷尔的作品写得那般平淡、啰唆和没有意义。虽然法雷尔第一本有关斯塔兹·朗尼根的小说确实有不少精彩片段，而且对于芝加哥南部这个充满极度暴力的地区刻画得也非常生动。但是，阿尔格伦的作品一出，法雷尔的作品与之相比就逊色多了。阿尔格伦笔下的芝加哥北部地区要比法雷尔写的南部地区鲜活得多。我在写给伊万的信中提到了阿尔格伦的这本书，所以你拿到这本书后，请帮我寄给他。如果你还有其他值得推荐的好书，也请一起寄给他。

另外，关于城市花园出版公司再版《弗朗西斯·麦

康伯短促的幸福生活》这件事，我强烈反对。他们竟以每本69美分的价格再版此书。而斯克里布纳出版社和我没有从那四个故事中挣到过钱，甚至我连在1938年出版的小说集中也没收录这四个故事。他们早晚要从这本书中挣到钱，因为他们要出版的这本书之前并没出售过。我记得在这本书出版的两个月后，我曾经去书店找斯克里布纳出版社的版本，但一本也没找到，我现在只能买到现代图书馆的版本。顺便问一下，什么时候我才能收到此书的稿费呢？我现在很需要这笔钱。但是，我们仍然可以从我写的小说中整理出一本小说集，那应该还是会大卖的。我不同意他们将《弗朗西斯·麦康伯短促的幸福生活》这样的长篇巨作印刷成那种廉价的袖珍版本，况且他们可以选择将别的作品印刷成这样的版本。

乔纳森·凯普仅拥有这部再版作品百分之二十五的出版权，却可以无限量销售该小说，而我只能得到一半的版税，因为像这样的小说，斯克里布纳出版社只是把小说的名称印刷在一本尚未出版的小说集里，并且还是一部没有任何出版迹象的小说集。

我和纳特·瓦泰尔斯的公司核实过了，除了《西斯尔》，他已经涵盖了你们全部的选题。另外他还把约翰·托马森和查尔斯的信全发给了我，按照他们的

建议，我正逐个照办。我删去了一些沉闷的情节，加入了更多内容，并且我还把作品集的结构调整了下。所以我可以很负责任地告诉你这是一本我新编辑的书。我甚至还将巴格拉提德的内容也编辑入册了，虽然只是一个压缩版的故事，不过整个故事的梗概倒是很完整。要是没有这个故事，那这将会是一个巨大的疏忽和遗憾，所以我特别感谢你找到了这个故事。整个内容都被我编进这本书了，从最初的地方到仔细检查各处的位置，再到他在食堂里遇上炮兵部队长官，然后到整个行动结束。等材料进行适当的编排后，这本书就可以直接按现在的内容出版了，而且我相信效果肯定会非同凡响。请不要按照时间的先后顺序来编排，并且一定要特别小心，不要将任何一部分内容搞得太深奥。我唯一的希望就是你能出版此书，并且我们都能从中赚到钱，就按照现在的内容出版，我希望这次可以出版成功。

奥尔登·布鲁克告诉我，你们要出版他的书了，听到这个消息时，我非常兴奋。在这里我还未看到他的小说《战斗者》，不过我是真的很希望能读到这本书。你能寄一本给我吗？另外瓦泰尔斯看过《三个斯拉夫人的奥德赛》了吗？我对瓦泰尔斯的判断力不敢恭维。他总喜欢过时的东西，可从其他方面看，他偶尔也会

有过人的鉴赏力。我认为他最大的问题就是总想着要当作家，并且总是喜欢对写作指手画脚。不过无论如何，就这本书来说，现在他必须得按我说的做。

玛莎去加勒比海为科利尔公司写报道去了，孩子们跟我在一起。我正在努力完成手头的工作，然后就去前线。

祝你和查尔斯一切都好。

欧内斯特·海明威

致伊万·希普曼

瞭望山庄，哈瓦那

1942年8月25日

亲爱的伊万：

非常高兴收到你的来信，如果我不忙，我会早些回信。玛莎刚给你写了信，我让麦克斯韦尔寄了纳尔逊·艾格林的《明日不再来》的副本，我认为它很不错，差不多是出自芝加哥最好的书了。写这本书的人现在在一个锅炉制造厂做秘书。他有一个波兰籍妻子，掌握了丰富的波兰知识。

邦比住在这里十天了，正值春季学期末，他参加了海军陆战队，也就是说，如果他能在两年半内念完

大学，他们就会让他到匡提科参加军官训练。他现在和我从中国回来时看到的一样，长高了点，看起来状态很好。

帕特里克和格里高利都很好，他们已经在这里待了一整个夏天了，汤姆·谢福林和猎潜舰艇也来了。他们很喜欢这艘猎潜舰艇。为了给科利尔写文章，玛莎正和三个黑人随从航行在加勒比海域上。他们这次是乘30英尺的单桅帆船出发的。我收到的最近来信是昨天从圣基茨发来的一封电报。要是她和全体船员一起沉没，那么科利尔会为这篇文章付出双倍价钱。也许他们会让我为她写一篇颂词。

我编辑了一本恺撒·色诺芬关于战争的精粹选集。一拿到副本，我就会把它寄给你。这本选集有1000页，是一项非常恐怖的工作——前言也是。他们坚持认为前言应在10000字以上。从200字写到2000字，我几乎把我想说的任何话都写了出来，要是前言不怎么好的话，还请你见谅。打字员早上把它送过来后，我又重新看了一下，我真想把那些废话全部删掉。你要是能在这儿帮忙就太好了。你知道无人给我指正时，我会写得有多糟糕。现在我多希望自己能够顺利在户外工作。去墨西哥的旅程真让人愉快，在那儿我见到了不少老朋友：斯内罗斯以及其他人。在这场战争中，

如此优秀的人才没有受到重用真是一种犯罪。当然，希望他们会。这就像在这个时代让一艘好船停在港湾直到腐朽一样。

约翰·桑那卡斯最终得到一艘船，再次漂泊。我只写私人事情给你是因为我们处于战争之中，在战争时期轻率地批评战争中的任何人，他一生积累下来的信件影印本都要添加到所谓的档案里。我总会想起在西班牙的那段时光，当马尔罗问沃尔德在一些时政问题上有什么想法时，沃尔德说："想法？我没有想。我是苏维埃上将。从来没想过。"我不是苏维埃人，也不是上将，但是我在战争中也没有想过什么，除了我们一定会赢。我们一定会赢的。

我真是一个糟糕的写信人，对此我很抱歉。我全部的信件都是请秘书代为处理的，按照一周两次的频率，他安排所有事务。这样处理起来会更快，而且这比要写信但又不想口述一封信好得多。亲爱的伊万，我一直替你感到骄傲。对任何人而言，我突然说出这样的话，听起来都奇怪。因为我曾多次大声训斥你。我真的总是有意大声训斥你吗？要是真这样的话，希望我们都能忘掉它，好吗？不管怎么说，像我所说的，我确实一直为你感到骄傲。要是有时间的话，我会写一个和你有关的故事来表达我的想法。不过我感觉在

信中说这个好像不太好。

孩子们向你问好。你需要什么东西或是什么能让麦克斯韦尔·潘金斯从纽约寄给你？如果有，请告诉我。希望你能回信，我的写作会越来越好的。

欧内斯特·海明威

致帕特里克·海明威

瞭望山庄，哈瓦那

1942年10月7日

亲爱的毛斯：

很高兴收到你的来信。得知你足球踢得如此棒，并且学校也正如你期望的那样理想，我们对此感到十分高兴。

吉基写信说你可怜的贝茨去世了，这真是太可怕了。它死时的情况和波尼牺牲时很相似，也是经过好长时间才死去的，虽然我们给它服用了该用的所有药物，细心地照顾它，并且做了所有我们能做的事情，然而……吉基对此感到很害怕，我们也不知道发生了此事，他最后是怎么坚持住的。他确实挺坚强的，因为他很理智。虽然他很爱贝茨，但是他知道我们已经无能为力了。帮他振作起来的另一件事就是泰斯特长

成了一只漂亮的猫，并且刚生了幼仔，它是非常可爱的一只小猫。它的毛很长，像只熊一样健壮，而且体态很像豹熊。泰斯特非常喜欢它，并且一直在细心地照顾它，它才刚出生，泰斯特就不停地“咕噜咕噜”对它叫。现在它已经有三周了，经常会发出“咕噜咕噜”的叫声，甚至还会跑来跑去了，它的确是一只好猫。

吉基和球队队友经常会一起踢球，现在他进球的技术已经非常棒了。

我发现你的猫薄荷有问题，可能是你栽植得太浅了。你需要将地坑挖深，将它栽得深些，因为这种植物的茎叶会生长得和你差不多高，而且根部也会长长。只有你将它栽植得足够深，枝叶才能生长好。

玛莎正要来纽约，将在11日到。如果可以的话，她和沃尔夫会去学校看望你。如果她没时间去学校，也会给你打电话的。无论如何，你将有机会去加德纳岛，并且整个感恩节在那儿打猎。沃尔夫到那儿后，我将会与他仔细地商谈你的事情。

如果这信有些好笑，不能使你开心，那么你就通过录音机录下你的抱怨吧。爸爸头一回用录音机。无论如何，至少可以说明我们大概还弄了台录音机。现在，庄园里的景色很美，我们确实都很想念你，希望你能回到这儿。后园里还有好多鹌鹑，玛莎或吉基每

次出去时都能碰到几大窝鹌鹑。吉基还一直没有出去猎获大鸽子或鹌鹑呢，但是他在组队捕猎时赢了大约50美元，一花完就又出去赢了。即使在世界职业棒球锦标赛中输了，他至少还有65美元呢。

现在，有许多鸟飞来了，有各种鸣禽和金莺，还有一些小鸟，我还没来得及看呢。也有大群迁徙的野鸭，今年可能是一个早冬。

现在所有的科学项目[1]都进行得非常顺利。亲爱的毛斯，我的兄弟、伙伴和玩友都非常想念你。没有你在这里，一切都显得索然无味。我会让玛莎乘飞机去接你来这儿过圣诞节。请你一定要来，我实在想不出你能有什么理由不来。《丧钟为谁而鸣》的插图已经快完成了，他们打算将插图寄到纽约，并让我过去看看。不过我会尽量让寄到这儿，让大家都一起看看。

毛斯，写信把学校的事讲给我们听听吧，我们大家都想知道那里的情况。

以后你要经常写信啊。吉基昨天写了信。潘金斯正要将我写的那本《战争之人》给你寄去。

提到踢足球，在阻截对手时，你记住一定要伸开

[1] 1942年的年中，海明威悄悄地将皮拉尔武装为伪装猎潜舰，在加勒比海搜寻德国的潜艇。由于必须保密和战时的监察，他将他的这些行动称为“科学探险”。

双臂，进行摆动。在阻截前离对手远些，然后闪出来，让他们猛烈地相撞。就像在胸前将他们相互推撞一样。通常总是尽量跌在一侧，以便保护你的球进门。踢球时，你一定要穿上护裆服。

代我向菲佛一家问好，大家都很喜欢你。

爱你的

爸爸

致阿奇博尔德·迈克·利什

瞭望山庄，哈瓦那

1943年4月4日

亲爱的阿奇博尔德：

你能够查出我们的老朋友埃兹拉·庞德是在什么时间、什么波段进行了广播吗？我之所以问你，是因为我记得你拥有一台神奇的装置，如果你在里边做过录音，所有的经历都可以播放出来。他迟早都会受到审判的，当然了，我想听到他的情况，以便在审判那一刻来临之时可以知道所有的情况。如果可能的话，我们都应该对此知道得多一些，因为那是一件病态的事情，我们可能都会被叫去作证。我希望能够与你商量此事。

为什么你不来这里呢？不管我在不在，你都应该来的，即使我出去了，等你一来，我也会立马回来陪你的，哪怕我们能在其他地方见面也好。等玛莎写完她的书后，她也会离开。她要去参加战斗。你为什么不在7月就过来呢？在这个舒适的地方，你可以好好休息下。我还能带你到一些奇特的地方，让你好好调整一下心态。我保证我一定不会自私、冷酷、虚伪，因为我现在正处于疏远了所有朋友的三十七八岁这个重要时期（别提我1934年的那段浑蛋时期了，那时候的我真是太差劲了）。可爱的艾达和漂亮的米米现在怎么样了？肯尼又在做什么呢？邦比现在已经是一个士兵了，他希望过几周能够去军官学校读书，他已经顺利入学了。

你知道莎拉和杰拉德的情况吗？如果我有莎拉的地址，我就写信给她。

请谅解这封乏味的信吧。只要回到这里，旅途中想想埃兹拉·庞德的事情吧，这些事情是我应该了解的。我知道自己不再有时间了，然而，如果你有时间，你会写吗？

请尽快给我回信。

欧内斯特

致阿奇博尔德·迈克·利什

瞭望山庄，哈瓦那

1943年5月5日

亲爱的阿奇博尔德：

今天，收到了你4月27日的信，我感到十分高兴。

你愿意将埃兹拉·庞德散布的复印件寄来吗？不管什么时候，那该死的事情发生时，我们极有可能被传唤，或者应该被传唤，但是我认为应该知道所有发生的事情。要是埃兹拉·庞德还有一点儿理智的话，他就该自己把自己解决了。我认为在完成第12章后，他就应该立马自毙，虽然现在说这些话还为时过早，不过他确实活得没有一点尊严，他效忠政府，只是因为在那个政府的统治之下，他被认真对待了。可这整个过程都是一种病态的交易，而且不管怎么样他都不应该被惩罚。

你个老狐狸，我们每个人都必须要认识到我们会死亡，也许有些事情会被宽恕。这些年来我过得一直很糟糕。要是太糟糕，对每个人来说都会无法承受。不过最近这一年我已经好多了，我根本没见到过任何老朋友，所以没有人能够欣赏这本书。这就是现在的我想让你来的一个原因，来看看我已经变得多么友善、

正直、谦虚、自谦，根本不再婆婆妈妈了。另外，我有可能死去，并且没人将记录这事了。

看在上帝的份上，不要担心战争，你我都是一样的。我过去认为自己可能会拥有一个军旅生涯，安静地做自己想做的事情，也可能不再与橡树的叶子、吞食捕食者的漂亮老鱼在一起，或者天空中繁星的光辉不会洒落双肩或脖颈。事实上，我一直艰苦地工作了一年，并无快乐可言。你来这儿吧，享受一下华盛顿的阳光和新鲜事物。如果你这两个月来，我将安排你乘飞机到我们想去的地方，而且你还可以放松一下，休息一下，逛逛这个漂亮的小岛。

过完这个夏天，我不知道要做什么。我想我们应该去东方参加战争，在那儿待上10年或者更久。也许，我去中国会有些用。我必须提前安排好这些事情。要是你能来，我会和你好好聊聊。事实上，我认为我们的下半生应该要去参加战斗。虽然听起来可能会有些傻，但在紧要关头，我一定能够下决心的。不管怎样，我还想多写几部小说，因为我发现了两三件甚至更多的事，每件都是新鲜事，我想至少是能够写成一部小说的。

你认为图书馆能够同意我在1945年写一部小说吗？或者，到那时作家将被废止了呢？1942年，我

缴了104.36美元的所得税，今年和去年没挣到钱，从一家银行透支了104.36美元，上个月因另一件事花了1732美元，并且给了一个女人（保琳）一个月500美元的赡养费，她的父亲拥有76000英亩土地，而且她的叔叔据说有4000万的资产。对于这些情况，我们的财务结构一定有些不正常的地方吧？

总之，祝福你。

欧内斯特

致艾伦·塔特

瞭望山庄，哈瓦那

1943年8月31日

亲爱的艾伦：

谢谢你在8月23日的来信。在阿奇博尔德·迈克·利什给你写的信中，他谈了我的书信，听到这个消息，我很高兴。对于我写给阿奇博尔德的事情，我一定会坚守。他们不能绞死那个人（埃兹拉·庞德），也不可以以任何方式杀害他。他应该要去疯人院，这是他应得的，从写他应受结果的那个章节中，你可以摘录出那部分内容。你一定得好好看看那个浑蛋到处散播的照片，这样你才可以更准确地知道他说了些什么。

不过阅读那些东西真令人厌恶，它们都是些发疯的胡话。可是你又必须要通读这些内容，这样你才能够知道自己对此的实际想法。

关于埃兹拉·庞德，他是如何发疯的，以及如何逐渐变得愚蠢和不负责任的？根据我们对他的了解，他曾是多么伟大、友善和出色的诗人，过去他帮助所有那些他认为能够醒悟的人时，他是一位多么慷慨、高尚的人，就如艾略特、乔伊斯，以及包括不值一提的拉尔夫·奇弗·邓宁在内的许多其他人，我认为我们有无法推卸的责任去反对任何绞死他的事情，即便我们都上了绞刑台，绳子吊在我们的脖子上，我们也义无反顾。如果我不坚持此事一天，我就不想活一天，现在就是坚持的时候了。不公开，但是要将真相告知坚持这事的人。

现在，我去不了那里，更不能在那儿待上几个月。如果阿奇博尔德想来这里彻底谈谈此事，或者你想来的话，我可以安排此事，不论我在哪儿我们都能够见面的，并且你是知道的，我真想见见你。

长期以来，我的看法都没有发生任何变化。如你所说，长时间参加自行车比赛真是一件令人十分痛苦的事，长期从事文学创作也同样非常痛苦。听说你当

上了东北角楼诗社的主席[1]，这真是好事。要是这里有些笑话，他们会觉得有趣或者丢人，不过我肯定长久以来都是你在编写笑话。另外内战是怎么发生的？受一个朋友的启发，我才问这个问题。温斯顿·格斯特最近一直在看雷南的《耶稣生平》。因为领会了书中人物的思想，他在这段黑暗的时期，精神方面受到了极大影响。我警告他不要在阅读时跳到书的结尾去了解事情的真相。可真相已经一目了然了，他们已将耶稣钉死34次了。

让我知道这一切是如何发生的吧，并告诉阿奇博尔德，对我而言这是件严肃的事情，因为这在考验我们是不是浑蛋（我的意思是让这事及时发生吧，而无须采取措施），但我认为我们不是。在此情况下，将有三四倍的人要去咬死钉在十字架上的老人[2]。

他们吊死了罗杰·凯斯门特，我相信他们也将厄斯金·查尔德斯吊死了。他们两个都是反政府的武装起义人员，并且都在这次起义中遭到了法律惩罚。埃兹拉·庞德做了、写了，还散布了极疯狂的陈述，

[1] 1943—1944年，艾伦·塔特当上了诗社和国会图书馆的主席。

[2] 1941年12月至1943年7月，埃兹拉·庞德在罗马电台做了125次广播后，华盛顿的美国联邦地方法院的美国联邦大陪审团指出，庞德在1943年7月26日叛国。

在文明国家犯了错误。当我1933年最后一次在乔伊斯的家中见到他时，乔伊斯确信那会儿他是疯了，并且当埃兹拉·庞德在时让我过去看看，因为他害怕埃兹拉·庞德可能会做出一些疯事来。他在那个时候确实不够理智，说话的语气很傲慢，如同胡叫乱嚷一样，不过在1923年，他还是很理智的。我们对此已无法容忍了，他现在已经堕落到了一个十分可笑的境界，甚至可以说是变成了一个傻子，既不能证明事实，也无法证实变疯之前他是多么优秀、伟大的诗人以及慷慨的朋友。不过那是一种历史的必然，无法掩盖绞死他是一种罪恶行为，就好像绞死苏拉特夫人[1]一样。

祝福你。

欧内斯特

致帕特里克·海明威

瞭望山庄，哈瓦那

1943年10月30日

亲爱的毛斯：

收到你的来信，我很高兴并知道了光荣的第三支

[1] 玛丽·苏拉特在华盛顿被绞死，她被认为是谋杀亚伯拉罕·林肯的帮凶。

队伍仍激战在小巷中，而另两支队伍却失利了。我属于第三支队伍。我希望胜利之后放火烧了那个城镇。你显然一直继承了爸爸伟大的传统，他曾被称为“裤子往下掉的人”，在过去，萎靡的美国人和邦比都被称为哈德逊的跛驴，更不能提及你爷爷了，在传运球时他同样具有这两种缺点，并且总得有人陪着，拿着指南针告诉他哪条线是要穿过的球门线。曾经在中西部打球时，他是最古怪的后卫。当他拿到球时，没有人能够知道他将触地得分，还是安全传球（通常都会领会错误的信号）。

天气从警告有狂风（刮到我们东部地区了）直接变为酷寒的北风了，因此，我们这里没事了。整个10月份，我们这里的天气都不错。风景秀丽，凉快、清新的空气净洁如洗。

上周一，玛莎离开了，去了她的目的地——伦敦。邦比很显然也走了。随着天变冷，许多野鸭来了，数千只沙锥鸟也来到了迈阿密。我们希望周二出去走走，但不知道该去哪儿。现在，这里没有鱼了。

假期你有安排吗？我是指度假的日期。告诉我吧，以便我也计划一下。原本我打算11月去北方，但不可能了，因为我们耽误的时间太久了。这个月过得真沉闷。直到前三天，天气还不好，现在还刮着风，但感

觉好些了。

毛斯，我真的很想念你。这里比监狱还要寂寞，只有公司的杂事。博伊西很讨人喜欢，很善良，但猫长大了就不那么温顺了。而泰斯特与我们相处得很好，它是只行动迟缓的猫，胖得如臭鼬那么大，连走动时都是一个样了。泰斯特生的那只小猫，毛长得很漂亮，并且很渴望被人喜欢。它从未将其弄乱，也不参加猫比赛，现在我在训练它和波伊斯，让它们在前门廊立柱周围摆个像狮子一样的金字塔。当我召唤它们时，它们会沿着门栏走到一起。

小黑人的两只小狗，其中一只很漂亮，黑白色相间，十分漂亮；另一只看起来像是黄狗的父亲。当然了，漂亮的那只一定是母狗，不过，我们可能会将它的卵巢切除。

温斯顿·格斯特的身体很好。帕克斯和唐·安德斯也都很好。大家都向他们问候了。在最后的6次射猎中，我已经赢了5次。除了其余两次射猎，所有射猎都有猎获飞物。在一次射猎20只飞物的比赛中，我和温斯顿在一个角落捕获了100只野鹿，从而击败了托瓦尔特。

乔伊斯一直都玩得不好，但也比吉列尔莫玩得好

些。没有乔伊斯[1]，我也会感到很孤单。我告诉过你，他们将博比部门的名字从“斗篷和短剑”改为了“蒙住的桨”。也许，它将逐渐变为“有毒的茶杯”或“苦涩杏的味道”。

现在我必须到城里去，以便吃一顿佛罗伦萨较为便宜的午餐，然后在25米外观察一下凶猛的飞鸟。今天是周六，在佛罗伦萨这是个大日子。

感谢你经常认真地给我写信，送上爸爸对你的问候。

欧内斯特·海明威

致麦克斯韦尔·潘金斯

瞭望山庄，哈瓦那
1943年11月16日

亲爱的麦克斯韦尔：

非常感谢你的来信。我在船上每晚都会尽力读克里斯汀·韦斯顿写的书（《靛蓝》，1943年），不过它很难读懂，而且她的其他书我也很难读懂。她的书的确难懂，这点毋庸置疑，但人们最终会相信她的作

[1] 罗伯特·乔伊斯辞去了在美国大使馆的第一秘书职务，他从外务处离开，进入战略情报局时，于1941年1月至1943年8月25日居住在哈瓦那。

品是经典之作。即使现在，她的口碑依然很好。

在办公室的时候，你要打电话告诉戴夫·兰德尔，国会图书馆所要的引语[1]我已经写完了，我甚至还给玛莎《战场》的前言写了一些不错的引语。最近我的文笔不错，引语虽然写完了，并且是我尽力写出来的，但离顺畅还差很大一段距离。

当你收到此信时，你是否可以将2000美元存到我在纽约担保信托公司的账号上？你说过你有13000美元的，从中拿出2000美元吧，在12月，格罗塞和邓莱普已经把那本便宜版本的钱给付了。查尔斯发来电报，问我是否能现在或明年写一本收入为29000美元的书。我想写那本书，是因为我在合同或条约中向格罗塞、邓莱普和我自己保证过写它了，不能一次付款使我对合同中预计收入的估计和声明很担忧。唯一的事情就是现在我想要那2000美元，而不是等到11月。我讲得够清楚了吗？

我们都在寒冷的北风中感冒了，感觉好像都快要死了。我是昨夜过来的，寒冷的北风一直刮着。我病了，玛莎不在，我感到很寂寞，宽敞的空房子里，我一个人待着很郁闷。如果孩子们都在这里还好些，但是他

[1]海明威给《胜者无所得》一书做的批注。

们都出去了。两个月了，我都没听到过邦比的消息，甚至都没有向邮政局长问过他的地址。我很想知道玛莎在伦敦过得好吗？

对于沃尔德·皮尔斯惹上了女人问题这件事，我感到很抱歉。你可以把事情告诉查尔斯·维妮。他会帮你解决。要是他们为难查尔斯，那也只能像往常一样发号施令了。如同伊万所言，一个男人要是受女人的气，那就如同得了比癌症还无法治愈的疾病一样，青霉素是没用的——我是说吸毒。要是一个女人把司各特毁了，那可就不仅仅只是司各特毁了自己那么简单了。患病之所以使他们疼痛难忍，是因为他们生病了，你虽然可以去治疗，却无法根治。男人最重要的是健康，其次才是得意。找个健康女人，那你就可以永远同健康的女人为伴。可是与有病的女人相处，那你就得好好想象一下自己的下场了。

好久没有麦克斯韦尔的消息了，感谢你的来信。给我寄些书吧，除了克里斯汀·韦斯顿写的。我这儿好久没有书读了。

要是一个人能用1.45美元就买到一本书，他们又怎么可能回去再付上2.75美元呢？我们为何不写些更便宜的版本、赠品书籍或者其他更有价值的东西呢？1.45美元就能买到的东西，鬼才愿意付2.75美元呢，

除非他喝醉到头脑不清醒。曾经我们卖另一本书时就天天盼望有人喝醉了能来买，并且这还是我们唯一的希望。不过我想后面你大概就不能再刊印任何版本的书了，而且这就和《午后之死》一样，很难能再买到，即使是从出版商那儿订货，恐怕也不会那么容易，甚至连我也买不到这本书了。千万不要告诉我《丧钟为谁而鸣》也买不到了，仅仅只是因为需要出版《金发姑娘》和《七个小矮人》或你所列的其他主要书籍，我是说刊印出版。

永远的祝福。

欧内斯特·海明威

致麦克斯韦尔·潘金斯

瞭望山庄，哈瓦那
1944年2月25日

亲爱的麦克斯韦尔：

很高兴收到你的来信，你在信中专门提到了著名的斯克里布纳的作者，并返还了预付款。希望这不是暗示。如果这里没有足够的钱来支付每件事情和税款，也没有钱维持生活，那么付款就会受到质疑了。但是，我记得他们根本不会预付。然而，合同规定的再版需

要贷款，并且利率低，像政府公债一样保险。他们这样做并不是为了我将来写的书，而是为了已经写好的书再版。

要是你能将司各特的所有书信编辑成权威性书籍，那就太好了。那可要比被埃德蒙·威尔逊那恶毒的行为给糟蹋强多了。他之前从来没有向我要过任何司各特的信，虽然我这里的确有不少他的信。不过可惜的是，所有信件都被我堆在了基韦斯特，不过只要你需要，我可以随时取出它们。除这场战争之外，我还有其他事要做。这些信件主要是从盖茨比时期、巴黎时期以及在那之后写的，而且他们全都和表现司各特的强大力气以及他的主要弱点有关。我应该早点让你将所有信件保存，并且不要使用任何信件，直到我们将司各特以及和他信件有关的一本书出版为止。在某一特定时间里，我比任何人都要了解他，并且我也十分乐意写一封关于我们相识相知的长信，内容绝对真实、公正和详细。或者等我写自己的回忆录时也可以，但我的回忆录写作计划在这些年里始终遥遥无期，不过在我清楚记起这些事时，我倒是很乐意写一篇关于司各特的作品。我还可以让约翰·皮尔·毕晓普编辑这些信件，他可比威尔逊更喜爱和了解司各特。约翰善良、客观并且无私，而威尔逊常常喜欢歪曲事实，

以遮盖其表达方面的错误，这些错误大多源于之前批评性的判断、偏见、无知以及学问上的错误。另外他也很不诚实。这些全都和金钱、他的朋友以及其他作者有关。当然，我知道没有人能够像他那样如此辛苦地工作，也没有人像他那样内心诚实。他的批评就像在读二等福音书一样，这些书是由获准假释的人写的。他趣味盎然地读了别人不知道的所有事情。对于他确实知道的事情，他是很傻的、不准确的、见闻不广的，甚至是自命不凡的。但是，由于他是如此的自命不凡，他的错误是被一些人接受的，这些人对于书中写的内容一窍不通，比他还差劲。在我们这个极其可怜的时代，他是过于狡诈、愚昧、受批评的人，如果大家都对他及其他作品诚实，那么无论如何我都无须感到抱歉了。你可以探究他所批评事物的道德败坏，将其与多斯·帕索斯的作品一起探究，虽然他们在金钱和其他方面特别不诚实，甚至被女人所控制。但是，我们在有限的时间里不要攻击那个主题。无论如何，以上是我关于司各特作品的一些建议。当我退出这场战争时，我将要再次进行训练和塑造，以便写作，并且我乐于帮助司各特的作品的出版。

我很想写作，你是知道的，我与那些将写作当作艰难的事情来做的人不同。我很喜欢写作，没有任何事情

比这更能让我快乐了。查尔斯嘲笑我，原因是他不了解我，就算写得特别好也不知道一个人会感到多么高兴，以至于正好写完422个字，或者1200字每天或2700字每天，是你无法想象到的令人高兴。原因是我发现那400至600个写得漂亮的字是我能够写得更好的句子，比那个数字更令人开心。即使我只写了320个字，也感到不错。

我是如此沮丧，不愿见到你。其实长期以来，事情并非那么简单。现在，似乎我可以在极短的时间内到那儿，但是由于我不知道我打算做什么，所以就在这儿继续写作吧。

听说玛莎的书《藤蔓》进展得很好，我很高兴。我知道她对国家的观察是很好的。

我希望查尔斯·维妮能够来这里，但他总喜欢圣安东尼奥市，并且这里会有许多人与他吵架。其实多年前，我就不再与他吵架了。

麦克斯韦尔，咱们好久没见了，希望能够快点儿见到你，但是，在我发电报前请你继续写信并将邮件发到这里吧。

祝查尔斯和你当地的朋友幸福。

欧内斯特·海明威

致玛丽·威尔士

维勒博东和昂比

1944年7月31日和8月1日

可爱的朋友：

收到你的来信我十分高兴，感谢你将故事讲完。你对我非常好，我很想念你。我不会使用形容词，经常重复用词，对此我感到很羞愧。嗨，朋友，我希望可以跟你谈谈这些事情，最好是躺在床上。比这更好的事情就是你所知道的了。最好回来，就在那个时候，人们回到了我们之前修建的地方，接着炮轰就开始了，然后很多人一起上山。

再往下写起来，我就感觉越来越难了。因为我和几个空军伙伴待在一起，我们必须早些起床。然后我们一起去了我猜测的地方，那里的确很糟糕，而且无事可做，只能十分寂寞地待着，不过因为已经到了最后，所以得到允许后我们可以选择离开，或加入我曾待过的步兵师也行。虽然日子很艰苦，但是我们过得很快乐。我们一直都在进攻，现在已经第八天了，而且与我们一直相处的同志们都是非常好的人。他们的日子比飞行员还苦，我对飞行的热情也可以说是另一种形式上的懒惰，也许这并不是一件好事。但是不管

怎样，我在这儿过得还是很开心，而且和步兵团在一起也非常快乐。由于到处是灰尘，我不喜欢穿戴盔甲。虽然有时我们是在美丽的乡村，但这里到处都是灰尘。有些地方很漂亮，我们甚至比别人过得舒服，不过这种情况极少。

我们俘获了一辆摩托车，现在通过它进行运输。昨天，我们还俘获了一辆大型奔驰军车。我将那车开到了车辆调配场，给它喷了漆。我也给你弄了些有趣的小纪念品。也许，有一天我将会驾驶着奔驰到处逛逛。这是一辆敞篷车，子弹曾射过转向柱，线路被打穿过。但是这车我们用着还不错，转向柱正在维修中。步兵团已经杀死了许多德国人，而且我们从装甲车上得到了上等的法国白兰地酒。将军[1]是一位有教养、有才能、受人欢迎的人，他看到我开着车奔驰时，非常开心。

上帝啊，我是一位多么无聊的作家呀。朋友，想想吧，这都是因为我很累。有时，我们也整天整夜地行走。这确实是一支很出色的步兵团，我尽量成为一个有用的人，而不是让人讨厌的人。我可以写，并且写出来这些事情时，这一定是一篇好故事。但是，首

[1] 指雷蒙德·奥斯卡·巴顿。

要的就是休息。我打算写完这件事，然后在下一阶段写另一件事情，之后回到里兹大饭店的612房间。我讨厌去想那些搞糟我那舒适房间的人。

玛丽，我无法顺利地给你写信，因为途中会有很多人读它，或者能够读到，这会使我感到害羞，因此我难以写下去了。嗨，我希望能够对你说说，很快我就能顺利地写信给你了。在这里，我听说了关于你的好事，我要将其全部记住并告诉你。我一直很想念你，因此我是空虚的，为了充实自己，我夜以继日地忙于战争的事，但这是令人痛苦的替代，就像喝伍斯特酱一样，能替代什么呢？替代什么呢？我想能替代的只有快乐。见到你时，我非常快乐。战争中，我尽可能表现得很出色，我很了解步兵，而且我还听说了不少新鲜事。在前线，我确实过得很开心，但我并不热爱这种生活。

然而，你是如此地繁忙，总是要不断地行军、疲劳、做决定，要是你能够加入行军作战的队伍中，情况可能会好一些，你还能抽空睡一会儿，不过也经常会感到精疲力竭，而且你也没有其他的生活。现在我必须得做出这样的决定，因为某些原因，我无法离开那个区

域，也不能到哪里去。我是说在伦敦和你待在一起。[1]

这真是一封无聊的信，可不管怎么说，我现在已经不再感到无聊了。等见到你的时候，我会告诉你一些非常有趣的事。我们的身上经常脏兮兮的，因此我们必须得在天亮之前起床，好好将全身擦洗一遍，再用香皂和毛巾把整个脸擦干净，不过等天亮的时候拿出兜里的小镜子一看，我们的脸依然布满灰尘，眼睛仿佛喝醉了一般，或者可以说是像第一次喝杜松子酒的人一样，大喊着自己的睫毛膏掉了。

亲爱的朋友，我真的非常爱你。等我写完这封信，我就要和战士们一起去发动另一场步兵进攻了。你的信写得非常棒，可是我什么也写不出来。就好像仅仅只能把它放到老式的绞肉器里，然后再从中榨取出新珍珠一样。

玛丽，在这个世上，我们所接受的就如遗产一样是没有挂念的，我们的遗产中有闪闪发光的铝制品，

[1] 此时，海明威与玛丽·威尔士联络了两个月之久。1944年5月末，他们在伦敦见面了，5月25日，在开了整晚的会后，海明威在伦敦朗兹广场遭受了一次严重的摩托车事故，得了脑震荡。在伦敦诊所住院时，他的第三任妻子玛莎·盖尔霍恩去看望他，这位妻子对他在战时的嚷闹很生气。玛丽使他感受到了安慰，巴黎解放后，他们在里兹大饭店相逢了。

上面黑白条纹相间，但同样布满灰尘，和你脸上的污垢一样多，如此等等。我的意思是，你要使用大脑中的智慧，不要害怕，但要谨慎。在白天，我能够感悟到一些事情，所以就把它写出来。

玛丽，此时天太黑了，我不写了，明天再写。天亮时，我们就起床准备发起进攻，然后提前一天结束战斗，我回去后就能够写作了。

朋友，我曾离开可爱的你，今晚能够与你一起睡个好觉了，我感到很开心。请将信寄到这上面的地址，我应该能够收到。现在，我在漆黑的地方写信，但写得很顺手，你会很欣赏的。至于有些东西，我是仅用心去感知的。

请你快点给我回信吧，我现在非常想念你，而且我的头痛更严重了。

8月1日

现在是1944年8月1日的下午5点15分，天还没有黑，我从杰克·贝尔登那里得到了地址，这地址和写《时间和生活》的地点一样。我到了一片空地，并在那里猜想：要是我能继续战斗下去，并逮捕到其他一些什么人，那么我就可以继续待在步兵师中了。最

近我们正在准备发起一场极其重要的进攻，我不想离开，虽然我在这儿也并不意味着什么，不过就好像要完成最开始做的事一样。我也在学习很多和步兵师有关的新东西。现在正是关键时刻，我不想离开这里，哪怕那些新东西并不有趣。

读到这儿的时候，你可能会觉得一切都很合理，但同时又无聊，而等到我们在一起的时候，你会把它当作笑话来看的。它的确是笑料，但并不合理。

我以前的确可以写出很好的故事，而且等我写完后还能用打印机处理。然后再到一些好的地方，待上个三两天，将一切处理好。不过这些了不起的事情不应该浪费在科利尔身上。这周、上周……或者说是现在，我已经可以写书了。

肯·克劳福德和比尔·沃尔顿[1]是我在这里见过的最好的通讯记者。我不是很了解比尔·沃尔顿，不过我对他的空中播放节目非常有兴趣，这个节目既精彩又能打动人。他也同样善良可亲。要是你能在这儿

[1] 比尔·沃尔顿，是《时间和生活》的通讯记者，那时35岁，于1944年5月24日首次在伦敦见到海明威。他与第82空降团降至诺曼底。6月起，海明威见过的地方有瑟堡（6月27日）、圣米歇尔山（8月6日）、赫特根森林（11月中旬）和卢森堡公国（12月31日）。他与海明威的友谊保持到20世纪50年代。

就好了，你是那么聪明和勇敢，你应该到这来的。

现在，法朗士是很风趣的。我的意思是我们已经解放了许多地区，由于机智地使用了步兵团、空军和装甲部队，所以没有进行任何破坏。

现在，我有机会将此信寄出去，请原谅这封长信，今晚我将要多写些内容，送上我的爱意。

欧内斯特·海明威

致玛丽·威尔士

巴黎

1944年8月27日

我的朋友：

我刚收到你的来信。在完成《时间和生活》之后，我的第一封信就写给了你。我回到部队两次想取信件，但没取到。现在来到了里兹大饭店，这里有你寄来的信，我真的十分高兴。

玛丽，自从上次给你写信后，我的生活过得很奇怪。8月19日，我与马基游击队联系过了，他们将听从我的指令。我猜是因为他们现在已经年迈，并且相当粗鲁。我给他们配备了在郎布依埃入口处缴获的骑兵侦测装置服饰，并用步兵师的装备把他们武装起来。

在取消侦测后，我们依然坚守朗布依埃。而在他们前进时，拉恩则负责巡逻并为法国捕获情报，我们的情报运作很成功。因为具有星形广场和协和式飞机的便利条件，我们顺利进入了巴黎并多次缴获了装备。他们在这一块做得非常优秀，现在我们都很累了。幸好当我们在巴黎进攻朗布依埃的时候，有专业的战争历史学家[1]和我们在一起。不过大多数人认为这并不是事实。我身边大多数的事情都与打仗有关，甚至情况可能更坏。我现在又参加了步兵师，而明天我会试着再写一些文章，接着再把我的人放在步兵师的统领下。他们都很优秀，我相信你肯定会喜欢的。我还有幸见到了你的朋友萨姆·鲍勃，他真的很富有人情味。

当我们进行检查时，有两次我是很害怕的，不是提供的联系方式问题就是说话沟通问题，镇上有敌方的15辆坦克以及52辆自行车。我们的一些巡逻会使你感到很害怕，即使这里没有德国人，却比格林童话还使人害怕。我们检查了坦克和自行车，希望将其拖回去，但我猜应该骑着回去。

我希望见到你。我很想你，很想躺在床上给你讲笑话。我想如果不认识你，我就无法说我爱你了。我

[1]“专业的战争历史学家”是指中校S.L.A.马歇尔。

很寂寞，只有你可以使我感到开心，这是别人无法取代的。总之，我要说的是我爱你。

我很好，而且很冷静。我在处理城镇事务，向人们下达有关事情的指令。在把借来的打字机给乔·德理斯卡尔时，我必须进行记录处理，以便他能够写他的故事。关于参加活动这件事，与其他通讯员相比，他并没有优势。我还没有写任何东西呢，应该明天开始写吧。

我感到自己的好运要来了，将离开这里去玩一段时间。我已经到过了所有曾在巴黎待过的老地方，一切都很好。你感到自己像是死去了，这是不可能的，这全是一场梦。我很希望你在这里，因为战争结束了，我很想做一些愉快的、有意义的事情，或者是一些实际的事情，并非是你喜欢的事情。

玛丽，请你再给我写一封信吧！我最近太忙了，连写信的时间都没有了，不过我依然很快乐。现在条件不理想（打字机的文件坏了），我很想你，我现在不再踏足一些糟糕的地方了。即使这里很自由，而且还有很多漂亮的女人，但我还是想早点离开，然后到一些能喝上香槟的地方去。

你为何不来这里呢？我现在还不能离开，无论你何时或从何地来，我都会给你安排很好的住宿。

我很喜欢比尔·沃尔顿。

（失落时要珍重。）

欧内斯特·海明威

致查尔斯·特·拉纳姆[1]

巴黎

1944年10月8日

亲爱的巴克：

昨晚收到了你的来信。我得去第三军接受检查，是关于拉姆伯伊利事件的审讯。这件事情已变成了通讯记者指控的主题了，同样也接受《日内瓦公约》签约国中的中立国的抗议。

控告就是指挥部队，摘下勋章，保护城镇，进行巡逻，我们全能的上校就是士兵的领导，没有其他废话。

检查主任非常和蔼可亲。他进行了解释，军队接到命令待命时，由于《日内瓦公约》，战地记者的部队可以拒绝执行命令。而后如果应急部队坚持执行命

[1] 在8月的第三个星期，海明威离开了拉纳姆的团和师，去了拉姆伯伊利和巴黎之间的地方，为大卫·布鲁斯上校的战略情报局服务。巴黎解放后，9月3日，他在诺尔省再次加入了拉纳姆的部队，并返回巴黎与玛丽·威尔士见了一面，然后随同第22步兵师转移到了比利时南部。

令，再给他们解释还是不听指挥时，只要这个建议不违反《日内瓦公约》，我就要让他们知道我的建议的好处。

我给你发了几篇有趣的稿件，希望你能好好替我保存，不要给别人看。虽然最近我们不常见面，不过你肯定知道我的想法。可要是我没有回来的话，就帮我藏到罐子里去。不过现在我想通了，我一定要回去。

无论发生什么事情（通讯记者的控告就是在说，我的行动阻碍了军队的前进），我都能够根据情况灵活使用你的信，就如同你亲自使用一样。我不会在这方面给你施压。要是你想将其寄给我的话，我的地址是“美国军队，档案局总部，陆军军邮局887，战地记者海明威”。不过就算你有时间，你也不一定会写信。请原谅这个糟糕的地址。

你的妻子一直在担心你，对此我很抱歉，我也能够理解。我的妻子从不这样，她认为我们做的事情是徒劳无用的。

晚上醒来，我花点时间写了一首好诗，然后献给你。邦比拿着钓鱼竿在侏罗山上欢跳，在这儿能够看到河流。每晚结束工作后，可以在这儿垂钓。总之，我们可以钓鱼，装扮成德国人（金发的小孩子说着流利的法语，德语说得也不错）。现在，邦比的上校很

喜欢他。上周我们打败了德国佬，如同用球拍打球一样。如果我可以做我想做的事情，我就去看望他，或者邦比的上校负责将他送到巴黎来看望我，但我们都知道这是不可能的。

巴克，我很想你。我在这儿感到自己一无是处，而你去打仗了，我只能将稿子寄去，你应该也在这里。对于这些类似的事情，我是特别痛苦的。

祝你好运。

欧内斯特·海明威

致麦克斯韦尔·潘金斯

巴黎

1944年10月15日

亲爱的麦克斯韦尔：

你可以将52.50美元的支票寄至宾夕法尼亚州的费城吗？我这里没有支票了，我将支票簿留在伦敦了。

从上次给你写信到现在，我一直过得很不开心。从突破圣路易斯到8月18日，他们临时成为后备军，我一直待在第4步兵师中。在那之后，我又被混编到了马基的机构中，短暂的欢乐之后，我们直接退出了（约翰·辛格尔顿）摩兹比联盟骑兵，接着成为第一

支进入巴黎的军队。旅行家俱乐部和里兹大饭店在前一天下午就被解放了。这是我人生中最快乐的一段时光。接着我又加入了步兵师。在巴黎战役发生的时候，我们用巴顿将军借给我们的吉普车截获了一大堆运输品，大多是德国人的。然后我们又和他们进行了激烈的对战，我们先向北再转到东面，直到西部防线遭到攻击后，我们才停了下来，所幸我们没有任何损失。

我有足够的材料去写一本好书了。自从突围前我就一直与步兵师一起作战，如果走运的话，我会停下来写书，想写小说——不是关于战争的书，而是关于大海、空气和大地。[1]结束时准备写大海，接着写皇家空军的那段事情。我已经写了两首长诗[2]了，如果不走运的话，我手上至少有一些东西来记录到现在所发生的事情。

我知道了玛莎飞行受伤并且已经治愈的事情，每件事情都应该有分寸。我们降落后，我根本没有想到她。参加一场战争（西班牙内战），使你爱上了一位姑娘，然后又遇到了另一位姑娘，再将之前的忘记，

[1] 这是海明威关于写大海、空气、大地方面作品的最早暗示，这些题材在后来的10年里使他全神贯注，完成了《老人与海》（1952年）和《岛在湾流中》（1970年）。

[2] 《送给伦敦玛丽的第一首诗》和《致玛丽（第二首）》。

这多么有趣啊！在战争中，我遇到了很多好人，作战从未失败，虽然期间发生了很多事情。

麦克斯韦尔，我只是想和你说说话，这封信写得并不好。

祝福查尔斯和所有的伙计。如果让我回去，你们就会获得一笔价值不菲的财富，因为在这最近一次探查旅途中，我们赢得了一个有利可图的重要发现。

欧内斯特·海明威

致亨利·拉·科西特[1]

赫特根森林

1944年11月16日

亲爱的亨利：

你从未要求我成为保险指定受益人，这保险是科利尔为我取出来的。之后，我指定了玛丽·威尔士作为这项保险的唯一受益人，通过这封信取消之前的受益人。

我的妻子，在离开伦敦之前签署了一份共同财产合同，除了钱，她得到了她应得的一切。

《矿工》杂志提前支付了我3950美元，而这笔钱

[1] 《矿工》杂志的编辑。

完全属于我，这是我为科利尔花的。请你从这笔钱中支出1500美元给我的妻子玛莎·盖尔霍恩，因为她提前将这笔钱给了我，她甚至还把剩下的钱存到了我在纽约担保信托公司（纽约市第5大街支行）开的账户里。

真诚地祝福你。

欧内斯特·海明威

致帕特里克·海明威

赫特根森林

1944年11月19日

亲爱的毛斯：

这是最新的地址（陆军军邮局757），当你收到此信时，我被叫回去教书了。最好让希普利夫人给你准备好护照，以便我们可以坐飞机到古巴去。让你的妈妈把吉基的护照寄来，让希普利夫人准备就行。只要我知道了到那儿的日期，就会告诉她。写信告诉我假期的日期，以便我们可以申请泛美航空公司的航班。

毛斯，这得靠你了，无论有多忙，都要看看护照是否准备好了，并告知我放假的日期。如果我知道了放假的日期，我的时间也定下来后，我就会发电报告诉你的妈妈。

我原本希望感恩节能够回去，但这个计划改变了。很遗憾，我们不能一起快乐地庆祝了。

最近几天，汉克·戈雷尔在几篇故事中使用了我的名字。因此，如果你在《世界电讯报》或《纽约邮报》上看到时，你将会知道我们现在是如何做的。我们处在很糟糕的战争中，毛斯，我希望干掉德国军队，结束战争。在我的服役期限未结束之前，我不能离开。这就是我为何不能回去，之前也不能告诉你的原因。然后，我遇到了麻烦，因指挥非正规军队而被指控。当然，这些控告被证明是错误的，因为我是不可能指挥非正规军的，那是违反《日内瓦公约》的。我已向这些军队解释过了，当他们坚持要让我领导时，我又解释道：这是不可能的。但我很乐意在这个范围内提出我的建议和批评，因为这并没有违反《日内瓦公约》。总之，这一切都已澄清了。

毛斯，我们现在处于艰难时期，非常艰难，比任何时期都艰难。

等这段时间忙完后，我打算去古巴好好休息一段时间。我要把地面设施修理一下（大树都被飓风刮倒了），并将它们整理好，然后我必须要再写一本书了。玛莎一直想去伦敦。而现在就是个好机会，达切斯现在已经不打仗了，所以她可以趁这个机会离开。不过

要是我离开的话，她一定会很想回来。我不想再孤单一人了，也不想再去当兵了，我想找一份正式的工作。要是当兵的话，那么等你探望自己的妻子时，就只能让她待在不同的战区，只是为了让战事万无一失。我打算找个人和我在这里一起待上几天，因为孩子们得上学，所以我必须工作，我现在还没打算寂寞地死去。

毛斯，今天在森林中我们进行了一次大规模狩猎。森林大概在（怀俄明州）克拉克岔口的后边，那里树木郁葱。夜晚，许多只大鹿在宿营篝火处被绊倒后杀死了，我们还未发现野猪。但这里有许多野兔、狐狸和鹿，这里也有许多野鸽子。在松树林中没有看到太多其他种类的鸟，事实上这里只有这些大个的黑鸡，个子高一些的就是松鸡了。我还没有发现任何松鸡和木鸡，可能是这里有动静，它们都逃走了。最受欢迎的游戏就是戏牛了。在开阔的地方，我看到牛倒下时，眼睛就像鹰眼一般。我们用类似的东西在地图上将其做上标记，第二天我们割下了牛腰部的嫩肉。从火炮袭击了牛的那一刻，我的视线从未移开。将牛炮杀时，我一直看着。如果我们自己或敌人的追踪者穿过了这个地方，我会马上看看牛是否还在路上走着。我们把牛作为攻击开始的信号，而今天这头命运悲惨的牛被我们吃了。它被我们挂在住处的墙角上4天了，在此

期间，轰炸一直在持续着，整个房子都在震动。我现在感觉整个胃都很舒服，因为我已经吃了五块牛排，而且这些牛排是用上等德国洋葱、白兰地和水烹制而成的。接着，我们继续向森林挺进。

毛斯，我没有任何好的建议和箴言送给你了。

我知道在法国作战时，除了鹌鹑什么都没得吃，将有一段时间得乞讨了。我想到肯尼亚和坦噶尼喀去侦察一下，看看那里的情况如何，如果好，就转移到那里去。对于我们，时间是很短暂的。如果可以的话，我们将从非洲飞往欧洲进行环游，以及猎获鸽子。在法国已经开始比赛了，虽然我认为这样不妥，但接着会再次进行鸽靶射击，直到新的旅行开始。

亲爱的毛斯，我不知道该和你说些什么。巴黎确实很美，可我的状况却一直不太好。自行车比赛还在持续着，这些赛车手都非常优秀。哈里的酒吧已经开业了，每天下午5点开门，但里面除了劣质的杜松子酒，其他什么也没有。在城镇时，爸爸就一直住在里兹大饭店。这个小镇很温馨，但东西实在是太贵了。这里没有漂亮图画的展出，却有不少新作，而且都是毕加索和其他优秀画家的作品。在德国佬的统治下，画家除了待在家中画画以外，并无其他事可做。他们的作品确实非常棒，出现了不少佳作。

毛斯，希望你不要在意这封无聊的信。我们今天一直在森林里忙，很遗憾错过了感恩节。我们也确实错过了不少事情。不过，我会争取找到更多有趣的事来弥补这些遗憾。

你的护照已经办好了，等你收到信后，请立即告诉我假期时间。

爱你的

爸爸

致玛丽·威尔士

巴黎

1945年3月6日

亲爱的玛丽：

我将永远爱你。现在，我们的人生正开始，不要让任何事情烦扰到你。我特别不情愿离开，真对不起。见到你时，我会很开心的，并且在我离开你的时间里我是真心忠实于你的，全身心地爱你。[1]

爱你的老公

欧内斯特

[1] 这是海明威乘飞机飞往纽约和他的家乡之前，写给玛丽的告别信。

致哈德莉·理查森

瞭望山庄，哈瓦那

1945年4月24日

亲爱的哈德莉：

很感谢你寄来的那封信。希望你找到玛丽，她可以告诉你一些关于邦比的事情。我们和指挥官的关系不错，我也认识他的大部分朋友。在邦比倒霉之前，我一直在帮助指挥官做一些事情。要是你得到了任何消息，请立即发电报告诉我。我知道担心是没有用的，也帮不了任何人。

河岸森林那位上了年纪的妇女怎么样了？希望状况不是太糟糕。还是将她从我们的生活和时代中抹除吧。真不知道她是如何生下我的，从生物学上来说，她的确是我的母亲。不过倒是有几个例子除外，如儿时的兄弟莱斯特，我一直以为他不存在，可实际上他自愿加入了邦比的团队，并整天在那里做零工，他认为这些活儿全是些倒霉的工作，不过这里确实有不少优良的血统，只可惜他并不合格。所以他将自己那份待遇不错并且十分安全的陆军通信兵工作换成了步兵师，我从七月突围后，就一直在这个师团里。进入你自己的兄弟团非常不容易，也是很愚蠢的，而且我几

乎是将所有劣势呈现在了他的面前。

请你不要再担心巴黎的保罗了。我们现在已经解决了粮食问题，并成功开发了波尔多葡萄酒，在法国拥有了稳定的运输渠道。去年的冬天非常艰苦，不过只要你熬过了这个夏季和秋季，情况就会好很多。我已经看过房子了，虽然它已被抢劫一空。我们开着吉普车，从巴黎向北转移。我知道保罗的离开肯定会让你感到很糟糕，这也让你原本十分温馨的家变得四分五裂。我讨厌离别，离开自己精心建立的温馨的家，这是多么糟糕的一件事呀！要是你能去巴黎就好了，那个地方一直让你感到很温馨。

我和玛丽住在里兹大饭店（你可能也在那儿享受过），在解放了旅行家俱乐部后，我和戴夫・布鲁斯短暂地见了一面。你应该已经见过他了，那时，阿奇・佩尔基是我的司机，在壁炉前的一个气炉上做过饭，一个强悍的强盗，你曾经见过他在精致的旧家具上清洗他们的武器。我查到拉姆伯伊利和史蒂夫・斯蒂文森上校的一些不属于控告的证据。这是有史以来最疯狂、最美丽的幸福时刻。你知道自己并非每天都生活在巴黎。事实上，只有一定数量的市民曾在那里生活过。我们将要很快打回那个美丽的城镇，在那儿，可恶的德国佬认为那是他们的好地方。我们首先解放了利普

斯，然后解放了图卢兹的尼格拉。这真开心啊！法国的报社对我们进行了大量报道，我从肖塔尔先生[1]那儿得到消息，他告诉我他的夫人去世了。他一直惦记着我们深厚的友情，我应该和他吃顿午饭的。由于我得转移到北部去，所以没能实现，但我们一直都很好。我想我们应该以河岸森林的骄傲穿过肖塔尔，成为时代的胜利者。

很感谢你给我写了如此好的一封信。我希望我能够写得更好一些。随着战争的进行，我是很安全的，首先我不写作了，然后在我无法思考的时候也不能谈话了。接着，我也无法谈话，无法思考。

现在我得整理一下再进城，唯一活着的只有人。现在我应该要去一周之久。你得离开蒙大拿州，经历一段长期的艰苦日子，对此我感到很抱歉。那不是人能生活的地方，当我生活在那儿时，我讨厌那儿的每一天。这里如果一直是这样的话，那就只能关注我们自己以及自己的生活了。

亲爱的凯瑟琳在经历了所有你能够想到的事情后，她去了巴黎，并在那里过上了相当不错的生活。我们可以在那里见面，我们甚至可以在高级一点的饭

[1]海明威的房东，1924—1926年。

馆美餐一顿，然后再说说笑笑。我现在身边所有的事都在慢慢变得让人愉快起来，这样听起来我真像个抑郁症患者，不过实际情况并非如此。

送上我的祝福。

欧内斯特·海明威

致托马斯·威尔士

瞭望山庄，哈瓦那

1945年6月19日

亲爱的威尔士先生：

感谢您写的关于上帝耶和华的这三本书以及那些情况。我很喜欢这些书，欣赏您写的故事。当我们见面时，我很想和您讨论一下这些书。如果这对于您知道战争是如何影响一个人的宗教信仰有用，那么可能会有助于我们的谈论。

第一次世界大战期间，我很害怕受伤，在最后也很虔诚，害怕死亡。信仰个人拯救，也许仅仅是祈祷，以便为我们的小姐和各位圣徒代祈，祈祷部落的信仰。

西班牙战争之所以看起来那么自私，是因为他们一直在为自己祈祷，而这段时间里，教堂资助的任何人都没替自己祈祷过，他们现在正替战争祈祷。我错

过了一场可怕的缓和，就如同一个人在寒冷的下雨天，被完全淋湿后习惯性地喝上一杯一样。

这场战争的发生根本没有进行祈祷。这期间有些艰苦，有时也是这样的。但我感到自己已经丧失了要求这些的权利。不管多么害怕，我都不会再老老实实地问相同的事情。

所有这些可能会被详细描述的。同时，所有我能够再做的就是爱您的女儿玛丽。自从我第一次告诉她我爱她起，我对她一直很忠心，而且永远会的，直到我们结婚。在我们可以结婚时，我唯一的信念就是成为她的好丈夫，如果出于任何目的你需要身边有个儿子，那么请记住您是有一个的。我有三个儿子，您也可以指望他们。

欧内斯特·海明威

致麦克斯韦尔·潘金斯

瞭望山庄，哈瓦那

1945年7月23日

麦克斯韦尔：

自从上次那起事故起，我担心我没有给你写过信。如果写过，那就跳过这段吧。我的头部没有什么不良

后果，我伤在前额了，但既不是骨折也不是脑震荡。我的膝盖严重受伤，一直有些疼，也有些僵硬。我的胸部好了，四根肋骨从软骨脱离了，现在也好了。

山上干旱了8个月后，这是第一次下雨，他们从山上拖运淤泥，路面像抹了肥皂一样滑。真倒霉！我让男仆告诉记者，这没什么的，我已经都出去钓过鱼了，让这消息平静下来吧。我前额的伤已经渗透到骨头里了，并未进行检查。我的胸部被方向盘绊住了。一年内，我已经第四次遭到严重的打击。幸运的是，我有两本书出版了。

邦比真是个好孩子，他来到这里之后没多久又走了。真希望你能再次见到他。在坐牢的时候，他的体重曾经降到过160磅，不过现在已经恢复到185磅了。他曾经尝试过越狱，那个时候他伤得非常严重，不过幸好逃到了一个十分安全的地方。医生曾想把他的右臂切除，但他坚决不同意，为了放血，只好切除了他后部的一块肌肉。他说，唯一的影响就是把他的肉给放松了下，它们之前绷得太紧了。他正打算再出去一次，在他第一次出来之前，他已经在德国防线堡垒的后边待了六个多星期了。最近我打了几次漂亮的翻身仗。不过受过伤之后，在第3步兵师位于福格斯的时候，我被俘虏了一个半月。在邦比到来后，我们一起度过

了一段快乐的时光，其他的孩子也都相当不错。我想帕特里克在不久的将来一定会成为一个很好的画家。

麦克斯韦尔，你愿意把百货店的零售物品打包装船寄运吧？每本书单独运输，以下每种作品各一本：《有钱人和没钱人》《非洲的青山》《短篇小说集》《太阳照常升起》《永别了，武器》，请把道恩·鲍威尔的《出生的时代》和《维京诗集》各给查尔斯·特·拉纳姆上校寄一本，地址是：纽约州，纽约市，希望邮政局长，陆军军邮局26，第26步兵师总部，邮编为015568。

巴克·拉纳姆，是我的朋友，也是第22步兵团的前任上校，现在是准将，他在德国孤单地待了整个夏天。现在他是第26步兵师师部指挥官的助理。我们和施内艾弗尔、赫特根森林与卢森堡公国的防卫人员属于伙伴，一直在相互竞争。如果我发生了任何事情，你可以联系他来消除误解，这些误解是关于在这最后的一场战争中我们做的所有事情。

巴克觉得我是一个非常优秀的小伙子，不过这只是他个人的看法，我也不过是投其所好罢了。也许我与马克思·伊士曼、埃德蒙·威尔逊，以及这些从未打过仗的家伙地位相同，但我不否认我们那些可笑的行为，对此我感到很困扰。去年的确是艰辛的一年，

我们所得知的大多数事情都无法被证实。不过我和巴克在一起的时候，确实学到了不少东西，比之前所学到的全部东西加在一起还要多得多。我会努力，并不断尝试，直到有一天能够写出更多优秀的作品。

你能否将司各特那里的一些埃德蒙写的书给我寄来？当我知道他的消息时，感到很伤心，是一个叫约拿或别的名字的人告诉了我所有关于司各特的情况。司各特去世时是与他在一起的。而且，最糟糕的事情发生在了希拉的身上。他尚未完成那本书，那更像是一个提纲，提前进行了介绍，而非一本书。这就是为何书中那些动人的大话，会使不知道作者如何设置秘密的那些人为之印象深刻。正如我们所知，史诗通常都是假的。而且，他记述了史诗的注释，但这是任何人都无法证实的。但其实写作的规律是永恒不变的，正如射击、数学和物理的规律一样。司各特几乎没有受过完整的教育，他根本不懂这些规律。他做的任何事情的过程都是错误的，但结果是正确的。我总是觉得我和你可以坦诚地谈论司各特了，因为我们都爱他、羡慕他、理解他。在其他人都被他搞得眼花缭乱时，我们看到了他一直存在的善良、缺点和大毛病。胆小鬼，梦想世界，这不是近期的征兆（如同阅读评论时，埃德蒙感到的那样）。我总是梦想足球赛事、战争，这他根

本不了解，他在交通堵塞无法绕过第五大街时，他认为“根据现在我所知道的，我将会成为一名伟大的突破防守区的赛跑者”。

等下次的时候，我会尽力多写一些他的优点。我认为一个人确实应该善良，这是理所当然的一件事。我会寻找骑兵团里任何一位优秀作家的缺点，但我认为这无伤大雅，因为他们依然是善良的，也许我们不会看他们的缺点。

对于这封枯燥无味的长信，还请你多见谅。虽然我已经努力在写了，但进展得并不顺利。谢谢你为我存钱，现在我的利息是多少呢？我感到查尔斯·维妮和沃尔德·皮尔斯仍然没变。不过这最后一年，我真是倒霉，幸好你离开了，没有经历这些。看到莱希为佩塔因做的那些事，可怜的查尔斯一定伤心坏了。我一直都很不喜欢佩塔因，不管他是将军、平民或是政治家，都一样，并且我一直都清晰地记得你被之前的同谋背叛的事情，最后的结局是那么悲惨。

艾森豪的确头脑灵活，心地善良，只可惜现在他的境况极其糟糕。他在去年的夏天和秋天犯了一些错误，不过他依然是一个善良的男人，并且是一位十分优秀的将军。我认为奥马尔·布拉德利是一位特别杰出的将军，或许如谢尔曼那么优秀。巴顿，如果不是

如此一位戏剧性的人物或一个撒谎精，那么他就是一位优秀的将官。当他们都出版了作品集时，在这场战争结束后我会读一读，那将是很有趣的。我将会感到有趣，而那些东西却无趣。

唉！我真是说了好多让人讨厌的废话。麦克斯韦尔，请把那些书寄给巴克吧，并将邦比的书寄给我。永远祝福你，希望这是个没有花粉热的年头。

欧内斯特·海明威

致玛丽·威尔士

瞭望山庄，哈瓦那

1945年9月28日

亲爱的玛丽：

今天，我打算乘船出去，所以一大早就写信了，以便让你放心。这是一个凉爽惬意的早晨，刮着微微的东北风。巴克[1]想出去捕些小鱼。我感觉不会太难。可能还会钓到大鱼，即使拖曳小船并不太顺利。

昨天下午我们等了许久，才下了一点小雨，而且下得并不久，我还是担心会有太多积水。走到水池边

[1]9月22日，将军和查尔斯·特·拉纳姆夫人来到瞭望山庄进行参观。

的时候，在布满沟渠的棕色小道上，你可以看到不少已经发芽的小草。虽然池水很清澈，但并不能看到那些大鱼或者小鱼，要是池底不发黄的话，也许这些鱼儿就随处可见了。要是你能在这里与我为伴就好了，你要是想的话，我们现在就可以去游泳。在这儿游泳特别简单，而且感觉非常棒。多么遗憾啊，我之前居然讨厌这里。

巴克昨天在射场进行了出色的射击。他之前从没有练习过射击，但他现在很厉害。他能理解你让他做的所有事，并且能清晰地掌握做这些事的原因和时机。他真是个出色的步枪射击手。在这段快乐的时光里，他过得非常开心。

我现在的射击水平也相当不错，要是给我一天的时间练习，我觉得我肯定能获胜。不过在射击那些飞快的小鸟的时候，我在第100秒慢了一步，当时我看到了它们，但我并没有射击，原本我可以杀死它们的，却让它们侥幸逃脱了。最后我们就遗憾地输了这场比赛。芒戈·佩雷斯在俄亥俄州万达利亚豪华的美国运动俱乐部对战一千多名射击手，射击是对芒戈的尊敬。从芒戈的角度来说，没有按照国际惯例进行射击，并且脚踝受了轻微的扭伤，在赛场上出现严重的跛行，这只是必需的借口。芒戈的脚伤好了以后就回来了，

那样子让人看起来心都碎了。

从我写这封信起一直吹着微风，因此我想在这里不会钓到很多鱼，或许他们能够捕些沙丁鱼。

现在，风刮得更大了……

你的这封信真让人开心。我非常满意房屋计划。我也很高兴，你能够喜欢那个短篇故事。这并非因为我想获得表扬，我只是想确切地知道我的伙伴们到底在想什么。我没有给皮特·拉纳姆女士读过那些东西，她也没有看过。我想我并非是一个大作家，也许我可以让她读一读，不过最终我没有那么做。

我准备从今晚开始写作，一直到你离开之前，我都会一直坚持写作。等你回来的时候，你就可以看到我的新作品了。这真是一个非常好的地方，你可以在任何时间找到你想要找的朋友，并且能与他开心地度过一段时光。

生小孩仅仅是一件关于人们如何去做的事情。我一直在写《永别了，武器》，当时，帕特里克正要出生，我去了西侧的房屋，以方便小孩出生。如果人们都围着小孩照顾，那么每个人，包括孩子，都是不对的。孩子最需要的是一位好保姆，绝不要惯坏他。多数时候，这种情况是不合人意的，也是无情的，但又必须这么做。格里高利出生已有13年了，邦比出生也有21

年了，但是我不相信那些基本问题会有较大的改变。希望这不是亵渎神灵，但孩子经常会感觉迟钝，可能会持续一个月，有时是一年，我希望那样的事情尽量不要发生，如果发生了，我认为我很爱我们的孩子。格里高利出生后，我去了非洲。他是11月出生的，我在7月去了国外，直到第二年的5月或6月之后才回来。保琳说大约到4月，我已经离开了10个月了，应该去看看孩子[1]。

我非常爱他们，而且我知道我必须要好好照顾邦比，开始的时候我雇用了一个有经验的人，她当然比我更会照顾孩子。不过让丈夫和妻子辛苦些，或者将他们分开，这都非常正常。而且你也不会因为孩子而发疯。我想我并不是这个意思，不过我的确正在做这些事。没有人比我更愿意在他们身上花时间了。

很抱歉，这封信写得如此匆忙。希望回到家里时，我能再次读到你的信，我会努力给你写好回信。

亲爱的玛丽，再见，愿上帝保佑你。我们要出海了。

欧内斯特·海明威

---

[1] 1931年11月12日是格里高利出生的日子，那天海明威做错事了，自己去国外旅行，1932年他什么也没做成。保琳可能是在1933年或1934年对此进行了评论。

致雷蒙德·奥斯卡·巴顿

瞭望山庄，哈瓦那

1945年11月27日

亲爱的巴顿：

感谢你美好的书信和那些漂亮的图片。我将会把它们放在相框里。

一直没有给你写信，我感到很抱歉，因此这个早上没什么打扰，我将会把这封信件写完并寄出去。

巴克·拉纳姆和他的妻子来看望我了，于是我把所有事情，包括写信都停下了。我们相处得很愉快，我想他很喜欢这里，等他走后我继续写书，我一直很努力工作，以至在退休时很像被绞干的棉花。每天我都打算给你写信，你的信件一直放在待回信件的最上面。

希望你一切都好，可以做自己想做的事情。但我并不想和你谈论此事，我知道你想射猎，可现在我们已经停止射猎了。

第4步兵师协会给我寄来了信件和委托书。我把委托书填写好会再寄回去。我真的要好好感谢你。一想到自己在和平年代也是属于团体的，我就感到非常开心。再次感谢你的计划，协会也非常好，它让我清晰地知道了自己可以做的事。

关于其他事情，你知道我所做的一切并非是为了获得奖赏。我只希望自己是一个有用的人，不过还是要再次感谢你的夸奖。步兵师现在情况怎么样了？

你自己将要做的事情是什么？我希望再次与你见面的时间不要太久。照看好自己，请原谅这封讨厌的信，我的橘汁都溅到书上了。我随时都能够写一封好信，这可能是我无法工作的征兆。

现在，当我想如何使用自己宝贵的大脑时，我在外骑摩托时思考了很多这些时期的事情，在摩托车上，我第一次感到了战斗的劳累。我读了一部叫作《压力下生活的男人》的书，我发现自己这25年来也有同样的经历。

可怜的约翰·格劳斯，他是多么可笑的一个笨蛋啊，他竟然在我写了序言后，又写了一篇愚蠢的东西，而且内容还全都和我有关，并穿插了各种材料。不过幸好我在序言中强调了一下他写的一切都是童话故事。

得知你这位将军的消息我很开心。我希望你会好起来，你应该拥有一个美好的假期。

我希望能够与玛丽早日结婚，真想快些[1]，送给

[1] 海明威和玛丽·威尔士于1946年3月14日在哈瓦那结婚。

她我最美好的祝福。

祝福巴顿夫人和你的女儿，珍重。

欧内斯特·海明威

致康斯坦丁·西蒙诺夫[1]

瞭望山庄，哈瓦那

1946年6月20日

亲爱的西蒙诺夫：

昨晚你的书就寄来了。今天我读了这本书，读完之后我就给你写信，然后把信寄到莫斯科去。

按理说，等书一翻译出来，我就应该读到了，不过可惜我刚从战场回来，无论这本书多么精彩，我都没有机会读到它。我想你明白我的意思。第一次世界大战之后，我长时间待在家里，几乎有9年的时间，我无法写出任何与它相关的作品。西班牙战争之后，我必须立马动笔，因为我预感下一次战争很快就要爆发了，我感到自己的时间所剩无几。在这次的战争中，我的头遭受了三次严重的撞击，我常常头疼得厉害。

[1] 康斯坦丁·西蒙诺夫（1916—1979）是一位苏联诗人、小说家和剧作家。此信的内容来自《苏联文学》第11期，1962年。

不过现在我又开始写作了，在战争期间，我那800页小说的原稿还没有完成。要是我的生活顺利，在这里我会把它写完。祝我好运吧！

这次战争期间，我始终都想与苏联部队在一起，看看那些打得漂亮的仗。然而，在这里成为一名战地记者，我感到是不合理的。第一，我不会说俄语；第二，我认为自己更适合其他工作，可以打击德国佬。我出海有两年左右的时间，接触了各种不同的工作。接着我去了英国，在入侵之前作为一名通讯记者与英国皇家空军一同飞行作战，又参加了诺曼底入侵活动，剩下的时间是与第4步兵师一起度过的。那时候，通过了解法语和与国家有关的情况，我希望能与马基队员一起带头工作，尽量做一些有意义的事。这种生活使我十分高兴，我想你也会喜欢的。在到达巴黎之后，我原本在队伍前头，不过很快部队就赶上了我们，安德烈·马尔罗曾经来看望过我，并问我带领了多少人。我说，一般情况下不会超过200人，大多数时候是在14至16人之间。他和我说他领导了2000多人，所以他特别地开心。

虽然现在在打仗，不过从诺曼底到德国的那个夏天，依然是我一生中最快乐的一段时光。自1945年秋季起，我一直在努力写作。

我希望你在美国和加拿大的旅途中过得愉快。我希望能够说好俄语，和你出去到处转转，原因是这里确实有许多可爱的人要去见，有许多美好的事情要去做。但是，这里没有人会说俄语。我真想把我们第22步兵团的团长（现在的拉纳姆将军）介绍给你认识，他是我最好的一个朋友，你还可以顺便认识一下第1、2、3军营的指挥官（他们尚在世）以及许多连级和排级的指挥官，哪怕是一些优秀的美国士兵也可以。在犹他海滩，第4步兵师在这段时间里伤亡了两万多人。我的大儿子邦比在第3步兵师服役，在登陆法国南部之前，他们一直在西西里岛和意大利。邦比是一名跳伞兵，他在我们前边跳伞，伤得很严重，秋天的时候，他在福格斯被捕了。他是一名特别好的同志，一个好队长，你肯定会非常喜欢他的。他告诉德国佬，他是澳大利亚一个滑雪教练的儿子，在他父亲因为一次雪崩丧命后，他动身去了美国。当德国佬查出他的身份后，将他送到了俘虏营，但最后他又被释放了。

你没能来到这里，我感到很没面子。你写的诗歌或杂记翻译成英文了吗？我很想读读这些作品。我知道你谈论的是什么。正如你说的，你知道我谈论的内容。总之，如今世界已经联系得很紧密了，作家之间应该能够相互理解。如果我们能够相互理解，而不重

复丘吉尔的表演，那么这里就会有许多共同点，人们会特别亲密、明智、相互合作、相互理解。如果我的谈话带有政见，请你原谅。我知道在我做的时候，我一直被认为是很愚蠢的，但我知道在我们国家之间的友谊是不存在任何事情的。

在苏联有个小孩子，现在可能都老了，他叫喀什金，长着红发也可能是灰发。他是我见过的最好的评论家和翻译家。如果他仍住在附近，请代我给他送上最诚挚的问候。《丧钟为谁而鸣》已经被翻译完了吗？我读了伊莉亚·爱伦堡写的评论，不过在此以前从未听说过这个人。稍微修改下，再删去一点东西，重新起个名字，是很容易再出版的。我希望你好好看看。由于我了解这个评论，我知道这并不是战争的评论，但不管怎样，它都和战争有关。一切都挺好的，有一处写的是我们杀了法西斯成员，你肯定会喜欢的。

祝你好运，旅途愉快。

你的朋友

欧内斯特·海明威

致查尔斯·特·拉纳姆

爱达荷州

1946年11月2日

亲爱的巴克：

希望你航行顺利，万事如意。

我写信给温斯顿·格斯特，提到我们打算在12月的第一个星期去那里[1]，并收到了他发来的电报，他说无论你们什么时候来，他都非常高兴。[2]

我们将于11月10日离开这里去盐湖城，和朋友在那里打猎。他们非常热情，已经到那儿了。这些人中有查尔斯·维妮，他是我认识多年的老朋友，在多个军队当过兵，委内瑞拉人，反对卡斯特罗、墨西哥，支持马德罗、外国志愿军、美国、摩洛哥、皇家空军。

在西班牙时，我们常常在一起，他在盐湖城，还有克拉伦斯·班伯格以及他的妹妹蒂迪·艾伦。他们说高水平的打猎需要混凝土幌子、沼泽地越野车、摩托艇等，不过我并没有做过这些事。这就好比杀一只无知的笨鸭子也需要大量装备一样，不过这些事情虽

[1] 纽约，卡迪纳岛。

[2] 拉纳姆将军要和海明威一起去温斯顿·格斯特租的庄园打猎。该庄园位于距长岛蒙托克角不远的卡迪纳岛上。

然听起来很愚蠢，但它们经常发生，到最后反而变得非常切合实际并有趣。

昨天没有混凝土幌子，不到一个小时，我们所有人累得筋疲力尽。古老的银溪湿地下着暴风雪，风速约有50英里/小时，我们放了一打诱饵，鸟到处乱飞，像勇往直前的神风敢死队一样。

除此之外，我特别喜欢打野鸡。在狂风肆虐的天气里，公鸡们大摇大摆地走着。在野外的时候，玛丽走的路程可以达到健康人的四分之三，她也十分喜欢打猎，她成功地打到了两只野鸡。帕特里克打死了一只漂亮的大肥雄鹿，去毛后竟然还净重285磅。陆军中校泰勒·威廉姆斯成功打到了一只更大的野鹿，它胖得几乎无法走路。我从没吃过这么多的好东西，我打算给你寄些冻肉。我以前从未见过这么肥的鹿肉，它吃起来就像在家禽展上获奖的牛肉一样。

在纽约，如果不出什么意外，我们会住在舍利奈特兰旅店。宇宙图片社的家伙[1]带着《杀人者》影片来到这里。我认为这是一部不错的电影。这里的人声称提前10天通知的话，他绝对可以让我们入住舍利奈特兰旅店。这样，我们就会在那里见面了。请告诉我

[1]《杀人者》的制片人马克·赫林格。

你什么时候来，是11月30日，还是12月1日或2日？我们将从盐湖城开车去新奥尔良，并把车放在那里。接下来再去芝加哥看望玛丽的父母，然后再去纽约。梅会提前把帕特里克送到纽约。我觉得这样他就可以在28日感恩节那天和格里高利一起去卡迪纳岛打猎了。也许那时候我们也会到那里。可能会，希望如此。

在这里，我的身体状况正在恢复，可以走一段距离了，感冒也好多了。虽然天气不算很冷，不过却给人感觉和在卢森堡过圣诞节那天一样冰冷。

前天我才算是真正休息了一天。如你所言，千万不要把自动步枪交给女人。霍华德·斯林姆夫人在我放下枪上车时，再次向我证明了这一点。在我正弯腰脱靴子的时候，她却把勃朗宁自动步枪放在了我的头顶，几乎把我头盖骨底部的头发都要烧焦了。我还不得不装作镇定自若的样子，和她解释道这把枪显然不安全（不是她的过错，我完全是在胡说八道）。不过现在这把枪已经完全被我占为己有了，它非常精密，用它在卡迪纳岛打猎是再好不过了。我和她说我愿意用立式步枪来换这把枪，对她来说，立式步枪要安全得多。一想到在那次烧焦事件后可以真正保管这把枪，我就觉得自己干得真漂亮。这是一把精密的多功能枪，不仅带有两个枪管和卡特斯补偿器，而且补偿器还有四个不同的管。

我试了下，虽然用了12年，但是它依然是唯一一把相当好的自动猎枪。用脖子后上方一些烧焦脱落的头发换了这样一件不错的战利品，我觉得非常值得。除此之外，我还得到了500发子弹，这些子弹在德国枪上也可以用。只要我们用轻载枪打猎，就可以证明这一点。

巴克，这个假期我们过得非常开心。玛丽特别高兴，身体也变壮了，正在逐步康复。自从离开新奥尔良以后，我们就没有争吵过。我现在快能打猎了，这是我特别喜欢做的事情，盼了很多年呢！我每天睡得很香，天气阴冷，每天晚上吃得特别好——山羊、麋鹿、鹿肉、野鸡和鸭子。我猜会像给你写信时说的那样，我早晨做早饭，玛丽做晚饭。她做的饭特别好吃，是在英格兰时为前夫（诺埃尔·蒙克斯）而学的。她的前夫只喜欢煮老的排骨。在做这个多汁主食的时候，她会非常开心。

我希望尽量多写一点儿我们在卡迪纳岛上的时光。这座岛上有一座美丽古老的庄园，自殖民地时期以来一直由同一主人占有。主人基德是波士顿第一国际银行的前侦探，是他修建了这座庄园。克莱伦斯·麦凯用一笔巨款租下了这座庄园，直到去世。温斯顿付了30～35基尼[1]租了一年。这座庄园1937年或者

[1]基尼为英国的旧金币，价值一镑一先令。

1938年遭遇过暴风雨的严重袭击。但是，那仍是一个风景迷人的地方，它的布局大约呈半月形，位于海边，黑鸭子、野鸡和鹿成群。在那里我们可以开心地吃饭、喝酒、聊天、打猎，从1940年我就开始盼望着去那里。现在我们可以到那里一起度过一段时光，简直好极了。你需要带上暖和的衣服，在衣服湿了后换上，相信你们会喜欢那里。去那里前我一直很忙，总在赶时间，其他时间一直在工作，我们会度过一段快乐的时光。能去就尽量去吧，温斯顿希望我们尽可能在那里多待上一段时间。一想到可以住在那里，我们就非常开心。因为之前我曾让温斯顿和他的朋友在我这里住了几个月。我们会用热奶油炖牡蛎和陈年香槟酒好好款待你，我们会想尽一切办法让你胖上10磅，使你身强体壮。

必须就此搁笔了，我得去做腹部练习，玛丽正在做三明治，夹着老式的奶油沙拉酱、酸辣酱和生菜，一些三明治上抹着酸辣酱，另外一些三明治上抹着奶油沙拉酱。另外，还有一片鸡胸肉和一瓶酒。

再见，巴克。如果你收到此信后立即回信，我就会在10日离开这里前收到信，否则，请将信转寄到盐湖城，地址是：犹他州莫瑞市7号沃克斯胡同2600号，在那里我们会收到信，或者你直接写那里的地址。

请代我们向皮特问好，玛丽送上最诚挚的祝福。

欧内斯特·海明威

致恩斯特·罗沃尔特[1]

瞭望山庄，哈瓦那

1946年12月18日

亲爱的恩斯特：

非常开心能收到你的来信，我已经收到翻译好的信好长一段时间了。听到你现在过得很好，并且已经回去工作了，我十分高兴。我知道你一定经历了那场可怕的战争，在施内艾弗尔或赫特根森林战役中，有不少德国人被残忍地杀害，你能安全逃过一劫，我是多么欣慰啊！不过希望你不要误解，这并非是惨无人道的胜利者的言语，我不是说你在这两个地方杀害的美国人肯定要比我们杀害的德国人多，庆幸的是我们从未互相残杀。

请替我写信给安妮·玛丽，告诉她我希望让她再次翻译我的作品。她是我见过的所有人中最优秀的翻译家。

[1] 恩斯特·罗沃尔特是海明威的德国出版商。

请通过我的律师毛雷斯·斯佩塞与我保持联系，地址是：纽约市20号第五大道630号，让我及时了解情况，以及你觉得什么时候可以再次在德国出版。然后，我们可以讨论达成协议。在此期间，我不会与其他德国出版商达成协议，除非事先与你联系。

但是，请尽量筹集一点儿钱，这样我就不用等着你跑遍整个柏林去凑钱。

祝福你。

欧内斯特·海明威

致麦克斯韦尔·潘金斯

瞭望山庄，哈瓦那

1947年3月5日

亲爱的麦克斯韦尔：

我回信太晚了，请原谅。我在船上待了一个月零三天，感觉自己快发霉了，无论如何我都要出去。

首先我需要在这个时候缴税。其次，马克·赫林格要与我谈电影生意，不过我并不打算同意。虽然在电影公司可以赚到不少钱，但我并没有兴趣待在那里，因为要是那样的话，我所有的工作就只能来应付写作了。他要我把我所有完成和即将完成的短篇小说告诉

他，让他选择一个（最好是第一个选择），并在固定价格的基础上加上他们所得收益的提成，这样他想做什么就可以完全取决于他本人了，而我就不可以再像过去那样做事了。他希望和我建立合作关系并成立公司，从经济上来说，他的提议确实非常有吸引力。不过作为一个长篇小说作家、短篇小说作家兼临时记者，我从未想过自己能发大财。不管怎样，我都不想从事电影生意。与其将我的短篇小说卖给电影公司，还不如直接卖掉我的短篇小说。要是这样，我不仅有利润分红，还不用卖掉版权。短篇小说的收入中纳税会占很大一部分，获得永久性产权才是我的真实想法。

然后，我的律师毛雷斯·斯佩塞来了，这件事对我来说越来越难处理或通过，不过他现在不在。

昨天晚上乔纳森过来了。这家伙先在伦敦给我写信，让我帮他办签证。所以我不得不去入境事务处给他办签证，然后去国务大臣那里帮他往纽约领事馆发了一个电报签证。然而乔纳森找不到签证，我又不得不把所有步骤重新来了一遍，并把带着签证的电报号码寄给他。然后他又要求我为他的妻子办一张签证，我不得不暂停我的工作，再次继续做完整件事情。动用我积累的所有政府人脉找人帮忙，简直让我的威信扫地。他发电报说需要住四个晚上，我帮他在纳西奥

那尔宾馆找了一个房间，并告诉他们我会支付他的食宿费用，每天大概80美元，所以希望他就住四天。我不想让他住在我的家里，这样我还可以在早晨继续工作。我做不到像乔纳森那样，现在努力学也太晚了。

虽然一切都在有条不紊地进行着，可我并没有其他时间能做别的事。因为我要重新开始写以前未完成的那本书，并且还要不断修改之前写错的内容。之前写这本书的时候就花了很长时间，现在又要重新动笔，我也只能认命，希望可以早日完成它。这本书的手写稿总共有907页，我之前打印了137页，加上新写的这部分，我现在已经完成了156页。幸好完成开头后，中间的内容就进行得比较顺畅了，因此要修改的东西并不多。这个季节是一年中最适合工作的日子，希望那些讨厌的远方来客不要来打扰我。

这也是为什么我没有给你及时回信。除此之外，我还十分无情地拒绝了其他人的打扰。我甚至在门上挂了一个大牌子，并用西班牙语写上“如无提前预约，海明威先生恕不接待。如若被拒之门外，还望海涵”。要是他们非要过来，我就有权将其赶走。与插图相关事宜，我会在稍后写信，详细和你讨论。[1]我在这方面还是了

[1]计划为《永别了，武器》出版一本带插图的新版本。

解颇深的，无论怎样都不要用约翰·格鲁斯。虽然我很喜欢他，但我对他的插图完全不感兴趣，也不要和路易斯·金塔尼亚有任何确切的承诺。他的作品水平现在大不如前了，至少对我来说，几乎快要退化到漫画的水平了，除非我能确信他一定能做好。虽然我很想直接跳过这个问题，但我还是得好好和你讨论一番。也许帕特里克能做好《永别了，武器》的出版。不过我不能十分确定。要是我能去欧洲，我至少会让毕加索做一本书。他的画很漂亮，而且你也知道，他是我的好朋友，我需要精美的插图。我觉得多斯书中的雷金纳德·马什的那些插图非常糟糕。多斯没有把它卖出去完全在我意料之内，几乎没有任何单独的章节能卖出去。在某种形式上，可能我们的书也会出现同样的问题。很抱歉，我现在不能提出一些建设性的意见。不过对这个问题，我确实考虑了很多。这就是我目前所知道的一切。

非常感谢你寄给我的海藻。清澈见底的水池和完全不能用的水池有着天壤之别，因为我们这里没有足够的水，所以不能经常排水。

帕特里克在这里工作非常努力。除去工作，他还学习天文、航海和西班牙语，我还教他英美文学。他的航海教授在西班牙海军学院教书，他也从教授那里学习西班牙语。他要去哈佛大学读书，我把你的名字

告诉他了，让他以你为榜样。2月份他在这里举行的大型国际射击比赛中赢了。每天下午我和他一起打网球，但仍感觉缺乏锻炼。玛丽很好，也很开心。

今天给你发电报是请你存款3138.13美元，在2月份的版税声明上，担保信托银行公布了金额。我打算把这笔钱用作生活费，不过今天斯佩塞发电报说他需要2100美元，以便缴纳税款的第一笔分期付款。要是我不把书卖给电影公司，我的收入今年会很少。我不同意以5万美元的价格把《5万美元》卖掉后，他们把价格提升到了7.5万美元。可我还是不想卖掉任何小说，除非我能以所得税的形式得到一些利润。

收到这封信时，麻烦你借给我3000美元，不是预支给我，是存到我在担保银行的账户上。你发电报告诉我存了就行，这样我就知道了，然后去取钱。我愿意支付与其他贷款相同的利息。

虽然一切物价高得惊人，但我仍在想办法节约生活开支。我觉得在我需要的时候，从你那里借钱对我们大家来说都更好。因为搅和一大笔电影生意，不但不会有助于我写作，还会分散我写一本好书的注意力。

《乞力马扎罗山下》要被拍成电影了，我相信肯定会很棒，要是这本书到时候还没写完，那无论什么时候把它卖掉，我都可以还清自己的欠款。有这本书就够了，

我相信我会有足够的资产，因此我现在可以先借钱。

请原谅我在信里说了那么多。发电报时，我在里面存了一张3138.13美元的支票。等你收到该电报的时候，记得把它存起来。我要继续工作了，我倒要看看在那个死皮赖脸的英国人来吃午饭前，我究竟能完成多少。明天我会去船上游玩，我不知道乔纳森是否会去，我不会过问。我会告诉他我要开一整天的会。没人会发现的，就算是参谋长和白金汉宫的首脑也一样。

今天收到电报时麻烦你存上3138.13美元的版税，收到此信时存上3000美元。

向查尔斯表示最好的祝愿，保重身体，非常感谢。

欧内斯特·海明威

致伯纳德·佩顿[1]

瞭望山庄，哈瓦那

1947年4月5日

亲爱的伯纳德：

如果要做一罐子血玛丽酒，量少就没任何价值了，

[1] 伯纳德·佩顿（1896—1975），是尤金·杜邦的孙子，1917年在法国开救护车，1947年担任纽约空气制动公司的副总兼会计。

拿一个大号的罐子，把足够大的冰块放进去，这样做是为了防止我们的产品融化过快，水太多。然后掺一品脱上等的俄罗斯伏特加和等量的冷冻番茄汁，加入满满一汤匙伍斯特郡辣酱油。通常用李派林酱油，也可以用任何优质的牛排酱油搅拌。然后，加一量杯鲜榨柠檬汁，搅拌。接下来，加少量的食盐、辣椒粉和黑胡椒粉，继续搅拌，并尝一下味道如何。如果感觉酒精度数太高，多加一些番茄汁来稀释。如果酒劲不够，多加一点儿伏特加酒，还有一些人很喜欢柠檬。不过一定要记得过滤掉残余物，你还可以增加一些伍斯特郡辣酱油的量，但是别把漂亮的颜色破坏了。然后你再自己好好品尝一下，看看味道如何。我在1941年把这种酒介绍到了香港。找到诀窍后，你就可以这样调酒，它尝起来好像不含任何酒精。可是只要喝上一杯，你就会觉得像喝了一大杯上等马提尼酒，它的酒劲非常大。而且这个调酒的诀窍是保证气温足够低，千万不能让冰块往下滴水。你还可以用上等的伏特加酒和番茄汁，或者在新泽西州采用俄国工艺生产的伏特加酒也行。不过我记不清楚名字了，我也不希望误导你去买错误的伏特加酒。

一想到马上可以见到你和你漂亮的妻子，我就非常兴奋。要是我们在一起的时间可以长一些就好了。

玛丽现在也正忙着给你写信。等你来了之后，我们可以一起去打猎。

祝你们一切安好。

欧内斯特·海明威

致查尔斯·斯克里布纳

瞭望山庄，哈瓦那

1947年6月28日

亲爱的查尔斯：

不用担心我的孩子，你已经够操心了。发完电报后，我没有给你写信，因为说什么也没用了。我们没必要再为麦克斯韦尔的事情和对方多说什么了，不幸的消息就是他去世了[1]。在他临终时未能见到他，我只能认为他完全失去听觉，我们就这样失去了他。我花了很长一段时间让自己不要那么讨厌他，并让自己尽量回想和他在一起时的所有快乐时光。上次我和他在纽约一起度过了最后一段非常快乐的时光。不过可惜我们之间有很多的问题和争论。不管怎么说，对于托马斯·沃尔夫的小钱或处理路易斯的事情，他不用

[1] 麦克斯韦尔·潘金斯于1947年6月17日凌晨5点去世。

再担心了。他也不用再去阻止那些背着他另谋出路的女作家了。麦克斯韦尔有很多有趣的事，总之我们在一起的时候很有意思，他毕生都在孜孜不倦地工作。这也给我们一个很大的警醒：过劳工作，至少是年轻的时候，其实并不可取。不过要让你明白这个道理，还需要很长一段时间。我走进办公室时，至少看到过你酗酒过度的样子。我没想到在纽约居然有人比我的酒瘾还大。

查尔斯，你一点儿也不用担心我。即使我在监狱中、我有2000万、我破产了不得不从事其他工作维持生活、我快要死了或者听说我会永生，我都会努力工作并把书写好。所以，不要担心我。我不会向任何诱惑屈服，我不再随口乱说了。在某种程度上，你已经为我提供了足够的现金支持。在我写这本书时，的确需要这笔钱。我会尽量少借一些钱，尽我所能写好这本书。我已经想到办法，在不违背道德的基础上，将我现有的短篇小说卖给电影公司以维持生活。在写作期间，我仍和一直以来一样，不关心书能不能卖出去，只以我能写好这本书为根本。至少我已经这样做了，如果本月内毛雷斯·斯佩塞不过分发挥他的谈判能力，一味吹捧会比较好。然而，一切都过去了，我现在有钱了，够用到9月了。倘若能与马克·赫林格达成协议，

我过一些日子会把所有时间用在这本书上。

你至少应该让我知道书的状况，这样会比较好。我待在斯克里布纳出版社的时候，麦克斯韦尔是我最好的老朋友，他是一个相当了不起的编辑。他从未删除过我作品的任何段落，也从未让我修改过任何内容。他绝对是我最好、最忠实的一个朋友，也是我生活和创作中最杰出的一个顾问，可现在他去世了。

马尔科姆·考利可以告诉你，他和麦克斯韦尔整理并出版了《永别了，武器》《太阳照常升起》和《丧钟为谁而鸣》的合订本，这些代表了我们三个人之间的关系，书中附有考利的插图和导言。我认为让这些书保持我们自己的版本是一个非常好的策略，三本同时出版，让考利包装它们可以确保良好的评论。三本一起销售要比单本抛售好得多。

你手头上要是有什么别的事情的话，我绝不会继续打扰你。玛丽动身去基韦斯特静养了，在那里，保琳会好好照顾她。保琳最近常常过来帮忙，将玛丽照顾得无微不至。玛丽还在发烧，一开始的时候，她只是流感，我猜她是在照顾她爸爸时感染上的，她的爸爸之前在芝加哥做了手术。后来，由于无法隔离某种热带虫子，又转化成了肠胃炎。保琳觉得玛丽非常好，她们现在已经成了很好的朋友。

我们连续45天对帕特里克进行直肠喂药。他现在可以好好吃饭了，体重恢复了，身体变壮了，一次能完全清醒四五个小时。

前天晚上，是我两个月以来第一次躺在床上睡觉，特别容易就睡着了。下雨了，这是一个不错的时节，这个地方非常美丽。

我有50美元一箱的纯正哥顿金酒和诺瓦丽普拉味美思酒，并发现了一种在网球管内速冻冰块的方法，最终冰块温度是零下15摄氏度，用玻璃杯也能结冰，用这种方法可以做出世界上最凉的马提尼。只需加足够的味美斯酒覆盖玻璃杯的底部、3/4盎司金酒和特别脆的西班牙鸡尾酒酸果。此外，把这些东西放到玻璃杯内时，温度应为零下15摄氏度。

朗哈姆将军，自从在诺曼底时我就跟随他。当时他正在指挥第22情报团。他说我应该拒绝邀请，但是我认为那样太粗鲁，这也意味着我应该做好那些自认为烦琐的小事。在战争中，有一次吃晚饭时我喝醉了，因为我本应该得到优秀服务十字勋章，但是被拒绝了，所以我认为应该在取消之前拿到它更好一些。

你收到玛莎的信了吗？自从圣诞节以后我就没有收到过她的来信。玛莎是一个可爱的女孩，我不希望她那么有野心，也不希望她是一个战争狂。我想如果

不打仗了，她会有一点寂寞。

再见查尔斯，保重身体。请代我向你的妻子问好。

欧内斯特·海明威

致威廉·福克纳

瞭望山庄，哈瓦那

1947年7月23日

亲爱的威廉：

很高兴能收到你的来信，与你取得联系是多么令人兴奋啊！希望你能抛开一切杂念和误解，当然你也可以选择过来找我，我们一起解决。这并不是什么大事。我和巴克·拉纳姆开始的时候感觉很心痛，可一旦我们得知成绩后，我们立马感觉舒心起来。

关于你所说的乌尔夫和多斯，我虽然知道但并不赞同。除了与北卡罗来纳州有关的事情之外，我并不觉得自己与乌尔夫有任何关系。我很喜欢并且一直都十分尊敬多斯，不过我还是认为他仅仅只是个二流作家，而且没有听觉。作家没有听觉就如同二流拳击手没有了左臂一样，这会使他的脑子精疲力竭，这样的事情发生在多斯的每本书中。而且他是个十分势利的人。我非常担心他的黑人血统，要是他能和我们所希

望的黑人一样，那他肯定能成为我们最优秀的黑人作家。

你选了我非常薄弱的一面与我们都喜欢做的伟大事情做对比。我可能迫使你再次阅读，但是作为兄弟，我想知道你在想什么。无论如何，我会写作并抓住所有机会。对于有控制力的投手，他可以扔相当远，也有可能失败。

与这些人不同的是，我小时候就离开了乡村，作为一名雇佣兵或爱国者，我的乡村消失了。树木全被砍伐了，什么都没了。我们在村外找食物，学习语言、认识英国人并以相同的方式丢掉，大多数人都不知道这些。多斯经常来看望我们。我一直谋生、还债并等待战斗。自从记事起，我就是一个渺小的难民，但是每次在失败前我们一直在作战，最后一次，我们用最多的装备战斗，这是最容易的一次，然而我们还是损失惨重。事情从没像现在这样糟糕。

你是一个十分优秀的作家，比亨利·菲尔丁和其他人都要优秀得多。请你一定要认识到这一点，并能一直坚持写作。在我看来，你写的作品比他们任何一个都要优秀，事实就是如此。我不是在说醉话。你不要只读当代作家的作品，你可以写出最优秀的作品，你甚至可以试着和那些去世的作家们一较高低。我了

解这些作家们的本事，我是说想象力，而不是体力，我相信你能将他们一个个全部打败。你为什么不先跟陀思妥耶夫斯基较量呢？跟屠格涅夫较量——我们两个人痛痛快快地与他较量一番，像是体重205磅的拳击手对付只有115磅重的选手，事情的结果还不坏。然后你自己去盯住莫泊桑，这家伙很厉害，直到他上气不接下气才行，三局就有危险。再试图战胜司汤达，打败他，我们都为你感到高兴，但是不要跟我们这个时代的那些可怜的角色去较量。你和我联手可以打败福楼拜，他是最受我们尊敬的大师。去做那件事之前，你必须接受军队的命令，当你是一名伟大的连长，在团中不甘做第二名，夹着尾巴走路或丢掉平易近人的特征，然后在讨厌管理团时管理团，你会为你的成就感到高兴。我是你的兄弟，如果你想要一个通信的人，我希望我们能保持联系。我的第二个孩子（帕特里克）现在已经病了4个月了，必须通过直肠给他喂药。现在他吃饭和睡觉都很好，但还没有脱离危险。如果我写得比较愚蠢，请原谅。我的最大的孩子非常和蔼，他是个很有天赋的孩子。在当伞兵队长时连续受伤了3次，还被监禁6个月。等第一次解救战俘的时候，我们会发动进攻，原本是打算把他解救出来的，无奈行动取消了。我这个生病的孩子是一个非常优秀的画家，

他不幸在他哥哥开车导致的事故中伤了头部。希望你不要介意我在信中写了这么多的琐事。

我十分想念你，希望你能尽快给我回信。

欧内斯特·海明威

致查尔斯·斯克里布纳

爱达荷州

1947年10月29日

亲爱的查尔斯：

非常抱歉没有及时回复你的来信。

乔茜·赫伯斯特的书两天前到了，我会看的。我先大致翻了翻，这是一种不合理的看书方式。可能我对它不太感兴趣，但我还是会去看它。你知道，当人在工作时，很难看下去特别有价值的资料。

关于毛雷斯·斯佩塞，他根本没有经过我的授权与你讨论许可、翻印等事宜。我一直和你合作，不管是好还是坏。任何第三方都没有权利介入。我没有和他讨论过翻印权的问题，他也没有给我写信谈过这些事情。我同意你如果对翻印一事有任何疑问，可以直接向我提出。如果在教科书中重印，并且可以销售许多年，我认为作者应该得到他应得到的版税份额，而

非简单的翻印费。如果任何机构都会为所出的书支付巨额的版税，那么作者的资料被翻印后就要得到他的提成。翻印资料是某些教师所从事的非法买卖，他们写的序言通常非常无聊，永远没有鼓舞性，然后提供一系列好的短篇小说当教材，让孩子们去买，或让学校去买。你同意吗？

在这里我工作非常努力。这里的气候变化特别快，我通常上午工作，下午打猎。

亲爱的查尔斯，我还要告诉你另外一件事。你知道在哪里可以重新制作《午后之死》中的插图吗？卡珀打算重新制作这些插图，因为他要翻印这本书。这本书在英国已经销售一空了吗？卡珀说不管他印多少都能卖出去。

你那儿有这些插图资料吗？还是你已经把它们还给我了？我没有在基韦斯特和古巴找到，这并不意味着它们不在基韦斯特的某个地方，只是我暂时没有找到而已。我以前的秘书布鲁斯把所有资料都翻了个遍，之前保琳好像需要一个金属档案橱柜，就是里面可以放很多资料的那种，所以她就把我的资料全给分开了。我原本有这些插图的，但现在怎么也找不到了。我不是很清楚自己是否有，可我明明记得还有好几百张图没有使用过，但是它们怎么也不出现。麻烦你看下这

些插图是否在你那里，还是你把它们交给雷纳尔了？如果你知道的话，请记得告诉卡珀。要是你没有的话，能否根据第一版中那些未磨损的插图翻印下？要是印版是现在这种形状，是否合适印刷呢？如果卡珀不能从你那里拿到它们，他需要再买哪些翻译的材料呢？你可以告诉他吗？或者还是你要直接告诉我呢？

在《新共和》杂志上，我看到了玛莎写的文章。这种感觉实在是太棒了。从愤怒转移到同情时，她的状态最佳。不过在处理日常生活的时候，或者未能从残暴的自然生活中逃跑时，她的状态就变得非常糟糕。她一直在战争中徘徊，就是要了解更多和战争有关的事情，不过一切都是在西班牙战争之后。参战为她平添了几分非凡的魅力，但不幸的是，很多无辜的人在战争中被无情地杀害了，还有很多人身受重伤。不过我们也打死了一些邪恶又可恨的敌人。而漫长的审判和我们的获胜成为大幅度免税的原因。在1944年到1945年之间，我曾经想过，要是玛莎的矿工新闻突然征税，而不是像现在一样免税而她又没有报销单以及热情好客的将军们，她还能在战场上坚持多久？我记得安排她穿着军队护士服而不是穿漂亮的衣服去法国时，她是多么地愤怒，以及……她动身前往意大利而不是她写信告诉我的风景迷人的罗马时，当我们在诺

曼底还未走出灌木丛时，她说在特克斯和约克·惠特尼家的别墅是多么惬意。如同《新共和》中的那篇作品所说，只有在为某个目标奋斗时，她才觉得自己拥有最佳状态。不过就算是在她状态最差的时候，她也依然是一个相当有魅力的女人。在战场上，她也同样如此。你之前曾看到过她的作品吗？一个随军记者，写关于一次旅行，毕竟我花了很多时间试着帮她写好，按她自己的风格，而非我自己的风格。我希望她能利用好它，一切顺利。但是，我从没有想起过她在卢森堡的那家旅店穿着那些光鲜艳丽的制服，也没有记起过美白护肤液、面霜等气味。不再多说她了，除了我很想知道她在哪里，正在做什么，现在怎么样，以及她很好之外。非常感谢你让我了解她的情况，非常高兴她写的和《新共和》中的那篇作品一样好。

马克·阿尔达诺夫的书我还没看，希望你也了解一下。他的《第五个印章》写得非常好。这本书开头非常死板，但是当我看进去之后，情节就开始铺开了。在我们的时代里发生这么令人寒心的事情，现在很难忘记了。如果你看到这样的事情，会宁愿回到虚构的过去，除非它们影射得非常到位。

我之前有和你说过麦克斯韦尔的一个女人吗？她让我做她的麦克斯韦尔。每周只要和她在老地方待上

一个钟头就可以了，千万别和任何人提起这件事，哪怕是开她的一个玩笑也不行。可我又怎么能做出如此丧尽天良的事呢？难道我要堵上一只耳朵再和她一起出去吗？之前我还以为或许我可以安慰她。多么可怜的女人啊！麦克斯韦尔去世了，他再也回不来了，没有任何人可以取代他。哪怕是我，对此也无能为力。要是能早些知道他去世的时间，我们就可以提前为他制作一些有声电影。接着再把它发给每一个与他有关的女人，以及那些反复称赞他的人们。或者我们可以直接把那些女人全部灌醉，就算有人能坚持，我们也要努力把她们放倒。这也许会慢慢变成一种宗教信仰。

别提那可怜的女人了，现在已经太晚了，我没时间和你细说了，就先把她放到一边吧。

除了厄玛·威科夫女士在麦克斯韦尔的办公桌前出现外，还有其他什么事情没有回复吗？能否让她替我保管好它们，等我去古巴时，她再把它们送到我这来。要是它们十分贵重的话，为了孩子们，我会亲自把它们保留下来。

今天凌晨五点钟，玛丽就出去了。她打到了一只雄鹿。前天和昨天的下午，她也一直待在外面。这个季节顶多只有三天多的时间可以打鹿。她非常喜欢打猎，几乎跑遍了所有的山，今年倒是有几个打鸭子的

好时节。我工作非常努力，下午准备会去好好打猎。

希望你身体健康，查尔斯，一切都好！

欧内斯特·海明威

致查尔斯·特·拉纳姆

瞭望山庄，哈瓦那

1948年4月15日

亲爱的巴克：

非常高兴收到你的来信，我仍担心你工作太累，你非常可能为工作把自己累死。我知道，因为我觉得我是一个铁人，但去年春天和夏天我几乎快为工作把自己累死了，毫不夸张。初秋，我又快被帕特里克和玛丽折腾死了。所以，看在上帝的份上，你还是稍微缓一下吧。

非常感谢考利的那篇报道。非常抱歉，让他打扰你。我认为没有任何理由将进军巴黎的事情告诉他，只能是我自己写出来，或用在短篇小说中。我在信中只告诉他一些简单行动。我觉得没必要全都告诉考利。由于忙于写作，我只是写信告诉柯莱尔斯："我们顺着老路走下来时，俯视巴黎结束。"用了一天的时间，我们骑车穿过巴黎的凡尔赛宫，然后用心记住了这个

国家。巴黎实际上已经解放了，现在那里只有部分小规模的战斗还在继续。但在5天前，法国第2装甲师还在朗布依埃和克拉马尔战斗。在法国第2装甲师里面，至少有90%的人已经开始点大篝火庆祝了。这两个实质性战斗的规模虽然不大，过程却相当激烈。而且巴黎的战斗本身就是为了彻底摧毁那些少数的作战力量，并将他们无法撤走的设备拖走。这也是这场战斗的有趣之处。

希望你去墨西哥，看一下你的东西。我非常希望能见到你，一起聊天。为去瑞士的事情我感到抱歉，我其实也想去瑞士的。

查尔斯，因为自从离开太阳谷后，我一直没有测量过血压。虽然我今天的体重是217.25磅，但是我的体重一直在减轻，最重的时候是252磅。我正在按照医生开的养生处方吃饭。工作这么累，很难减肥，但我还是逐渐减下来了。

关于在第三军团监察长之前做的证词记录，我知道你特别忙，所以不愿意因为这件事情打扰你。但是，我认为实施步骤其实非常简单：

A——1944年10月5日，确定谁是第3军团的监察长。证词是在法国南锡的第3军团总部（后）记录的。

B——从监察长那里确认该记录是否有效。

C——从监察长那里能否确认谁是速记员，谁记录的证词。然后通过这个渠道找到该速记员。一旦找到他，我就会写信给他。他告诉我证词的记录日期，并给我一个副本。在事情开始之后，我从凡尔登抵达了卢森堡，并在那里待了一夜。速记员一听说我到了，就立即去找我，并试图给我介绍记录。可惜在他到来之前，我们就已经走了。

不过我们通过监察长可以调查出谁是证词的记录者。等找到这个人后，我就可以查出是否仍有副本了。

为此事打扰你，我感到相当抱歉。不过这件事早晚会闹得沸沸扬扬，尤其是等我去世后。我始终认为最值得拥有的东西就是记录。

一旦监察长确定我应该提出控告，就会有各种各样的副本出现，法院（军事）也会在，但我始终认为自己有资格通过阅读记录来进行回忆。

要是没有了限制的话，那么我可以在写作的过程中重新回忆那些事情。不过我的头部之前曾被钝器撞击过，记忆力有些下降，所以随时欢迎你提供任何帮助。

空军情报局将再写一些关于政治的资料。看过一些拉丁美洲革命的资料后，我对哥伦比亚的背景有了一定的了解。这个主意是痛苦的，无疑源于克里姆林宫。但是，这至少为马歇尔博士提供了一个机会，让

他听到了一个愤怒的警告，或者至少是激怒，并让他衡量一下他第二条情报的水准。虽然，我目前仍认为他的决心是如此坚定，以至于做出的所有情报都必须符合最佳状态，而非试着对所有事情提供非常真实的情报。

我曾对古巴电力公司或者科托罗高架渠深恶痛绝，因为我曾在那里的跳蚤市场花了三倍的价钱买了一些水管。水还是在不停地渗漏，我们镇上几乎连水都快没有了。我动用了所有的法律资源，领导镇上那些拥有炮弹的乡亲们攻击这个机构。不过这并非是受克里姆林宫的启发，你可别以为我收了俄国人的钱。

在网球俱乐部，曾经有人把詹姆斯·福莱斯特先生的鼻子撞断了。我们认为，撞断鼻子的老人应该立马去修正鼻子，但福莱斯特先生除外。他是一个铁骨铮铮的男人，一个真正的斗士。我确定他会义不容辞地接受自己的战斗任务，我的孩子们会为他而战。等我去莱斯特·阿默那里拿到我的优秀服务十字勋章后，我会乐意给他一堆优秀服务十字勋章。

我支持我的国家，不论对错，与支持史蒂芬一样。但是，我不喜欢许多事情都要受到失败的男子服饰经售商（杜鲁门总统）和福莱斯特先生的牵制。所以，现在我什么也不想说了。不要问我在想什么，我什么

也没有想。

旧金山作家保罗，还有在我写的书中，从来没有那样认为过。

祝你好运。

欧内斯特·海明威

致马里恩·史密斯[1]

瞭望山庄，哈瓦那
1948年5月31日

亲爱的马里恩：

非常感谢你的来信。请和比尔说一声，他不用再把自己想要的任何资料告诉考利了。考利很可能不会去华盛顿了。前天，我收到了他的来信。他们正在为作品的事催他，他告诉我比尔在华盛顿。他也在来信中告诉了我这个消息。

我已经和考利谈论过比尔，他知道比尔是我在密歇根时最好的朋友。所以与比尔有关的任何事情，他都会认真核查。

考利打乱了我的计划，我没想到他竟然写了一篇

[1] 威廉·B.史密斯的妻子。

和我有关的作品，并且还因此获得了一个带薪休假的机会。现在他带着自己的妻子和孩子一起来了哈瓦那。我十分讨厌这个有关我的作品。我只是告诉了他我朋友的名字，他就向我朋友打听我的事情，而不是直接和我交流，这让我觉得特别恶心。

别为凯特·多斯·帕索斯的事情难过了。她去世了，我们都会有死去的一天，这是无法改变的。因此，我们倒不如记住我们真正爱的人，就像她们还在，并依然爱着她们。当然，如果比尔还在为这件事情难过，我们对此无能为力，希望你可以开导开导他。

非常高兴听到你们两个人的消息。我们时好时坏，经常东奔西走。从1942年到1945年初春，我大部分时间都在战争中度过。

其实听到凯特遇难的消息后，我非常害怕，我甚至不敢写信给比尔。但比尔知道我和他，与多斯一样爱凯特。除了她的兄弟和丈夫以外，没有人会像我那么爱她。

替我和其他人好好照顾比尔。让我们继续保持联系。要是我去华盛顿的话，我会立即去看望你们。我知道你肯定也希望玛丽能来，我们现在相处得很好，我非常爱她。

最美的祝福送给你们。

欧内斯特·海明威

致查尔斯·斯克里布纳

瞭望山庄，哈瓦那

1948年6月2日

亲爱的查尔斯：

请注意我在信中附了一张支票，那是我缴税时借的12000美元，外加100美元利息，借贷的时间是5个月，利率是2%。非常感谢你贷款给我。

我想我不会与乔·路易斯和泽西·乔·沃尔科特竞争，路易斯胜利了。[1]我打赌旅行的费用将会由沃尔科特承担。虽然为战争而赌是一件白费力气的事情。

最近你出版了一些好书，我把它们全部买下了。上个月，我抓住了18只海豚、5只刺鲅、6条无鳔石首鱼和7条马林鱼。我用15根螺纹线和羽毛钓钩钓到了一条最大的白马林鱼，重达110磅。他们昨天在这里选举了，好像一些恶棍也在其中。我拒绝加入美国学会等机构，希望这样不会冒犯你。同时，我想我会加入伦敦白人机构，他们会同意我加入的。5月份，我放慢了写作的速度[2]，因为医生说我4月份太累了。

[1] 1948年6月25日，路易斯在第11轮选举中打败了沃尔科特。

[2] 该书就是后来的《岛在湾流中》（纽约，1970年）。

5月份特别适合钓鱼，我想与玛丽小姐一起享受美好生活。

照顾好自己。

欧内斯特·海明威

致小查尔斯·斯克里布纳

瞭望山庄，哈瓦那

1948年6月29日

亲爱的小查尔斯：

谢谢你的便条！在你父亲不在的时候把书送过来了，我对此很期待，附上《永别了，武器》插图版的序言或介绍。我想这些对于解释我既投身于战争却又讨厌战争的这种感觉应该会有所帮助吧。请不用担心这些东西会伤到插图画家的感情。插图作家的职业地位比摄影师还要高一点。

同样，不要觉得我写的会被认为是颠覆性的，我的家人在这个国家已经待了很长时间，我们一直投身于各种各样的战争中。

你给你的父亲写信的时候帮我问候他，下次在城里我如果见到他，看能不能在交往这方面帮助到他。

你得到了一些很好的书，希望你能把这些利用好。

然后组建一支年轻人的足球队，这个是最重要的事情，也是现在最难做的。

请及时寄给我序言的校正本。

祝你好运！

欧内斯特·海明威

致莉莲·罗斯[1]

瞭望山庄，哈瓦那

1948年7月2日

亲爱的莉莲：

这封信因为邮资不足给退回来了，所以我给辛斯格的便条上写着两天前到。我已经厌倦了让孩子记住，一封没有寄出的信和没有写信是一样的，但是邮递员会破坏你已经支付了空邮费用的信。我非常高兴能收到你的来信。在没有收到你任何音讯的时候，我以为你觉着女孩应该像你那么做。

事业方面：（1）我在想看谁的人物简介。结果是：吉米·凯侬，一个戒了酒的酒鬼并且成为纽约市最好

[1]莉莲·罗斯小姐第一次与海明威见面是在1947年12月24日的爱达荷州，当时她正准备美国斗牛士西德尼·富兰克林的个人资料。她对海明威的人物简介刊登在《纽约人》第26期（1950年5月13日）上。

的体育专栏作家。吉米很有趣的，我现在在看的是一个很好的人物传记，或许我能从他的一些作品中挑选出好的引言。

（2）帕特丽夏·斯塔布是一位美国的舞蹈家，因为她枪击了她的爱人莱斯特·梅，所以现在只能在监狱中接受悲惨的判刑，而她的律师却兜售所有财团的权利等。并且她的爱人的爸爸，从芝加哥赶来，用钱让她被判入狱。这是一个很可怕的故事，应该被挖。如果是一个古巴人犯了同样的罪，就会判无罪释放或是很轻的罪行，所以我非常怀疑帕特丽夏这样做是不是出于自卫的原因。如果现在不是必须要写完我的书，我肯定会去关注她的。因为我以前也有过这样的经历，我的律师想敲竹杠，我知道这种状况有多糟。

（3）还有关于特鲁希略的人物简介，如果别人还没做过的话，你会发现这将会是你收到的最糟糕的一个故事。许多美国人牵扯到其中，你知道的，在纽约的那份《迈阿密先驱报》。

（4）阿图罗·苏亚雷斯是重建美国语言语法的专栏作家。阿图罗和他的工作都是不错的素材。如果你想看，可以挑拣一些来看看。

网球方面：虽然我过去热衷于打网球，但是自从我的巴斯克网球队队员朋友去了墨西哥基督教保卫组

织以后，我就不怎么玩网球了。这里的夏天太热，不适合玩，冬天又太干，没有足够的水维持院子的整洁。其实我玩球的水平像小孩子一样。在加拿大的多伦多工作时，我想学好打网球，可是我的网球技术太差劲了。我经常和水平比我高的人打网球，并且我喜欢进行双打。我和巴斯克两人一组或者三人组合打球，遵循发球、击球和其他专业的基本规则。过去我也常和玛莎玩单打。为了让她开心，我必须让她赢。而故意让她赢，她会很难受。所以我得让她赢，又要让她不难受。她的网球打得相当好，赏心悦目，她不是体育界比赛者，所以承受不住任何压力。若是有很多社会上的人来看一场很贵的比赛，她本来可以表现很好却发挥得很糟糕。而如果没有被人观看的时候，她和我打时，网球技术很好。有的时候她和巴斯克打得也不错，她掌握了漂亮的马尔学院式发球，大家看到很羡慕，这使得她的形象变得高大、耀眼。虽然我能进行单打了，可是我仍然热爱着双打。但是必须先打很多次才可以比赛，长期停工后再开始，我都不相信自己可以打。总之，这是很不错的活动。

很高兴你是一名球员，你能踢吗？约翰·休斯顿在这里打球时给你说什么了？我在这告诉过约翰一些打球的趣事，他肯定想象着我们玩过，但他从来都没

有。他们曾经和公牛队对抗过，还参加过奥林匹克拳击比赛，等等。有好多记载在册的运动员出生在这里。但是你知道吗？休斯顿确实告诉过我，他曾经是西海岸轻量级冠军。他也告诉过玛丽，可是他还一直在酗酒，当然，这是一个奇怪的幻想。他想成为轻量级冠军的唯一可能就是别人断胳膊断腿，除非他90岁的时候。他可能是冠军，我没说他不是。他看起来更像是一个打架的家伙而不像是一名战士。埃罗尔·弗林声称自己是一名强大的战士，然而他却输给了一名女士。我认为如果他真的是冠军，那至少是在非专业比赛中。

你知道步伐意味着什么吗？我早就知道，如果你走得很威严，人们都会远离你。

你告诉琼，她的旅途真的很不错。虽然东风刮得非常猛烈，大风使得水流不适合用水底捕鱼法捕鱼，顺利地是，我们最后抓了超过1800磅的马林鱼、长鳍的石斑鱼、大的石首鱼、马鲛鱼、鲐鱼和梭鱼。我们也把3只大乌龟转向走向海滩的方向。我们冰镇所有的鱼，以保证到家时鱼处于良好状态，而且帕特里克刺穿了很多小龙虾。他很擅长做这个，他是我的孩子，却没有继承任何我的细腻或其他的品性。他是一个在各方面都比我更好的家伙，但我唯一不能改变的是他的脆弱。

“约翰·奥哈拉的地狱”是一个很好的标题。在读它时，你会知道“碰运气的事”指的是什么。玛丽小姐将会给你写信。关于你在信中提到的道德问题，每当他们抛出一个道德问题时，我总是会被击倒。

爱你们所有的人。

欧内斯特·海明威

致海伦·帕特里克

托切罗

1948年12月12日

亲爱的海伦：

非常感谢你的来信和对杰克的帮助。

我在勒梅尼勒·赫尔曼那里的时候是第一次和巴克见面，而且是在突出重围后不久。我还记得，第4步兵团突然袭击，最终突出重围。我没有见到巴克，虽然我认识第8和第12步兵团的指挥官，但是因为他一直在左翼用他重新武装的队伍和一个团在战斗，所以很明显他在其他作战军队的前面。没有地图的时候，这个是很难做到的。军队其他的部分可能早就跟上了，要不是我们必须等第1步兵团拿下马里尼镇。我们先跳过部分内容，因为我要在书里留些地方写别的东西。

可无论如何，我还是在勒梅尼勒·赫尔曼的战后指挥所见到了巴克。后来，巴克请我吃大餐，我们吃烤鸡的时候气氛非常轻松，没有人感到紧张。每个人都非常开朗、欢快和有才能，喝酒很欢快，也有效率。我印象非常深刻。巴克午饭后谈到文学并对现状进行了分析和说明。因为沃尔弗特问了一些愚蠢的问题，而且这些问题让我感到十分难堪，所以我们迅速地离开了。

我再次见到巴克是在维勒缔约酒店。我有几瓶香槟，是在一个叫作“珀西”的地方，一个旅店老板送我的，他有些忧虑地把我认为是巴顿将军提前到达的个人代表。他问我，我的将军是谁，我说是雷蒙德·奥斯卡·巴顿将军。“巴顿将军，”他说：“我们非常钦佩和敬仰他。快去拿香槟，这是送给巴顿将军的礼物。”在维勒缔约酒店，我无意中再次遇见了巴克，我立刻从他作为交通工具使用的摩托车的一边拿出香槟。巴克看上去很阴沉，有胡须，双眼很疲倦，但还是很欢快和开朗。

从那以后，我在诺曼底和巴黎都遇见过巴克。在那些日子里，每个人就像在地狱里活动一样。你应该还记得，我是在朗德勒西才遇到了巴克，或者更确切地说那个城镇的名字我不记得了，我只知道是在老堡

垒镇的外面。像往常一样纯洁无瑕、开朗，他的指挥所是纯洁的、高昂的、完美的，每个人都很快乐，仿佛没有该死的战争一样。

当你和一个有文化修养、口齿伶俐、智力超群、十分勇敢的人在一起的时候，你会感到很有趣，所以我开始围着他转，忽略了其他不值得注意还十分无趣的人，最后，在施内艾弗尔这场激烈的竞争中，我们成了非常亲密的朋友。我认他为朋友，没有人像巴克那样接近过我，而且除了他我也不会再敬佩任何人。

你可以在引文中看到所有巴克作为官员的英勇的资料。你那里看不到这场杰出的、完整的、从未间断、累得要死、连续24小时的战斗，就像那次帕斯尚尔战役一样，伴随着大爆炸，剩下的是绝对完好、聪明、幽默和在世界上最好的伙伴。

顺便说一下玛莎小姐，有一次李·卡森出现在巴克的战后指挥所，当他们向她说明了情况后，她说："耶稣让我们离开这里。"而且，正如我们都知道的，李·卡森不是唠唠叨叨的人，也不是一个古怪的女孩。

如果这些信息对你有用处，你完全可以用，我完全同意。如果你需要更多的，那我也会提供给你。

玛丽说她希望也能参加小房子（海伦在乔治敦的家）的聚会，我要和你找个地方喝酒。去年冬天见到你，

她真的很高兴。

这里不错，至少比北方还好。玛丽坐汽车去旅行了，她去拜访佛罗伦萨的露丝·墨尔海德，看望我们在米兰的一些朋友。

祝福威利，告诉他要小心，不要在潮湿的甲板上滑倒。照顾好自己，祝巴克好运。

欧内斯特·海明威

致格蕾斯·霍尔·海明威

瞭望山庄，哈瓦那

1949年7月30日

亲爱的妈妈：

在我的生日之际非常开心收到您的来信，我是今天早上才收到的信。在您生日的时候，我却没有给您写封信，这一点我表示很抱歉，因为我当时正在参加军队混战，而且我还不幸受伤了，所以我错过了给您寄信的时间。

把祝福带给露丝·阿诺德，并且要照顾好自己。这里的每个人都祝福您。

您深情的儿子

欧内斯特·海明威

致伯纳德·贝伦森

瞭望山庄，哈瓦那

1949年8月25日

亲爱的贝伦森先生：

非常感谢你的两本新作，我和我的妻子玛丽非常愉快地把它们读完了。总的来说，你写得很棒，让我们很愿意读。但是我不会总是和你持相同观点的，因为如果我们之间只有赞同而不能争论的话，那这个世界就太悲惨了。

非常感谢你对我的妻子玛丽那么友好。她是有点崇拜你的，并且你也是我最尊敬的人之一。

这只是一封普通的信，所以你不用回信了。我对佛罗伦萨不感兴趣，希望你不介意异端者，我本身就是老威尼托人。我热爱它并对它很了解，但是不如你，吉卡林先生，在他写得很好、很恰当的时候，写了“人只有一次可以失去的童贞，他的心也会永远地留在那个地方”[1]。

虽然这句话有点儿晦涩，可是表达了我对威尼托

[1] 吉卡林的诗《童贞》结尾写道：“人只有一次可以失去的童贞，他的心也会永远地留在那个地方。”

甚至佛罗伦萨的感觉。

请多保重，期待相逢。

永远的朋友

欧内斯特·海明威

致邦比·海明威

瞭望山庄，哈瓦那

1949年10月16日

亲爱的儿子：

非常感谢你寄来的漂亮的结婚照片。[1]我们把这些照片裱了起来。你俩都很漂亮，希望你们一切顺利，千万不要忘记拜访巴克·拉纳姆将军和他的妻子。我这里一切都好，书也快写完了，我认为它会很棒的。

今年秋天的时候，我只要写完这本书就马上动身去欧洲，我非常想去看你和帕克。如果你现在想要度假的话，或许我们可以去威尼斯，在那儿我们可以去狩猎。我一直都很想你。希望毛斯和吉基过得愉快，

[1] 欧内斯特·海明威的长子邦比于1949年6月25日与比拉·惠特尔西·维特洛克（小名帕克）在巴黎结婚。他们的三个女儿分别是琼（玛丽特），1950年5月日出生；玛尔戈，1955年2月16日出生；马里埃尔，1961年11月22日出生。

他们可是打猎的好手。尽管我现在被病魔折磨着，但还是差不多写完了。我从4点30分开始写，在将近8点之前刚好写完，写了901个字，昨天1176个，如果我能保持这样的节奏，并且不生气的话，我们可能会挣到更多的钱。

不管怎样，我们所有人向你和帕克问好。

希望你在这悲惨的科学上做得非常好。我们从没有家人在这个和平的时期当兵，其实我还是以为现在从来没有过和平时期。家里所有的猫呀、狗呀都好着呢。玛丽小姐向你问好。我打鸽子的命中率超过了94%，这也许是事情进展顺利的好兆头。我认为这本书将会非常精彩，虽然现在只是我的个人看法。

即使你非常忙碌，时间很少，也要记得和我们保持联系，给我们写信。我的健康状况就像是一辆翻新的吉普车，有时候非常好呢。

照顾好自己和帕克，做个好男人。要知道爸爸非常爱你。虽然这可能是过时的废话，可是这话是我们一家人的心声。代我们这儿的所有人和在这个国家的你的忠诚的游击队员向你问好。

你想要一些种植园的照片给帕克看吗？罗伯托·赫雷拉现在在这儿，工作期间，他可以放大照片。现在的种植园很有趣，你没见过飓风，有飓风的几个

月就会非常漂亮。

请向帕克致以我们的问候并告诉她快生几个健康的孩子，那样我就可以当祖父了。玛丽都当祖母了，我还没有成为祖父，感觉太不爽了。

爸爸

致查尔斯·斯克里布纳

威尼斯

1949年12月29日

亲爱的查尔斯：

非常谢谢你的《通缉枪手》。这确实是本好书，书里面射击的部分很精彩。我已经读到最后一章了。我不太介意势利的性格和行为，因为我自己就是一个势利的人，虽然很多时候我不一定是针对相同的事物。

我们和弗吉尼亚、彼得·维尔德驱车从巴黎来到这里，并在最后一刻把霍奇纳也塞进了车里。吃完午餐后，我们到萨利克斯过圣诞节前夕，还一起吃了圣诞晚宴。

后来，我们开车横跨卡马哥，并在昨天晚上把弗吉尼亚、彼得·维尔德和霍奇纳送上了去巴黎的火车。

让我知道在我把它给你之前还有多少时间，越长

时间越好，因为我将有足够的时间冷静地看一遍并修改它，扩充一下需要扩充的地方。

我只能给你写到这儿了，现在我得去给孩子们写信了。威尼斯今天早上的天气非常恶劣，周末不能去打猎了。我就在这儿好好地休息一下，然后准备下周的事情。我今天会在这儿待一天，我得赶紧写我的信。

你可以写信给担保信托公司，他们将会把它寄到或直接送到威尼斯皇宫酒店。他们非常可靠，会寄到我们去的地方。

祝你假期愉快，代玛丽向你问好，她也过得很愉快。

欧内斯特·海明威

致查尔斯·斯克里布纳

威尼斯

1950年1月6日

亲爱的查尔斯：

感谢你的来信和内德·卡莫尔的书[1]。这本书的开头非常好，我个人很想知道你具体让他做了哪些改

[1] 指《这片神秘的土地》，1950年。

动。另一个人写的书我还没有收到，我正在期待中。

今天是星期五，我们打算明天去打猎。霍奇纳应该会在周一带着打印好而且校对过的手稿（《渡河入林》）来这儿。他可能会很快地返回去，把副本寄给你以便让你确认。请告诉我，你大概什么时候能从校对手稿中整理出修正校样。

这里一直挺有意思的。最后两三天在乡下的时候，和我一起打猎的纳纽基·弗兰凯蒂，在滑雪时把腿摔伤了，四天之后我一个人去打猎，打到了很多猎物。

午饭后，我们在纳纽基的家里进行了非常有意思的雕像射击。我从没有射击过雕像，所以有些不忍心用477口径的枪射击它们，但是纳纽基的母亲建议这样做，因为她说她厌倦了这些特别的雕像，认为它们应该被弄走。玛丽用大型枪械射击猎物，她干得很漂亮，而且肩膀都不疼。她还用22口径的枪射响了小教堂上的铃铛。除了非常年轻的那些人把她视为比彻·布鲁克所说的障碍物之外，她在这个城镇和周围是非常受欢迎的。

纳纽基的母亲告诉了我所有关于玛莎的事情，并且说她在这里看起来很好，而且她还曾写过两篇索然无味但又揪心的文章。她得到了夏天到这里走访的所有农夫妻子的好评。威尼斯农夫的妻子有着堪比一跳

就会跌倒摔断脖子的幸运儿的地位，这真是一个非常鲁莽的城镇。

还有孩子们的一些事情。纳纽基的母亲说，好像在村里见过吉基，他非常坦诚地说“我是海明威”。她说他好像打猎很好。我没有问他们是否试图让他打过雕像。

在欧洲的时候我会想念你的，我们会在3月3日或12日返回。我真的不能再飞了，我厌倦了。我在44岁的时候就不该再坚持一些事情了。可是44岁的时候我还是干了很多不该干的事情，上帝啊，我全都干了。

我和在开罗指挥的里雅斯特的英国将军一起吃了顿饭。他是一位非常有魅力的男人，他还有个好妻子。他的名字应该叫阿里，但是我不敢保证能拼写正确。

镇上的大多数人现在都到北部的克缔纳去了，那边下了一场很大的雪。

我一直在核查我出书的所有事情，想让它好而丰满，校对了100遍。到现在，彼得·维尔德的手稿没有一点消息。见到他的时候，我再和他商量吧，他和弗吉尼亚、霍奇纳去巴黎了。

当地社交圈在罗马有个重大活动邀请我去参加，然而，我不想去罗马。不管怎样，让我的个人神父在12日来这儿。这儿的服务员领班订了个好酒店，晚上

我们可以在那儿喝酒、唱歌。当他仅发现射击的一丝奇妙之后，让他离开确实有点残忍，但是，毕竟一名神父除了纯洁发誓之外总要做些牺牲。

永远祝福你。

欧内斯特·海明威

致查尔斯·特·拉纳姆

瞭望山庄，哈瓦那

1950年4月15日

亲爱的巴克：

我们的沟通渠道是不是发生了什么问题？我写给你的信是否都被拦截了，还是有其他的原因？

我已经给你写了三封没有回音的信了。有一封是正常的，另外的两封有可能出意外了。

我听说了当地农民奉命发起把巴克·拉纳姆送回老家的运动。或许他们应该把我们都送回胡法利兹去，在那里我曾看到过有小火力的战斗，开始的时候，击战队布兰奇队员摘下他们的袖章，而波基、马赛儿和我则在旅馆里高兴地喝着酒，一起等待美国武装部队的到来。其实，我们本应该提前准备，在我们开始行动之前，命令一名士兵在上方观察局势。我记得你敢

在高处走动，或许因为你应该这么做，我们正高兴、谨慎、自豪地行进，可是后来彼得·洛里斯可能不幸死于我带给他的坏习惯。他是一个勇敢、快乐的好人，如果他足够聪明的话他就会成为一名好的士兵。在第一次世界大战的时候他是一个优秀的年轻军官。

在纽约有一件趣事，我碰见了战时最要好的朋友多尔曼·高恩[1]，我们曾经都是年轻军官，后来他成为陆军少尉。他在沙漠里成为英国将军和奥金莱克的参谋长。在他将要掌管第8军的时候，丘吉尔任命了蒙蒂。这些事情是现在已经退休的陆军少尉秦克告诉我的。不是整个事情，而是大概的事情。但无论发生了什么，对我来说很清楚地记得他曾打败过隆美尔。

秦克说在军事学院训练的时候，他唯一学到的概念就是用大锤打破榛子。但是大锤通常不会发给兵员，即便是发了也难以携带。秦克说他一直是用一个榛子和拇指、食指弄破另外一个榛子。因为拇指比大锤方便多了。

我们过得很愉快，秦克就要过来了，希望你也能

[1] 上尉艾里克·爱德华·多尔曼·史密斯（后称多尔曼·高恩），海明威曾在1918年帮助过他。他现在是英国部队的一名退休陆军中将，最近刚在爱尔兰继承了他祖辈的财产，并因爱尔兰政府的演讲旅行来到美国。他和海明威于1950年4月在纽约偶然相遇。

来。我现在对战争什么情况也不知道，因为我抛弃了战争，我正在努力成为一名作家。战后秦克休假时，他和我曾经行走于战争之间，我们愿意在任何著名或是不著名的地方像下象棋一样互相战斗。我们曾常常占领或防守潘普洛纳直至它比本宁堡还要糟糕。我会告诉他，我能够通过翁西弗奥的道路过来，他会说“你不能”。我会使用隆美尔在卡波雷托战役时对付我们的方式。

总之，这是一种非常好的运动。

他告诉我，他始终记着我在沙漠里的基本理论。我已经把关于基本理论的东西全忘光了，没准是我喝醉的时候说的。哦，是这么说的：“如果你真的有十分出色的智慧，任何前线对你而言都是透明的，你会适时停止攻击且不去攻击强的地方。”

我跟他说我不可能使用“透明”这样的词来夸奖自己，他说我用了，并且用“任何前线如同蜘蛛网一样脆弱，所有你要做的就是消除蜘蛛网。当你把它缠到它自己的蜘蛛网里的时候，战争就小了”这样的断言来支持它。这有点像我在给你展示我在幼儿园的时候取得了多么好的成绩一样。

巴克，真是幼儿园，而且确实是吵闹的幼儿园，幼儿园能够免费提供各种噪音，而这使孩子们变得更

加勇敢，没有精神病医生。

当然，那是一所漂亮的幼儿园。

我应该去读大学，这样就会有个职业，我肯定不会给这个职业抹黑的。

再见，我的将军，希望能在某个地方见到你。向彼得问好，代玛丽问好。

欧内斯特·海明威

致阿瑟·迈兹纳

瞭望山庄，哈瓦那
1950年5月12日

亲爱的迈兹纳先生：

我在写这本书的时候，你要是没受到埃德蒙·威尔逊的影响就好了。虽然他在很多事情上都是一位优秀的评论家，但是他人格不健全而且知识上更是有漏洞。最重要的是他漏得太严重了，如果他是个水槽，他早就漏干了。或许我这话讲得不够公正，但是当他开始写那些超详细的性爱场面时，很有可能他连普林斯顿都滚不出去。如果你跟一个女孩做爱，她没有给你掌声或者让你有所收获，那你把这些写出来去取悦她，可真是愚蠢并狗屎至极。

我相信你写作时有两个出发点，一种是你自己想使作品绝对完美，如果不是绝对完美，你也会让作品十分精彩。另一种是你为你爱的人写作，不管她是否会去读，不管她是生还是死。我想司各特以他奇怪的混乱的爱尔兰天主教一夫一妻制为塞尔达写作，当他对她失去所有希望的时候，她毁了他的自信，他完蛋了，就像把你的神变成了独木舟、飞机或其他什么不会永恒的东西，而不是漂亮的神像。

我画了许多漂亮的画，还写了一些书，像是从莫斯科河撤退时参与拿破仑的后卫行动，在葛底斯堡两边作战，清除黄热病，教毕加索如何绘画和制造传票。他是你曾知道的最好的神，但是我从没有遇到过他。我曾见过他的画，每年都读他的书和他的短篇小说。

你不必写一本威尔逊、司各特和其他人认可的书，不是吗？司各特和塞尔达死了，麦克斯韦尔·潘金斯死了，约翰·毕夏普也死了，所以你就当我也死了。我还从没有抗议过裁判员。我厌烦极了埃德蒙·威尔逊写的一些神秘的东西，它们改变或形成了我的生活，然后用脚注的形式返还了《丧钟为谁而鸣》。为什么他不说神秘的事情是什么？会是我父亲开枪自杀吗？难道会是我非常不关心我的母亲吗？更不会是我被两次射穿阴囊，射穿右手、左手、左脚，射穿膝盖和头

部吧？

我有一张他的非常漂亮的照片，威尔逊正在被踢屁股，这张照片是麦克斯韦尔·潘金斯拍摄并寄给我的，首先，我很遗憾，他被踢屁股了，或是每个人都被踢过。其次，我希望他写得直接，而不是偶尔直接一次。

你选了一个棘手的话题，我觉得我给你泼冷水了。我记得马多克斯·福特告诉我，写信时应时刻考虑如何让子孙后代去读这些。这个事情给了我非常不好的印象，以至于我烧毁了每一封信，包括福特写给我的。

你应该为子孙后代留下点什么吗？保留它们就好。但是我们写信或是烧信，不是为了子孙后代，而是为了每一天每一个小时，子孙后代会照顾好自己的。

近些年，我寂寞了很多，因为孩子们不在身边，事情的进展也不像我想的那样，我们不提了。可不管怎么说，我写信是因为收到回信有意思，而不是为了子孙后代。管他子孙后代呢，听起来好像意味着你坐得住。

司各特对待文学如此严肃，他从不理解文学只是尽你所能地写作，完成你所开了头的东西。

完成《最后的大亨》那部分之后，一直到他可以写的，真的就只是一个借钱的计划。可对于我来说，

最好的书是《夜色温柔》，尽管不一样。虽然以莎拉和杰拉德开始，然后转向塞尔达，但他还是成熟了很多。我想《了不起的盖茨比》的有所保留不错。

没有一个故事是非常伟大的故事，但是我想最好的故事是《重返巴比伦》和《富家子弟》。我是一个喜欢追求完美的人，我认为从意大利回家后读的那本《天堂的这一边》是个喜剧。

你可能已经厌烦了，就此搁笔。

你永远的

欧内斯特·海明威

致阿德瑞娜·伊凡诺沃[1]

瞭望山庄，哈瓦那

1950年6月3日

亲爱的阿德瑞娜：

首先，我的女儿，我认为你用意大利语写的信很美，我能看懂。你的信风格清新、美好，从不用华丽的辞藻，当然了，除非在你生气的时候。不过我也不

[1] 欧内斯特·海明威于1948年12月在拉蒂萨那附近的一个禁猎地和阿德瑞娜首次见面。那时候她19岁，和《渡河入林》中的勒娜特一般大。阿德瑞娜就是这个角色的部分原型。

介意你什么时候会生气，因为在我20岁的时候我就经常生气。我也记得当我们好长时间不生气了，我们就会有见面的机会。

关于我的工作：必须要做两次校对，还需要更正一些有出入的地方，并根据作品需要再添加一些东西。我前天从早上6点一直到午夜对作品进行了第二次的更正和再一次的创作，我把整本书差不多12章节的结尾都进行了更改，我尝试着让结尾变得更加具有批评性和建设性。现在一切就绪了，也没有什么我可以做的了。每次读它，我都感到备受煎熬，我差不多读了将近200次了。

明天我要去看海了。吉安弗朗科明天不去，因为他想继续工作。昨晚我读了一些他的书，写得都非常好。我给查尔斯·斯克里布纳写信，告诉他吉安弗朗科写得很好，他也想去看一下呢。而且我把意大利语翻译成了英语，在英文版本中，可以对我知道的有关写作方面给出一些建议。不是让他按照我写的那样写作，而是让他用自己的风格把作品诠释得更好。

在一次战争中，我们在海底做反潜工作的时候被一场暴风雪困住了。这个故事大概有3万多字，而且只是记录了当天发生的一些事情。现在结尾已经有了轮廓，我将会写完它。我知道可能我把它写得听起来

很沉闷、无趣，可事实上并不是这样的。

对于吉安弗朗科和森达拉姆的航运公司生意，我已经厌烦了为任何一方进行辩解和发表任何看法。我累了，很累。这不是好的意大利语，只是我所感受到的。作为一个现实的人和一名士兵，依我看来，第一，古巴分部并不想从威尼斯总部调遣任何一个人。第二，鲁杰罗在这一点上头脑简单，优柔寡断，缺乏作战的勇气。第三，吉安弗朗科忙于工作，我相信只要是他想做的工作，他一定会做得非常出色，而且过着正派清白的、美好健康和勤勉的生活。第四，如果他想写作，他可以一直写作，写一些关于他是否在某一个公司上班，或者是否成为一家之主。我想对于他来说，不会有任何损失，因为从中他学到了一些我想教给他的东西。

你知道的，我们之间总是在互开玩笑，但是我可以教吉安弗朗科在任何一所大学里可以学到的相同课程。我已经多次拒绝成为学院一员，我真认为他是在浪费时间。我真的这样认为，我可以用我的人头打赌。

我试图言传身教、严于自律，这对我来说是好的，因为我也需要。现在我写这些妄自尊大的信给你是因为我很寂寞，而且我不想把这些事情告诉别人。当我在吉安弗朗科那么大年纪的时候，就已成为一家之主。我得为我父亲的那些债务买单；买卖土地；尽我所能

地让我母亲不那么奢侈和浪费；供养母亲和其他的孩子们；参与所有的战争；抚养孩子们长大；结婚离婚；支付所有的账单和尽我所能地进行写作。所以，请你相信我不是一个很严谨的人，我从不鼓励做任何对吉安弗朗科和对你有害的事情。但我还是对你有偏见的，因为我爱你。在任何情形、任何情况下，当我的快乐和你的快乐发生冲突的时候，我会不假思索地让你快乐和幸福，我会不顾我的幸福而甘愿退出的。

现在我必须止笔了，也可能你早已经看不下去了。

我很爱你。

欧内斯特

致查尔斯·斯克里布纳

瞭望山庄，哈瓦那
1950年7月19日

我亲爱的查尔斯：

你的清样我昨天终于收到了，它可是创纪录了。

我并没有责怪谁，也没有去攻击谁。

玛丽不会让我看你写的信，但是她经常问我为什么我不能成为和你一样的绅士，而不是告诉人们不要责骂或让那些人离开。阿德瑞娜来信说你像宝贵的财

富，这个词在意大利语中是非常好的用来赞美人的词汇，这就是你所召集的喜欢你的人们，我想对此说声谢谢。

可如果你受到了更多的欢迎，那我会让你找两个朋友，如果你有的话，从中筛选出来两三个人物，让他们在不远的地方把你杀死。以前你从没有被杀死过，所以这次将会是你一次难忘的经历。

我希望那些出版海明威的《老人和他的著作》[1]的傻子损失100万。

我会寄一张照片给他们，是一张我在密歇根联赛中最大的棒球场上左边围墙边击球的精彩照片，但是我想他们不会喜欢这张照片的。也许这会证明考利有关我是一个努力的、自学成才的运动员的言论是假的。在16岁之前，我曾经跟山姆·朗格弗德、杰克·布莱克本、埃迪·马克吉蒂等打过拳击。我拒绝了那里的一切，在射击中，一个鞍就要花费100美元。即使你有那么多的钱，可他们还是不会卖给你一个真的。也许你知道那个鞍是什么东西，当你在马背上来回动，就有可能会从马背上摔下来。但是如果你坐在这样的鞍上，就不会从马背上摔下来，你就可以骑着它走了，

[1] 海明威的著作《老人和他的著作》写于1950年，纽约。

但是这个会使你负担过重。

该死的，《老人和他的著作》和戴斗篷、穿夹克的那个陆军上校的名字，我给写错了。你可以跟他核实一下此事。我查看了陆军军官名册，应该是“Cantwell”而不是“Cantrell”。

我的头脑还是挺不错的。令人费解的是关于草图中高尔夫球的大小。这是整个草图的支撑部分，也许我们会因这个草图有麻烦，而且麻烦会很大，不会像动脉那样可以控制出血量的多少。

请好好出版和销售这本书。我现在该做的都做了，一切都准备好了，没有什么事是我现在能做的了。但是请不要让旅行者、周末无事可做的人、没有思想的人、外行的人、愚蠢的人、半专业的人诋毁我的书。

你比我大，我应该尊敬你。但是在一些事情上，我确实比你成熟。所以请你相信我，当我说出一些不好听的话的时候，可能并不是不尊重你。我是一个坏人，查尔斯，我并不以此为豪。

我一生当中永远都是那么争强好胜，但是之后我并没有因为赢了而感到骄傲。我在努力成为一个谦虚的人，一个不是总批判别人的人，但没能成功。

我们今天要去钓鱼。吉安弗朗科正在写书，所以他去不了。于是，我和玛丽两个人去钓鱼了。

做个好孩子，工作不要太辛苦了。

给你和薇拉最好的祝愿！

欧内斯特·海明威

致罗伯特·坎特韦尔[1]

瞭望山庄，哈瓦那

1950年8月25日

亲爱的罗伯特：

我好长时间没收到你的来信了，今天收到你的信感到很惊喜。我一直在担心和期待你的新书。我很喜欢你写的《霍桑传》，但是你没有什么小说作品。你是我对美国小说的最大赌注，所以我非常希望你写小说。

关于不容乐观的宣传，我想解决办法也是很简单的。我正在练习开蒸汽汽车，取得我的安全驾驶执照。我开车带着奥托·布鲁斯，他住在阿肯色州。从孟菲斯到基韦斯特18个小时左右就可以到了，但是这个并没有被报道过，因为这只是一件个人的私事。如果我

[1] 罗伯特·坎特韦尔，1908年出生，在20世纪30年代作为一名小说家开始写作。他的著作《霍桑传》（写于1948年）使他开始转向写自传。

们在路上碾到一头猪的话，这件事就会被报道出来。我们差不多还有976英里的路程。

在参加舞会的时候，经常会有人过来问我："你就是海明威，是吗？"然后他们在你的身边来回转动，却又什么话也不说。或者他们会亲你，作为一个男人是不会喜欢这样子的。或者他们开始亲你的妻子、你认识的女孩子。如果你不让这样做，你去警告了他们，然后再修理他们的话，那么你就会出现在报纸上。亨利·詹姆斯没有面临这些问题。

一个人不能一直待在家里，但是如果有什么事需要出去的话，就会被刊登在报纸上了。你起床起得早，很早就开始工作；或者你按照他们所要求的那样报效国家；或者是你、你的兄弟、你的大儿子全部都受伤了，最后又被嘉奖；或者你的两个祖父都在内战中负伤；或者你对敌行动负伤22次，被枪射击双脚、双腿、两只双手和6处严重的脑部受伤；或者你想成为最好的美国散文作家的抱负和不玷污任何人，这些事情都没登报。如果可以的话，我真想把他们击倒，但是我不会伤害他们的，除非是他们先伤害了我。我会对付他们，而且他们根本不知道发生了什么事情。罗伯特，我不是个圣人。现在这个时期比中世纪的时候更难，我已经战斗了50年，也许不久基韦斯特（上帝把它的

灵魂放在了地狱）就会决定把我除掉。

莉莲·罗斯是《纽约客》的工作人员，她正在写一篇稿子。我想法兰克林改行的事是她不能理解的。她对法兰克林年轻时的所作所为并没有给予赞扬，那时的他其实很优秀。她曾写过信给我，问了我很多关于法兰克林的事情，后来她还对我说想为《纽约客》写一篇关于我的报道。我很喜欢她，因为她或其他人写的有关我的一些报道，不管是好是坏，都是她自己对我的印象，我也不会对它进行任何编辑和更正，除了一些涉及日期和地名的地方。莉莲写得很好。她是批判过查尔斯，但是她让查尔斯懂得写书也要适可而止。

对于代理机构，我会直接跟他们交易的，因为我绝不会给他们10%的机会，何况我比他们做得还好。

对于回扣，有一次，一个人围着我四处走动，说是要杀了我。回来我给他寄了一封挂号信，告诉他我定期会出现的地方，在那里他能找到我，或者杀我，或者把他的嘴巴擦干净。后来他并没有出现。我按照这4天安排好的时间在约好的地点等着他，我并没有任何武装，后来又给他寄了一封挂号信，又等了一天，然后我就离开了。所有这些攻击者都是很有意思的，他们还有一点幼稚。在大多数情况下我都想做好，尽

我所能写好作品，请不要认为我自负，我试图友善、绅士，很多情况下我也是这么做的。除非他们把我报道出来，那时的我就不再友善了。

我对我们的祖先并不了解，也不想像威廉·福克纳那样把他们写得很传奇。但是我知道我的祖父告诉过我，每当你唤醒一位伟人的时候，你就可以从他那里得到合理的答案了。

在纽约没有人知道最近的消息，没人认识我，除了住在52号街225号西边的玛琳·黛德丽和乔治·布朗。其他的朋友被分散了。肯·克劳福德从你的报道中认识了我，我们一起冲破重围，在法国北部地区开火交战后就打进了巴黎。我想他应该会记得我，我可是记得他的。他个头高挑，皮肤黝黑，看起来好像正经受着一些不好的事情。尽管是一种罪恶，每个人都很喜欢他，人们常常语重心长地对我说，要好好保护他不被杀害。他在行动中表现非常勇敢，除了圣人，没有人能让他死。

近来的活动：我写了一本诗集；13个短篇故事；一部长篇小说。这儿太热了，为了写好这些作品我太不容易了。

以下是写给你的私人信息，你记得千万不要出版啊！我最近有很长一段时间都没能好好创作了。我头

部受伤了，导致我的脑袋疼得厉害。从每天他们叫醒我之后就会疼，一直疼一整天。然后当我从快要裂开的支气管中醒来的时候，可能会咳出血。这件事发生在1944年7月的圣普瓦，孩子们站在我的周围，我只能吃一些罐装的食物。我和他们解释说：这些没什么，因为每一个被炸的人都会经受这样一个痛苦的过程。你可以说血的颜色没有什么区别（静脉的，或者是动脉的），你可以再次抽血，把颜色不对的血扔掉，只要鲜红的那一种。

让我们跳过这件事吧。

书真的是个好东西。如果你不喜欢它的话，你也可以抛开它，因为这是你拥有的权利。但是我努力地把它读了206遍，想把它写得更好，把任何一处错误和不公正的地方都加以删除或改进。我最后一次读这本书的时候，我还是非常喜欢这本书，因为这是它第206次打动了我。这只是我个人的感受，你可以不那么重视。

我认为这本书涵盖了所有的观点。罗伯特针对书中的一些事给我发电报，我会立即诚实地给出答复。有意思的是你的名字和我书里一个上校的名字是一样的，这让我感到很高兴、很自豪。

有位以前的英国军队少尉在一本杂志上读了这本

书后，他在爱尔兰建立了坎特韦尔社会。他经常在签名的时候写他是坎特韦尔社会的成员，其实他有很多其他的名号。

如果你愿意或者说你能够做到的话，我希望你能抛开它。我想成为一名好的美国作家。如果他们对此一无所知，抑或他们不记得你是一个像约翰·莫斯比的人，或像杰克·凯旋那样不顾一切的人。无论是哪种情况，我都不屑这些。

我希望你能一切顺利，能够跟肯取得联系。也许他太强势了，可能不记得我了。但是请告诉他，不管他想做什么，我是会把他带回来的那个人。因为在7月的奇怪的一天，克莱斯特不能在船上行走了。他也不想回来再参加军团。美国陆军第8步兵团指挥美国陆军第4步兵团的将领——雷蒙德·巴顿告诉我，而不是命令我，要勇往直前去找到肯并把他带回来。一辆坦克或一架意大利炮开火了，这是一次能刺穿装甲的射击。它刺穿了所有房子的围墙，把一个船员队长的腿从膝盖打断了，接着子弹穿过后墙，打在正躺在床铺上的两名通信兵的头部。腿还在地板上，但是巴顿将军在电话里并没有变声。我按照他的要求，去跟肯取得联系。他的腿被射弹烧伤了，几乎流血了。他只是很简单地看了一眼。厄尼·派尔——最后一次战

役的伟大英雄——他正在外边哭，因为我们的投弹手失误炸死了一些自己人。他可以没有眼泪地哭，也可以有眼泪地哭。在先前的战争中，我曾告诉过他，当我们齐射攻击的时候，我们应该紧密地联系在一起。计算我们要是想拿下这个目标，我们会损失20%的兵力。他说我是无情的。我说你进去看看你那条还在地板上的腿，你这个无知的、感情脆弱的傻瓜。你不要对着媒体乱说一些我的事情，因为我要去参加第二场战役。

这就是所发生的事情，至少你会看到一个人怎么会交那么多的朋友，这也许就是他这一生中的问题。肯很勇敢，从帝国大厦上跳下来。我不喜欢一个人在喝醉的时候自吹自擂，但是他跟那些喝醉了酒就哭的人比起来要好。

就此止笔吧，也没有什么可多说的了，但是我为什么会说这些呢？难道你不同意吗？

有一只公猫在原稿上小便了，所以我把它扔了，只能给你复印件了。

欧内斯特·海明威

亲爱的罗伯特：

请你不要强调我被暗杀过多少次，同样我也要求

卡普和斯克里布纳不要运用任何宣传手段让人们知道我在服兵役。在我看来，提起这些事情我就觉得恶心，因为它会毁掉我服兵役所带来的自豪。我只想成为一名好作家，而不是一个经常参战的人，在酒吧经常打架的人，或者一个射击手、喜欢赛马的人和一个酗酒的人。我只想做一名好作家，也希望被人们认为我是一名好作家。

祝永远都好！

欧内斯特·海明威

致查尔斯·特·拉纳姆

瞭望山庄，哈瓦那

1950年9月11日

亲爱的巴克：

通过与读书俱乐部的合作，最近的新书销量达到了10万本。但是我拒绝了他们的出价：每一版本我只能分到60美分，而读书俱乐部会得到12.5美分。斯克里布纳在读完评论后，又订了25000本和一车的纸张。在英国出版这本书之前，我们的书已经卖了3万本，所以我们今年可以想吃什么就吃什么了，但问题是我并没有什么胃口，不过会好起来的。

我们这里最近刮起了六级飓风，在这种低压的状态下，我的心情也很低落。在卖书的时候，我受到了一些责骂。有一天早上我收到一封邮件后，我就马上离开了，辛巴达待在家里，但是他的船还在港口。我对他说，我们在第一轮就输了。我要进城，去找《纽约时报》和《新闻周刊》，在他们的航空件到来之前。当收到他们的邮件时，我知道我们赢了，但是我还是没什么情绪。一个名叫吉安弗朗科的男孩，当时他正在小屋子里面写小说，当他从辛巴达那里得知我们在第一轮失败的消息的时候，他立刻赶到佛罗里达，跟我在一起。他是我在威尼斯认识的一个女孩的哥哥，我曾倾心于这个小镇。我们和利奥波第那一起吃过年夜饭，利奥波第那是一个可爱但是看起来有点老的妓女。午饭过后，那个威尼斯的男孩和他的女朋友一起去看电影了。我把利奥波第那送回家后，我自己也回家了。

玛丽去密西西比州的格尔夫波特找公寓了，因为她想把家安在那儿。等她找到公寓后再回芝加哥把孩子们接过来，他们已经长大了。芝加哥的冬天实在太冷，冷得令人难以忍受。

如果我能找到的话，我会告诉《新闻周刊》和那些有意义的人以及那些真的很坏的人。到目前为止，

《泰晤士报》是最糟糕的。但是他们的一个工作人员已经给我发电报向我道歉了，说他们很喜欢我对他们的疑问所给出的解答。我并没有跟他们提到美国海军陆战队第四部队，但是他们把它加进去了。

《泰晤士报》在周日的书评中首次对此进行了报道，就像《纽约先驱论坛报》那样报道的。约翰·奥哈拉写了《泰晤士报》的书评。我想象着他开头应该是这样写的，他会说我是继莎士比亚之后最好的作家，这让我结交了很多的朋友。这只是一个声明。因为所有的好作家都是好人，其中一些还要更好。这些好的作家以他们自己的方式去做得很好，至少有12个人像莎士比亚那样做得非常好。但是他看不懂这本书写的是什么，因为他不像我那样了解这类人，或者不像我对他那类人了解得多。我知道要与各种各样的人打交道——画家、外交家、小偷、匪徒、政治家、赛马的骑师、驯马师、斗牛士、很多漂亮的女人、杰出的夫人们、上流社会、国际运动家们、职业杀手们、各种赌徒。我要向上述这些人认罪。也有多于一个营的酒保和至少一个排的牧师，他们向我借过钱，后来还给我了。在我19岁的时候，葛雷非伯爵——梅特涅那一时代的人，布朗蒂公爵——尼尔森的后代，他们两个都已年过九旬，他们都想把我抚养长大，所以我拥有

着所有绅士应该有的言行举止，几年之后，我在一个妓女那住，白天进行创作。我想我跟那些对你进行评价的人的不同就是我的背景跟他们不一样。他们经常使乡村医生的儿子感到害羞，现在考利感到尴尬，因为他的视力不是很好。当我哥哥是个小孩的时候他就已经开始戴眼镜了。我像我爸爸一样，直到31岁的时候才开始戴眼镜。我的视力变坏是由于格雷伯在培训的时候把他的大拇指与其他手指粘在一起[1]，我在光线不好的情况下进行大量的阅读，或者更糟糕的是在医院的时候几乎没有灯光，阅读的时候点着蜡烛。就这样过了两年，一天12个小时，或平均每天有9个小时都戴着这副大眼镜。一直戴到你的眼球都凸出来了，好像也没有什么帮助。

好吧，这些都是胡说一通，不要成为我书中所有女子的任何一个。你相信吗？也就是说他们不会遇见那样的女人们。但是他们在哪里，以什么方式才能找到呢？

他们会相信德国人（玛琳·黛德丽）不久前在一幅画上写的：爸爸——我把它写在画上，这样你就不会轻易把它丢了。我无条件地爱着你，除了生气、被

[1]海明威的左眼视力属于先天性缺陷，哈利·格雷伯对此也毫无办法。

冒犯的时候，包括雷诺很关心我。你觉得怎样呢？

我会试图找到《新闻周刊》的，如果某些人没有捏造的话。

给你所有美好的祝愿。

欧内斯特·海明威

致阿瑟·迈兹纳

瞭望山庄，哈瓦那

1951年1月4日

亲爱的迈兹纳先生：

非常感谢你的书以及你的贡献，再次细读时我发现这真是一篇极好的文章。但是里边还是有很多错误，将来再次出版时我会告诉你一些需要校正的地方。

可怜的司各特，他是否知道《乞力马扎罗山下》中的那个男人是说他，或者认为是他呢？事实上一直提到的故事情节、汽车和处所正是与他一样的。

对于你来说，卡拉汉的事情是一件极其糟糕的事情。我和司各特一起吃了午饭，而且我们还喝了许多桑塞尔白葡萄酒。午饭快吃完时，我记起我已经保证过要和卡拉汉一起去锻炼的，他是一名出色的业余拳击运动员和有前途的作家，但我不会揍他一顿的。虽

然平时你在饭后都不打拳击，但我想无论如何我要抓住这次机会。我和他们已经约好了，我和司各特先去公寓，然后再到体育馆去。我们商定进行两分钟的回合，两分钟结束时我一切正常。我想休息一分钟，司各特将第一回合持续了13分钟，大约5分钟过后卡拉汉很轻松地就将我击中了，然后我们很精彩地又打了8分钟。但他没能让我受伤，也没能打倒我，更没能使我放弃。司各特非常喜欢丢人现眼，他对拳击简直着了迷，我一直在叫暂停。我的嘴部有些严重的划伤，我把溢出的血吞下了。

回合结束时，他使比赛持续了13分钟，我对司各特说：“你个浑蛋。”

他说：“你这是什么意思啊？我可是你最好的朋友。”

我说：“你要诚实，不要老是叫停，让你最好的朋友忍耐了整整8分钟，你想这样啊？”

在其他回合中，虽然卡拉汉向我出拳了，但我对付他还是没有什么困难的。我确信我能够将他击倒，午饭全部被我消化完了，我的感觉很好。我也知道他无法击败我，但我也不想击倒他。因为他的拳击打得还是不错的，而且他是一位有前途的作家，我很喜欢他。同样的，他也没有什么大的缺点。这就意味着他可能有足够的实力击败我，可他的唯一缺点就是拳击

不能击倒我。他经常陪我练习，我是很感激的，我真心希望他一切顺利。

当你知道你是唯一尽力做力所能及的事情的一个人时，如果成为别人的偶像或使他们将所有品质归功于你时，这是一件多么可怕的事情啊。但暂时我是司各特和阿奇博尔德·迈克·利什的英雄，这对我来说是很尴尬的。他们在拳击中都受了伤，一个伤势严重，另一个……

我之所以批评司各特的书，除了开玩笑，是因为我想让他写得更好些。

司各特想找位心目中的英雄，可那个英雄却不是我，这使我感到十分尴尬。我们参加过西班牙战争、中国战争，然后一直待着休息。当他喝朗姆酒喝醉时，我是无法感兴趣的。他总是想踢足球，在交通拥堵的时候他不会穿过马路。他特别想去参加战争，曾问过我他的情况是否合适去参战。我告诉他日常生活中的行为就是标准，他极有可能会被重新分组，或者因胆小而被枪决。

这些太艰苦了，但是这一直是他的工作，我至少告诉了他实情。

你是很出色的人，你的调查工作做得很好。我非常喜欢巴德·舒尔伯格，当他开枪自毙时，你的作品

就如他们在我父亲面前做的工作那样好。有一次，我记起父亲的模样，现在还历历在目。但承办者对那些来参加出殡的人感到很高兴。

请原谅打字机，它变得很黏了，必须得寄回去进行全面清洁了。但在我工作状态好的时候，我不想让它被拿走。

我们这一年过得不太顺利，祝你好运。

欧内斯特·海明威

致查尔斯·斯克里布纳

瞭望山庄，哈瓦那

1951年3月5日

亲爱的查尔斯：

你来了后，我们肯定会过得很快乐，真高兴又能见到你这位好朋友了。但是很遗憾的是我病了，我不能同你和薇拉一起去钓鱼了。我发烧达到了40℃，而且这都已经持续一周多了。紧接着，高烧又导致支气管出现了疥疮，不过现在逐渐地好了一些。我很疲劳，我的身体一直不健壮。但我一直精力充沛，能够工作，这使我不渴望做其他事了。

知道你读了《老人与海》这本书，我感到非常高兴。

如果你没有这样做，我会认为你是个十足的傻瓜。当事情合理时，是没有什么可怀疑的。但是，有你喜欢、尊敬的人，你会很开心的。我仅从我的家里得到了一些好的意见。

今天，有关大海那本书中的另一长篇章节，我只写了1578个字。你想知道那本书的出版时间的话，我认为应该于1952年秋天出版。我会给你留出足够的时间来安排你写的结尾部分，然后我可以继续写或者重写。如果能够将我所写的故事或者工作时喜欢的那些故事改编成电视剧，那我能够以此谋生了。

赖斯说今年我能够还清欠你的钱，但我还是必须得计算出今年生活的费用才行。如果你那儿没问题的话，我将要按普通利率和你借些钱，因为我这儿有一些其他的事需要用钱，并且我的工作也不顺利。如果你同意，我觉得借的钱是能够偿还的，因为我将要还清之前借的所有钱。即使我的书销售得不好，我也能还清借的钱。这里还有班塔姆还的2000美元，快到账了。

赖斯准备把我的最后一本书卖给电影院。这样子，我的生活用钱基本上就没什么问题了，我还能继续写作。但是，到目前为止，我已经减少所有开支了。在工作期间，我不想担心钱的问题，我想过一种美好的工作生活，除了不浪费钱外，我根本不想去考虑钱的

事情。

关于詹姆士·琼斯的书《乱世忠魂》，不论他们告诉你什么，那些都是不重要的。这本书的质量虽然很好，但毛病也是严重的。写得过长，特别不好，并且他在珍珠港的一次飞行战斗就像是一场音乐喜剧。他擅长厨房事务，是一个伙夫新手，一直从事这样的事。他一直很忙，将来可能会自杀。今年他在自己的宣讲中说道，在1944年“他去过山区”。那年许多人都在忙着他们自己的一些事情，同时那一年也死了很多人。在我看来，他是一个很有计谋的坏蛋，因为他的书将会对我们的国家构成威胁。我可能会再读一遍，然后给你一个较真实的回答。我不必等到严重受害时才知道他是叛徒，也不必等到知道是如此一个疖子时才知道它是疖子，也不必游完鼻涕的长河才知道它是鼻涕。我希望在它没有影响你的销售之前他就自杀。如果你给了他一杯文学之茶，那你可能会让他喝干一桶鼻涕，再从死去的黑鬼耳朵中吸出姑娘。然后将需要的一位姑娘献给他，并让他给姑娘出示他的照片。他给你挣了钱我很高兴，有关鼻涕的详情，我想给他一个大桶的。他有自杀的心理冲动，我想他将会那样做的。

我会尽快从他那里索要到所有的钱，以便举行教会特别葬礼时钱能够用。

如果你不问我的话，我是不会去培养他的。因为当我读他那本破书时，我感到它是含混不清的。查尔斯，我将詹姆士·琼斯交给你了，在他崩溃或开始大喊之前请你将他带走。

现在我必须停笔了，明天我还得工作呢，希望你过得快乐。我会尽量给你写信，努力工作。玛丽也祝你和薇拉快乐。

祝好。

欧内斯特·海明威

致多尔曼·高恩

瞭望山庄，哈瓦那
1951年6月13日

亲爱的多尔曼：

除了工作（4月份和5月份的工作量超过45000字）以外，我不能恳求任何事情，你的信件开头的“必须立即回复”几个字，使我每次看到打字机时都感到十分惭愧。如果你对前言有任何不明白的地方可以问一下我，尽管我不知道我到底是不是具备那些资格。我会写出我所想的东西，然后根据你的需求来写信，我不会再写给其他任何人了。

听起来好像你工作得很辛苦，很高兴你现在已经解脱出来，可以有时间准备写一些东西了。

这里并没有太多的消息。我一直都在那片海上，晚上醒来有些句子就一直在我的脑海中回荡，白天的时候我会把它们整理出来以便于写作，就这样我写完了这本书，同时我将整套书的最后两本也写完了，现在我得对前两本书进行改写和删减了。

在完成写作后，我们还进行了两组钓鱼比赛。第一组比赛中，我们在非常不利的情况下完成得非常好。第二组比赛中，我所在的国际组获得了第二名，尽管我并没有做出多大贡献。如果我有幸能够钓到一条大鱼，我们就会赢。玛丽在国际组进行的钓鱼比赛中获得了第六名。她与爱达荷州太阳谷的泰勒·威廉姆斯一起钓的鱼，他64岁了，我们都叫他上校。他来自美国肯塔基州，但是所有人都认为他是英国人，因为他看起来像是在印度待了很长时间的人，并且他是聋子。他是一个非常好的人，我想你一定会喜欢他的。在比赛的第三天，我们钓鱼的最后两个小时，他们遇到了暴风雨。泰勒的两条肋骨受伤了，他的额头上有个土块儿，使他看起来像半个棒球，那时候他并没有注意到这些，直到第二天肋骨开始疼痛起来的时候他才想起来。他和玛丽都很擅长钓鱼。

在我们出发去钓鱼的期间，厨师在玩弄我的来复枪时，无意中射中了自己的左肩，昨天我必须得去法庭解决这件事。旧的西班牙法庭庭院非常壮观，是在1860年修建的，这种建筑能在炎热的天气中让人感到非常凉爽。法庭看起来像是一场非常大的融合了各种罪犯和警察的社会场所，而且我很清楚为什么我们的仆人会非常高兴地频繁光临它。但是我没有时间在这里浪费，我必须将这件事尽快解决掉，然后让每一件事情都冷静下来，摆脱掉它们并忙于其他事情。

现在是杧果收获的季节，它们十分惹人垂涎。玛丽已经采集了好多杧果并将它们速冻了起来，这样子无论你和伊芙什么时候来，你们都能吃到新鲜的杧果了。花园被收拾得非常好，我们在桌子上摆满了蔬菜，不久就可以吃到鳄梨了。鳄梨是纽约晚会的奢侈品，在这儿它们就是穷人的黄油，他们用鳄梨和面包制作三明治。河虾现在开始活动了，随着钓鱼活动的开始，我会将500～600磅的河虾冷冻起来。

我希望可以在闲暇时光阅读你的作品。我不知道是不是告诉过你空军元帅亚瑟·威廉·特德和他的妻子来过这儿，他们一直在船上游玩了几天。当然什么事情也没有发生，而且他们钓到了好多鱼，我认为他们在这里度过了一段很美好的时光。在他们一条鱼也

钓不到的时候，我耐心地教他们如何钓鱼，就好像在你面前非常安静地教他们钓鱼。在这片安静的场地上，你可以射击一小组炮兵并得到回应，也可以杀掉一些人。但是在海洋上钓鱼时你就不会那样做了。

请给我写信吧，如果可以的话，请原谅我最近是如此糟糕。

我得写一本很长的书，因为我希望我从来都不需要写作并且我害怕写作。但是我写了并且依赖它，我希望你到时候会喜欢它，而且这里有一场漂亮的战争，我认为像西班牙书中大山上的佐罗战争那样具有说服力，在这场战争中他们被敌人追逐，并且他们超过了追逐他们的人。但是他们没有返回去的必要，无论如何我希望你会喜欢它。追逐的人很善用他们的部下，然而他们陷入了一场完美的、没有武器的埋伏中[1]。

你那样写作真的非常好，同时它是一项重大的责任。我希望你可以很好地活到100岁，这样子你就可以更好地进行写作了。

希望你的写作顺利，就写到这儿吧。

玛丽和我在此送上对你们的祝福。

我急切地盼望能够看到此书，如果在任何方面有

---

[1]“海洋追逐”，《岛在湾流中》第三部分。

问题，请随时写信给我。

欧内斯特·海明威

致查尔斯·斯克里布纳

瞭望山庄，哈瓦那

1951年7月20日

亲爱的查尔斯：

你在7月18日从新泽西州寄来的信，我今晚收到了。我正在进行写作，窗外的雨下得越来越大了。如果雨后有风，我得起来关上窗户才行。

如果我使你对这本书感到很疑惑，我很抱歉。这本书的原稿大约有2000页。它是关于大海的，但是并没有任何武断的意思。书的名称只包含你的信息。

这套关于大海的书可分为4本，并且每本都是可以单独出版的。

目前我正在改写自从1947年以来尚未重读的第一部分。它的原稿有1195页，在这一个月的工作中，我已经完全改写并删掉了179页。我改写了很多，这基本上算是一本新书了。

我希望整本书在13万字左右或14~15万字。这表示我必须删掉并改写很多内容。

最后两部分一点儿也不需要进行删减，第三部分需要删减很多，这是一项非常认真的解剖作业，可如果我死了，那就不需要删减了。

现在，当我不对第一部分进行改写的时候，我就会列出标题。这样会发现一些很好的标题，也会发现许多不值得谈论的标题，但最终还是能找到一个正确的标题。

我告诉你可以单独出版最后三部分的原因，是我知道你可以逃脱意外死亡或任何类型的死亡。我不能以正确的版式出版第一部分，这就是这本书想要表达的方式。如果你没有第一部分，你可以从第二部分开始。如果你没有第二部分，你可以从第三部分开始。如果你没有第三部分，你可以从第四部分开始并完成它。但是我计划这一卷的整本书要包含第一部分、第二部分、第三部分和第四部分。

如果你对此有任何疑惑或不清楚的地方，请你告诉我。如果内容看起来不清楚的话，你就重读。

我的医生说，我还是非常有希望活着完成这本书的。但是，之前6个月的工作我真的太辛苦了，所以我需要休息和改变一下工作环境。你可以像我一样加强训练和节制，然后努力工作，病倒，以至于任何事物都可能成为攻击你的对象。我不认为有些作家能连续4个月一天平均写出1000字，在某种程度上，这种

类型的写作你可以在《老人与海》中发现。可能有这种类型的作家，但我可以告诉你我从来都不是。现在，我想要在第一部分中引入相同的节奏。不要因为我这样说你就认为第一部分必须是要这样，不一定的。

关于如何出版这本书，请不要担心。我会尽可能简单地告诉你我的想法，然后我们一起解决这些问题。

如果你有任何的疑问，就请阅读这封信并作为参考，因为我现在实在太累了，已经无法继续进行写作。

如果这些信息足够了，那就让我们谈论一些其他事情吧。很高兴你和家人在一起，并希望年轻的查尔斯不要一生都生活在军队中。邦比可能会这样，服军役可能是他唯一知道的工作了。在柏林成为安全官员后，他又被任命为法国第一军队的联络官。

我给你写信的时候，帕特里克正在西班牙，他已经在哈佛大学取得了学位证书。

在新奥尔良的时候，我从玛丽那儿得知，她在格尔夫波特和家人待了一段时间以后，下周可能会回来，真希望能够早点见到她。

旅行了三天后，我今天用低温冷藏了250磅的海豚和无鳔石首鱼，但是我还是离不开写作。我们来到海港时正好遭遇暴风雪和雨，无法看清飞桥的弧度。雨落在我的头上，当它变干时，就像是用新鲜的生皮

包裹着一样。写完那封信之后，随之而来的全部是一些坏消息，一顿糟糕的晚餐和一张孤独的床，然后就是在第一束光亮起的时候开始工作。

然后怎样呢？明天，明天，又是明天。

送上我最美好的祝福。

希望你越来越健康，而且能够逐渐地增加体重。好好玩儿吧。明天是我的生日，我想去钓鱼。

欧内斯特·海明威

致埃德蒙·威尔逊

瞭望山庄，哈瓦那

1951年9月19日

亲爱的威尔逊：

在我时间充裕的时候我再次阅读了我写给你的信，很抱歉我得撤销让你出版这些信件的权利。在我初次阅读这些信时，我并没有意识到它们有多么大的反加拿大主义，毕竟我不是反加拿大主义的。相反，我在加拿大有许多好朋友，而且我深爱着这个国家和我的朋友们。

因此，我只能允许出版与你有关的内容和一些批评相关的摘录，其他的内容都不允许出版。你清楚了吧？

在此，送上我最美好的祝福。

欧内斯特·海明威

致查尔斯·斯克里布纳

瞭望山庄，哈瓦那

1951年10月15日

亲爱的查尔斯：

感谢你在10月3日的来信里回复了我那封倒霉的信件，那时我喉咙痛，第二天我就卧床给你写了回信，希望你不要介意我在那封信中说的一些话。

感谢你今天发给我关于保琳的电报，以及750美元的汇款，我已经写信告诉你不要再汇钱了（附带这封信）。但是汽车司机那时还未寄出这封信，而且，我旁边是一个无法使用的电话机，而它的公司曾保证它会一直正常工作。只要你有存款，你的存款就会被扣进贷款账户，而这个账户由版税和未来盈余来担保。

我以后会尽量少用这个账户，因为我今年的应征税收入很少，而且明年不需要缴纳多少税费。如果我卖掉一些东西，比如画或电视机，就会有钱支付这些税费。同样我也可以卖掉西礁岛的房子。

从玛丽父亲那里传来的消息都是一些好消息，但

有时也会有些坏消息。这里的风暴正在北移，并会持续转移到达哈特勒斯海岬，希望它会伴随湾流而离开。

作为一项职业理疗师（开玩笑），在等待暴风雨来临之前，我逐字统计了这本书第四部分的字数，也就是你从莱昂内尔·莫伊兹那儿读到的那本书（《老人与海》），我之前统计的并不是完整的版本。这是根据你读的那一部分统计的数字，和你在莫伊兹那儿读到的内容是一样的。

这一篇是我一直追求的写作风格，简洁明了，而且能反映现实社会和人类精神的各个方面。我认为这是我写过的最好的作品。

但我想，你应该也会喜欢第三本书的。这本书讲述了潜水员的追求和破坏能力，主题是他们成为囚犯后如何尽一切可能完成一项任务。你会看到这本书的质量与第四本书一样好，但是它里面的动作描写非常生动，而且对白准确。

第二本书对于伴随着詹姆士·琼斯成长起来的人来说，可能有点晦涩了，因为它是关于海边（任务前后）非同寻常的生活的，是一个男人面对其长子的死亡以及与这个孩子母亲的会面。

第一本书是田园式的风格，直到田园被暴力所破坏，我认为你会非常喜欢田园式的风格。相同的人物

出现在书的第一、二、三部分，到最后，只剩下老人和男孩（第四部分）。[1]我为它想了很多标题。最终会确定一个。截至目前，整本书已撰写了18万字。

玛丽很好，并叫我问候你。

在10月5日，我们经历了又一个炎热的天气。今天的天气也很热，在我工作的时候，莫伊兹全身都被汗浸透了。我做了40个挺腹练习，又在游泳池里游了10个来回，签了支票支付账单并写信给阿尔弗雷德·赖斯。下午的时候，天气才渐渐凉爽了一些。

这一年过得不是很顺利。这本书的内容和提纲属于机密内容，只能你一个人查看。

欧内斯特·海明威

致埃德蒙·威尔逊

瞭望山庄，哈瓦那

1951年11月28日

亲爱的威尔逊：

感谢你11月22日的来信，这些信以你寄出的形

[1] 海明威在这里所指的第四部分即后来问世的《老人与海》（1952年）。第一至第三部分后来出版为《岛在湾流中》（1970年）。

式出版是完全没有问题的，而且我正在把这些信发给莫伊兹。

伯德即威廉·伯德，他是三山印刷社的出版商。他通过手动印刷机印刷书籍，他是杰西的一位好朋友，也是我的一位老朋友。当庞德陷入困境时，他出版过庞德的很多作品。我一直很喜欢他，现在也是。

我从没看过《光荣何价》。事实上我看过的唯一战争剧就是《旅途终止》，不管怎样，如果你懂得英语，你就会知道它有多大的感染力。我不介意再多看一遍，或者再读一遍，我记得这是我在巴黎观看后的感受。

克里斯汀·高斯真是太不幸了。在巴黎的一年时间里，我们成为很好的朋友，在此我对他的去世深表遗憾。

你有空的时候，介意告诉我你关于把《夜色温柔》按年代顺序排列而不是以出版的形式的看法吗？我把它通读了一遍，感觉已经丧失了它的魔力。既没有惊喜，神秘的部分也被删除了。我认为这像是司各特的主意，像是麦克斯韦尔·潘金斯不让他用的那些标题，感觉不是太好，我非常想知道你的看法，等你有时间的时候吧。

祝好。

你忠诚的

欧内斯特·海明威

致托马斯·布莱索

瞭望山庄，哈瓦那

1951年12月9日

亲爱的布莱索先生：

谢谢你12月3日的来信，这封信之前由于邮资不足被退回了，今天早晨我才收到它。

马尔科姆·考利是我的朋友，我非常喜欢他。他写给我的信也是今天早上收到的，但我一直在忙没顾上看信。想必你已经知道信的内容了。我写给查尔斯·斯克里布纳的信，估计你也已经知道内容了。

我虽然不认识这位扬先生[1]，但是我对他可能造成或已经造成的困境表示十分抱歉。

我已经用这台打字机打出一篇18万字的小说了，如果有一些错别字，敬请见谅。

如果我认识莱茵哈特先生或者扬先生，这件事应该就没什么问题了。可还是有一个根本性的问题：只要我活着，我就不想任何人来写我的生活，或者我生活的任何一部分。因为每个人一生中牵涉的人太多了。

[1] 菲利普·扬，曾写过《海明威》（纽约，1952年）。海明威无意中看到了扬写的《海明威》。

要是早知道扬先生在对我的作品进行批判性研究，我很乐意为他提供其不知晓的任何有关我的作品的真实情况。其实好多真实情况人们都不知道，而且其中一些可能还比较有意思。

关于我个人生活的部分已经被写得太多了，这一点让我非常厌恶。马尔科姆·考利在《生活》上面发表的那篇文章，对我来说并不是件好事。我知道这并不是考利的错，因为他的出发点是好的，但是他这篇文章并没有经过我的同意就发表了。考利当时告诉我，他受人之托写这篇文章。我就给了他一份名单，上面列有熟人、之前的上司和不同场合结识的人，他就从他们那里获得了他的论点。我一直没看过这篇文章或其中的一段，直到我在意大利时才从《生活》上看到这些东西。

莉莲·罗斯曾写过一篇我的个人介绍，样稿看得我心惊肉跳。她也是我的朋友，我知道她这样写没有什么恶意，她也有权利将我写成她想象的样子。但我不认为自己是一个说起话来像是混血的乔克托族人，给人留下的印象就是每天天一亮就起床，一生大部分时光都在努力创作，一成不变。那时候因为我刚完成一本书，就想着什么都不管，轻松几个星期。所以，尽管知道这对我来说和《生活》上发表的那篇文章一

样，都是不好的，我也没放在心上。她并无恶意，但对我还是造成了很大的伤害。不过我还是喜欢莉莲。

你猜后来又发生了什么事情？有一天，我们在船上偶遇我妻子在伦敦卖报纸时期的一个朋友，他叫塞米·博尔。我和他很随意地聊了起来，而且聊得非常高兴，我当时一点都没摆作家架势，结果聊了很久后，我发现塞米是被派来写我个人简介的。

有意思吧？我知道他也需要钱，但是这一点每个人都如此。当时我像平常一样读这篇文章，但现在觉得有点毛骨悚然。读完之后，我修改了一句话，告诉他人们如何无拘无束地谈话，这一改竟然可怕地肯定了这篇文章的真实性。所有一切虽然是善意的，可结果感觉糟糕透了。因此我提出一点建议：任何人都不可以把自己说过的话当成是我说的。

我是一个非常严肃但并不古板的作家，并且我不写作的时候非常喜欢讲笑话，但是这一次我决定要冷血到底。所以当我从马尔科姆·考利那里听说扬先生正在写一本书，该书是要论证小说中的主人公就是我自己。我突然想到还是请扬先生趁早放弃，免得浪费他的时间并丢了工作。我在最初写给考利的信以及后来写给查尔斯·斯克里布纳的信中说明了原因。

每个作家大多会出现在自己的作品中，但所有的

作品并不都是这么简单。以《太阳照常升起》为例，我可以告诉扬先生这个作品的全部起因。小说是来源于我的一次个人经历，那时候我受伤了，由于羊毛衣的碎片进入阴囊而感染了，所以我认识了一些其他生殖器官受伤的年轻人。我把认识的一个男孩写进了小说，把他写成了一个驻巴黎的外籍记者。想象当他爱上一个人，这人也爱他，可他们什么也做不了，这时候他会怎么办。

类似于这样的事情我都可以告诉扬先生，让他知道这些。但我确实不是杰克·巴恩斯，我的伤很快就好了，由于要插一段时间的导管，我退役了，我想这点对于扬先生写这篇文章是有帮助的，他可以很轻易就获得信息而不用根据无法了解的信息撰写自己的评论。

而且我只是在写我自己这种论点，从另一个角度来看也是不恰当的。其不妥之处在于：弗朗西斯·麦康伯是谁？是我吗？我非常清楚不是我。

（我很抱歉，这封信写到这里得中断一下）

刚才我又从头读了一遍后，发现咱们再次回到了一开始的那些问题。另外，我一直在用一种非正式的方式强调我的立场，这样可以避免造成不愉快。

还有一些其他问题：如果这本书不会引起我的反感，那么为什么从未听扬先生提起过这件事。

如果按照你的来信所说，这是一部关于我的作品的严肃评论，可是为什么只引用了“不多见的几小段”。这在我看来很可能就是断章取义，因为这样正好证明了以上论点。

此信我会另发一份给马尔科姆·考利尽力解释清楚，当然一点都不想让他为难。我指出他写的个人简介或文章对我造成伤害时，我想说这确实过分公开了我的个人生活。这本是我个人的事情，出于友情，我听任我的生活遭遇三次侵犯。目前，三个朋友在文章中对我的不同印象如此公开，这样使得人们不是从我作品本身出发去评论，而是从我这些朋友对我的印象出发进行评论。

这样你便能理解我为什么非常反对将我的个人生活作为大学的研究课题了，如果你还是无法理解的话，那我也没办法了，因为我已经尽力说明白了。

如果你和扬先生都喜欢我的作品，现在我的整个想法肯定会让你们感到不快并反感，并且会觉得我这人非常固执和无礼。可我对这件事确实感到非常不快并反感，请务必相信我这么做不是想对你们两位无礼。

我向扬先生和你问好，就像在我写给查尔斯·斯克里布纳的信中所述，我的立场没有改变过，因为我已经尽力和你说清楚了。

在《纽约人》这篇文章发表后，我决定以后再也不接受任何人的采访了，并且我会尽量躲开有采访的所有地方。如果你什么都不说，那么别人也就没办法误解你说的。我也明白了作家不能和学术批评家开玩笑。你注意到这点了吗？我觉得在过去作家多而评论家少的日子里，作家过得肯定比现在有意思多了。

按照现在的发展形势，很有可能在不久的将来，作家就一个都没了，只会剩下评论家。这样评论家就可以像作家那样去海边写作了，而实际上一个作家都没了，电影也将终结于评论家的作品中。我们打赌，阿瑟·迈兹纳也将不会成为时代的电视明星。除非我们给他再找一个司各特·菲茨杰拉德。看到了吧！作家就不能讲这类的笑话。

假日愉快。

欧内斯特·海明威

致托马斯·布莱索

瞭望山庄，哈瓦那

1952年1月17日和1月31日

亲爱的托马斯先生：

感谢你1月10日的来信，我昨天晚上的时候收到

了信，而且它由于最初的邮资不足再次被延迟了。

出于自己的义务或其他原因，而不是出版商和批评家的毛呢大衣和烟管，虽然我对整件事已经十分厌烦，但我还是再一次即时回复。

为什么？比如，如果你太忙了，而且无法及时回复我写给你的信，我也没有听到来自菲利普·扬先生的任何信息。我想扬先生既然有时间来阅读关于我作品的报纸，应该不会忙得没时间给我写一封信或寄给我一份他阅读的报纸的副本吧？因为它被认为是关于那个主题的一系列阅读作品，我当然有兴趣阅读它。

如果不是这本书有太多的神秘之处，我就不会写任何关于它的书信，而且也不会担任关于它的任何职位。在上封信中，我已经说明了我决定不再合作的原因。我试着以直接和友好的方式解释我所担任的职责，然而一个月以来，我没有收到关于这封信的任何回音。

这是一个简短而且即时的便条，讲述了一封来自扬先生的信以及在底特律的报纸上他关于我的作品评论的副本，这些可能会清楚地说明问题。我的观点也非常简单，那就是一个批评家他是有权利写任何他想写的关于你作品的评论，不管他写得多么有失偏颇。但同样的，我也深信一个批评家没有任何的权利在一个作家活着的时候写关于他私生活的评论。在这里我

所说的是道德权利，而不是法律权利。因为我的律师会负责处理法律方面的事务。

我十分坚定地认为如果我想写一本关于某个人作品的书时，如果书的内容涉及他的生活，那我会首先写信给这个人并询问他是否有反对意见。如果他反对，我会选择写其他不反对的人，或选择写已故作家的生活。

但是，扬先生的信完全没有考虑我说的这些。

我不能同意你的观点，把厄尔·威尔逊先生的一句玩笑话当成是为学派批评辩护的有效论证。公开地对仍在世的作家进行精神分析，无疑是一种侵犯个人隐私的行为。

1月31日

我把这封信保留了两个星期，因此我不是唯一一个搅进这件事的人，也不是唯一一个及时回复的人。扬先生正在跟苏丹的另一位评论家联系，这是真的吗？我对他的评论非常感兴趣，把它带到那儿没有任何的不道德。这可能对我目前的工作有帮助。

欧内斯特·海明威

致查尔斯·斯克里布纳夫人

海边

1952年2月18日

亲爱的薇拉：

玛丽在星期六的下午去了岸边，她在一个叫拉姆拉塔的地方与乔治瑞奥一起去取冰，回来的时候她告诉了我关于查尔斯的事情。[1]我们两个都感到非常震惊和悲伤，我非常爱查尔斯，我们是那么好的朋友。这个事实让我很难接受。这些你都知道，我们也不知道说些什么可以让人不那么悲痛。

玛丽问我能不能跟你说些什么，以帮助你好受一些，或说些可以安慰我们自己的话，因为这件事太让人难过了！我想最好的办法就是想想你和查尔斯是如何的恩爱，你们对待彼此是那么的友善，你们在这里的时候，他是如何为自己的孩子和他的工作以及你感到骄傲，查尔斯是如何幸运地成为一名基督徒，并且你还说过你们那时候是如何一起做祷告。

我尽可能地说一些我所信仰的话，但是你知道当你失去重要东西的时候，再多的言语也没有用。

---

[1] 查尔斯·斯克里布纳于1952年2月11日在纽约逝世。

请记得我们都爱你，我们对你和孩子们表示深深的同情。

玛丽通过电话从一个叫雷内·维拉里尔男仆那儿听说了关于查尔斯的事情。他说电报发过来的时候，吉安弗朗科已经给你打了电话。我之前给查尔斯写过信说我们要去海边，将无法取得联系。

从星期一开始我们的旅行一直不错，可是到了星期六的晚上，我们却听到了这个难过的消息，在那天晚上海上也刮起了大风暴，雷电交加，就像《圣经》里描述的那样，海浪击打着外面的礁石，早上6点的时候，北风又开始呼啸了。

今天我们要去拉姆拉塔，并把这封信寄给你。

薇拉，自从你们来这儿的时候，我就担心查尔斯会有不测。我能感觉到他病得很厉害，我尽量一直写信给他，好让他不要那么担心。

现在我亲爱的朋友走了，以后再也没有人会信任我、相信我，也没有人跟我开粗俗的玩笑了，对于查尔斯的去世，我万分悲痛，我现在无法再继续写作了，只能等我们回去后再写了。

请原谅我写的这样一封没有逻辑的信，请节哀，查尔斯永远活在我们的心中。

你忠诚的朋友

欧内斯特·海明威

致菲利普·扬

瞭望山庄，哈瓦那

1952年3月6日

亲爱的扬先生：

如果你能保证这本书不是以批评为托词的自传，也不是对还尚在人世的我的心理分析，并且只要斯克里布纳出版公司同意，我就不反对你引用我的作品。

我曾给查尔斯·斯克里布纳和托马斯·布莱索写过信，告诉了他们我为什么反对给在世作家写自传。在此我就不再赘述了。

但是你是否知道当一个作家正在创作过程中，有人说他得了精神病，这就像说他得了癌症一样。作家可能会说“这是胡扯”，但这样读者会让他很受伤。据我所知，有的作家因为这些话而受到伤害，以致无法再继续创作。

我非常遗憾你推迟了你的书。但首先，据我所知，是由于马尔科姆·考利建议修改这本书，所以你往后推迟了。我是在他写信告诉我之后，才知道你的这本书。

如果你打算出版这本书，确实是有必要进行引用，从而证明你所提出的文学评论是合理的。

我非常不赞成对在世作家进行公开的心理分析，

因为我认为这不仅仅会对他个人造成伤害，还是一个根本原则的问题。

很感谢你寄来你的作品，我觉得写得很有意思，但我相当吃惊三个评论家竟可以对严肃的医学术语信手拈来。据我所知，他们不具备发表这种医学结论的资格。这并不是个人打击，我也不想不讲道理。我对你的作品以及论断都很感兴趣，但将某些论断不负责任地公之于世的做法令我震惊。

这封信是不是使得我们进一步地达成了共识？我写这封信完全是出于善意和真诚。

在我看来，有很多已故作家值得你们去研究，这样你们就可以让在世的作家安安静静地写作。就我个人观点而言，作为一个作家，到目前为止因为你的这本书，导致我担心、焦虑并严重影响着我的创作，担心是因为考利写信给我说建议你大规模修改此书。后来我问他究竟发生了什么事，由于涉及职业道德，他未能告诉我。再后来我又听说他不管此事了，他不想和此事有任何牵连。这对于正在试图平静下来，好好工作的人来说，没有一点好处。在过去的一年中，我的大孙子死在柏林，当时我儿子是驻柏林的步兵上尉；我的母亲去世了；我的岳父病得很重，得了癌症；我的前妻、两个儿子的母亲，去世了；家里的女仆自杀了。这段时间以来我一直努力，试图平静下来进行创作，

然而你的这本书弄得这么神秘，并且书中又说我得了精神病，说我在底特律花钱治疗，这一切的一切对我来说都没什么好处。我的最后一个老朋友也过世了，接着我亲爱的朋友、出版家查尔斯·斯克里布纳也去世了，过去的这12个月我过得非常艰难。

致以最好的问候。

欧内斯特·海明威

致菲利普·扬

瞭望山庄，哈瓦那

1952年5月27日

亲爱的扬先生：

你会收到和这封信相同日期的一封电报，同时你会收到我的信，信中将说到我对你在底特律报纸上发表文章的不满。

我素来坚持这是一个原则性的问题，而且我曾向你和布莱索先生详细解释过。他想出版这本书，而你和妻子的生活据说可能也全靠这本书了。对于布莱索先生，我是保持着一贯的态度，尽管我认为你出这本书是大错特错的，但是看到它的出版一再被耽搁，而你们的生活更因此而受影响，我心里很不是滋味。

我曾写了满满六页信纸，叙述我不赞同你出书的原因。但之前我已允许你引用我的文章，这只会让你左右为难。我准备写信给斯克里布纳出版社，让其将布莱索先生支付的属于我的那份版权费交给你。若是引用的版权费能降低你的损失，我倒乐得看你多多引用了。

通过这种方式，我希望可以补偿拖延6周而未给你答复所带来的一些损失。

另外，如果你经济紧张，我可以支援你200美元。你也尽可以大骂我一通，但这样即使你以后破产也不会被起诉，那是出版社该担心的事了。

欧内斯特·海明威

致哈维·布赖特

瞭望山庄，哈瓦那

1952年6月27日

亲爱的哈维：

感谢你将福克纳引用的话寄给了我。[1]他并没有

[1] 1952年6月20日，威廉·福克纳给布赖特发了一篇奇怪的评论，名义上是表扬海明威。第一段如下写道："多年以前……海明威说过，作家应该就像医生、律师和狼一样团结起来。我认为这句话比真理或必然性更富智慧，至少对于海明威的情况是这样的，因为这样的作家必须团结起来，否则就将会消亡，就像狼一样，成群时强大，单独时仅是另一只狗。"

忘记我当时给他写这些话的时候的场合。他记得确实很清楚。他在一次喝醉的时候（我希望是这样），还曾经直截了当地说我是一个胆小鬼。[1]而报社还将它刊登了出来，我只好将它寄给了第22步兵团的前任司令拉纳姆。1944年至1945年间，我与他共事了很长时间，并且我还让他给福克纳写过信。后来，我们两人都收到了福克纳写来的致歉信，他在信中说他指的是我没有勇气在写作上进行实验或开拓新的途径等，你可以研读一下他在喝醉酒时试图开拓而写的《修女安魂曲》，并非批评个人的勇气。

我给福克纳写过一封十分友好的信，他引用了信中的一些话，而且现在还在说“仅在狼群里像狼，单独时仅仅是另一只狗”。

那么，让我继续叙述吧。正如你给我写的信中所说，他曾经说过我好。但是，那是他在获得诺贝尔奖之前的事情了。我知道他获得诺贝尔奖时，我用我所能写得最好的语句发电报祝贺他，而他从来没有答谢过。这么多年以来，我在欧洲还为他塑造了良好的个人形象，无论何时何地，只要有人问我美国最好的作

[1] 1947年，福克纳曾对一些学生说，海明威缺乏勇气进行小说的开拓创新。海明威请拉纳姆将军见证了他的个人勇敢，并不像谣言所说的那样。后来，福克纳对此进行了道歉。

家是谁，我就会说是福克纳。而且每次有人让我说说我自己的事情时，我就会谈到他。因为我认为他受到了不公平的待遇，所以我竭尽所能地帮助他。我也从未告诉过别人他棒球打不到九局，也没说过这件事的原因，并且从未将他的缺点告诉别人。

因此，他写信给你，好像是我在求他保护我。我，是只狗。我将变为狗娘养的。他做了一次很好的演讲，我知道不论现在还是将来，他的写作水平都不可能赶上他的演讲水平。我也知道我能够写出来一本比他的演讲更加精彩、更加直率的书，并且是毫无欺骗和花言巧语的。

哈维，写到这儿的时候，我感到很痛心，所以我把那些不中听的话省略了。福克纳在那些特别奇怪的评论中说的，好像是我非要请他帮忙（我作为一条狗）似的，而他也是足够的仁慈。事实上我并不需要别人帮忙。我还真是承他的情了。

你知道威廉·福克纳所要做的是只要我活着，他就必须饮酒来为自己获得诺贝尔奖而庆祝。他从未意识到我对那个机构不感兴趣，并且在他获奖时我是真心为他高兴。我给他发电报说我确实为他感到高兴，而他没有回信。现在，他却说出那些话来，并且很傲慢地评价其他人的作品，我认为一定包括《午后之死》

等作品。

他写的这些事，而未读过你问他是否愿意评论的那本书。这就使得那些特别奇怪的评论更奇怪了。有可能我只是一个爱猜疑、好发火的家伙。我知道有时候我确实是这样的，我也感到自责。但是他为什么不说他不写评论或者没有资格写，正如我告诉过你，我没有资格给奥威尔的书写评论。为什么那些奇怪的评论好像是说我需要保护，而实际上并不是一条狗？他甚至还在那些评论的第二、三段中重复说这些事。

你问我对所有这些事的看法，这就是我的解释：我不想让福克纳做任何声明。他写得好的时候是一位好作家，如果他知道如何写完一本书，并且知道不要最后弄出像“甜蜜蜜的拉依”那样一个老酒鬼来，那么他比任何人都优秀。我喜欢欣赏他写得好的作品，但在他写得不好时总是感觉不好受。我希望他走运，并且他也需要运气，因为他有一个很严重且无法治疗的毛病，你无法再次读他的作品。当你再次读他的作品时，你会清醒地意识到，在开始时他是如何愚弄你的。如果是真正好的作品，不论你读多少遍，你都不知道它是怎么写成的。这就是所有优秀作品都具有的神秘，而这个神秘之处是分离不出来的。当你再读一遍时，你又会学到、汲取到一些新东西。你不会知道第一次读时是如何被技巧捉弄

的。威廉·福克纳曾经能够做到这样，但那是好久以前的事情了。一位真正的作家应该能够用简单的陈述句达到我们无法定义的结果。

批评课到此停笔。

我非常高兴爱丽丝[1]能够喜欢这本书。我给你写信时就说过，你喜欢这本书对我来说是多么高兴。我希望所有有眼光、无偏见的人都能看中这本书，能够喜欢这本书并对其进行评论。如果没看上的话，那就是这本书和我的运气都不佳。

我知道我对福克纳的要求有些苛刻。但是，我对他的要求并没有像对自己那样苛刻。到7月21日那天我就53岁了，我的记忆力很好，所以我要一直坚持写好作品。我一直在比以前更卖力地写出好作品。我写了最后这本书，这本书中没有胡言乱语，也不打马虎眼，并且想知道任何其他事情，更想知道有多少人读了此书。现在我最想要做的事情就是忘记它，并尽力写出一部更好的作品来。

请勿将此告诉福克纳，我不想与他吵架。如果他读了这本书后想对此进行评论，那也不错。[2]

---

[1]哈维·布赖特的妻子。

[2]福克纳评论了《老人与海》，称这本小说是海明威的“精品之作”。

然而，如果没有读过这本书而发表评论，那就是胆小鬼。但是，我不想与他吵架，也不想麻烦他，希望他好运，并且希望约克纳帕特法县能与大海长存。我不想用大海与他的县做交易。他选择了他的县，而我感觉在县里是很压抑的，不论哪个县。他写的县很出色，我希望这会使他一直保持快乐和满足。昨天看到了一条重有176磅、又肥又大，就如锯材原木一般的玩意儿，他犹豫不决是否要吃它。现在正在退潮，在他必须离开之前，我想和他一起聚聚，再一起待一会儿。对不起，我又提起福克纳了。但是，我能够保证如果你不提起，那我也不提了。让我们把他忘了吧，除非他读了我的那本书后再写了评论。

欧内斯特·海明威

致查尔斯·芬顿

瞭望山庄，哈瓦那

1952年7月29日

亲爱的芬顿先生：

谢谢你的来信，也感谢你能寄来作品。

你的作品有许多不准确的地方。比如，你似乎很钟情于莫伊兹的作品。如果莱昂内尔·莫伊兹认为他

影响了我的写作或者我的性格，我肯定不会申辩是否莫伊兹高兴这样做。但是，如果你通过一个严肃、充满学术性的作品自然地表现出他的影响，那就是另外一回事了。

从你的作品来看，莫伊兹对你的影响主要体现在韦斯利·斯托特和莫伊兹本人的话语中。如果我受到了莫伊兹的教导或影响，我会很高兴去承认。但是我写信告诉过你，皮特·威灵顿是多么严格的一个人，他对我来说就是一位老师，我也写信跟你说过星报的样式表以及其他的一些事情。

但是关于莫伊兹教我写作的事情有两点错误：第一，事实并非如此；第二，我跟莫伊兹的关系是韦斯利·斯托特说的。

你可以去查一下，我在《堪萨斯城星报》的时候，韦斯利·斯托特他有多久是待在那里的。我只记得有一次被介绍给他认识，他并不是我的朋友，更不是什么熟人。当然我也有可能会记错的，但我还是认为，我在星报工作的时候，韦斯利·斯托特在《华盛顿星报》工作。在星报时，我的上司是主编拉尔夫·斯托特。

我在星报至少有10个朋友，我跟他们的关系比莱昂内尔·莫伊兹更好。为了解我在星报的见习，你接触了一些人，在这份名单中，我没有看到这10个朋友。从那

时起，我开始对你的写作计划感到不安了。

我对莫伊兹了解得非常少，而且以他的天资，经受过训练的才能，又有无限的活力，那他给我留下的印象就最深刻了。可是当我见到他的时候，他却在喝酒，这时候，他的活力就变成了一种暴力。我从来没听到他严肃地谈论过写作的事情。我还清晰地记得那时他的新闻写作风格是华丽的、夸张的。让我吃惊的是这种风格背后所展示的一种写作天资。因为我们在镇上不同的地段工作，所以我很少有时间能够见到他。我一直说他很好，以前是如此，以后也会如此。但是他这样浪费自己的才华，让我感到非常遗憾。

你听莫伊兹说起，他是教我如何写作，或者他并没有这么说，你自己得出这样的结论。如果莫伊兹本人这么说，那他就真的是有胆量了。说我是莫伊兹的助手的人是韦斯利·斯托特，而不是莫伊兹本人。

我经常想，不要去关心莱昂内尔·莫伊兹的为人，我只知道他是一个独特、有活力、洒脱、爱喝酒、努力奋斗的人。每每想到他的才能没能受到正确的训练，没有产生好的作品，我就感到很遗憾。可能他确实写过好的作品，只是我还没有机会拜读。

你说莫伊兹就像是放在头版中的理查德·哈代·戴维斯。我以前经常听人们说，戴维斯是一个十足的势利

小人，是个一流的战地记者。莫伊兹他可不是什么势利小人，也不是战地记者。他骨子里是有力量、熟练、非常温和的新闻记者，他的快乐和烦恼都是关于喝酒和女人的。现在我还真是希望自己能更多地了解他一些，而且我想知道我在星报的那段时间里，他在星报待了多久。

芬顿先生，跟其他人一样，你的这个写作计划的问题在于没有找到准确的素材。你的素材都是道听途说的。例如，你提到我的老朋友卡尔·埃德加对莫伊兹的评论，只是转述别人的话。在我看来，卡尔根本就不认识莫伊兹。我身边的人卡尔很少认识。你在堪萨斯市工作，你照样也不认识他们。对自己一无所知的事情，韦斯利·斯托特居然还很确定地表达了自己的看法。皮特·威灵顿工作那么辛苦，他忙得不会记得35年前的事情。他怎么会记得呢？那时我们算不上朋友，他是我的直属上司，我尊重他，也很欣赏并喜欢他。但是我在办公室之外的生活，他一点儿也不了解，他不是那种会去了解下属工作之外的事情的人。作为我的上司，皮特是一个不错的军官。

在这里，我给你提供一个虽然你不知道可确实真实的信息，卡尔·埃德加一直喜欢的是比尔·史密斯的妹妹凯特·史密斯。我从小就认识凯特了，比尔也是我多年来的一位好朋友。大概是我写《永别了，武器》

的时候，约翰·多斯·帕索斯去基韦斯特时遇到了凯特·史密斯。之前他没有见过凯特，也没有到过密歇根北部。但是之后他去了密歇根北部，还跟凯特结婚了。再后来他开车时撞到了一辆卡车上，凯特不幸被撞死了，挡风玻璃直接割到她的喉咙，多斯也瞎了一只眼睛。从多斯在基韦斯特遇到凯特再到撞车事件，这中间隔了很多年，但我将这一段讲得很简短。在我家，多斯和凯特听了很多有关密歇根的故事。1951年，多斯出了一本书，名字叫作《所选择的国度》。这本书很大一部分是关于密歇根的，我就是其中令人讨厌的人物之一（乔治·艾尔伯特·华纳）。这些有趣的故事是他到我家做客时听到的，现在看来，他的记性真不怎么样，把这些故事基本搞乱了。他出车祸时，比尔，他的妻子以及你见到的美男子唐纳德·莱特卷入了发生在芝加哥南部的帕罗斯公园的一起杀人案中。有一个女人爱上了比尔，这个女子误杀了一名园丁（我认为是这样的）。我在欧洲待过几年，我记得应该在法国或者西班牙的报纸上看到过这件事。多斯虚构了一个人物（我），之后又在一家芝加哥的报纸上刊登了一张图片，指控凯特和比尔支持怪异的性狂热（我不希望你相信这些），从此便与凯特和比尔决裂了。事实上是我那时候在欧洲，就这件事而言，我

除了在报纸上读到的那些，其他的都一无所知。那张照片肯定是多斯在凯特的相片中发现的，照片上是比尔、我和卡尔·埃德加在欢迎我的一个老朋友战后从堪萨斯市归来时候的场面。

这跟你即将得到的素材完全不一样，这只是一个例子，我觉得你应该放弃整个写作计划。没有当事人的配合你不可能得到任何真实的素材，要配合你，这个人付出的努力都可以写成自传了。

因为很容易陷入像莫伊兹这样似是而非的陷阱中，所以我得不断写信来阻止你犯错误，这可真的不容易。如果你继续追究我在《多伦多星报》学徒期和在巴黎的那一段，那我得不断地想方设法让你避免犯严重错误，但是那样的话还不如我本人亲自去写呢（当然我一直都想这么做）。

由于没有人像我一样了解巴黎那段往事，所以我应该将那一段写出来，这很重要。我很了解乔伊斯，他是我的好朋友。很久以前我就认识了福特·休弗尔，并且是相当了解。我对许多法国作家也十分了解，写关于他们的故事会很有趣，也会得到稿酬。

我的稿酬平均是每字5美分至1美元，我写给你的信大概是500到1500个字，然后你再根据我写给你的信写成文章，可以卖到每字2.5美分，再加上基于

10万册的销售量版税。芬顿先生，这个是不是划算？我想这样的账你能算清吧。

我昨天早上就收到了你的信和手稿，但是我有工作要做，所以今天才回信。我针对你的手稿提出意见，讨论莫伊兹，在这之前什么工作也没做。几周之前，我写给你一封长信，讲述了一些你永远无法从其他人口中得知的有关橡树园的事情，并解释了为什么很难从别人口中得知。我仍然认为，你应该停止你的写作计划，或者由我提供素材和评论。当然，如果不想失败的话，我必须得提供，你重新组织，你我都将从中大大地得利。任何人的自传都属于他的私有财产。写与不写，他本人都有权决定，但是他肯定不应将自己的经历瓦解成文字供他人使用。如果你查看一下自己的手稿，你会发现其中最好的、最直接的材料，还有被证实和详细阐述的材料都是我写给你的。

你继续这个写作计划吧，关于莫伊兹的那部分就那么写能更容易些，这样莫伊兹也会很高兴，他高兴，我也高兴，但这不是事实。如果我指出这是虚假的，就会损害你的名誉，而且对那些希望从你的作品中找到好的写作方法的读者也不好。

烦请读读你的手稿吧！我刚刚又读了一遍你的手稿。我试图让它更完美，或者将它改正确，可这确实

让我很费力。关于莫伊兹的那部分我想是会取悦他的，他现在肯定变老了吧。当然我想取悦他，也想取悦皮特·威灵顿。我觉得你可以删了韦斯利·斯托特关于助手的一些话，这对手稿不会有什么影响。其他的就按照原来的不变了，如果你认为是那样的话。跟真实的情况相比，你写出来的其实只是某一天中，一帧已经褪色了的画面。

我得去工作了。谢谢你，让我重温了在堪萨斯市的那段美好时光。现在，我想我能够写出一个很好的有关堪萨斯市的故事了。

你可以引用我在此封信中提到的事情。

就这些吧。如果你给莫伊兹写信，代我向他问好，对我在信中提到的任何伤害他的事情，你别跟他说。在《新世界写作》中读到这些，他会非常高兴的，我觉得《新世界写作》很好。

你的方法主要错在大部分人都没能正确地记起所有这些事，这也正是你想要我告诉你的吧，不是吗？还有一点你没注意到，在美国，所有的事物都发生了很大的变化。昔日辽阔的大草原已经变成了小块儿的土地；光秃秃的小山已经长满了草，或者成为遗迹；旧的建筑物被推倒，新的又建起来；绿色的草地和高大的树木已不复存在，取而代之的是一座座公寓。人们说“我们有洛

克菲勒中心”，“一个好人去世了，一个傻子喋喋不休地为他说话，麦兹没让他复活”。你需要多了解当地的情况：在推土机到来之前，去看看山；在灌溉工程的大坝建起来前，去小溪边钓鱼。需要的东西太多了，这些事情不必做好，可能你是这么想的吧。

我希望你能得到你需要的东西，也希望你向其他人学习，博学、优秀，这正是你的选择。

欧内斯特·海明威

致唐纳德·C.盖勒普

瞭望山庄，哈瓦那
1952年9月28日

亲爱的盖勒普先生：

我允许你使用你在9月24日来信中的附函，但是在涉及克雷布斯·弗雷德夫妇的地方，你必须要再审查一下有没有什么诋毁之处。虽然我允许你使用这些信件，但前提是你没有使用任何诽谤性的言语和内容。

你对这个写作计划那么努力，我没有理由只因为我对爱丽丝·托克拉斯的个人看法，就把你这个计划给破坏了。这些节选跳过了斯坦因女士和我的友谊，只剩下了商业性的文学记载。我希望你的书会成功。

请原谅我简短的这封信，我绝不是想草草了事。其实关于上一本书，我现在是完全被信件给淹没了。我很喜欢收到别人的来信，但是我一坐下来就要看几千封信，而且全部都是关于一个话题的信，这样真的让人受不了。关键你已经写完了这本书，它已经结束了。我想做一个有礼貌、正派得体的人，我想表现出感激之情，希望我是真的充满感激之情。然而，我多么希望收到这些信的是托克拉斯女士，然后必须给每一封都回信。

欧内斯特·海明威

致伯纳德·贝伦森

瞭望山庄，哈瓦那

1952年10月2日

亲爱的贝伦森先生：

非常感谢你寄来的东西。[1]看到你如此费心，我

[1]指伯纳德·贝伦森对《老人与海》写的“吹捧广告”：“关于海的一首田园诗，非拜伦式，非梅尔维尔式，而是荷马式的，像散文一样娓娓道来，如荷马的诗一般，平静中透着魄力。真正的艺术家从不用象征和寓言，海明威是一名真正的艺术家。但是所有真正好的作品中，象征和寓言无处不在，这个短小而伟大的巨作也是如此。”

真不知道该如何感谢你。我一定像以前一样，尽自己最大的努力去写，让你为它感到骄傲（如果我有这个才能的话）。

玛丽去纽约看戏去了，游览那些小城镇的时候，她一直兴致勃勃，但是我并不喜欢这些，它们只会让我感觉很糟糕。我刚写完一本书，如果能得知这本书没有问题，我将会很开心。要是书能出版的话，我也会很兴奋，不过在此之后我宁愿考虑或者谈论些其他的事情。

我们这里天气非常好，这里的天空跟意大利的天空一样湛蓝。我现在本来应该在意大利的，但是为了不破坏别人的生活，我不得不试着去管理好自己的生活。然而此时，我最怀念的就是意大利了。以前玛丽还在的时候，我非常地爱她，其他的事情我也不去想。但是她离开以后，我就变得很孤独，许多事情我一般不会去想，但这个时候有些事情却乘虚而入了。

你的那本书[1]有很多的评论，所有这些评论都是屎。考虑到你应该还没看那些评论，我就寄出了有这些评论的信。当我还很小的时候，有人告诉过我，一个人活一辈子的时间他就得吃一吨屎，既然如此的

[1]《流言和反思》，1952年。

话那还不如赶快吃完。因此我吃得很快，但是我发现，不管吃得快还是慢，还是得吃一辈子。有时候我会有些反抗地说：“很抱歉，先生，今天我不饿。”坚定的或者爱国的吃屎者从来不允许有这样的小偏差。

我们为什么在不同的时刻出生？我们可以经历很多快乐的事情，我们会的。可是关于这本书，比起任何其他东西，除了写作过程本身，你写的那些话会更让我高兴。

你曾经有没有这样的感觉：你生活在许多不同的国家，贯穿所有的年代？可能这听起来很疯狂。我可以在早上闻到马的气息，我知道不同的护身防弹衣的手感，我知道你在哪里擦伤了……我第一次到曼图亚的感觉，就像脑震荡之后，在夜里回到家乡一样。当我有点儿疯狂的时候，我可以想起最奇妙的事情，但是福楼拜的《萨朗波》总让我很烦，因为它让我想到了现实，将我从想象中拉回来。能写的都已经被写了，所以我就去写那些没有人写过的。然而，生活在过去，如果有好的伴侣会很有趣的。在所有人从零开始的时候，写作会变得很有意思。

写好的书没有出版，这对作者来说是毁灭性的伤害，这比做爱过多还要严重。因为如果做爱过多的话，至少你会看到绝对清晰的光，就像是只有这一束光存

在一样。

就这样吧，我不打扰你了。寄给你这些剪报，请原谅我写的这些乏味的、愚蠢的话。

玛丽在的话，会带给你她的问候的，请保重。

你的朋友

欧内斯特·海明威

致查尔斯·斯科

瞭望山庄，哈瓦那

1952年11月20日

亲爱的查尔斯：

非常感谢你邮寄过来的剪报和其他公告的相册，还有一同寄来的包装精美的书。书非常精美，玛丽和我都很喜欢。玛丽想在一些透明的有宽松网眼的叶子上贴一些关于这本书的话，它们确实非常漂亮和实用。

现在，我们很困难地拿到了这个相册。因为邮局和海关制定领事发票的标价为100美元，并且他们不打算降价，甚至有次他们要把它寄回去。但是在协商的第三天，这边的邮局和海关让步了，并且他们没有收取任何费用就发放了相册。虽然我很乐意为相应的义务付款，但是他们无法在没有领事发票的情况下提

供其他的一些文件。为此我还给邮局和海关写了6次信，并登门拜访了3次，幸运的是，所有的工作都是值得的。

你们在纽约对玛丽的照顾，我表示非常感谢，玛丽她也非常喜欢你们。虽然我不太了解她此行的所有情况，但是她确实度过了一场开心、愉悦的旅行。

从这里往外邮寄任何东西，甚至是手稿，都需要获得许可，而相关文件却又因为战时规定而久久无法落实，所以我打算把给欧内斯特·沃尔什、埃塞尔·墨尔海德的信和手稿寄回，再由李·萨缪尔转达，他每两周来一次。可他今天没来，而玛丽又想看信。因此我把除了四封下次需要他代为转交的信留下，其余的都寄出去了。大卫·兰德尔不肯出手任何收藏品或博物馆的原因无人知晓，如果你有要求，我们将不惜牺牲自己的利益满足你，藏书部门不该什么都不做。

沃尔什先生得了肺结核，为了套现，他变卖了许多收藏品。这期间我一直努力地写作，使一份杂志通过了一个没有英语读者的法国出版社的审查，掌控印刷、编排等各个细节是件异常艰苦的工作，对我而言，我不可能保证向这份工作提供必需的时间，并且不影响我曾建议某人一个月可获得1000法郎收入的工作。

我和沃尔什的初次相见是在埃兹拉·庞德的工作

室，那是一个晴朗的下午，我去埃兹拉那里上拳击课，沃尔什来看那个我信任的阿基塔尼亚人，他的身边还有两个金发碧眼、身穿貂皮的美女，其中一个人很自信地告诉我沃尔什是世界上报酬最高的诗人。我就问她沃尔什都写了什么，她给我展示了一本在芝加哥发行的哈利特·门罗诗歌的杂志，诗歌每页的报酬是500～1200美元。

“沃尔什先生的这些诗歌赚了22340美元。”那个美女对我说，“难道你不认为沃尔什先生很了不起吗？”

很快，沃尔什被一个看上去明智、严肃、出身正派人家的中年妇女看上了。她想筹办一份关于文学的杂志，并愿意为发行量付费。当然她每年还愿意提供2000美元的奖金作为最佳出版贡献奖。在一次亲密接触的晚宴上，她说我、乔伊斯和庞德三人，将要依次获得第一届、第二届、第三届的这项奖金。而和其他人说的时候，她又说庞德是第一届，乔伊斯是第二届，我是第三届；或乔伊斯是第一届，庞德是第二届，我是第三届。

他们刚开始筹办这份杂志，互相允诺，获得投稿，确认合同等。沃尔什把所有的工作都交到了我的手上，他可能在任何紧急情况下咯血。我觉得他嚼口香糖时

出血，然后把它咳出来。但后来，他由于支气管位置偏低而咯血。我觉得他既是借病逃工，又是身体有些虚弱，我认为从金发美女事件开始他一直都在撒谎，但是他从某个角度而言确实是一个诗人，并且生来愿意帮助那些文坛新星，还有他向乔伊斯、庞德和我承诺了2000美元的奖金。

在删除了我在《太阳照常升起》中的一小段精彩的历史故事之后，他想将以前不规律出版的季刊系列化、规范化，而这时候我已经和出版社签订了一份在秋天出版的协议。他给我写了一封言辞激烈的信件，信里面叙述了这份季刊有多么优秀，并且很精明地挑选出了其中最精彩的一部分。同时他看到了我正在努力的这一切，对此我非常满意。但我也向他解释了，我将要和出版社合作出版的这本书，不可能按照每系列2000美元或者非2000美元的价格和他合作。因此，在我出版后，他写了一篇名为《我所读过的最廉价的小说》的评论。

后来，乔伊斯告诉了我关于那2000美元的事情，庞德也和我说了一些，他们都说从来没有人得到过那传说中的2000美元奖金。

我觉得我接受的教育对我还是颇有影响的，但我将此事总结为：不要轻信爱尔兰诗人，并要提防结核

病人。但紧接着让我惊讶的是格特鲁德，这个既不是爱尔兰人，也不是肺结核病人的人。

记住这些信上的内容是可笑的。我终于从个人私事或类似事情周而复始的循环中脱离出来，而且过去我从未想过认真解决这些事儿。剩下的信件仍在叙述这个故事，而我写的这封信和收信人——沃勒斯·迈耶则是其中的重中之重。

关于在《泰晤士报》周日版上那篇标题为《裁决》的文章这件事情，我不得不再次和沃勒斯·迈耶写信沟通一下。如果你想要使用这些信件，我这里有几封你从来没有读过而且言辞最为激烈的信件。一封来自阿卡塞尔·维克法尔德，另一封来自一个布鲁克林的家庭主妇，还有一封来自一位老妇人。你可以从其中挑选一封信，这可能是一次强有力的展示。

请让我了解这件事情，而且我一点也不想混淆与你相关的事件的结局，也许事事都在朝好的方向在发展着。

你最诚挚的朋友

欧内斯特

致伯纳德·贝伦森

瞭望山庄，哈瓦那

1953年1月24日

亲爱的伯纳德：

莉莲·罗斯昨天写信告诉我，她说你还没有收到我寄给你的信。我收到你的上封来信后，就给你写了一封长长的回信，所以要么是这封信邮丢了，要么是我从未收到你的另一封回信。

写给信任的人的信，我从来不备份，所以我无法再寄一次相同内容的信给你。

你对莉莲的书有什么看法呢？我认为那是个非常悲伤的故事。除了我教给她的技巧，她不知道如何在文章中打趣。但是我认为她构思的情节很精巧，而且我听说人们对这本书的评价也很好。她是一个奇特的女孩，我非常喜欢她，我们是很好的朋友。这感觉就像和一个圆锯打交道，但我也深陷其中。她体内仿佛真有个魔鬼在驱使她工作，但我身体内也有这样一个魔鬼。我总觉得它并不是一个魔鬼，而是我的托管人或封建制度，我曾宣誓在生命结束之前都将倾其所有为其效忠。但是这并不意味着我不会背地里称它为“老不死的”，或对它没有任何亵渎行为。然而，我将永

远竭尽所能地为其服务，并不断追求进步。这可能有点傻，但我们都需要一些原则，而我比大多数人需要更多的原则。因此我从写作中获得它们。

你身体还好吗？今年的冬天有些寒冷。我得到了许多来自威尼斯的消息。我离开那里两年了，可时间却好像是20年那么久。今天天气十分阴沉，阴得还有些潮湿，这样的天气让我更加想家了。我希望没有什么约束，这样我就可以寄给你一封来自家乡的书信。

《如果种子不死》（安德烈·纪德）是一部非常不错的小说，还有一些其他作品也不错，但我总是和那些傻乎乎的人一样像是感受那只猫一样地去感受这些作品。尽管发生了很多事，我仍然爱着格特鲁德，而她也同样爱着我，这让爱丽丝妒火中烧。

舍伍德·安德森很粗鲁，不真实。他的所有小说都是一种撒谎的形式。他有一双非常漂亮的意大利式的眼睛，如果你是在意大利长大的，你就能看穿他何时在撒谎。我初次见他的时候，觉得他是那种反应迟钝的人。这类人总在一些无关紧要的、没有标准却偶有闪光点的生活中扮演文化主管的角色。

你认为我停止了写作，为此我感到很难过。如果你喜欢，我可以写一些相当有意思的关于马尔罗或其他任何我生活中的人们的故事。我这里没有振奋人心

的消息，直到去非洲之前理清所有关于《老人与海》或其他作品插图的满意的合约和计划。玛丽近来一切安好，并且很开心。

我现在没有办法把将要发生的事儿和行动写出来，但只要插图的事情联系好以后，我将尝试制造一些打斗场面出来——鲨鱼和鱼类跳跃着——在春雨降临的时候抵达非洲。

这本书很畅销，而且销量非常稳定，我希望你也能一切安好，因为我们现在不得不度过一个漫长的寒冬。

玛丽写了一篇关于我的文章来表达她的爱意，在关于我们对生活的畅想中，她引用了你的话。如果你对此不反感，她想把文章发表出来。

欧内斯特·海明威

致伯纳德·贝伦森

瞭望山庄，哈瓦那

1953年2月17日

亲爱的伯纳德：

你知道我们必须要对一些事进行标记。我今早收到了你寄来的信，这让我非常快乐。

如果你需要一些可阅读的材料，我可以写一些关

于爱蒂乐爵士的文章，但是我很讨厌用打字机来写作，尤其是在给你写信的时候。

53岁那年的那部传记简直糟糕透了，而你又太骄傲不屑于公布一切，人们不知道，他们也无法理解。

你和我一样，都有些愚昧，犯了错误，想去忘记错误，从中吸取经验教训，然后保持或制造并享受快乐。他们想要清洗衣服的清单和脏的亚麻布，他们认为秘密可能隐藏在丢弃的护身三角布带中。也许真的如此，但我对此表示怀疑。在精彩的神话故事中，真相往往比已出版的故事要精彩得多，但不包括那位深情款款的妻子。

在巴黎的第三天，我们准备北上迁往第四非规范小区，沿途经过贡比涅，奔向圣·昆廷之后，由两个纵队切断小路，跨越德国，取道亚琛。在抵达前，我们开展了两次大规模的屠杀，之后应切断抵达圣·昆廷的路，在那里有我最好的朋友，第22步兵团的拉纳姆上校向我祝贺道："勇往直前，无畏的英雄。我们在与渺小斗争。"

亲爱的伯纳德，在发动这场驱逐、拦截、屠杀之前，我和那些平民在巴黎的豪华旅店一起擦拭着武器，考察民情，忙于处理民情，铲除了那些满足于巴黎现状而且不能在黎明到来前能够奋起反抗的人。安德烈

有五块金砖、蹭得锃亮的骑士靴、勋章等物品，而我只带了一件衬衫。

我说：“你好，安德烈。”

他说：“你好，欧内斯特。你能够指挥多少人？”

我说：“10到12个，更多的时候是12个。”

他说：“我，2000人。”

我说：“真可惜，我们到达这个小镇的时候，我的陆军上校没有得到你们军队的支援。”

然后我们继续工作，并在他离开前让他赞扬、冲击、抽搐。

我的一个手下叫我进卫生间，说：“应该假装被中枪吗？”

我说：“不用，给他些酒就可以了，他自己会走的。”

安德烈的故事数不胜数，瓦莱里的故事都很精彩，乔伊斯的故事就像乔伊斯一样动人，很精彩，很新奇。除了对上帝、光、电的畏惧，我一直都是个快乐的男孩，那个不是在教堂中长大的男孩。

我们现在正在打凯纳斯特纸牌，如果你会玩的话，我想这局牌值得一玩。但是如果有一本好书或者一个可以通信的好朋友，那就不用玩了。在没有书籍阅读的时候，打牌是很有意思的。

这里的冬天非常美丽。无论是在我们说过的欧洲

的坏天气或是威尼斯的任何时间，我都希望你有时间的时候能够来这边看看。在夜晚美美地睡上一觉是我们曾经在这里经历的最美好的事情了。我很同情那些有其他信仰和生活方式的人们，我们会团结一致起来，并愉快地度过这段美好时光。有一位伟人离开了佛罗伦萨，你应该知道关于长眠于此的他的一些古老而美好的故事。

欧内斯特·海明威

致多萝西·康纳波

瞭望山庄，哈瓦那

1953年2月17日

亲爱的多萝西：

非常感谢你的来信和情人节礼物。也许你寄过来的并不是一件情人节礼物，在我看来却是。我能够知道你身处何方，并且我可以给你写信，而你又能够收到我写的信，这就让我感到无比开心了。我想我们需要时不时地聚在一起，我这里永远欢迎你。

那个叫查尔斯·芬顿的男人，希望你不要和他进行任何形式的合作，他已经持续两年骚扰我的私生活。他拥有一个愉快的方法，一个貌似真实的故事，之后

他会取得一些关于你生活的隐私信息，这些信息也会交到司各特·菲茨杰拉德全权信任的朋友——阿瑟·迈兹纳的手里。

芬顿现在正在写一些关于我在多伦多时期的生活内容，在我看来他写好的那部分故事完全是错误的、愚蠢的。去年，我花费了大量时间来协助他研究我在堪萨斯城的学徒时期的一些东西。我和他相处的那段日子里，我一共写了三个非常精彩的故事。我认为这对刚刚开始写作的孩子才有用，但是后来，当他发表之后，我发现他在书稿中保留了所有的错误信息和谣言。我已经警告并要求他终止这个作品，并停止一切对我在多伦多的报道，但他好像没什么反应。

我想唯一阻止谣言的方法就是告诉他什么也没有发生，如果你告诉他任何真相，他并不会真实报道，而是用自己的想象去填充这段经历。

在多伦多的时候，我们度过了一段非常美好的时光，我仰慕、欣赏你那美丽的母亲，我也向你的父亲学习了很多知识，我喜欢和拉尔夫相处，但这一切都与芬顿无关。我讨厌芬顿用他的脏手去玷污这个属于我们的美丽世界。

而现在，我又必须去阻止芬顿发布任何关于我在堪萨斯城的生活的谣言，我应该立即采取行动，现在

必须提醒哈德莉。

邦比是北卡罗来纳州的一所特殊学校的老师，他也是队长，他的办事效率极高。在战争中他表现优秀，并且是我知道的人中唯一一个勇敢的跳伞到敌方阵营，用自己的假蝇钓鱼竿占领阵营的士兵。1944年11月，他身负重伤被捕入狱。与此同时，我在第四分队服役，而他属于第三分队。他把他的指挥官派到我这儿，带走了一些优秀的法国士兵，我派给他一些很优秀但是有些野蛮的法国士兵。当我到达法国的时候，看见我那些优秀的手下早已锒铛入狱，因为他们一直按照我教给他们的方法执行任务。

非常感谢你能够喜欢《老人与海》。能够完成《老人与海》，我感到非常幸运，我希望以后写的作品也能够像它一样优秀。你愿意拥有出版商在密歇根发布的所有内容吗？如果你愿意的话，我可以在我们到达纽约的时候把它全部写出来并寄给你。如果你并不是很想要这些，请你告诉我一下，这样我就不再把它寄给你了。

请为了我，继续坚持滑冰。你现在还打乒乓球吗？

随着你的信的到来，我已经感受到那美丽的、干冷的多伦多的冬天，感谢你对像我这么愚钝的人是那么友好。当我们都还是年轻军人的时候，在你那漂亮

的房间里谈话是多么令人愉快啊！我想写一些多伦多的快乐时光来代替芬顿那些胡诌八扯的言论，我努力提及所有的美好，我的蠢钝，还有那些美好的却没什么用处的仆人。我们本该让亨利·詹姆斯来写这段时光，但是我觉得可能我自己可以写得精致一些。那时候我只是一个访客，我从来不写访客的生活。

玛丽说虽然她从来没有去过多伦多，但是她记得在纽约时候的你。她向你致以最美好的祝福，我们都很期待与你的重逢，希望在这儿能见到你。

欧内斯特·海明威

致阿尔弗雷德·赖斯

瞭望山庄，哈瓦那

1953年4月26—27日

亲爱的阿尔弗雷德先生：

你在4月23日邮寄的信与存款单，我收到了。我也付了你2500美元的支票，以及10%的服务费。

我很抱歉，因为你觉得我没有为你忠实、有效、勤奋地工作，但是请考虑下我这些不良行为发生的环境。

我收到了3份合同，每份有14页需要去阅读、对比、

签名。由于误寄到旧金山、加利福尼亚，它们来迟了。你写的地址是对的，但是你的信已经好几次被误寄，原因是古巴没有在地址上被强调。我首先要做的是没有怨恨地加以纠正，并清楚地和你解释以避免它的再次发生。

然后我必须要读这些合同，这些合同会让任何一个不是律师、不熟悉图片处理和融资的人感到头疼。这些合同没有任何解释就到了我这边，所以我必须也只能自己来搞定它们。

我先要核对那些我负责履行的特定部分内容。我发现这方面你巧妙地、很好地保护了我的利益，合同里面明确说明了哪些部分达成一致。合同其他部分的一些章节很粗糙，不能理解，想请你向我解释任何看起来像个小丑的东西，以防这仅仅是一个合法的空话问题。

当我必须快速地、匆忙地做一些事，并没有一个秘书时，我感觉受到了打击，不过我生命中大部分的日子里都在遭受打击。我唯一没有受到打击的是当我走在海边和玛丽感觉高兴的时候。

我很抱歉，我做出了让步，付了你的现金，所以现在所有的协议将被停止。我知道如果我态度不够坚决的话，那这些事情就会永远拖着。你现在是在做一件很重要的事情，为了这个事情你需要做很多准备工

作。目前根据我的判断，你的工作已经可以堪称模范。阿尔弗雷德先生，你应该不希望我写出那些作品中的一个，“独自在纽约，被敌人法律效力的优势兵力包围，在所有其他律师都死了或不受尊敬后，他指挥他的团队，独自与一个临时秘书辩护”。

如果我们描绘了一幅宏伟画面，从现在起我们在一场大的战争中，可以造成一场可怕的杀戮。但是不会有更伟大的画面或者任何事了，除了斯宾塞·特雷西，大部分时候我身兼要职。他知道的，我也知道。每个人都必须拼命地工作，我欣赏你做的一切，但是在一场战争中我更希望如此。

船上有我们所有的水和食物，我们准备今晚午夜推船。我收到了一封信，得知利兰·海沃德和他的妻子斯利姆可能在下个星期一到来，所以中午我会打电话联系他们，但是没有地方来安顿。

在研究这画前，我需要努力训练，确保身体健康地去非洲，然后努力写我必须写的。上次训练很快就有了成效，我列了计划表，多练习，少喝酒，不在无用的人身上浪费时间。阿尔弗雷德，很难估算出版《老人与海》对我工作和休息时间造成的破坏。过去我能走进佛罗里达的角落，喝杯冰鸡尾酒，读份报纸。而现在我在那儿待不到3分钟，一些绝对真诚的浑蛋就

会来到身旁，问是否愿意和他、他的妻子喝一杯，并且他们已经等了5天，每天都在等你来，我还得非常有礼貌地回应。可能大半个美国人都读过这本小说，但是永远不要认为它会使那些害羞的人感兴趣。

自从他们开始写这些骗人的书和杂志后，来自各个地方的变态人都会打扰我。他们看到我和他们同样的问题，他们就会到我这里来，因为他们认为我一定知道那个秘密，而且他们不会注意门上的标志，如果门没有锁，他们会走进房间，直到中午。但是对于不离开房间的人，我必须重重打击两次。尽管我不能把他们全部赶出去，或者在外面打他们。

我保持礼貌，礼貌，再礼貌，如果他们还不走，我就会不搭理他们。但是他们破坏了所有的东西，玛丽小姐来了叫我不要理他们。我告诉她，她无法想象那看起来像什么。

罗伯特·赫雷拉不能再在佛罗里达战斗6个月了，因为第一区法官警告他无论如何他都会有麻烦。佛罗里达没有保镖，没有可以保护的人，我们继承了所有的麻烦。由于这是一个空调房，只有两扇慢开的门，代替自动旋转门出口，这是一个非常差的地方。烟行柜台对面有个窗户，任何外面的人都能看到谁在里面，找麻烦的人或者打你的人，一旦他们进来了，这是你

自己的责任，看着他们走出去。每次有人读报或者听广播得知我赚了些钱，一些室外歹徒就试着勒索我。有时这不太可笑，但是我试着保持幽默或者向上举着枪等候，靠近，有两次事情变得有点棘手。

现在的交火已经暂时平息了，我说："非常感谢，阿尔弗雷德，你这边现在肯定非常艰难。现在这是我为了打破反攻而想要去做的。"

他们已经装上了一部新电话，能真切地听到人们说的，不必要喊。斯利姆的声音听起来非常好。他可能逗留几天，我们今天午夜或者稍迟点起航。

阿尔弗雷德，在信中我已经告诉你不要着急，因为我也在赶时间，周日早上我会告诉你一些其他的事情，我真希望这些没有再次伤害你。

附件是我和查尔斯·芬顿的最后一封信，请给他大学的地址写信："我的客户，欧内斯特·海明威先生请我写信给你，为确认为什么他还没有收到1953年2月18日给你的挂号信的回复。近期，因为海明威先生在旅行中，希望您能通过我寄所有给他的信，等等。"

请你寄挂号信，如果一周后都没有答复你的话，请你寄一封挂号信到耶鲁大学，并问是否转给芬顿先生了。

芬顿这个人，我和你说过，通过用真名给实际的

人命名，他使我不能安心写小说，通过说某某是那个真实的人，使我受到无数人的诽谤。他也干涉我的隐私到难以置信的程度。我不知道在类似《为什么》和《盛会》的文章里，有多少出自他或者他的同事菲利普·扬的胡扯。

我这里有我们所有人的信件，包括很多芬顿在大学时期很不受欢迎的信件。他是希尔学校一位校长的儿子，他正在英国皇家空军服役，还出版过一本不太成功的小说，并在耶鲁大学教创意写作课程。作为一名不成功的作家，他非常讨厌小说，还希望不断用事实混淆它。

他的信有一些非常接近垃圾邮件，而且大多数是令人讨厌的。我在数月前警告他停止和终止这样的举动，但他还是继续这样，并且你也看到了，他一直到4月26日都还没有回复我2月18日的挂号信。

他笔下一个典型的句子是关于我写的一篇小偷的文章，就是这类事，“没有实际证据证明海明威在任何时候是一个小偷，但是……”这是我从伊顿部门的商店和一个侦探那里得到的内幕消息，那是他的风格。

我能够证明我很容易和一些复杂的人打交道，就像我在堪萨斯州当记者时，但是那时候作为一个记者，我监视警察是必要的，而且作为一个作家，如果你不

懂那些人，你如何能写出他们来呢？

我知道所有这些他不知道的事情，例如在杀手中谁是战士，为什么被杀，我知道很多没有限制的东西。我正在写一个关于密歇根的精彩故事，在那里我陷入不利但有趣的麻烦中。这个芬顿搬到了密歇根，并开始指指点点了。

在我这个故事里面，大多数人都是现实存在的，不过我写得非常小心，不会让任何人辨认出来。芬顿来了，他开始研究那些人里面哪些是我在密歇根认识的。这让我很担心，更让我推迟了这个故事。虽然这个故事棒极了。我希望在他身上、前面、后面都堆满了路障。

周一上午6点30分，从南方刮来了一阵猛烈的大风，滂沱大雨伴随着大风来了，然后暴风雨进入西北部，以每小时60英里的速度前进着。由于必须得到三个锚，我的旅程被推迟了24小时。

考虑到芬顿的活动，请拦截任何寄往耶鲁大学的信，直到我这次旅游回来，你应该记得联邦联盟那个老裁定案，没有清白你就不能进入一个平等法庭。无论如何，我希望他担心，摇摆不定，我希望他的出版商因担心而不会碰他的书。我认为他不是一个阴森的家伙，但是他几乎进入了狂热的精神病状态。我有个

主意，他有一次写我一些事时，在英国皇家空军惹了麻烦，我觉得必须要调查一下。

在阻止这类刊物时，我相信谁糊弄谁是个大问题。而且大部分问题没有调查，因为调查它们所需的花费是很贵的。我相信你能够威胁到禁止令或者隐私权侵犯，但这只能是后来的事情。现在最重要的是请求他回复挂号信，因为仅看到一封合法的信就能吓到大部分的人。

现在天气仍然很恶劣，外面的狂风以每小时超过80英里的速度刮着。古巴一个叫作“捷豹”的最好、最大的游艇丢失了。港口虽然被破坏了很多，但是我们还好。

玛丽把她最好的一切给了我。上周当我寄出合同的时候，新斯凯也在这儿，他的身体非常健康。罗伯特在西尔斯有一份照相部门经理的工作。他的薪水虽然不多，但是能够得到毛利润的10%，他一直在忙于工作。

因为昨晚天气十分不好，我就休息了一晚，虽然不是在海边，但还是带来了我们非常需要的雨水。

看现在的情形，我们希望6月底到达欧洲。您能告知我在哪天税钱必须付掉以及其金额是多少吗？

非常感谢！

欧内斯特·海明威

致华莱士·迈耶

海上

1953年5月6日

亲爱的华莱士：

5月4日，我们听到电台广播，报道《老人与海》与《野餐》及阿奇的诗集获得了普利策奖，希望这是斯克里布纳出版社和这本书的好运。

玛丽对此感到非常高兴，我也很高兴，虽然在《永别了，武器》和《丧钟为谁而鸣》之后，我并没有很在意这些了。是不是那一年（1941年）他们拒绝给予奖金？关于这件事，我记得麦克斯韦尔·潘金斯给我写了封信，是关于《永别了，武器》还有一些其他的恶作剧，但我忘了是什么事情。无论如何我都希望有人查出来和这事有关的眉目。

请相信我的老友利奥波第那，她最喜欢的书是所谓的海明威创作的许多短篇小说。她与我的其他朋友一起我祝贺。利奥波第那可能以为是诺贝尔奖，她们正在期待着我回来请客。

如果有人担心这些，我会说出辛克莱·刘易斯的作秀，不接受获奖（不要说这是我说的，也不要提刘易斯），你可以说明当公布《老人与海》获得普利策

奖时，海明威与他的妻子正出海去了，船上没有无线电话。他非常感谢委员会的信任。

在这里有许多许多的事情需要我来做，今天下午由司机居安把这封信寄给你，他下午3点会带泰勒·威廉姆斯去穆拉托渔港。我们会在本周末或下周初返回种植园。

永远的祝福。

欧内斯特·海明威

致帕特里克·海明威

潘普洛纳

1953年7月11日

亲爱的毛斯：

非常感谢你的来信，谢谢你告知我怎样能到达你的农场。我们会在8月27日到达蒙巴萨市，然后前往马查科斯。9月下旬前，我们应该不会打扰你。

在这里我享受了一段美好的旅程，获得了一些现代斗牛士的演变与衰落的资料，我将把这些资料整理到《午后之死》的附录里。

非常爱你和亨丽，祝你们一切都好。

欧内斯特·海明威

致伯纳德·贝伦森

海上
1953年8月11日

亲爱的伯纳德：

随着法国的大罢工，所有的一切似乎变了，上帝知道什么能够成为我们的信件。我原本以为我们会是一对情侣。但是在我离开古巴以后，我就再也没收到你的来信了。

当我发现一个美国公民不需要签证就可以到西班牙时，我告诉玛丽，想让她过来参观一些景点。这里的人看起来相当傲慢，但又为有人有勇气来而感到高兴。时间很短，他们并不能伤害到从未到过那里的玛丽，而至于对我的攻击那是后来的事了。

我们住在佛罗里达州的酒店，在围攻城镇时，我曾和玛丽一起在那儿住过，那儿没有鬼。在那里我们拍了许多照片。在适当的时候应该有人记录下这里的一切。现在我的生活里又多了一些好照片，尽管不是真正的礼物，但把它们给玛丽还是一件非常快乐的事，因为这样她就可以免费地逛遍整个西班牙。她喜欢图片和斗牛。我认为女性都不太勇敢，她们缺乏想象力，如果遭遇任何攻击，她们会认为自己是第一个遭遇此事

的人。有时很难信任一个从未生过孩子、正值生育年龄的女人，如同说信任银行家或高价位外科医生。我认为妓女在许多方面会表现得更好，也许她们会在情感和金钱上更值得信赖。可能你比我要更了解妇女一些，所以你更应该好好地对待她们。

今天下午，我们将离开塞得港口，这里是十字军东征的悲惨通道。昨天忽然从山上刮来大北风，一直到我们来到克里特岛避风才停下，轮船现在是顺浪而行。今天的天气晴朗，但是有一些寒风，还有非常友好的兄弟，这些就是我今天的生活。

祝好。

亲爱的

欧内斯特·海明威

致伯纳德·贝伦森

坦噶尼喀湖边

1953年9月15日

亲爱的伯纳德：

你一切都好吧？自从上次收到你的来信，已经有很长一段时间了。

这是一段非常好的旅程，我们在帮马塞族人捕杀牛

和狮子。马塞族人有着大量的牛，而狮子极可能猎杀一些牛。最富有的人往往非常吝啬，我们只能杀死他们想要杀死的十分之一数量的牛。昨天我们和很多马塞族人的长枪兵一起奔跑。当我射杀狮子时，他们突然陷入癫痫般的疯狂状态，但如果没看他们，他们就安静下来。

玛丽非常好，她费了很大力气找到了一个乡村。因为已经两年没有下雨了，乡村现在是沙漠中仅有的绿洲。马塞族人雇用从坦噶尼喀湖附近来的当地人，让他们在干河床上挖了一口极深的水井。一头牛的价格使他们获得了一口水井，这口井可供500头牛饮水。

我们每天凌晨5点起床，然后在清晨的光线下狩猎。这里的鸟儿非常漂亮，除了我们可以食用的动物之外，我每天看到最多的就是大象和犀牛了。

请来信让我知道你一切都好。

欧内斯特·海明威

致哈维·布赖特

希莫尼

1954年2月4日

亲爱的哈维：

我的右手臂和头部之间的协调状态好一些了，现

在已经可以用手写字了。如果我有事做错了，请原谅我。我给在威尼斯的艾德里安娜写了一封充满爱意的信，但在邮寄前我读信的时候发现有一半内容是用卡姆巴语写的。

第二次爆炸的情况有点严重。我们总是说“你永远打不败我，你这个王八蛋”，但我肾脏破裂，或者只有一个肝，每晚脾、脑积水渗出，浸泡枕头，烧成秃顶等，我不得不在火上做两口深呼吸。总之，我的状态一直不是很好。

玛丽小姐真的很好，虽然有时稍微有点神经错乱，但是她又相当勇敢和可爱。

哈维，做个好孩子，有时间的时候我会过去看你的。感谢你帮了我一个大忙，如果不是太麻烦的话，还需请你致电玛丽小姐，送去我的问候。

欧内斯特·海明威

致艾德里安娜·艾文奇

威尼斯

1954年5月9日

最亲爱的艾德里安娜：

昨晚我给你写了一封信，但是我仅读了一遍后就

把它撕碎了。现在已经深更半夜，它也毫无价值了。

在昨天的旅程中，我能够看到可爱的绿色山谷和不远处的雪山。然后我们翻山越岭，穿越隧道，之后抵达了威尼斯。这段旅程真的很不错。

4点钟左右天渐渐地亮了，春天已在悄悄地来了。

孩子，你知道我多么想念你，离开你就像断了手指一样痛。谢谢你对我这么好，关心我。

对于我们共同的经历我很看重，但是目前除了生计，你只做了一件有意义的事。

你读过亨利·詹姆斯的著作吗？他是一位伟大的美国作家，曾来到威尼斯，看着窗外，抽着雪茄沉思着。

英格丽·伯格曼同样美丽动人，甜美善良，她后来嫁给了罗伯托·罗塞里尼。这不是嫉妒，还好他尽可能地对孩子们做出了相应的一些补偿。

孩子，我爱你，你不知道我有多么想念你！你知道我们相处的是相当不错的，也许没有这些不愉快的事情发生，我们也绝不会发生争吵。

请代我向多拉小姐[1]问好。我非常高兴能成为你的家人。希望我没有给你们带来太多的累赘。

今天，我会全力陪伴霍奇。我将会一直爱你到永

[1] 艾德里安娜的母亲。

远、永远……太阳已经升起来了，今天是一个非常好的艳阳天。

孩子，我爱你。

欧内斯特·海明威

致阿尔弗雷德·赖斯

瞭望山庄，哈瓦那
1954年7月12日

尊敬的阿尔弗雷德：

关于1953年的收入，你可以从斯克里布纳出版社1953年支付给我的费用和售书所得的费用中扣除。

《老人与海》的电影版权，你已经记录下来了，还有分配和利润所得的一些收益，你可以从纽约信用担保公司获得。我还直接从华纳公司得到了400美元。

国外的收益、收音机、电视、其他版权，这些你也有记录，你可以直接从《时尚先生》杂志获得支付。

1953年6月或7月，《观察》杂志支付15000美元，1954年1月支付另外10000美元。

玛丽从《时尚》杂志获得270美元，从伦敦《当代妇女》获得90美元，并从国际纤维棉中获得150美元红利。她从《观察》杂志所得的钱于1954年支付。

我认为应该没有任何的代言费。虽然我曾代言过派克钢笔和百龄坛啤酒，但这是数年前的事情了。

1953年包机的所有费用对于探险是绝对必要的。大多数旅行队使用飞机比我们使用得广泛许多。我们从1953年8月22日到12月31日进行远征旅行。后来，菲利普·帕西瓦尔加入我们的旅行。我支付了汽油费用、雇车费，并为购买全部装备支付费用。我能够向你保证，我们的旅行费用比任何其他相同时间的旅行花费更少、更合理。

我希望你会向国内税收人支出一些钱，因为这是有必要的，当然他们知道这点。但是，让他们计算我最后一次到非洲所创造的应纳税的所得量是非常有趣的。制作了《乞力马扎罗山下》，这是盈利颇丰的影片之一。我相信，我本人支付了125000美元产生的税金，我不知道20世纪福克斯公司就此项支付的税费数目。此次去非洲我也有所收获，即写作了《非洲的青山》和《弗朗西斯·麦康伯短促的幸福生活》，这些小说改编成影片后为政府创造了大量的收益。我最后一次到非洲，也一定为国内税收创造了一定数目，但我并不清楚计算方法。

请问您是否愿意说明一下购得此类材料是极其昂贵和极其危险的事情？如果我没有乘坐过飞机，并险

些因此丧生的话，我不会创作出《乞力马扎罗山下》这本书的。而且此次行程中我为其创造的金钱数目，也完全取决于我能否达到的最佳的身体状况和不担心税金而安枕无忧进行伏案写作。

他们不会让作家费尽心思取得的其他人无法得到的材料而使其贬值，这些材料都会得到回报的，因为它有着其他人的材料无法达到的效果。这次我手里有一些非常精彩的材料可供写作，但是当我准备写作的时候，又在到处搜寻收据和这些互通的书信。

关于制作《老人与海》影片时所进行的现场研究工作的开支：这些所有开支均合法。我还有比这项开支更多的一些其他开支，但我正努力工作而且只专注于我的工作，就没有考虑会计核算的一些事宜。自从我大量使用现金以来，我所需要确认的只是我的开支时间。你无法沿着古巴海岸开支票，而远在非洲也无法得到支票，因为那儿的人不用钞票。他们想要的是硬性货币，并会用铁盒盛着。杀死狮子后，偿付工作最努力的猎人时，他们会像刺其他东西一样刺杀你，自己却在刺荆林中打滚，喝着自己酿造的饮料嘴边泛着泡沫，向你炫耀他的英勇，而不是获得收据。酋长不识字，也许你会试着让他们按手印，但是我自己总会有些不耐烦，没法获得需要的设备。迄今为止，许多时候我都抱着钱去睡觉，并

明白在这儿不会有任何费用。

阿尔弗雷德，在我们的飞机被撞毁前，那是非常艰难的一段时间。但是因为我拥有一座钻石矿，如果我们留在此处，我能够从深海泥中挖出石头，然后进行切割并打磨。如果可以这么做，那我能够赚更多的钱，比能获得折扣的任何得克萨斯州的石油工人还要赚得多。但是，我也曾遭遇比任何情况都更糟糕的处境，但我都未放弃。其实，我本来就应该是为了美好生活去踏实工作，而不是为其他任何事情而担忧。

如果我忘记了一些收入，我发现后会计入其中，请你核对我说明的所有收入来源。很抱歉需要你检查电报，但这是一种很节约的方式，我们曾试图尽快为你收集资料以此作为对你的一些补偿。因为我不太熟悉新的税收法，所以玛丽罗列出了各种事项，我把这些提供给你，以期确定是否可减免税收。

1953年，发生了许多大事。我认为玛丽的估算不会超过准确值，但关于这些你比我了解得多。我知道你做大生意时会花大量钱，对在做大生意方面而言，这个地方和纽约的办事处一样重要。如果你认为这是与城镇联系的唯一途径，可以雇佣司机居安，他每月工资最多不会超过50美元。我可能有所有工作人员的工资单，其中包括必须要报税的项目。但我以自己不

索赔的方式支付，例如有无法解决的问题时的医生账单、医院费用，为其建房的花费、贷款等。

祝贵夫人和菲利普身体健康，也祝你事事顺利。

真诚的

欧内斯特·海明威

致伯纳德·贝伦森

瞭望山庄，哈瓦那

1954年9月24日

亲爱的伯纳德：

收到你的来信真高兴，我知道你一切都好。你说得太对了，我们永远都不可能在任何时候如愿以偿。很长一段时间之后，当我们重新回忆这段日子的时候，我们或许会觉得真的成功了。尽管有时候我必须从别人那儿剽窃，我想也没有人会知道这件事，但实际上我从来没有这样做过，因为我自己创作的东西才会令我开心。一个人总是对他最后写的东西有幻觉，所以我对《老人与海》这本书非常有信心。我每天的写作都会有一些令我感到惊喜的事情，我还希望第二天我就能创作出我前一天真实经历的许多事情。我写完之后还会阅读和修改三四遍。因为我觉得其中肯定会有

一些错误，当我每次读自己写的作品时，我就像读者一样，会产生许多真实的感受，而并不是像作者的感觉。我读自己作品的时候是充满感情的，我知道你一定会相信这不是一种敬仰的情感，因为我确实做到了这些，我在阅读时我的思想仿佛和书本完全剥离了，就像是在阅读一个去世多年的作家的作品一样。

我们已经到了说真话的年纪，我告诉你这些是出于自己的好奇心。我创作的其他作品里的一切东西，像《丧钟为谁而鸣》里的帕布罗和皮拉，还有他们摆脱村子里的法西斯的经历，我有机会阅读了一遍，完全被震撼了，不敢相信这竟是自己写的。你知道这部小说吧，或许说是散文比较合适，这可能是我在写作中最粗糙的交易。我只有空白的纸和一支笔，还有必须要真实创作事件的责任感。我必须写出那些并不明显的东西，并且让他们可以完全被感知，只有这样创作出来的东西对于读者才是阅读体验的一部分。显然，这是不可能的。这就是为什么当我能够做这件事的时候，会认为是如此有价值。但是，如果受雇或者签合同的人来做这件事，就不可能会有这样的感受了。

伯纳德，我觉得我们不能悲观地去看待自己的所知所做，我们应该因我们的所做而获得奖赏。我应该很骄傲的，这只是低调的陈述。很多东西是难以得到

的，山峰已经被爬遍了，一些非洲那样的老地方和值得游历的国家也已经走遍了。许多人在传教士或者詹姆士·戈登·班纳特资助这些地方之前，就已经见过所有的东西了。

宣传、赞誉、谄媚，都没有什么特别的价值。如果一个人只关注这些的话，是极其有害的。请原谅我，假设我们是同龄人，但是我已经经历过了这些重要机构的毁灭，而通常人要花很长时间才能达到这种境界，也请你要原谅随着毁灭而来的粗俗，因为我们的生活期望或多或少有一些是一样的。

现在我已经完成了我应该做的了，一切都在朝着好的方向前行。但就像动物容易受到天气的影响一样，我也会因为下雨、闷热这些天气的变化感到沮丧，因为脊椎骨有时候也是会感到有压力的。

这种恶劣的天气持续6周后，就能够迎来好的天气，这样的好天气带给自己非常想去写作的冲动而不是强迫着去写。我就是这样简单的作家，我在书中描写的气温和天气基本上是和室外一致的。今年夏天真的很热，但是我不希望给我的任何一个读者带来痛苦，所以我就一直在有空调的屋子里工作，然而事实证明这是一个错误的工作方式，因为这就像是在压抑的机舱里写作。你是写完了，但你的作品就像在温室里完

成的一样。很可能我会把所有写的都扔了，但是也可能在早晨当一切都恢复了生机，我会将这个庄园里清新的空气、早晨鸟儿的鸣叫和所有可爱的事物都融入我已经完成的写作中去。可是伯纳德·贝伦森，这里不像非洲，因为没有青春，没有所爱的人，没有早晨醒来不知道今天会发生什么，这里非常无聊，有时候你在乎的人的偶尔拜访却能让你振奋。我想你现在应该过得很幸福吧，而且你总是过得比我好一些，因为你的书比我多一些。非常感谢上帝赐予我们书籍，我希望我们能够多做些贡献，来帮助人们写出一些有价值的作品。玛丽本来要向你问好的，可她现在正在晒太阳。我没有问她就代她向你问好，应该没事。

这封信是我口述给一个新秘书，请她代写的，所以你读信的时候得认真点，要改正一下她的一些错误。

欧内斯特·海明威

致乔治·M.阿伯特

瞭望山庄，哈瓦那

1954年11月30日

亲爱的阿伯特先生：

非常感谢您的来信，这个是我一直在等待的答复。

我相信大使先生会在宴会上看到这个代表我个人利益的声明。这个声明随这封信一起寄给您，我希望会达到效果。它的篇幅有些类似于演讲稿，但这也许是一个优点。

今天下午大使馆的公共事务官员剪辑了这个声明的一个片段，预计明天会提交给您，适当的时候会转交给瑞典播音电台。瑞典荣誉总领事馆已经给瑞典播音电台录制了一个广播节目，相信这个视频几天前已经发走了。

请允许我把最诚意的祝福带给大使先生，如果他还没离开的话，请您转告他：我很抱歉，因为我的那个声明让他产生了许多压力，我会尽可能地减少一些篇幅。

我很怀念我们在马赛的那场会晤，我也希望您能够在斯德哥尔摩过得愉快。我很遗憾，没有在斯德哥尔摩见到您，希望我的医生能够允许我的斯德哥尔摩之旅，希望下一次我就会在那儿遇到您。

如果涉及演讲方式的计划有任何改变，希望您能检查一下，并加上适合的致敬语，谢谢。

您忠诚的朋友

欧内斯特·海明威

致多尔曼·高恩

瞭望山庄，哈瓦那

1954年12月23日

亲爱的高恩：

很抱歉我一直没有给你写信。最近因为工作缠身，每天写新闻、拍摄照片，而且你知道我对工作的痴狂。我近来一直在构思一本书，内容是有些类似于婚外恋之类的书。

我不知道所有的事情由于你而告终，那会有多么糟糕。这真是让人震惊，也令人懊恼。你对这总是报以玩笑，我不知道这样会走火入魔。

希望这个“劳瑞·索伦”的角色不会让你感到龌龊，我自己的经历就是那样，而你曾经跟我说过那是一个错误。随信寄去一本复件，其内容在斯德哥尔摩的时候已经定论了，谈论那些事情可能是个错误，但不管怎样我尽量简单地说。希望你会从中明白一些事情，尽管只有你和我知道。

高恩将军，请你记住，你在我这儿随时随地都是非常受欢迎的，只要你愿意，你在我这儿待多久都没关系，而且我会处理好你的行程安排以及其他的相关费用。我很想来看你，想要待在你的身旁，但是此刻

我哪儿也去不了，我得把这本书写完。

今年真是个纷繁忙乱的一年。你知道我们从没有谈论过战争受害者的问题，我也不会刻意地去争取那些类似垃圾的东西，除非我要照顾玛丽的生活，而且我必须要生存下去，因为这是一种被曲解的责任。我会等玛丽出来，而她也会见到我。有些时候，我已经厌倦了疼痛，有时甚至觉得那是一种卑微的感觉。

你知道，我曾经一直是可以带来快乐的人，而现在这枚瑞典勋章，既没有带给我愉悦也没让我感到高兴。它只是一种用来缴税的财物而已，或者类似于以某种证书的形式侵占了一个人的私人空间。昨天我去海边了，暂时远离了电话的打扰，抓捕了几条鱼和几只海龟，正准备将它们切开，清洗干净，并包裹起来进行冷冻的时候，巴斯克政府代理官员打电话来了，而且葡萄牙总领事馆、中国领事馆也打电话来了。

水和电的供应都已经切断了，不过我可以用手去摇晃一下它们解解闷，有只海龟的脚被弄破了。愿上帝带给我们一些好运气。

最好不要认为我会和当地的反对派抗争，虽然我不喜欢苏格兰人的方式，但是我既不能前行也不能后退，当然我也不喜欢处于这种两难的境地。

我猜你所说的战争类型不是以执行非正规军以前

遭受失败的作战规则为根基的，也不是在一堆杂乱无章的事情里思考问题。

那一定很好笑，在地狱里安静地坐在一个冰冷的煤渣路上，听着悠扬的萨克斯。

我很高兴，你也去看默奇森的瀑布了，我相信你的这段旅途会很甜蜜，你那天晚上应该就到那儿了。我相信再见面的时候我会有很多好玩的事情告诉你。我不知道别人会怎样，但是我见到你一定会欢呼的，如果你来不了这儿的话，我就要去爱尔兰了。

请尽力原谅这样一封有些愚蠢的信件吧，我们是经过了一个猛烈的西北风回到家的，有5个半小时的时间我在掌舵，守候在“飞越桥梁”号，尽力地展示我自己。我过去曾经在“飞越桥梁”号上掌舵15个小时，但现在身体有些受不了。在横穿圣伯纳德山隘狭长地带时，那种卑微的感觉甚至超越了心中的烦恼，那是真的，行驶到意大利海岸的时候我感到很高兴，在到达米兰口岸时也有许多高兴的事情。

高恩将军，你还记得我们的豪饮吗？在巴黎的那个锯板厂，我们都是很高兴的。巴黎是个令人非常愉快的城市，我们还有许许多多快乐的事情，我知道我肯定会从这种毫无价值的方式中摆脱出来，因为我发现这会浪费我很多时间去理清头绪。

身不由己真是一件令人痛苦的事情。不要忘记我们也许会英年早逝，也不会名留青史。我们面对太多的逢迎，你有聪明的头脑和一名战士的荣誉，却总在自己的军队里受到质疑，我永远想不到一个头脑聪明的战士会有一个不好的结局。

如果你是一个作家的话，你一定会觉得这太糟糕了，因为我总是会怀疑这些，但我绝不是个胆小鬼，那只能表明我是一个有勇无谋或者感情麻木的人。

我们会在日常生活中遇到许多痛苦的事情，而这些事情恰恰是我们不得不承担的。我们俩会在明年对这个问题再讨论的，也会彼此珍惜见面的机会。

愿你及家人圣诞节愉快，玛丽让我替她问候你们。

高恩将军，祝你好运。

欧内斯特·海明威

致菲利普·帕西瓦尔

瞭望山庄，哈瓦那

1955年9月4日

亲爱的菲利普：

谢谢你的来信以及你对孩子们的问候。帕特里克写信告诉我他工作的事情了，他准备和一个叫罗素·道

格拉斯的猎人开始一个为期42天的狩猎旅行。他们已经狩猎两个星期了，目前一切很顺利，到现在还没遇到什么大的麻烦事。他也告诉我有关汉妮工作的一些事情，她的这个工作挺好的，她是不想一个人待在约翰的小店里的，她永远不能经营一个店铺或一个农场，因为她更适合忙忙碌碌的生活。

帕特里克写信给格里高利说他表现得很好，非洲大陆让他的视野变得很开阔。

我的担心没有太大的意义，因为鞭长莫及。你如果有时间，非常感谢能透露些消息给我。

我们正在进行《老人与海》中捕鱼方面的实景拍摄，第一天捕到了四百多条金枪鱼，昨天的命中率比较高。我们今天凌晨4点就起床了，一直捕鱼到天黑。昨天，我们在浮桥上驾驶了7小时，但之前每天要驾驶10小时。就像故事中描述的一样，有4条帆船，由两个动力船进行控制，我们与摄像机靠得很近，这样方便拍摄捕鱼的场景。每条船上有一个大型的宽屏幕式摄像机，还有一个用于拍摄格斗场景的摄像机。这些摄像机从齐肩的高度拍摄，转换速度很快，而且拍摄精确。我们回程的时候，升起了船帆，两条船同时捕鱼，大伙一块儿唱起欢乐的歌，奋力将鱼叉投射出去。中午的时候，玛丽拿出准备好的热饭菜，

小船上的饭菜是为捕鱼人准备的，而大砂锅里的饭菜是专门为摄影船上的人准备的。我们给他们准备的伙食相当丰盛，有火烤龙虾、烧鸡及烤牛排、黑豆、米饭，还有沙拉、木瓜和橘子，等等。我们在科希玛渔港的餐馆里就已经准备好了这些食物，另外，我们还准备了冰块，这能让大伙保持兴奋并感到高兴。

我今天掌舵并在船上守夜，一直航行到距离家有大约18海里的时候，我才从座椅上下来放声歌唱。玛丽很喜欢这个场景，她说这很像在海洋上的假日旅行，她很自豪在自己的船上进行这样的旅行，也很高兴受到大家的欢迎。看到一个女孩每天都会给他们准备热饭菜，队员们的士气很受鼓舞。小船上有14名摄影师和8名捕鱼人，格雷格里奥、我的副手、我、玛丽、恩里克（马依托的表弟）以及他的副手和徒弟都在第二条船上，这真是一个小规模的假日旅行。我们有一名随船的医生，同时为大家调酒。迄今为止，大家都感到很快乐，对这次旅行也很着迷，我们的准备工作做得很充分。大伙都说着西班牙语，气氛很融洽。但是只有3天的宝贵时间，还有12个预定地点要去。虽然水流很湍急，但在月亏即将发生的时候，我们的捕鱼效果应该会更好一些。如果我们在这儿不能捕到足够大的鱼，那就得去秘鲁的卡沃布兰科，在那里随便

就能捕到1000磅以上的鱼。但是这里的鱼生长速度快，行动迟缓，体形超大，它们大部分都以乌贼为食，而乌贼的体重就有40磅。如果我们有幸能捕到几条巨型的嗜血的鱼，那它以后一定会成为我们谈论的焦点。

今天是星期天，所以我有时间给你写信。谢谢你告诉我关于孩子们的事情。帕特里克的信写得很好，但是他很少写信，即使有任何的麻烦他也不写信，格里高利也是这样，所以我很担心会一直收不到他们的信。我们每个人都希望有马依托的消息，我还见过他的大儿子，他说马依托一切都挺好，他待的那个地方牛群肥壮，草料充足，他们预计1月可以往市场销售200头生猪，糖厂和水稻的收获都很好，另外马依托还可以待在户外打猎，做一些自己想做的事情。他的孩子越来越聪明可爱了。如果马依托稍有停歇，也许格里高利会继续，上礼拜人们都回来的时候，格里高利却不得不停下来。

我们现在每天都捕鱼10至12小时，这样也不错，就是天气有些恶劣。还有5天多又是礼拜六了，我必须要写几封商业信函了。两台摄影机今天需要休整一下。

玛丽让我代她问候你及你的家人。

欧内斯特·海明威

致伯纳德·贝伦森

瞭望山庄，哈瓦那

1955年9月18日

亲爱的伯纳德·贝伦森：

在你90岁生日来临之际，我给你写了两封信，一封是在天刚亮的时候写的，另一封是在中午写的。但是都写得不是很好，所以我没有寄出去。我心里感到有些不舒服，还有些嫉妒，你经历了那么长的人生岁月，而且你还有机会做好自己的事情。虽然我们都有机会做好自己的事情，但很少有人能够在活到一把年纪的时候，还能头脑聪明地做一些自己喜欢做的事情。这两封信对某些人而言是真情流露，可能你永远也不会觉察到。不过它真的是感恩的信，非常感谢你，我提前祝你生日快乐。

现在让我们欢呼一下，我们都还没有老态龙钟呢！不久前的一天，我发现自己获了一个很不错的奖。有些人会说：请记住，拿诺贝尔奖你也有权利。说句心里话，我可能真的忘记自己拿过诺贝尔奖，那只是个象征而已。

如果你愿意读我的书，会感到我写的篇幅比较长，而且很认真，这对我也很有帮助，我不喜欢用打字机，

我更不想用那个旧的打字机。那本书有594页，加了防尘的封面，不幸的是有些页要被撕掉。

你觉得我给晚间邮报写的那个剧本怎么样？他们请我来写个剧本，我在你编的那个书目提要里看到过类似的。可关键是我的时间不够用，现在没有时间写，虽然写那些东西是件很愉快的事情，但还是会耗费我很多精力，所以我宁愿给你写信。

除了那本书之外，我一般只给我的孩子们还有在威尼托及非洲的朋友写信。我的两个孩子现在都很好，其中一个是优秀的画师——帕特里克，他正在学习做一个猎手，到9月15日他已经在狩猎旅行队伍中度过了42天的实习生活。他已经可以自己狩猎了，是和一个象牙狩猎者在一起，那个人叫玛姆，他们的行动很出色。我在这个月买了帕特里克的很多作品，因为他刚好在举办一个画展。

我希望帕特里克可以见到你，他有点像天使，不过他不是桑德罗·波提切利画中的天使，更像是印第安北部夏利安人的天使，因为那里也有善良的天使。

再见，亲爱的朋友，我要去见卡朋特了。祝你在意大利度过一段快乐的时光，我也一样。

玛丽和我祝你们安好。

欧内斯特·海明威

致伯纳德·贝伦森

瞭望山庄，哈瓦那

1955年10月24日

亲爱的伯纳德·贝伦森：

听到你生病的消息后我们很难过，大家都希望你赶快好起来。

除了有一些字迹不清楚之外，我可以辨认出其余所有的文字。我现在也很少和其他人通信了，比如老埃兹拉·庞德，他现在的反应有些迟钝了，而且他极端的反犹太想法和孩子气有时会让我很反感，所以我不会再给他写信了。但是他绝不是一个无赖，他有时反而自负得像一个很优秀的诗人，现在他写给我的一些东西都是有些夸张的，全是一些晦涩难懂的文字，阅读起来很费劲。但是如果你的字迹也变得像猜密码一样难以辨认，那我会崩溃的。

从6点开始，我就一直在写作，现在天亮得有些晚，每天我都要抓紧时间工作。天气有些反常，不过对工作倒不影响，目前我在竭尽全力地投入写作，就像一个优秀的橄榄球学徒队员，我知道他们确实真的需要橄榄球队员，我会做得很好的，但一开始也许会像个板凳队员。在快要写完一本书的时候，我可能会表现

出大师的风范，但是不管怎么样，如果在一开始写作的时候就觉得自己是大师的话，可能最终会让人很反感。

我感到疲倦的时候，会稍微模仿一下福克纳的放松方法，这个动作有点像放松肌肉的手指运动，如果是不懂音乐的人，可能误认为我是在弹奏乐曲。

有时我想知道健全的音乐教育有什么优点，有什么缺点。对我而言，在我那音乐知识贫乏的头脑中，接受一些复调音乐的知识，类似于知道一些简单的几何知识。

我和玛丽都给你送上最美好的祝福，希望这个冬天会很好，虽然有可能会是个严冬。岁月的流逝总会让我们失去很多的朋友，这似乎有些伤感。不过当我们失去他们的时候，我们并没有浪费时间，我们也不是在混日子，我们只是不得不陪他们一起走过最后的人生岁月。

生活中充满了很多愉快的事情，所以我不会抱怨的。

欧内斯特·海明威

致哈维·布赖特

瞭望山庄，哈瓦那

1955年11月14日

亲爱的哈维：

请你告诉帕特女士，我现在只是在困境中前行，而不是失去了平易近人的品性。帕特女士是我最喜欢的一个朋友，请你代我告诉她，嫁给一个作家可能有些不好的方面，比如一个作家自己生活的话可能会很好，但是两个作家一块儿生活就是灾难了，要是三个作家生活在一起，那就是一场闹剧了。

福克纳先生把他的间谍小说《猎人故事》送给我了。这本书他不是专门给我看的，所以我也不用发表看法。但你如果遇到他了，请告诉他，我觉得那些故事写得很好，情节精致，如果他亲自参与狩猎，那故事还会写得更好。

我现在感觉很难和埃兹拉进行沟通，因为他改用了一种陌生的方言，虽然我可以用非洲方言把这种不熟悉的陌生方言讲得很好。但是埃兹拉如果想用英语、拉丁语、法语、西班牙语或意大利语给我写信的话，我就只能尽力理解他的意思了。我不会讲满语和广东话，也不会讲他们谈话时所用的四川方言，更加看不

懂那些文字，而且我的藏语水平也很一般，我只能简单地说一些，或者在关键时刻我也可以简单地用方言指挥一个小团队。但是埃兹拉能将这几种语言混为一体使用，我却无法做到这些。

对于布朗，我真的很遗憾。但是你也明白我为什么不给他写一些文章。不管怎样，创作其他角色使我的周末增添了不少色彩，虽然我一直工作得很辛苦，但是我也觉得很幸运。今天早晨6点，我打开收音机后听到了一个糟糕的新闻：伯尼·博托和罗伯特·舍伍德离开人世了。[1]我真是太难过了！好笑的是，我想起了前些时候关于博托[2]的事情，有个人写了一篇文章，他说人们的衣服款式让他感到非常不适，诸如蓝色的牛仔裤等。作为一个职业的西方专家和历史学家，他说自己从不存钱，因为他有可能会在午夜时刻，或者像在赛马场那样在即将被从马背上甩出的瞬间走出困境，那时他就可以买一件在冬天时穿的保暖外套了。他也从未遇到过这样的一个打击，不会因为看见道路上积满了齐腰深的雪，为了马能走过去而将跑道毁坏。他是一个精力旺盛的历史学家，也是一个很糟

---

[1] 伯尼·博托死于1955年11月13日，罗伯特·舍伍德死于1955年11月14日。

[2] 一个杰克教门徒。

糕的家伙，他不得好死。当我们在早晨的第一缕阳光中愉快地写作和轻松散步的时候，坐在安乐椅上的那个家伙就是他了。已故的伯尼·博托是个射击教员，可他从没有拿枪射击过，只是写了3本相当不错的书，还有6本都是胡说八道。

好吧，我们不需要过分热情，也没必要吹毛求疵，我坐在马桶上的时候写了两段简短的还算是正式的祈祷词，祝博托的灵魂安息，让任何想埋葬他的人把这个家伙给埋葬了吧。

哈维，最近我准备休假了，想和玛丽去看拳击赛。如果遇到好玩的事情我会写信给你，让你也知道。

带给你们最诚挚的爱。

欧内斯特·海明威

致阿尔弗雷德·赖斯

瞭望山庄，哈瓦那

1956年1月24日

亲爱的阿尔弗雷德：

我们因破产而被搞得焦头烂额的那件事，虽然到现在已经两年时间了，但是我总感觉如果不提破产那个事情的话，我也许能够清晰地回想起1953年上半年

的一些往事。

对我而言，这件事情发生的过程就是最美好的一些回忆。利兰·海沃德和他的妻子在1952年11月就来过了，他们是来处理一件事情的。在接下来的日子，我计划沿着古巴北部的马林钓鱼海岸，研究一下不同的渔民港口。

我之前调查过这些港口对渔民和船只是否适合，这里的人们真是非常适合成为新闻故事的素材。这唯一的港口不管怎么说都很合适，当然它们也有不利的地方，就当时条件而言，和哈瓦那相比，那里的通信很不方便。

我对这些港口都进行了检查，又对捕鱼情况和场所以及它们的优缺点进行对比后，发现如果科希玛没有被毁坏的话必然是一个拍摄影片的首选地，我早就计划要进行拍摄了，但是我考虑如果遇到了鲨鱼该怎么办，以及鲨鱼会出现在什么地方。我们去过一个叫“炼狱一角”的地方，那里以前有鲨鱼出没。但是现在它已经消失了，自从1952年异常的天气及不稳定的墨西哥湾洋流以来，鲨鱼问题就迎刃而解了。但是这依然是个问题，我也不懂得要不要反复考虑。

我对思彭斯·特雷西和海沃德期盼了好多次，可是他们一直没露面。特雷西曾到这里待了几天，我和

他还有海沃德，我们三人达成了一个简单的口头协议，并通过律师见证了这个协议，随后我们三人去科希玛看了一下周围环境，又聊了一些细节方面的问题，最后谈了一下整个影片的事情，我便知道我应该怎么做了。

去年三四月份，我沿着北部海岸一直到马林渔港西部的部分渔港进行了为期10天的徒步旅行，在那期间我的头脑里蹦出了一个拍摄影片的想法，准备再构思一下。我搁置了其他的事情，集中精力做好这件事。

我估计你还没和特雷西与海沃德的律师联系此事。我想把所有工作都告诉你，包括影片的计划、调研等，这件事情现在就是我每天的生活支柱。

我苦思冥想并考虑如何让穿越墨西哥湾洋流的小鸟停落在老人与海鱼格斗的渔船上，我们在一个乡村捕鸟专家的帮助下全力地工作，当鸟儿们飞过或停歇在草丛时，这个捕鸟专家可以轻易地捉住它们，然后把它们训练得很听话，让它们停落在事先沟通好的地方，不管室内还是室外。

剧本里有许多情节我必须认真研究一下，有的需要保留，有的要剔除出去。所以要到今年的10月份，海沃德才会物色到导演。今年9月份的时候，我会担任摄影师的角色，在那里我会指导渔民在恶劣的天气

条件下该做什么并如何驾驶好船只，以便达到良好的拍摄效果。

随信附上的是你要求的纳税事宜撤销与委托书。这些天来，我一直比往常早起几小时，医生对血样检测很满意，血细胞数量很多，多得不得了，他们认为这也许是我在非洲时练就的。这是我记忆中的第一次有这么多的血细胞数字，它们可能不是新增生的。玛丽的血细胞数量达到了100万，但她有半年的时间没有治病了。

我们俩都遇到这种事情一定是个天大的巧合，我注意到在非洲的时候，在高原地区自己感觉很好。无论如何，没有什么可担心的，现在我们准备做任何想做的事情。当这个影片拍摄完成的时候，我们会非常高兴，而且会去旅游。

这虽然不是一纸有效的证件，但它表明了我辛苦工作而挣到的钱，我研究那个影片，保留优秀的场景，再研究一下海洋以及要处理的一些问题。现在的剧本除了一些对话之外，其余的全部都是我辛苦工作的成果。

永远的祝福。

欧内斯特·海明威

致华莱士·迈耶

瞭望山庄，哈瓦那

1956年3月31日和4月2日

亲爱的华莱士：

谢谢你寄过来的信和发送的图书清单，这些都在，有些书可能已经由出版商寄出去了。请你替我向威尔科克斯表达感谢，谢谢他寄给我的3本书。

电影人，有的是平时的烦恼。

我们已经计划好在4月15日飞往秘鲁的卡沃布兰科，5月15日回来，中间将会经过迈阿密。

4月2日

电影里面的角色似乎都停止了他们的争吵，现在一切都就绪了。我非常后悔参与这部电影，为了它，我非常艰苦地训练捕鱼，我的体重减到了209磅。在秘鲁的卡沃布兰科，捕鱼很常见，我们在这儿有很多素材，拍到了许多大鱼跳转的连续镜头。埃利西奥·阿圭列斯是很友善的渔民，他是我在当地的好朋友，他来经常帮助我，以防事情有误或者替换我，好让我有时间休息。

请原谅这便条写得很仓促。

最好的祝福送给你。

欧内斯特·海明威

致菲利普·帕西瓦尔

瞭望山庄，哈瓦那

1956年5月25日

亲爱的菲利普：

感谢你的来信。我让查尔斯·汤普森送了些齿轮、羽毛、钢材、杆子和卷轴过去，替换之前我给你的那些。希望这些东西已送到你那边了，若未送达的话，请你告知我。

关于那头大象，我感到很抱歉，更抱歉的是我们没能一起打猎，我十分想念你。听说你已经战胜了该死的癌症，你还开始钓鱼了，你能随处走动了，我真的为你感到高兴。说不定明年我们还能一起去钓鱼呢！我原来一直在想等挣够钱了就回去买条小船，可惜到现在为止，我这个愿望还没有任何要实现的迹象。

如果你能来秘鲁旅行的话，你一定会喜欢上这儿的，虽然这里的海水实在有些粗暴。

我的后背已经恢复好了，好得就跟出车祸之前一

样强壮。我的头也不疼了，感觉一切正常。你我都命大，我们一定不会忘记那些曾被当地猎人射伤的动物，它们又顽强地活了很多年。我决定了，自己也一定要多活几年，好好享受一下生活，希望你能时常陪陪我，那将是再好不过的事了。

你向协会推荐的帕特里克，我认为他一定会是一名很好的猎手，因为他射击技术很棒，而且语言能力强、品行良好。格里高利的妻子要离开他了，他写信给我让我给他一些建议。我给他回了信，但我并不确定那些建议是否能帮到他。如果有任何关于这两位老兄的事情是我需要知道的，请你直言不讳地告诉我。因为你是我的朋友当中年岁最长的一位，而且你还是我最亲密的朋友，所以我们之间知无不言。格里高利若不是遇到麻烦，就不会给我写信的，因而我心里有些担心他。虽然最近几年我已经很少这样担心，无论如何，为他排忧解难是我义不容辞的事情。

玛丽让我代她向你问好，她一切都安好。关于步枪已走合法程序将其注册的事情，我已经给丹尼斯·扎菲罗写信了，并将枪寄至他现在的地址。不过我现在还没有得到他的回复。

祝你一切顺利，愿你钓到大鱼！

欧内斯特·海明威

致埃兹拉·庞德

瞭望山庄，哈瓦那

1956年7月19日

亲爱的埃兹拉：

明天就是我57岁的生日了，希望你能接受我通过特殊渠道转交你的诺贝尔奖章。我将奖章送给你正应了中国的老话，这句话你了解的，那就是“没有舍就没有得”。我将它寄出还是因为你是我们这一代人中最杰出的诗人，这是你应得的荣誉。[1]

我还把它寄给了一起打网球的老球友，他创办了《才子》杂志，他还教会了我心存仁慈，并试着让我在遭遇不公的时候学会忍耐。

我想要说的还有很多很多，在这里我就不一一赘述了，我现在只愿你一切都好。我不愿看到其他人都被释放的情况下，你们却还被扣押着。对于信仰坚定的你们来说，所做的事情无可非议，虽然对我来说那是死罪，而你们已经为之付出了惨重的代价。

我暂时做的是监听广播的工作，有时当我收听的

[1] 但实际上海明威似乎将他的诺贝尔奖章献给古巴沃根·德尔·柯布里的圣坛了。他当时还发表了演讲，后来被收录在菲利普·扬和查尔斯·W.曼恩合著的《海明威手稿全集》中。

时候，会听到你们的声音。其实我不喜欢这些工作，工作中的某些部分更是让我十分讨厌。但每当眼看就要胜利在望的时候，我就会写信给艾伦·塔特说应该考虑战争结束后做些什么。我告诉塔特，如果你们被吊死的话，我也会找个脚手架上吊的，塔特说他也会这么做。

好了，不说这些事情了，我也不再和你聊政治了。你会收到一枚奖章和一张支票（1000美元），这是诺贝尔奖的奖章和奖金。

如果你也赢得了这个瑞士的奖项，那你就连同我的奖金也一起领了吧，具体怎么花这笔钱，你看着办就行了。

你永远的

欧内斯特·海明威

致小查尔斯·斯克里布纳

瞭望山庄，哈瓦那

1956年8月14日

亲爱的小查尔斯：

感谢你的来信，也谢谢你寄来的读书报告。听说一切进展顺利，我太高兴了，也非常感激你为将所有

文章收集在一起所做的努力。

在我停止了电影方面的工作后，如果我不进行一些自律性的写作，那我这本关于非洲的书就是件不可能完成的事情了，所以我开始写一些我认为最难写的短篇小说。我写了5篇小说，都被玛丽拿走了。现在给你的是我从非洲回来后写的第6篇短篇小说，而且这6篇小说都还没有出版。这6篇短篇小说名字分别为《养条眼尖的狗》《花园旁的小屋》《岔路口》《印第安乡里与白色部队》《纪念碑》《泡沫般的名誉》。

这些故事会有些耸人听闻，因为都是关于军队、战争和人与人直接厮杀的事情，像关于巴拉克部队激烈交锋，有一支部队扛着死人行进，还有作家疯了一样地翻山越岭去见出版商的事情，这些都是真实的事情，不是耸人听闻的故事。我写的东西和托马斯·沃尔夫以及威廉·福克纳的作品完全不同，也并非在文中指桑骂槐。我并不需要倚仗我的名望去写作，我所需要的只是一张旅行地图而已。当然，你可以在我死后再出版这些小说，目前我还准备再写5个故事。

我现在最大的问题就是玛丽的健康状况，她的贫血久治不愈。医生说我必须给她换个环境，因为这里的纬度和海拔对她的健康状况不利。

既然你如此慷慨地提供了这么大的场地，那我现

在就可以安排猎枪、弹药的运送事宜了。

我到纽约以后会把这些事情向你一一道来。我的那把猎枪是20年前制造的，所以我不能随便向人推荐。而我也不能让猎枪在非洲有任何的哑火现象，因为我全靠这支猎枪来对付那些巨大的猫科动物。对于猎杀皮较薄的动物，装载7毫米或7.5毫米或8毫米的子弹，在5码的距离处杀伤力比使用鹿弹、实心钢珠和步枪要大得多。

抱歉，我说了这么多废话。但自从你爸爸去世了之后，就没什么人可以跟我随便开玩笑了，谢谢你一直都忍受着我的臭脾气。

欧内斯特·海明威

致哈维·布赖特

巴黎

1956年9月16日

亲爱的哈维：

玛丽给你写了一封信，我昨天早晨把信寄了出去。你真是太好了，让我们住在你的房子里，这对我们而言真是再开心不过的事。希望你那边的天气晴朗，这样能让你玩得开心。

和我们一起在船上的那些人很友善，天气也很好。也许人们喜欢坐飞机，但没有什么事情比乘法国轮船游玩更有趣了，在运动场锻炼身体，在酒吧享用美食和美酒，再有一位美丽的姑娘陪伴，这些都很惬意。旅途中没有职业赌徒，酒吧里的服务生告诉我，这里甚至可以拿船来下注。但是道德底线依然存在，并且乘船和坐飞机的感觉完全不同，飞机是专栏作家的最爱。

单纯来讲，我们此次旅程非常有趣。当然，随船医生是最热情的一名读者。他收藏了我所有法文版和英文版的书，而且还能如数家珍般一一道出，其实好多书我自己都不记得了。我总共为船员们签了60次名，而这次所有船员购买的书，我都会在事后把买书的钱退还给他们。这跟在电影院门口为人们签名不同。一位乘务员告诉我，在他的村子里，有两个小男孩将他们的狗命名为圣地亚哥[1]，因为他们的狗具备这样美好而高尚的品质。这是一件多么神奇的事啊，也许对我来说停止出书会更容易些，但我总得在死后能留下些传世的东西。

玛丽的状况比我想象得要好一些，但她最近变得

---

[1] 《永别了，武器》一书中的人物。

有些刻薄了，对我没以前那么好了。

明天，我们准备去西班牙了。兰吉亚牌汽车很棒，司机马里奥·卡萨马西马的技术棒得像个赛车手，但他在这么拥堵的交通环境下用这样的方式开车，仍会把你吓个半死的。坐在一辆开得飞快的车上比被诊断出癌症更容易让人联想到死亡。我们文学圈的几位朋友中有一辆梅赛德斯奔驰、一辆保时捷和一辆兰吉亚。你可以选择搭鲁珀特·贝尔维尔的奔驰车兜风，他以前是一名出色的试飞员；还可以选择彼得·维尔德的保时捷，他是个谨慎的人，但一开起车来就不要命；或者坐马里奥·卡萨马西马的兰吉亚，这车是整个乌迪内城的骄傲。我们约定周二见面，我准备带玛丽一起开车兜两圈。奥托·布鲁斯有一次和我从田纳西州的孟菲斯一直驱车到了基韦斯特，但我们其实是每隔两三个小时就交换来开车，途中我们还去了一位好朋友家里享用了一顿可口的晚餐。我现在算是个驾车老手了，有一回保琳和我驱车从马德里开到了圣·塞巴斯蒂安，在那里我们足足地过了看斗牛比赛的瘾。

我衷心祝福你，等我们安顿好以后，我会再给你写信的。在旅途中，我们可能会去看看斗牛比赛。

欧内斯特·海明威

致哈维·布赖特

埃斯科里亚尔

1956年11月5日

亲爱的哈维：

我在10月26日收到了你的来信。我之前给你写过几封比较长的信，难道你一封都没收到吗？你一定会觉得我们太没人情味儿了。我在东64大街116号住的那段日子真是太有趣了，非常感谢你们盛情周到的接待，我之前已经跟你说过好多次，可能你都听烦了。

玛丽现在好多了，不需要输液或辅助药剂了。她患了几次流感，我也得了一回。胡安·玛蒂娜维迪亚医生还治好了她的痉挛性胃炎和大肠炎。她恢复得较慢，但过程十分顺利。

医生发现了我身体上的一些老毛病，还发现了一些新的问题。所以我现在严格控制饮食和作息，我还在两天前做了彻查。医生说我的身体状况正在慢慢地全面好转，但他还是不允许我去非洲，我对他说我必须要去。现在我要严格遵循他的嘱咐，坚持康复训练，这很枯燥。但是为了去非洲我不得不做很多的训练，而且还要重复很多次。

我还是不对国家以及国际大事做任何评论了，因

为恐怕等你收到信后早就失去了时效性。这里的信号很差，跟图特·索尔通话时，有一半的时间我是听不到任何声音的，我仍然在等你的消息。

我看过的斗牛比赛有些非常精彩，有些却十分无趣。我和你说了关于安东尼奥的事情，我们一起组建了一家公司，我们也会出售公司的股票。上一次他送我公牛的时候，说道："欧内斯特，我们都知道这头公牛是无价的，但是我们要想想能拿它来做什么，如果我能按照你喜欢的方式宰了它的话。"

安东尼奥会在非洲和我们会合，他要我们跟他一起去打猎。安东尼奥从11月底到12月还要去墨西哥参加斗牛赛，他希望你能去看他的比赛。所有的老斗牛迷都认为他是当今最伟大的4位斗牛士之一。

我在之前的信中提到过这里发生过的怪事，而且这事儿还得亲口跟你说才行，因为信里也说不清楚。

上周我们出席了唐·皮奥巴罗的葬礼。当时的场面很感人。《时代》杂志对于我参加葬礼的报道有些失实。你知道的，唐是一位非常出色的作家。但是他不愿出售自己的那些书，科诺夫也与他断绝了来往。葬礼的那天雾蒙蒙的，然后太阳冲破暮霭，但是没一会儿，太阳就又落入光秃秃的山后。在通向这片并不"神圣"的墓地的大街两旁，挤满了卖花的小贩，这

是因为那天是万圣节。我们驱车一路穿过乡野来到墓地，途中的景色和唐在小说中描写的如出一辙。他的遗体被安放在一口平整的红松木棺材里，棺材新刷了黑漆，沾得抬棺材的人身上、手上都是。

祝愿你一切都安好。

欧内斯特·海明威

致乔治·A.普林顿

瞭望山庄，哈瓦那

1957年3月4日

亲爱的乔治：

你的调查问卷已于2月16日寄到我这里，目前为止我已经完成了21页了。[1]

乔治，你的这个问卷寄得太不是时候了。我找到了400封蒙斯特罗没有寄出去的信，他甚至没有将信分门别类，只是按信件的大小进行了归类。

我会在4月份把问卷填完，我也许能提前完成，但我又想到，我们曾经很享受地填写这些问卷，而不

[1] 乔治·普林顿当时在准备对海明威的采访，采访后来刊登在1958年第5期的《塔利斯评论》中。

是像我现在这样备受煎熬。今天上午我只做了3个问题，主要是我对这些问题不感兴趣，而且我觉得你也是这样的。我们都不是做这种问答事情的人，而我也不是自我表现欲极强的人。

你就不必亲自过来了，因为我向上帝发誓，我真没时间来接待你们了。如果我能把这些问题整理好，那我就能省出一天的时间来放松一下了，你应该明白我的意思。

玛丽让我送上她对你最诚挚的祝愿，祝你好运。

欧内斯特·海明威

致华莱士·迈耶

瞭望山庄，哈瓦那

1957年5月24日

亲爱的华莱士：

非常感谢你的及时回信，我不该惹巴娜碧·康拉德生气的。但鉴于我现在对正在处理的两张图片完全无能为力（我没收到任何内容），且又鉴于大卫·塞尔兹尼克在约翰·赫斯顿面前将《永别了，武器》做了一个彻底的颠覆，他蓄意地破坏了该书的剧本改编，他让本赫齐特将此书进行了改写。改写之后，该书的

内容变成一个纯粹的爱情故事了，整个故事被改得面目全非，这让我心中十分不快。塞尔兹尼克说他笔下的爱情故事不应该盲目地照搬我所描述的不切实际的爱情，这话让我觉得恶心。亨利放弃第一版图片的原因是他没有收到任何邮件，然后一整队的意大利士兵从这边经过，就像是专门为了陪衬他。

但愿你手上的伤能够快点好起来，祝好。

欧内斯特·海明威

致小查尔斯·斯克里布纳

瞭望山庄，哈瓦那

1957年5月24日

亲爱的小查尔斯：

华莱士写信告诉了我约翰的事情。恭喜你们斯克里布纳家族又添新丁了。

感谢你写信告诉我公司的事情，有很多有趣的事情我之前都不知道。

这是我第二次为了这件事情给你写信。在第一封信中我提到，我在给托马斯·沃尔夫写信时用打字机刚打出两页字就不得不推倒重写的事情。你知道托马

斯·沃尔夫吧？我也只见过他一面，当时我和麦克斯韦尔正在喝酒。如果我之前就看过这些信的话，那么我就不会在那里出现。算了，还是不说了，免得这封信又要被我撕去重写。

希望你一切都好，平时不要太劳累，给自己放个假吧。我们这儿已经接连下了近3个月的雨了。

祝你一切顺利，还有你要记得代我和玛丽向你的妈妈问好。

你永远的

欧内斯特·海明威

致阿奇博尔德·迈克·利什

瞭望山庄，哈瓦那

1957年6月28日

亲爱的阿奇博尔德：

感谢你的来信，我收到你的信后就忙着给罗伯特·佛罗斯特写信，玛丽今天上午已经将那封信打印出来，我会把它和给你写的这封信一起寄给你。

我恐怕这封信写得不会像预期那样好，因为虽然我一直在尝试着使结构简单些，但主题还是太过复杂。

所有埃兹拉的朋友都被套进约翰·卡斯珀的生意

里去了，说到底还是因为埃兹拉的自大，才会被卡斯珀的阿谀奉承所迷惑。这就是我为什么让他不要参与政治的原因，这个我已经在电话里和你讲明了。毫无疑问他不会听我的劝告，我对他已经没有任何影响力了。他甚至不介意以一种殉道者的姿态来从事一些我们都深恶痛绝的事情。我想，人人都应该避免这样的事。

如果他去他女儿那里倒是一件好事情。我听到了许多关于奥尔加拉奇等人的种种传闻，可是这些又关我们什么事呢？我们希望看到的是埃兹拉能有时间写写诗或开展其他的艺术实践活动。我认为他的狩猎执照能对他有一定的限制作用，使他在写政治斗争中无法自拔，否则与他敌对的那些人又要迫使他说些愚蠢的话了。而且一旦对他的管制放松，那些人就会让他陷入大麻烦。如果他不再谈论政事，那他就没有这些试探了，更何况他本人并不精于此道。否则，我只想到了一种可能，那就是他被一些记者簇拥着，在这种无形的诱导下被标榜成为一个“反犹太的种族狂热主义诗人”。埃兹拉想要做的第一件事恐怕就是去看麦克的演出了，这种事情一定得避免。

也许我在给自己找麻烦，当然埃兹拉应该被释

放。[1]但是应该为他的释放设定一个前提，那就是：不会有人鼓励或诱导他去说一些可能导致他再度坐牢的混话。

我想在给佛罗斯特写信前先给你写信。但我转念一想，我已经一拖再拖了，而且作为一个放弃了政治的人，我的观点也许会太过消极。如果你在这封信里感受到了这样的态度，那就别理我了，等我自己慢慢恢复过来就行。不管怎样，这只是我个人的想法而已。

在我将每餐两杯浅色红酒减至一杯之后，身体检查的结果还是没有达到我们的预期。可能我必须彻底戒酒了，不能给神经系统造成过强的刺激。我从17岁或更小的时候就开始每餐必喝酒。还是不跟你提这事了，喝酒会让你的神经变得不敏锐，而且别人会觉得你很难相处。其实我是不愿在信里提这些事情的，因为如果我的人生是一个挺没劲的人生，那么把它写成

[1] 埃兹拉·庞德分别于1957年4月16日、6月13日、7月15日、9月13日和20日写信给海明威。同年9月22日，多萝西·庞德写信给海明威，让他否认一篇关于庞德称其为“不诚实”的报道。后来庞德在1957年12月6日的《伦敦泰晤士文学增刊》亲自否认了他的这一言论。海明威在这封书信的第6段添加了内容：“也许是我太过担心了。但我太了解那些记者所做的事情了，如果庞德同意宣称‘我不会再公开讨论政治’，那么记者会把意思曲解为庞德还会继续谈论政治。”

书就更没劲了。可喜的是，如果我连续3个月或更长时间没有喝酒，那么我就可以再次饮酒，以测试在不伤身体的情况下我到底可以喝多少酒。

我坚持着节食与锻炼，这些会让我的体重保持在206磅，会让我健康一些。我总是碰到许多麻烦，当我遇到特别困难的事情时我就想喝点小酒，这能让我感觉好一些，可是如果没有酒喝的话那就是另外一种光景了。我从没想过什么人能把酒从我的生活中排除掉，但没想到他们真的做到了。

祝愿你和艾达及其他人一切都安好。玛丽希望我们今年能有时间聚一聚。

请代我问候佛罗斯特先生并致以谢意。在得知他获得了这么多的荣誉后，我很高兴。

欧内斯特·海明威

致爱德华·威克斯

瞭望山庄，哈瓦那

1957年8月20日

亲爱的威克斯先生：

感谢您8月16日的来信，您在信中提到了我为《大西洋》100周年纪念版专门写的两部小说。

亚当斯小姐告诉我，您只能为每部小说支付1000美元的版费。她还告诉我，《大西洋》方面也希望能得到这两部小说，并支付全部的费用。

我将您的支票附于信中给您寄了回去。虽然我是以这样的价格给了您这两部小说，但《大西洋》很久以前刊登《5万美元》的时候，支付给我的费用是2000美元，我不得不向您说明这一点，因为我给您的这个价格是我做了很大的金钱牺牲的。

每个作家都有一个专门处理其作品销售的经纪人。自从1933年以来，我的每个作品价格都是每个字1至2美元不等，所以我的经纪人不会同意我用这样的价格出售我的小说给您。我写给您的100周年纪念刊的两部小说，实际上我可以卖四倍于您出的价格给别人。但是我认为可以利用这些金钱上的损失，来做一些其他有意义的事情。

您可能会注意到，我在发给您的书稿上标明了“仅限美国首版发行权”，而您在寄给我的支票上却写着购买所有权利。我很愿意将加拿大的首版发行权授予您，但是我必须将您的下一封信给我的律师，以确保不会有其他的权利授予或出售。另外我将这两部小说与标题对应起来，并授予这两部小说独立的版权。我将它们以《黑暗两部曲》统一命名，仅供《大西洋》

杂志出版发行。

欧内斯特·海明威

致卡罗·詹弗兰科

瞭望山庄，哈瓦那

1958年1月31日

亲爱的詹弗兰科：

从商务信函中你就可以看到，我们又得处理麻烦的税务问题了，这让我们在最该工作的时候却不能正常工作。

今年冬天的天气是有史以来最糟糕的了。整个冬天的气候都变了，南部地区形成了非常恶劣的暴风雪天气，而且酷寒的北风还刮个不停。从去年12月初就一直是这样的恶劣天气。迈阿密已经有三次温度达到零下了，而且还下过一场只有在坦帕才会见到的大雪。那才是真正的大雪天气。柑橘树被毁了，很多小树都死了。寒冷和恶劣的天气已经持续很多天了，甚至迈阿密的许多大旅馆都无法营业了。而我们这里也遭受了三次暴风雪的袭击，风速都在70英里/小时以上。这三次暴风雪比我们在艾斯孔迪多遇到的那次暴风雪还要大。

没有人记得也没有数据可以显示曾经有过这样恶劣天气的冬天，佛罗里达州所有细小的果树都被暴风雪摧毁了。

这次的金融危机是从美国开始的，而且这次比1929年的那次还要严重很多。这里的有钱人比以前更加富有了，印第安人的村庄却到处是一些失业人员和吃不饱饭的人。

我们非常想念你，我特意写了这么多就是希望你能感觉到我们对你的思念之情。在寒冷的天气到来之前，我每天都会去池塘里游泳，游三四十圈，我身体也很好。可是现在太冷了，我的肾脏可受不了，我觉得你也许还可以继续游。那个池塘还是那么招人喜欢。这个水池在不断延伸的贫民窟的中间，好像在向扩建贫民窟的交易抗议。

玛丽的母亲在新年之夜去世了，玛丽第二天知道了这个消息，立即乘飞机回去参加葬礼，而当时正赶上了最大的暴风雪。

奥法德拉·弗兰彻蒂一直活跃在报纸的社交专栏，或是时尚圈。她的公众宣传组织实力很强，和利兰·海沃德一样出色。我想她很快就可以位列最佳着装女性前十了，这是早晚的事。

我知道你结婚了，原本打算给你写三封信来表达

我的祝福，可我现在实在找不到合适的词语来表达我的心情了，因为我太为你高兴了。我祝你和艾德里安娜能够早生贵子。

鱼从大海里销声匿迹了，柯基马尔的渔民一直见不到鱼的影子，再加上十分糟糕的天气，他们一个个都十分绝望。格雷格里奥从一场暴风雨中救了一名快要淹死的人，芒斯特罗·罗伯特·赫雷拉抓到了一个小偷，他保住了别人钱包里的500美元。这些人做了这样的好事，既没有得到奖赏也没有像奥法德拉那样见诸报端。尽管格雷格里奥在暴风雨中游入大海救了那位即将溺死的人，但是报纸在报道他时，仅使用了"一位老人"这一称谓。

我很久没有见到像今天这样的好天气了，大自然展示了冬天应有的美丽，和记忆中的一模一样。

我希望我的信能像你写得那样好，可能是因为在我其他的作品里，我本人是不出现在那些情节里的。

现在的马勒康以后会成为一条内街，我想艾德里安娜会将她听到的所有消息都告诉你的。哈瓦那看上去更像是迈阿密的一个海滩，我现在也不知道该去哪里玩了，你有什么建议吗？

在这儿每个人都在谈论你，我告诉雷内·维拉里尔我给你写信的事情，他让我记得代他向你问好。雷

内还和过去一样，是个棒小伙。玛丽说她希望你能来我们这里看她新栽的玫瑰。

请代我向你的家人问好，祝愿你和艾德里安娜一切都好。

欧内斯特·海明威

致埃兹拉·庞德

瞭望山庄，哈瓦那
1958年6月26日

非常尊敬的埃兹拉：

4月18日我发电报到圣·伊利莎白医院告诉你那个消息，你知道后兴奋得跳了起来。我发电报就是想告诉你这件值得高兴的事情，还想向你要个地址，这样我好把1500美元的支票寄到意大利。

自从我在广播里听到你要在7月1日离开后，我就一直在等你的回复，可是到现在一点消息都没有，所以昨天我向迈克·利什要了你的地址，并问了你会乘坐哪艘邮轮。迈克·利什刚刚把你的这个地址告诉了我，他还说你会在7月中旬启程出发。

从当时活跃的托·史·艾略特、佛罗斯特和我亲自签名的写给司法部部长的信函来看，我们断绝通信

联系是明智之举，这样我对于你的释放所谨慎表达的情绪和观点就不会被认为是出于友谊，而是符合大局的。那样做虽然不会有什么好处，但我最起码表达了自己严肃和强烈的观点，不管怎么说，你毕竟已经出来了。确定你可以出来的那天我便给你发了这封电报，欢迎你出来。

我给你一同寄去的还有支票，请你把支票兑换成现金吧。珍珠港战争期间，我写了一首诗，诗中写到如果你将被实行绞刑的话，我会立即到绞死架前和你一起被绞死。只要是我力所能及的事，我一定会支持你的。

只要是我能够做到的事情，你就放心交给我吧。我非常惭愧在你被羁押的时候，我没能帮到你，我在照片上看到你离开那个地方时精神振奋的样子，我为你感到十分骄傲。

祝你旅途愉快，一切顺利。请代我向多萝西问好。

你的朋友

欧内斯特·海明威

致威廉·德·霍恩夫妇

瞭望山庄，哈瓦那

1958年7月1日

亲爱的霍恩夫妇：

很高兴见到你们，自从我收到你们寄来的附有详细信息的牧场地图的信后，我每天都想给你们写信。但是我一直忙于创作，也不知道能为你们做些什么和什么时候可以做。非常感谢你们的帮助，在这个地方度过的时光感觉像是诺德奎斯特牧场的那些日子。

玛丽已经写下了最近所有的新闻，尤其绑架是当地最近常发生的事情。他们这边有采矿工程师、糖厂的技术人员、领事官员、海员和海军陆战队的士兵。我致电到大使馆询问他们打算什么时候去搜捕联邦调查局。最新的一个笑话是，与史密斯大使相比，菲德尔·卡斯特罗[1]将会在7月4日招待更多的美国人。

上帝，我希望我们一直向西前进，沿着那年我们第一次遇到班尼的路。[2]

---

[1] 古巴领导人。

[2] 1928年7月，海明威和霍恩驱车驶向靠近美国俄亥俄州的弗利牧场，在那里霍恩第一次遇到了他未来的妻子班尼，他们于1929年结婚。

向你们和孩子们送上我最真挚的爱。

欧内斯特·海明威

致阿奇博尔德·迈克·利什

凯彻姆，爱达荷州

1958年10月15日

亲爱的阿奇博尔德：

很高兴收到你的来信，我非常抱歉在《巴黎访谈录》的见面会上发生了一些不愉快的事情。我现在所能做的就是尽量回答他们提出的问题。我很确信你是直率地表达了自己的想法，但是他们全部理解错了，所有人都把事情搞错了。我所了解的作家的问题，我认为他们指的是一些年长的作家，而我从未将你纳入年长作家的行列。

或许我早就见过你了，我却没有意识到，直到从加拿大返回后住到了圣母院街113号。我清楚地记得第一次来到巴克街，顺手牵羊地拿走了一个开瓶器，不过我记得归还了的。其实乔治·普林顿所问的关于第一次到巴黎的日子，实际上我那时正是在谈论这个，并且写的就是这个。我们之前常常一起出去聚会是在我很少见到斯坦因之后，那时埃兹拉去了拉帕洛，乔

伊斯也结束了与尤利西斯的欢聚时光，去做盲人用品的相关工作。如果我说错了请纠正我，因为我能够清楚地记得大多数重要的事情，却把其他的给忽略了。

你真是一个笨蛋。你是不是认为我已经忘了彼得·汉密尔顿的巴克街、瑞昂莱潘、萨拉戈萨、沙特尔这些你曾经生活过的地方，还有我们的自行车、弗鲁瓦德沃街道、格施塔德？还有其他太多的东西，我就不再一一地列举了。哦！对了，还有巴萨诺的自行车追逐赛。

但是阿奇博尔德，我的确是个喜欢慢慢写关于过去的作家。我没法在了解你之前就把你写进我的故事里，但是我真的很喜欢你，而且也真的喜欢艾达。

至于可怜的莎拉和杰拉德，我就不写他们的故事了。我爱莎拉，但是我认为我永远都无法忍受杰拉德，而且我这样做了。

1954年我给你写信的时候，我的体形都走样了，要知道，吃12个鸡蛋，或是让你的内脏没有东西可以消化，以及在不能健身的时候却急需减肥，类似的事情都是使人非常痛苦的，你却要一直坚持原则。在我看见乔治·普林顿时，我深知此时我的体形还是挺好的——体重206磅，血压150/68。

现在，我的肝脏检测都顺利通过，胆固醇含量也

几乎下降至正常水平。在接下来的一个月里我仍需专注于这本书[1]，而我却受不了古巴的天气，玛丽也受不了，所以玛丽建议我们到这里来。自从去年10月末，我就没有休息过，奥托·布鲁斯和我驾车，从基韦斯特出发，途经芝加哥，接上玛丽来到了这里。秋天的乡村风景非常宜人，布鲁斯和他的妻子正准备返回基韦斯特，我们下午会出去打几只鸭子让他们带上。

关于教学我不知道应该说些什么，但是我仍享受着去授课，而且不获取任何的报酬。如果你喜欢教学并能得到报酬的话，那你最好一直做下去，这些听课的人也会因为需要花钱听课而变得更加用心学习。

玛丽的状态还算好，只是感冒了，她有些头疼，现在这样的天气算是最好的了。希望你、艾达还有孩子们一切都安好。

邦比在旧金山为麦利欧·林池工作，帕特里克作为一名优秀的捕猎者在非洲也开拓了自己的一番事业。他是一个有着很好声誉的捕猎者。如果有谁想去进行狩猎旅行的话，我真诚地推荐他。

格里高利现在在佛罗里达州迈阿密大学攻读医学预科，这个消息我是9月份听说的。

[1] 指《流动的飨宴》，这本书于作者离世后出版。

阿奇博尔德，希望这个冬季你能愉快地度过，祝你好运！

欧内斯特·海明威

致布罗尼斯拉夫·齐林斯基[1]

凯彻姆，爱达荷州

1958年11月5日

亲爱的齐林斯基先生：

你到盐湖城的航班是西部航空公司的72航班，飞机是中午12点从旧金山起飞，16点30分抵达盐湖城。爱达荷州的拉里·约翰斯顿会驾驶着美国比奇去接你，美国比奇是一款非常好的小型飞机，它将载你飞至爱达荷州和我们碰面。约翰斯顿是一位经验丰富的飞行员。他已经动身出发了，黎明时候你就能抵达这里。而且即使是晚上，飞机也可以降落的，这些你都不用担心。

[1] 布罗尼斯拉夫·齐林斯基是海明威著作的波兰籍翻译家。从1955到1957年，他翻译了《老人与海》《永别了，武器》《丧钟为谁而鸣》《太阳照常升起》以及23篇短篇小说。1959年，他翻译了《非洲的青山》，1961年，他翻译了《渡河入林》以及另外的25篇小说，1966年，他又翻译了《流动的飨宴》。

他们告诉我，你乘坐西部航空公司从旧金山到盐湖城的费用是48.80美元。

我附了一张100美元的支票。我们再商量一下返回的行程，你是选择铁路，还是其他方式呢？你是我们尊贵的客人，不需要承担任何的花费。

若由于天气不好，导致约翰斯顿未能飞行，那么请你在盐湖城给我打电话，我们将启动备用方案接你到这儿。

当你的航班抵达后，约翰斯顿会在机场举牌子接你。

如果你得在盐湖城留宿一晚的话，那周一晚上盐湖城就有一班中型飞机来这边。

我们非常期待能够与你相会，也祝你在此能够狩猎愉快！永远祝福你！

你的朋友

欧内斯特·海明威

致卡罗·詹弗兰科

凯彻姆，爱达荷州

1959年1月7日

卡罗·詹弗兰科：

非常感谢你发来的电报、信件和支票，我希望庄

园卖了一个好价钱。那是一个迷人的好地方，我还记得你们在那里是那么快乐。那的确是一个好地方，我还能想起那儿种植的各种植物。

三天前，我在电话里和雷内随意聊了聊，他的一切都还好，只是食物有点缺乏，罢工活动已经结束了，我告诉他应该去杀一头公牛，然后在任何情况下都可以把旅行车借给当地的革命者。

现在这里已经下了2英尺厚的雪，这些雪预计会在地面上沉积一个星期，因为地面很冰冷。

你会爱上这里空旷的高谷，还有美丽的溪流，春天的时候里面有鲑鱼和鳟鱼，沿着溪水还有鸭子和鹅。昨天，我们在深雪里沿着小溪在有水的火山岩里打猎。鸭子跳得又高又快，我在雪里开枪，打中了三只大大的绿头鸭子。玛丽一直都打得又稳又好，尽管地上有很多雪，昨天和前天还是有很多打猎的人。

我们预计会在5月份的时候去欧洲旅行，真希望能在潘普洛纳和你相聚。

请原谅我没有给你写那么多的信，以后我会多写一些信给你。我现在得上床睡觉了，只有这样明天才能好好地写一本书——《流动的飨宴》。

住在这个山谷里的农场工人都很好，我们在一起打猎，非常好玩。圣诞节过后，玛丽举办了一个40人

参加的聚会，非常棒，有一个齐特琴球员，还有非常好的钢琴师和巴斯克食品，你和艾德里安娜一定会喜欢的。现在，在这本书完成之前，我是不能再出去了。

詹弗兰科，我有点担心阿德瑞娜，我希望你能告诉我一些关于她的消息，不管好的坏的都行。晚些时候，等到玛丽读完后，我就会把这封信和报纸中的剪报给你寄过去，虽然你可能会有一些更好的消息。

邦比在旧金山做得非常好，帕特里克在非洲也很好，他现在已经拥有了自己的旅行装备公司，玛丽一切都很好。我爱你们一家！我希望在见面时给你一个大大的拥抱。

欧内斯特·海明威

致L.哈利·勃拉克

凯彻姆，爱达荷州

1959年1月24日

亲爱的哈利：

不好意思这么晚还写信给你。关于报道采访和书上的一些话是：你做得挺不错。哦，是不是你们谁给我打过电话啊？

为在回古巴之前完成这一阶段的工作，我在这里

不停地努力工作，这里还有很多的拜访者和来电，但是只要每周能够好好工作5天，那我就可以保持很好的工作状态。

谢谢罗兰·沃德在《大象》《大赛纪录》上面的一些报道，因为这个价钱很便宜，所以我希望能很快拿到酬金。

我们在古巴一切都很好，我在西班牙有一个朋友是一名政府官员，他打电话给我说一切都好。哈瓦那驻军指挥官是一个老德保拉男孩，在一个我曾经力捧的当地球队里打球。海梅·鲍菲尔斯给我打电话说，他们正等着我们去他那里。他们会根据美国的既得利益扭转局势，进行有史以来与古巴人的公平交易，这将是一个艰难的时刻。我知道新的大使菲尔·鲍萨尔和保琳，以及保琳的妹妹还有我，曾一起在萨拉马卡地区参加过宗教活动。他是一个很可靠的人，所以会为我们的一些经营（像美国的水果）以及和巴蒂斯塔合作的交易赚取利润。

请原谅我没及时给你写信，我一直在写作，直到累趴下，然后我强迫自己走路和爬山，让自己保持良好的状态，保持健康的身体。上周有一个很大的射击喜鹊的活动，这周日应该还会有一次。

我希望能去滑雪橇，但医生说滑雪橇这个运动对

我的背部有危险，现在外面正下着大雪，我却只能待家里。

请你代我向查尔斯问好。

欧内斯特·海明威

致L.哈利·勃拉克

凯彻姆，爱达荷州

1959年2月22日

亲爱的哈利：

谢谢你给我寄来的版税报告和那些书，还好你寄得早，要不然的话，你就得把这些书寄到山庄去了，因为我们马上就要离开这里了。

我很高兴你认识了几个新朋友。上周我有一个好朋友去世了，昨天我去参加了他的葬礼[1]。现在，值得我深交的朋友越来越少了。

我已经连续工作四天了，今天实在无心工作。我本打算在这里完成初稿的，现在正在写第45章，这周距离目标任务还差得远，很可能要等我到了古巴或者西班牙才能完成。按照目前进度的话，我在古巴也完

[1]指泰勒·威廉姆斯。

不成，而且，到古巴以后我还要处理收入所得税的问题。真希望这些麻烦事不会占用我太多的时间。

告诉查尔斯，我为他做的版税报告感到高兴和自豪，他做事真是太细致了！我希望能给他更多好书。离开这里我会工作得很好，我也打算搬出去，然后找一间小屋安心写作，并把我存在保险柜里的东西整理好，所以告诉查尔斯不要担心了，我还有很多素材可以写，我会取其精华、去其糟粕的。

我觉得下一本要出版的书应该是我给乔治·普林顿看过的那本《巴黎》。这本书的内容我已经打印出来了，我会带着打印版去欧洲，从头到尾看一遍，也许我还会再加几段内容。说真的，这本书是真的不错！

身边朋友的去世让我感到时光是如此短暂，我真想加倍努力工作，可是，我对基督发誓，我真的无法再努力了，因为我在保持工作进度的同时，还必须要保证自己的健康才行。上上周我写了4000字，上周写了2950字。而现在，在开始写之前，我必须仔细读一读之前写过的东西，然后重写很多部分，况且我还删减了一部分内容。不是删减掉某些人物就可以了，而是我要想该如何删减。

我很喜欢写作。可如果你总是想着写得更好，你就会发现写作从来都不是一件简单的事，这样的事情

你最好连想也别想。

我刚刚接到了查尔斯·维妮从盐湖打来的电话。从这里回去后，他又中风了，但他一直等到自己恢复得可以打电话了才告诉我。他说他很好，还说中风也不算什么大病，等等。实际上，这次中风使他身体的一侧轻微瘫痪了。

让查尔斯也看看这封信吧。我会像在约翰·斯坦贝克出书的时候一样，每年都给他不停地翻印这些[1]，偶尔也会幻想一些关于国王的故事或者和其他作家一样写一些无意义的内容。但是那些都是自负、贪婪或二者结合的不良产物。查尔斯他可不希望我写那些乱七八糟的东西，他也不需要这些，我们俩谁也不会这样做的。

谢谢罗兰·沃德的《大象》这本书。我是从一个作家那里借来的，读这本书的时候我正好骨折了，所以我不得不分几次仓促地看完。我当时觉得这本书比它实际上要好看，我很高兴读完了，但现在又发现它并没有我原来以为的那么好看。我的意思是，买这本书还是值得的，但不要买来作为对斯克里布纳的投资。

我能做到的最好投资就是写一本好的书稿。自从

---

[1]是指战地通信的重印。

唐·卡洛斯吉费博士因我给他签名的作品而得到了23000美元后，我甚至都有些讨厌写字了。我曾想写信给他，问问他是不是不愿意将他的战利品给我分一杯羹。我想他也许就是不会的吧。

格拉德·乔纳森凯普过得不错，30多年前我们一起划过船，从那以后我们一直相处得很好，应该说非常融洽。他很讲信用，性格强悍，而且我很容易就能看出他所有的缺点，他从来都不会相信他的伙伴。在他可以接受的范围内，他认为你可以去相信一个绅士，或者英格兰一个不怎么绅士的人，但这两者结合起来就太可怕了，在美国那就更复杂了。

请原谅我写了这封啰唆且无聊的信寄给你。看起来我又是在用老话题来摆脱我的伤痛了，可结果却像是一锅玉米粥。

希望你一切都顺利，我们会在3月初离开这里一段时间。我们要去参观黄石国家公园，还要乘雪上飞机和雪车在冰冷的雪地里观看比赛。我以前看过一次，但还没在零下25℃的雪地里看过，等回家以后，我们还要去看冬日里的拉斯维加斯和大峡谷。也许我们的好朋友、斗牛士安东尼奥·奥多涅斯也会加入我们，之前我们曾在电话里提过这件事。他现在在巴格达参

加斗牛赛呢，他在南非要参加5场比赛，他想趁比赛的空当来我这里，可是当时的天气不适合飞行。现在，他想在最后一场比赛结束后来我这里。

有个叫戴夫·莫林的人在听说了查尔斯上校的事情后，对查尔斯的评价非常高，并要我替他向查尔斯问好。

爱你的

欧内斯特·海明威

致帕特里克·海明威

马德里

1959年8月5日

亲爱的毛斯：

很抱歉这么晚才回复你的信，但你要知道西班牙一直是个粗糙的国家。首先我得告诉你，我们遇到了你一直追寻的那个人，他跟他的妻子一起来到了马德里。如果按照他所说的一些话，你是多么令人惊奇。另一个叫作安德列斯·比·萨拉的人，他对你的赞美更是强烈，我想改天我们一起聚在这里应该是个很好的主意。

安东尼奥，他身上披着披肩，手拿一块斗牛红布，

他是勇敢的。他的斗牛速度很快，但还是有些不完美，可他确实体面地斗胜了那些斗牛，并让它们脱离了原来的一些路线。我每天研究牛股和整个交易，支持牛股，有机会在西班牙到处转转，在不同的季节走过相同的道路，这些都是多么美好的事情啊！我们待的这个地方非常好，比尔·戴维斯[1]是我的一个老朋友，你在阳光谷见过的，曾经有段时间，我们一起狩猎。我们曾经到你所在的地方去，来来回回地沿着这个海岸，直到大农场，你会非常喜欢这里的。我们在海岸的某个地方买了一些土地，那片区域叫科尼尔。在我们购买之前，那里的一切好像都处在古代时期。美丽的海滩，健康的人们，真实的阿拉伯城镇，像科希玛一样好的渔夫。在安东尼奥周围就像在你周围一样，或者像在流浪汉周围一样，除了不得不一直让他干苦力活。安东尼奥在5月30日经历了一件很糟糕的事情，他的身上一共有13处伤，但是没有一处伤使他受到惊吓。可现在，他有时会在晚上被吓醒，所以更喜欢在白天睡觉。他真的很爱他的工作，也爱那些斗牛。我们在一起玩得很开心，相当开心，他非常信任我，我

[1] 海明威和戴维斯从1940年就相识，戴维斯是一个富有的美国被流放者。

希望我会帮到他。在他的周围有许多无聊的人，有些人还非常坏，我们把他们中的绝大多数抛弃了。在这次旅行中，我们遇见了极好的人，度过了最好的时光，发现了一些好素材及资料。下午，斯克里布纳说将会看到一本新书所产生的效果，书的封套里加了一些家庭照片。

我遇到了给你工作过的托尼，他说苏丹是很开放的，他看上去在苏丹混得还不错。

希望你度过一段非常美好的旅行时光，当你有时间写作的时候，请告诉我你的计划。

下次我多会写一些西班牙的详细资料给你。

欧内斯特·海明威

致安德鲁·特恩布尔

海边

1959年11月1日

亲爱的特恩布尔先生：

由于我感冒了，只能卧床休息，我起床下楼来看你的时候，你并不在小屋里，于是我又到甲板上去找你。

关于司各特就没什么好说的了，认识他的时候我刚好准备写一些关于他的事情，祝你好运！我现在很

享受做一个纽约人。

我正前往位于1号沙龙的酒吧，离船头很近，这个酒吧因简妮斯而出名。我将会与医生协商看看是否可以熬夜，否则就在48号特等舱写一些笔记。

欧内斯特·海明威

致小查尔斯·斯克里布纳

纽约

1959年11月3日

亲爱的小查尔斯：

有一个章节漏掉了一些环节。郝乔会将这个漏掉的环节给你发过去。你看完后请将它邮寄给我的化学工程师阿特金森，他在爱达荷州的凯彻姆购物中心。

非常感谢，祝你一切顺利！

欧内斯特·海明威

致南森·戴维斯

凯彻姆，爱达荷州

1960年1月7日

亲爱的南森：

希望你跟安妮度过一个愉快的假期。我们本来后天会离开这里，但玛丽的手臂需要多活动活动，因此我们推迟到16日再走。我接下来要从芝加哥去古巴，但是玛丽想去看望比阿特丽斯·噶可，她将在25日之前到达庄园。

玛丽的手臂正在逐渐恢复，现在看上去已经没什么问题了。她每天都在做一些关节部分的运动，横向运动，上下运动。在麻醉状态下，她的手臂一直向上弯着。她有一个很有用的手臂，可以射击、捕鱼、写字，还可以使用打字机，她有着足够的耐心和不屈不挠的精神，这让她手臂的恢复速度超过了任何人的预料。虽然这些已经非常艰辛了，做任何其他的事情她会更艰辛，但是她没有雇人去工作，她也没有更好的设备，更没让我全天照料和安慰她等。

我本来打算在圣诞节的时候给你打电话，但是我们遇到了一场很大很大的暴风雨，所有的电线都断了。由于是20℃ ~25℃的天气，一切看起来都非常美好，

为了保持体形，我努力地竞走，体重下降到202磅。但是几个小时后，天就变了。白天非常短，每天早晨我竞走于住所和医院之间，并把这当成一件差事。早起，我可以在杨木树林里射击，那里立着好几千个枪靶。乔治射击得非常好，他的其他几个朋友也在这儿，射击能力都不错。乔治没有击中目标，悲惨的是，这是他最后一次参加比赛，所以他感到非常难过。他的射击能力本身非常棒，我预感自己会更糟糕。他明明射击得很棒却没有击中目标，这好比进地狱一样悲惨。之后，自从他去了纽约过圣诞节，我就再也没有收到过他的信了。

我写给瓦尔的信应该正在去古巴的路上，我们被延迟的时间促使她需要在25日之前到达那里。

她需要一个美国旅游签证和一张去哈瓦那的机票。并且她还需要一张从哈瓦那到迈阿密的返程机票，或者从基韦斯特岛到纽约的返程机票，除此之外，她还需要得到去古巴的旅游护照和旅游登记。

我在去往医院的路上看到了你其他的信件，检查完后我会把它们寄给你。

爱你的

欧内斯特·海明威

致小查尔斯·斯克里布纳

凯彻姆，爱达荷州

1960年1月16日

亲爱的小查尔斯：

我正在把所有的信件进行分类打包，我今晚就前往古巴了。我发现了一封你在12月21日寄来的信，而且还没拆开过，显然这是在圣诞期间误从购物中心带回来的一封信。

因为玛丽的肘部骨折了，所以她最近需要经常去医院。虽然医生说她的胳膊恢复得很好，但治疗的过程真受罪。我这段时间一直在照顾她，这可是个全天性的任务。我也在努力地保持身材，以便我回到古巴后参加下月中旬的工作。我应该会在那儿一直工作到6月中旬，我想把这里租下来，以供我们冬天滑冰和夏天避暑之用。

我写这封信就是为了解释为什么没给你回信，以及为什么在圣诞节你没有收到我的贺卡。

发行校园版的事情听起来很不错，但是你有没有想过加插图呢？就是像凯普的那种。书中的插图非常精美，我也挑了很多本送给喜欢它的朋友们。这些书都是原装正版，质量非常好。

后面的信请寄至瞭望山庄，愿你和乔安一切都好！

欧内斯特·海明威

致小查尔斯·斯克里布纳

瞭望山庄，哈瓦那
1960年3月31日至4月1日

亲爱的小查尔斯：

感谢你3月23日的来信。请你还是把这本书从秋季计划单中划掉吧，至于为什么要这样做，你看过我在这封信里跟你说的事情，我在写作时所列的工作时间表，你就会明白，我还要继续奋战一个月，然后打字输入、修改，再重新输入。没想到这本书写了这么多，我原本打算把字数控制在15000以内的。这对我来说也不是什么坏事，因为可以作为《午后之死》的附录，或者我可以再加入一些内容，写成单独的一卷。我们随后再一起商量吧，现在要做的就是把这些烦人的事赶紧做完。我真的是以百米冲刺的速度来写了，这点你从那吓人的统计中就可以看出来。美国有托马斯·沃尔夫，我们做什么事都要说得通才行。这样做确实挺累，可是我们也不必觉得麻烦，因为这毕竟也是一笔

财富。

你之前说过，《巴黎》那本书不管什么时候写好都可以，但是很抱歉，可能我不能按照我们原来的计划完成了。明天就是4月1日了，我还无法在5月末或6月中旬完成这些，因为那样会把我自己累死的。请原谅我使用“死”这个字，即使自己因为工作而累死这是让人感到正义的，可这样做的话也还是很愚蠢的，因为我们都需要为自己的家人考虑。

可能会有一些人认为我们根本就没有书可以出版，或者觉得我们就像司各特写大纲和借钱一样，却不会有写完和还钱的一天。我想你是知道的，如果我不是想写得更好，只是简单修改几处玛丽打出来的内容的话，那这本书早就可以按照你说的日期准时出版了。

我希望你和约翰过得都很好，我们这里终于可以见到好天气了。我打算每周抽出两天去捕鱼，在池塘里游泳真不错，玛丽也去游泳，再加上我给她按摩，现在她的胳膊已经好很多了。尽管这样做会使玛丽非常累，但是我认为一切都会好起来的。

我和你说了这么多，如果你还想问为什么我推迟交书，那我就只能告诉你，我是想再增加三个章节。关于这一点我已经认真地思考了很多遍，而且我认为

这是可以实现的，增加上去也不会有什么坏处的。

爱你的

欧内斯特·海明威

4月1日

向哈利·布拉吉问好，我并未打算如此唐突地写信给他。我觉得以一个老军人的敏锐，他肯定会察觉到我正在忙于什么。看到我完成的字数的时候，他自会明白，我确实在忙于写作。现在是4月1日早上，我刚刚完成了最初的一点成果。推迟交书让我感到非常难过，但是如果不听从医生的吩咐，在工作中注意休息，我就得进医院抢救了。之前我每次的睡眠时间从未超过2个半到3个小时，每晚最多睡5个小时。今天早上，我的体重是200磅，这让我很高兴，我不会因为担心身体而又血压升高了。

欧内斯特·海明威

致卡罗·詹弗兰科

瞭望山庄，哈瓦那

1960年5月30日

亲爱的詹弗兰科：

每次收到你的信，我都非常高兴，特别是在我得知你又开始写作了，我真的很高兴。今天我们这里一直在下雨，这两个月的降水量很大，池塘里有很多鱼。山庄里绿意盎然，到处都是漂亮的风景，我想在这个时候游泳肯定非常好，天气不冷也不热。这个冬天的天气真是太特别了，酷寒的北风一直刮个不停。以前的美国从未有过这样的冬天，佐治亚州还下了一场大雪，芝加哥也经历了一场很大的暴风雪。辛思凯已经回到西班牙了，所以可以做更多的事。

我想我应该写信告诉你玛丽的胳膊受伤的事。11月她在射击时摔倒在冰冻的地上，摔伤了左胳膊肘，受伤的骨头像手雷一样。她经历了一场大手术，手术进行得很好但很困难，然后她继续接受治疗，所以我们在圣诞节的时候就没有给你们寄贺卡或信。她1月底来到这里，冬天非常冷，对她的伤势恢复很不利。虽然我坚持给她做按摩，她自己也做了很多有利于恢复的治疗，但是，到现在都6个月了，她的胳膊仍不

见大的好转。只看到每天一点点地好转，却看不到一周甚至一个月来有什么明显好转，所以她对自己的恢复并不是很有信心，但我相信她的胳膊一定会好起来的。

我真的是太累了，从1月底以来我已经写完了10万多字，每天写完作品后，我总是累得都不想动了。我在写完《午后之死》之后，现在已经完成了关于斗牛这部作品的初稿，当然这本书还需要抄写和重写。为了处理这部作品的收尾事情，我需要去趟欧洲。《生命》那篇作品将出版三四万字，我前天完成了初稿，昨天一整天和今天又忙着收入所得税的问题。6月15日以后今年就已经过去一半了，你知道这半年我们是怎么过的。

在你收到这封信以后，请你写信给我，告诉我在威尼斯的资金（我已经付过了所得税）为蓝旗亚汽车支付的所有费用，你可以把账单寄给我，只要保证在需要核对账单的时候我收到就好。还要把在意大利用于保险、食宿等方面的花费告诉我。这些费用要用里拉表示，并转换成美元。我不能扣除汽车的价格，仅扣除汽车损坏所支出的费用和每年的折旧费。在马德里维修汽车的账单都在我这里，也有可能不是全部而只是一部分。我早就想核对一下，可从昨天才着手做。

我很早就想给你写这封信了，可惜我的工作一直没有停下来，我总是脱不开身，而且还老是有不好的事发生。[1]当然，玛丽的胳膊会好起来的，只要她安心疗养，她的胳膊就肯定会恢复的，就像以前我的右臂和后背一样，最后也好起来了。

我为你射击取得的好成绩和赛车的出色表现而高兴。去年秋天，我射击的成绩也不错，可是我玩得不是很尽兴，因为当时玛丽的情况很不好。我们这里每个人都为你送去最好的祝福，我们都在想念你。我们多希望在这个雨天，你能和我们一起共进午餐。

现在，山庄里面到处都是绿油油的青草，环境十分美好。

替我们向艾德里安娜和你家人问好！

祝福你们。

欧内斯特·海明威

[1] 海明威在这封信的字里行间都在强调悲伤，还用大量细节突出了担忧之情，“为斗牛一书艰难地工作”也许暗指了海明威将要患上精神疾病。

致乔治·塞尔斯

瞭望山庄，哈瓦那

1960年6月14日

亲爱的乔治：

我已经收到了你5月20日的来信，我现在给你回一封简信，我可不想拖到6月20日才寄出去。

我在5月底的时候已经完成了斗牛那部作品的初稿，大概有11万字吧，然后我就一直忙于收入所得税账单的事了，玛丽也被搅了进来，不过她很坚强。

玛丽的胳膊有所好转，现在她可以用手指碰触到嘴巴了。这和去池塘里在温暖的水中游泳是分不开的，她对做恢复锻炼很有信心。我还是坚持每天给她的胳膊做半小时的按摩，我觉得她胳膊上的石膏慢慢就可以取下了，就和我的右臂渐渐好转一样，不需要吃什么药物，所有的事情都在缓慢进行着。4月份从斯克里布纳那里订阅的书，我至今还未收到。

希望帕特和孩子们一切都安好[1]，请你转达我们对她们的思念。可怜的安德森过得不太好，这使我很难过。但愿他一切都能好起来。我也一直没给他写过

[1] 塞尔斯博士和他的妻子帕特参加了海明威在领事馆举办的60岁生日宴会。

信，因为我最近实在是事情太多，抽不出时间。

我必须得去西班牙一趟，我要去查一些材料，然后我会写信告诉你的。安东尼奥在斗牛赛中表现得非常精彩，只是他的肝脏出了些问题，他应该是适应不了南美的饮食。

受两次热带低气压的影响，这里连降大雨，我不能再去捕鱼了。从5月19日以后，我就没再出过船。

祝福所有的朋友，照顾好自己。

欧内斯特·海明威

致小查尔斯·斯克里布纳

瞭望山庄，哈瓦那

1960年7月6日

亲爱的小查尔斯：

感谢你6月20日的来信，得知布拉吉身体不好而且又住院了，我也非常难过。请你告诉他，我盼望他能够早日好起来。不过医院现在有很好的药物来治疗肺炎了，但是患了肺炎还是会痛苦的，而且有一些后遗症也是很麻烦的。

这封信写得不是很好，但毕竟不管是手写还是缓慢地口述，已经写了这么多了，也许这样慢慢就写好了。

谢谢你告诉我关于加拿大版本《老人与海》的事，听起来很不错。

等我们见面的时候，我们再谈谈描写斗牛的那本书。我已经写好了第一部分，加上重写的那部分，现在该有12万字了。本来《生命》是计划写4500字的，后来又增加到15000字，再后来又达到4万字。埃德霍·奇纳上周过来了，他想帮我把《生命》的字数减少到3万到4万字之间。但我们所能做的同时能使作品更好的就是把字数保持在7万字左右。我实在不知道该删除或者是摘录哪些内容，我一边删减一边写，我发现所有的事物都与其他事物相关联，如果删减掉某些地方和人物描写，就好比是把这些地方和人物从《太阳照常升起》中彻底删除了一样。

仍然有很多应该用却没有用到的素材，再把另外的一些内容加入附录后，我想我们的书在出版后销量一定不错！赫乔昨天晚上来过了，他之前去看过埃德·汤普森，他是一个助理编辑，看到小说的长度他并没有吃惊。周末他们会把小说读完，赫乔会在周一晚上给我打电话。当然，他们也许并不想读，如果真是那样，我5个月的时间算是浪费了，但我的文章可不是白写了。无论如何，我觉得我们应该先出版《巴黎》。

我把所有的段落又读了一遍，也重新排了顺序，还把一些段落修改了。我本想接着继续写的，可是有

些过度疲劳，从5月19日到7月4日，我一天也没休息过，也没有出船去捕鱼。我的思路有点迷糊了，现在也没有什么灵感，所以我与其继续写一些没什么水平的内容，还不如出去弄点果汁回来喝。

从4月初开始，我的眼睛就一直不太舒服，其实也不是什么大问题。我从凯彻姆回来的时候眼睛还好好的，回来以后我就一直忙于写这本书，看书时也没戴眼镜，所以眼睛非常容易疲劳。这里的一个年轻人说，高血压、散光，尤其是前者，以及用眼过度和看书时不戴眼镜等都会造成玻璃体的逐步恶化。我会在纽约了解一下这方面的知识，请不要把这件事告诉任何人。我现在不清楚我的眼睛到底会怎样，这让我非常焦虑，也无心关注斗牛赛的事情。但我现在不会因为眼睛的问题而无法工作，我还可以继续写作。刚才提到的那个人很不错，他出国有一段时间了，我要等他回来，因为我不希望被一些太过热心的人弄得不知所措。我的眼睛很可能就是因为这样才出问题的，我戴上新眼镜后好多了。

陪审团的情况不太顺利，你应该会看到，而且今天的新闻都是一些不好的消息。从今天早上6点钟开始，收音机每半个小时就会报道一些消息，但是都没有什么好消息。

愿这封信带去我们最真挚的祝福。

欧内斯特·海明威

致玛丽·海明威

马德里

1960年9月25日

亲爱的玛丽：

在我收到你最后一封来信的那天，我从领事馆给你写好了回信寄出去，之后我们来到了马德里[1]，我

[1] 海明威现在已经快要结束他在西班牙的噩梦之旅（1960年8月至10月）了。他和玛丽已于7月25日离开种植园。在纽约62号东大街的公寓待了一个星期之后，他又一次为了安东尼奥·奥多涅斯的钱一个人飞去了马德里，解决《危险夏日》一书中引用的图片，最后出版在《生活》一书中。玛丽·海明威在《事情真相》（纽约，1976年）第485~491页记录了这个危险的秋天，并且从海明威8月15日、8月16日、9月3日、9月7日、9月18日和9月23日的来信中摘录了大量引用。他担心“会被这该死的工作搞得身体崩溃，精神分裂”（8月15日），抱怨“他的脑袋已经筋疲力尽，更别提身体”（8月26日），并且噩梦不断，尽管他已经服用了镇静安眠药（9月3日）。9月7日，他曾经写到他感觉不错，尽管“头脑仍然不太清醒”。9月18日的时候，他歇斯底里地吼道：“神啊，我真高兴能离开这个乱七八糟的地方，尽快回到凯彻姆和你待在一起，我相信我会有神清气爽、专注工作的机会，我想我一定非常乐意。”然后他又加了一句：“他已经厌倦了这个喧闹浮躁的（斗牛）生活。”9月23日，他写道：“我希望你能在这里照顾我，帮我走出困境，以免精神崩溃。我感觉糟透了，马上就会一命呜呼，长眠不醒。”10月8日，他到了纽约，表面上看起来兴高采烈，内心其实充满了恐惧、怀疑和困扰。《事情真相》一书中描述了他接下来在纽约和凯彻姆的举动。这并不是一个“幸运的秋天”，他曾满怀希望地憧憬着一个别样的秋天。11月30日，他被送进了罗彻斯特的圣玛丽医院梅约诊所，以乔治·塞尔斯的名义登记，进行药物和精神治疗，以免受到媒体打扰。他在被发现和报道之前在那里住了六个星期零三天。

们重新开始经历霍奇纳电话营销兜售图片的噩梦。联合国外交官和通讯记者一直占用电话线路，我时常在计划表之后的4至6小时才能通话，电缆可以保证1个小时连续不断，有时甚至是5个小时以上。夜间电报也要花36至48小时。你肯定已经看到了一场好戏登场，让接下来上演的结局显得寡淡和烦琐。但是电话就是这样。霍奇纳一定告诉过你，有一次为了一个电话从早上6点等到晚上6点，然后持续到凌晨4点，一直没有睡觉，也因此没有学习。最后直到第二天11点才接通。虽然可以在5个小时内到达，但现在看来去洛格罗诺已不太现实。我已经有44个小时没有合过眼了。我们在洛格罗诺的所见所闻简直是精彩绝伦，还有路易斯·马吉尔在马德里的遭遇，为我的小说《生活》提供了一个结尾，所以我想我不会去尼姆了，因为需要多花两天的车程，还要加上两天半的回程时间。路易斯·马吉尔又遇到麻烦，他的宣传活动遇到一些困难，所以我掉转车头赶回来处理，尤其是书籍内的插图还要和霍奇纳讨论一下，还要核实其他内容。透过这本书，我看到了我的方向，尽管路易斯·马吉尔来来回回把它搞得很复杂。他的工作确实需要往返于两地，但是安东尼奥在洛格罗诺逍遥自在的那天，他却没有来马德里。

安东尼奥长期以来对我所做的奉献让我非常感动，可惜他离开了，把他的生活弄得比我曾经看到的还要糟糕，让我以一种全新的精彩方式杀了他吧！名流和佳丽从来不会写作，因为他们根本不想失去他们已经得到的东西。他说这是他今年在西班牙宰杀的最后一头公牛，但是他所承受的最大压力就是10月12日在圣玛丽亚港和路易斯·马吉尔的决斗。另外，马吉尔可以宰杀6头公牛，但是我不会待到那个时候。我必须离开这里去找你，在凯彻姆健康地生活，保持清醒的头脑，写出更好的作品。可以说不管结果如何，他们都会继续如此，但是我不得不回到凯彻姆，好好想想怎样继续往下写。图片是现在最困难的问题，我现在正在整理其他可能的结局。希望你已经在那里找到了快乐，霍奇纳说你在那里过得很精彩，从最后一封信看起来你很不错。在这里我们不能从报纸上看到究竟发生了什么。

我打开一封《花花公子》的来信，那真是一本糟糕透顶的杂志，正在预谋用我的失误策划一起新的阴谋诡计。我已经把地址告诉你了，让你为我求求情。我刚才看到有《花花公子》，就随手翻了翻。但是这不过只是报道关于我的一些花边新闻而已，最后一封邮件还有很多该死的问题。我已经给霍奇纳发了电报

告诉他如果他在，我星期一会给他打电话，要不然就改到星期二。

我爱你，我大概10月初就能离开，一有准确的消息立马发电报告诉你。我们会解决所有问题，不惜废寝忘食，绞尽脑汁。任何小酌对我而言都淡而无味，除了最淡的红葡萄酒。我们已经解决了很多其他问题，我必须保持健康才能更加专注地写作。希望在纽约能事事顺心，我刚来的时候进展得很顺利，没有遇到一点困扰。我很愿意在每个人都手忙脚乱的时候融入联合国的各项事务中，肯定是这样的。

请原谅这封信写得如此匆忙潦草，简直是一塌糊涂。这个幸运的秋天，还有池塘里的涟漪，承载了太多爱恋和期望。

欧内斯特·海明威

致罗彻斯特的相关人士[1]

明尼苏达州

1960年12月4日

致相关人士：

我的妻子玛丽从来不相信或认为我会做什么违法的事情。她对我的任何财务情况或者人际关系也根本没有犯罪意识，这一点乔治·塞尔斯医生可以担保。我正在经受高血压的折磨，曾几度濒临危险。她用乔治·塞尔斯医生的名义在罗彻斯特的科勒酒店订房，为的是让我免于受到报社的烦扰。她没有任何不法行为，她只是在我的财务账单上进行过一些简单的勾画，并且整理材料准备纳税申报单。我携带的这个袋子里面有她在纳税申报单上的标记，但是她一直都认为那是从我在纽约遇到她之后的事情。我旅行的原因就是为了避开报社，这是我一直坚持多年的习惯，而她根本不是共犯，或者任何意义上的犯罪者，她仅仅是听从我的朋友塞尔斯医生的建议而已，

[1] 这封信显然是一份主动提供的备忘录。万一联邦调查局或美国国税局无中生有，捏造一些海明威从来没有做过的事情，而对他们进行起诉，这封信可以用来保护玛丽免于不法行为共犯的指控。这封信被首次出版于玛丽·海明威的《事情真相》（纽约，1976年）一书中。

因为她十分信任他。

欧内斯特·海明威

致L.哈利·勃拉克

罗彻斯特

1961年1月8日

亲爱的哈利：

非常感谢你去年12月1日的来信，信已经转寄给我了。很抱歉我没有及时给你回信，当时我实在有些不舒服，我那时候的血压升高到了225/125，所以我得赶紧离开，我用我的医生——乔治·塞尔斯的名义在太阳谷登记，以免被记者烦扰，直到我的血压降下来，今天上午检查时，我的血压是118/80，体重175磅。你可千万不要被我的体重吓到了。他们从其他细微的征兆中查出了我有糖尿病的迹象，但是现在通过饮食就能控制住而且无须药物治疗，还不到必须使用胰岛素的时候。希望我可以尽快康复吧！除了查尔斯，请不要告诉任何人我是用塞尔斯的名义住在这里的，不管怎么样都不要告诉报社或者任何人。

很抱歉听说你在巴黎摔断了两根肋骨，还有可怜的阿兰·帕顿，希望你和查尔斯一切都好。

那笔款项（19244.10美元）12月1日就到期了，将计入1960年的收入报表（参考泰勒·考德威尔的情况和旧例）。我相信你会如实记录，并且在12月31日之前将其存入我在摩根担保银行第五大道分行开立的账户。如果还没有对他们进行说明，若法律允许，支票日期可以注明12月31日。付了钱之后我就会穷得响叮当了，而且税收的问题又来了。

去年10月底的时候，我就已经到了这里，刚开始我得了一场大病。玛丽用乔治·塞尔斯医生的名义在科勒酒店开了间房，一直在这里陪着我。我们昨晚一起散步，还和我的医生共进晚餐，我们喝了些桑塞尔白葡萄酒、麝香干白葡萄酒、奥比昂葡萄酒，整个晚上的气氛都相当愉悦。我同样感谢你为《危险夏日》提供图片，虽然那本书还没有出版，但我仿佛已经听到了哈利·格尔登的批评、咒骂和处理。安东尼奥·奥多涅斯也给我寄来了一些非常好的图片。

你能否将《永别了，武器》《渡河人林》《午后之死》《丧钟为谁而鸣》《非洲的青山》《海明威短篇小说集》《太阳照常升起》《有钱人和没钱人》《春潮》的完整版寄给罗彻斯特西南第七大街1014号的休·R.巴特医生和西南第五大街622号的霍华德·P.罗马医生吗？每本都要一份复印件。所有的书再给我寄两份复印件，

请使用塞尔斯先生的信戳，不要转寄。

同样请以我自己的名义，将克利夫顿·艾默里的《谁谋杀了社会》、戴安娜·库珀的《悬崖上的号角》、查尔斯·诺曼·麦克米伦的《埃兹拉·庞德》、威廉·斯蒂伦的《放火毁屋》、郝伯特·金的最后一本书（还未命名）、伊萨克·迪内森的《草地上的影子》、范斯·帕客和伦道姆·豪斯的《废物制造者》寄至爱达荷州凯彻姆555信箱。再把12月那期《纽约时报文学增刊》和每期的《周六文学评论》通过邮件以乔治·塞尔斯医生的地址寄给我，这样我就能订购一些书了。我已经有了《周一时报》和《周一至周六评论》，明天就能收到《星期天时报》了。

请原谅我这封仓促的来信，我有点力不从心地想尽快写完。等到一两天后你把信寄给罗彻斯特圣玛丽医院乔治·塞尔斯，或者把你或查尔斯的信寄给罗彻斯特科勒酒店1006房乔治·塞尔斯夫人，你就可以直接给我写信了。可以使用航空特快专递，期待你的任何消息。

希望可以尽快从这里回到凯彻姆，请对查尔斯致以我最美好的祝福。

欧内斯特·海明威

致帕特里克·海明威

罗彻斯特

1961年1月16日

亲爱的毛斯：

非常感谢你在去年12月初的来信。很遗憾亨丽她一直饱受肾脏的困扰，她又出现了浮肿。随着糖尿病的病发，她整个人被折磨得非常痛苦，但是我们已经给了她最好的关爱。12月30日和31日我和玛丽都给她打了电话，新年的时候我也一定会给你们打电话的。

你收养的孩子真是太上镜了，还有你和亨丽也是一样。这封信只是一张便签，所以你无须担心我到达这里的情况。医生曾将我的血压降低至126/84，但是目前的血压为250/125，相信通过保持175磅的体重可以得到控制，今早我称的体重为173磅。这周周末我们就会离开这里，我会从凯彻姆再写封信给你。

你应该在报纸上看到了我在古巴的消息，但是它远远比你了解到的消息更复杂。

我认为生活并不一定非常完美，但是生活是我们生命长河中不可或缺的一部分。我正在写一本关于我年轻时在巴黎生活的书，我认为书的内容非常精彩，或者说，我希望这本书会非常精彩。我现在真恨不得

能马上完成写作，书中有很多比你还老的故事。

我们马上就要到凯彻姆了，之后的计划还未定。如果雨季还远，我很想去一趟非洲。这是我昨天晚上冒出来的念头，还没有机会和玛丽商量。我现在已很难找到一个不会被打扰、可以专心工作的地方了。

我把信托公司的发票随着信一起寄给你了。请原谅我这封信太过于简短，你的来信都写得很精彩，但惭愧的是我给你的回信却很潦草。我现在每天忙得热火朝天，我和玛丽都爱上了散步，这也是我减肥计划的一部分。

我们对你和小家伙致以最无尽的爱，蒂娜和艾德温娜都是很好听的名字，你自己起名就好。

爱你的

欧内斯特·海明威

致约翰·F.肯尼迪总统[1]

凯彻姆，爱达荷州

1961年1月24日

尊敬的总统先生：

我正在罗彻斯特观看盛大的总统就职典礼，我的心里充满着幸福、希望和自豪感。肯尼迪夫人看起来十分端庄、优雅，而您的就职演说更是感人肺腑。我在荧幕前看着您，您使我深信肯尼迪总统今后将会像就职典礼那天顶住严寒一样顶住任何热浪的袭击。自从我对政府恢复信任和有所了解以来，我看到总统每天都面临着许多困难和棘手的问题，等待着他拿出勇气去解决。我们感到特别高兴的是，在国内外危机四伏、险象环生的时候，我们国家有一个大无畏的英雄来担任我们的总统。

欧内斯特·海明威

---

[1] 抄录自约翰·F.肯尼迪图书馆未标明日期的手写稿。海明威和玛丽应邀参加总统就职典礼，但最终未能去。就职典礼结束后，海明威就写了这封信，他们在罗彻斯特的电视机前收看了这次盛大的就职典礼。1月22日，他们飞回了凯彻姆。

致乔治·普林顿

凯彻姆，爱达荷州

1961年2月25日

亲爱的乔治：

昨晚我找到了《巴黎评论》的编号和你写的专访，我已经看到了一些可以从这本关于巴黎早期生活的书中引用的内容，现在正在检查。我的意思是想要直接从专访中引用，但是不包括我以其他方式告诉你的那些我已经写过的内容。

我不知道你计划什么时候出版这篇专访，但是请留意是否有版权保护，最好先询问一下引用许可。我想《北欧海盗》可能已经收录了第一篇专访。

能否通过《评论》把许可正式交给查尔斯·斯克里布纳杂志社的哈利·勃拉克，或者他能否从《评论》或《北欧海盗》获得许可？烦请你打电话联系他，按照上面的地址写封信把情况告诉我。全靠你了！

希望我给你的新书《并非我的同盟》能让你感到满意。你知道问题所在，实际语言的匮乏（我认为这是最大的问题），使用骂人的脏话，毫无公正可言。我可能等不到阿奇·摩尔的东西了，虽然那可能非常精彩。

我把这封信的复印件寄给了哈利·勃拉克，我希望能助你一臂之力。昨天我称的体重是170磅，但是说来也奇怪，这个体重让我觉得自己身强体壮。我正在卖力工作，时不时要停下来检查身体状况。

祝福你。

欧内斯特·海明威

致帕特里克·海明威

凯彻姆，爱达荷州

1961年3月22日

亲爱的毛斯：

我用了加急的方式来寄这封信，我还没有听说奥托·布鲁斯要写信告诉你任何关于基韦斯特的一些细节，还有其他的消息。但是我已经看到了巴德·珀迪[1]带回来的关于你和亨丽，还有你们的小宝宝的温馨照片。很感谢他们的一片好心。纽约的事情我还在处理，已经存入了70%用于支付可能的税费，当然也有可能还不够，我真想去看看你们。我会尽快写完这本书，关于非洲的事务听起来有些乱七八糟的，我必须立即采取些措施。

[1] 巴德·珀迪是凯彻姆一位农场经营者，一直在非洲打猎。

这里的一切总是那么令人失望，包括种植园，我感觉简直糟透了，现在只有写信才能让我得到片刻安宁。

爱你们，每一个人。

欧内斯特·海明威

致乔治·塞尔斯

罗彻斯特

1961年6月15日

亲爱的弗里茨[1]：

很抱歉，我今天早上在便条上得知了你爸爸在丹佛已卧床不起好多天，为此我感到很难过，我真希望你能振作起来。

罗彻斯特已经非常闷热和潮湿了，最后这两天的天气却显得清爽宜人，很适合夜间酣睡。这个国家真的很漂亮，我很高兴能有机会沿着密西西比河沿岸欣赏这个风景秀丽的地方。在古代，这里的人用木筏来代步，当开拓者来到北方后人们才开始使用拖车。我还看见许多肥美的鲈鱼跳进河里，我以前对于密西西

[1] 弗里茨是乔治·塞尔斯夫妇9岁大的儿子。塞尔斯因为病毒性心脏病入院治疗，于1967年3月11日去世。这封信后来出版在《生活》一书中。

比河上游简直是一无所知，这里真是一片大好河山啊！但是这些在爱达荷州就很少见了，真希望我们都能重新回到这里，一起聊聊我们的住院经历。

我这个无比思念你的好朋友、老伙计向你表示我对你无尽的祝福！

欧内斯特·海明威